學術論文集叢書

鍵聲玉振　餘韻得傳

葉鍵得教授榮退紀念文集

徐長安　主編

鍵聲玉振　餘韻得傳
葉鍵得教授榮退紀念文集

編輯委員會
（依姓氏筆畫排序）

編輯顧問

古國順、吳清山、吳清基、林慶勳、竺家寧、姚榮松
施隆民、梁錦興、陳正治、劉茂雄、戴遐齡

編輯委員

丁一顧、王松木、吳肇嘉、林小玉、邱世明、邱英浩、金周生
孫劍秋、康世統、張弘毅、張曉生、梁淑媛、郭晉銓、陳明終
陳松雄、陳滄海、陳顯宗、楊政穎、賴政秀、鍾才元、羅義興

主　編

徐長安

編　輯

何淑蘋、郭妍伶、黃怡雅、楊啟希、楊雁婷、鄭璟隆

封面題字

郭晉銓

代序
記一位與人為善、謙沖為懷的儒者

吳 清 山

　　我於民國七十五年到臺北市立大學（其前身為臺北市立師範學院）服務，迄今已有三十多年之久，很高興的是，在擔任校長期間，能夠與鍵得兄共事，當時他擔任國語文教學及研究中心主任，成為最好的工作夥伴。雖然卸下學校行政職多年，與鍵得兄還是經常保持密切聯繫。一路走來，看到他先後擔任中國語文學系主任、人文藝術學院院長，深得人望，而且亦發表《通志七音略研究》、《十韻彙編研究》、《古漢語字義反訓探微》等大作，膾炙人口，足見其待人處事的敦厚與治學態度的嚴謹，值得學習。

　　與鍵得兄二十多年的相處中，他不會與人計較，只有一步一腳印的默默耕耘的做事，擔任國語文教學及研究中心主任時，負責盡職，績效卓著，任何事情從不會讓長官操心，有任何需要協助之處，他都會說：「沒有問題，我會盡力做好。」說到做到，值得肯定。

　　其實鍵得兄不僅有其行政長才，而且在人際互動和學術涵養亦有其獨到之處，與人為善，不會與人爭執，總是人人好，正如《孟子‧公孫丑上》：「取諸人以為善，是與人為善者也。故君子莫大乎與人為善。」鍵得兄稱之為「與人為善的君子」，應當受之無愧。

　　值得一提的是，平時就可看出鍵得兄「謙謙君子」的胸懷，時時以謙卑的態度，修養自身和對待他人，不會誇大自己的功勞，總覺得有任何的工作成就，都是別人的幫忙，受惠於別人多，充分展現中國儒者典型的性格──謙遜，因而深得同事和學生的喜愛。

　　從近距離的觀察，鍵得兄不僅是一位工作的好夥伴，而且也是學生心目中的良師，更是一位「與人為善、謙沖為懷的儒者」，稱之可謂恰如其分。

　　　　　　——吳清山：臺北市立大學教育行政與評鑑研究所教授，
　　　　　　　　　　前教育部國民及學前教育署署長、前臺北市政府
　　　　　　　　　　教育局局長

退休感言

葉 鍵 得

　　就在距離退休約半年前，一位友人問我：「葉院長，你即將退休，有什麼感覺？」我隨口答道：「有離情依依的感覺！」雖然平實，卻勾起我無限的思緒呀！很快就要離開這熟悉的校園及相處親切的同仁們，真的有點感傷呢！

　　「就這樣退休了嗎？要不要留點紀念的東西？」我自問。對了，來編一本小冊子吧！那賜稿的對象呢？最初的想法，就是邀請曾經指導過論文的研究生。於是我跟指導的博士徐長安校長提出，她頗有同感，願意擔任聯絡工作。我跟她說我們沒有嚴謹的編輯組織，同學是否賜稿，一切順乎自然，隨緣即可。其次，想到我在中國語文學系任教二十六年，大家相處愉快，常獲協助與關照，也應該禮貌邀請師長賜稿，所以請黃怡雅助教幫忙發簡訊，同時，我也利用系務會議親自邀請。再者，又看到我email及手機裡的聯絡人——長官、師長、好友、學生等，何不邀請他們共襄盛舉？因此，也發出幾則邀稿訊息。這就是這本小冊子編輯的緣起與經過。每當我收到一份來稿，內心滿是溫馨與激動，感動之情久久不能停止，這份「隆情摯誼」，彌足珍貴呀！

　　我是個「四年級」生，生長在農村，五〇、六〇年代臺灣的經濟尚不佳，讀書環境並不是很好，我常自稱是「天公仔子」，意思是受到上蒼的眷顧。我念研究所，六十六年至六十八年念碩士班、七十年至七十六年念博士班，都不需繳交學費，只須繳交代辦費而已。不過，因為我住校，仍須負擔住宿費、生活費。另外，就是花費不算少的購書費了。感謝先父當年堅持送我到普通高中就讀，沒有去讀職校，感謝父母親、姐夫陳峻昇、妹妹淑娟、弟弟俊佑的支助，加上工讀，以及常獲得獎學金等，讓我能安定念書，順利修得文學博士學位。我原本無報考博士班的規劃，承姐夫陳峻昇先生及服役隊長董濟民先生的

不斷鼓勵，尤其董濟民先生當年值部隊移防之際，承擔責任准假讓我外出應試，我才有參加博士班考試的機會，因而也改變了我的人生旅程。

　　民國七十一年開始我的教學生涯，我在文化大學及德明商專兼任；民國七十二年起，開始專任生涯，先在銘傳商專專任四年，七十六年轉到政戰學校中文系專任六年，八十二年轉到本校語教系專任二十六年，總計擔任教職達三十七年之久。時間似乎很長，但感覺倏忽間就過去了，內心始終充滿著無限的感念！在臺北市立大學任教二十六年中，兼任行政工作時間十七年又三個月，包括：語文中心組長（三年、義務職）、語文中心主任（五年）、代理系主任（三個月）、系主任（三年）、人文藝術學院院長（六年），感謝長官、師長、摯友、同仁給我服務及歷練的機會，任職期間更獲得支持與協助，使業務得以順利推動，圓滿交差。諸多垂愛，銘感五內。

　　感謝養育我的雙親大人；感謝曾經提攜我、支持我、幫忙我、照顧我的長官、師長、同仁、家人、親人、宗親、朋友及同學。宋代蘇軾〈和子由澠池懷舊〉詩句：「人生到處知何似，應似飛鴻踏雪泥。泥上偶然留指爪，鴻飛那復計東西。」這本紀念文集，承蒙大家踴躍賜稿，記錄前塵往跡，雪泥鴻影，滿滿祝福，三生有幸，感恩荷德！尤其要特別感謝業師姚榮松教授、師長輩竺家寧教授惠賜鴻文；劉茂雄導師撰文，愛護學生之情，令人感佩！感謝擔任本紀念文集編輯的徐長安博士；為書名題字的郭晉銓教授；盡在厚誼，合十感恩！祝福大家身體健康！萬事吉祥！

　　去年（民國一○八年）五月，先父安東公以九十一歲高齡仙逝，壽終正寢，願這本紀念文集，可以告慰他老人家在天之靈：安樂懷舊緒，東風思親恩。

葉鍵得

一○九年一月誌於勤樸樓4933研究室

編輯前言

人間有味是清歡

徐 長 安

生命中有一種美麗，叫「淡到極致」；就是看似平凡簡單，卻能精采動人。葉老師說：「吾心似秋月，碧潭清皎潔。」筆者言：「人間有味是清歡。」於是，師生倆便將這本文集定了調。

少長咸集群英會

本書構思時係以師門弟子的孺慕之情為主；其後因緣際會，擴及到恩師的師長、同儕、親友、賢達及後輩。論年齡可說是少長咸集；論行業則橫跨士農工商；論學術係綜括經史子集；論小品則呈現言教身教；因此，這是本蘊涵多元又饒富趣味的文集。

舊學新知氣自華

本書原擬以「論文集」樣貌凸顯其專業性；後因其展露的「兼容並蓄」，更符敬賀恩師榮退之喜，故將之調整為「文集」。內容總計八十一篇，包括：「題辭詠詩」十一篇；「感念祝福」四十四篇；「談韻論文」二十三篇及恩師「自選文錄」三篇。

朱熹云：「舊學商量加邃密，新知培養轉深沉。」文集中大師巨擘鞭辟入裡鴻文，讀之醍醐灌頂、豁然開朗；而新秀俊彥信筆捻來之作，亦覺情深意摯、親切感人。編輯過程為使全書體例一致，統一對文稿進行潤飾，刪除摘

要、關鍵詞、參考書目與照片；在「雪泥鴻影」單元，恩師原選出多幅珍貴相片，惟因畫素不足，只能忍痛割愛；「感念祝福」中亦有部分的極短篇，思量編輯雅致，不得已採合頁編排；不周之處，尚祈海涵！

大謝小謝都是謝

吾師在〈退休感言〉提及：「每當我收到一份來稿，內心滿是溫馨與激動，感動之情久久不能停止，這份『隆情摯誼』彌足珍貴呀！」筆者的感受亦如是！

本文集因作者眾多，內容多元，該如何鋪陳，始得典雅有序，確實煞費心思。感謝萬卷樓梁錦興總經理、張晏瑞副總經理、林以邠編輯的鼎力支持；感謝梁淑媛主任、郭晉銓老師為文集題辭、題字；感謝廷森、淑蘋、妍伶、璟隆、怡雅、啟希、雁婷的協助。不朽的氣質女星奧黛麗赫本有句經典名言：「優雅是唯一不會褪色的美。」最要感謝的是本書所有作者，在百忙中撥冗撰稿，情義相挺，玉成了吾師榮退時優雅的身影！

人間有味是清歡

身處「典型在夙昔」的年代，吾師與眾不同的在「平凡中見真章」，展現出他的儒者風範！他事親至孝，常南北奔波，探望父母；他苦學有成，故謙和有禮、體恤他人；他專精聲韻，勤著述立說，提攜後進；他的絳帳春風、治學處世、……諸般情懷，筆者無庸贅言，讀者細品文集，自可窺其風貌。

「人間有味是清歡」，此為東坡千錘百鍊的人生智慧與體悟，與吾師在不起眼處的關愛執著，沉穩低調中迸發的生命力，實有異曲同工之妙；筆者衷心感佩！

誠摯祝福恩師福壽康寧，順心自在！

受業　徐長安 謹記
一〇九年二月

鍵聲玉振　餘韻得傳

葉鍵得教授榮退紀念文集

目錄

雪泥鴻影

題辭詠詩

談韻論文

自選文錄

附錄

雪泥鴻影

葉師偕同臺北市立大學人文藝術學院主管參訪錢穆故居
攝於二〇一七年八月二十九日

參加河南省南陽師範學院陳新雄先生文字聲韻訓詁國際學術研討會
攝於二〇一〇年十月二十二日

華語學程教學與研究發展諮詢會議，攝於二〇一二年十二月二十一日

臺北市立大學人文藝術學院院集會，攝於二〇一二年十二月二十五日

臺北市立大學
一〇二級畢業典禮
攝於二〇一三年六月十六日

臺北市立大學人文藝術學院藝文中
心舉辦「記憶與地景：大眾史學與
臺北都會文化」研習會
攝於二〇一三年十二月五日

戴遐齡校長頒發臺北市立大學人文藝術學院院長聘書
攝於二〇一三年八月十六日

中華文化教育學會會議，攝於二〇一四年三月二十四日

參加福建師範大學學術交流，攝於二〇一四年七月六日

語文教學與閱讀評量研討會
攝於二〇一四年十一月十六日

臺北市立大學第二十二屆視覺藝術學
系畢業展巡禮，攝於二〇一四年六月
十二日

第二十八屆韓國光州世界大學運動會接旗表演彩排，攝於二〇一五年七月十三日

福建師範大學法學院師生來訪歡迎會，攝於二〇一五年六月二十五日

臺北市立大學史地研究暨錢賓四先生學術思想研討會
攝於二〇一五年十一月十三日

臺北市立大學創校一二〇周年校慶之「千人尋根、百萬人按讚」活動
攝於二〇一五年十二月十二日

臺北市立大學人文藝術學院與福建師範大學文學院
締結姐妹院系籌備會議，攝於二〇一六年一月二十二日

紀州庵文學森林館封德屏館長於臺
北市立大學人文藝術學院一〇四學
年度第二學期院集會專題演講留
影，攝於二〇一六年五月十七日

參觀鄭芳梵副校長退休攝影展
攝於二〇一六年五月六日

日本北海道教育大學參訪臺北市立大學人文藝術學院英語教學系
攝於二〇一六年三月二日

臺北市立大學視覺藝術學系畢展開幕，攝於二〇一六年五月十五日

天津音樂學院院長來訪，攝於二〇一六年六月二十日

儒學與語文學術研討會，攝於二〇一六年十月二十八日

第五屆語文教育暨第十一屆辭章章法學學術研討會
攝於二〇一六年十一月五日

修辭批評與華語文教學學術研討會暨兩岸合編語文教材研討會
攝於二〇一六年十二月九日

臺北市立大學人文藝術學院文康活動，攝於二〇一七年九月二十八日

臺北市立大學人文藝術學院與美國賓州大學簽署院對院學術合作交流
攝於二〇一七年十二月二十日

臺北市立大學人文藝術學院新舊任
院長交接典禮，攝於二〇一八年
二月一日　▼▶

題辭詠詩

賀宗親葉鍵得 院長榮退

春風化雨
教澤廣被
功宏作育
杏壇揚芬

嘉義縣中埔鄉葉氏宗親會
會長葉國華暨全體宗親 同賀

嘉義縣中埔鄉葉氏宗親會會長葉國華題字敬賀葉師榮退

——葉國華：嘉義縣中埔鄉葉氏宗親會會長

葉鍵得常務理事榮退紀念

博學多聞　杏壇傑才

敬業樂群　勳業永垂

國立後壁高中校友會

理事長　林麗雪

暨全體理監事　敬賀

一〇八年十月十日

國立後壁高中校友會理事長林麗雪題字敬賀葉師榮退

──林麗雪：國立後壁高中校友會理事長

贈 葉公榮退

施隆民

樂哉退休

退而不休

謙謙君子

溫良多士

春風化雨

作育英才

攻小學
勤著述
主系所
掌院務
業愈精
建清譽
德彌彰
休哉美哉

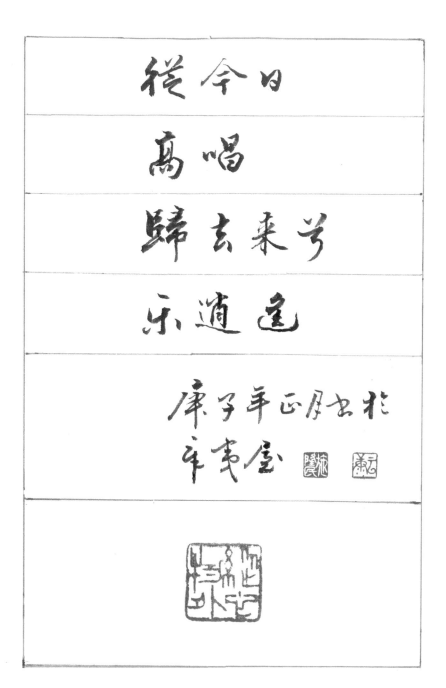

施隆民教授題字賀葉師榮退

──施隆民：名書法家，臺北市立大學退休教授

春風化雨

賀葉教授榮退

謝文成

謝文成先生題字敬賀葉師榮退

──謝文成：名書法家，曾任澹廬書會理事長

葉院長鍵得榮退誌慶

引經據典才識豐
吾輩模範才穎現
深根茂葉才望高
以慎為鍵才德備
怡然自得才學佳
齊口稱讚眾望歸

教育學院丁一顧敬題

丁一顧教授敬題葉師榮退誌慶

——丁一顧：臺北市立大學教育行政與評鑑研究所教授
　　　　兼教育學院院長

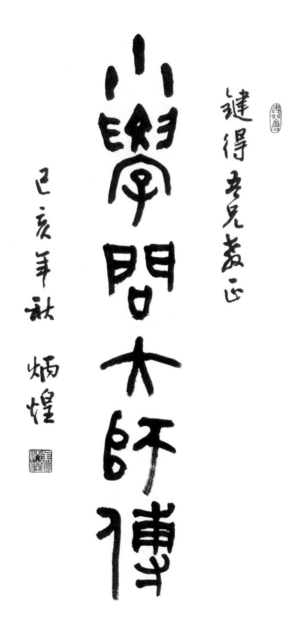

吳炳煌先生題字敬賀葉師榮退

──吳炳煌：名書法家，葉師的大學同學

葉院長榮退誌慶

鍵鳴市大培桃李

得遂音聲鍾伯元

庚子孟春吉日 弟何永清 敬撰

何永清教授敬撰葉師榮退誌慶

——何永清：臺北市立大學中國語文學系教授

葉教授　鍵得博士讚詩

同事結緣二十載
謙和寬厚稱良朋
之庠講學弘音韻
圓滿功成友樂崇

二〇二〇年元月令旦

弟　敬頌

何永清教授敬頌葉師讚詩

——何永清：臺北市立大學中國語文學系教授

葉鍵得教授　榮退志慶

鍵之為慎　得道多助
謙謙君子　卑以自牧
朝乾夕惕　學行誠篤
桃李天下　春風如沐

音韵詁訓　心有鴻鵠
厚積薄發　杏壇獨步
月恒日升　如山如阜
名揚四海　象望深孚

獎掖後進　惟德是輔
侃侃讜論　昭昭在目
自強不息　精神永駐
功成榮退　無疆壽祿

晚　吳俊德　敬賀
己亥九月于北市大

吳俊德副教授敬賀葉師榮退誌慶

——吳俊德：臺北市立大學中國語文學系副教授

鍵得吾兄榮退留念
　關鍵的才器　詩詞歌賦　經書小學
　必得的功成　主任院長　實至名歸
　　　　　　愚弟福相敬題

吳福相教授題字敬賀葉師榮退

──吳福相：國立臺灣師範大學僑生先修部退休教授

附記：

葉教授：相兄，看到大作，含意甚佳，但會不會太抬舉了？

吳教授：肺腑之言，盈盈在耳；真誠之意，點點於心。是愚弟感悟甚深之作，
　　　　人見之應有同感，不須客套，君不見吾兄朗誦詩詞之語之調之美之
　　　　味，至今猶在耳際乎？

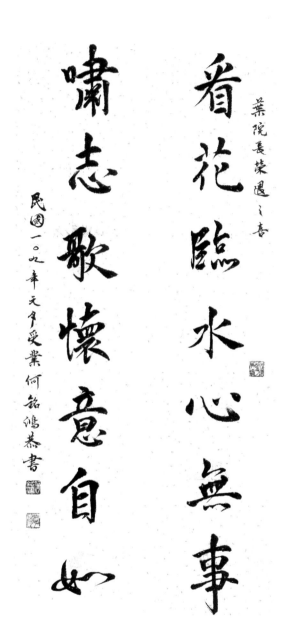

看花臨水心無事

嘯志歌懷意自如

葉院長榮退之喜

民國一〇九年元夕受業何銘鴻恭書

何銘鴻助理教授題字恭賀葉師榮退之喜

——何銘鴻：文藻外語大學兼任助理教授
　　　　　南臺科技大學兼任助理教授

感念祝福

兩條平行線黃金交叉之後

——我與葉院長的情誼

姚　榮　松

三代情誼，黃金結盟

　　從師承關係，我與鍵得兄都是章黃學派在臺灣第三代，第一代是景伊林公、仲華高公、石禪潘公。三先生皆季剛先生之嫡傳，各有所受，自一九四九年中原板蕩，播遷海嶠，因緣際會，共事無間，開啟中華文化高等教育之宏模，張公曉峯實為主要推手也。在教育學術崗位上，三位先生先後會集於兩個主要場域，正是我與鍵得問學與承學「出師」的兩個學府：臺灣師大國文系所與文化大學中文系所。由於兩所的密切交集，使我們的師承更是親上加親。

　　民國三十八年八月、十二月潘師、高師先後應聘為臺灣省立師範學院國文學系教授，潘年最長，民四十五年續高鴻縉先生之後為系主任，即聘章黃同門友景伊師為國文系教授，此三先生首次黃金交集於師大國文系。先一年（44年）六月五日，張其昀任教育部長，省立師範學院即改制為臺灣省立師範大學，次年八月又以師大國學名師群集，宜設立國文研究所，以為臺灣研究國學之重鎮，大量培育傳衍中華文化之人才。翌年又指示仲華先生籌設博士班。此為中華民國大學設置博士班之肇始，亦為三先生合力籌設研究所之始，乃余所謂第一次「黃金交叉」也。據云國研所成立伊始，本擬聘潘先生擔任所長，適因潘師已應聘赴新加坡南洋大學講學，乃由高明先生接掌所務。四十九年七月，高師應香港聯合學院之聘離臺，改由林尹教授接掌所務。迄六十二年七月林師辭兼國研所所長，長達十三年。

　　民國五十一年，張其昀先生成立中國文化研究所於陽明山山仔后（簡稱華岡），五十二年成立大學部，改名為中國文化學院，聘景伊師兼文學部主任及中文研究所博士班主任，民國五十三年曉峰先生有鑒於文字為文藝復興之首務，乃有《中文大辭典》之編纂，由創辦人任監修，責成景伊師與仲華師共同主編。集合國內中文博、碩士數十人之力，歷時八年，完成四十冊皇皇巨著。此又林高兩先生之黃金交叉於華岡者也。據柯淑齡教授（2013）文特揭「『民國三先生』華岡講學，承中原之道統」一目，對於三先生與華岡關係之深厚，記錄尤詳。一言以畢之，文大才是三先生共事最久，造就人才最多的學府，原因是高師於五十三年以後創辦政大中文系所，雖專任政大，卻始終在師大、文大兼課，數十年如一日。又據鍵得二〇一五〈《十韻彙編研究》研撰記事〉一文透露，一九八三年博三那年「博士論文指導教授陳新雄先生由高明所長決定」，可見仲華師一度兼任文大所長，民國六十一年伯元師也受聘為中國文化學院中文系主任，事實上伯元師五十七年已在文化兼課，五十九年更在中研所講授「廣韻研究」，同時開始指導碩論，民國六十一至六十二年間林慶勳、柯淑齡、戴瑞坤三篇聲韻碩論，可稱為文大聲韻學的「黃埔一期」，同一時間師大有竺家寧（61）、姚榮松（62）、王三慶（62）、王勝昌（63），稍早一年（60）還有林炯陽、鍾克昌等碩論。因此陳門的大師兄，非炯陽兄莫屬。民國六十三年，石禪師返國擔任文大中文所碩士班主任，景伊師仍任博士班主任。因緣際會，三先生再度在文大中文所的黃金交叉，開啟的章黃新氣象，學子受益良多，恐怕不是師大、政大的取向所能比肩。特別是以王三慶、鄭阿財、朱鳳玉等人所開展的敦煌學與紅學，不再局限於語言文字。潘師所領導的《敦煌學》團隊，曾出刊二十幾期，並整理出版黃季剛先生手批《說文》、手批《廣韻》等，造就不少青年學子。民國七十六年二月文大中文系所出版《木鐸》第十一期，為慶祝潘重規先生八秩華誕特刊，並有鄭阿財所輯「婺源潘石禪先生論著目錄續編」（初編見5-6期合刊）。

　　走筆至此，竟然翻到《伯元吟草》一一二頁詩題正切合作為本段最佳註腳。恭錄於下：

蘄春門下士，濟濟滿寰中。我從三師遊，眼界一時空。瑞安林夫子，佼
佼人中龍。在手常一杯，萬卷宿羅胸。音韻分輕重，莊老入鴻濛。談笑
舌粲華，氣概最豪雄。婺源潘先生，虎虎又騰風。見善如不及，疾惡莫
相容。望之感儼然，即之若春融。雅故昔所諳，眾口稱師宗。高郵仲華
師，豹變更無窮。辭章成家數，小學亦宏通。究易談奇法，論禮得要
終。舊學翻新日，首應拜此翁。我幸附驥尾，追陪几筵豐。道統當傳
世，雙肩責任隆。艱難何足畏，小子氣如虹。願隨三師後，誓必竟全
功。（陳新雄：華岡侍宴景伊石禪仲華三師）

因緣際會，勉為業師

　　鍵得畢業於文大，自大學時期，即從伯元師習文字、聲韻、訓詁，碩士起
由伯元師指導，與余有同門之誼，卻又有一層不為人知的交集，那是十分偶然
的機遇，一九七三年我碩士畢業後，留在師大國研所當了一年助理研究員（領
助教薪水），襄助所務。當然第一優先的事是準備次年的博士班入學口試及研
究計畫。如果考上博士班仍可兼職進修，這是景伊師給我的優渥待遇，上了博
士班還可以兼課養活自己。沒想到我生性散漫，一九七四年竟然因報名沒趕上
時間，得再熬一年，我沒面子要求上班時間內出去兼幾堂課，我記得後來景伊
師仍介紹我去中國海專兼幾小時的課，由公館師大分部搭木柵淡海線公車，一
路顛簸很辛苦。還記得當時海專的戴行悌校長也是國大代表。至於讓我有機會
去華岡中文系上大學部的課，完全是我不敢想像的，所以後來連時間都兜不
攏，只記得學生中有朱鳳玉、葉鍵得、陳啟佑等人。依據鍵得的回憶，是在民
國六十三年（1974）我該上博士班而沒上成那年，鍵得為文學組大二，時間一
定錯不了，可是鍵得以為我是師大博士生，當時伯元師是系主任，為了磨練自
己的學生，臨時因有位先生出國，左傳的課要有人代，於是責求我完成任務，
我完全不敢拒絕，以免犯了大忌。我極感謝陳老師的這種趕鴨子上架式的栽培
方式，我只記得我全力以赴，準備不完，就把所有參考書都帶著上山，應該有
幾分狼狽。鍵得卻把我描繪成：「儀容齊整，西裝筆挺，總是攜帶許多相關書

籍，廣徵博引，滔滔不絕，學生們受益良多。」我想只有第三句合乎事實。其他都是過度溢美之詞。

　　因為有這段意外的插曲，從此我成為鍵得大學時代的業師之一，可是當我們後來都成為伯元師的門下，並年年出席中華民國聲韻學會、中國文字會及兩年一度的中國訓詁學會年會，我早已把這層關係忘得一乾二淨。在伯元師門下黃金交叉之後，本自平行，兄弟登山，各自努力。我們是永遠的同門，向著三先生的標竿前進，這才是章黃後學。但鍵得一直叫我老師，這個「結」是伯元先師留給我們的，鍵得珍視這份禮物，我私底下其實感到無上欣慰。

由草地狀元到「最高學府」的堅持

　　我與鍵得訂交，不在其大二的課堂，也不在他寫《通志七音略研究》時期，而是他在攻讀博士班期間。有一次我從清華大學張光宇先生處得到周祖謨《唐五代韻書集存》（北京中華書局）的影本，鍵得正在撰寫博士論文，想從我這借個影本，以便做為校勘記的參考，我商得張光宇先生出借原書，鍵得與我相約取書，竟老遠騎著摩托車到我住的木柵路頭和興路來找我，並和我討論有關利用敦煌韻書殘卷校勘《十韻彙編》的問題。他的態度認真坦誠，令我感動的是他不放過任何材料的嚴謹態度。從此我們的互動增加，到七十六年十二月他的博士論文已殺青，由於校勘部分是費時曠日的事，可是憑鍵得的沉著與毅力，手抄論文，逐字完成九十餘萬言一三七五頁之手稿，超過一般博論兩倍以上的篇幅，更加令人佩服。一九八八年獲國科會補助出版（學生書局），二〇一五年改由萬卷樓出版。一九八八年伯元師為此書作序，讚譽有加。

　　鍵得嘉義中埔鄉人，樸實無華，從二〇〇八年他擔任臺北市立大學中語系主任期間的一篇學生訪談錄（口述歷史）可以看到其成長歷程。父親管教嚴格，讀書一路平順，功課好，六十二年考上文大中文系，父親認為他可以考得更好，不能只上文化，他卻因對中文有興趣，竟說服父親去文大唸，並自大一就立志考研究所，可見其自小看重自己，有自己的生涯規劃，據他說，本來也只想念個碩士，理由是因為家境，使他不敢妄想繼續念博士班。這點與我自己

有點類似，我在斗南鄉下從小學一直念第一名，斗六高中高三時也以為自己的
家境不可能念私立大學，為了減輕父母的負擔，又太喜歡文學，因此在聯考填
志願時，前幾個志願都填師大，完全謝絕考上臺大的機會，終於以第一志願考
上師大國文系榜首。民國五十九年我報考師大國文所碩士班時，同榜的狀元就
是文大的劉文起，但是像鍵得這樣腳踏實地的人，事實證明念文大或師大並沒
有兩樣，其實成功的關鍵就在有堅持，有方向及自制力，結果不敢妄想的事最
後都達成了。鍵得曾任教過三個學校，也是一步一腳印，最後進入市立師院中
語系，服務二十六年，他說一口氣擔任十七年半的行政工作，正值師院轉型，
最後蛻變為市立大學，鍵得躬逢其盛，確實參與人文藝術學院的改造工程，當
了兩任院長，我問他是如何辦到的？他卻淡然以自然而然就走過來了，正如學
位拿到了擔任教師一路升等，不是很自然的事嗎？我終於發現葉院長舉重若輕
的行政能力，不是人人都訓練得來的。

語文教育與學術文化的提升，把我們綁在一起

我與鍵得開始有比較密切的互動，可能是從民國九十年前後出席教育部國
語會異體字典編輯委員會，每月一次的編輯委員會開始，原始編輯群（據網路
11版，正式五版93年1月的編輯說明），主任委員李爽秋教授、兩位副主委陳新
雄、李殿魁教授，編輯委員共十五位。資深委員如許錟輝、蔡信發、王初慶
等，均為我們的老師輩，委員中伯元師的弟子就佔了七位，包括林炯陽、竺家
寧、姚榮松、周小萍、李添富、金周生、葉鍵得。感覺上這是師生兩代共同承
擔的歷史共業，審稿平均分配、討論的是委員個別撰寫的審稿意見，委員們的
意見，有時針鋒相對，有時引人入勝，出席委員都聚精會神的投入討論，因
此，每次半天討論下來，常有意想不到的收穫。這部異體字典從民國八十四年
開始編輯，至九十年編輯完成，費時六年，收字形達十萬以上，彙整六十二種
古今字書文獻相應的異體字形，工程繁瑣，實為教育部四十年來最重要的文字
整理成果之一。

我們學術活動的第二個臍帶是伯元師發起成立的中華民國聲韻學學會

（1988）、中國訓詁學會（1993）及民國四十四年景伊師等發起的中國文字學會（二〇〇〇年前後重新登記）三個「兄弟會」的研討會活動，其中以聲韻學會發展得最蓬勃，主要在於參與者的熱度及其專業性。當然還有伯元師的號召力，一開始幾乎把教聲韻學的老中青都找齊了，讓你覺得責無旁貸。這段篳路藍縷的歷史見於伯元師二〇〇二年四月十三日第二十屆全國聲韻學學術研討會在成大專題演講的題目：《中華民國聲韻學會二十年》，刊於《中華民國聲韻學學會廿周年紀念特刊》頁七至三十一，本會出版，又刊於《漢學研究通訊》某期。我跟鍵得兄與有榮焉，這個活動就是在我擔任第七屆本會理事長、鍵得任秘書長、程俊源當秘書所完成的第一個業績。

　　說起這段緣分，不得不回顧一下聲韻學會的掌故，當年伯元師號召同道一起開研討會，並非著眼於學術的秀場，而是為提升聲韻學術的水平，讓身懷「絕學」的老師們有彼此切磋觀摩，質疑問難的機會，因此一呼百應。但仍怕有門戶之見，因此辦到第三次發表會（1984年12月22日）於東吳大學，由中文所林炯陽所長主辦，請到中研院的丁邦新先生來講評政大謝雲飛先生的論文，臺大的楊秀芳博士也出席了這次會議。政大的先生們也表示願意接辦下一屆。學會的生機已露。一九八八年學會正式成立後，伯元師擔任兩屆四年理事長，改任常務監事，炯陽大師兄接連兩任理事長後，老師又考慮這種會員投票選舉模式有缺點，為避免外界有聯想，乃表達不願意理事長都是自己的學生，所以第五屆理事長在伯元師的感召下，新理事會選出中研院的何大安先生為理事長，大安兄亦坦然接受，我因喜歡語言學，對研究院的師友亦不陌生，也修過丁先生的課，所以恭敬不如從命，也就這樣擔任了第五、六兩屆秘書長。同時也見識到何理事長的高瞻遠矚，對學術活動的洞察力與前瞻性，在他任內首先規劃「中華民國聲韻學學會優秀青年學人獎」設置辦法（自民國八四年度開始實施），以及「中華民國聲韻學學會大專學生聲韻學論文優秀獎」設置辦法（八六年五月四日第15屆會員大會通過）。這些辦法強化了學會的動能，讓聲韻學會成為師生互動的有機體。確實也鼓勵了不少具有潛力的年輕人。同時，為提高資深學者儘量把金針度與人，規劃在沒有年會的下半年由學會推介專業飽學之士，以兩人搭配專題主講的一日型發表會，選擇學校合辦，加速學術的

傳承。二〇〇二年在我任內辦了頭兩次，元月份在師大由上海師大語言所潘悟雲教授主講方言與古音專題，十一月二十三日在輔大舉行第二次，上午二節由龔煌城主講「李方桂先生的上古音系統」，下午亦分兩節，由陳伯元先生主講「古韻三十二部的音讀構擬」。輔大提供一本論文資料。這三項辦法的推動，增加秘書處不少工作，卻也給學會增加不少賣點與優勢。

現在回頭談我當年接任第七屆理事長時，經過各種評詁後，決定請鍵得兄擔任秘書長，其中一個重要因素是鍵得服務的學校市立師院在愛國西路，設為會址，交通方便，他最初也以資歷淺等理由推辭，但經我鼓勵與堅持，鍵得願意共同承擔這個攸關老師的學術理想的付出，於是我們捲起袖子就拚了。他找到我的博士生程俊源當秘書，我又希望中青代同齡層的都動起來，現在回顧這份厚達二八〇頁的特刊共有三十五人供稿，年輕世代尤多，例如李存智、王松木、江俊龍、陳貴麟、張慧美、周碧香、李正芬、吳瑾瑋、程俊源等，都把各自的師承，毫無保留的寫出，讓聲韻學舞臺一時五彩繽紛，是何等的傳奇！二〇〇二年四月十二日鍵得把準備提供二十周年紀念展出的所有書籍（含聲韻論叢、學會通訊、歷屆海報、會前論文集、會議錄音帶等），還有我在兩任秘書長期間留下的文檔卷宗，塞滿了他的房車後的行李箱及後座，由鍵得開車，我們一大清晨，從臺北市區開拔，往臺南成大駛去，一路上聽不到半句牢騷，只差沒有唱出「快樂的出帆人」（文夏的老歌）。會議成功的代價，總要帶幾許苦澀，例如俊源負責特刊的集稿、編輯、校對、出版，至少個把月，我每回憶起這段，總會在內心向「葉老」陪一萬個不是、鞠五十個躬！

獨當一面，繼往開來；人情世故，面面俱到

由於我與伯元師的長期追陪與共事，使我在學會草創初期參與比較多的事，加上由秘書長到理事長共走過連續八年，我在《聲韻學會通訊》第13期會務報導曾以「走過八年；迎向未來」為題，抒發個人對學會面對當時問題的感受，也遵循伯元師的規矩，理事長任滿，只列為監事候選人，由於會員的相挺，我從來沒有離開監事的職務。在林慶勳與竺家寧兩位學長各任兩任理事長

八年後，一○一年鍵得被推為第十三屆理事長，兩年後又連任第十四屆，並不意外。從一○二至一○五年的《通訊》看到鍵得在每期卷首都寫前言，與會員互通聲氣，是個有板有眼的人，在二十四至二十五兩期都登有楊濬豪秘書根據鍵得〈憶伯元師〉等文整理出來的小傳，看出其行事出處皆以伯元師為依歸，並且對老師的專訪不厭其詳的作了兩次，充分體現其尊師重道的底蘊！根據濬豪的描述，鍵得在連任理事長期間，幾乎與第二任院長連任同時，看來院長的工作雖行程滿滿，仍能把學會處理得有條不紊，確是行政的高手。同時，我也大略回顧一下葉院長在一○一年八月意外承擔接任十三屆理事長時才四十七歲，行政歷練豐富，曾任該校中國語文系所主任、華語文教學碩士學位學程主任、國語文教學及研究中心主任等職務，不像我八十九年接任第七屆理事長時已五十四歲，只是個陽春教授，沒啥行政歷練，人脈不足，就會影響洽詢下屆接辦單位的進度（幸好在秘書長卸任前，何理事長已開始安排下兩屆由政大與成大接辦），同時對人際關係的拿捏也會掛一漏萬。

鍵得在卸下學會秘書長八年之後，回鍋躍升為理事長，可以獨當一面，自由揮灑。因為有四年秘書長的經驗，二○○四年也在該校主辦過第二十二屆研討會，對會務瞭如指掌，因此他馬上決定一○二年五月的第三十一屆全國性研討會由該校承辦。畢竟他是院長，只要徵詢本（中語）系系主任同意，即省去不少麻煩，同時也可以提早規劃下兩屆的承辦單位，果然很順利找到三十二至三十三兩屆大會的東家：成功大學和東吳大學。在承辦年會已獲張曉生主任的同意後，他馬上籌劃一○一年十一月先由該校承辦另一學術活動：一日型專題演講，而且邀請到兩位重量級的學者丁邦新院士與前任理事長竺家寧教授主講。這兩項活動如由系與院分工，其實都可以視為人文藝術學院的業績。所以我用「獨當一面，繼往開來」八字來形容院長兼理事長的心路。至於鍵得對人情世故的細膩程度，往往讓人點滴在心頭，套句閩南俗語叫「予（hoo3）儂呵咾甲會觸舌（tak tsih，咂舌）」。就舉眼前的事例為證。

例如他的秘書長就由中語系的同事張淑萍教授擔任，淑萍也是我指導的博士，從碩士班就是學生會員，當然需要歷練。再如，在上任後召開的第十三屆第一次理監事會議上，葉理事長親自頒發感謝狀給第十二屆竺理事長及秘書長

張美慧老師，並表達學會的感謝。同時請前理事長擔任一日型專題演講的主講人之一。也邀我為主持人。十一月十日專題演講之前，葉理事長致詞才又提起這個一日型演講是今年五月二十日在東華大學開會員大會時，我建議恢復辦理一日型活動，鍵得特別說這是「我呼應姚老師的建議」舉辦的。令我感到意外。上午場由丁邦新院士主講、李壬癸院士主持。丁先生年事已高，又住在新北市三峽區，鍵得決定自己親自開車去接，以示禮貌，在我看來，這是鍵得想要接近伯元師的故人，親聞謦咳的用心。所以我說這是別的院長做不到的！

　　另外二〇一三年五月十七至十八日第三十一屆全國聲韻學研討會特聘洪惟仁與我做專題演講，洪為臺中教育大學臺灣語文學系教授，講題是：音韻的動機與過程。我是臺灣師大臺灣語文學系教授，講題是：六十年來（1950-2010）臺灣聲韻學研究的評述與展望。兩位主講人均已自臺語文系退休，我覺得這個安排別具巧思。這也是我第一次擔任聲韻學術研討會的專題演講，備感殊榮，而又誠惶誠恐。感激的是鍵得的團隊發現了我。惶恐的是下一次如果還有機會，我能有更好的題目被發現嗎？我感覺鍵得已開始對我回饋，也許我的專業表現並不那麼突出，我長期為學會付出的心血，只有鍵得看得到，我又駛出中文系的航道，擔任臺灣語文學會的理事長，二〇〇〇年以前就擔任九年一貫閩南語課綱召集人，及二〇〇〇年以後耗時五、六年的教育部臺灣閩南語常用詞辭典的總編輯，這些關乎臺灣語文教育政策的基礎工程，如果我不做誰做呢？這些工作無關理論，但要有中文系的看家本領（文字聲韻訓詁）才做得到。只有親歷過師院、教大語教系轉型為中語系的鍵得才能看到我的困境與痛處。二〇〇四年八月我接任師大臺灣文化及語言文學研究所第二任所長時，在我的所辦外面走道上（當時臺文所在師大博愛樓十樓與華文所對門而居），有一天早上突然出現一對高腳花藍，兩條紅色彩帶襯托著清香與喜氣，彩帶一邊寫著恭賀姚榮松教授榮任，另一邊是鍵得的頭銜與姓名。挺耀眼的。鍵得的細心可見一斑，那是鍵得與我剛完成我們在學會的四年任務。我覺得鍵得是一位感恩圖報的人，實在受寵若驚。近十幾年來，鍵得在校內外擔任諸多職務，我總是後知後覺，對他的平步青雲，視若無睹，更甭提有他千分之一的細膩了。

　　由於聲韻學會的會址至少有八年（分兩段）設在北市愛國西路一號市立大

學中國語文學系，四樓的會議室是我十幾年來經常到訪的舊地，不僅到那裡開理監事會，也常在那兒進行一場一場的論文口試，這是鍵得要讓我分享他指導論文的樂趣，我每次接到這種聘函總是心存感謝，總希望把論文中所有缺失都指出來，鍵得一點也不會生氣，可見他的氣度和愛才。

　　我自一○一年退休以後，每月固定出席一個以文教界退休同仁為主的轉轉會，聚餐聊天小酌，鍵得也是忠誠會員，很少缺席，看來我們的自然人生還有許多話題可以延續，在這裡我常以老師自居，面對鍵得敬酒。近聞四十三年次的鍵得也要屆齡退休，總覺得他還早，但當鍵得向我徵求這篇稿時，我想忍不住說一聲退休其實很好，卻不肯勸他以其資歷與名望，其實可以有第二春，他身體又好，還可以停、看、聽一下！謹以此文慶賀他畫押人生的第一個小句點。大句點則有如藏寶圖，不需趕路。

　　　　　二○一九年十一月十九日寫於臺北市羅斯福路車軒樓

──姚榮松：臺灣師範大學臺灣語文學系退休教授，曾任中華民國
　　　　　聲韻學學會理事長

獻上最誠摯的祝福

陳 顯 宗

認識葉院長多年，院長為人謙和有禮，春風待人，在學校老師間建立好人緣、好口碑；在任職人文藝術學院院長期間，葉院長領導有方，使學院欣欣向榮、朝氣蓬勃；此外，葉院長一直以來在教育崗位上辛勤耕耘，其努力與奉獻是有目共睹的。

無論是行政或教學工作，葉院長一路走來都是認真踏實，始終如一，非常感謝院長這些年對學校的指導與付出。如今即將為教育生涯畫下休止符，功成身退的同時，也是人生另一樂章的開始。在享受慢活自在的退休生活之餘，也期望您能樂在運動，因為運動是健康的來源，也是長壽的秘訣；唯有健康，才能悠遊人生、心想事成。祝福您退休生活愉快，平安喜樂！謹獻上最誠摯的祝福！

──陳顯宗：臺北市立大學主任祕書、體育學系教授，曾任體委會副主任委員

葉院長鍵得榮退祝福

林 小 玉

對於臺北市立大學人文藝術學院，葉院長是：

創新制度擘劃者：因為您，學院電子報因然而生、全院文康活動熱絡開辦、學院系所各式學程枝繁葉茂！

溫馨氛圍營造者：透過您，學院和樂融洽、聚會充滿歡顏笑語、系所同心相互支持！

處事圓融典範者：看望您，樹立公平處事、圓融待人、人情周到、事理通達的典範！

學富五車立言者：欽佩您，筆墨長耕、著述立言、社會服務、弘揚文化的即知即行動能！

衷心感謝並祝福葉院長：

　　　　　　永懷德風、懋績長留。

　　──林小玉：臺北市立大學人文藝術學院院長，曾任音樂學系主任

記憶相簿裡的葉鍵得

劉　茂　雄

　　膚色略深，臉頰上還淌著汗水，清晨趕來上課，一進教室就端坐溫書，臉龐雖帶著土氣，眼裡卻堅毅有神，這是我初見到葉鍵得這個學生，腦海中浮現的強烈印象。

　　讓時光倒流到民國五〇年代，當時的臺灣雖然經濟逐漸起飛，城鄉資源貧富差距仍顯巨大，來自嘉義縣中埔鄉下的他，外表顯得憨厚、純樸，還帶點靦腆，也許是來自簡樸的環境，鍵得這個孩子特別懂得感恩，懂得珍惜學習的每一刻。他雖然不是那種口才滔滔，能夠抓住每個師長目光的鋒芒盡出的學生，但敦厚有禮，上進用功的態度，一樣深得師長們的喜愛，我覺得可以用「品學兼優」來形容他。

　　即便沒有豐厚的資源，他憑著紮實勤學，步步踏實的學習，應屆就考上文化大學中文系，成功擠進了當年錄取率只有百分之十八的大學窄門。據他說當年父親認為他自小學三年級起課業一直名列前茅，要他補習重考，可是他考量為不增加家裡的經濟負擔，向父親表達自己對中國文學的喜愛與興趣，希望前往就讀，後來父親勉強同意了。

　　鍵得念大學期間，我們偶有聯絡：記得鍵得在大二時回到母校，因為有同學告訴我鍵得在師大念國文系，所以我就問他在師大就讀的情形，他卻說仍在文化就讀。這件事後來鍵得給我信件說明原委：他說大一下學期時，有報名師大國文系插班考試，後來收到成績單，並沒看到報到通知，所以繼續在文化就讀。倒是他的同學因為重考補習，租屋在師大附近，晚餐後常進入師大散步，在公告欄上看到國文系插班放榜名單上有葉鍵得的名字，所以回來學校跟老師說他錄取的事；又有一次，鍵得回來母校，跟我表示高中三年，師長們對他幫

助頗多，因此想成為中學教師，教育更多和他一樣的孩子。但我鼓勵他更上層樓，將表達情意的中國文學，傳授給更高端的大學生，會有更好的發展，後來他果然修了碩士、博士學位，在大學任教。

是璞玉早晚會雕琢成器，鍵得就這樣憑著一股熱誠與上進心，終於在臺北市立大學任教，造福熱愛中國文學的莘莘學子及眾多的師培生。

打開記憶的相簿，當年那個十幾歲，在臺下聽我上數學課的葉鍵得，和今日在北市大榮退，出版紀念冊的葉鍵得，除了年紀不同，這張精神飽滿、善良熱血、敦厚誠懇的臉譜，在塵封了五十多年的相簿裡，並沒任何改變！我恭喜他榮退！

──劉茂雄：國立後壁高中退休教師，曾任葉師導師

我所認識的葉鍵得院長

賴 政 秀

　　我與葉院長認識的時間不長不短有六年，六年共事的日子裡葉院長所表現的長者風範、謙謙君子與飽足的內涵，在在讓同為晚輩同事的我敬佩不已！

　　葉院長即將屆齡退休，對晚輩們而言，將不再有容易及長時間的機會可以學習葉院長的風範，實為可惜！感佩葉院長的薰陶，願以：

葉公論文

鍵墨如龍

得采如天

尊記葉院長的一言一行。並祝福葉院長的退休生活得怡自在！

　　　　──賴政秀：臺北市立大學運動健康科學系教授，曾任體育
　　　　　學院院長

我所認識的葉院長

陳　滄　海

　　我在民國九十年八月進到本校社會科教育學系（其後改制為史地系與社會暨公共事務學系）任教時，很榮幸最先認識的外系老師就是葉鍵得教授。因為學校規定初聘老師要兼行政工作兩年，我就每天一大早到系辦上班，經常會在學校遇到葉院長，院長主動跟我寒暄，當時對學校十分陌生，院長非常熱心而且鉅細靡遺的介紹本校的概況，讓我很快熟悉學校的環境。印象中覺得院長很客氣，具有謙和誠懇的學者風範。

　　其後我在一些學校的各種委員會開會時，也常在場遇到葉老師。印象最深刻的是，我大都準時出席，老師卻總是比我早到。開會時，不論討論何種議案，老師都是全神貫注，聆聽各方意見，有必要發言時，則言簡意賅，就事論事，見解精闢，從不贅言。後來葉老師獲選為人文藝術學院院長，我當時是公共系系主任，經常參與院務會議及主管會報等院內會議，院長在主持會議時，總能稟持公正客觀的立場，處理議案；對於爭議問題，也都能掌握問題核心，調和各方意見，明快果決的作出大家都能接受的方案，相信與會同仁都能感受院長獨到的處理事情能力，也讓我更深刻體認葉院長工作態度認真，正直穩重及嚴謹親切的個人特質。

　　在我擔任系主任時，與福建師範大學法學院簽訂合作交流計畫，商定雙方每年一來一往，進行學術交流活動。葉院長知悉後，非常支持這項交流活動，每隔兩年公共系組團到福建師大，一定親自帶隊，而且全程參與。院長總是以不亢不卑的原則，親切和藹的態度，和大陸學者對話溝通，交換意見，展現出學者風範和雍容大氣，頗受福建師大師生的歡迎與敬佩，不但有效增添本校校譽，更使得本校與福建師大長期以來都能保持緊密的學術合作，對促進本系的兩岸交流活動，葉院長確實功不可沒。

　　葉院長在參與福建師大的學術交流活動回臺後，不論在公開或私下的聚會場合，不止一次公開表示，一般大學校際之間的國際交流活動，雙方互訪接待，在公開場合彼此相互寒暄餐敘，之後再安排一些觀光行程，使得此等活動大都流於形式意義，而公共系與福建師大的合作，是扎扎實實進行實質而深化的兩岸學術交流，雙方互訪期間，都會針對兩校院及兩岸關注的公共事務或法學議題舉行研討會，在論文發表、提問及討論過程，不但有效提升兩校師生的學術知識，也能促進兩岸的瞭解與友誼，真正發揮了合作交流的實質意義。

　　聽聞院長即將榮退，有感於葉院長為人處事的長者風範，對教學的熱忱和學術研究的精深，以及對學校服務的無私奉獻和對我個人的提攜襄助，感念甚深，乃於此聊表數言，以表達我對葉院長的敬重與感謝之意。

　　　　　　——陳滄海：臺北市立大學公共暨社會學系退休教授，曾任

　　　　　　總務長、系主任

記與葉鍵得教授幾件小往事

陳 明 終

明年（民國一○九年）二月一日，摯友葉鍵得教授就要榮退了。個人為他可以過自由自在的退休生活感到高興，但也為往後在校園較少能見面有點感傷。

民國八十年代，我擔任語文教育學系（現改稱中國語文學系）教育實習課程教師，依課程需要帶領大四學生外埠參觀。當時慣例是系主任和導師會擇定一日或一段時間，陪同學外埠參觀。在這次參觀中和系主任施隆民教授及導師葉鍵得教授在晚上有機會小酌暢談之緣，因而建立了彼此間數十年的深厚友誼。

葉鍵得教授在八、九○年代曾兼任語文中心行政工作（組長、主任），該中心每年辦理大一的詩詞吟唱比賽（按當時本校大一新生全班會參加上學期的啦啦隊比賽，下學期的詩詞吟唱比賽）。葉教授會在延平南路的輝煌川菜小館席開數桌，宴請協助比賽的同學，表示謝意。席間，除兼任語文中心行政工作的教師作陪外，我也被邀請，參與盛會。由此可見，葉教授對行政工作及愛護學生之用心與盡心。

個人和葉教授有緣三次代表學校共赴姊妹校參訪：第一次，在他剛卸任語文中心主任時，共赴福建師範大學參訪，該次除圓滿達成參訪任務外，也順道到香港和澳門一遊。在香港由於天氣炎熱，我建議中午可在旅社休息，待下午再出門觀光，他說這是他第一次出國中午回旅社睡午覺的記錄，而我們當天在太平山頂喝啤酒聊天看夜景，則是美事一件，歷歷在目，另在澳門的惜別餐吃當地風味美食，喝招牌飲料，至今仍記憶猶新。

　　第二次，除葉教授外，和余崇生主任及張于忻老師共赴泰國甘烹碧皇家大學（Kamphaeng Phet Pajabhat University）參訪，除拜會校長及相關部門外，並到僑胞莊豐隆伯伯捐助的中文學校參訪，收穫良多。回程在泰國曼谷為豪華之旅，該日中午用餐後，我花了一些錢在泰國皇宮附近的紀念章店買了四個泰國的獎章。然後到百貨公司，余崇生主任大批採購曼谷包，回臺灣送人，作為退休紀念品。之後再到市區的凱悅飯店享用豐盛的下午茶（于忻老師請客），陪同的甘烹碧大學沙瓦（Sawat Chantorn）先生稱，此是他這輩子最豪華的下午茶。泰式按摩，則是下午茶後的休閒節目。晚餐則到當地外國人最愛光臨的特色餐廳用餐，當進餐廳坐下，看了服務生送來菜單定價不貲，心想此餐費用宜由大家分攤，但葉教授堅持事先說好的約定，此晚餐由他買單。由此可知他重承諾，言出必行之性格。

　　第三次，則由當院長的葉教授領軍，到越南參訪姊妹校，陪同的人除我外，尚有中語系張曉生主任和張于忻老師。此行除拜會本校從未有師長到訪的姊妹校——太原大學；越南河內國家大學下屬外國語大學外，也拜訪我國駐越南代表處相關的官員——科技組郭逢耀組長（本校范宜善教授的姊夫），更蒙代表處黃志鵬代表（即我國大使）親自接待，相談甚歡，頗有收穫。此行除公務行程外，也安排了下龍灣之行。吃了道地的河粉，在離開越南前夕的晚宴，輪由張曉生主任作東的自助餐，竟然有百餘種河粉料理，真讓人開了眼界，大家約定有生之年再來次越南之行，讓美好的快樂時光，能再度持續、擁有，並讓友誼長存。

　　由於長期的相處，個人深知葉院長是個優秀的學術領導人才。因此在人文藝術學院院長出缺，推薦候選人時，個人徵求中語系大老古國順教授及施隆民教授的贊同後，鼓勵葉教授出來競選院長，而他也不負重望，當選並連任院長，政績斐然。在他擔任院長前期，個人也適巧擔任行政工作，於公於私，彼此互相協助，除解決了一些疑難雜症外，也完成了許多任務，因此常有「有你，真好」的感覺。

　　個人在本校服務逾三十年，當想到三十年來有許多的好朋友，逐漸的從工作崗位榮退，享受自由自在的退休日子時，心中有無限的羨慕。在葉院長鍵得

教授功成即將身退之時，我們恭喜您，也祝賀您，功德圓滿，在含飴弄孫之餘，期盼多跟我們聯絡，可小酌、聊天、暢談⋯⋯。最後祝友誼長存，葉院長身體健康、萬事如意，全家和樂。

　　　　　　──陳明終：臺北市立大學心理與諮商學系教授，師鐸獎得主，
　　　　　　　　　　前臺北市立教育大學主任祕書、教育心理與輔導研
　　　　　　　　　　究所所長、臺北市立師範學院學生輔導中心主任

走過臺北市立大學十二年，
我所認識的葉院長鍵得教授

楊 政 穎

翩翩的學者

二〇〇八年十二月，在當時的學校（臺北市立教育大學）主秘陳明終教授的介紹下，認識了葉院長（當時的中語系主任）。雖然我曾在學校的大小會議中，曾經遇過這位主任的身影，由於葉院長總是默默無語，沒有多注意就忘了他的存在，但是這一天卻是我對葉院長認識的開始。

葉院長身材不高，與我相似，所以有股莫名的親切。他總是梳個西裝頭，戴著一付方形金框眼鏡，穿著襯衫、西裝褲加黑色皮鞋，舉止溫文爾雅，走在校園裡，非常清楚的教授形象，在葉院長的身上展現的一覽無遺，即使走在街上，還是捷運的車廂內，一眼望去，儼然是一位翩翩學者。

務實的智者

葉院長的話不多，但言出必行。回憶二〇一三年九月，院長剛接手院務，他經常與我們談及如何提高人文藝術學院的亮點。Google Earth號稱是當時最新的科技，能將建築物的樣貌呈現於全世界觀看者的眼裏。在我的提議下，院長覺得學院的建築物能夠在世界的資訊平臺上展現，不但提升學院的亮點，同時也增進學校的曝光，於是應許了對該學院的大樓，置作 3D 繪圖，將藝術學院大樓的模型，呈現在全世界的Google Earth上，讓全世界有機會認識該學院。此一工作的實現，讓該院獲得二〇一四年校務創新的獎勵。

文化的護者

　　葉院長的長期學問都在中文，所以傳授的都是中華文化的中文，為此陳明終教授揶揄他說一輩子只會教一種語言，不如資訊科學系的老師可以一學期教多種語言。當時院長一臉無辜，心想中華文化博大精深，他花了畢生的努力，才能有如此成就，怎麼⋯⋯。原來陳教授所謂的語言指的是電腦的程式語言，從Assembly, Basic, COBOL, Epigram, Fortran, Game Maker, Hugo, IDL, Java⋯等，按英文字母排序，可以有很多不同的程式語言。瞭解了這一謔詞後，葉院長才如釋重負，重拾信心，繼續為中華文化守候。偶而，性情中人的葉院長，也會在好朋友面前歌誦詩詞，讓大家能夠在他的引導下，欣賞古典詩的美麗，感受古典詞的魅力。

長青的長者

　　去年一天，突然聽說葉院長要退休，怎麼也沒有想過「退休」這字眼，在偉佳總務長用完之後的很久，再次出現在我們朋友之中。葉院長在我認識他的十二年裡，外表並沒有太多變化，始終如一，開朗的笑聲經常迴盪在我們朋友之間，豪爽的性格仍舊出現在他的舉止之中。如此青春長駐的教授，退休兩字怎會適用在他的身上呢？還好，為了鍾愛一身的中華文化，葉院長仍然會繼續為愛傳承，永垂不朽，持續作一位翩翩學者、務實智者、文化守護的長青長者。

　　　　　──楊政穎：臺北市立教育大學資訊科學系教授，曾任計算機
　　　　　　　與網路中心主任

誠摯祝福退休後生活美滿幸福

邱 世 明

有幸與葉院長在中埔同鄉的我

一直受到院長無數的關心與照顧

每次遇上都讓人有如沐春風般的愉悅自在

於是想像古籍經典上所描繪的謙謙君子

應該就是這個模樣吧

院長以嚴謹治學並敦厚待人的深厚學養

帶領人文藝術學院建立積極而融洽的文化

在各種發表場合總會看到他身影穿梭

到處為大家加油勉勵

在退休卸下教職課務之後

相信院長更能如魚得水

開展另一階段的璀璨歲月

謹此誠摯祝福院長

安康吉祥

松鶴長春

——邱世明：臺北市立大學教育系副教授，兼任臺北市立大學
附設實驗國民小學校長

賀葉鍵得（碧廬）同學榮退詩十首

李　新　如

　　葉老長年勵志苦讀，修養超凡，方能逢源遇淑，得展抱負。又能體恤同儕、照顧下屬，拔擢英才，忠於職守，功成名就，兼顧老小家庭、族人，光宗耀祖，洵為世人典範，蒙為學友，與有榮焉。

之一

小學稱大師，賢德譽同知。
桃李滿天下，榮歸故里時。

之二

子夜思維鍵得心，一生敬謹事師深。
功成名就儒林望，典範可風桑梓尊。

之三

鍵公孝悌聞鄉里，得損無疑厚友朋。
學識精深勤勵志，修為足式同儕曆。

之四

新如鍵得倆無猜，兄弟情緣半世懷。
各付真情相對待，人生到此不虛來。

之五

葉老主持一級棒，西服領帶髮端莊。
容光煥發源才識，儒雅風華勝漢唐。

之六

宏偉大堂飽學士，座談韻事展才華。
鍵公識遠宣新意，萬卷書香更上加。

之七

天南地北廣交遊，懇摯忠勤遠計謀。
日久猶能同手足，人生到此復何求。

之八

石碣地靈人傑出，碧廬奮進堅研讀。
士林享譽慰雙親，葉府欣欣桑梓足。

之九

惜情重義碧廬君，德望才能眾所尊。
辛苦從公茲卸任，湧泉必報涓滴恩。

之十

碧廬學養佳，德望玉無瑕。
戮力文壇事，功名那管它。

　　　　　　──李新如：嘉義輔仁中學退休教務主任，葉師的大學同學

賀高中同學葉鍵得榮退

蕭 榮 發

　　時光飛逝，自民國六十二年高中畢業後，各奔前程，至今已逾四十六年，這期間，終究有緣，偶有相逢之機會，甚幸！

　　記得高一時，我們分屬不同班，高二因成績尚可（不知當時是否被師長認為值得栽培？），一同被編在高二八班，受教於劉茂雄恩師，後因將來選考大學之需要，高三又不同班，但高中三年期間，我們都住校，每天除了睡覺時間以外，幾乎可說是朝夕相處。

　　鍵得兄天性善良，溫文儒雅，待人友善有禮，確實是個好相處的同學，尤其他的努力向學，步步前行，更是同儕之好榜樣，也因此，練就他不受鄉下環境之限制，憑己身強韌意志，力爭上游，終能博士加身，並以文學院院長之尊榮退，我等深為感佩且與有榮焉！

　　值此鍵得兄榮退時刻，誌此賀喜，祝福鍵得兄：

　　從此悠遊人生，心想事成，健康常駐，喜樂滿盈！

——蕭榮發：國立後壁高中校友，葉師的同學，中華民國船舶
　　　　機械工程學會理事長、傑舜船舶安全管理顧問股
　　　　份有限公司總經理

我所認識的葉教授鍵得兄

陳 木 杉

　　歲月悠悠，已過數十寒暑，古有桃園三結義，今有文化五君子，分別為吳昌廉兄（文化大學史學博士）、吳福相兄（文化大學中文博士）、葉鍵得兄（文化大學中文博士）、林永鐘兄（文化大學哲學碩士）、陳木杉（文化大學史學博士），每年定期在臺北聚會，談笑有鴻儒，往來無白丁，雖可謂君子之交淡如水，但濃情蜜意揮不去，令人期待再相會。頃接鍵得兄囑咐小弟抒發心得，為其榮退紀念冊著墨一二，本人樂于為之，有幸與大家分享。我所認識的葉兄鍵得，可以「溫」、「良」、「恭」、「儉」、「讓」概括之，謹獻此文恭祝葉兄榮退祝賀之意。

　　壹、「溫」：葉兄有國學鴻儒之相，望之儼然，即之也溫，個性謙恭有禮，溫柔婉約，不慍不火的好脾氣。猶記自民國六十七年至六十八年同住文大大莊館B405室研究生宿舍，迄今數十寒暑的友誼，我從未目睹葉兄有生氣不悅的表情，這是他個性「溫」和的寫照。

　　貳、「良」：葉兄有良善性格的一面，體現在對朋友的關照。我們五君子大多來自農家子弟及中產階級家庭，畢業後各奔東西，四位皆執大學教鞭，唯獨永鐘兄任職中油公司。由於工作的關係，我和昌廉兄遷居中南部，其他三人則居住大臺北地區，因此每年聚會大多選在臺北市。好景不常，數年前永鐘兄中風，葉兄及福相兄就近經常予以關照，噓寒問暖，並將永鐘兄病況，隨時轉達給中南部的友人，正是「良」師益友的寫照。

　　參、「恭」：葉兄勤奮好學，事親至孝，兄友弟恭。渠家中有長輩身體違和，他必事必躬親，侍奉雙親。來自嘉義中埔純樸的農村，誕生一位文學博士，真是光耀門楣，難能可貴。一路走來葉兄鑽研學術之餘，更榮任多項校務行政職

務，如臺北市立大學國語文中心主任、中國語文學系主任、參與審查教育部國語大辭典、人文藝術學院院長、中華民國聲韻學學會理事長，皆能兢兢業業，戮力從公，也體現「仕而優則學，學而優則仕」的文人典範，令人敬佩！

肆、「儉」：打從研究所與葉兄同為室友，葉兄即潛心向學，生活儉樸，從不浪費，中規中矩，溫文儒雅。也因為他的勤儉持家，與在國中輔導室服務的大嫂，胼手胝足的養育一男一女，子女皆已成家立業，事業有成，所謂「書香門第」。尤其葉兄更在新莊購置兩棟房產，著實令人欽羨，真是「人生勝利組」，勤「儉」而來，實不虛也。

伍、「讓」：葉兄乃飽學之士，酒量亦佳，每次聚會，他常提供酒品，犒賞眾兄弟。閒暇之餘，我上網瀏覽臺北市立大學網站，葉兄擔任行政要職之時，學術活動之照片，兩岸學者互訪之動態，各種會議發言之訊息，葉兄皆表現可圈可點，成果豐碩。尤其他對後輩師生的關照，舉凡升等、任用、學生輔導等，皆是有口皆碑，深深地體現學者謙「讓」，具有「經師」與「人師」兼備之良師風範。

——陳木杉：國立雲林科技大學退休教授

我所認識的葉鍵得教授

黃　志　盛

　　一〇八年九月三日晚，葉鍵得教授私訊我說，他將於一〇九年二月一日屆齡退休，擬編輯一本紀念小冊子，能否請我賜稿，以增光篇幅。我一接到訊息，立即回訊：恭敬不如從命，敬愛的學長。

一

　　認識葉鍵得教授要從民國六十四年談起。當時，我剛從臺灣省立後壁高級中學畢業，經由重考才考上東吳大學中文系，為早日適應北部生活，進入學習狀態，因此參加設立於校園內的後壁中學同學會。六十五學年度新學期開始，同學會為聯繫所有旅北校友感情，特地選擇位於臺北縣石碇鄉（今新北石碇）的皇帝殿舉辦迎新活動。參加的校友不多，約十來位而已，就在當次活動，我第一次見到久仰大名的葉教授。

　　為何這樣講呢？因為稍微瞭解當時升學背景的人都知道，民國六十年前後，想考取大學是相當不容易的一件事，尤其以報考乙組的考生而言，更是難能可貴。根據大學聯考統計資料顯示，一百位考生中，可以考上大學的只有十位左右，也就是說，錄取率只占百分之十。葉教授不但考取文化大學中文系，畢業後更進一步考取文化大學中文研究所碩士班，這件事情在當年而言是非比尋常的，他的傑出表現早在我們這群學弟妹口中傳誦著，換言之，他簡直就是我們後中人的偶像。因此，趁著當天迎新活動，我把握機會緊緊跟隨在他身旁，一路的向他請益。文質彬彬，談吐優雅是他留給我的第一個印象。另外，他的硬筆字寫得清新秀麗，令人賞心悅目。有一陣子，我還私下偷偷地學習他

的筆法結構，模仿其神韻，然而就是學不來，可能是我的個性不夠柔順的原因吧！

葉教授從跟我閒聊的過程中，知道我也企圖報考中研所碩士班後，就毫無保留地指導我要先蒐集歷屆中研所的考古題，怕我不知道從哪裡入手，乾脆直接把考古題印給我練習。然後為我詳細說明解題的要領，堪稱傾囊相授，唯恐說漏了甚麼。此外，他更叮嚀我一定要詳讀故林景尹先生的著作《文字學概說》、《中國聲韻學通論》、《訓詁學概要》這三本書，如此在面對碩士班考試，「小學」這科即可所向無敵、無往不利。在他的指導下，民國六十八年，我報考中研所時，順利地考取臺灣師範大學國研所以及東吳大學中研所，文化大學中研所則備取第五名。

現在回想起來，當年我能有這麼優秀的成績表現，這都得歸功於葉教授的耐心指導。

二

有了這份同校情誼的基礎，葉教授誠懇地邀請我在寒假返鄉期間，若回嘉義，一定得抽空到他的故鄉中埔鄉石硦村走春。當我聽到他是石硦人的時候，倍感親切，因為我是中埔鄉沄水村人，這下他跟我之間，除了既有校友的一層關係，同時又多了一層同鄉的關係。從此我更有理由親近他，多向他學習了。

葉教授的老家，我曾經去過幾次，印象中葉伯父及葉伯母均保有典型鄉下人素樸的精神，非常親切好客，每次去他們家作客，我總有賓至如歸的感覺。他的書房藏書豐富，擺設井然有序，後來我之所以養成喜歡買書、把書房整理得乾乾淨淨的習慣，可說是受到他的影響。此外，為關懷鄉土，瞭解民俗信仰，他曾替家鄉的廟宇編撰廟誌，奉獻心力。特別值得一提的是，他的書桌上放置了服預官役期間，表現卓越，由國防部長頒發的獎牌，由此可見，他在上庠是個高材生，在部隊也是個好軍官。「允文允武」的題辭，對他來講，實至名歸，受之無愧。

基於禮尚往來的關係，葉教授也曾經到訪我位處嘉義市的寒舍好幾次，一

向厚道重禮的他，每次來訪時都會送給我們伴手禮，對待我的父母親也很敬重，留給家父暨先母非常深刻的印象。之後，由於他執教於北部，同時開始兼任行政工作，發揮管理長才，一路從臺北市立師範學院國語文教學及研究中心組長、主任，到臺北市立大學中國語文學系系主任、華語文教學碩士學位學程主任、人文藝術學院院長，備受學校器重，同仁肯定。另外，他也受邀擔任臺北市教育局鄉土語言輔導團指導教授；教育部國語文輔導諮詢團隊北區委員、副召集人；中華民國聲韻學學會秘書長、理事、理事長；世界華語文教育學會常務監事。中華文化教育學會副理事長、榮譽副理事長；中國語文月刊社編輯委員；參與教育部《重編國語詞典》、《異體字典》、《成語典》審查工作；參與文化總部《兩岸常用詞典》編輯工作。可以想像那段日子，他鐵定過得既忙碌而充實。

　　當葉教授教學、研究及服務工作正忙得不可開交之際，我則在南部的科技大學一邊教書，一邊努力完成博士學位，所以彼此見面的機會變少了，不過，逢年過節回嘉義的時候，他仍然會儘可能抽空到寒舍探訪。記得有一次，他利用回嘉義省親的機會，特地要來寒舍拜訪我，由於我家已經從早年的磚瓦平房改建成鋼筋水泥高樓，一下子之間，他竟然找不到了位置。為了能找到我，他憑著記憶向我家鄰居四處打聽我的消息。其實我家位置並沒有改變，改變的只是建築外觀罷了。從這件事情看得出來，他也是個非常念舊的人。

三

　　民國一〇七年七月，葉教授身兼中國語文月刊社該月份的主編，透過私訊向我邀稿，要我談談在科技大學教授國語文的經驗。

　　由於我自從民國六十五年就讀東吳大學時，曾經修過黃慶萱教授講授的《易經》，之後於八十五年考取國立高雄師範大學國研所時，在應裕康教授的指導下，學習以擲錢法卜卦。近年，帶領一個讀書會，以葉舟著《易經的智慧》這一本書為教材，與志同道合之士相互切磋琢磨。同時，參考郭建勳注釋《新譯易經讀本》，以充實學習《易經》的知識。有了上述這些學習《易經》

的基礎，因此在一〇六學年度下學期，嘗試在國立高雄海洋科技大學通識教育中心新開「易經的人生智慧」一門課程，供雅好此道的學子們選讀。為檢視對於《易經》的認識程度，利用葉教授邀稿的機會，我決定以〈易經教學體驗——以困卦為例〉，投稿中國語文月刊社。

葉教授在收到我的文稿後，回覆我說，依照中國語文月刊社的出版程序規定，文稿須經審查通過方可刊登，且八月份的主編已經換成另外一位教授。約莫經過一個星期的審查，月刊編輯陳淑娟小姐來信，告知我的文稿已經通過審查，只須針對部分文句略作修正即可，預計於二〇一八年九月735期出刊。這是我第一次以國文教學經驗為題，投稿中國語文月刊社，能夠如願刊登，真的叫我雀躍不已。

現在回想起這件投稿的往事，可以確認葉教授是一位公私分明、嚴守規矩的人。

我所認識的葉鍵得教授是位文質彬彬的君子，是後中之光，也是中埔之光。同樣是後中人，同樣是中埔人，我以葉教授的卓越成就為榮。

贊曰

鍵研聲韻開啟學海千秋基石
得化杏壇指引英才萬世坦途

——黃志盛：國立高雄科技大學進修推廣處處長

一葉知心：鍵盤聲中盡得韻

梁 淑 媛

一　往事並不如煙

　　我進入臺北市立大學中國語文學系時，是在校名和系名還是「臺北市立師範學院語文教育系」時期。當時的新進老師都要簽二年約，兼任朝八晚五的行政工作。我就在國語中心擔任任務編組的組長。國語中心的位置就在現今教授休息室，國語中心組長既是任務編組，也就沒有津貼，沒有什麼福利，只有減授課四個鐘點，不但要承辦當時全校性的詩詞吟唱比賽、啦啦隊比賽；還要負責從系、校到全國性的國語文競賽，也要編系上學報，偶爾再幫忙一下學校其他刊物等等，業務又多又雜，完全是個苦差事。然而，縱使時光荏苒，往事並不如煙，回憶裡卻是充滿了歡樂，因為當時國語文中心的主任就是葉院長鍵得。

　　葉院長總是以身作則，甚至是比我們早到，比我們晚走。記得有一回，我的孩子還在讀幼稚園，小學臨時放學，我得趕緊去接他回家。但還在上班時間，院長也正好有一件重要的事得辦；但院長只說了一句話，等他十分鐘，果真，十分鐘後，他氣喘噓噓地「跑」回來，說他的事完成了，我可以去接小孩了。我非常詫異，問了院長一句：「辦事的地方不是有段距離嗎？」院長回答得很平常，說：「是呀！」簡單的一句話，讓我感動得久久不能忘懷；院長把我們的事看得比他自己的事重要。

　　院長對於新手上任，總是從旁陪伴、支持著我們，並且不斷鼓勵我們。剛接手一些不熟悉的業務，做事過程中，一定會碰到不少困難、挫折和錯誤，但葉院長總是輕輕提點，並不苛責；從而用委婉而溫和的語氣，提點我們正確的方式。由是，既讓我們知曉如何負責做事，更讓我們學習到待人處世的態度。

二　來自心海的聲與韻

　　有一陣子電視熱門節目「心海羅盤」葉教授的名聲很大，但是中語系的「葉教授」也完全既不輸人也不輸陣，大家輕聲細語的叫葉院長為葉教授，一方面，他是本系在「教授」級尚稀少的時期，就已榮升，為中語系增添無上光彩；另一方面，他是望之儼然、即之也溫、就之幽默，亦即他不時也會展現風趣的一面。叫他「葉教授」，也剛好他教授的科目是各大學中文系聞之膽顫心驚的「聲韻學」，但「葉教授」擅長以韻為例來講授詩文，並且能即席來一段「詩詞吟唱」，由是學生讀起來反倒覺得輕鬆有趣，不但不易被當，甚至還很喜歡。「葉教授」活潑有創意，和學生打成一片！只是近年來，已不再聽到學生這樣叫他了，而是改叫「鍵得」！第一次聽到時還真得把我嚇了一跳，心想：「豈是你們這些二十歲不到的囝仔可以任意『稱兄道弟』的？」但院長似乎也沒太在意，並不刻意要糾正他們，而學生敬重他的態度也沒改變，我這才放心。雖然「語言風格學」是竺家寧教授引進，但在葉院長的運用和教導下更為發揚光大。受葉院長影響而繼續研究聲韻學、語言風格學，甚至編纂字、詞典的學生非常之多，這是他在課堂上嚴謹、教導有方又不失生動韻趣，方能桃李滿天下。

三　百善孝為先

　　葉院長在休假的一年，其實並沒有真正的休假，而是臺北、嘉義往返奔波，為了返家探視雙親，母親北上看診，由他載送、陪伴。從院長與母親的互動就知道他極其孝順，所謂百善孝為先，唯有積善之家，也才慶有餘。

　　院長即將屆齡退休，心中難掩依依不捨之情，期望院長常回到這個他將一生菁華、最美好的時光，服務貢獻的大家庭。

——梁淑媛：臺北市立大學中國語文學系教授兼系主任、華語文教學碩士學位學程主任、儒學中心主任

我所認識的葉鍵得院長

吳　肇　嘉

　　前陣子獲葉鍵得院長邀請，希望為他的退休紀念文集寫篇文章，我才猛然驚覺歲月如梭，來到臺北市立大學中語系服務也已經七年了。

　　七年前剛來到臺北市立大學，首位遇到的一級主管就是葉鍵得院長。由於前主任張曉生老師推薦我接任院屬儒學中心的業務，院長便找了我去談談。第一個對葉院長的印象，就覺得他是個熱誠的長者，儘管位高德隆，對於新進晚輩卻沒一點倨傲態度，而非常親切詢問我以往的工作、生活，與到新環境的適應狀況等，也沒急著討論儒學中心的業務。當時我剛進學校，又臨接手儒學中心重責之際，自然戰戰兢兢如履薄冰，生怕回錯話誤了事。葉院長一番溫情談話顯然讓我暫時放下了緊張。交談中，印象最深刻的是他對我說：「臺北市立大學校園雖小，對待老師卻還不錯，是個可以安身立命的地方。你們可以在這裡好好做學問，發展自己的未來。」雖然「安身立命」這詞對我來說是個難以領會的未來，但院長這番話確實讓我意識到自己的下一步和所負使命。對於該做個怎麼樣的老師與學者，從此時就開始尋思摸索。

　　接手一陣子中心的工作以後，逐漸瞭解了儒學中心的性質。「儒學中心主任」是個任務編組的職務，是由臺北市政府撥專款運作的學術單位，與其他系所、中心的「主任」比起來性質相當不同。說它重要，則學校正式編制中根本沒這單位；若說它不重要，它卻又擔負推展傳統學術的重責大任。由於編制的限制性，加上市府提撥經費又極不穩定，中心運作常常面臨斷炊危機；因此之故，儒學中心主任的職務總也算不上是個令人關注的位子，學校裡不少師生對它都頗為陌生。儘管如此，鍵得院長從來對所有單位都是一視同仁，每學期院內主任聚會聯誼，我總能受到院長邀請，因而也與不少同仁熟識交好，對中心

業務的拓展助益很大。另外在爭取經費上，院長也多次為儒學中心奔走交涉，說服市府撥款，竭力幫忙延續儒學文化命脈。在這一點上，真的衷心感佩鍵得院長為儒學所盡的心力；也許他自己不覺得，但我認為這是「為往聖繼絕學、為萬世開太平」的重要功績。

後來我有幸擔任中語系主任為系上服務，院長更是多方從旁協助。當時我進中語系其實不過三年，教學、研究資歷尚淺，行政上更是所知有限，對新任務能否勝任實感忐忑不安。尤其中語系是個有百年悠久傳統的大系，資深老師比比皆是，在元老眾目睽睽下要做到處事穩妥周延實為不易。因此剛開始我果然常有思慮欠周之處，或者是行政流程認識不足，不然就是人事互動拿捏未恰，陷入舉步維艱之境。這時也才深深領會「初生之犢不畏虎」的殷誠，後悔自己僅憑一腔熱誠即想學以致仕的天真。幸好，這時的院長是鍵得老師，算是我的走運之處。鍵得院長對後輩的照顧向來盡心盡力，他又是中語系前主任，熟門熟路，所以在非常多方面都給予了協助和指導。比如與校外學術團體合作舉辦會議活動，或與國外學校機關進行學術交流，做這些事必須要有豐厚人脈和經驗，初入學術圈的我自然門路不識，最後能摸出途徑全靠院長指點方向。另外在行政工作上，繁雜的程序與數不清的法規，剛進場的新手總也不易掌握，院長在這諸多方面適時給出誠摯建議，讓我避開不少錯誤和危機。也因此，我的行政工作三年下來竟然沒出什麼大岔子。

系上張曉生老師常說我是個福星，行政上遇到麻煩事總能履險如夷。我想，若六年下來服務成績還算過得去，這「福氣」必然是來自各方面的幫忙——除了系上同仁的合作、學界師友的協助、學校長官的提攜等因素外，鍵得院長的照應絕對是其中不可或缺的一環。我由對行政一竅不通到漸漸能夠思慮周延，在其指導下真是學到不少東西。對職責的謹慎、對部屬的關心、對後進的誠懇，是他在工作崗位上的態度，帶領人文藝術學院的成功，我認為秘訣就在其中。戴遐齡校長也常稱道葉院長深具長者之風，由其日常行事觀之，確是的評。

在這幾年的行政生涯裡，與葉院長共事讓我獲益良多，我認為他實現了行政主管與研究學者雙重身分的理想平衡，綱紀清明中不失溫柔敦厚，為後進樹

立良好的典範。屆臨院長退休之際，在此我除祝福他得閒安享清福外，也覺得應將其作為學術主管的一面略作記述，以資新舊師友曉識，故為此文以敘其風範行誼。

二○一九年十月二十一日於勤樸樓

──吳肇嘉：臺北市立大學中國語文學系副教授，前中國語文學系系主任、華語文教學碩士學位學程主任、儒學中心主任

葉鍵得教授的學術貢獻

郭 晉 銓

　　葉鍵得教授自民國七十二年專任於銘傳商專、民國七十六年專任於政戰學校，後來在民國八十二年至臺北市立師範學院（後改制為臺北市立教育大學、臺北市立大學）中國語文學系。迄今為止，鍵得師服務杏壇超過三十六年，作育英才無數，指導超過四十位碩士與博士，對教育界有莫大貢獻。鍵得師是聲韻、語言、文字學專家，除了著有多本學術專書，更發表超過五十篇論文，十足豐厚了語言文字學界的研究成果，讓後輩的學術研究者獲益良多。此外，鍵得師在北市大，多年來曾擔任國語文教學及研究中心組長、中國語文學系主任、華語文教學碩士學位學程主任、人文藝術學院院長等行政職務，為學校服務奉獻，裨益師生。在大家眼中，鍵得師是集「教學」、「研究」與「行政」於一身的一流教授。

　　鍵得師的碩士與博士論文分別是《通志七音略研究》（1979）、《十韻彙編研究》（1987），都是由聲韻學大師陳新雄教授指導，後來也都出版成專書，此外又著有《古漢語字義反訓探微》（2005）、《華語文標音符號與發音教學》（2008）等專著，是聲韻學研究與教學的重要著作。然而除了專書之外，鍵得師最令人敬佩的是，四十年來從未間斷論文發表，無論是期刊論文、會議論文、論文集論文，總共發表超過五十篇論文，例如：〈秦晉殽之戰「杺有聲如牛」一詞考釋〉（1992）、〈論「故宮本王仁昫刊謬補缺切韻」一書拼湊的真象〉（1994）、〈徐世榮「古漢語反訓集釋」述評〉（1995）、〈論詞義變遷的分類與原因〉（1996）、〈陳澧系聯「廣韻」切語上下字條例析論〉（1997）、〈詞義變遷例釋〉（1998）、〈巴黎所藏P2901敦煌卷子反切問題再探〉（1999）、〈論反訓之名稱與界說〉（2000）、〈顧炎武離析《唐韻》以求古音分合析論〉（2001）、〈由

黃季剛先生從音以求本字論通假字〉（2002）、〈上古「韻部」析論〉（2003）、〈陳澧系聯《廣韻》切語上下字條例的教學設計與問題討論〉（2004）、〈論聲韻與文字的關係〉（2006）、〈聲韻學含「轉」字術語考〉（2007）、〈陳伯元先生《廣韻》學之成就與貢獻〉（2009）、〈語言風格學賞析杜甫〈詠懷古跡五首〉〉（2011）、〈《國語一字多音審訂表》與語文教學綜合研究〉（2012）、〈曲莫《父母規》述評〉（2013）、〈章太炎先生「轉注」說及其在閱讀古籍上的運用〉（2014）、〈介紹教育部五本語文工具書〉（2016）、〈「比喻」在聲韻學教學上的運用〉（2017）……等，以上是筆者從鍵得師的論文中所舉例的二十餘篇論文，從論文發表的年份看來，鍵得師幾乎沒有中斷，學術火力之旺盛數十年如一日，是後學的典範。

　　鍵得師在語言、聲韻學上的成就，最直接的影響就是指導、培育了超過四十位的碩士與博士，研究題材豐富、多元，例如：《廣雅研究》（2002）、《從「語言風格學」賞析《三國演義》中所引詩詞——以有題目的作品為範疇》（2002）、《高適七言古詩語言風格研究》（2004）、《臺灣現代民歌研究——以一九七五～一九八五年為例》（2005）、《《莊子》通假字研究》（2005）、《楊喚詩語言風格研究》（2008）、《《元聲韻學大成》研究》（2008）、《「陳三五娘」歌仔冊語言研究——以音韻和詞彙為範圍》（2009）、《《漢語拼音方案》對外籍華語學習者語音偏誤之影響及教學策略研究——以「字母字音制定」及「音節拼寫規則」為例》（2013）、《林鍾隆童詩觀及其《我要給風加上顏色》語言風格研究》（2014）、《瓊瑤電影自創歌詞風格研究》（2016）、《書家「書－道」錄——以新雜家視域為研究》（2018）……等，從筆者舉例的碩、博士論文題目看來，鍵得師所指導的論題具備了「深度」與「廣度」。在「深度」方面，每篇論文都環扣著語言學與聲韻學的專業知識，傳承了語言、聲韻學在臺灣學界的發展；而在「廣度」方面，各篇論文都有不同的研究面向，包括古典小說、古典詩、哲學思想、現代民歌、現代詩、兒童文學、華語教學，甚至有歌仔戲與電影，題材廣博多元。整體而言，鍵得師指導的學生可以將「深度」面向的理論涵養運用於「廣度」面向的教學實踐，如此成就了多位傑出的碩士與博士。

　　鍵得師在學術界與教育界的貢獻有目共睹，他是學生眼中的好老師、同事眼中的好長官、朋友眼中的好大哥，更是所有後學的好榜樣。

　　　　　　　　　　　——郭晉銓：臺北市立大學中國語文學系副教授

我認識的第十三、十四屆中華民國聲韻學學會葉鍵得理事長

張 淑 萍

　　中華民國聲韻學學會由臺灣師範大學國文系陳新雄教授創立，至今已有三十八年的歷史，每年皆由學會主辦，與某所大學中文系合力協辦聲韻學學術研討會，這三十八年間學會研討會不曾間斷，在學術界堪稱長青樹等級的學會組織。

　　葉鍵得教授在二○一二年的中華民國聲韻學學會會員大會第十三屆理監事改選投票中，以高票榮任學會第十三屆理事，後在學會理監事的共同投票下，推選葉教授為當屆理事長。我因與葉教授於同一學校系所服務，葉理事長於是委任我擔任該屆聲韻學會的秘書長。

　　中華民國聲韻學學會在學術界是一個歷史悠久的學會，學會的成員幾乎涵納了所有國內研究聲韻學的專家學者，我從大學時代就聽聞這個學會的響亮名號，在我就讀碩、博士班期間，幾乎年年參加聲韻學學術研討會活動，在博士班期間也經常投稿參與發表，如今得到葉理事長的委任，心中感到無比榮幸，也感受到自己的責任重大，我亦能感受到葉理事長接任理事長的心情，彷彿前賢把學術的聖火交到了自己的手中。

　　葉教授擔任第十三屆理事長後，隨即在本校臺北市立大學舉辦了第三十一屆全國聲韻學學術研討會（2013年5月17-18日），隔年又得力於學會成員陳梅香教授的支持，於國立成功大學舉辦了第三十二屆全國聲韻學學術研討會（2014年10月24-25日）。

　　在擔任第十三屆聲韻學學會理事長期間，葉教授又深受本校人文暨藝術學

院全體教職員的深厚愛戴與共同支持，當選人文暨藝術學院院長。葉院長平時院務相當繁重，在完成第十三屆聲韻學學會的工作之後，葉理事長本意功成身退，但在第十四屆理監事改選投票中，又以高票榮任學會第十四屆理事，後在學會理監事的共同投票下，又繼續推選葉教授連任理事長。葉理事長深感責任重大，擔心自己無法勝任兩邊工作，本意推辭，但在學會理監事們不斷勸說與共同支持下，只好繼續承擔學會的重責大任。

葉理事長續任理事長後，政通人和，在學會成員叢培凱教授的支持下，於東吳大學舉辦「第十四屆國際暨第三十三屆全國聲韻學學術研討會：百年來的漢語音韻學」（2015年10月23-24日），隔年又獲學會成員周美慧教授的支持，於國立臺北教育大學舉辦了「語文教學暨第三十四屆全國聲韻學學術研討會」（2016年5月13-14日）。終於圓滿達成四年的學會工作使命，並於第十五屆理監事見證下，將中華民國聲韻學學會理事長一職移交給輔仁大學金周生教授。

我追隨葉理事長擔任學會秘書處工作四年，在這段時間內，感受到葉理事長的敦厚待人與責任感。這幾年的學會服務工作，我最大的收穫除了認識全國的聲韻學學術同好外，更重要的是學習到理事長的敦厚大氣，因此才能順利完成四年的學術服務任務。

葉理事長教導我要多服務，自己也以身作則，在臺北市立大學，葉理事長也是令人敬重的葉院長，他擔任了兩屆的人文暨藝術學院院長，卸任之時，戴遐齡校長還特地設宴款待，感謝他在擔任院長期間承擔了許多重責大任，分擔了戴校長許多的行政壓力。葉教授即將榮退，感謝葉教授以身為教，為晚輩為人處事做學問樹立一個最好的典範。

——張淑萍：臺北市立大學中國語文學系助理教授、華語文
中心主任，曾任中華民國聲韻學學會秘書長

師恩永懷，師德永銘

——記我所認識的葉鍵得老師

張 于 忻

　　時間過得很快，葉鍵得老師將要退休了。想起第一次接受葉老師的教導，已經是二十年前的事情了。二十年前，那時的語文所尚未跟中語系合併，還是獨立的應用語言文學研究所。當時是每位研究生每個月都有獎助學金的時代，而研究生們都要擔任老師的助理，因此師生之間的相處時間較多。我有幸擔任葉老師的助理幾次，所以有機會近距離親炙老師。

　　葉老師是位謙和溫良的人，對待任何人都是客客氣氣的，也從不說人長短。擔任老師的助理，幫老師整理資料、打字排版等本來就是我應做的工作，可每次做完工作，老師總會帶我去吃午餐。當時的勤樸樓一樓還是餐廳，我們就坐在靠窗邊的位子上，一邊享用簡餐，一邊聽老師分享許多事。當時老師常說，我們系所是很溫馨的大家庭，所上老師們都很好，希望我可以好好學習。我還記得窗外的光灑在老師的臉上，老師溫暖的言語與神情。和葉老師相處，常常令我想到英國詩人Walter Savage Landor的詩「I strove with none, for none was worth my strife; Nature I loved, and next to nature, art……」。

　　就算畢業了，葉老師還是一樣關心著。葉老師擔任教育部國語輔導團諮詢團隊副召集人兼常務委員時，當時我在他校任教，同年也擔任了協同委員，我除了教育部的案子外，還有外交部和僑委會的案子，也有海外的研討會與招生活動，已經開始在國內外東奔西跑。老師每次看到我都會關心我的近況，更要我好好注意自己的身體，不要太過操勞；一直到現在，已經回到學校任教，老師還是像以前一樣。前陣子老師還跟我說，以前我身材還算標準，現在越來越

胖，又常常看到我半夜還不睡在發文，要我多加注意，不要再熬夜了。老師總是默默地關注著，這讓我非常感動。

葉老師在校內外擔任過許多職務。當他擔任校內行政主管時，總是以身作則，懷有以服務為先的美好情操，能夠用心聆聽，瞭解對方的想法與需求；接納與肯定所有人付出的辛勞並予以肯定。擔任國語文教學及研究中心主任時，每年都舉辦許多的活動。當時雖然有學生們的協助，但葉老師總是最早到最晚走，在大家都離開之後才關門離開；擔任系所主任時，總是想著如何讓系所發展更好，學生們畢業後更有競爭力；擔任華語文教學碩士學位學程主任時，思考著如何幫學生們安排實習機會，如何幫助學生考過教育部對外華語教學能力認證考試；擔任人文藝術學院長時，盡力讓院內每個系所都能發展特色。老師常說，擔任行政工作就是一種服務，應時時反躬自省，更需懂得謙卑與犧牲，而不是靠威權去要求；要夠理解對方的想法，也要主動表示善意，尊重及信任他人。後來我讀到Robert K. Greenleaf的《The Servant Leadership》時，赫然發現老師就是完全落實了「領導者的權利並非來自於他取得的頭銜，領導的前提是取得追隨者的信任」這個概念。也因此在老師的領導之下，所屬單位都能日益茁壯成長。

《曾國藩語錄》中提到：「古之成大事者，規模遠大與綜理密微，二者缺一不可」、「接人總宜以真心相向，不可常懷智術以相迎距。人以偽來，我以誠往，久之則偽者亦共趨於誠矣」。真的能夠做得到的人，並不多。葉老師就是我所知道，能夠兼顧「規模遠大」與「綜理密微」，並能「以誠待人」的智者之一，這就是我所認識的葉老師。今日欣聞老師即將榮退，工作退休不是結束，而是另一個精彩人生的開始，誠心祝福老師退休後能盡情享受生活，身體健康，萬事順利。

——張于忻：臺北市立大學華語文教學碩士學位學程助理教授，
曾任華語文中心主任

眼鏡後的寧靜

陳　思　齊

　　卸下儒學中心主任的當口，那副眼鏡便浮上心頭。要不是接下這份職務，也就不會與一群生意盎然的學生共處四年，也無法接觸到自己領域以外的學者。這不是一份職位，而是一份歷練。

　　四年前某一日，我正在杭州開學術研討會，吳肇嘉主任來電，轉達葉院長之意，希望儒學中心業務由我接手，葉院長一直給人一種沈穩、厚道之感，而且院長交予任務，也是信任晚輩，因此，我當下應承，不敢怠慢。自此以後，院長常找各中心主任輪流喝茶聊天，具體內容差不多忘了，但是院長鏡片後面的眼神卻不容易忘卻。

　　葉院長講話多囑咐職場上應守的分際，為人處事的道理，也多談身為一位教師應有為學校、為學生的心腸。其語氣平和輕緩，眼神誠懇而關心。他多道德規範下給方向，於形而下細節，留給我們發揮。大家因此在為學校、為學生的架構之下，得以無保留發揮，在其中得到不少經驗。於數字衡量一切的社會氣氛之中，葉院長簡直像從古籍走出來，一個士大夫風貌，鏡片後面的眼睛，不飄忽而穩定，不閃爍而安和，眸焉廋哉。

　　葉院長最常感嘆人與人之疏離，然疏離卻不幸為現代化社會中之常態，但院長與常態抗衡，所以才在繁忙之餘，撥空與我們喝個茶，關心關心。人與人之間相處，最終會留下一個「感」字，言語再怎麼多，功業再怎麼豐偉，不過流水東向，花草飄落，而只要提起葉院長，我所想起的，只有鏡片後的眼睛。

　　　　　　──陳思齊：臺北市立大學中國語文學系助理教授，曾任
　　　　　　儒學中心主任

生命中的貴人

王 偉 忠

　　人生在世，短短數十年，其間有得意、有失意。得意時，不免錦上添花；失意時，得貴人相助，或能破繭而出。我少年至耳順，除親人外，所遇貴人，有身教、言教、私淑者，他們簡單一句「勉勵」、「關懷」的言語，都深深影響我為學處事的態度；葉鍵得教授是其中重要的一位。

　　博士圓夢一直是我的人生目標！某日，在文學院四樓走廊上，遇見葉院長。「院長好！」他笑道：「該是你的，就是你的！」我微笑回應。院長一句「該是你的，就是你的！」讓我想起「博士班」入學考試時的情境。

　　口試當天，五位委員。先由余主任（崇生）問：「你為何要研究白居易古文？為何不研究他的詩？」其次，馮老師（永敏）問道：「白居易有養伎？你為何研究他？」接著，譚老師（錦家）問道：「白居易的古文有小品文、遊記你知多少？」再次是，何老師（永清）的提問：「你知道白居易古文，有哪些修辭法？」最後，由葉院長總結，他看著我的作品說：「你真會寫！有六本之多，你真能寫！」我小心應對：「我有一個習慣，經歷過的，就會留下紀錄，有《兒童唐詩教材》、《作文啟蒙》、《全能作文》、《作文教學與創作》、《作文與修辭》、《現代散文》等。」院長點頭示意：「好！好！加油！」

　　撰寫論文時，以委員的提問為寫作基礎，再遵指導老師陳教授（光憲）的指示，我四年完成《白居易古文研究》，獲得博士學位。

　　畢業典禮上，我從院長手中領取證書，葉院長握著我的手，再次以「該是你的，就是你的！你圓夢啦！」「謝謝院長的鼓勵！謝謝您！」心中雀躍不已。

　　——王偉忠：臺北市立大學中國語文學系博士，實踐大學

博雅學部兼任助理教授

耕耘文字音韻與教學研究的
葉鍵得教授

謝　淑　熙

一　前言

　　教育是百年樹人的興國大計，也是民族精神文化的標竿，負有綿延發皇文化傳統與推動國家進步的神聖使命，而背後的推動力是教師。葉鍵得教授治學兼及文字與聲韻學，以紮實的語言學為基礎，探本溯源，進一步推求中國文字演變之奧義，兼採現代新思維，而自成一家之言。因此本文介紹葉教授的教學生涯，其次概述學術成就與貢獻，以檢視當代語言學教授的學術風範。

二　教學生涯

　　葉鍵得教授中國文化大學中國文學研究所文學博士，曾任：銘傳商專專任講師、政戰學校中文系專任講師、副教授；臺北市立教育大學中國語文學系專任副教授、教授兼系主任、教授兼人文藝術學院院長、教授兼華語文教學碩士學位學程主任；臺北市立師範學院國語文教學及研究中心組長、主任；德明商專兼任講師；淡江大學中文系兼任副教授；國立臺北教育大學兼任副教授；國立空中大學兼任講師、副教授；東吳大學中文系兼任副教授、教授；臺北市教育局鄉土語言輔導團指導教授；教育部國語文輔導諮詢團隊北區委員、副召集人；中華民國聲韻學學會秘書長、理事、理事長。中華文化教育學會副理事長；中國語文月刊社編輯委員。現任：臺北市立教育大學中國語文學系專任教

授、輔仁大學進修部中文系兼任教授；中華民國聲韻學學會監事、中華文化教育學會榮譽副理事長、世界華語文教育學會常務監事、中國語文月刊主編。

擔任臺北市立大學人文藝術學院院長時，秉持務實與以和為貴的理念，使人文藝術學院的各項業務更蓬勃發展。擔任中華文化教育學會榮譽副理事一職，協助學會推動兩岸文化交流工作。擔任二〇一三GreaTeach－KDP全國創意教學KDF國際認證獎國文科審查委員暨評審委員、召集人，對學生國語文能力的提升有深遠的影響力；擔任國家教育研究院國語辭典諮詢委員（102年5月28日至104年1月31日）、擔任中華文化總會《兩岸常用詞典》審訂委員等職務，對語文教育的推展有卓越的貢獻。在各大學開授課程：語言學概論、聲韻學、文字學、訓詁學、漢語研究、國音及說話、中國文字綜合研究、漢語語言學研究、聲韻學專題研究、語言風格學專題研究等，葉教授博學多聞，在教學方面，以誨人不倦的精神，教育莘莘學子，培育的碩博士也不計其數。葉教授教學生涯與行政工作資歷豐富，堪稱杏壇之光。

三　學術成就與貢獻

在文字音韻與教學研究方面，葉鍵得教授有相當成就，堪稱是一位出類拔萃的學者。葉教授為人謙和樸實，治學嚴謹，編著：《通志七音略研究》、《十韻彙編研究》、《古漢語字義反訓探微》、《華語文標音符號與發音教學》（合著）等書，及〈聲韻學在語文教學上的運用〉、〈關於切韻序的幾個問題〉、〈上古「韻部」析論〉、〈段玉裁「反訓」觀念析論〉、〈有效又有趣的揮別錯別字〉、〈許慎假借舉「令、長」為例的一種想法〉等單篇論文五十餘篇。在文字學、聲韻學上貢獻卓越，自成一家之言。其中《通志七音略研究》一書，由萬卷樓圖書公司付梓成書。本書計分五大章，全書旁徵博引，無徵不信，論證有序，分析精闢。實為研究《通志七音略》重要之參考用書，亦為聲韻學研究不可或缺的案頭寶典。

在單篇論文中舉〈《國語一字多音審訂表》與語文教學綜合研究〉一文為例，一字多音為國字讀音中所常見，對國民中小學國語教科書的教學而言，一

字多音增加師生的困擾，教育部為解決此一狀況，因此「以標準化、簡單化為目標，著手整理多音字，於88年公告《國語一字多音審訂表》，此後，為維持字音規範之穩定，十數年來未有更動。惟語言為眾人日常所用的溝通工具，難免受到使用語境、文化交流等影響而產生變化」，教育部為使本表切合當代語用，因此「因應語言流變，針對當前教學及一般使用需求，再次進行多音字審訂」（參考教育部語文成果網 https://language.moe.gov.tw）。本文對國語一字多音，有詳實的考訂，對中小學國語字音的教學頗有助益。

四　結語

歲月之長流澎湃奔騰，每位為人師表者，猶如掌舵之舟子，駕馭著風帆，乘長風破萬里浪，期許每位莘莘學子航向人生成功之彼岸。博學多聞平易近人的葉鍵得教授服務於教育界三十餘載，明年即將榮退，茲以此篇短文祝福葉教授退休生涯愉快，有更多餘力致力於講學與創作，以嘉惠士林學子。

──謝淑熙：國立臺灣海洋大學共同教育中心兼任助理教授，

中華文化教育學會秘書長

我一生中的貴人

——向葉鍵得老師致敬

張 晏 瑞

一　緣起

在十月上旬，收到葉鍵得老師來訊，告知他即將退休。聽聞此消息，感到相當驚訝，總覺得老師正值壯年，春秋正盛，在此學術研究積累成熟的時期退休，頗為可惜。但仔細回想，時光匆匆，與葉老師初識迄今，竟已經過了十六個年頭。

初次認識葉老師，是民國九十二年在東吳大學中國文學系聲韻學課程暑修班上。當年因為大三聲韻學被當掉的學生太多，為了大四訓詁學課程能夠順利進行，系上特別商請葉老師暑假開課，幫同學補修學分。

大三聲韻學，我雖順利過關，但也只是低空飛越，還有許多不解之處。聽學長們說，葉老師上聲韻學，深入淺出，能夠一窺門徑。因此，趁此機會，與同學一起到葉老師的課上旁聽。葉老師一直說，大學期間我沒上過他的課，其實只是點名單上沒有我而已。

二　開啓學術研究之門的貴人

大學時期，我並不是一個認真的學生，沉迷於電腦，時常翹課，到光華商場鬼混。在東吳大學負責《古今圖書集成》數位化的陳郁夫老師每每見到我，都笑問我何時要轉系。而葉老師的課，我卻是老老實實的修完，從沒缺過的一堂課。一方面是，暑修班上課時間密集，一旦缺課，後面很難跟得上；另方

面是，葉老師授課生動精彩，講解深入淺出，與學生相處融洽，自然就不想缺課了。

當時，葉老師給我的印象是，每次見面總是笑容可掬，儀容端正；梳著標準的油頭，穿襯衫打領帶，對學生相當親切。我記得當時上課，上到「形聲字聲符偏義」與王聖美「右文說」時，在我心中留下很深刻的印象。即便迄今，我都還可以說出個大概來。

大學畢業前一個學期，因為對未來的茫然，在準備不周的情況下，臨時投入研究所考試。由於準備不及，自然屢屢敗北。但在應試臺北市立師範大學應用語言文學研究所時，「形聲字聲符偏義」竟然是考題之一，寫來自然得心應手。後來，僥倖錄取了市北師應語所。

回想當年，如果不是在葉老師的課上有充分的學習與吸收，我想在當年的情況下，我是很難考取研究所的。更不會有後面的學術發展與萬卷樓的職涯機會。葉老師可以說是我生命中開啟學術研究之門的貴人。

三　大處著眼長擘劃，細部著手重要求

入學應語所之後，我陸續選修了劉兆祐老師、張錦郎老師、林慶彰老師的課程，對於圖書文獻學、專科工具書編纂的領域感到著迷。後來拜入慶彰師門下學習，並受到慶彰師提攜，到中央研究院中國文哲研究所擔任研究助理。因此，除了選修葉老師的課程之外，碩士班時期，跟葉老師接觸的時間並不多。

後來，系所合併，葉老師榮膺中國語文學系（所）主任職務。那年適逢大學系所評鑑，面對繁雜的評鑑準備工作，葉老師戰戰兢兢、如履薄冰，逐步建立評鑑資料和相關文件的蒐集。同時，對於未來系（所）務的發展，以及相關資料的保留，做了長遠的規劃。那時，我跟所上的幾位研究生，一起動員起來，協助葉老師籌備評鑑工作。這是我在研究所時期，跟葉老師相處最久的一段時間。

那時，相關資料的整理，千頭萬緒，葉老師逐一規劃，細心安排，不論是在大架構的整體擘劃上，具有前瞻性；對於小細節的細部整理，也十分重視。

我記得，那時對於資料夾書背上的校徽位置，都要求要擺放在一致的高度，以求整體的美觀；對於資料夾名稱的命名，葉老師更是字斟句酌，以求簡潔清楚。那時的協助工作，對我們來說，是一種磨練，也是一種學習，收穫良多。最後在葉老師的指導和努力之下，系所終於高分通過評鑑。當天，老師心情甚好，也請了幾位同學，一起到新莊附近的一家火鍋餐廳吃飯、慶祝。這是在研究所時期，印象很深刻的一件故事。葉老師的身教和言教，也影響了我現在工作的態度和自我的要求。

四　協助職涯發展的貴人

研究所畢業後，在慶彰師的引薦之下，我到了萬卷樓圖書公司上班。萬卷樓是學者所組成的公司，以發揚中華文化、普及文史知識、輔助國文教學為創社宗旨，以文史哲學術研究著作為出版方向。當時，萬卷樓有幸承接了《福建師範大學文學院百年學術論叢》的出版工作。《論叢（第一輯）》出版的時候，福建師大文學院希望在臺灣高校內，舉辦一個新書發布會和研討會，來發布並贈送此一鉅著。

由於發布會舉辦的時間緊急，加上與大陸高校合作舉辦活動，有許多細節需要注意。依照慣例，與大陸合作，很強調合作單位的對等與位階。要如何尋求合作的單位？同時，也要合作單位願意配合，才能讓此項合作，順利成功舉辦，完成福建師範大學交付給公司的任務。一時之間，很難尋覓，只好尋求母系協助。當時，中國語文學系（所）由張曉生老師擔任主任一職，葉老師則已榮膺人文藝術學院院長職務。

此事，在曉生老師的引介下，我們到人文藝術學院院長辦公室，向時任院長的葉老師報告規劃和想法。葉老師了解之後，隨即慨然同意，並慨允共同掛名主辦，中語系與萬卷樓共同承辦。同時，對於活動細節的規劃與安排，做了詳細的指導和建議。我記得，當時因為時間緊急，葉老師親自帶著曉生老師和我，離開院長室，到學校各個適合舉辦活動的場地，逐一了解和討論，並且把最適合舉辦的場地預定下來。合辦單位與場地確定後，解決了一項當務之急。

　　後來，「《福建師範大學文學院百年學術論叢（第一輯）》新書發布會暨贈書儀式」，以及「首屆兩岸中國文學研究研討會」就在臺北市立大學人文藝術學院，以及中國語文學系的全力支持下，順利成功舉辦，並且促使萬卷樓與福建師範大學文學院簽訂《論叢（第二輯）》出版契約。隔年，《論叢（第二輯）》出版後的的新書發布會，仍然在葉老師的支持下，與人文藝術學院合辦。此間，福建師範大學文學院與人文藝術學院，已締結了良好的合作關係。由於兩院間的合作順利成功，萬卷樓與福建師範大學文學院的合作，也就更加順遂，並且擴大開展，進而成為福建師範大學文學院在臺的學術文化交流聯絡處。這對公司而言，是一項重要的業務里程碑；對我個人來說，也是職涯發展上的重要成就。此間，葉老師再次成為我生命中的貴人。

五　致敬與感謝

　　隨著多次合作的密切與成功，葉老師成為萬卷樓重要的學界友人。舉凡公司重要的活動，葉老師一定積極的參與、支持，並協助招呼客人，但求賓主盡歡。這幾年，出版產業不景氣，萬卷樓由於梁總經理逆勢操作得宜，策略安排恰當，業績表現反而逆勢成長，屢創業務佳績。許多重要的場合，都可以看到葉老師在座，協助幫忙。這些工作，都是我負責的主要業務。如人飲水，點滴在心頭。如果說，我在萬卷樓的工作上，能夠有一點點的表現和成就，背後一定有葉老師的關照與協助。

　　從學習階段到就業工作，葉老師都一直默默扮演著我生命中的貴人，不斷給予提攜和指導。但每次碰面，老師從未居功，且總是客氣地以工作的職務稱呼我，給予我過高的禮遇。其實，我只是老師一直以來照顧的學生而已。在葉老師屆齡退休之際，藉由本文，將多年往事，作一紀錄。並向葉老師致以最深的感謝和敬意。

　　　　　──張晏瑞：萬卷樓圖書公司、國文天地雜誌社總編輯兼業務

　　　　　　　副總經理

廿五年，一路走來始終如一

──記恩師與我的一段往事

何　昆　益

　　我是一位以語言文字學為研究領域的教師，在語言文字學的學習道路上，大學時期的文字聲韻學的老師是柯淑齡先生、曾榮汾先生，碩士指導老師是林慶勳先生、孔仲溫先生，博士的指導老師是陳伯元先生。但我總是尊稱葉鍵得老師為恩師，為什麼呢？因為早在我學習文字學、聲韻學之前，就已經聽了葉鍵得先生一年的課了。

　　只要是中文系的師生都知道，早期真正要學到「小學」，得要等到大二開始修文字學、大三修聲韻學、大四修訓詁學，要三科都拿到學分，才算稍微具備了「小學」──語言文字學的基礎知識，甚至於大部分的學校都是有先修課程與擋修的，也就是沒有取得其中一個科目的學分，就不能接著繼續往下修。

　　高中時期的我，最喜歡的科目是國文與歷史，也學得最好，常常在課堂上問了一些給老師添麻煩的問題。例如：怎麼學好修辭學？怎麼學好古音學？古詩的押韻要怎麼讀？總不能一直用閩南語來念吧？到底李白當時的語音現象是如何呢？那麼《詩經》呢？我總有一大堆問題問高中國文老師，最後老師就是回答那句話：「現在你的重點是考試，是大學聯考，你那些問題，等到以後讀中文系，自然就能明白。」但事與願違，大學一年級，我讀的是文化大學商學院經濟學系，成日裡看的都是原文書，每天有翻不完的英文字典、經濟學辭典，連藝術概論與欣賞都是原文書，只有國文課以及軍訓課的課本是中文，熱愛中文的我，每週也只有這麼兩個小時可以自由自在地徜徉在中文的幸福國度裡……。

　　直到現在，我還記得大一第一次上國文課，擔任服務股長的我，早在上課前就把教室的黑板擦得乾乾淨淨，坐得直挺挺的，在教室的座位上翹首期待國

文老師的到來，記得身旁坐著摯友何明，說：「總算有一堂課全部都用中文上課的！」這句話道盡了大夥兒的辛酸與心聲。就在這個時候，國文老師走進了教室，當時我們抬頭一看，是一位溫文儒雅的老師，笑容可掬、親和力十足地跟大家聊了起來，後來就開始教課，課堂上的氣氛始終和諧愉快，大家都很喜歡這堂課，當然對於這麼一堂「全部用中文上課的國文課」，經濟系的大一新鮮人是非常地珍惜的⋯⋯。就這樣子，一個學年過去了，這一年，我學到了不少高中沒學到的知識，對於這位國文老師特別佩服，特別服氣，不光是課堂上的講解，特別讓人清楚明白，每每讓我覺得：「哇！這就是大學的國文課。老師講得太精準了，真是恰到好處，就連很多字與詞，不少小細節，都能讓人特別明白。」就連私下請益，老師對於字詞，當下每每酌古沿今，原原本本地予以解說，因為他不會跟我說「你那些問題，等到以後讀中文系，自然就能明白。」而是能夠看學生的提問與程度，一點一滴慢慢解釋讓學生明白。也因為這個緣故，在我心中一直有個聲音：是不是應該要轉到中文系來學習呢？這種喜悅，是騙不了自己的內心。到了期末，我就下定決心轉到中文系就讀，後來很幸運以轉學的方式，滿心歡喜轉到中文系就讀了！

　　大學一年級，我從來沒有請教這位老師，以我的資質適不適合轉讀中文系，而這位老師依然是和煦地每週前來照拂（造福）我們班，溫文儒雅，教學生動，講解精闢，深獲學生喜愛，一直是我們心目中的良師典範。這位影響我這麼深刻的老師是誰呢？正是我的恩師──葉鍵得先生。

　　一切法皆因緣生，因緣就是這麼巧妙！我後來到了中文系，看遍了大一到大四的課表，都沒看到葉老師的大名，問了助教後，這才知道原來老師是來學校兼課，他服務的學校是市北師的語教系。我也就這樣子讀了三年的中文系，畢業後應屆考取中山大學中文系碩士班，當時我已經確定了自己的研究領域是語言文字學，記得在即將離開台北之前，我鼓起勇氣前往恩師服務的學校，想向恩師報告我第一名考取研究所，即將前往就讀的消息，當下我也不知道過了三年，恩師還記不記得我，畢竟當年我只是一個經濟系一年級的學生，我連轉到中文系都沒有跟老師報告呢！沒想到，一開門走進恩師的研究室，恩師就認出我來了，當下把這幾年的事情，一股腦兒趕緊報告，恩師當時請我去吃了一頓大餐，一路上，面露微笑，很開心的聽著我這個小毛頭的報告。記得當時恩

師語重心長說道，現在研究語言文字學，一定要先懂音韻學，要學習音韻學，一定要讀點西方語言學的書，當下即耳提面命，給予兩道指示：一、一定要讀語言學概論，最容易看懂的是葉蜚聲、徐通鏘兩位先生合著的。二、學前一定要去拜見林慶勳老師和孔仲溫老師。

學生旋即謹領師命，用了兩個星期囫圇吞棗地看完了語言學概論，回到高雄後，馬上前往中山大學拜見兩位老師；也就這樣，我前後跟著孔仲溫老師、林慶勳老師學習。開學後，正巧學校聘了一位從歐洲取得語言學博士的歸國學者——蔡美智老師，她開了語言學概論的課，孔老師鼓勵我去旁聽這門課，我當下馬上說，開學前葉鍵得老師要我一定要讀這門學問，也讀了好一陣子了，孔老師說葉老師是他景仰的師兄，也是研究等韻學的大學者，並勉勵我能夠認真聽取，立刻行動，這樣子的學習態度很好。殊不知，就因為這些因緣，我後來也研究了等韻學，跟恩師都屬於同一個師門——章黃學派陳伯元先生門下，更也因為這個因素，後來在高雄師範大學國文系博士班就讀的時候，通過了當時的主任江聰平先生的審核認可，得以在高師大國文系講授語言學概論；畢業後，我就在慈濟大學任教迄今，除了教聲韻學、訓詁學之外，語言學概論、語音學、詞彙學、語法學、語義學都是由我執教，這一切的一切，歸結到前因，都是恩師在廿五年前，我就讀大一的時候，巧妙地在我的八識田裡播下了語言文字學的種子，讓我這個愚鈍的學生，有了這個可以為學界服務的機會。

在恩師榮退之際，感觸甚深，心中常懷「兩感」：一是感念師長們對我們學生諄諄教誨的深厚期許，章黃學派的師長，研究起學問，都是這麼的嚴肅謹慎，一絲不苟；照顧起學生，更是這麼的「隨風潛入夜，潤物細無聲」般的默默關懷且全心全意。一是感嘆時光飛逝，最近常想起廿五年前，當年昆益大一時，那位溫文儒雅、笑容可掬、親和力十足的恩師，就這麼風度翩翩地走進了教室，走進了我的生命裡。昆益謹代表當年經濟學系一年B班的同學們，稽首獻上感恩之情，並由衷感謝恩師對我這麼多年來點點滴滴的照顧與提攜。

學生何昆益（守謙）歲次己亥冬至書於洄瀾同心山房

——何昆益：慈濟大學東方語文學系副教授兼校長室主任秘書

細膩溫暖的葉院長

左 春 香

　　我是一○○級入學中語所博士班學生，三年內修完了必修課程，完成了資格考，然而我最關心的論文題目──《客語文學研究》卻因為諸種因素遲遲未能面世。尤其二○一九年初我發生車禍，肩胛骨及右手臂受傷，影響寫作進度，煎熬了幾個禮拜，不得不決定休學。

　　記得那是三月初的某一天，我跟老師報告這個痛苦的決定，此時我已經八年級，其實滿惶恐學業是否能完成。老師細心提醒我要按照學校規定的流程處理，面對行政部門的要求。到了一個關鍵流程「指導教授同意」這關，我卡住了！而葉老師在休假！

　　在匆忙中，好擔心老師出國或人不在臺北！

　　趕緊跟老師聯繫，拜通訊科技所賜，也感謝葉老師與時俱進，之前就有與我「私訊」的互動，因此很快速的得知老師剛好在新莊的家。細膩的葉老師在line上不厭其煩的告知我捷運路線、站名、出口、方向、路名，在哪個便利商店見面。半個多小時後，我們如約見面，很快處理好申請的表格。

　　短短幾分鐘，老師請我喝咖啡、親切話家常，諸如：此時是每天固定運動時間、運動的路線、生活作息安排、新莊住家新都心的發展等等，在輕鬆的話題中減緩了我緊張的情緒，在優雅溫文中掌握了效率。

　　老師，謝謝您！

　　　　──左春香：臺北市立大學中國語文學系博士候選人，臺北市
　　　　　　長春國小退休教師，臺灣客家筆會創會秘書長

因為有您，開啟了我的學術之路

──給我的啟蒙恩師：葉鍵得老師

洪 嘉 翡

　　每一個人在不同的學習階段，都有著無數不同領域的老師，教導著我們、引領著我們，讓我們學習不同的知識與更精進我們的專業知識，倘若我們的一生當中，能有一位如伯樂般的師長，那麼，這是何其有幸的恩典。而我，在大學期間，雖然受到眾多老師的指導與培育，但有一位老師，認為我是能朝著學術、研究方向發展，因此給予我各種不同的鼓勵與支持，此外，亦是點燃我邁向學術之路的那道火光。他，是葉鍵得老師，是一位和藹可親、提攜後進、學富五車的老師。

　　從大學一路走來，碩士班、博士班，到目前已經執起教鞭、教導學生，我每每總是想起葉老師對我的指導、給予我的啟發，如果沒有他當時不辭辛勞的教導，就沒有現在能站在講台上執教的我。回想起我的大學時代，雖然這已經是好久好久以前的事情，但葉老師上課的情形，可是歷歷在目，不曾忘記。老師在課堂上的講述，如同將課本裡的每一個單元、每一句話，甚至是每一個詞，都是掌握得這麼好、看得這麼透徹，就好像是老師的腦袋裡裝著一台超級無敵厲害的電腦，並且還儲存著超級多的資料，讓他在上課講解時，可以隨時因應著上課講述主題的所需，而提取各種不同主題的素材。葉老師具學富五車的風評，更不是浪得虛名，不論是從古至今的傳承文物與資料，或者是同時期的各種不同學派、理論的探究與比較，從歷史脈絡的發展，從同時期各種學理的考察，縱線也好、貫線也罷，葉老師在課堂上，總是能以最簡單的話語精闢地分析各種議題，而身為學生的我們，在經過葉老師的教學洗禮，彷彿搭上老師駕駛的時光飛機，我們就可以恣意、自在地穿越時空，在不同朝代與不同的

文學大師、作家對話，這是何其開心、何其享受的樂趣啊！

　　感謝在大學期間，讓我遇到了如此用心的老師，引領我認識學術的殿堂，開啟我探究學術的端倪。還記得當年，我告訴葉老師，我想要以推甄方式報考語言學研究所，我需要推薦信，葉老師二話不說，馬上答應幫我寫推薦信，甚至鼓勵我，告訴我說：「你對語言學類的學科是這麼的喜愛，所以報考語言學是正確的決定。」感謝葉老師當年的一席話與一封推薦信，加深了我對自己的信心，也認為我從中文系出發走向語言學，是正確的決定。因為葉老師的推薦信，推波助瀾地讓我來到了語言學的領域，這是燃起我日後往學術這條路發展的最重要的因子、最初始的火苗。

　　葉老師當年的一封推薦信，成全了我想往語言學研究所深造的心願，成就了我現在在大學任教的目標，對我而言，這是一輩子的恩情，難以忘懷的恩情。葉老師對於學生的關心與付出，不僅僅只是一封推薦信而已，對於我在不同階段的發展，都是關心的。當我在讀碩士班的時候，曾經收到老師親筆寫信，關心我在語言學研究所修習課程的狀況。當我收到老師的信件時，心中的情緒是激盪的，是感恩的，謝謝老師一直惦記著我。當我已經在臺師大任教時，不論是在師大的校園裡，或是學術研討會的場合遇到老師，總是接受到老師滿滿的關心與祝福。還記得有一回，在師大校園裡偶遇葉老師，我開心地分享我已經升等的事情，老師以那和藹、慈祥的表情告訴我：「我知道你升等囉！恭喜你！」他是一位如此默默關心學生的恩師。

　　時光荏苒，歲月如梭，葉老師的教鞭歲月，也在桃李滿天下之際將要告一段落，葉老師的無私、無限付出，造就了許多在不同崗位上的好人才，在此，祝福我的啟蒙恩師，雖然您的教鞭歲月告一段落，但是受過您恩澤、教育的學子、學孫們，我們會延續著您對於教育的理念、關心學生的態度、學術研究的堅持，我們會在自己的崗位上，好好做自己該做的任務、好好發展自己的專長，貢獻與回饋給我們的下一代。

　　最後，祝願葉老師，身體健康、事事順心、平安喜樂！

　　　　　　　　　　　　──洪嘉馡：國立臺灣師範大學華語文教學系副教授

葉鍵得院長退休留念

鄭 璟 隆

　　民國一〇一年二月一日中國語文學系葉鍵得教授正式擔任人文藝術學院第三任院長，也是筆者真正與葉院長共事之始。

　　筆者於民國九十九年秋到人文藝術學院服務，當時院長為音樂學系林公欽教授。民國一〇〇年九月因林院長第二任任期將屆，於是啟動新任院長遴選作業，於同年底由葉鍵得教授出線成為人文藝術學院第三任院長。任期由一〇一年二月至一〇七年一月止（中間一〇四年經院務會議委員全數通過連任院長），共計六年的時間，可說是筆者目前共事與相處最久的長官與長輩。在這六年間，筆者以側面觀察的角度、輕鬆閒談的方式，簡單條列幾點來聊聊所看見的葉院長。

一　守時守信

　　學院院長這職務是行政職，葉院長從上任的第一天直到卸任職務的那一刻，每個上班日都是上午八點前抵達辦公室，最快傍晚五點鐘聲敲完後才會離開辦公室，且六年來如一日；葉院長認為廣義的上班時間內也許學生、老師、行政處室甚至家長都有可能來院辦洽公，因此在這時間內除非有課務、會議或公出外，葉院長幾乎都在院長室內。

二　尊重專業

　　俗諺說：「隔行如隔山。」葉院長為聲韻學權威且在學校德高望重，但他

卻非常謙卑且尊重專業；例如學院出版物之設計，絕對完全尊重設計者的創作理念而非依個人喜惡去調整修改（即便設計者僅僅是位大學生），光是這點就令筆者非常敬佩。

三　準備充足

擔任院長開始總會不停的有音樂會、研討會、藝術展演等等的出席邀約，對院長而言只要有來邀請表示主辦方非常重視我們，因此院長總是認真事先作功課，閱讀相關文本後再行消化產出一份致詞稿，這樣一來致詞時言之有物，對主人、對賓客都是尊重且不失禮，事後也會些微調整再放於學院的網頁或電子報中，留下活動記錄。

四　重情重義

擔任院長難免得收紅白帖（不見得都是熟識之人），葉院長原則上只要跟課務沒有衝突幾乎都會前往致意；舉個印象最深的一例：某次收到一場一早辦在臺南市殯儀館告別式的訃聞，院長應約前往弔唁且不忘學校公事。當日一早前往南市殯儀館參加喪禮，儀式一結束馬上又趕到臺南新光三越百貨公司樓上參加大學博覽會（當年度本校招生組恰好有設攤招生），上樓前還不忘打聽本校攤位人數，先買好飲料再上樓順便給工作人員加油打氣，並加入招生行列，直接與考生面對面Q&A，中午時分才趕回臺北。南北跑這麼拚，因為葉院長認為他為的不是自己，而是代表著人文藝術學院出席各種場合！

五　提攜後進

誠如前項所說重情重義，院長也對我們這些後生晚輩非常重視。筆者為藝術創作出身，有一次與大學同學舉辦創作展，展覽地點為桃園市中壢藝術館，院長為筆者直屬長官，筆者禮貌上邀請院長有空來參觀本次展覽；沒想到展覽

開幕當日,開幕茶會上葉院長與院長夫人皆為座上賓,著實讓筆者備感驚訝與感動,葉院長的出席與致詞代表著人文藝術學院對我們這些晚輩鼓勵,也讓這場展覽開幕活動增添不少光彩與份量。

六 關懷學生

葉院長很關心學生的學習與生活狀況,像是爺爺在看顧孩子般;曾經有學生私下來找院長,因為經濟上有困難可否請院長先借錢給學生,待日後經濟較寬裕些時定會返還,院長為此不知額外又借支多少錢給有困難的學生(據筆者所知不止一位);有沒有返還金錢對院長而言不重要,解決眼前困難以免造成無法挽回的後果才是院長最在意的。

七 使命必達

本校於一○四年受臺北市政府文化局指示承辦世大運接旗儀式,當時戴校長請託由葉院長整合舞蹈系跟動藝系,跨系合作赴韓國光州演出;在文化局、舞蹈及動藝系間居中協調,看似容易卻暗潮洶湧,而院長也著實付出極大心力在這事件上,每場籌備會議、舞蹈彩排甚至事先赴韓國場勘協調,葉院長皆親力親為,為的就是將任務辦好,不僅是維護本校校譽也是為國爭光,在國際舞臺放光發熱;所幸最後成效非常良好,市府、本校乃至一般社會大眾都給予高度評價與讚賞!

八 將心比心

一○四年四月本院院集會辦理前夕,筆者於院辦準備頒獎道具,在搬動裁刀時一個不小心造成左手拇指嚴重割傷,後來至臺大醫院就診,醫生判斷須立刻全身麻醉作顯微手術並住院數天。術後隔天一早麻藥退去,一醒來看到第一位走進病房的就是葉院長;筆者住在管制隔離區的燒燙傷病房,不少同事都被

擋在外面無法入內，唯獨葉院長一早焦急的通過數道管制線進到病房來探視，在知道筆者狀態後才放下心中大石，宛如把筆者視同自己孩子般的看待，讓筆者非常的感動。

　　以上簡單列了八點來聊聊一般人較看不到的地方，因為篇幅有限，否則列個八十點都還聊不完；時間過得很快，六年兩任期的相處時光歷歷在目，一晃眼院長即將屆退，最後還是祝福葉院長退休享清福，孫子抱好抱滿享天倫！

——鄭璟隆：臺北市立大學人文藝術學院祕書

謝謝葉鍵得老師

周　宜　佳

　　印象中的葉鍵得老師似乎從未改變過，一樣的嚴謹、一樣的井然有序、一樣的古道熱腸。葉老師是我在大學四年的班導師，大學四年，從每年一對一的導談時間，可感受到老師認真負責的態度、做事嚴謹不馬虎，以及高度的教育熱忱。每一次的導談，一定會花老師一個小時以上的時間，跟老師談我跟班上同學的關係、我的畢業出路、職業目標等等。每次導談，都可以感受到葉老師對於班上同學的關心，也感受到老師對每位同學的期望。

　　葉老師在大學任教的科目是訓詁學及聲韻學，聽到這些科目名稱，第一個感覺可能會枯燥無聊，但是老師的博學及對訓詁學的熱情，讓老師在講解課程時，可以將艱深的學門有系統、簡而易懂地呈現給學生，讓中文造詣不好的我，也能樂在其中。我清楚記得當葉老師將訓詁學的報告發還給我，跟我說這是他看過最好的報告時，我是多麼感動。老師對自己學術專業的熱情，深深影響到我在大學之後的職業方向。感謝葉老師的影響，讓我立下心願做個更優質的教師，也決定成為在高等教育服務的教師。

　　畢業後我出國專攻碩士、博士，但是只要有機會回臺灣，我都會去拜訪葉老師，跟老師敘舊及討論臺灣高教現狀；從美國學校畢業後，若有機會也都會儘量找時間回母校去拜訪老師，老師的話語是激勵我持續在高教服務的動力！

　　在服務的學校擔任了行政職位後，較少有時間去臺北找老師。十月初接到老師即將退休的消息，很想向葉鍵得老師表達感恩，也謝謝葉老師在我求學以及職涯旅程中的指導。

——周宜佳：文藻外語大學師資培育中心副教授

如沐春風

──跟隨葉鍵得老師的學習旅程

金　朱　慶

　　我於民國八十年進入大學就讀師範學院語文教育系，畢業後擔任國小教職，工作穩定後，有意進修所學，於八十九年時報考市北師院應語所錄取。研二時開始撰寫論文，因喜好研究語言文字訓詁方面學問，系上葉鍵得老師從陳新雄教授學習，小學涵養深厚，故擬定葉老師擔任我的論文指導教授。原想老師業務及教學繁重，已做好再三請求的心理準備，沒想到葉老師一口答應，當下我心裡鬆了一口氣。老師隨即為我規劃寫作的期程，並交代應完成的工作，論文寫作自此步上軌道，以至於順利完成，都要感謝老師對我的教誨，以及背後花費的時間心力。後來有人問我指導教授的選擇，我都會推薦葉鍵得老師，他們事後的回饋也都如我一般推崇。

　　在市北師院求學期間，感受到老師為人敦厚謙和，從未見其慍色，修養極高；授課時總是準備充足，對學生耐心傾聽，作業也一一評點。後來還曾約我到他家坐坐小敘，雖然我是夜間在職進修班的學生，不若日間部師生的關係緊密，仍感覺到師者深切的關懷與對待。畢業後因地緣相近，不時拎些家鄉名產、團購的小物去和老師分享，老師非常客氣，寫了信給我，說有心意就好，不要破費。想想老師生活也簡單，整日埋首於系務及研究、教學之中，就恭敬不如從命沒再繼續。

　　師範學院為師資培育及教育專業發展的重鎮，葉老師服務其中，除了治學及講課外，也受到教育當局的倚重，經常接受委託擔任評鑑或訪視委員等等，因我在地方學校擔任行政工作，老師會慎重的打電話找我，就手上任務事項討

論，一一了解基礎教育實務工作的近況及難處，其對事情認真的精神，令我感觸良多，其言行風範如同大學八目中所講到的格物、致知、誠意、正心，即為做人之根本。同在教育崗位，我也期許自己同樣能先做人，後教人，以身教來和學生們相處。

師者，是成就學生的工作，有幸遇到葉老師，透過生活中的點滴相處，我默默學習著教育家及學者的風範，希望成為安定社會的力量。在葉老師退休的前夕，我獲頒政府特殊優良教師的獎項，私以此回報老師的恩情，並祝賀老師能常保身體健康，享受退休生活。

──金朱慶：臺北市立大學中國語文學系碩士，新北市中和國小
　　輔導主任

致敬語音學大師

——葉師鍵得

徐 敏 綺

　　校園中庭的臺灣欒樹開起了串串直聳向天的黃花，有些甚至已經轉為紅色，在一片紅黃綠褐、深深淺淺、重重疊疊交錯而成的美麗景色中，聽聞葉師鍵得即將榮退的消息，身為學生的我們也為老師深感高興，而這金黃濃紅的景色好似也在呼應這個喜訊，為葉師誨人不倦、治學有道的教學生涯恭賀慶祝！

　　民國八十四年我考進市立師範學院語文教育學系，葉師鍵得當時擔任我們大一的導師，教我們大一的國文通識和國音學，還有之後的聲韻學、語音學概論……等等。葉師在語音學上相當有研究，這樣一門艱深複雜的課程，老師總是可以用深入淺出、系統以及科學的方式來引領我們學習，進而讓我們改進發音部位和發音方式。大一那年在國音課的潛移默化下，將我這個來自南部的孩子的南部腔國語，變得完全沒有南部腔。我印象十分深刻的是，一年後暑假的高中同學聚會，和同學們聊天時，他們跟我說：「你說話的感覺跟以前不太一樣喔。」我還開玩笑的說：「是比較淑女，比較像老師吧！」他們說不是，而是講話的方式，我想了想，應該是這一年國音學咬字發音和腔調校正的影響。甚至我畢業後到了國小教書，和同事聊天時提到我是南部來北部讀書的，他們都說聽不出來，直到我說閩南語他們才相信！其實葉師也是南部嘉義人，我們也是後來才聽老師說的，但你只要聽葉師說話講課，他那一口字正腔圓、抑揚頓挫的語音，我想你也會以為老師是外省後代。

　　教學幾年後，看到周遭的同事相繼去讀研究所，也激起我向上再努力的心。那時市立師範學院語文教育學系的應用語言研究所正在招考，時間剩不到

三個月，想說先去試試水溫，但又覺得本科系考不上很丟臉，於是只好發憤圖強，僅衝刺三個月便去考試，沒想到竟錄取考上。有人問我怎麼準備的？其中辛苦自然不必說，但最要感謝的是葉師在大學時上課為我們打下語音學的基礎，而我就是拿以前葉師所教授的語音學、聲韻學的筆記重點複習，想當然那科分數也是最高的！我之所以能考上研究所都要感謝葉師，於是我的論文指導老師自然也是以葉師鍵得為目標。我們同批考上的同學中，兩年半就能畢業的僅三分之一，而我有幸的也是那三分之一的夥伴，這都要感謝葉師給我的支持與鼓勵，讓我可以在工作的同時順利完成研究所的學業，最後半年寫作、修稿，讓我順利口試、送印以及畢業。

春風化雨數十載，桃李飄香樹滿園。葉師是一位諄諄不倦、嚴謹治學、身教言教的好老師，學生也期望期許自己和老師看齊，也祝老師退休後，松柏長青、書墨流芳。

──徐敏綺：臺北市立大學中國語文學系碩士，新北市中和國小教師

經師易遇，葉師難覓

——談我心中的葉鍵得老師

邱永祺

　　九十七年九月，我剛進臺北市立教育大學（今臺北市立大學）中語系碩士班就讀，是我第一次見到葉老師，那時他正是系上的主任。時光荏苒，一眨眼雖已過了十一個年頭，但我還清楚記得第一次見到葉主任的光景，他的頭髮梳得整齊，穿著白襯衫與黑色西裝褲，給我的印象是一位和藹又客氣的先生。此後，常常相遇在系辦，每次向老師問好，老師也都親切地回應，沒有架子，更沒有距離。

　　碩士班二年級時，我終於修到了葉老師的「聲韻學專題研究」及「中國文字綜合研究」兩門課，在課堂上，老師傾囊相授，毫不保留地將他多年研究的心得分享給在座的學生們，我坐在臺下，看著臺上滔滔不絕的葉老師，夢想著自己在不久的將來，是否也可以成為這樣的老師。這樣的念頭，在我心田中埋下了種子，逐漸發芽、成長並茁壯。

　　今日，我也是一位老師了，有道是：「動人以言者，其感不深；動人以行者，其應必速。」我雖非「葉門」的入門弟子，但在葉老師身上學到的東西，除了中國文字學、聲韻學等學術的知識外，更多的是待人處事的道理以及行政工作上的圓融。葉老師在行政的職位上，擔任過組長、主任、院長，也曾任中華文化教育學會副理事長、中華民國聲韻學學會秘書長及理事長等。他說起話來有條不紊，對事情的考量總是面面俱到，每每扮演著領頭羊的角色，率領著大夥們勇往直前，不論難易，無分大小，每件事總是親力親為，以身作則，是我們學習的楷模，尤其葉老師對人總是相當客氣，不因你的身分而輕視或有所

怠慢。你是前賢學者，他敬之以禮；你是後學晚輩，他禮賢下士，濟濟彬彬，令人欽佩。

　　我就讀北市大中語系九年，先後取得碩士、博士學位，九年光陰裡，葉老師是我常請教的對象，每每遇到了困難向老師請益，他雖公務繁忙、案牘勞形，但仍撥空協助，給予我最大的幫助。在碩士口試時，老師予我在聲韻學方面諸多的指教，提點之處總是洞中肯綮；博士口試時，老師更直指盲點，讓我改正謬誤之處，方能順利畢業。猶記得在北市大兼課前的暑假，葉老師跟幾位老師們坐在臺下看我試教，對於我的教學給予肯定，增添了我的信心，才能在北市大一兼課就是三年，這是多麼寶貴的經驗。

　　一位經師，能指導學生專業的知識，讓他擁有專業技能，而一位人師，則能夠影響學生的一生，令他受用無窮。我很幸運，遇到了葉師，他既是經師，更是人師，就像一道和煦的陽光，照耀著我，讓我備感溫暖。

　　葉老師即將榮退，謹以此文獻祝　葉師榮退誌喜。學生才疏拙筆，期能錦上添花，略增些許光采。

　　　　　　──邱永祺：臺北市立大學中國語文學系博士，實踐大學
　　　　　　應用中文學系助理教授

葉鍵得老師退休紀念感言

戴 光 宇

　　很榮幸能成為葉老師門下學生。我是臺北市立師範學院從師專時代改制後的第二屆語文教育學系學生，當八十一年離開母校時，即聽聞葉老師於次年開始任職於本校語教系，雖往日錯失良機，但所幸二十載後能沐春風，實足珍貴而自喜。

　　學校畢業後任國小教職，蹉跎二十多年，未能重回中國語文領域進修，直到數年前重新思考再修業，對中文依然有股熱情，於是報考已改制為臺北市立大學的母校進修，重新尋回、組合過往的知識片段，也慶喜遇上葉老師不嫌樗櫟庸材的我，允為論文指導教授，使我得以向老師學習。

　　老師學識淵博，早為學界所稱道，尤其在中國語文方面的功力，實執牛耳；上課期間每聽老師論起國語文種種問題，總能提出一套獨特見解，無論是字形、字音、說話朗讀、文字學、聲韻學、訓詁學、古代典籍、今日社會用語現象等，無不令人讚佩，在課堂上如此，在研討會上講評亦如此；除教學外，擔任數年人文藝術學院院長、中華民國聲韻學學會理事長等要職，亦能帶領團隊居間調和、功蹟顯著；真學識與行政能力俱優，而為儒家所謂內聖外王者也。

　　而令人印象最深刻的是老師為人謙和，總見笑臉迎人，談吐間為文人雅士，關懷時又若父執輩慈愛，實得學生們之敬仰喜愛。今歲月匆匆，轉眼間竟已到老師退休之年，思之不免憂喜參半，憂的是後輩學子少了在學校課堂上一位引導者，欣喜的是為教育界、為學界辛苦大半生的老師終得休息。衷心祝福老師進入人生另一個階段，心想事成！

——戴光宇：臺北市立大學中國語文學系博士候選人，桃園市南門國小教師

諄諄教導，誨人不倦

——感謝葉鍵得老師

王 冠 文

　　午後的研究生教室裡，葉老師在上「聲韻學專題研究」，桌子對面是駑鈍的我，怎麼都搞不明白漢語聲韻的語流音變與韻書流變的關係。老師知道我不是正統中文系出身的學生，聲韻學的底子不好，他非常有耐心地又再講了一次，一次次地將基礎觀念帶入，直到我理解這個篇章文字的敘述與圖表結構的關係。

　　那一學期的「聲韻學專題研究」，只有我一個學生修課，雖然我名為博士班研究生，但在聲韻學的理解上，甚至可能不如一位中文系的大學畢業生，很多聲韻學的觀念，過去我都是死記硬背，沒有融會貫通。葉老師知道我的學習狀況，他鼓勵我趁這一次修課的機會，把以前不會的地方弄懂，不要讓聲韻學成為自己的硬傷。

　　剛開始上課時，我心有膽怯，不好意思承認自己有很多地方聽不懂，加上午後的陽光斜斜從窗子射入，使得安靜的教室裡有一股薰人欲睡的氛圍，我好幾次精神恍惚，昏昏欲睡。

　　老師看出了我的問題所在，他更動了原先設定的課程目標，用一樣的教材，更深入淺出的講解，不厭其煩地一再舉例說明，務必要讓對面愚鈍的學生理解教材內容。孔子說，有教無類、因材施教，葉老師正是這一句話的最佳執行者。

　　葉老師見我對上古韻部和上古聲紐的學習，始終楞楞呆呆地無法把握重點，他轉而教我《詩經》，不再以零碎的詞彙或單句為例，而是指定〈中谷有

蕹〉一首，要我讀整首詩，並且分析它的聲紐和韻部。

以前我學《詩經》，重在理解詩中情意，或是分析當時的社會文化，雖然一直知道《詩經》是押韻的詩歌，但自己真正每一句每一字去分析它的音韻，還是第一次。因為葉老師的耐心引導，似乎辨別詩中的聲紐和韻部也不是很難，讓我體會了一些其中的趣味。

除了拿《詩經》做為上古音韻的練習，葉老師也拿「賦」，要我做上古聲韻練習，教材選的是王粲的〈登樓賦〉。對於「賦」，以前我的瞭解僅限於文學史教科書中的介紹，還有大家耳熟能詳的名篇，如〈登樓賦〉、〈洛神賦〉、〈秋聲賦〉、前後〈赤壁賦〉等，當然也僅是理解篇章義理，欣賞作者情意，和吟詠優美的文字罷了。

葉老師教我從另外一個角度來認識〈登樓賦〉。因為王粲是東漢末年、三國時代的人，在漢語音韻的斷代上屬於上古音，而賦又是一種韻文，當然是很好的聲韻學教材。葉老師的授課選材常兼有實用性和趣味性，他會盡量在枯燥的聲韻學理論中，搭配一些軟性的文學篇章，讓學生能提高一些學習的興趣。老師在教學上真是用心良苦！

老師教導我在〈登樓賦〉中一句一句找出韻腳，並判別每一個韻腳的韻部。我發現在〈登樓賦〉段落與段落間會轉韻，例如從「犬韻」轉到「侵韻」；甚至還有平仄互換的，例如轉為「職韻」。

因為自己親自動手分析過一篇賦，讓我更深入了解賦的結構和聲韻的關係，也讓我日後在教授高中課程〈赤壁賦〉一文時，有能力分析〈赤壁賦〉的聲韻結構，而不需要倚靠備課用書的資料，讓我可以有不一樣的授課層面。

感謝葉老師的教導。老師不論是在為人處世，或是身為一位老師的教學態度，對於認真備課的用心取材，都是我學習的榜樣，影響我至深。

──王冠文：臺北市立大學中國語文學系博士候選人，國立金門
高職教師

我所知道的葉老師

鄭 雅 玲

對於鍵得師的認識，始於研究所的課程及當時的班導，經由一段時間的相處後，鍵得師給我的印象一直是個溫文儒雅的人，講話字正腔圓，不急不徐，舉止合宜，做事認真，是一個典型文人的表現。

碩一下時，研究生開始尋找指導教授，因為我對語言聲韻領域較有興趣，而鍵得師又是這聲韻學領域的專家，所以就想找鍵得師為指導教授。老師當時為中語系主任，儘管忙得不可開交，但仍願意撥冗指導我，甚為感謝。

在寫論文的過程中，有時也會遇到瓶頸，感謝老師在百忙之中抽空，以他的專業角度指導協助我，使當時論文的進度能完成。此外，又因為老師身兼華語學程主任的關係，我對於華語文教學非常有興趣，因緣際會之下，非常謝謝老師讓我有機會能跟著一起去泰國實習；儘管最後我並非從事華語教學，但仍讓我留下深刻而美好的回憶。

研究所畢業之後，見到老師的時間減少，經歷實習，我忙於投入教甄的戰場及教學的工作時，而老師也從擔任系主任變成擔任人文藝術學院院長，行政事務繁忙。但我們大約維持至少每年找老師見面一次或通一次信的頻率，印象中，在我每次去的時候，老師都會泡一壺茶，聊聊近況，話題隨意，態度親切隨和沒有壓力。

近來得知鍵得師要退休，很訝異，因為我印象中的葉老師還是很年輕，但另一方面也為老師感到開心，終於可以放鬆下來，有更多時間可以做自己想做的事。謝謝老師的指導，您的認真態度，嘉惠許多學子，祝您在未來的退休生活身體健康，事事順心。

——鄭雅玲：臺北市立大學中國語文學系碩士，桃園市幸福國小教師

口授知識，心傳態度

陳　冠　佑

成為研究生的前一年，歷經了人生的低潮，對於研究生涯有些許期待，但更多的是茫然與不安，所幸遇見了葉鍵得老師。

嚴謹的處事哲學

老師是我們碩士班的班導師，教授我們語言風格學專題研究、聲韻學專題研究。還記得在第一堂課時，老師便給我們這一屆碩士班八點叮嚀，期許我們在學業、生活上都能有所收穫，今謹摘錄其中三點於下：

一、要多致力於學術的研究，多發表學術論文。碩一下要提出研究計畫，可提早思考論文寫作方向，以免措手不及。

二、維持語文所傳統：尊敬師長、友愛同學；相遇先問好，替師長準備茶水，注重教室環境之整潔。

三、注意自身安全，提高警覺；若遇狀況臨危不亂……。

而老師說話不疾不徐、語調平緩，待人客氣、處事沉著，予人平穩的安定感，也是學生最好的身教。

在生活上，老師除了關心我們的學習狀況，也十分重視班級活動，只要時間允許都會參與，因此凝聚了整個班級的向心力。當時同學自發性籌組了華語師資檢定等讀書會，週末更相約來學校圈點古籍，相互勉勵，這些都是老師班級經營的成果。

老嫗能解的聲韻學

在課堂上，老師總能以淺顯的方法，講解艱澀的聲韻學，因此大學時死背聲韻學的我，能從不同的角度理解聲、韻、調的演進，從知其然到知其所以然，自然也對聲韻學更感興趣；面對當時的網路用語、顏文字等現象，老師則會嚴肅地和我們探討其中的用法，以及對於語文學習的影響；聽聞節目主持人讀錯音，也曾寫信提醒電視臺，足見老師對國語文教育的重視。

當時的我，對於研究方向尚無目標，因傾慕老師嚴謹的治學以及處事態度，所以懇請老師指導。在論文的指導上，從選題到撰文，老師都給予我許多空間，讓我找尋自己感興趣的題目，因此完成論文的時間雖然漫長，卻不覺得苦澀。

還記得當時老師剛接任系主任，走進所長辦公室，總會見到老師埋首在行政公文、指導論文、研究生圈點的古籍中。儘管忙碌，但對於我的疑問，老師總是細心的解答，就在老師的指導下，讓研究目標、方法更為明確，最終順利完成學位。

退伍後旋即投入職場，與老師漸失聯繫，但不時仍是會到學校官網，關心老師、系所的近況。也曾與同學相約返校探訪老師，但老師總要我們以工作為重，不要特別請假，所以最後都沒有成行。有一天意外接到老師的來電，老師用一貫沉穩的語調詢問我的近況，雖然是短短數分鐘，仍能感到老師對學生的關心，也慚愧自己與老師疏於聯繫。

二〇一九年六月得知老師即將從教職退休，心中儘管有萬般不捨，但看到徐長安學姊、雁婷學妹積極的聯繫，感到十分欣慰，因為學生們都能深刻感念老師對自己的提攜，所以才會有紀念文集的發起；雖然接受老師的指導僅有短短的幾年時光，但從老師身上學到的態度、精神，是一輩子受用無盡的。

——陳冠佑：臺北市立大學中國語文學系碩士，博客來電子書編輯

我眼中的葉鍵得老師

張　曉　蕙

> 琅琅聲迴響課堂，諄諄於傳道授業；
> 循循善誘學子心，殷殷解惑杏壇暖；
> 孜孜不倦學術路，浩浩胸懷天下事。

　　葉老師是我讀中語夜碩一時的班導師，也是我論文的指導教授。因著老師深入淺出的引導，用簡單的符號說明了複雜的規則，使我對語言風格學產生了興趣，成為碩士論文的主題。

　　身為葉老師指導碩士論文的學生，有較多機會與葉老師互動，我發現葉老師同時任教於日間部與夜間部，指導大學、碩士、博士班學生，擔任本校人文藝術學院院長多年，竟然還能持續研究，定期發表學術論文！同為教職的我，白天任教、晚上學習已經焦頭爛額，看著身兼多職，卻能面面俱到、游刃有餘的葉老師，身為學生的我興起了「有為者亦若是」的氣概，終於一鼓作氣完成了碩士論文。

　　教務、學務、公務纏身而忙碌的葉老師，臉上卻掛著溫和的笑容，總是關心著身邊的人，不論是學生、助教、助理，只要有事發生，老師一定給予關懷並且提供協助；對於自己的家人，老師也盡心盡力，把握公餘時間回嘉義老家陪伴。不管有多麼忙碌，老師總是氣定神閒，體貼入微，「泰山崩於前而色不變」，既能冷靜掌握局勢，又能熱情付出關懷，老師就是我們最堅實的臂膀，支持著我們繼續向前。

　　「君子之教喻也，道而弗牽，強而弗抑，開而弗達。」恰如葉老師的春風化雨，啟發著莘莘學子，而我有幸成為其中之一。「善教者，使人繼其志」，雖

未曾有幸與葉老師有「盍各言爾志？」的機會，但我也能體會「仰之彌高，鑽之彌堅；瞻之在前，忽焉在後」的讚嘆！誠如以管窺天，看不清天的空曠；以蠡測海，量不盡海的遼闊，但這片海闊天空永遠陪伴著我們，如同葉老師的諄諄教誨、翩翩風度，我們會銘記在心。

　　一〇九年一月，敬業樂群的葉鍵得老師，即將開啟人生的另一階段，迎向海闊天空的退休生活。在校服務多年的葉老師，自然是桃李滿天下，作育英才多，我這錦上添花的拙筆，只能寫出對您的滿滿感謝與深深祝福。

　　　　──張曉蕙：臺北市立大學中國語文學系在職專班碩士，桃園市
　　　　龍潭國小教師

向我親愛的葉教授致敬

廖　淑　玟

　　「歡迎各位進入臺北市立大學中國語文學系碩博士班成為中國語文研究的一份子……，」這是二年前葉教授在「聲韻學專題研究」第一堂課的歡迎詞，雖然事隔已久，但葉教授字正腔圓的咬字、從容不迫的語氣與態度，讓當時還是新生且對於未來仍懵懂無知的我，頓時卸下緊張煩躁的心防，放心自在、毫無壓力地聆聽亦師亦父的葉教授時而幽默、時而艱澀的授課內容。

　　「師者，所以傳道、授業、解惑也。」很榮幸在進入中國語文研究之初能有機會選修葉教授的課程。葉教授對於語言學、文字學有所專精，在聲韻學領域更有其不可抹滅的學術地位，尤其是對於古漢語字義反訓之研究更是提出不少獨到的見解。葉教授師承　陳新雄教授，在課堂中總不時會聽到葉教授談及陳新雄教授對他的影響，不論是身為一位知識分子的耳提面命或是作為一位聲韻學研究者的學術指導，那些看似微不足道的師生互動與隻字片語，卻是我認為葉教授身為一位經師的最佳典範，所謂「道之所存，師之所存也。」葉教授不畏聲韻學之冷僻艱澀，總是慢條斯理地進行說明，希望讓我們這些初學者對於聲韻學能有所認識、不再為古漢語而眉頭深鎖，更希望我們這些門外漢有所成長、對於聲韻學有所認識、有所傳承。

　　若就以上的描述來說明葉教授對我的影響，那顯然不夠詳盡。在學業上，葉教授總能提供源源不絕的訊息與資源，讓我得以釐清誤植的想法，並在思考的過程中保持客觀與清晰的態度；在生活上，葉教授則是像一位慈父一樣，以其真誠、樸實的言行與態度，那麼體貼地、細心地照料著每一位學生。印象最深的是葉教授為我簽「論文指導教授同意書」的那天，眼尖的教授發現我掩著的雙手紅腫、起水泡，教授馬上問我怎麼了？同時推薦我知名皮膚科醫生，囑

咐我一定要好好地診治、好好地照顧自己，我當下被教授敏銳的觀察與殷切的關懷所感動，心想，教授之為師有其權威專業的一面，如此微小的搔癢之症何足以讓教授掛齒？然，葉教授卻能注意到我的病痛，讓我更能感受到教授為人之真摯、良善與溫暖的一面。

葉教授將屆退休之時，我的內心憂喜參半，憂的是未來聆聽教授的課程、接受教授指導的時日漸少，我擔心以我的駑鈍之質無法完成相關的學術研究；但喜的卻是，可以欣見未來恬淡無憂、容光煥發的教授，或許，以教授的能力及影響，在退休之後將會有無遠弗屆的發展。

葉教授工作期間日理萬機，夙夜匪懈，在此也衷心期盼我最親愛的教授，在退休之後能心寬神定、身心長健、益壽延年！

──廖淑玫：臺北市立大學中國語文學系碩士班研究生，宜蘭縣人文國中小教師

敬致葉鍵得教授

田 殷 齊

今年二〇一九年九月，甫上北市大中語系碩士班的我，開始對研究所有諸多的期待與想像，儘管前人已言：「既來之，則安之。」但我也對於未來要研究的領域仍有茫然的未知感。記得那一天是星期一，也是一〇八學年度的開學日，時序依舊炎炎夏日，我正準備到系上去上第一堂馮永敏老師的散文專題研究，當我從電梯口走出來往上課教室之際，就剛好遇到了葉老師。久不見葉老師的我想當然爾是雀躍不已的，於是我便很開心地向老師打招呼，老師也非常熱情地回應我，問我近來可好，並請我一同到系辦旁邊的教師休息室聊幾句話。

當葉老師得知我從大四本系畢業後仍繼續升讀研究所後，除了替我開心祝賀之外，更勉勵我要好好地在研究所這學術殿堂裡努力汲取寶貴的知識與經驗，同時他也關心我最近的生活近況。除了師長的身分，葉老師更讓我覺得像是家裡長輩一樣地在關心晚輩們，這讓我感到十分的感動和暖心，亦讓我有了動力繼續往前走下去。這短暫的一席之談，讓我不禁想起大三第一次上老師的聲韻學課。

聲韻學這門課，是我從馬來西亞來到臺灣留學讀中文系後才得知原來還有這種攸關古代漢語音韻的學科，聽起來非常吸引人，實際上課內容也是有趣卻滿艱深的。葉老師時常在課堂上說自己是在大學裡教「小學」，雖為「小學」，但這門學科對我而言卻是「奇難無比」的，閱讀課本宛如「觀天書」，但是老師依舊很有耐心地教導，並補充了許多資料，甚至還曾點名我上臺去練習如何系聯，雖然每次聲韻學考試的成績結果非常之不理想，但還是很謝謝老師願意給我機會去吸收聲韻學的養分。

大四的時候老師就休假一年，所以很幸運可以完整地修完葉老師的聲韻學

課程。碩一上，我也恰巧就選修到老師的「語言風格學專題研究」這一門課，而老師在這堂課上便和我們幾個研究生宣布這一學期教學結束後，老師就要退休了。我想這一切都是緣份，可以讓我有機會再次聆聽葉老師的教導，除了在學術上的指導外，還教了我更多的是人生中與人處事的道理，這或許是年紀輕輕的我目前還沒面對到的，而老師卻用了大半輩子的人生閱歷濃縮成精華告訴了我們，並時時刻刻提醒我們注意，我是感到非常感恩而且珍惜的。

　　然後，我也非常榮幸可以在老師的退休文集裡附上這一篇拙文，以表達對於葉老師的感謝之情，亦在此衷心祝福老師榮退快樂，並希冀老師往後之日子裡可以一直幸福、安康，記得有空常回來北市大，最後再次謝謝葉鍵得老師。

　　　　——田殷齊：臺北市立大學中國語文學系碩士班馬來西亞僑生

師者──葉院長榮退

余 欣 娟

他
紳士般地走來，有韻地
如午後閒步的陽光
儒雅地，像荷葉上凝珠
聲聲切切，「東冬鍾江」……
城內，一片朗朗

──余欣娟：臺北市立大學中國語文學系助理教授

青玉案

恩師葉鍵得教授榮退為賦

莊 如 蘭

　　葉師才學沖霄漢，治學問，精誠貫。作育菁莪人頌贊。通形達義，音韻為冠，雨化春風岸。

　　真初蒙昧求知路，師者如醫慧命護，惑解疑開惇敏固。鍵得夫子，鳴鐸發悟，教澤遠流布。

──莊如蘭：淡江大學中國文學系在職進修班碩士，高考及格

我所認識的葉學長

吳 宇 農

多才多藝：在理監事會議時，吟詠李白詩。

樂於分享：我因想充實華語知識，前往文學院研究室請教，學長送我一本《華語文能力測驗編製》，受益良多。

文人襟懷：擔任院長，貢獻所學；關懷文化遺產，倡議繁體字列世界文化遺產。

祝福葉學長退休生涯輕安自在，開創另一領域。

——吳宇農：國立後壁高中校友，葉師的學長

我所認識的葉鍵得教授

黃 彩 英

葉教授是一位溫文儒雅、學富五車、虛懷若谷的學者。與之交談無壓力，只覺得暖流上身。祝福退休後海闊天空，天天開心。

——黃彩英：國立後壁高中校友，葉師的學姐

賀葉老師榮退

何莉玉、林柔佑、廖珮磁、黃雅萍

親愛的葉老師，感謝您為第一屆的我們開疆拓土。設計碩班課程，安排相關演講，而且常常自掏腰包宴請演講者。若沒有您的用心付出，也不會有現在的華語文教學碩士學位學程。

——何莉玉：臺北市立大學華語文教學學位學程碩士，國立政治
大學華語文教學學分學程兼任講師

第一屆的我們受到您很多照顧，常常帶我們聚餐聯絡感情，印象最深刻的是，各種聚會您每次都還會洗照片給大家留念，真的滿滿的回憶，真的很謝謝您。

——林柔佑：臺北市立大學華語文教學學位學程碩士，桃園國際
機場股份有限公司資深事務員

謝謝您當初不辭辛勞的耐心、愛心的灌溉，讓我們漸漸成長茁壯。到現在還是會想起您那親切、關懷著我們的笑容，十分溫馨。

——廖珮磁：臺北市立大學華語文教學學位學程碩士，侏羅紀股
份有限公司珠寶顧問師

數十載的春風化雨，桃李芬芳於各個角落。謝謝您，親愛的葉老師，希望您的退休生活更加精彩！

——黃雅萍：臺北市立大學華語文教學學位學程碩士，QCT行銷
公關

賀葉院長榮退

陳 彥 鈞

葉院長，是我心目中儒家君子、聖人形象的典範。為人處世剛正而不阿，卻在原則中帶有更多對他人的柔軟與設想。

在聲韻學界德高望重的葉師，每次替年紀小他至少三輪以上的學生上完課後，必當鞠躬致謝，以老師的地位，早已是身為學生的我們鞠九十度的躬，都僅尚堪稱禮，即便學識滿腹、桃李滿天的葉師，卻仍願意站在第一線教粗胚拙劣的我，每每讓我想到千年前，孔子對其理念的堅持，孜孜矻矻地事必躬親，發揚學說傳授知識的行誼。

──陳彥鈞：臺北市立大學中國語文學系學士，國立臺灣師範大學國文研究所碩士生

祝福葉教授退休

周 亞 璇

轉眼間已經畢業四年，還記得老師您當初在課堂上精闢的講解與下課時和氣的為我解惑，讓我在聲韻學上收穫匪淺。今聽聞您退休的消息，讓我十分的驚訝，更為學弟妹感到惋惜！

如今我已成為正式教師，在跟小朋友相處的過程中，常常想起您的諄諄教誨，也期許自己成為像您一般傳道、授業、解惑的良師。

心中的感謝，短短幾句難以說盡……

祝福 教授退休生活順心、健康安泰！

──周亞璇：臺北市立大學中國語文學系碩士生，桃園市武漢國小教師

談韻論文

中古漢語複數形式的發展

竺 家 寧

一 前言

一般認為中文不是一種型態語言，比較缺乏格、數、性的變化，然而從東漢以後佛教傳入中國，由於大量譯經的結果，使漢語的翻譯必須面對具有豐富複數形式的梵文，如何把這些單複數的區別利用漢語有效地表達出來呢？這正是當時的佛經翻譯家所面對的問題。佛經翻譯長達八百年的時間，從東漢一直延伸到唐代，達於鼎盛。長久的翻譯過程以及佛門和信徒們的讀經過程，逐漸地這樣的複數表達方式滲入了漢語當中，因此中古漢語終於衍生了很多表示單複數區別的語言成分。本文透過佛經語料的分析，觀察這些複數形式的表達，例如「諸、等、眾」等字，他們的使用規則並不相同，「諸」可以放在名詞的前面表示多數，例如：「諸比丘」。「等」只能夠放在名詞的後面表示多數，例如：「比丘等」。「眾」則可以放在名詞的前面或後面，例如：「眾比丘」、「比丘眾」。這樣的使用規則逐漸地為漢語言接受下來，成為漢語言語法的一部分，這種用法持續留存到現代漢語中，例如：「眾生、男眾、女眾」等。

對漢語複數詞尾最早且最詳細的研究應屬呂叔湘一九五五〈說們〉和一九五五〈說代詞語尾〉，又如江藍生補充修訂的一九八五《近代漢語指代詞》。太田辰夫一九五八《中國語歷史文法》亦曾論及。在上古漢語中，人稱代詞的單複數沒有明確的界限，往往用同一代詞形式表達單數或複數的語法意義，採用一種無標記的零形式表達。後來逐漸出現的複數標誌例如「二三子」，又有「儕、曹、屬、等、輩」及其複合型式「儕輩、曹輩、等輩」等，依太田辰夫一九五八及孫錫信一九九二的論證，認為這些都是複合詞成分而不是複數詞

尾。以詞彙手段表達複數的意義，魏晉以後，如「爾輩、我輩」等，這些「輩」字組合的頻繁使用，使「輩」字所蘊涵的複數意象穩固地融入人們的心裡。這一部分的發展歷程，學者們討論得比較多。但是運用佛經材料觀察的比較少。本文的目標即在觀察在梵文的影響下，這些詞彙層次的複數標記，如何逐步虛化，逐漸向詞尾後綴發展。逐漸凝固形成「眾生、男眾、女眾」這樣的形式。它顯然已經是一個單一的詞，而不是像吾儕、吾曹、吾屬這樣鬆散的組合。至於宋代以後，產生的們（門），就複數詞尾而言，固然最具代表性和生命力。因為討論的文章較多，本文就略去不論了。

二　古漢語的複數形式

上古漢語時間跨度很大，在不同的階段第一人稱代詞的數肯定會呈現一些不同的特徵。例如「我」在甲骨文中只能表示複數，這是符合甲骨文的實際情況的。[1]

但在殷商以後的文獻中，「我」不再有數的區別，既可以指稱單數，也可以指稱複數。所以，合理的分期對於研究第一人稱代詞的稱數情況是十分必要的。

	殷商時期	西周早期	西周中期	西周晚期
指稱複數	100%	68.6%	47.6%	22.8%
指稱單數	0%	31.4%	52.4%	77.2%

由上面的統計可以看出「我」指稱單數的越來越多，最終取代了指稱單數的「朕」，指稱單數的「余（予）」後來也逐漸被取代。「我」為什麼會在稱數方面發生這樣的變化呢？或者說「我」為什麼由只指稱複數變為可以既指稱複數又可以指稱單數的呢？

主要原因可能是受宗周方言影響的結果。宗周方言周方言和殷方言中雖然

---

[1]　胡偉、張玉金：〈上古第一人稱代詞稱數研究〉，《北方論叢》2010年第2期，頁67-70。

都有「我」，但宗周方言中的「我」可以表示單數。西周早期金文和晚期殷墟甲骨文在時代上非常接近，但晚期殷墟甲骨文中的「我」不表示單數，而西周早期金文中的「我」可以表示單數。這種差異不能從時間性上解釋，只能從地域性上來解釋。受宗周方言中「我」的影響，再加上西周成了統治者，西周早期文獻中的「我」開始表示單數。[2]

考察上古文獻中第二人稱代詞的稱數，比較它們的發展變化，我們就會發現：第二人稱代詞在殷商時期的卜辭中極少出現，「汝」、「乃」表示單數，「爾」為複數。

西周時期，「女（汝）」、「乃」、「爾」、「若」可表示單數和複數，「而」、「戎」為單數。

春秋時期，「爾」、「女（汝）」可表示單數和複數，「乃」、「而」只表示單數。

戰國時期，「女（汝）」、「爾」、「若」可表示單數和複數，「而」、「乃」基本為單數。

秦至漢初，「若」、「女（汝）」可表示單數和複數，「而」、「乃」、「爾」只指稱單數。

西漢中晚期，「汝（女）」、「爾」、「若」、「而」可表示單數和複數，「乃」為單數。[3]

西周漢語中「厥、其、之」這三個第三人稱代詞的所指，它替代什麼，表示單數還是複數？徐丹（1989）曾討論過第三人稱代詞的替代能力。她認為第一、第二人稱代詞只能指代說話人與聽話人，但第三人稱代詞既可指代人，也可以指代萬事萬物。徐丹用下圖來表述她的觀點。

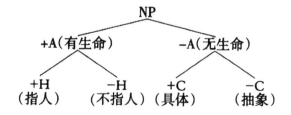

---

2 胡偉、張玉金：〈上古第一人稱代詞稱數研究〉，《北方論叢》2010年第2期，頁67-70。

3 胡偉、張玉金：〈上古漢語第二人稱代詞稱數研究〉，《東疆學刊》第27卷第4期（2010年10月）。

她說第一、第二人稱代詞只能替代「＋H」一個節點,而第三人稱代詞卻能替代NP的任意節點。這證明第三人稱代詞的替代能力大大超過第一、第二人稱代詞,第三人稱代詞能覆蓋一個NP的一切語義概念。[4]

在上古漢語中,人稱代詞的單複數沒有明確的界限,往往用同一代詞形式表達單數或複數的語法意義,採用一種無標記的零形式表達。這種無標記代詞有的具有兩種語法功能,如:

（1）願夫子輔吾志,明以教我。(《孟子‧梁惠王上》)

（2）我二人共貞。(《尚書‧洛誥》)

（1）是人稱代詞表單數的用法,（2）則用於複數。

這種數範疇的對立靠代詞形式本身無從分別,只有依據代詞所處的**語境**進行辨識。例如:

吾日三省吾身。(《論語‧學而》)

老吾老,以及人之老;幼吾幼,以及人之幼。(《孟子‧梁惠王上》)

以上的句子「吾」字是單數。

我非愛其財而易之以羊也,宜乎百姓之謂我愛也。(《孟子‧梁惠王上》)

願夫子輔吾志,明以教我。(《孟子‧梁惠王上》)

以上的句子「吾、我」是複數。

以下的句子當中的「爾、汝」都是複數:

4　張玉金:〈西周漢語第三人稱代詞及所指與稱數考察〉,《語言科學》第6卷第3期（2007年5月）,頁67-78。

如或知爾，則何以哉？（《論語・先進》）

（如果有一天真的有人瞭解你們了，你們又將會有什麼特別的表現
呢？）

大夫君子，無我有尤，百爾所思，不如我所之。（《詩經・鄘風・載馳》）

（許國的君子，不要再責備我，你們的一切計策想法，也都不如我親自
去衛國求援。）

予告汝于難，若射之有志。汝無侮老成人，無弱孤有幼。（《書・盤庚
上》）

（我把遷都的難處告訴你們，……你們不要鄙視年老的人……。）

大人之教，若形之於影，聲之於響。有問而應之，盡其所懷，為天下配。
處乎無響，行乎無方。挈汝適復之撓撓，以遊無端。（《莊子・在宥》）

（只有大人能提挈世俗那些往復撓亂之人，與他們共遊於無端。）

以上說明了上古漢語人稱代詞單複數同形的現象。

早期漢語中也有一些人稱代詞在表達數範疇時具有專一性，或表單數，或
表複數，界限分明。[5]

許多學者指出，在甲骨刻辭中，「我」、「爾」都只有複數的用法。

據王力先生研究，上古第一人稱「我」和第二人稱「爾」相應，都是古韻
歌部字。許嘉璐先生也認為，「我」和「爾」韻部相同，在語音上有對應關
係。這說明「我」、「爾」可能出於同一語源，在長期的發展演化中，於發生功
能和語音變異的同時，又保持了一定的家族相似性。[6]

在漢語發展過程中，「我」、「爾」、「汝」在數範疇的表達功能上發生了變
化。甲骨刻辭之後，「我」和「爾」在繼續表示複數的同時，又引伸出單數的
用法，而「汝」則取得了指代複數的資格。這三個人稱代詞連同後出的
「吾」，已經具備了表達單數和複數的雙重功能。就基本的人稱代詞而論，上
古漢語單數和複數大都採取了同形的表達方式，使用了一種無標記的零形式。

---

5 李永：〈漢語人稱代詞複數表達形式的歷史考察〉，《廣西社會科學》2003年第9期，頁106-108。

6 李永：〈漢語人稱代詞複數表達形式的歷史考察〉，《廣西社會科學》2003年第9期，頁106-108。

這種零形式既可表示單數，也可表示複數，呈現出雙重功能。

　　在歷史的發展中，原來專門表複數的人稱代詞，如「我」、「爾」，被賦予了表示單數的職能；相反的是，甲骨時代專門表示單數的人稱代詞，大都沒有被複數化（「汝」除外）。我們關注的是那些兼具單複數語法意義的人稱代詞，主要有「我」、「爾」、「汝」、「吾」等。這些代詞在以後的發展中，或被淘汰，如「吾」、「汝」；或發生功能分化，如「我」、「爾」（形變為「你」）。而「之」、「其」作為文言殘留，雖然繼續承擔著上述兩種職能，但在使用中受到嚴格的限制。[7]

三　佛經中「我」的複數形式

　　洪藝芳〈當很多個「我」出現的時候──從早期佛經探訪「多數人」〉一文認為早期佛經中，人稱代詞的複數形式以「我」和複數詞結合的次數最多，其中和「等」的結合次數高達二、三百次之多，其次為「曹」，而「輩」和「屬」的次數便很少了。舉數例如下：

> 我等不用錢財珍寶。唯須是象乘之入山求覓好華供養諸天已。（〔三國〕支謙《菩薩本緣經》）
>
> 時諸比丘白世尊曰。我等觀察是族姓子。棄捐家居。信為沙門。（〔西晉〕竺法護《生經》）
>
> 爾時八千象王言。善住象王已念我等。即共往至善住象王所在前住。（〔西晉〕法立、法炬《大樓炭經》）
>
> 汝等咸當稱彼佛名。或能來此。救我等命。（〔三國〕支謙《撰集百緣經》）（「我等命」即我們的命）

　　「我曹」在句子中多作主語和賓語，作定語用的很少。茲舉數例於下：

7　李永：〈漢語人稱代詞複數表達形式的歷史考察〉，《廣西社會科學》2003年第9期，頁106-108。

今我曹得與佛相見。得聞無量清淨佛聲。我曹甚喜。莫不得點慧開明者。（〔東漢〕支婁迦讖《佛說無量清淨平等覺經》）

臣下復白言。我曹悉聞諸沙門言。瞿曇淫欲已斷。有何恩愛在近親。王欲治其罪。無以為難。（〔三國〕支謙《佛說義足經》）

今佛是天上天下人師。當哀度脫我曹。願為我受之。當令我得福。（〔東漢〕安世高《佛說長者子制經》）

願太子具悉說之。開解我曹生年之結。（〔東漢〕安世高《佛說奈女祇域因緣經》）

「我輩」在句中作主語用的例子較多，作賓語用者較少，而幾乎不見作定語用者。舉數例於下：

四天王白佛言。我輩自共護是善男子善女人學般若波羅蜜者持者誦者。（〔東漢〕支婁迦讖《道行般若經》）

我輩自共護持。使佛道久在。其有未聞者。我輩當共為說。教授是深經。（〔東漢〕支婁迦讖《般舟三昧經》）

樂喜小乘。度脫我輩。使得安隱。（〔西晉〕竺法護《正法華經》）

「我屬」數量很少，多作主語或定語，不見作賓語者。茲舉數例如下：

文殊師利復問。如我屬不見眾會者。是狐疑於內外亦無所見。（〔東漢〕支婁迦讖《佛說阿闍世王經》）

我屬從海邊來。見一大國豐樂。人民熾盛。多有珍寶。可往攻之。（〔三國〕支謙《佛說義足經》）

我屬所說三千大千國土。教滿中人皆令得羅漢行。行六波羅蜜所作功德寧為多不。（〔西晉〕無羅叉《放光般若經》）

由上述呈現的現象可知，在早期佛經中，第一人稱和複數詞結合的情況相當豐

富、頻率極高，在句中的語法功能也是多樣的。同時期的非佛經文獻的情況又是如何呢？

《世說新語》的第一人稱有「我」、「吾」、「餘」、「予」、「朕」、「身」，後四者只作單數使用，「我」和「吾」可兼表單數和複數，而加複數詞來表示多數的，只出現「我」和「輩」結合（六次），在句子中作主語或賓語，這樣的情況與早期佛經迥然不同！

早期佛經第一人稱的複數形式有以下兩個特徵：

第一、「我」和「吾」均與複數詞「等」結合，且次數都相當高，但在句中的功能卻不盡相同，據王力《漢語史稿》的研究：

> 「吾」和「我」的分別，就大多數的情況看來是「吾」字用於主格和領格；「我」字用於主格和賓格。當「我」用於賓格時，「吾」往往用於主格；當「吾」用於領格時，「我」往往用於主格。在任何情況下，「吾」都不用於動詞後的賓格。……中古的文獻中的「吾」「我」也同用於第一身稱代詞，但語法上的區別已經消失。「吾」與「我」在語法作用上已經沒有分別了。

早期佛經中，「吾等」用於主語和定語為常，用於賓語最少，而「我等」可用於各種語法成分。可見中古早期佛經的「吾等」、「我等」雖已不似上古「吾」、「我」的區別如此分明，但仍存在功能區分的痕跡。

第二、「我」不但活躍地用於各種語法成分，且與「曹」、「等」、「輩」、「屬」等複數詞結合的情形相當普遍，但「吾」卻有限制，只與「等」結合。這種情形可以看出「我」處於優勢的地位，「吾」有漸被淘汰的跡象。逐漸演化的結果，「吾」在口語中完全不用了，使得現代漢語第一人稱代詞唯「我」獨尊。

四 佛經中「輩、等、諸、衆」作為複數標記

佛經中往往以「輩」做為構詞的第二個成分。和其他的複數標記組成一個雙音詞，放在人稱代詞，或指人性的名詞後面，以表現這個名詞的複數性質。

> 當取諸王令滿一千。與汝曹輩。以為宴會。許之已訖。一一往取。（《賢愚經》）
>
> 於菩薩有德人中。亦復是賊也。是曹輩。須菩提。不當與共從事也。不當與共語言也。（《道行般若經》）
>
> 長者女及五百女人。白薩陀波倫菩薩言。我曹輩願為師作婢。願持身命自歸。願為師給使。（《道行般若經》）

除了用在人稱代詞後面外，表複數的「曹輩」有可以用在指人性的名詞後面，例如：

> 我適取水。年少曹輩共形調我。（《太子須大拏經》）
>
> 今生人間出家作尼揵。行不坐行。常立不坐。受如是苦。如汝等輩及弟子也。（《中阿含經》）
>
> 謂汝等輩是我真子。從口而生。（《中阿含經》）
>
> 四祖儔輩挽其歸。又二年，祖方許可。（《五燈會元》）

其次，「諸、衆」標記的使用規則，例如：

> 佛告諸比丘言。佛智不可計量亦不可稱。（《七佛父母姓字》）
>
> 爾時諸比丘聞佛此語。心大苦痛。（《大般涅槃經》）
>
> 寧可入如其像定。觀衆比丘心。（《中阿含經》）
>
> 衆比丘皆共非之。因共告天。天取老比丘。（《佛般泥洹經》）
>
> 時。衆比丘於食後集講堂上議言。諸賢。未曾有也。（《長阿含經》）

佛經用例中也可以看到前面加了複數標記「眾」，後面又加上另一個複數標記「輩」。例如：

> 爾時。眾比丘輩於露地而經行。(《增壹阿含經》)

比丘眾，這個複數標記「眾」也可以放在名詞的後面，例如：

> 與大比丘眾千二百五十人俱。爾時世尊。(《大般涅槃經》)
> 往詣講堂比丘眾前。數座而坐。世尊坐已。(《中阿含經》)
> 世尊。我今自歸於佛・法及比丘眾。(《中阿含經》)

佛經用例中也可以看到前面加了複數標記「諸」，後面又加上另一個複數標記「眾」。例如：

> 說此語已。諸比丘眾虛空諸天。(《大般涅槃經》)
> 重閣講堂。諸比丘眾。皆悉令往大集講堂。(《大般涅槃經》)
> 結跏趺坐。諸比丘眾。及以離車。強自抑忍。(《大般涅槃經》)
> 躬往園所。增施供養。諸比丘眾食已。(《中阿含經》)

至於「等」標記的使用規則，如下例：

> 今既來此。我等宜共往詣彼林禮觀供養。(《大正句王經》)
> 我等盲瞑。永無開悟。受生薄福。為此女身。(《大般涅槃經》)
> 爾時八千象王言。善住象王已念我等。(《大樓炭經卷》)
> 世尊。我等盡自歸佛・法及比丘。(《中阿含經》)
> 佛滅度後。吾等葬佛身體法當云何。(《佛般泥洹經》)
> 諸天哀慟倍悲。阿那律語阿難曰。佛不使吾等棺斂。(《佛般泥洹經》)
> 爾赴往告逝心理家。吾等自能殯斂。(《佛般泥洹經》)

吾等諸神。冀一奉覲。(長阿含經)

吾等遊諸國來還，詣比丘眾。皆以疲倦。(《舍利弗摩訶目連遊四衢經》)

謂商眾曰。汝等人眾咸聞所言。(《大正句王經》)

汝等不應生於放逸。汝等當知。(《大般涅槃經》)

佛便告曰。汝等諦聽。善思念之。(《中阿含經》)

這個複數形式也用在偈中：

我所說諸法　　則是汝等師 (《大般涅槃經》)

汝等勤精進　　如我在無異 (《大般涅槃經》)

諸佛法如是　　汝等不應請 (《大般涅槃經》)

臣等諸國皆有寶殿。帝曰爾等小殿。(《佛般泥洹經》)

便使道不成。爾等於此當行四等慈悲喜護。(《弊魔試目連經》)

世尊告諸比丘。有此三法。不可覺知。不見‧不聞。經歷生死。未曾瞻睹。我及爾等曾不見聞。(《增壹阿含經》)

迷在斯山爾等布索。猴眾各行。(《六度集經》)

鳥曰。爾等奚求乎。曰。人王亡其正妃。(《六度集經》)

人語鬼言。爾等所諍我已得去。今使爾等更無所諍。毘舍闍者喻於眾魔及以外道。布施如篋。人天五道資用之具皆從中出。(《百喻經》)

如來說法爾等聞之。謂悉備足。(《正法華經》)

如人以物自杜其口。罪垢斯深。是大魔事。彼等不能於佛如來發是問言。而汝沙門。法律之中。以何法行。能令修聲聞行者。(《佛說尼拘陀梵志經》)

彼等諸龍。皆失天形色。現蛇形色。(《起世因本經》)

彼等眾生。經歷無量久遠長道。(《起世因本經》)

此法為人演說。彼等皆悉不能了知。(《方廣大莊嚴經》)

五　結論

　　本文依據佛經的材料做了一個綜合的觀察與分析，試圖了解中古漢語複數形式的發展脈絡。佛經語料的研究是最近十多年來開始受到學術界的注意，因為他的數量十分龐大，遠遠超過同時期的漢語本土文獻，同時他的口語性又比較高，因而能更完整的保留當時實際語言的面貌，除此之外，佛經語料還有另外一項重要的特色，那就是他屬於翻譯文學，在語言上表現了漢梵兩個語言接觸所帶來的一些影響。本文即著眼於此，觀察了複數形式的表現方式。因為屬於印歐語言的梵文具有非常明確的單數複數區別，而上古漢語單複數往往同形，在漢語語法中單複數不是重要的語法範疇，然而在翻譯過程中漢梵兩個語言的密切接觸與交流，漢語逐漸發展出一些表達複數的標誌用詞，這些標誌用詞雖然有些在佛經翻譯以前就已出現，但是在使用頻率和廣度上佛經語言的複數成分遠遠多於前代，組合方式也形成了許多前代所沒有的結構，這是漢語史上值得我們注意的一項演變，這樣的研究工作如果能夠進一步把梵文佛經的原本找出來一一做對比，應該更有研究的意義，不過限於個人的學力對梵文所之有限，這樣的對比工作就只好從略了。

　　　　　　　　──本文原發表於The 24th North American Conference on Chinese Linguistics──Celebrating the 120th Anniversary of the Birth of Yuen Ren Chao　第24屆北美漢語語言學會議──紀念趙元任先生誕辰120周年，University of San Francisco，June 8-10，2011，San Francisco。稍作修改刪節後，用以祝賀鍵得兄榮退誌慶

　　　　　　　　──竺家寧：國立政治大學退休教授，曾任中華民國聲韻學學會理事長

當國語課本遇到兒童文學時

陳 正 治

一 前言

　　二〇一九年六月一日到八月十八日，中華民國兒童文學學會與臺北市中山堂合辦「當國語課本遇上兒童文學」展覽。內容包含臺灣日治時代至臺灣光復後的國立編譯館及教科書開放後各書局出版的國小國語課本樣書，教科書上出現的作家、插畫家群像，〈爸爸捕魚去〉的版本展示，兒童文學界參與小學國語課本編輯大事記等。開幕那天，學會游珮芸理事長、臺北市文化局陳譽馨副局長、臺北市中山堂黃國琴主任及許多喜愛兒童文學的作家、畫家、出版家、讀者等，都出席祝賀。

二 國語課本遇到兒童文學的演進

　　國語教科書加入兒童文學教材，這是二十世紀以來世界各國小學教育的趨勢。我國早期的兒童語文啟蒙教育，採用《三字經》、《百家姓》、《千字文》、《幼學故事瓊林》、《大學》、《中庸》、《論語》、《孟子》等等文化教材。兒童到私塾或學校讀書，都覺得痛苦萬分。根據胡適《四十自述》所記，「他幼時讀書好多同學一早就被家長綁著進學堂，到了老師來後才被鬆綁。」三、百、千的這些教材，自有它的價值，但是對兒童來說，則是語言艱澀、表達太直、欠缺趣味，再加內容太深，令兒童畏懼和反感。因此當時有兒童把「人之初，性本善，性相近，習相遠。苟不教，性乃遷，教之道，貴以專」的《三字經》課文，編成順口溜說：「人之初，鼻涕拖，拖得長，吃得多」以及問老師：「為什

麼狗不叫，性乃遷？我家的狗，都會叫。」

　　民國建立後，兒童語文教材有了變化。教育部在一九三二年設立國立編譯館，統編或審定國小教科書。教育家們對兒童的語文教材，改以白話和兒童文學作品為主。例如一九三二年，上海開明書店出版了教育家葉聖陶撰文，豐子愷繪圖的八冊初等小學國語課本，隔二年又出版了高等小學用的四冊國語課本。其中四百來篇課文，大半都是兒歌、故事的教材，如：「母雞小雞都起來了。小雞跟著母雞，東也找找，西也找找，看有什麼吃的」；「太陽，太陽，你起得早，昨天晚上，你在什麼地方睡覺？」這些課文都跟兒童文學有關，因此受到當時人們的稱贊。

　　一九四一年教育部公布小學國語常識兩科課程標準，並請吳織雲、祁致賢、陳伯吹等等語文學家編制《國語常識課本》八冊。臺灣光復以後，臺灣省政府教育廳依照國立編譯館此版本略微修訂出版供學生使用。在初級小學國語常識課本第一冊裡，第一課〈上學〉：「來來來，來上學。去去去，去遊戲。」一九五〇年版本）文字口語，內容已注意到兒童的生活、興趣和需要，可惜文學成分較弱。臺灣國小國語教科書大量加入兒童文學作品的開端是根據一九六八年教育部公布《國民小學暫行課程標準》，國立編譯館聘請王玉川、祁致賢、林海音、孫邦正、趙友培、何容、王鼎鈞、洪炎秋等編審委員而編寫的課文。例如趙友培改編的第九冊《國語課本》，就選了文學味很濃，蓉子寫的兒童詩〈海浪〉。

　　一九七五年教育部修訂公布《國民小學課程標準》，國立編譯館聘請兒童文學作家、學者參與課文編審。林海音、林良、吳宏一分別負責低、中、高課文的編寫。一九七七年起，兒童文學作品大量進入國語課本裡，使得國小國語課文，不但引起兒童閱讀的興趣，而且增進了兒童的智慧和寫作能力。其後一九八九年針對課文數量增刪的修訂本，二〇〇〇年中小學教科書全面開放，翰林、康軒、南一等等版本的國語課本，兒童文學作品便成了課文的主流地位。

三　國語課文與兒童文學的關係

　　優良的兒童文學作品是要提升兒童思想、美化人生、引導人生的。因此兒童文學作家常從光明面來寫，把理想的、美好的社會情形，應用生花妙筆把它表現出來，讓孩子在先入為主的腦裡，有正確的觀念，肯定人生的價值；長大後進而奉獻自己的心力，使世界更美好。國語教科書選擇兒童文學作品當教材，都是選擇這些重視健康主題、表現理想人生、語文優美的作品。現將國語課本遇到兒童文學的關係說明於下。

（一）兒童文學作品內容多樣、文字優美、表達生動有趣，符合兒童的學習興趣、需要和能力

　　兒童文學作品包含兒歌、兒童詩、童話、神話、兒童故事、兒童小說、寓言、兒童戲劇、兒童散文等等類別。這些都是有趣、想像力豐富、表達美、符合兒童興趣需要和能力的作品。兒童讀了這些課文，當然比讀傳統的「人之初，性本善」的文章更喜愛。

　　例如林海音依據《伊索寓言》而改編成詩歌的〈過橋〉課文：

（一）

橋這頭兒有一隻白狗，

橋那頭兒有一隻黑狗。

白狗要過橋，黑狗也要過橋。

兩隻狗走到橋中間，

白狗叫，黑狗也叫。

誰也不讓誰，誰也不肯退。

兩隻狗打起來，都掉進河裡去了。

（二）

橋這邊兒有一隻白羊，

橋那邊兒有一隻黑羊。

白羊要過橋，黑羊也要過橋。

兩隻羊走到橋中間，

白羊說：「我退回去，讓你先過來。」

黑羊說：「謝謝你。」

黑羊先過來，白羊再過去。

兩隻羊都過了橋。

（一九六九年國編版一下）

再如曾列入國小課文的：「天這麼黑，風那麼大，爸爸捕魚去，為什麼還不回家？聽狂風怒號，真叫我心裡害怕。爸呀爸呀，只要你早點兒回來，便是空船也罷……」的〈爸爸捕魚去〉（一九五〇年版）。這篇介紹父親工作辛苦及孩子關心父親的兒童文學課文，凡是讀過的，幾乎都能朗朗上口，並且背誦下來。

這種把兒童文學精神和兒童文學趣味引進國語課本的課文，使小學國語課文，受到兒童的喜愛。

（二）可以充實兒童生活經驗

兒童文學作品雖然是感性的詩文，但是在內容和取材上，常常跟兒童生活有關；尤其是有故事性的文類，充實了兒童生活經驗，讓兒童遇到相關情境，有助解決問題。例如從前國編本有司馬光打破水缸，救了掉落水缸孩子的故事。老師教了這一課，跟兒童討論遇到問題沒法解決，像司馬光一樣打破原狀的思考，也許是個好的辦法。有個孩子讀過這一課後，看到一輛高載貨物的車被陸橋卡住，進退失據，司機和前來處理的警察都沒法解決。這個孩子想到司馬光打破水缸的故事，於是建議司機打破原狀，把車子的輪胎放些氣，讓車子低一點通過陸橋，結果司機接受建議，車子安全的通過陸橋。又如從前有一課敘述陳英士小時候看到同伴玩火，衣服被燒著，同伴疼痛得哀哀叫，就叫他在地上打滾，結果滅了火。兒童讀了這一課，將來遇到全身衣服被燒，也可用這招來滅火。

（三）可以有效的陶鎔兒童思想情意

　　兒童文學作品是以感性的文筆表達內容的，兒童讀了這樣的文章，比直接揭示思想情意的論說文，更能受到有效的薰陶。

　　例如林海音編寫的國編本第一冊的〈小小鳥兒〉課文：

> 小小鳥兒愛唱歌
> 你的歌兒真好聽
> 你唱的什麼歌
> 請你告訴我
>
> 小小鳥兒愛唱歌
> 你的歌兒真好聽
> 我來跟你一起唱
> 你說好不好
> （一九六九年國編版一上）

　　這首歌的內涵表現採用間接呈現法。「小小鳥兒愛唱歌，你的歌兒真好聽」，寫的是一個孩子聽到鳥叫聲，認為是唱歌聲，不是哭泣聲，稱贊它好聽。這是暗示這個孩子是快樂的，懂得贊美他人；屬於「倫理」理念的文化層次。接著兩行「你唱的什麼歌，請你告訴我」的詩句，寫的是孩子有好奇心、求知欲、追根究柢的科學精神，屬於「科學」的文化層次。詩歌第二段前兩行「小小鳥兒愛唱歌，你的歌兒真好聽」詩句，為第一段前兩行的反復，具有強調的作用，仍是「倫理」理念的文化層次。接著「我來跟你一起唱，你說好不好」的詩句，寫出孩子想跟著唱歌，請問小鳥兒是否同意，這是尊重他人的心，屬於「民主」理念的文化層次。（陳正治《國語文教材教法》頁八）孩子讀了這一課，對思想情意方面，也受到薰陶。

　　又如國編本第三冊〈美麗的蝴蝶姑娘〉，先敘述蝴蝶在花園裡、小河邊、山坡上到處飛舞，帶給大家視覺的美，暗示蝴蝶對大家的奉獻；接著寫玫瑰花

請蝴蝶吃吃花汁，小河請他喝喝水的物質報答，小朋友讚美牠像一朵會飛的花，這是精神的鼓勵，暗示大家感謝蝴蝶。這篇文章，可以讓兒童體會出中華文化「施人慎勿念，受施慎勿忘」的美德，以及效法舞蹈家的蝴蝶到處飛舞，把美帶給大家的奉獻，決心「盡自己的力量，使社會更美好」的精神。

再如改寫自一本童話書的第十一冊〈模仿貓〉，兒童讀了它，可以體會出每個人都有自己的特長，只要善用自己的特長，就可以成為有用的人。這也是一篇可以陶鎔兒童思想情意的好文章。

（四）可以增進兒童的想像力和鑑賞力

選入國語課本的兒童文學作品，大都是趣味性高、語言優美、文學味濃、文化內涵夠的詩文。例如林海音編寫的〈鵝媽媽真漂亮〉課文：

> 鵝媽媽，真漂亮，
> 頭上戴著黃帽子，
> 身上穿著白衣裳。
> 鵝媽媽，真漂亮，
> 游起水來，身子挺得直，
> 走起路來，脖子伸得長。
>
> 鵝寶寶看見了，
> 游到媽媽身旁說：
> 「媽媽，媽媽，您真漂亮，
> 您走路的時候很神氣，
> 您游水的時候多好看。
> 我到什麼時候才能像您一樣？」
>
> 鵝媽媽說：
> 「不要急，乖寶寶，

只要多游游水，多吃點草，

就會長得像我一樣好。」

（一九七〇年國編版二上）

這篇課文的內容是闡述鵝媽媽的漂亮，引起孩子見賢思齊的效法。作者從外表、舉動、內在等三方面具體的呈現鵝媽媽的漂亮。

第一段先用評論式語態直接贊美「鵝媽媽真漂亮」；接著應用表達式語態呈現鵝媽媽「頭上戴著黃帽子，身上穿著白衣裳」及「游起水來，身子挺得直，走起路來，脖子伸得長」的外表和動作的美。這種「先提後敘」的結構裡，作者採用示現、摹況、對偶的修辭法，寫出了具體、生動、簡鍊、富有節奏美的一段佳文。

第二段敘述鵝寶寶贊美鵝媽媽漂亮，並想「見賢思齊」，請問鵝媽媽如何達到這麼美。作者寫鵝寶寶贊美鵝媽媽的美，不是歌頌鵝媽媽戴黃帽子、穿白衣裳的外表美，而是贊賞鵝媽媽走路和游水的動作美。因為戴黃帽子、穿白衣裳的外表美容易學到，但是一個人的言行舉止美，卻是修養得來，較難學。這兒舉最好的事件來贊美，富有深意。

第三段敘述鵝媽媽回答鵝寶寶的問題。鵝媽媽說：「不要急，乖寶寶，只要多游游水，多吃點草，就會長得像我一樣好。」這是應用生動的對話方式來表達。鵝媽媽先採用心理輔導法告訴鵝寶寶不要急，接著贊美鵝寶寶的好學，然後提出多運動、多注意營養的具體方法來教鵝寶寶。

兒童讀了這篇課文，如果在老師的誘導下能深入思考和欣賞文章的特色，必定可以增進想像力和鑑賞力。

（五）可以增進兒童的寫作能力

兒童文學作品非常重視寫作技巧，因此應用這些兒童文學課文來教兒童作文，是個很好的教材。例如國編本三上林良寫的〈和氣的李先生〉，對人物個性的刻畫，應用了三種技巧：

（一）主要人物自我表現：作者敘述被服務生濺了熱湯的李先生，從口袋

裡掏出一條手帕擦服務生的袖子。這是作者利用間接刻畫中的「動作法」讓主要人物的李先生，自己表現和氣的個性。又如李先生的鼻子被一個冒冒失失的人撞著，疼得他眼淚都快掉下來。李先生沒有責罵那個冒失的人，反而伸手去摸那個人的頭，對他說：「走路要小心，碰疼了沒有？」這也是作者利用「動作法」、「對白法」，讓主要人物自己表現和氣的個性。

（二）他人襯托：課文第一段敘述鄰居們讚美李先生的好脾氣說：「公雞生蛋不希奇，狗長犄角不希奇，看見李先生發脾氣才希奇。」這也是利用間接刻畫人物中的正襯法，由次要人物襯出主要人物李先生的和氣個性。

（三）直接刻畫：課文第一段開頭敘述：「李先生的好脾氣是很有名的。鄰居們一提起他來，都對他佩服得不得了。」這是站在作者立場，直接把李先生的好脾氣「告訴」讀者。

老師教到這一篇生活故事的課文，告訴兒童課文中刻畫人物的這三個技巧後，在作文課裡出個「慈祥的外婆」或「我的奶奶」，要兒童應用這三種技巧來描寫人物個性，兒童寫出的文章，必定可觀。其他如文章的布局、句法、字法的指導，也都可以增進兒童的寫作能力。例如文章布局方面，四下林良編寫的兒童散文〈憶梅姐〉，用倒敘法寫作。老師教了這一課，可以指導兒童用「倒敘法」來寫文章。

四　結語

國小國語課本加入兒童文學作品後，老師要知道兒童文學作品的特性，教學的時候才能把握要領深入指導，達到教學目標。如果不知道兒童文學作品的特性，心理上排斥它，國語文的教學可能只停留在「認字識詞造句」的語言層次，無法深入到文學層次、文化層次；甚至會指責兒童文學教材荒誕，不合科學原則，而辜負了美好的教材。

筆者從前應臺北市教育局聘請擔任國語科輔導委員，到國小輔導教學。有一次某位老師提出國語課本第三冊〈小白兔的嘴脣〉課文違反生物學。他說：課文中敘述鯨魚和大象接受兔子建議，比賽誰的力氣大，結果繩子斷了，鯨魚

和大象都翻倒。兔子看後笑得嘴脣裂開，一直到現在還沒合上。這樣的課文是荒誕的。第一，大象是陸上的動物，鯨魚是海裡的動物，牠們曾比賽過嗎？牠們懂得用繩子拔河嗎？另外，大象、鯨魚、兔子能彼此談話嗎？小白兔的嘴脣有三片，誰能肯定是因為那次拔河比賽留下的痕跡？

懂得兒童文學的老師，知道這一課是屬於童話體的想像文學作品。想像的文學作品不是記敘科學事實的；它是屬於隱喻性質，也就是「托物寄意」的文章。這種文章所記的「物」，所敘的「事」是譬喻，是表達思想、感情的憑藉，不必「真實」；而文章中所寄的「意」，也就是所說的理，所抒的情，才是「真實」的。這種現象可以從兒童文學作品中看出，也可以從成人文學作品中察覺。例如詩人屈原的〈離騷〉，詩人重複敘述香草美人以及上天尋找美人的事，這些「托物」和「敘事」是譬喻，不可當真；目的是用來表現作者的「哀世嫉俗」的感情。又如《戰國策》中的〈狐假虎威〉故事，物和事不必當真，而它的喻意卻是真的。

了解國語課本跟兒童文學有密切關係的老師，看到課文是兒童文學作品，能夠接納它，分析它的特色，深入教學，使兒童充實了生活經驗，陶鎔了思想情意，具備豐富的想像力和鑑賞力，也增進了寫作能力。目前政府和關心兒童語文教育的機構，都非常重視兒童的閱讀教育，老師和家長都應該向兒童推介兒童文學作品，並指導閱讀。如此才能滿足兒童的需要，也補充了教科書的不足。

——陳正治：臺北市立大學中國語文學系退休教授，兒童文學作家

《語文論集》的真諦

陳 正 治

　　臺北市立大學中國語文系葉鍵得教授是一位聲韻學、文字學家，也是一位語文教育家。他在教學和擔任系主任、人文藝術學院院長等行政工作外，還兼任教育部國語推行委員會《重編國語辭典》等的審訂工作。在百忙中一有空，就不忘撰寫書和相關論文。例如專書《古漢語字義反訓探微》使他晉升教授；五十多篇單篇論文裡的〈古音與通假字〉，深獲大家稱許。他很關心一般的語文問題，常常撰寫論文發表在《中國語文》月刊及其他報章雜誌上。最近他把三十篇有關語文的論文匯集一起，出版《語文論集》一書。我讀後受益無窮，令我想起了明末清初大學者顧炎武的《日知錄》一書。

　　《日知錄》共三十二卷，一千一百一十五條，約共七十萬言。上篇談經書，中篇談治道，下篇談博聞。這本書是顧炎武一生治學的結晶，平生的志業都在其中。《語文論集》一書雖然沒有那麼多的篇幅，但是在這本書裡，也可見到葉教授平生的語文志業。

　　臺北市立大學語文系的重要教學目標之一是培養語文教育工作者。葉教授非常關心學習者的語文能力。他在〈談語文教學的工具〉、〈介紹教育部五本語文工具書〉、〈國音教學經驗〉、〈談朗讀的技巧〉、〈為國語朗讀比賽進一言〉、〈如何提升字音字形能力〉等等篇章裡，都盡心盡力的把他的研究心得告訴學生以及中小學老師。

　　中國語文博大精深，許多人在書寫或應用語文時，常感到力有未逮，因此用錯語詞或不知如何判斷語詞對錯的很多。例如二〇一七丁酉雞年總統府印製的賀歲春聯：「自自冉冉，歡喜新春」，引發錯字爭論。總統府裡的人認為這個八字賀辭，出自賴和詩句：「自自冉冉幸福身，歡歡喜喜過新春」，報上好多專

家學者認為應是「自自由由，歡喜新春」。葉教授在論文〈談一個應景話題──「自自冉冉幸福身，歡歡喜喜過新春」〉中根據賴和手跡原詩及《教育部重編國語辭典》「冉冉」一詞的解釋，《說文解字》「冉」一詞的字義及賴和寫詩時所處的語文環境，判斷「自自冉冉」是寫了錯字，應是「自自由由」。

再如豐年的豐可不可以寫成豐等文字問題，葉教授在〈說「男」、「女」〉、〈說「俊」說「秀」〉、〈談「豐」與「豊」〉、〈談「牙」與「牙音」〉等篇章裡，對這些文字的辨別和應用，都有令人佩服的論述。

韓愈說：「師者，所以傳道、授業、解惑也」。葉教授在這方面的論述，也有好多篇。例如他舉國學大師林尹教授提起「賣耳光的故事」，告訴學生寫論文要注意出處，做學問要知道師承。

〈景伊先生授課二三事〉，提到林尹教授教導學生時慈祥平和、和藹可親，有長者之風；解釋「以柔克剛」能具體舉例；注意詩可歌可誦，要學生多吟詩。

〈景伊先師「莫為之先，人莫之知；莫為之後，人莫之傳」淺釋〉一文，他引陳新雄教授體會的意思是：沒有人在你前面教導你，你不知道做學問的道理；沒有人做為你的傳人，你的學問沒有人給你傳下去。葉教授並引韓愈原文說明景伊先生原文的出處。

葉教授在「傳道」方面，常富有哲理的闡述。例如在〈無用之為用──談有用與無用〉一文，告訴學生「有用」、「無用」互為表裡，比方潛藏於內心的涵養、道德，能說無用嗎？習得高深的學科知識，能說無用嗎？所以在大學的殿堂裡，不管哪一科目，都要好好學習。

〈談「大氣」與「器宇軒昂」〉一文中，鼓勵學生要學「大氣」，談吐大方得體，這樣處世自然和諧，態度平和，生活自然得到快樂。如能嚮往「器宇軒昂」格調，精神更為飽滿，意態更為不凡。

在〈換個角度〉文中，要學生換個角度，除去主觀，使事情圓滿；體諒他人，使人生海闊天空一片和諧。

在〈我的教學話語〉文中，他從讀書、做人、交友、語言、服儀方面，提出許多金玉良言供學生參酌，希望學生潛移默化，做個完人。

　　總之，《語文論集》這本書裡，探討了許多語文問題，也提出師道和為學與做人的關係。全書對提升學習者的語文能力和做人處世方面，都有裨益，因此筆者樂於向大家推介。

　　　　　　──本文收入《中國語文》第749期（2019年11月），頁19-21

　　　　　　──陳正治：臺北市立大學中國語文學系退休教授，兒童文學
　　　　　　　　作家

蘇東坡「鈔漢書」札記

吳 昌 廉

今人所熟悉之名言佳句，如：「人生如夢。」（蘇軾〈念奴嬌〉）「春江水暖鴨先知。」（〈惠崇春江曉景〉）「明日黃花蝶也愁。」（〈念奴嬌〉）「天涯何處無芳草。」（〈蝶戀花〉）「腹有詩書氣自華。」（〈和董傳留別〉）「明月幾時有，把酒問青天。」（〈水調歌頭〉）「但願人長久，千里共嬋娟。」（〈水調歌頭〉）「一年好景君須記，正是橙黃橘綠時。」（〈贈劉景文〉）「人生到處知何似？應似飛鴻踏雪泥。」（〈和子由澠池懷舊〉）「大江東去，浪淘盡，千古風雲人物。」（〈念奴嬌〉）「人有悲歡離合，月有陰晴圓缺，此事古難全。」（〈水調歌頭〉）「橫看成嶺側成峯，遠近高低各不同。不識廬山真面目，只緣身在此山中。」（〈題西林壁〉）諸如此類，不勝枚舉。這些朗朗上口的名言佳句都是蘇軾運思之作，語短意長，發人深省。有節奏、韻味又好記，隨意哼上幾句，聊以抒情。然其何以能夠如此成就，事或與東坡之誦讀《漢書》有關。

蘇軾生於宋仁宗景祐三年（1036），字子瞻，號東坡居士，眉州眉山（今四川眉山）人。宋徽宗建中靖國元年（1101）卒，年六十六。蘇軾博學多才，詩詞歌賦，樣樣皆通，文采燦爛，史所罕見。散文汪洋恣肆，明白暢達，為唐宋古文八大家之一。詩，清新豪健，獨具一格。詞則突破傳統，以為社會人生「無意不可入，無事不可言」，開豪放一派，影響甚大。書法學習晉唐碑帖，自出新意，筆墨豐潤，運筆沉穩，予人恬靜閒適之感。他兼詩文書畫，與黃庭堅、米芾、蔡襄並稱北宋書法蘇、黃、米、蔡四大家。

蘇母程氏（1010-1057）為中國史上賢妻良母典範，世間才女。夫蘇洵年輕時一度在外遊蕩，至年二十七，始發憤讀書，想必與妻程氏之溫情鼓勵有關。又相夫教子，使蘇軾、蘇轍兄弟，同時進士，而蘇洵、軾、轍父子三人且

同為唐宋古文八大家中之三大家，史所罕見，上與曹操、丕、植父子三人文采，前後輝映！再言賢慧，如蘇洵、軾、轍父子三人赴京科考在外，則女主內，紗縠行蘇家上下全賴蘇母程氏打理，經營有方。

東坡十歲，父洵游學四方，母程氏親授以書，軾聞古今成敗，輒能語其要。蘇母為東坡講讀《後漢書‧范滂傳》，讀至范滂反對宦黨專權誤國而被誣陷，受捕前，其母與他訣別時說：「汝今得與李（膺）、杜（密）齊名，死亦何恨！既有令名，復求壽考，可兼得乎？」講罷，慨然嘆息。蘇軾便對母言：「軾若為滂，母許之乎？」蘇母答道：「汝能為滂，吾顧不能為滂母耶！」母既許以為榮，遂「奮勵有當世志。」顯示東坡讀書入神，讀其書知其人，書中人物成為自己為人處世的人生榜樣！

蘇軾對漢文帝時之賈誼上〈治安策〉與唐德宗時之陸贄指陳弊政，諫議剴切，贊賞備至，使他論述古今成敗，不尚空言。蘇軾研讀《莊子》，驚其思想高超：「吾昔有見，口未能言，今見是書，得吾心矣！」莊子思想深得其心。復又研讀佛學哲理，對其處世曠達態度均有密切關係。

有關蘇軾讀書案例，曾向滕達道（即滕元發，宋眞宗天禧四年〔1020〕生）自述雪夜讀書云：「向僧房中明窗下，擁數塊熟炭，讀《前漢書‧戾太子傳贊》，深愛之。反復數過，知班孟堅非庸人也。方感嘆中……。」[1]另〈答畢仲舉書〉云：「偶讀《戰國策》，見處士顏斶之語『晚食以當肉』，欣然而笑。」[2]讀書至知作者材學，又愉悅至莞爾一笑。

蘇軾讀書常達渾然忘我意境，《道山清話》有云：

> 東坡在雪堂，一日讀杜牧之《阿房宮賦》，凡數遍；每讀徹一遍，即再三咨嗟嘆息，至夜分猶不寐。有二老兵，皆陜人，給事左右。坐久，甚苦之。一人長嘆操西音曰：「知他有甚好處？夜久寒甚，不肯睡！」連作冤苦聲。其一曰：「也有兩句好。」其人大怒，曰：「你又理會得甚

---

[1] 〔宋〕蘇軾：〈與滕達道六十八首之二十六〉，《蘇軾文集》，卷五十一。

[2] 〔宋〕蘇軾：〈答畢仲舉二首之一〉，《蘇軾文集》，卷五十六。

底？」對曰：「我愛他道『天下人不敢言而敢怒！』」叔黨臥而聞之。明日以告，東坡大笑曰：「這漢子也有鑒識！」[3]

蘇過（1072-1133），字叔黨，為東坡子，蘇邁弟。從兩老兵言談，知蘇軾讀〈阿房宮賦〉數遍，卻渾然不知已是寒冷深夜。清人張潮曾說：「讀書最樂，若讀史書則喜少怒多，究之，怒處亦樂處也。」[4]對於蘇軾而言，可謂非常貼切。

　　蘇軾於宋神宗元豐三年（1080）二月一日到達黃州；至元豐七年（1084）三月離開黃州。自云：「初到黃，廩入既絕，人口不少，私甚憂之。但痛自節儉，日用不得過百五十，每月朔便取四千五百錢，斷為三十塊，掛屋梁上，平日用畫叉挑取一塊，即藏去叉，仍以大竹筒別貯用不盡者，以待賓客。」（〈答秦太虛書〉）可見當時生活之艱辛。蘇軾在黃州期間所讀之書，至少有《戰國策》、《史記》、《漢書》、《隋書》、《南史》、《唐國史補》、《五代史》和〈阿房宮賦〉等八種。陳鵠《耆舊續聞》記載朱載上在黃州拜訪蘇軾事云：

　　朱司農載上嘗分教黃岡。時東坡謫居黃……。偶一日謁至，……久之，東坡始出，愧謝久候之意，且云：「適了些日課，失於探知。」坐定，他語畢，公請曰：「適來先生所謂日課者何？」對云：「鈔《漢書》。」公曰：「以先生天才，開卷一覽，可終身不忘，何用手鈔耶？」東坡曰：「不然，某讀《漢書》，至此凡三經手鈔矣。初則一段事，鈔三字為題，次則兩字，今則一字。」公離席復請曰：「不知先生所鈔之書，肯幸教否？」東坡乃命老兵就書几上取一冊至，公視之，皆不解其義。東坡云：「足下試舉題一字。」公如其言。東坡應聲，輒誦數百言，無一字差缺。凡數挑皆然。公降歎良久，曰：「先生真謫仙才也。」他日，以語其子新仲曰：「東坡尚如此，中人之性，豈可不勤讀書耶！」新仲嘗以是誨其子輅（原注：叔暘云）。[5]

3　佚名：《道山清話》，《叢書集成初編》第2785冊，頁8。

4　〔清〕張潮：《幽夢影》，頁89。

5　〔宋〕陳鵠：〈東坡抄漢書〉，《西塘集·耆舊續聞》（北京市：中華書局，2002年），卷一。（又《蘇軾年譜》，卷二十三）

東坡之所謂「日課」，係在平常不受干擾下，按照自己所擬計劃，照表操課，猶如傳統農人之「日出而作，日入而息」行事。積極而言，則為「天行健君子以自強不息」，堅強韌性，表裡如一。東坡時年已近半百，每日依然「日課」甚緊，自我要求高，更不受訪客俗事打擾，而朱載上來訪即是其例。可見東坡日常生活，有其律己一面，所下工夫可觀。習慣成自然，想必終身「日課」不斷。比起古人讀書，如董仲舒閉門苦讀，三年不下園，朱買臣樵途誦讀不輟，兒寬身帶《尚書》，范仲淹斷虀畫粥，歐陽修三餘讀書等，東坡所下工夫，毫不遜色。

朱載上拜訪東坡，時值日課，致有耽誤。東坡明言剛才「日課」為「鈔《漢書》」，沒錯，「鈔漢書」就是「鈔漢書」，但問題在東坡之所謂「鈔漢書」，細究其情，則為一面口頭背誦，一面用筆鈔（默）寫，二者同時並行。既然並非默默念背，而是用口誦手鈔以記背，朱載上曾舉題字，親驗東坡背誦功力。朱氏驚訝之餘，不但以此告誡子孫，又告知他人。輾轉口耳相傳，至〔南宋〕陳鵠即將此事記錄在其所著《耆舊續聞》中。茲因古代書籍流通有限，只好以口誦手鈔讀書之。是古人諷誦古文九千字，可以為吏為史。若究其源，則必更早。因此，用口誦讀、用筆手鈔之讀書法，在中國由來已久，可謂源遠流長。

東坡平生所背誦鈔讀之古書頗多，而《漢書》只是其一。由於東坡經常開口吟誦，「自笑平生為口茫（老來事業轉荒唐）。」以致作詩填詞屬文，乃至爭辯答訊時，經常脫口而出，開口閉口皆引經據典，是其在烏臺詩案，弄得主審李定甚窘，幾乎無法繼續審訊詰問，深深體認何謂「腹有詩書氣自華」之感，並以「此是人材」嘆之，亦為一奇。

東坡鈔《漢書》之「鈔誦」功夫，是中國古人用功讀書之一例，亦可見中國文化渾然深厚之一面。既然以口背誦、用筆鈔寫，茲因口誦速度較快，筆鈔速度較慢，東坡為求二者速度相近或一致，因放緩口頭背誦速度較難，只好加快手鈔速度，因此在日課「鈔漢書」結果，練就一手好行書或行草，此為蘇東坡書法以行草名世之一因。東坡對石蒼舒之快速草書，頗有同感，因有「何用草書誇神速」、「我嘗好之每自笑」、「興來一揮白紙盡」[6]之語。

---

[6] 均見〈石蒼舒醉墨堂〉文中。

　　〔漢〕班固等撰《漢書》一百卷，或析上下卷為二卷，則為百二十卷。內含紀傳表志，凡七十五萬言（一說八十萬言），若扣除部分年表不計，粗估口誦筆鈔一遍即有六、七十萬字，何況「初則一段事先以三字，次則兩字，今則一字」之「三經手鈔」！如此大量鈔誦結果，對每一字之書寫，自然非常熟練，因此舉凡一下筆，即易手熟，手熟則書法容易自成一格。東坡每每寫至所謂三字、兩字、一字之字題（即心中之關鍵字），內心必有所觸動，久而久之的制式反應，即是用筆稍重一些，以示區別。習慣成自然，或許此即形成東坡書法用筆輕重大小有別之一因，而為後世觀察敏銳者所驚覺。又經常以毛筆書寫，時日一久，自然經常「衫袖烏」[7]可知。是論東坡書法不但以行草楷著，而且每一字之字形大小結構，較富自由變化，自謂「字體短長肥脊各有態。」字與字之間，經常用筆輕重，字形大小，錯落有致。此或與其日課「鈔漢書」時之「首以三字，次以兩字，今則一字」之舉題字或標題有關。又云：「作字要手熟，則神氣完實而有餘韻。於靜中自是一樂事。然常患少暇，豈于其樂。」（〈記與君謨論書〉）又自述其書法云：「作字之法，識淺見狹學不足，三者終不能盡妙，我則心目手俱得之矣。」（東坡語舒堯文）所謂「心、目、手俱得之矣」，正是其「鈔漢書」情景，口誦筆鈔，且以行草書之，而其用心目手之勤專可知。茲因鈔寫數量極多，時日一久，自然每一個字幾乎都很容易「手熟」。其云：「我書意造本無法，點畫信手煩推求。」又云：「作字有至樂之處。」（〈石蒼舒醉墨堂〉）這是蘇軾對自己書法的評語，亦是寫照。

　　東坡鈔《漢書》，係以口背誦、用筆鈔（默）寫以記背；如此三鈔《漢書》，雖然只是每件事分別取三、兩、一個字為題而已，然此為其讀書係用「八方受敵」法之一註解。

　　《高齋漫錄》云：「三蘇自蜀來，張安道、歐陽永叔為延譽於朝，自是名譽大振。明允一日見安道，安道問云：『令嗣看甚文字？』明允答以：『軾近日方再看《漢書》。』安道曰：『文字尚看兩遍乎？』明允歸，以語子瞻，子瞻曰：『此老特未知世間人尚有看三遍者！』」此為蘇洵、軾、轍父子三人在京師

7　「窮年弄筆衫袖烏，古人有之我願如。」見於〈將往終南和子由見寄〉。

開封期間事。張方平字安道，歐陽修字永叔，蘇洵字明允，蘇軾字子瞻。史言張方平「少穎悟絕倫，書過眼不再讀」，故有此問。從蘇軾（時年二十餘）所答，知其時已（誦）讀《漢書》至第三遍矣！

蘇軾在答姪女婿王庠（宋神宗熙寧七年〔1074〕生）「問學」有云：「卑意欲少年為學者，每一書，皆作數過盡之。書富如入海，百貨皆有之。人之精力，不能兼收並取，但得其所求者爾。故願學者，每次作一意求之。如欲求古今興亡治亂，聖賢作用，且只以此意求之，勿生餘念。又別作一次，求事跡故實，典章文物之類，亦如之，他皆仿此。此雖愚鈍，而他日學成，八面受敵，與涉獵者不可同日而語也。」（〈又答王庠書〉）蘇軾又云：「吾嘗讀《漢書》矣！蓋數過而始盡之。如治道、人物、地理、官制、兵法、財貨之類，每一過專求一事，不待數過，而事事精竅矣！」這二則正是蘇東坡闡釋運用八方受敵讀書法之具體例證。

蘇軾鼓勵多讀書，且主張手鈔，如給王鞏信云：「君學術日益，如川之方增，幸更著鞭多讀書史，仍手自抄為妙。」[8]又云：「自到此，惟以書史為樂。」[9]皆是其例。

東坡在鈔書中，以口背誦以筆手鈔銘記入心，此事至少涉及口誦之「口到」，鈔寫之「手到」，藉口誦、手鈔以記在心中之「心到」。在「口誦」同時，又涉及用耳聆聽自己口誦有無錯誤之「耳到」。而手鈔之「手到」中，又用眼睛看書中原字字形之形體寫法筆劃順序，此涉「目到」可知。是有古人謂「讀書百遍，不如手過一遍」之印象深刻。[10]實則讀書鈔書之除口、耳、目、手、心五到並重外，又旁及足到、腳到，小至如東坡命老兵「取一冊至」，即是其例，若無「老兵」，則以自取為是，以為腳到，找書、取書，更不必言。

宋仁宗嘉祐二年（1057）蘇軾參與科考，獲歐陽修賞識，後又參與皇帝殿試，遂中進士。而仁宗皇帝在親試後，以今日喜得二宰相（指軾、轍二人），歡欣不已，且與曹后分享。以致二十餘年後，已為太皇太后之曹后，在病中似

8　〈與王定國四十一首之十一〉，《蘇軾文集》，卷五十二。

9　〈與王定國四十一首之十三〉，《蘇軾文集》，卷五十二。

10　此事或許影響朱熹「讀書三到」之說。

聞東坡有獄，仍以此告誡時為皇孫輩之宋神宗，云莫忘祖父宋仁宗賞識，人材得之不易，故要珍惜。

元豐二年（1079）七月廿八日中使皇甫遵（僎）至湖州衙門，逮捕知州蘇軾前來御史臺，據目擊者祖無頗云：「頃刻之間，拉一太守如驅犬雞。」東坡遭烏臺詩案，幾陷囹圄，被關入大牢百餘日（一百三十五日）。該案係由御史中丞李定（御史舒亶、何正臣）主審，訊問再三，蘇軾何止對答如流，且引經據典，讓主審有問不下去之窘，驚歎此是真人材，頗有莫可耐何之憾，蓋此為其生平所僅見。

王安禮（1034-1095）為王安石弟，新法政見與兄不同，故在東坡遭烏臺詩案時，曾進諫營救。學者都以東坡烏臺詩案，事涉王安石新黨讒言構陷，然事有超乎常人者，東坡於宋神宗元豐七年（1084）自黃州轉赴汝州途中，於六月底至八月十四日之七、八月間，特赴金陵半山圓探望罷相隱居多年的王安石，二人相遊多日，交談甚歡。不以政見不合而疏遠，反而頻相唱和，談論國事，可謂君子之爭，成為千古美談。安石驚嘆幾百年才出此一人材，而東坡曠然大度，豁達人生，真是看透千古風雲人物。

東坡「鈔漢書」式讀書法，將書誦讀鈔寫在自己腦海中，使自己腦海成為有如一座隨時可供運用之活資料庫，俾作自己思考屬文時所需，更可貴者，在於全部典籍都是經過自己細深精讀，知曉書中每一個字義，以致長期運用此讀書法結果，一旦靈活運用，很容易融會貫通，甚至創新發明，以臻人生心靈上之極高意境。此非近現代機械式資料檢索或電腦搜尋電子書，所得往往自己沒有讀過、是一堆冷冰冰之死資料，此時讀書有如翻書式之匆匆讀過，作學問有如只是排列組合式的邏輯思維推理遊戲，似難臻於心靈上的人生意境。

又以東坡長期勤誦讀古書結果，即有「讀書破萬卷，下筆如有神」，有神至神來之筆，作文如行雲流水，行於所當行，止於所不可不止（〈答謝民師書〉），反芻效果驚人，亦世間一奇。「歷覽千載書，時時見遺烈」（陶淵明〈與從弟敬遠〉），故錢賓四先生以吾人能讀千年前之書為傲，能遨翔於數千年時空中，史所罕見，豈可不樂。

蘇軾遍誦經典名著，熟稔古文韻律，以致其將周、漢、晉、唐一、二千年

古代文化中之詩歌辭賦音韻韻律，與宋代當時詩詞曲調音韻之韻律，兩相結合，加上自己之熟讀與琅琅上口，偶而靈感一來，隨意吟誦，即如「熟讀唐詩三百首，不會作詩也會吟」般，新創名言佳句，往往出焉。

　　幾千年來，古人智慧結晶，有如「人參」般之營養養份，食入消化吸收，世所罕見，尤其「作文」，名為一字一字地書寫，實則寫到心血來潮，腹中所知如上舉東坡之名言佳句，頓時湧現，自然融入作文中，如此一引之下，何止三言、五言、七言，倍之而為十字、十數字、乃至二十餘字，此似與西人作文相異，亦世所罕見，其背後深度文化底蘊始有以致之也。

　　綜上所述，朱載上在黃州有次拜訪年近半百之蘇東坡，未料東坡仍日課「鈔《漢書》」甚緊，不受訪客影響。東坡自述誦讀鈔背《漢書》已至第三遍。由於口誦速度較快，手鈔速度較慢，為取得二者平衡，因此加快運筆寫字速度，是從鈔誦《漢書》中，同時練就一手好行草楷書。因整部《漢書》有七十萬字，在鈔誦中，對所習之字容易手熟，且有字題（猶如自己心中之關鍵字），以致用筆輕重，字體大小，略有變化，此皆與其「鈔《漢書》」之習慣有關。

　　東坡讀書，往往一讀、再讀、三讀，「熟讀深思子自知」。東坡誦讀《漢書》前後至少六遍以上。又讀書入神至讀其書知其人，如「軾若為滂」；知作者材學，如「知班孟堅非庸人也。」讀至彼此心投意合，如「今見是書，得吾心矣。」發明「八方受敵」讀書法，為治學方法開創新途徑。

附記

民國六十六年八月至六十七年七月，筆者有幸與木杉、碧廬（鍵得）二兄同宿莊B405，十一月，三人並至士林夜市購得同款色外套，以為室服。又覩碧廬兄期課點讀經史子集名著，印象深刻。今觀其著作，對於聲韻、語言、文字、朗誦、書法以及師道、正體字，致力顯著，復特懷古，因思東坡日課鈔《漢書》事，雖不能至，吾心嚮往之，並作碧廬兄榮退紀念。

──吳昌廉：國立中興大學歷史系退休教授

蘇門五君子特殊用韻述略

金 周 生

一 前言

蘇軾（1037-1101），眉州（今四川省眉山市）人，北宋時著名文學家、政治家、藝術家。蘇軾〈答李昭玘書〉曾說：

> 每念處世窮困，所向輒值墻谷，無一遂者，獨於文人勝士，多獲所欲，
> 如黃庭堅魯直、晁補之無咎、秦觀太虛、張耒文潛之流，皆世未之知，
> 而軾獨先知。

黃庭堅（1045-1105）、秦觀（1049-1100）、晁補之（1053-1110）、張耒（1054-1114）四人見知於蘇軾，而有「蘇門四學士」之稱。清代《四庫全書》收有《蘇門六君子文粹》七十卷，或為宋人所編，〈提要〉云：

> 《宋史》稱黃庭堅、張耒、晁補之、秦觀為「蘇門四學士」，而此益以
> 陳師道、李廌稱「蘇門六君子」者，蓋陳、李雖與蘇軾交甚晚，而師道
> 則以軾薦起官，廌亦以文章見知於軾，故以類附之也。

「蘇門六君子」之稱因書名而傳。蘇軾為「古文八大家」，文章用韻常有超出規範者，唐作藩〈蘇軾詩韻考〉論之已詳。[1]蘇門諸君子皆以文章名世，用韻

---

[1] 見《王力先生紀念論文集》（北京市：商務印書館，1990年）。

出現同樣現象，而門生籍屬有江西、山東、江蘇、陝西之異，特殊押韻之成因值得一窺究竟。本文將以《欽定叶韻彙輯》中提及的韻例為主，說明各家韻文押韻「出格」的狀況，並予以闡釋。李廌《濟南集》翻檢一過，尚未發現有異常用韻者，故僅取五家韻例為說。篇幅所限，各家僅略舉二三例做解析。

二　五子特殊用韻與「出韻」字解析

宋代詩、詞並行，詩、詞用韻各有規範，不可一概而論，[2]《大宋重修廣韻》前敕文說：「懸科取士，考覈程準，茲實用焉。」詩、賦用韻向來以《切韻》系韻書為準，宋人也自稱「官韻」。[3]本文取韻標準即依《廣韻》，舉例書證也以詩、賦為說，不涉及詞體。

（一）黃庭堅特殊用韻解析

1.〈彫陂〉「彫陂之水清且沘」一首（《山谷集・外集》卷3），「沘（紙）里（止）記（志）倚（紙）喜（止）矢（旨）李（止）耳（止）此（紙）」押韻，[4]除「記」是去聲字外，其他都為上聲字；「記」字出韻。吳棫《韻補》「記」字下補一上聲「茍起切」，書證為後漢崔琰〈述初賦〉：「望高密以亟征，戾衡門而造止（止）。覿游夏之峩峩，聽大猷之篇記（志）。」可見古已有此種韻例。

2.〈次韻答堯民〉「君開蘇公詩」一首（《山谷集・外集》卷2），「半（換）嘆（翰）玩（換）散（翰）伴（換）旦（翰）案（翰）亂（換）盥（換）緩（緩）貫（換）懦（換）炭（翰）館（換）暖（緩）粲（翰）」十六字押韻，《韻補》「暖」字下補一去聲「乃卷切」，書證為蘇轍〈夷中詩〉：「江流日益深，民語漸已變（線）。慘慘瘴氣青，薄薄寒日暖（緩）。」《欽定叶

---

[2] 如詞體上、去聲通押，詩體則否。

[3] 如丁度《貢舉條式》說：「應賦官韻有疑混聲者許上請。」計有功《唐詩紀事・溫庭筠》：「庭筠才思豔麗，工於小賦，每入試，押官韻作賦，凡八叉手而八韻成，時號溫八叉。」

[4] （ ）中為該韻字所屬《廣韻》韻目，下同。

韻彙輯》更舉三韻例為證：

> 杜甫詩：「五十頭白翁，南北逃世難（翰）。疏布纏枯骨，奔走苦不暖
> （緩）。已衰病方入，四海一塗炭（翰）。」
> 李賀詩：「野水泛長瀾（諫），宮牙開小蒨（霰）。無人柳自春，草渚駕
> 鴦暖（緩）。」
> 蘇軾詩：「墨突不暇黔，孔席未嘗暖（緩）。安知渭上叟，跪石留雙骭
> （翰）。」

可見黃庭堅這個上聲「暖」字不合官韻的押法，在唐代杜甫、李賀，宋代蘇軾
詩中已經出現，並受到後人的注意而加以解釋。又此詩還有上聲字「緩」入
韻，也有出韻現象，《韻補》增一去聲「熒絹切」，並引蘇轍詩為書證，《欽定
叶韻彙輯》更舉白居易、梅堯臣、蘇軾詩為證，[5]在此不多論述。

　　3.〈發舒州向皖口道中作寄李德叟〉「黑雲平屋簷」一首（《山谷集·外
集》卷5），「月（月）活（末）滑（黠）缺（屑）轄（月）沒（沒）葉（葉）
筆（質）剧（月）鬱（物）雪（薛）」押韻，「葉」字收尾與其他韻字不同，顯
然有失韻之嫌。《欽定叶韻彙輯》於「質物月屑叶韻」中收「葉」字，引蘇軾
〈與王郎昆仲及兒子邁遶城觀荷花，登峴山亭，晚入飛英寺，分韻得月明星稀
四首〉之「昨夜雨鳴渠」一首，「月（月）啜（薛）絕（薛）葉（葉）髮
（月）沒（沒）」押韻，「葉」字注「夷質切」，後又引黃庭堅此詩，可見押韻
法與蘇軾相同。

（二）張耒特殊用韻解析

　　1.〈讀中興頌碑〉「玉環妖血無人掃」一首（《柯山集》卷11），「紀（止）
死（旨）字（志）」押韻。「字」去聲，失韻。《欽定叶韻彙輯》「字」下補一上
聲「鉏里切」，除張耒詩外，又舉二書證為例：

5　見梁詩正等：《欽定叶韻彙輯》（臺北市：臺灣商務印書館，1980年《四庫全書珍本》十集），卷三
　　十九，「翰諫霰叶韻」下。

蘇軾詩：「兩翁歸隱非難事（志）[6]，惟要傳家好兒子（止）。憶昔汝翁如汝長，筆頭一落三千字（志）。世人聞此皆大笑，慎勿生兒兩翁似（止）。」

方岳詩：「我無王書二千六百紙（紙），空有六經四十三萬字（志）。荒山寒日雪後燈，三十年來無本子（止）。」

可見張耒「字」與上聲字押韻，蘇軾已有前例。

2.〈出山〉「青山如君子」一首（《柯山集》卷6），「媚（至）意（志）袂（祭）置（志）髓（紙）世（祭）市（止）計（霽）士（止）地（至）」押韻。十字中以去聲字為主，唯「髓」「市」「士」三字上聲，似失韻。《韻補》對「士」字曾補一「側吏切」的讀音，書證為：

韓愈〈施先生墓銘〉：「鱣為博士（止），延為廷尉（未）。」

《欽定叶韻彙輯》對「髓」「市」「士」三字都有更多韻例，為其增音，作為可與去聲押韻的說解。在「髓」字下說：

去聲。李賀詩：「小柏儼重扇，肥松突丹髓（紙）。鳴流走響韻，壠秋拖光縫（至）。鶯唱閔女歌，瀑懸楚練帔（寘）。」王禹偁詩：「城上卓旌旗，樓中望烽燧（至）。弓勁添氣力，甲寒侵骨髓（紙）。」蘇軾詩：「洪濛屮樹密，蔥蒨雲霞膩（至）。石竇有洪泉，甘滑如流髓（紙）。張耒詩：「謂山無見留，此事寧久置（志）。道邊青髮翁，下有白玉髓（紙）。」

「市」字下也引收去聲「時吏切」一音，韻例書證為：

---

6 「事」字，吳棫：《韻補》（北京市：中華書局，1987年），收上聲「上止切」一音。

盧仝詩：「金鸞山中客，來到揚州市（止）。買藥牀頭一破顏，撒然便有上天意（志）。」皮日休詩：「胥徒賞以財，俊造悉為吏（志）。天下若不平，吾當甘棄市（止）。」歐陽修詩：「方朔常苦餓，子雲非官意。歲暮慘風塵，官閒倦朝市（止）。出處一云別，所思寧可冀（志）。」蘇軾詩：「聖人與天通，有詔寬獄市（止）。好語夜喧街，濕雲朝覆砌（至）。」范成大詩：「是臺今古繁華地（至），偏愛元宵燈影戲（至）。春前臘後天好晴，已向街頭作燈市（止）。」

「士」字下收去聲「時吏切」一音，除引《韻補》音及韓愈文韻韻例外，其他書證如下：

劉乂詩：「白虹千里氣（寘），血頸一劍義（寘）。報恩不到頭，徒作輕生士（止）。」孟郊詩：「玉京十二樓，栽栽倚青翠（至）。下有千朱門，何門薦孤士（止）。」王禹偁詩：「深為蒼生蠹，仍尸諫官位（至）。蹇諤無一言，豈得為真士（止）。」張耒詩：「荒碑半折就磨滅，後人空解傳其字（志）。殺身不畏真丈夫，自古時危知烈士（止）。」

從上面諸多韻例看來，「髓」、「市」、「士」三字與去聲字押韻，韓愈、蘇軾等已有前例，仿照前賢，並非張耒獨創而致失韻。

（三）晁補之特殊用韻解析

1. 〈求志賦〉：「思城闕之挑達兮，勉踵夫昔之人（真）。羿之志於穀兮，亦反求夫余身（真）。小人不知學禮兮，畏罪罟之所尋（侵）。」（《雞肋集》卷1）「人身尋」三字相押，「尋」字失韻。《欽定叶韻彙輯》「尋」下補一「詳遵切」，除引用晁補之此賦外，又引梁簡文帝〈長安有狹邪行〉「我居青門北，可憶復易尋（侵）。大息騫金勒，中息縮黃銀（真）。小息始得意，黃頭作弄臣（真）」為證。可知此一押韻法並非晁補之獨創。

2.〈遊信州南巖〉詩:「蓋（泰）外（泰）背（隊）嘬（夬）內（隊）墜（至）界（怪）隘（卦）潰（隊）恠（怪）輩（隊）再（代）戒（怪）蟹（蟹）檜（泰）繪（泰）珮（隊）邁（夬）退（隊）對（隊）繪（泰）貴（未）會（泰）霈（泰）晦（隊）慨（代）芥（怪）在（代）快（夬）大（泰）」（《雞肋集》卷5）三十字押韻,其中二十九字為去聲韻字,唯「蟹」為上聲,失韻。《欽定叶韻彙輯》在「泰卦隊叶韻」中,對「蟹」字增加去聲一音,除引晁補之此詩外,更舉出宋人的三個韻例:

> 歐陽修詩:「安得相從遊,終日鳴嶬嶬（泰）。問胡苦思之,對酒把新蟹（蟹）。」梅堯臣詩:「一寸明月腹,中有小碧蟹（蟹）。生意各蠕蠕,黔角容夬夬（夬）。」蘇軾詩:「幽光發奇思,點黯出荒怪（怪）。詩成自一笑,故疾逢蝦蟹（蟹）。」

可知「蟹」字與去聲同押,並非晁補之所獨創,更非因疏失而落韻。

（四）秦觀特殊用韻解析

1.〈春日雜興十首〉之八:「客從遠方來,遺我昭華管（緩）。吹之動人心,異境生虛窾（緩）。礔礔青嶂橫,泱泱春溜漸（琰）。馬蹄交狹邪,車轂錯平坦（旱）。士女競芳辰,禽魚蔭修竿（寒）。依微認睇笑,淩沒見纖短（緩）。停吹歘泯滅,耽耽復空館（緩）。靈物信所珍,顧恨知音罕（旱）。」（《淮海集》卷3）「管窾漸坦竿短館罕」八字處押韻位置,其中平聲「竿」字與琰韻「漸」字不合詩韻規範。《欽定叶韻彙輯》在「旱潸銑叶韻」收「漸」字,下注「音翦（獮）」,並單舉秦觀此詩為書證,應該是注意到此處失韻,並對這一特殊押韻做出處置。至於「竿」字,《欽定叶韻彙輯》也在「旱潸銑叶韻」下注出《文選章句》的「公亶（旱）切」,除引秦觀此詩為書證外,又舉早期的韻例為證:

> 劉琨詩:「綠葉繁縟,柔條脩罕（旱）。朝探爾實,夕將爾竿（寒）。竿

翠豐尋，逸珠盈椀（緩）。」謝靈運詩：「不怨秋夕長，常苦夏日短
（緩）。濯流激浮湍，息陰倚密竿（寒）。」

可知秦觀「竿」字與上聲同押，六朝詩已有此例。

2.〈秋興九首〉之一「擬韓退之」詩：「逍遥北窗下，百事遠客慮
（御）。無端葉間蟬，催促時節去（御）。愁起如亂絲，縈纏不知緒（語）。
日月豈得已，還復役朝暮（暮）。人生均有得，悲歡我不悟（暮）。春秋自天
時，感憤亦真趣（遇）。」（《淮海後集》卷4）「慮去緒暮悟趣」六字處押韻
位置，其中只有「緒」是上聲字，不合詩律。《欽定叶韻彙輯》在「御遇叶
韻」收「緒」字，下注「去聲」，除引用秦觀此詩外，又舉晁補之詩：「李侯
得意誇題柱（遇），[7]成詩欲使邀諸路（暮）。自有桓山石室彈，深屋時聞繭抽
緒（語）。無琴尚可何獨絃，要識精微非度數（遇）」為例，可見秦觀如此押
韻法與同門一致。

（五）陳師道特殊用韻解析

1.〈送外舅郭大夫𨽻西川提刑〉詩：「丈人東南來，復作西南去（御）。
連年萬里別，更覺貧賤苦（暮）。王事有期程，親年當喜懼（遇）。畏與妻子
別，已復迫曛暮（暮）。何者最可憐，兒生未知父（麌）。盜賊非人情，蠻夷
正狼顧去。功名何用多，莫作分外慮（御）。萬里早歸來，九折慎馳騖
（遇）。嫁女不離家，生男已當戶（姥）。曲逆老不侯，知人公豈悞
（暮）。」（《後山集》卷1）「去苦懼暮父顧慮騖戶悞」十字押韻，除「父」、
「戶」二字上聲，其餘八字都有去聲讀法。詩韻上、去不通押，故有失韻之
嫌。《欽定叶韻彙輯》於「御遇叶韻」下，對「父」字補了去聲「符遇切」一
讀，書證除上引陳師道詩外，還有韓愈與蘇軾的韻文為證：

韓愈〈盧夫人墓志銘〉：「淑哉夫人，夙有多譽（御）。來嬪大家，不介

7　「柱」，《廣韻》僅上聲一音，此處當入韻，取《集韻》去聲讀音及韻目。

母父（麌）。」蘇軾詩：「先生豈止一懷祖，郎君不減王文度（暮）。膝上幾日今白須，令我眼中見此父（麌）。汝南相從三晦朔，君去苦早我來暮（暮）。」

至於「戶」與去聲字押韻，《欽定叶韻彙輯》也於「御遇叶韻」下，補了去聲「五故切」的讀法，書證雖不及陳師道，卻舉了唐、宋二代五人詩韻作為證：

元稹詩：「強梁御史人觀步（暮），安得夜門沽酒戶（姥）。」王建詩：「家人把燭出洞戶（姥），驚棲失群飛落樹（遇）。一飛直欲飛上天，回回不離舊棲處（御）。」蘇軾詩：「迢遙戴安道，雪夕誰與度（暮）。倒披王恭氅，半掩袁安戶（姥）。應調拆絃琴，自和撚須句（遇）。」孫覿詩：「落景下層城，遙烟起孤戍（遇）。繫舟著魚磯，曳杖叩僧戶（姥）。忽逢丹霞侶，自誦碧雲句（遇）。」陸游詩：「子孫勉西遷，俗厚吾所慕（暮）。約已收孤犛，教子立門戶（姥）。黍稌暗阡陌，鶉雉足匕箸（御）。」

由此可知陳師道此詩特殊用韻，也是前有所承繼的，古代韻書中也用增音的改讀處理。

2.〈出清口〉詩：「家世山東飽耕稼（禡），晚託一舟順流下（禡）。漁溝寒餅不下筯，推柂轉頭更五夜（禡）。平明放溜出清口，霜落潮回霧連野（馬）。平淮一夢三十里，有日無風神所借（禡）。似憐憂患滿人間，百孔千瘡留一罅（禡）。文章末技將自效，語不驚人神可嚇（禡）。子女玉帛君所餘，寄聲白鳥煩多謝（禡）。」（《後山集》卷1）「稼下夜野借罅嚇謝」八字當押韻，除「野」為上聲「馬」韻，其他都是去聲「禡」韻字，「野」在詩作中有出韻問題。《欽定叶韻彙輯》於「禡叶韻」下，對「野」字補了「去聲」二字，其韻例書證如下：

陳師道詩：「漁溝寒餅不下箸，推柁轉頭更五夜（禡）。平明放溜出清

口，霜落潮回霧連野（馬）。」黃庭堅詩：「秋陽沉山西，委照藩落下
（禡）。霧連雲氣平，濛濛曀中野（馬）。空村晚無人，一二小蝸舍
（禡）。」晁補之詩：「留連接清晤，欲起不能罷（禡）。是時春雨餘，
桑密鳩鳴野（馬）。」謝翱樂府：「龍為馬，白照夜（禡）。氣汗雲，聲
簫野（馬）。備法從，引宸駕（禡）。」

蘇門黃庭堅、晁補之等宋代詩人，「野」讀去聲押韻，似乎並不罕見。

3. 〈古墨行〉：「秦郎百好俱第一（質），烏丸如漆姿如石（昔）。巧作松身
與鏡面，借美於外非良質（質）。潘翁拜跪摩老眼，一生再見三歎息（職）。了
知至鑒無遁形，王家舊物秦家得（德）。君今所有亦其亞，伯仲小低猶子姪
（質）。黃金白璧孰不有，古錦句囊那可敵（錫）。」（《後山集》卷3）「一石質
息得姪敵」七字當押韻，其中三個「質」韻字與四個「昔錫職德」不可通押。
首先看「質」字，《欽定叶韻彙輯》於「陌錫職叶韻」下，對「質」字注「之
翼切」，其中舉例包含陳師道此詩，書證內容為：

> 歐陽修〈紅鸚鵡賦〉：「蓋以氣而召類兮，故感生而同域去。播為我形，
> 特殊其質（質）。不綠以文，而丹其色（職）。」陳師道詩：「秦郎百好
> 俱第一（質），烏丸如漆姿如石（昔）。巧作松身與鏡面，借美於外非良
> 質（質）。潘翁拜跪摩老眼，一生再見三歎息（職）。」劉子翬詩：「車
> 螯不服箱，馬鮫非駿跡（昔）。江瑤貴一柱，嗟豈棟梁質（質）。」劉克
> 莊詩：「我來欲題名，腕弱墨不食（職）。摩挲狄李碑，文字尚簡質
> （質）。」

至於「一」字，《欽定叶韻彙輯》於「陌錫職叶韻」下，也注了「伊昔切」一
音，其中舉例未包含陳師道此詩，但對此詩「一」字入「昔」韻的讀法，卻構
成合理解釋。其書證韻例為：

> 《淮南子》：「天氣為魂，地氣為魄（陌）。反之元房，各處其宅（陌）。

守而勿失，上通太一（質）。」韓愈〈裴復墓誌銘〉：「晉陽之色（職），愉愉翼翼（職）。無外無私，幼壯若一（質）。」柳宗元〈懲咎賦〉：「再徵信於策書兮，謂炯然而不惑（德）。愚者果於自用兮，惟懼夫誠之不一（質）。」歐陽修〈紅鸚鵡賦〉：「物有貴賤，殊乎所得（德）。天初造我，甚難而齒（職）。千毛億羽，曾無其一（質）。」蘇軾詩：「將軍破賊自草檄（錫），論詩說劍俱第一（質）。彭城老守本虛名，識字劣能欺項籍（昔）。」謝翱詩：「寄奴趣殊禮，風旨來自北（德）。只今王江州，建國功第一（質）。故是阿珉孫，舉動良足惜（昔）。」

可見陳師道「一」字與「昔錫職德」韻字相押，也是其來有自的。至於「姪」字，《欽定叶韻彙輯》於「陌錫職叶韻」注音「直炙切」，書證韻例除陳師道此詩外，另有蘇軾詩例：

蘇軾詩：「近者隔濤江，遠者天一壁（錫）。今朝復何幸，見此萬里姪（質）。」

可見「姪」字與「錫德」等韻字相押，並不是陳師道僅有的作法。

三　結語

　　唐代興起的近體詩，押韻有嚴格限制，某字屬韻與「同用」、「獨用」規範，不可逾越，尤其宋代官韻《大宋重修廣韻》、《集韻》、《禮部韻略》等頒訂以來，科考詩賦用韻皆以此為準則。唐、宋古體詩、賦、頌、贊、銘等韻文，押韻往往可逾越官韻規範，唐代杜甫、韓愈、柳宗元、白居易，宋代歐陽修、蘇軾、蘇轍等韻文無不如此。面對此種現象，一方面承認某種較寬的用韻模式，如「東冬鍾」韻通押，「魚虞模」韻共用。但對於一些異調押韻或超越「寬韻」界線的韻例，就必須另謀解釋。

　　從六朝開始，面對先秦韻文用當時語音讀之不協，有了「改讀」以求押韻

的作法，南宋初年吳棫更做《韻補》，大量蒐集古改讀文獻資料，自己也廣求韻例，開始大量創造出「叶韻音」；這一作法獲得朱熹認同，在《詩集傳》中大量引用，自此之後，學者變本加厲，官方字書也予以收錄，如《康熙字典》，甚至乾隆時代讓群臣編寫《欽定叶韻彙集》，大量收錄舊有叶韻字音，甚至查找歷代著名文人韻例，以為叶韻字音做書證。如此一來，絕大多數不合押韻規範的韻例，都能得到「合理」的解決。

唐、宋著名作家的「出韻」作品，當然不是「疏失」，否則豈能不被古人批評？我覺得這是「叶韻文化」使然，叶韻自古有之，文人習以為常，並且「踵事增華」，致使隨文改讀，任意造音，造成大量的「例外押韻」。本文以清代《欽定叶韻彙集》解說「古韻語」的立場，把「蘇門五君子特殊用韻」作一疏通介紹，顯示他們作品的「出韻」，是「叶韻文化」的產物，用當時一般字音讀之，實際也是出韻的。但既然古人已經如此押韻，也是隨俗，算不得「偶然」押錯韻字。

現代學者對古人的「失韻」，試圖以受方言影響，用方言押韻做解說；本文所引韓、柳、歐、蘇等韻例，與蘇門後學韻例作出比對，籍貫不同，卻有相同押韻方法，可見用方言押韻之說不盡可信。

附記

鍵得兄與我俱出伯元師門下，同門師兄弟甚多，但二人年歲最近，平日往來雖少，但看似淡如水的交情卻又特別密切。「知命」之年由老師出面召集同門聚餐並贈以對聯，繼兄擔任聲韻學會理事長後由我接棒服務，兄休假研究找我代課，凡此種種，師生與同門情誼，或與「蘇門」有相類者。今逢兄六五壽辰與榮退雙喜，取「以文會友」古訓，為小文以祝嘏紀念。

——金周生：輔仁大學中國文學系教授，中華民國聲韻學學會理事長

和而不同

——淺談陳寅恪的語文學研究取向

王 松 木

一　緒論

　　陳寅恪（1890-1969）堪稱二十世紀人文學者之理想典型，其人不僅博通古今、融貫中西，且終生信守「獨立精神、自由思想」的治學理念，曾自云：「平生治學，不甘逐隊隨人，而為牛後」[1]、「論學論治，迴異時流」[2]，正是基於「不為牛後」、「迴異時流」之創新意識，故能堅決地跳脫主流群體之常軌，而有不落俗套之卓見。受政治環境與意識形態的影響，儘管陳寅恪之學問也曾一度被人們所冷落，但隨著學術風氣之轉移，陳寅恪又再度成為人文學界討論的焦點，自一九九〇年代以來，文史學界便興起一股「陳寅恪熱」，以陳寅恪作為研究主題之論著不斷湧現，直至今日，熱潮未歇。然則，有關陳寅恪的研究多數集中在史學、文學的範疇，較少有學者關注陳寅恪在語言研究上的創見與影響。有鑑於此，本文擬聚焦於語言研究範疇，探索陳寅恪在語言研究上有何特殊見解？如何「迴異時流」，與同時期學者有何區隔？

　　以今日觀點論之，陳寅恪的學術成就主要體現在三大領域——東方語文學、

---

[1] 陳寅恪〈朱延豐《突厥通考》序〉（1942）：「寅恪平生治學，不甘逐隊隨人，而為牛後。年來自審所知，實限於禹域以內，故僅守老氏損之又損之義，捐棄故技。凡塞表殊族之史事，不復敢上下議論於其間。」（《寒柳堂集》，《陳寅恪先生文集》一〔臺北：里仁書局，1980年12月〕，頁144）

[2] 陳寅恪〈讀吳其昌撰梁啓超傳書後〉：「余少喜臨川新法之新，而老同涑水迂叟之迂。蓋驗以人心之厚薄，民生之榮悴，則知五十年來，如車輪之逆轉，似有合於所謂退化論之說者。是以論學論治，迴異時流，而迫於時勢，噤不得發。」（《寒柳堂集》，《陳寅恪先生文集》一，頁150）

中古文化史、古典詩文考釋與評論。在民初學者中，能同時精通這三大領域者，恐怕已是屈指可數；此外，陳寅恪對自身學術之定位與趨向有著高度的自覺與自信，故能選題新穎、舉證曲巧，展現獨樹一幟的治學風格。然則，「同」與「異」是相對的概念，必須將其置於學術群體之中參互比較，才更能確切呈顯個體之特殊性。倘若就語言研究領域觀之，陳寅恪與同輩學者究竟有何差別呢？為客觀回答此一問題，本文擬挑選具有「可比較性」的三位學人──趙元任（1892-1982）、林語堂（1895-1976）、傅斯年（1896-1950），[3]分別與陳寅恪的學術取向相對比，試著將彼此間的學術定位及其同異關係圖示如下：

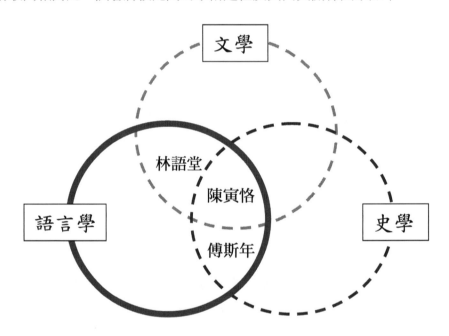

二　陳寅恪與林語堂

　　相較之下，陳寅恪與林語堂的人際距離較疏遠。林語堂出生於閩南基督教牧師家庭，一九一一年考入上海聖約翰大學，奠定厚實的英語能力，但其國學

---

[3] 陳寅恪、趙元任、林語堂、傅斯年四人，在學術研究上存在不少共通、相似之處：1. 年紀相仿，四人均出生於一八九〇年代；2. 皆曾遊學美國或德國，對於歐美學術之現況與趨向有貼近而深入的觀察；3. 皆曾從事語言學之相關研究，且發表過具影響力之語言學論著；4. 彼此相互熟識，對於彼此的研究路徑皆能有所知悉；5. 均曾擔任中央研究院歷史語言研究所之研究員。

基礎則相對較為薄弱；一九一九年赴美，進入哈佛大學師從白璧德（Irving Babbitt）學習比較文學，而後又轉赴德國萊比錫大學攻讀語言學，並於一九二三年在漢學家康拉德（Conrady）指導下完成博士論文——《古漢語音韻學》（Altchinesische Lautlehre）。學成返國後，林語堂受聘至北京大學教授英語和語言學，延續博士論文的方向，以歷史語言學方法從事上古方音研究，參與了古音學大辯論，積極評介高本漢的新學說，並加入趙元任、劉半農等人合組的「數人會」，制訂國語的標音符號，並涉足於現代漢語方言的調查與研究。

返國十餘年間，林語堂一連發表多篇音韻學論文，儼然是學界迅速竄起的閃亮新星，這些論文大多匯集在一九三三年出版的《語言學論叢》中。然而，自此之後，林語堂熱衷於參與社會公眾議題的討論，不再從事少眾冷門的音韻學研究，並對自己早年學究式的文章提出批判；[4]一九三六年舉家赴美之後，更全心轉向文學創作、文藝評論，不再發表任何語言學論文。

林語堂音韻學研究雖如曇花一現，但卻頗具個人特色，與高本漢的學說稍有不同，林語堂特別強調「上古方言」的價值，故改以揚雄《方言》作為建構漢語語音史之基礎，根據《方言》所記載之漢代方言區劃，先釐清古漢語方言之地理分佈與音韻特徵，以此上溯《詩經》音系、下貫現代漢語方音，進而勾勒出各個漢語方音之發展脈絡。整體觀之，林語堂的治學取向、研究旨趣，與趙元任較為接近，均是以擬測古漢語音值、描寫現代漢語音系為主，帶有現代語言學之科學理性色彩，與陳寅恪之人文主義路徑判然有別。

---

[4] 音韻學研究是一小撮專家所從事的冷僻學問，無關乎社會現實、國計民生，研究者必須忍耐寂寞、坐得住冷板凳。林語堂返國之後，至北大任教，加入以魯迅為代表的「語絲」社群，開始在《語絲》週刊上發表有關政治、文化、社會之時事評論文章，藉由激切言辭躍上討論公眾議題的舞臺，在此獲得了更多的關注與迴響，卻也逐漸遠離了語言學本業之研究。《語言學論叢‧弁言》（1933）中，林語堂追悔少作，反省自己早年所撰寫的音韻學論文，指出：「這些論文，有幾篇是民國十二三年初回國時所作，脫離不了哈佛架子，俗氣十足，文也不好看，看了十分討厭。其時文調每每太高，這是一切留學生回國時之通病。後來受《語絲》諸子的影響，才漸漸知書識禮，受了教育，脫離哈佛腐儒的俗氣。」（《語言學論叢》〔上海市：上海書店，1989年12月〕，頁1）相較之下，陳寅恪終身謹守學術研究本業，除一九三二年曾因清華入學考「對對子」的風波外，鮮少主動參與社會公眾議題的討論。正因兩人為文之志趣有別，是以今日普羅大眾多數曾聽聞林語堂，但卻鮮少知曉陳寅恪。

三　陳寅恪與傅斯年

　　陳寅恪與傅斯年的關係最為緊密。傅斯年自幼接受傳統私塾教育，熟稔古代典籍，具備深厚的國學根底。一九一三年考入北京大學預科，一九一九年畢業於北京大學中文系。在北大就學期間，起初頗受章太炎弟子器重，後來則受到胡適的影響，從章黃後學蛻變成為新文化運動之健將。一九一九年冬，傅斯年前往英國倫敦大學留學，學習實驗心理學及物理學、化學、數學、統計學等自然科學；一九二三年，傅斯年從英國轉赴德國柏林大學就讀，得與陳寅恪結交、共學，其學習興趣也從自然科學逐漸轉向「比較語言學」（philology），因二人共同沉浸德國學術環境中，彼此的史學觀點、研究方法雖較為趨近，但在治學風格上卻仍存在細微差異。傅斯年的科學實證色彩頗為鮮明，[5]一九二八年中央研究院成立，傅斯年應蔡元培之邀，負責籌備歷史語言研究所，引入德國比較語言學之理論與方法，強調須秉持自然科學之客觀理性來整理史料，俾能加入國際學術之新潮流，與西方漢學角爭高下，在〈歷史語言研究所工作之旨趣〉一文中，傅斯年高聲疾呼「要科學之東方學正統在中國」，並以此作為史語所奮鬥之目標。

　　如上圖所示，傅斯年的學術成就集中在「上古史」研究領域，但因接受過德國語文學燻染，故亦涉足至語言學領域，以比較語言學觀點解釋思想史的問題，[6]撰成《性命古訓辨證》一書。在該書中，傅斯年統計了先秦史料中「性」、「命」二字出現之語境，徵引甲骨文、金文資料，客觀考證二字之原始

5　周樑楷討論傅斯年、陳寅恪二人的史學觀點，分析二人共同之處，也指出彼此間的細微差異。周樑楷指出：「傅斯年早年對自然科學的熱愛，似乎可以證明他傾向實證論。他翻譯巴爾克的《英國文明史》，當然可以肯定他對歷史統計學以及地理史觀的興趣，推測他曾經偏好實證論。此外，他的歷史著作中，也可以發現一些以全稱肯定、類似普遍法則的論述。……從上列幾個理由，當然可以同意說：傅斯年比陳寅恪有實證論的傾向。」（〈傅斯年和陳寅恪的歷史觀點──從西方學術背景所作的討論（1880-1930）〉，《臺大歷史學報》20期，頁114）

6　余英時〈學術思想史的創建及流變──從胡適與傅斯年說起〉：「《性命古訓辨證》不是關於訓詁學的研究，而是一部思想史研究，特別在語言學和歷史學配合起來研究思想史。這一類運用語言學及歷史學，陳寅恪也擅勝場，他有幾篇談『格義』的文章，就是先把名詞訓詁的意義確定，然後再講文獻的哲學意義和歷史脈絡。……此種方法與傅斯年的相通處，極有可能是兩人早年在柏林多年彼此相互影響的結果。」（頁10）

意涵，梳理儒家心性之學的歷史變遷軌跡，進而對戴震《孟子字義疏證》、阮元《性命古訓》之說提出辯駁。何大安〈典型在夙昔──史語所未來推動漢語研究的一些省思〉一文，將《性命古訓辨證》視為「歷史學」與「語言學」結合的優秀範例，指出：「書中語言學的論證用到了古韻分部、複聲母、語法關係、四聲別義，都是當時最先進的知識，而且用得正確無比；而在研究之中，傅先生還回過來推求『命』『令』二字的收聲，……完全是語言學家的口吻；可見傅先生的整合是能夠互為主體的，而且是成功的。」[7]

　　表面看來，傅斯年與陳寅恪志同道合，兩人同樣熟悉德國語文考據之學，同樣以史學作為研究志業，但實際上兩人無論在史學思想或治學方法上，均存在著明顯的對立而漸行漸遠。根據〔德〕施耐德（Axel Schneider）《真理與歷史──傅斯年、陳寅恪的史學思想與民族認同》一書的分析，茲將兩人觀點之重大歧異表列如下：

	傅斯年	陳寅恪
史觀	強調「普遍性」──認為歷史由地理、氣候因素所決定，與自然科學規律類似	強調「特殊性」──主張以文化和種族來定義歷史
史家任務	考證、整理史料	重拾民族精神
史學方法	科學實證	科學實證→個人詮釋

　　陳寅恪與傅斯年之學誼，隨著陳寅恪治學理念、研究課題之轉變，由親近而疏遠，由相契而背離。一九三二年之前，陳寅恪致力於「殊族之文，塞外之

---

[7] 何大安對於傅斯年《性命古訓辨證》之評價，容或有溢美之嫌。《性命古訓辨證》一書，對於後世文史學者的影響似乎不大，余英時〈學術思想史的創建及流變──從胡適與傅斯年說起〉即委婉地指出：「這本書（《性命古訓辨證》）出版在抗戰時期，後又經歷國共內戰，至少到目前為止，嚴格地說並無產生影響，而且也沒有人繼續在傅氏的研究基礎上再發展。」（頁10）此外，徐復觀〈生與性──一個方法上的問題〉更給予該書負面的評價，直指傅斯年在思想史研究法上所犯之謬誤，指出：「傅斯年的《性命古訓辨證》……不僅忽略了原義到某一思想成立時，其內容已有時間的發展演變；更忽略了同一個名詞，在同一時代，也常由不同的思想而賦予不同的內容。尤其重要的是，此一方法，忽略了語言學本身的一項重大事實，即是語原本身，也不能表示它當時所應包含的全部意義，乃至重要意義。」（《中國人性論史‧先秦篇》〔臺北市：臺灣商務印書館，1987年3月〕，頁1-2）

史」，當此階段，陳寅恪與傅斯年理念趨近、相知相惜，一九二七年七月陳寅恪贈詩傅斯年，以「天下英雄讀使君」稱許之。[8]自一九三二年後，陳寅恪轉向「中古以降民族文化之史」，治學方法不僅注重科學考證，更加強調人文詮釋。隨著治學理念轉變，陳、傅二人在史學思想與文化認同上的落差逐漸顯露，儘管二人仍然保持著密切的書信聯繫，但多僅止於公務往來與私人情誼，在學術研究上二人已形同陌路、難有交集了。[9]

四　陳寅恪與趙元任

就本文論題而言，當以趙元任與陳寅恪的學術差異最值得關注。原因何在？二人研究趨向分別代表著兩種學術典範：趙元任代表美國現代語言學，陳寅恪則是代表德國古典語文學，兩種典範之間的互競、消長過程，即是近百年來漢語音韻學發展的體現。

趙元任被譽為「漢語語言學之父」，其學術成就享譽國際，對當代中國語言學者影響極為深遠，具有舉足輕重的崇高地位。[10]趙元任自幼擁有極高的語言天賦，早年隨著祖父赴各地任官，熟悉多種漢語方言。一九一〇年赴美留

8　一九二七年六月二日王國維自沉昆明湖，此時傅斯年正在廣州中山大學創辦「語言歷史研究所」。陳寅恪面對舊傳統崩頹、新典範未成，在〈寄傅斯年〉抒發內心感嘆，云：「不傷春去不論文，北海南溟對夕曛。正始遺音真絕響，元和新腳未成軍。今生事業餘田舍，天下英雄獨使君。解識玉璫緘札意，梅花亭畔吊朝雲。」此詩為吳宓日記所錄，見吳學昭：《吳宓與陳寅恪》（北京市：三聯書店，2014年9月），頁87-88。對於「天下英雄獨使君」一句，學者有不同解讀。余英時〈試論陳寅恪的史學三變〉一文，認為陳寅恪此句為反諷之詞，意在顯示立場實與傅氏有別（頁329-330）；杜正勝〈無中生有的志業──傅斯年的史學革命與史語所的創立〉一文，認為陳寅恪此句之確解，應是將傅斯年視為知己之人（頁32-33）。本文比較認同杜正勝的說法。

9　王汎森〈傅斯年與陳寅恪〉指出：「在陳寅恪所有的來往函札中，給傅斯年的信當屬大宗，陳寅恪一生只寫過幾封短信給胡適，即使連相契至深的陳垣，陳寅恪寫給他的信也不到二十封，相較之下可以看出他和傅斯年交往的比重。這一批書信所談的都是日常瑣事及身世之慨，幾乎沒有論學作品，其中以抱怨生活病苦佔最大比例。」（《中國文化》第12期，頁239）

10　張谷銘〈語文學還是語言學？跨越洲際的反應〉：「傅斯年的語言科學觀念明顯受到德國教育的影響，但史語所的語言研究卻是語言學（linguistics）而非語文學（philological）。這是因為英美法語言學在史語所成立後即生根發芽，然後成長苗壯。英美法語言學引入史語所，趙元任厥功甚偉。」（《新語文與早期中國研究》〔上海市：上海人民出版社，2018年9月〕，頁48）

學，進入康乃爾大學攻讀數學、物理學，一九一五年進入哈佛大學攻讀哲學與音樂，具備豐厚的自然科學知識；一九二〇年之後，更加專注於語言學研究上，其治學取向深受薩丕爾（Edward Sapir, 1884-1939）、布龍菲爾德（Leonard Bloomfield, 1887-1949）影響，遵循結構主義語言學路徑，聚焦於語言形式研究，強調以科學方法調查、分析語音。一九二一年，趙元任初次接觸高本漢《中國音韻學研究》，並對高本漢研究模式產生高度興趣，撩起日後翻譯此書的念頭。一九二五年，受聘至清華國學研究院任教，並投身於漢語方言調查、歌謠採集、制訂國語羅馬字拼音等任務。一九三八年，中日戰爭爆發而被迫赴美，此後長期在美國進行語言學研究與教學，於一九四五年當選為美國語言學會會長。

趙、陳二人同樣留學美國哈佛大學，同樣位列清華國學研究院「四大導師」，之後二人又分別執掌中央院史語所「語言組」與「歷史組」，儘管二人求學背景相似、任職單位相同、私人情誼深厚，但二人治學路徑卻不太相同，故鮮少有學術上的深入對話。根據楊步偉、趙元任〈憶寅恪〉一文中，可以管窺二人學術觀點之歧異：

> 第二年（1926年）到了清華，四個研究教授當中除了梁啟超注意政治方面一點，其他王靜安、寅恪、跟我都喜歡搞音韻訓詁之類的問題。寅恪總說你不把基本的材料弄清楚了，就急著要論微言大義，所得的結論還是不可靠的。上文韻卿提到寅恪跟我們住在一塊儿，當然不是一天到晚咬文嚼字，可是有一個題目我們三人常談的，不免也有點那個：就是何謂「雅」的問題。……這是寅恪特別喜歡玩儿的字眼，他說太熟套東西最容易變俗，簡單說就是「熟就是俗」。因為在寅恪的口音中ㄕㄨ同音ㄨ；ㄨㄡ同音ㄡ，所以「熟就是俗」就說成「ㄙㄨˊ就是ㄙㄨˋ」了。（頁26-27）

首先，論及「音韻訓詁」問題，必當涉及書面文本之考據與詮釋，陳寅恪站在語文學的立場，向來主張文本之解讀應辨別真偽、考證史實，將文本置回

作者的社會語境之中，因而一再強調：「你不把基本的材料弄清楚了，就急著要論微言大義，所得的結論還是不可靠的」。以《切韻》文本為例，若延伸陳寅恪〈四聲三問〉的提問方式，在構擬《切韻》音系之前，應當先釐清文本相關訊息，如：《切韻》編撰者為何是陸法言（而非他人）？為何《切韻》編撰時間落在隋代（而不是其他時間）？為何地點是在長安（而非別處）？《切韻·序》中提及「劉臻等八人同詣法言門宿」，此八人在學問上有何共通之處？為何在討論韻部劃分時能有「吾輩數人，定則定矣」的自信？八人之中，「蕭、顏多所決定」，為何蕭、顏有超越其他人的決定權？《切韻》分一九三韻，各韻在實際口頭語音上均有所區別？或是只是為屬文而設？……。觀看高本漢《中國音韻學研究》，以《切韻》音系為建構漢語語音史之樞紐，在未釐清《切韻》文本性質之前，便花費力氣為《切韻》各個音類擬測精細的音值，若依照陳寅恪之說法，在「基本的材料問題」還未能弄清楚前，便急著動手構擬《切韻》音系，無論其擬測音值如何精細，恐怕還是不可靠的。當日陳寅恪每每強調釐清「基本的材料」的重要，是否意在向趙元任提醒高本漢研究模式之盲點呢？亦未可知。

其次，趙、陳二人共同感興趣的話題是：「何謂『雅』？」「雅／俗」是相對的概念，涉及到社會價值與身分認同，且常隨著時代風氣之轉移而浮動。「雅」除了展現在食衣住行之物質層面外，也會體現在個人的言語談吐上，當知語言不僅是日常交際的實用工具，更是身分地位的文化表徵。若就語音學層面觀之，發音特徵可顯現出個人之身分地位與社會階層，即《顏氏家訓·音辭》所言：「易服而與之談，南方士庶，數言可辯；隔垣而聽其語，北方朝野，終日難分」。民國初年，新文化運動主張揚棄文言、提倡白話，傳統社會原本存在著文雅、俚俗間的界線，因為新舊文化斷裂而趨於混淆，如何重新定義「雅」、「俗」？成為史學家、語言學家共同關注的話題。陳寅恪〈東晉南北朝之吳語〉一文，即涉及南方士族語音雅俗的問題；趙元任以科學方式大規模調查現代漢語方言，必然也會處理到「文白異讀」現象，其中自然也涉及到語音雅俗的問題。

語音之雅俗，有其生理、心理的基礎，也是社會、文化的產物，故無論是

關注語音之生理狀態或心理感知的趙元任，或是留心中古以降民族文化史的陳寅恪，均對「雅／俗」問題感到興趣，自然也成為彼此經常討論的話題。此外，還有一處值得注意的小細節：趙元任具深厚的音樂造詣、深受結構主義語言學影響，以耳治的「語言」作為研究對象，對感知語音細微的特徵尤其敏銳，自然而然留意到陳寅恪的口音特徵——將「熟」、「俗」二字讀為同音，此舉不自覺地顯露出一流語音學家的當行本色。相較之下，陳寅恪則接受德國古典語文學的訓練，以目治「文字」作為研究對象，因而格外強調得先「把基本材料弄清楚」，才能合理詮釋文本中的微言大義。此一日常小事，亦可管窺二人學術性格之差異。

	趙元任	陳寅恪
理論	美國現代語言學（Linguistics）	德國古典語文學（Philology）
觀點	自然學科——生理、心理	人文學科——社會、文化
材料	口頭語言	書面文本
方法	形式描寫	意義詮釋

總結上論，個體特色必須透過與同一群體中其他成員對比，方能真切地彰顯出來。子曰：「君子和而不同」，陳寅恪與趙元任、傅斯年、林語堂年紀相仿、彼此熟識，在一九二〇年代末期，四人均居住於北平，彼此曾有所往來，且或深或淺維持著私人的情誼。儘管如此，陳寅恪卻鮮少與其他三人深入討論學術問題，或許正應合了所謂「道不同不相為謀」。將陳寅恪與趙元任、傅斯年與林語堂三人相互比較，較為清晰地凸顯出陳寅恪「迥異時流」的學術個性，更能理解為何陳寅恪獨闢蹊徑，以文化史視閾詮釋歷史文本中的語言現象，拓展出異於當前主流（高本漢典範）的人文主義路徑。

五　結語

綜觀歷史發展，我們總會發現「在某一時代，天才成群來到」。回顧一九二〇年代，在那動盪混亂的時局中，我們卻可以發現：梁啟超、王國維、陳寅

恪、趙元任、傅斯年等，這些赫赫有名、影響深遠的文史巨擘均匯聚於北平一地。

　　為何「天才成群而來」呢？個人以為，關鍵原因有二：一是時代環境所致（外部因素），在二十世紀初期，中國有志青年群趨海外遊學，在歐美文明的直接薰染下，對於中西文化之同異優劣、興衰成敗，有切身之深刻體驗，因而興起欲振衰起弊、與西學爭勝之強烈意念，而清華國學院、中央研究院之相繼成立，正好成為新時代知識分子施展學術抱負的基地；一是學術版板塊重組（內部因素），在近代西方文明劇烈衝擊下，中國傳統的學術格局漸趨崩解，在新舊典範交替的過渡階段，新時代知識分子因各自的性格、家世、志趣之不同，彼此所選擇徑路易有所差異，調和、重塑而凝聚出不同的學術流派，使得學界呈現出百家爭鳴的繁榮景象。

　　眾多天才群聚猶如夜空繁星閃耀。個人以為，在二十世紀初期的語言研究領域中，延續乾嘉樸學優良傳統，同時也注入美國與歐陸的理論與方法，而趙元任、陳寅恪無疑是兩顆橫空出世的閃亮巨星，前者接引美國語言學（liguistics），後者則偏向德國語文學（philology）。近百年來，語言學光芒耀眼、引領風騷，儼然成為人文領域的基礎學科；相較之下，語文學如同被烏雲遮掩而光芒黯淡，但相信隨著人文學科深入發展，語文學的重要性將重新被發現，而陳寅恪在語文學上的貢獻也將更為後代學者所重視。

──王松木：高雄師範大學國文系教授兼系主任

明代穆文熙《左傳》評點的
內容特色與價值

張　曉　生

一　前言

　　唐宋以後《春秋》學術發展出「排斥三傳」的解經態度，認為《左傳》「傳事不傳義」，而將《左傳》由經解的地位轉化成史籍的身分，使《左傳》性質改變。時至明代，《左傳》經解地位鬆動之後造成《左傳》研究多樣化發展。從文獻紀錄觀察，明代《左傳》學術或是出現史籍型態如「紀事本末體」、「世家體」的改編，或是如王世貞明言「為古文辭者尚好《左氏》」，[1]而從「文章」或「文學」角度解讀《左傳》的著作；[2]或是專門研究「《左傳》兵法」的著作。[3]這種明代《左傳》學術分頭崢嶸的現象，固然可以發掘更多《左傳》的精彩內涵，但是作為一個經學史研究者，更想要關心與探知的是，這些研究與解讀，雖然在著作的出發點上非專為解經而作，但是他們所表現的對於春秋史事、人物的理解與評價，在理解《左傳》或《春秋》上是如何表現？以及它們在當時的功能如何？這樣型態的《春秋》、《左傳》學術發展，在《春秋》學史、經學史中的意義又是如何？

---

[1]　〔明〕王世貞：〈春秋左傳屬事序〉，《春秋左傳屬事》（〔明〕萬曆間1573-1626日殖齋刊本，國家圖書館藏），卷首，葉1下。

[2]　例如唐順之於嘉靖三十五年（西元1556年）所編之《文編》64卷，其中收《左傳》文六十餘篇，並施加簡要點評。〔明〕唐順之選：《文編》（〔明〕嘉靖三十五年1556刊本，中研院傅斯年圖書館藏）。

[3]　《經義考》中所收明代關於「《左傳》兵法」的著作即有王世德《左氏兵法》□卷、陳禹謨《左氏兵略》32卷、黎遂球《春秋兵法》、宋徵璧《左氏兵法測要》22卷四種。見《經義考》，第6冊，頁450、461、478、487。

　　在明代精彩紛呈的各類《左傳》著作中，《左傳》評點類著作引起了筆者的注意。這類著作在明代的數量頗多、體裁多樣，[4]其大量出現的原因，自然與明代興盛的文獻評點風氣有關，[5]但就《春秋》學術發展史的角度觀察，這些著作仍應視為唐宋以來《左傳》「經解」地位鬆動之後的產物。這些評點著作雖然多從「史事興感」、「人情體察」或「文章句法結構」與等角度對《左傳》進行標示評點，但是根據筆者的初步觀察，它們論說的核心價值，乃至義理裁斷，尚未離開《春秋》義理，但是他們的評點詮釋所提出的歷史、人物批判與感嘆，又往往自出胸臆，出經入史，關照人情，那麼，這些評點意見，不論從「經典詮釋」的角度或是明代《左傳》學發展實況的角度來看，都是興味盎然值得注意的。

　　在明代眾多的《左傳》評點著作及作者中，穆文熙是一位相當重要的作者。[6]在現有文獻書目中可以蒐集到的穆文熙《左傳》評點著作即有：《左傳鴻裁》十二卷、《春秋左傳評苑》三十卷、《左傳鈔評》十二卷，[7]相較於明代其他評點《左傳》之作者，其種類與卷帙較多，且各書體裁不盡相同。穆氏現存的三部《左傳》評點著作中，《左傳鴻裁》十二卷是用「世家體」的方式重編

---

[4] 根據筆者所知的資料統計，《經義考》中所載明代《左傳》評點類著作共有王鏊《春秋詞命》3卷、廖道《春秋測》（未明卷數）、唐順之《春秋始末》12卷、汪道昆《春秋左傳節文》15卷、孫應鰲《春秋節要》（未明卷數）、王錫爵《左氏釋義評苑》20卷、許孚遠《春秋詳節》8卷、穆文熙《春秋左傳評林測義》30卷、凌稚隆《春秋左傳注評測義》70卷、楊伯珂《左傳摘議》10卷、楊時偉《左傳賞析》2卷、戴文光《春秋左傳標識》30卷、王道焜《春秋杜林合注》50卷等十三種；若再輔以《四庫全書總目》、《中國古籍善本書目》、《左傳論著目錄》、《中文古籍書目資料庫》中的資料，則可再增補鍾惺《鍾評左傳》30卷、孫鑛《閔氏分次春秋左傳》15卷、穆文熙《左傳鴻裁》12卷、穆文熙《左傳鈔評》12卷、穆文熙《春秋左傳評苑》30卷、張鼐《鐫倁初張先生評選左傳雋》4卷、張鼐《左傳文苑》8卷、梅之煥《左傳神駒》8卷、吳默《左傳芳潤》3卷、湯賓尹《左傳狐白》4卷、王世貞《左傳文髓》2卷等十一種。唯此類書籍自清以來未受重視，亡佚甚多，實際數目當更在此二十四種之上。

[5] 孫琴安：《中國評點文學史》（上海市：上海社會科學出版社，1999年），頁87-174。

[6] 穆文熙（1528-1591），字敬甫，號少春，東明人，嘉靖四十一年（西元1562年）進士，授行人，歷吏部員外郎，以擁護石星，遭廷杖罷官歸。後起為郎中，官至廣東副使，卒年六十四。著有《七雄策纂》、《四史鴻裁》、《閱古隨筆續》、《逍遙園集》。據昌彼得等編：《明人傳記資料索引》（臺北市：國立中央圖書館，1966年），頁878。

[7] 穆氏三種著作中《左傳鴻裁》收在《四史鴻裁》中，現有《四庫全書存目叢書》影印〔明〕萬曆十八年朱朝聘刻本可供利用；《春秋左傳評苑》三十卷也有《四庫全書存目叢書》影印〔明〕萬曆二十年鄭以厚光裕堂刻本可供利用，《左傳鈔評》十二卷則有國家圖書館藏〔清〕雍正二年朝鮮錦城刊本可供利用。

《左傳》，再加注釋點評。這種重編《左傳》的評點，不論在體裁或是選文方面，均已脫離作為「經傳」的《左傳》體系，成為一種「歷史讀物」，所提供的不是狹義的《春秋》學義理，而是面對歷史興衰、人物智愚的反省與體會，可以視為《左傳》甚至《春秋》學術的「通俗化」著作。這樣型態的《左傳》著作，不是「正統」的對於《春秋》、《左傳》的「正經注疏」，[8]長久以來並不被學者視為「《春秋》學史」中值得觀察的對象，但是這些《左傳》評點著作如此大量的出現，其促成背景、文獻型態、內容、功能卻是在明清時期真實存在而有其意義的現象。筆者認為，如果能將這些《左傳》多元發展的著作納入《春秋》、《左傳》學史的觀察範圍，我們所能看到的有關傳統文化的傳播、古代知識圖像的建構，均可能有別於現在學術史所提供的框架，而讓我們有更開闊的視野。因而不憚淺陋，以極短的時間草成此篇，提出個人的觀察淺見，以就教於方家。

二 穆文熙生平及《左傳》評點著作

穆文熙及其《左傳》評點著作，《四庫全書總目》中共著錄五種，分別是《七雄策纂》八卷、《四史鴻裁》四十卷、《閱古隨筆續》二卷、《左傳國語國策評苑》六十一卷、《逍遙園集》二十卷。[9]五書全部列在存目，這種現象反應了穆氏其人其書在明代應受到相當的重視，但是其學卻不為四庫館臣所欣賞。例如在〈七雄策纂提要〉中館臣批評：「是編取《戰國策》之文，加以評語，並集諸家議論附於上闌。大抵剿襲陳因，無所考證。」[10]於〈四史鴻裁提要〉

8　原本「正經注疏」一詞出於清張之洞《書目答問》，意義包含「十三經注疏」以及宋元人五經新傳注以及四書，本文則採用顧永新先生意見，以「正經注疏」專指「十三經注疏」。參顧永新：《經典文獻的衍生與通俗化》（北京市：北京大學出版社，2014年），〈緒論〉，頁1。

9　《七雄策纂》八卷現有《四庫全書存目叢書》影印〔明〕萬曆十六年陳禹謨刻本可資利用；《四史鴻裁》四十卷現有《四庫全書存目叢書》影印〔明〕萬曆十八年朱朝聘刻本可供利用；《閱古隨筆續》有哈佛大學和漢圖書館據明萬曆本影印之微縮膠片，現存臺灣大學圖書館；《左傳國語國策評苑》六十一卷則有《四庫全書存目叢書》影印〔明〕萬曆二十年鄭以厚光裕堂刻本可供利用，《逍遙園集》二十卷有〔明〕萬曆十五年劉懷恕維揚刊本，現藏國立故宮博物院。

10　〔清〕紀昀等：《欽定四庫全書總目（整理本）》（北京市：中華書局，1997年），頁722。

批評：「皆略註字義，無所發明，批點尤為舛陋。」[11]這樣的評論有其「以考據為上」、「輕視評點著作」的學術立場及時代限制，今日吾人不必苛究。惟此後至今有關穆文熙的研究相當寂冷，海峽兩岸的專書、期刊論文及學位論文中僅見少量資訊，[12]致使在蒐集資料的過程中遭遇相當之困難。筆者盡力搜尋相關資料庫及傳記、書目，大致可得以下諸項：

（一）穆文熙的生平與學術

穆文熙的評點著作在〔明〕萬曆時期雖相當著名而流行，然而關於他生平的直接資料並不算豐富，轉引節略者不少。

〔明〕董光宏：〈穆太公傳〉，在〔明〕董光宏：《秋水閣墨副》（〔明〕鄞縣董氏刊本，國家圖書館藏），卷3，頁21-24。

〔明〕石星：〈逍遙園集序〉，在〔明〕穆文熙：《逍遙園集》（〔明〕萬曆15年，西元1587年劉懷恕維揚刊本，國家圖書館藏），卷前，〈序〉，頁1-6。

〔明3015劉懷恕：〈逍遙園集引〉，在〔明〕穆文熙：《逍遙園集》（〔明〕萬曆15年，西元1587年劉懷恕維揚刊本，國家圖書館藏）卷前，〈序〉，頁7-12。

〔明〕李維楨：〈逍遙園集序〉，在〔明〕穆文熙：《穆考功逍遙園集選》（〔明〕萬曆29年，西元1601年魏郡穆氏家刊本，國家圖書館藏），卷前，頁1-6。

〔明〕余寅：〈穆考功集序〉，在〔明〕穆文熙：《穆考功逍遙園集選》（〔明〕萬曆29年，西元1601年魏郡穆氏家刊本，國家圖書館藏），〈目錄〉前，

---

[11] 《欽定四庫全書總目（整理本）》，頁899。

[12] 以筆者所見，目前學界有關穆文熙的研究，大致有：林穎政：《明代春秋學研究》（臺北市：致知學術出版社，2014年），第七章，頁484，提及穆文熙的《左傳》評點著作；李衛軍：《左傳評點研究》（北京市：中國社會科學出版社，2014年），頁21-22，將穆文熙置於萬曆至明末「左傳評點發展期」，「較有影響的《左傳》評點」之中；殷陸陸有兩篇關於穆文熙《史記鴻裁》的研究論文，其中殷陸陸：〈史記鴻裁作者及其文獻價值探析〉，《雞西大學學報》第16卷第6期（2016年6月），頁105-108，對於穆文熙的生平作了初步的論證，殷陸陸：〈穆文熙史記鴻裁上欄內容淺析〉，《安康學院學報》第28卷第3期（2016年6月），頁54-56，則是對於穆文熙《史記鴻裁》正文位於版面上端欄格的評點內容進行分析；郭萬青：〈國語金李本、張一鯤本、穆文熙本、秦鼎本之關係〉，《長江學術》2012年第2期，頁138-141，則在探討明代嘉靖年間金李澤遠堂刊刻之《國語》對於其後《國語》刊本的影響。

頁1-6。

〔明〕崔邦亮：〈消搖園集敘〉，在〔明〕穆文熙：《穆考功逍遙園集選》（〔明〕萬曆29年，西元1601年魏郡穆氏家刊本，國家圖書館藏），卷20末，頁1-6。

〔明〕李廷機：〈明故廣東提刑按察司副使少春穆先生墓誌銘〉，在〔明〕穆文熙：《穆考功逍遙園集》（〔明〕萬曆29年，西元1601年魏郡穆氏家刊本，國家圖書館藏），卷20，〈附錄〉，頁24上-頁29下。

〔明〕吳國倫：〈明吏部考功員外郎敬甫穆公神道碑〉，在〔明〕穆文熙：《穆考功逍遙園集》（〔明〕萬曆29年，西元1601年魏郡穆氏家刊本，國家圖書館藏），卷20，〈附錄〉，頁29下-35上。

〔明〕于若瀛：〈故廣東憲副穆公行狀〉，在〔明〕于若瀛：《弗告堂集》（〔明〕萬曆癸卯，西元1603年）原刊本，國家圖書館藏），卷24，頁11上-14上。

〔明〕過庭訓：〈穆文熙〉，在〔明〕過庭訓：《本朝分省人物考》（臺北市：明文書局《明代傳記叢刊》影印本，1991年），第130冊，頁57-58。

〔明〕張萱：《西園聞見錄》（臺北市：明文書局《明代傳記叢刊》影印本，1991），第118冊，頁166-167、502-503。

〔清〕孫承澤：〈穆憲副文熙〉，在〔清〕孫承澤：《畿輔人物志》（臺北市：明文書局《明代傳記叢刊》影印本，1991年），第142冊，頁189-190。

〔清〕孫奇逢：〈穆憲副公文熙〉，在〔清〕孫奇逢：《畿輔人物考》（臺北市：明文書局《明代傳記叢刊》影印本，1991年），第143冊，頁813。

〔清〕陳田輯：〈穆文熙十二首〉，在〔清〕陳田輯：《明詩紀事》（臺北市：明文書局《明代傳記叢刊》影印本，1991年），第14冊，頁660-661。

〔清〕朱彝尊：《靜志居詩話》（臺北市：明文書局《明代傳記叢刊》影印本，1991年），第9冊，頁251。

根據以上資料整理穆文熙生平，可知穆文熙字敬甫，號少春，明大名府東明東明（今山東省荷澤市東明縣）人。生於明世宗嘉靖七年（1528），卒於明

神宗萬曆十九年（1591）。其少時穎異自負，「東明諸生鮮所當其心」[13]，獨重石星，並謂：「此其東明一鶚，諸生鷲鳥耳」[14]。敬甫登嘉靖四十一年（1562）進士，時石星已先得第，同為行人官。隆慶元年（1568），遷行人司司副，次年遷工部都水司員外郎，當時石星為給事中，上疏諫事，忤中貴人，遭廷杖幾死，敬甫挺身救護，不惟延醫調攝，更去職與石星同歸鄉里，其高義一時傳頌縉紳間。隆慶三年（1569）起復，任禮部精膳員外郎，歷遷至考功員外郎，會其所善郜某為御史，論劾權貴人，權貴人疑其疏出於穆氏手筆，唧恨輒欲害之，敬甫乃嘆曰：「可以去矣！」[15]稱病求去，不得，出為廣東按察副使，以非其志，拂衣而歸里，築逍遙園以自老。所著有《四史鴻裁》、《春秋左傳評苑》、《七雄策纂》、《逍遙園集》、《閱古隨筆》等書傳世。

根據傳記資料，穆文熙雅好畜書讀史，並喜點攛刪評，李廷機稱：「先生……酷嗜書史，自墳典而下，諸子百家言，亡所不窺，積卷帙至十餘萬，朱墨點攛，……所刪書數十種。」[16]觀穆氏傳世諸書，也以刪節點攛之作為多，可與李廷機之言相印證。而筆者發現，穆氏如此學術型態，與其父穆陳實有相當的關係。據董光宏〈穆太公傳〉：「太公幼嘗讀書，習博士家言，有聲，試里校，輒先諸少年。十七而孤，任家督，乃棄博士語不治，治家人產，顧業已旨於書，時以其間出故篋中《左》《國》秦漢晉魏諸史讀之。嘗曰：『書備往逸之蹟，治書者不商揚古今，而娓娓以藻績青黃為乎？空自以其身蠹爾！』以故其書靡所不窺，窺輒能剖畫按斷之。」[17]「每謂：『晉人逆公子雍於秦，趙盾擊之，非；韓獻子買環於鄭，子產竟弗之與，亦非。』『蔡澤奪應侯相，而應侯以功名終，其功德於侯不小。』『四皓逃嫚士之朝，應女主之召，以臣劫君，

---

[13]〔明〕李廷機：〈明故廣東提刑按察司副使少春穆先生墓誌銘〉，在〔明〕穆文熙：《穆考功逍遙園集》（〔明〕萬曆29年，西元1601年魏郡穆氏家刊本，國家圖書館藏），卷20，〈附錄〉，頁25上。

[14] 同前註。

[15]〔明〕吳國倫：〈明吏部考功員外郎敬甫穆公神道碑〉，在〔明〕穆文熙：《穆考功逍遙園集》（〔明〕萬曆29年，西元1601年魏郡穆氏家刊本，國家圖書館藏），卷20，〈附錄〉，頁31下-32上。

[16]〔明〕李廷機：〈明故廣東提刑按察司副使少春穆先生墓誌銘〉，在〔明〕穆文熙：《穆考功逍遙園集》，卷20，〈附錄〉，頁28上。

[17]〔明〕董光宏：〈穆太公傳〉，在〔明〕董光宏：《秋水閣墨副》（〔明〕鄞縣董氏刊本，國家圖書館藏），卷3，頁21上-21下。

以子劫父，四皓非真。』『淮陰不反齊楚，而以家僮數百外連陳豨，為不可必幸之事，言信反，冤。』其論說種種，本理道，原人情，類此，乃客無能與緩頰也。」[18]可知其父穆陳實時已頗致力於史籍之評點，雖未見其父有此類著作傳世，但其意見對穆文熙實有影響。我們可依前引傳文中所論關於《左傳》二事：「秦送公子雍於晉」及「子產拒宣子買環」觀察其父意見對於穆文熙的影響。

據穆文熙《四史鴻裁‧左傳》卷三「秦送公子雍於晉，趙宣子擊破秦師」條下記《左傳‧文公七年》秦康公送公子雍返晉，而趙盾諸大夫迫於穆嬴之黨的威逼，乃改變扶立公子雍的初衷，陳兵以拒秦師，並敗秦師于令狐。穆文熙評曰：「趙盾此舉，不義甚矣！事已至此，但宜委曲以致不得已之情，則秦人未必戰，即戰，亦未必勝，何得名其為寇，潛師相襲，自甘悖亂若此乎？此盾所以有靈公之禍也！」[19]與上引其父之意見相同；又，《四史鴻裁‧左傳》卷九「子產拒宣子買環」條下述《左傳‧昭公十六年》晉韓宣子（韓起）向鄭國請求玉環之事，穆文熙評曰：「子產初言大國之人使於小國，不可盡獲其求，其見甚卓！及韓子買玉於商人，而乃要之曰：得玉而失諸侯，固不與之。夫玉屬於商，何與於國？買玉於商，諸侯何得而遂叛之？僑之言過矣！韓子聞言即正，其君子哉！」[20]如此評價，亦可謂其父意見之註腳。由《四史鴻裁‧左傳》所評二事，已可明白見到穆氏父子學術相承的情形。

（二）穆文熙的《左傳》評點著作

穆文熙的《左傳》評點著作傳世者計有穆文熙《左傳鴻裁》十二卷、《左傳鈔評》十二卷、《春秋左傳評苑》三十卷三種，先分述其版本資料：

一、《左傳鴻裁》十二卷，本書是其《四史鴻裁》中的一部，其他「三史」為《國語》、《戰國策》及《史記》，據石星〈刻左氏引〉：「穆君敬甫既纂

---

18 同前註，頁21下-22上。

19 〔明〕穆文熙：《左傳鴻裁》（濟南市：齊魯書社《四庫全書存目叢書》影印〔明〕萬曆十八年朱朝聘《四史鴻裁》刻本，1997年），卷3，頁29上。

20 〔明〕穆文熙：《左傳鴻裁》，卷9，頁42上-42下。

《史記節略》，余為之序，乃復取《左氏傳》日考索之」[21]以及劉懷恕〈刻四史鴻裁序〉：「吾友穆敬甫公……其《左》《國》子史四鈔余志之，而適有山右之役，行部河東，偶與巡道朱君議之，君慨然曰：此亦某之風志也，當與公共成之！於是朱君捐俸若干，余以贖鍰佐之，不三月而四鈔告成，頗稱善刻，由是余以『《四史鴻裁》』名之，而為引其端。」[22]，可知穆氏此「四史」之刪述評點，是先獨自成書而後集合為一編。其版本則僅見萬曆十八年（1590）朱朝聘刻本，齊魯書社刊印《四庫全書存目叢書》，將此書收入史部一三九至一四〇冊。

　　二、《左傳鈔評》十二卷，筆者經過比對本書在內容上與《左傳鴻裁》完全一致，[23]且以現存版本來看，其前全無序言，與穆氏《四史鴻裁》及《逍遙園集》均有多人作序的習慣對照，此書若非是穆氏早期單行之著作，即是書賈射利，節取《四史鴻裁》中《左傳》內容而成。現有國家圖書館藏清雍正二年（1724）朝鮮錦城刊本可供利用，惟其刻工粗劣，俗字、誤字甚多，並非善本。

　　三、《春秋左傳評苑》三十卷，本書是與《國語評苑》六卷、《戰國策評苑》十卷合刻。《春秋左傳評苑》的內容，在結構上看起來是「分經之年與傳之年相附」的「春秋／左傳」原本架構，但是仔細觀察，這部書其實是兩個部分著組合，《春秋左傳》部分是將杜預《春秋經傳集解》、陸德明《經典釋文》、朱申《春秋左傳詳節句解》整合於一編，而穆文熙的評點，則是置於版面上欄與傳文相關的位置。如果根據鄭以厚在《戰國策評苑》卷末牌記所題，包含《春秋左傳》、《國語》、《戰國策》三書之「評苑」，是鄭以厚「敦請名士精校之，以為兒輩舉業之一助耳。書成而識者佳悅之，皆曰：『不當私也！』故梓之，公之四方，與同志者共也。」[24]由此可知，這是鄭以厚為兒輩科考而倩人編撰之書，應非穆文熙親自修傳。再觀其中所錄穆文熙評語，與《左傳鴻

---

21 〔明〕石星：〈刻左氏引〉，在〔明〕穆文熙：《左傳鴻裁》，卷前，〈刻左氏引〉，頁1上。

22 〔明〕劉懷恕：〈刻四史鴻裁序〉，《四史鴻裁・左傳》，卷前，〈刻四史鴻裁序〉，頁1上-1下。

23 經過比對，筆者發現《左傳鈔評》此書的評點內容較《左傳鴻裁》為略，例如《四史鴻裁》卷九「鄭伯克段于鄢」條下，引用孫應鰲、汪道昆之評語外，又有穆文熙的大段論評，但《左傳鈔評》卷九此條中完全無評。

24 〔明〕穆文熙：《戰國策評苑》（濟南市：齊魯書社《四庫全書存目叢書》影印〔明〕萬曆二十年鄭以厚光裕堂刊本，1997年），子部164冊，頁329。

裁》一致，則此書之編輯當是拼合數種文獻於一處，《左傳國語國策評苑提要》所說：「蓋明人凡刻古書，例皆如是。謂必如是，然後見其有所改定，非徒翻刻舊文也。」[25]當為的論。齊魯書社刊印《四庫全書存目叢書》，將此書收入子部雜家類一六三至一六四冊。

綜觀穆文熙的《左傳》評點著作，仍然是以《左傳鴻裁》最為精審完整，故本文之研究對象將以此書為主。

三　穆文熙《左傳》評點的內容分析

穆文熙在《四史鴻裁·左傳序》中說他的《左傳》評點是「易編年為世家體」[26]，但是他在每一國下的篇章安排，完全是由一篇一篇的選文構成，其選文的前後安排，雖然大致是依時間序列，但是前後之間並無必然的聯繫。在形式上頗類於「世家體」史籍與「古文選本」體文獻的結合。現以《左傳鴻裁》為主要文獻，將穆文熙對《左傳》的評點內容進行分類整理，以觀其評點主要特點：

（一）評論史事

穆文熙雖然視《左傳》為史籍，但是《左傳》長期作為《春秋》釋經之書，對於士人的歷史價值建構有深刻的影響，因此，穆氏所為的評論雖不是以解說《春秋》大義為目的，但是其若干觀看、評論史事因果的觀點，仍然不免受到儒家《春秋》經學義理的影響，此外，他對於《左傳》中所載歷史本事而作的分析論斷，卻常常提出基於其獨特心證的看法：

一、《左傳鴻裁》卷一，「周鄭交質」條，述周平王為避免鄭莊公之權力獨大，而欲分權于虢公，卻引來鄭莊之不滿，平王為安撫鄭莊，乃與鄭國進行人質交換，「王子狐為質於鄭，鄭太子忽為質於周」。原本《左傳》藉由「君子曰」所評論的重點放在「信不由中，質無益也」，但是歷來的《春秋》學者對

25　〔清〕紀昀等：《欽定四庫全書總目（整理本）》，頁1761。

26　〔明〕穆文熙：《四史鴻裁·左傳序》，《四史鴻裁》，卷首，頁1下。

於《左傳》此處的評論不能根據君臣大義責備鄭莊公,反而平視周鄭如二國,是紊亂名分之論。[27]穆文熙於此評曰:「君臣相與,不論交質之不可,而但論忠信之有無,辭雖藻麗,不足為訓諭也。交質失禮,甚於『問鼎』、『下堂』多矣!」[28]這樣的觀點,仍然在《春秋》尊王的義理典範之中。

　　二、《左傳鴻裁》卷十一「吳子及晉侯會于黃池」條,述《左傳‧哀公十三年》魯、晉、吳三國會于黃池,晉、吳爭盟,在司馬寅的建議下,晉趙鞅退讓,使吳主盟。吳欲率領魯君見晉侯,子服景伯對使者分析:依禮,王合諸侯,由伯長率領諸侯見天子,若諸侯伯長合諸侯,則由侯爵率領諸侯見伯長。現今吳欲率領魯君見晉侯,豈不是承認晉侯的伯長地位?故子服景伯建議止之。吳人先從而後悔,故囚景伯。景伯則以其家族歷代掌魯國祭事,若因被囚而祭祀不恭,則吳實致之,用以恐吳。吳大宰嚭以「無損於魯而祇為名」為理由而勸吳王釋放景伯。穆文熙評曰:「吳人信鬼,故景伯以上帝恐之,然大宰好賂,景伯亦必先賂大宰而後其言可行,不然,恐未得脫然也。」[29]吳人信鬼,故恐之以上帝;大宰好賂,故先賂之,穆文熙根據他所認為的吳國習俗以及對於大宰嚭「好賄」的印象,在《左傳》敘事之外,推理出解釋子服景伯被釋之由,可以說是在史事敘述所未及的「想像空間」中說話。穆文熙以及明代的《左傳》評點者常常使用這種出於心證的方式來解釋歷史事件的因果,與其說是歷史評論,不如說是近於文學性的想像展演。

　　三、《左傳鴻裁》卷十二「羊斟故敗華元」條,述《左傳‧宣公二年》春

---

27 例如〔宋〕劉敞批評:「周鄭交惡,君子曰:『信不由中,質無益也』非也!王欲分政虢公,何以不可?而鄭伯怨王,此鄭之過一;王以子狐質鄭,鄭當辭曰:『君臣無質』而遂以子忽質周,比周於諸侯,此鄭之罪二;王崩,周人將畀虢公政,實未畀也,鄭當送往事居,以待天命,而遂伐王之喪,此鄭之罪三。鄭有三罪,不患無辭敗之,而君子但恐信不由中,使周與鄭儕,此為縱鄭之惡,急周之信,孟子所謂人紾其兄之臂,教之徐徐云爾者也。」見〔宋〕劉敞:《春秋權衡》(臺北市:臺灣商務印書館影印文淵閣《四庫全書》本,1986年),卷1,頁13下-14上。〔宋〕葉夢得批評:「《傳》自以其說予奪當時之事者,或稱『君子曰』或託稱『孔子曰』、『仲尼曰』,然多不可證。此以臣質君,亂名分之極矣!曾莫之論,而反如敵,以下以不信責之,是安足為信?而以為君子之言,宜其不足以知經也!」〔宋〕葉夢得:《春秋左傳讞》(臺北市:臺灣商務印書館影印文淵閣《四庫全書》本,1986年),卷1,頁12上-12下。

28 〔明〕穆文熙:《左傳鴻裁》,卷1,頁1上。

29 〔明〕穆文熙:《左傳鴻裁》,卷11,頁19上。

「鄭公子歸生受命于楚伐宋，宋華元、樂呂御之。二月壬子，戰于大棘。宋師敗績。囚華元，獲樂呂，及甲車四百六十乘，俘二百五十人，馘百人。」之事。《左傳》言宋國此役之敗，與華元在戰前殺羊食士，卻不及其御人羊斟有關。羊斟對於華元懷恨在心，於交戰時故意駕車衝入鄭軍，致使華元被俘。《左傳》以「君子曰」評此事，將責備之重點放在羊斟「以其私憾，敗國殄民，於是刑孰大焉？」而以為「羊斟非人也」，但是穆文熙卻評曰：「古之善用兵者，投醪分甘，三軍之士且欲徧及也，況其御人乎？此羊羹不與，華元之所以致禍也，若羊斟，則不足責矣。」[30]此處則將成敗的關鍵著眼於華元作為統帥軍隊的將領，卻不知普惠軍士以固結軍心為治兵交戰之道，認為這才是華元失敗的原因，羊斟的臨陣擾亂，是因為華元的錯誤應對所造成，羊斟的問題是「果」，華元的行為才是「因」，因而以羊斟不足責。穆文熙此處將戰敗的責任歸於擁有權力的華元，與《左傳》原本究責於羊斟不同，不但表現了不同的史識，同時也顯現了不同的價值觀。

（二）品評人物

歷史是人的活動紀錄，人的賢邪智愚，往往左右事件的走向；而另一方面，我們也可透過史事，看到人性的光明與缺憾。穆文熙評《左傳》，亦甚對注意人物言行之品評，茲舉例以明之：

一、《左傳鴻裁》卷七「巫臣報子重子反」條，記《左傳‧成公七年》楚巫臣與子重、子反為封邑及婺妻之事交惡，其後子重、子反為報復巫臣，殺巫臣之族人並分取其室，巫臣遂奔晉，並遺書子重、子反，申述其復仇之志：「余必使爾罷於奔命以死！」巫臣自請為晉使吳，與吳子壽夢合作，「與其射御，教吳乘車，教之戰陳，教之叛楚。」並開始伐楚，終使「子重、子反於是乎一歲七奔命」，而「蠻夷屬於楚者，吳盡取之，是以始大，通吳於上國。」對於此事，穆文熙評曰：「巫臣一去即能通吳上國使子重、子反奔命，然則能臣去留所係豈淺淺哉！」[31]其著眼點在於巫臣之能力對國家命運的影響，並興

---

30 〔明〕穆文熙：《左傳鴻裁》，卷12，頁7下-8上。
31 〔明〕穆文熙：《左傳鴻裁》，卷7，頁14上。

起「能臣去留，所係非淺」的感嘆。此事於經不載，《左傳》記載此事用意為何，固已不可深究，但穆文熙此一評點，無關於是非，也不及於復仇之義，而是以人物之能力為關注焦點，可謂別有取捨。

二、《左傳鴻裁》卷十二「子罕辭玉」條，記《左傳・襄公十五年》「宋人或得玉，獻諸子罕。子罕弗受。」之事，穆文熙評曰：「韓獻子，晉之良大夫也，使於鄭，尚欲得其玉；子罕獨以不貪為寶，而固卻玉人之玉，又為處之得所，茲其賢蓋加人一等矣！」[32]穆文熙將宋子罕與晉韓獻子之行為進行比較，認為以晉韓獻子為晉之良大夫，使於鄭，見寶玉而難掩其愛寶之心，欲向鄭子產請玉；宋子罕雖不愛寶而辭玉人之獻玉，卻基於人道理由妥善安置玉人，使其避害。則相較之下，宋子罕之賢，又高於韓獻子一等。

穆文熙在評點中，除注意男性人物的品評之外，同時亦常推揚婦人之賢：

三、《左傳鴻裁》卷三「趙姬請逆盾於狄」條，記《左傳・僖公三十二年》晉重耳返國後諸事，其中重耳以其女妻趙衰，是為趙姬，趙姬欲逆趙衰在狄時所生之子趙盾及其母返晉，趙衰本不願意，但趙姬以「得寵而忘舊，何以使人？必逆之！」力諫，方使趙盾母子歸晉，不惟如此，趙姬更請命於文公，以狄女叔隗為內子、趙盾為嫡子，趙姬及其子皆下之。此事自古傳為佳話，穆文熙評曰：「逆盾及母，已為人情所難，而子下其子，身下其母，古今讓德之風，此能幾見哉？姬之賢，不在笄幃列矣！」[33]

四、《左傳鴻裁》卷五「三郤譖殺伯宗」條，記《左傳・成公十五年》晉郤錡、郤犨、郤至三家大夫譖害伯宗，不僅伯宗之子伯州犁奔楚，更株連伯宗之黨欒弗忌。《左傳》於此事之末藉伯宗之妻戒伯宗之語，已指出「子好直言，必及於難」的憂慮。穆文熙評此事曰：「婦人之言如伯宗之妻者，即達士之見何以如諸！」[34]

（三）興發感嘆

穆文熙在評點《左傳》時，除表現「評論史事」、「品評人物」之外，最常

---

[32]〔明〕穆文熙：《左傳鴻裁》，卷12，頁12下-13上。

[33]〔明〕穆文熙：《左傳鴻裁》，卷3，頁17下-18上。

[34]〔明〕穆文熙：《左傳鴻裁》，卷5，頁3下。

見的是抒發對於史事的感嘆，或表示惋惜之情，或推測其可能發展，在內容上多是表達閱讀史事之後的感懷，並不算是嚴謹的歷史評論。茲舉例說明：

一、《左傳鴻裁》卷九「管子不循子華之姦」條，記《左傳·僖公七年》齊桓公伐鄭，以懲罰鄭伯在首止之盟時逃盟而歸。鄭伯遣大子華聽命于會，即有認罪之意，不料鄭大子華竟向齊桓公提出滅鄭洩氏、孔氏、子人氏三族，以交換鄭之恭謹事齊。齊桓公為速決此事，本有意答應鄭大子華的條件，但管仲以桓公以禮、信主盟，本意在固結諸侯，共尊天子，若與鄭大子華私盟，是「以姦終之」，非主盟者所宜行，乃力主拒之，桓公乃辭，而與鄭伯盟。穆文熙評曰：「仲言主於求信，謂會而列姦，何以示後？其言種種合道，可以垂訓。桓公納之，宜其主盟哉！」[35]這件事在原本《左傳》的敘事中曲折頗多，也從其中可以看到齊桓公作為霸主的心態，以及管仲努力維持齊國霸業核心價值的努力。不過穆文熙在此處的點評卻指認為齊桓採納了管仲的意見，就徑直的認為「宜其主盟哉！」如此則對於史事內涵的觀察，又似乎太過平俗。

二、《左傳鴻裁》卷九「季子觀周樂」條，記《左傳·襄公二十九年》吳個子季札聘魯觀周樂之事。穆文熙評曰：「觀歷代之樂，入於耳、辨於心，興亡治亂，不爽毫末，可謂明智之甚！所以能脫屣千里之吳，甘以延陵終身，足繼太伯之芳也已！」[36]穆氏以季札觀樂而知興衰盛亡之所由，而讚嘆其明智，並以其高潔人品，不愧為吳太伯之後裔。如此點評，亦僅為印象式的感懷，非嚴謹之史論。

四　結語：穆文熙《左傳》評點的意義與價值

（一）

穆文熙所作的《左傳》評點多為對於《左傳》史事及人物的批評與興感，看似僅為個人的閱讀心得，但是鄭以厚將他的評點意見刊刻出來，提供有志於科考的人參考，可見如此的閱讀意見在當時是被視為有助於科考時文的撰作。

35　〔明〕穆文熙：《左傳鴻裁》，卷9，頁9上。

36　〔明〕穆文熙：《左傳鴻裁》，卷11，頁9上-9下。

我們也可以從明末馮夢龍《春秋定旨參新》所論《春秋》經義文章的作法中得到一些旁證。明代科舉制度中《春秋》一經基本是以胡安國《春秋傳》為經義標準，但是胡《傳》釋經仍不得不藉助《左傳》之紀事，而《左傳》文辭之富豔，亦是為文的寶貴資材，因此馮夢龍說：「《左傳》不可不熟，若熟，則融化成詞，自然出人意表，不獨入其事實也已。」[37]至於《春秋》義的論述要點，其中「《春秋》本史筆，本非他經比。故經義尚斷制者，實斷其是非，不為虛詞馳逞，或設為辨難，或引故事以形之，若司法斷獄，不可出入，方是高手。」[38]馮氏所說的「斷制」是指在撰寫《春秋》應試文章時，對於題旨所要彰顯的褒貶是非要有明確斷案，不可模稜兩可。其判斷之義理固然不能違背胡《傳》，但是「設為辨難」或「引故事以形之」的加強論述，則《左傳》評點中許多的引申發揮以及故事例證，則可作為申論經義啟發與支持。穆文熙《左傳鴻裁》中許多對於歷史人物以及事件的興感，則似乎又符合《春秋》科舉作文必須有所謂「詠歎」的要求：「經文既斷之後，正意已完，若非詠歎以取之，便覺寂寥，不見意趣。如美女不搽脂粉，不甚精彩，故必詠歎，然後意趣悠揚，起人眼目，全在於此。」[39]馮夢龍所說這些明代《春秋》科舉文章的作文要求，在如穆文熙、凌稚隆、鍾惺等《左傳》評點著作中均可以找到相應的資料，如果可以更深入的探究《左傳》評點內容與科舉時文之間的關係，對於辨明明代《左傳》評點興起原因、當時應用功能等問題，當有更具體的論證。

（二）

　　穆文熙在《四史鴻裁・左傳序》中雖然說他的《左傳》評點是「易編年為世家體」，但是他在每一國下的篇章安排，完全是由一篇一篇的選文構成，其選文的前後安排，雖然大致是依時間序列，但是前後之間並無必然的聯繫。從文獻的角度來說，這種《左傳》的評點著作，是脫離了「作為經學的《左傳》」而走向「作為史學、文學的《左傳》」的表現。顧永新先生在《經典文獻

37　〔明〕馮夢龍撰，田漢雲、李廷先點校：《春秋定旨參新》（南京市：江蘇古籍出版社，1994年），〈看經要訣〉，頁19。

38　〔明〕馮夢龍撰，田漢雲、李廷先點校：《春秋定旨參新》，頁41-42。

39　〔明〕馮夢龍撰，田漢雲、李廷先點校：《春秋定旨參新》，頁44。

的衍生與通俗化》中認為經學文獻在宋代以後形成兩個相對獨立又互相滲透影響的發展體系，一為「正經注疏」的傳刻與流衍，另一系則為宋元人的五經傳注以及四書文獻的發展。在城市發展、科舉制度、政治、經濟等因素的影響下，經學文獻在許多方面朝向世俗化、多元化發展。[40]明代大量的《左傳》評點即是這種潮流之下出現的文獻型態。此類文獻在經學歷史流衍的過程中所擔任的角色與功能，並不在於政治與學術方面的「通經致用」，而是面向一般群眾知識與鑑賞需要，擔負著經典通俗教化的功能。《左傳》評點的撰作者提供了從人情日常、通識的讀史閱文視角，與所謂《春秋》經學範式下的高深大義與義例褒貶相較，更接近一般人的經驗與趣味。如此的經學型態在過去的經學史論述中並不受到重視，但是不論從建構完整經學歷史的角度，或是思考反省經典普及應用在今日文化建設中所應表現的型態，這類文獻的內容及其發展，都值得吾人重新給予關注。

附記

欣逢葉鍵得院長榮退，謹以此文獻上誠摯的祝福！恭祝院長健康自在，逍遙常樂！我於民國九十二年進入本校，第一份行政工作即在院長當時擔任主任的「國語文中心」服務，其後我歷經三年儒學中心、三年系主任的工作中，一直受到院長對我個人以及行政工作的關心以及大力支持，因此可以說是我的「老長官」、「好長官」。院長在學界、校內、系內均因他寬厚溫煦的性格、體貼周到的為人以及積極任事的態度，廣受各界師長尊重，已無庸我贅述。在院長榮退之際，各方師友故舊籌劃榮退紀念特輯以為院長壽，我謹以近年關心的明代《春秋》學術撰文一篇，呈交院長指導，並以此紀念我在院長關照、支持下的學術成長足跡。

——張曉生：臺北市立大學中國語文學系教授，曾任系主任、
華語教學碩士學位學程主任、儒學中心主任

---

40 顧永新：《經典文獻的衍生與通俗化》，〈緒論〉，頁1-37。

此「壓力」（pressure）非彼「壓力」（stress）也：

淺談心理學上此二者之不同與關聯性

鍾才元

　　在指導研究生的碩士論文時，常發現學生們把二個心理學名詞（pressure 與stress）混淆了。把工作壓力寫成work pressure或working pressure，把同儕壓力寫成peer stress，或把父母壓力寫成parental stress等等，不一而足。在網路上做了一些功課後，我才發現，學生之所以會有以上的謬誤，原因有二：其一是學生們不夠用心去分析二者的不同；其二則是，這二個心理學名詞的中文翻譯都是「壓力」。這就難怪許多人也就以為此「壓力」（pressure）即彼「壓力」（stress）也，但二者在心理學上的意涵卻是不同的。二個明明是不同的英文名詞，中文翻譯卻一模一樣，怎麼能不讓人困惑呢？以下就這二者的不同與關聯做一說明。

　　Pressure（壓力）是一個物理學名詞。《牛津字典》（Oxford Lexico）的解釋是：「con-tinuous physical force exerted on or against an object by something in contact with it」。《劍橋字典》（Cambridge Dictionary）給的解釋則是：「the force that a liquid or gas produces when it presses against an area」。由此可見，物理學上的pressure是某一物質作用於（或加諸於）另一物質的力量，如氣壓、水壓、油壓、與血壓等。許多人家裡的壓力鍋，其英文就是「pressure cooker」。

　　Pressure 也是一個心理學名詞，常見於社會心理學或青少年心理學的文獻中，用於描述一群人（或一個團體）對某一個人或某些人提出要求或表達期

望、且具體地希望對方表現出順從行為。例如,《牛津字典》把它解釋為:
「the use of persuasion or intimidation to make someone do something」,而《劍橋
字典》則解釋成:「the act of trying to make someone else do something by arguing,
persuading, etc.」。這樣說起來,心理學上的pressure,指的是「人際影響力」。
以最常聽到的peer pressure(同儕壓力)來說,就是具有此意涵的最好的例
子。「維基百科」(Wikipedia)將之定義為:「青少年的團體以暗示、鼓勵或脅
迫其個別成員表現特定行為之一種人際影響力」。心理學上具有此意涵的名詞
還不少,如parental pressure(來自父母的壓力)、political pressure(政治壓
力)、political pressure groups(政治壓力團體)、societal pressure(社會壓力)、
social pressure(人際壓力╱人情壓力)、以及media pressure(媒體壓力╱輿論
壓力)等等。這些名詞的主要意涵都是人際影響力,是個人或團體所施加於他
人的心理作用力。中文語彙中也有許多具有此涵義的名詞,諸如長官壓力、人
情壓力、親情壓力等。

　　比較麻煩的是,pressure還有第二種涵義,指的是「緊張或艱困的情況」,
比如《劍橋字典》的定義是:「a difficult situation that makes someone feel
worried or unhappy」。舉例而言,辦公室裡事情繁忙、又常有要限期完成的任
務,必然讓人感到隨時處於緊張情況,可說成有「pressure(s) of work」。同樣
的,都市裡生活不易,所帶來的艱困情況可說是「the pressure of city life」。順
道一提的是,上班族承受的或所感受到的「工作壓力」,不可翻譯成「working
pressure」,因為「working pressure」是一個物理學專有名詞,常見於航海、機
械、礦冶等領域,其意涵是機器或設備在運轉狀況下產生的壓力,中文可翻譯
為:「作用壓力」、「運轉壓力」或「運作壓力」(網路上卻有直接翻譯為「工作
壓力」的情形)。

　　至於stress(也被翻譯為「壓力」),是一個當代心理學極受重視的名詞,
《牛津字典》將之定義為「a state of mental or emotional strain or tension
resulting from adverse or demanding circumstances 」(由不利或嚴苛情況而導致
的心理或情緒緊張狀態)。根據心理學家Hans Selye的說法,stress是針對
stressor (s) 的反應。Stressors(壓力源)乃令個人感到緊張焦慮的刺激,可能

是周遭的人或事，也可能是個人的想法，或可能是生活上的突發性變動或一成不變的瑣事。然而，經歷同樣的壓力事件的人，不見得一定會有壓力反應（stress）；即使會，反應程度也有個別差異。有些人心情大受影響，有了極不好的壓力感（distress）；有些人則無動於衷，未有明顯的壓力反應；甚至有些人因而受到激勵，反而有更好的表現，此即所謂的「eustress」（優壓）。一般而言，一個人在能力不足、資源不夠、時間緊迫、或社會支持欠缺時，容易對壓力源（stressor）產生心理壓力（stress）。舉例而言，新進員工若無法勝任工作負荷、找不到資料（對環境不熟悉）、或不知向誰尋求協助，就很容易產生緊張、焦慮的反應，也就是所謂的「工作壓力」（必須翻譯成「work stress」，而不是「work pressure」，更不是「working pressure」）。由此可知，stress主要是一種比較負面的心理狀態，是針對特定事件的反應結果。我們常會因生命中的重大事件（如婚姻，上大學，親人逝世，孩子出生，或搬家等）或生活上的突發事件而產生不安或焦慮感受，因為這些事件，無論是正面或負面，都會產生不確定感和精神緊張，故統稱為「生活壓力」（life stress）。同樣的，學生面對龐大的課業要求，會有學業壓力（academic stress）；中年失業的人常會擔心家庭財務狀況而有焦慮或壓力感（financial stress）；不擅交際的人在人多的場合會有社交壓力感（social stress；不可翻譯成 social pressure）。當代父母難為，常會因子女的不當行為（此乃stressor也）而有壓力感受（stress），此時可稱之為「parenting stress」或「parental stress」。此時的parental stress和前述的parental pressure（子女承受自父母的要求和期許），在涵義上是不同的，不可混為一談。

由以上的分析可知，在心理學上，pressure其實是一種壓力源（stressor）。對任何人而言，無論是哪一種的人際壓力（peer pressure、political pressure、societal pressure、social pressure或media pressure）都有可能帶來緊張與不安，只是程度或有不同罷了。若我們難以應付這些人際壓力，難免就會有不好的感受（stress）或非常不好的感受（distress）。至於壓力（pressure）是否會產生不舒服的反應（stress），端視個人如何評估自己的能力、資源與社會支持。當代心理學家普遍傾向於將壓力反應（stress）視為個人與環境互動的結果。具

體言之，外部壓力源（stressor）對個人的影響程度，是由當事人對壓力源的評估以及他或她可支配的心理和社會資源來調節的。此過程會涉及二種心理評估歷程（初級評估與次級評估）。在初級評估階段，我們會評估壓力源的潛在威脅或危害；在次級評估階段，我們會衡量個人是否具備改變不利情況的能力以及處理負面情緒的能力。緊接著，我們就會採取應對策略，而我們所選擇的應對策略及其結果，就會帶來程度不一的壓力感受。一般而言，我們只有在認知到自己沒有足夠的能力或資源來應對壓力源時，才會有負面的壓力感受。當我們發現自己的應對方式無法減輕壓力源所帶來的威脅時，我們的壓力感受也會逐漸加劇。

葉鍵得教授退休在即，囑咐小弟為其退休紀念文集也為文一篇（stressor），實令小弟既感榮幸又惶恐不安，已有多日的壓力感（stress）。然想到鍵得兄素來治學嚴明、尤在文字學、聲韻學方面造詣深厚，因而想到可以將困擾許多學生的二個心理學名詞加以釐清，或許可勉強的濫竽充數，不負鍵得兄的厚愛與鼓勵。有幸與葉院長認識多年，常一起聚餐。言談中，我發現院長經常需要面對各種人際壓力（pressure），如長官壓力、系所同事壓力、學界前輩的壓力等等，但院長的每一次應對都如履平地，優游自在，少見有什麼心理壓力（stress）；即便偶而有之，院長也能待之如優壓（eustress），勇敢的、巧妙的、正面的妥善處理之，實在令小弟敬佩萬分。個人深信，面對退休後的生活，鍵得兄必然也能一往如昔，化壓力為助力，成就一個美好的退休生活。文末，小弟謹致上殷殷的期盼、滿滿的祝福。

　　　　──鍾才元：臺北市立大學師資培育及職涯發展中心教授，

　　　　　　曾任師培中心主任

三線路及臺北城的故事

張 弘 毅

　　本校校友鄧雨賢先生〈夜月愁〉：「月色照在、三線路⋯⋯」，這是一首大家耳熟能詳、膾炙人口的流行歌謠，什麼是「三線路」？它與「臺北城」的前世今生，扮演怎樣的角色？一個精彩的故事，一段臺灣社會及臺北市民的共同記憶，且看本文詳細解說。

一　清朝創建臺北城

　　臺北城地理形勢的勘察，始於福建巡撫丁日昌，最初也有建城雞籠（基隆）的意見，最後以臺北地理形勢較優，商業貿易發達，由沈葆楨和首任臺北知府林達泉決定，在淡水河岸、艋舺和大稻埕之間興建臺北城。一八七八年，知府陳星聚訂立築城計畫，以板橋林維源為築城工事總理，一八八二年動工、一八八四年落成，是清代臺灣最後完工的城池。臺北城東、西城牆長度各約1100餘公尺，南、北城牆的長度各約1200公尺，四面城牆總計約4563公尺。[1]（圖1）臺北城原先設計面對正北方，後因接手興建臺北城的臺灣兵備道劉璈，本身兼具堪輿專長，將臺北城規劃方向調轉向右約十五度，對準七星山。

---

[1] 葉倫會：《臺北城逗陣行》（臺北市：中正區城內社區發展協會，2002年），頁12-13。

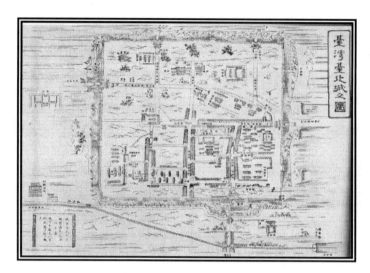

圖1　《臺灣臺北城之圖》，南天書局

二　日本時代拆城闢造「三線路」

　　臺灣進入日本時代（1895-1945），殖民統治之初，由於現代武器進步，城門和城牆已經失去功能，加上歐洲維也納拆除城牆改建林蔭大道，影響日本官員村上雄彥想法，乃提出臺北府城北門和西門擴展變更設計，一九〇一年先拆除東門附近城牆，興建第一條三線路（現今中山南路），不久為了臺北、桃園之間鐵路改道的需求，又將臺北城西北方的北門城牆和西門城牆打通，直到一九〇四年，臺北城的西門／寶成門和所有城牆幾乎都被拆除，但保留了北門／承恩門、東門／景福門、南門／麗正門、小南門／重熙門等四個城門，而原城牆的舊地則全部改造為「三線路」，分別是：東三線（現今中山南路），北三線（現今忠孝西路），南三線（現今愛國西路），西三線（現今中華路）；「三線路」，是當年臺北市最新式、最浪漫的街道，也延續臺北城美麗的身影。[2]臺北城的城門在建造之初，都依「閩南樣式」建築風格，但目前除了北門／承恩門風貌依舊，（圖1-1）其餘東門／景福門、南門／麗正門、（圖2）小南門／重熙門等，都在一九六〇年代被修建為「華北樣式」建築風格。[3]

2　湯熙勇：《臺北市地名與路街沿革史》（臺北市：臺北市文獻委員會，2002年），頁233-266。
3　曾迪碩：《臺北市志卷六經濟志交通篇》（臺北市：臺北市文獻委員會，1988年），頁29。

圖 1-1　鄰近北門／承恩門之忠孝橋引道拆除後（2017 年 2 月 16 日），張弘毅拍攝

圖 2　大南門城牆拆除，臺北市文獻委員會（左）；現況，康鴻裕拍攝（右）

三　「三線路」的歷史記憶

　　日本時代的臺北三線路是臺灣／臺北政治、交通、經濟、教育等之重心，而特色建築更是不勝枚舉，（圖3）本文限於篇幅，無法一一詳細介紹，重點以較具特殊歷史意義者收錄文中，希望今昔對照，呈現臺北城的歷史記憶及「空間中的時間變遷」。

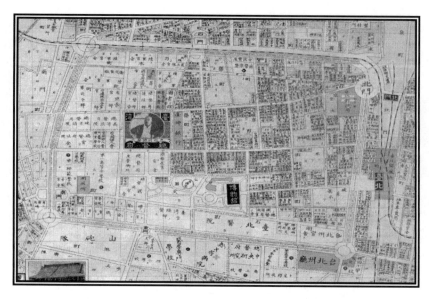

圖3　《大日本職業別明細圖臺北市》，南天書局

（一）交通樞紐北三線

　　北三線（現今忠孝西路）原長850公尺，中央快車道寬7公尺，兩旁安全島寬3.5公尺，一九一三年遍植蒲葵、椰樹成為綠化道路，安全島外的兩側慢車道寬11公尺，合計寬40公尺。因臺北車站位於中間，成為臺北交通樞紐。[4]（圖4）

圖4　北三線道路今昔，《臺北古今圖說集》頁96（左），康鴻裕拍攝（右）

4　葉倫會：《臺北城逗陣行》，頁18。

北三線，在大眾記憶中最熟悉的是臺北火車站。日本時代鐵路改築，捨棄新莊舊線，改經由板橋、萬華進入臺北，所以改建新車站，新建後稱為「臺北停車場」，[5]於一九〇一年八月二十五日啟用，屬於臺北最早期的磚石造西洋風格建築，野村一郎設計，建築四周有一圈走廊，以利遊客遮風避雨。（照片6左）因流量增多，一九三八年再改建為更新式的火車站，建築的外牆貼面磚，正面開窗部分作垂直裝飾線，並用磁磚拼出幾何圖案，裝飾藝術風格為重要特徵，第二代臺北車站一直沿用到一九八六年三月配合鐵路地下化予以拆除。[6]（圖5右）

圖5　日本時代臺北火車站風景明信片，康鴻裕翻拍

（二）政治中心東三線

東三線（現今中山南路），是日本時代最美的三線路，目前大致保持原貌。興建之初，道路可直通臺北圓山臺灣神社，第四任總督兒玉源太郎常騎馬由此路到臺灣神社，後藤新平任民政長官時則是騎腳踏車從東三線到臺灣神社。[7]東三線有「東方小巴黎」之稱，沿著東三線兩旁，不管過去或現在，都是政治權力相當濃郁的一條道路。[8]（圖6）

5　黃淑清：《臺北古今圖說》（臺北市：臺北市文獻委員會，1992年），頁96。

6　徐逸鴻，《圖說日本時代臺北城》（臺北市：貓頭鷹出版社，2013年），頁80-83。

7　葉倫會：《臺北城逗陣行》，頁17。

8　湯熙勇：《臺北市地名與路街沿革史》，頁233。

圖 6　東三線道路及現況，《臺北古今圖說集》頁 99（左），康鴻裕拍攝（右）

（三）商業街市西三線

　　西三線（現今中華路），完成時因中間夾雜鐵道，鐵道以東部分為37公尺，分設11公尺寬的中央快車道，兩旁各三公尺為安全島，安全島外的慢車道各寬10.5公尺，鐵道地基寬19公尺。鐵道西部寬15.75公尺，一九三五年種植172棵楓樹，頗有詩意，配合西門市場（現今西門紅樓），是當時最多在臺日本人購買祖國貨物的地方。[9]（圖7）因「西門」之故，日本時代設有「西門町」行政區劃，也是今天「西門町」商圈名稱由來。

圖 7　西三線道路及現況，《臺北古今圖說集》頁 55（左），康鴻裕拍攝（右）

　　一九四九年國民政府遷臺，為了安置隨政府來臺的「政治性移民」，臺北市政府委託警民協會，在鐵路兩旁搭蓋三列臨時棚屋，開設大陸口味之餐飲麵

9　葉倫會：《臺北城逗陣行》，頁18-19。

食、點心維持生計，當時稱呼為「窩棚」。[10]（圖13左），一九六〇年配合都市更新，並安置窩棚的攤商，在鐵路兩旁建造長1171公尺，大約為弧形狀，高三層的八棟商場，分別為忠、孝、仁、愛、信、義、和、平，八月動工，次年四月完工，取名為中華商場，計1644間鋪面，百貨小吃樣樣俱全，是當時臺北市最繁華的西門商圈。[11]（圖13中），一九九二年因鐵路地下化已拆除。（圖8右）

圖 8　窩棚攤商、中華商場及現況，《臺北古今圖說集》頁 97（左、中），康鴻裕拍攝（右）

（四）教育搖籃南三線

　　南三線（現今愛國西路），寬70.91公尺，「三線路最寬的一條道路」，一九一三年種植茄苳樹，百年來濃綠成蔭，搭配旁邊臺灣總督府國語學校（1919年改名臺北師範學校；即今臺北市立大學）、臺北第一高等女學校（今北一女／臺北市立第一女子高級中學），是日本時代最具學術風氣、典雅浪漫的一條路。[12]臺灣歌謠之父鄧雨賢，當年在此就讀「臺北師範學校」，他是現今臺北市立大學傑出校友；鄧雨賢膾炙人口的流行歌謠〈夜月愁〉，歌詞一開始所唱：「月色照在、三線路……」，傳神描繪日本時代的臺北城市地景（city landscape）。南三線一九六九年拓寬為70至95公尺，綠地寬達25公尺，一九八〇年七月增建至桂林路間立體交叉高架陸橋，路容受極大變化，[13]一九九二年

[10] 黃淑清：《臺北古今圖說》，頁97。

[11] 湯熙勇：《臺北市地名與路街沿革史》，頁234-235。

[12] 湯熙勇：《臺北市地名與路街沿革史》，頁263-264。

[13] 葉倫會：《臺北城逗陣行》，頁19。

鐵路地下化後，高架路橋也隨之拆除，恢復它樹蔭濃綠的樣貌。（圖9）

圖 9　南三線日本時代風景明信片及現況，康鴻裕翻拍（左），康鴻裕拍攝（右）

四　「臺北公會堂」與「中山堂」

　　除了「三線路」是臺北市民的共同記憶（collaborative memory），臺北三市街（艋舺、大稻埕、城內）更是舊時臺北城區最熱鬧、繁華的「老臺北」（The Old Taipei City）。日本時代，艋舺（現今臺北市萬華區）代表「臺北三市街」之中的漢人聚落，是臺北的根（Root of Taipei）；大稻埕洋和（西方／日本）揉雜，是臺北國際貿易重鎮；臺北城「城內」，則充滿一八六八年日本明治維新以來，日式的現代化風格，而臺北公會堂（現今中山堂），正是「城內」現代化之代表。臺北公會堂原址為清朝臺灣布政使司衙門及欽差行臺，日本時代初期曾經一度暫用成為臺灣總督府廳舍；其後，為了市民民需要及紀念日本裕仁天皇登基而建造「臺北公會堂」。「臺北公會堂」一九三五年落成，剛好成為當年日本統治臺灣「始政四十周年紀念臺灣博覽會」展示會場之一；一九三六年，「臺北公會堂」正式啟用。

　　「臺北公會堂」由臺灣總督府建築專家井手薰設計，以方形量體組成現代主義建築風格，外觀淺綠色則是當時流行的國防色；「臺北公會堂」提供官方和市民集會，舉辦藝文展覽、音樂會等活動。一九四五年戰後，「臺北公會堂」改名為中山堂，日本戰敗投降儀式在此舉行；一九四七年臺灣二二八事件，臺北市民也曾在「中山堂」集會討論事件處理。從「臺北公會堂」到「中

山堂」，此一城市地景（city landscape）空間意義多元，因為，它不但是近代初期至戰後，臺灣海峽兩岸政治互動的「記憶所繫之處」，更象徵臺灣被殖民或被壓迫的「國族創傷」（national trauma），但同時，卻也象徵臺灣現代化城市的人文基底所在。目前，臺北市中華路和中山堂之間，蓋了一棟經濟部礦物局大樓，視覺上，已經無法從西三線（中華路）直接看到中山堂／臺北公會堂。[14]
（圖10）

圖 10　臺灣布政使司衙門及欽差行臺，《臺北寫真帖》（上左）；

　　　　臺北公會堂，《臺北市政二十年》（上右）；

　　　　戰後中華路及中華商場，康鴻裕翻拍（下左）；

　　　　中華路現況，康鴻裕拍攝（下右）

---

[14] 徐逸鴻：《圖說日本時代臺北城》，頁142-143。

五　結論

　　本文從清代創建臺北城的時空背景，再現日本時代拆城闢造「三線路」的流金歲月，述說臺北城的前世今生，同時分別以交通樞紐北三線（現今忠孝西路）、政治中心東三線（現今中山南路）、教育搖籃南三線（現今愛國西路）、商業街市西三線（現今中華路），依各個路線特色介紹，並蒐集臺北城的圖像、照片，以今昔影像對照的方式，呈現臺北城「空間中的時間變遷」，同時也介紹了臺北公會堂／中山堂的故事。

　　「三線路」及臺北城的故事，早已是臺灣社會及臺北市民的共同記憶（collaborative memory），長期為不同族群的人們引用論述、並轉譯為多元的故事文本。當「三線路」週邊的文化資源融入「臺北城的故事」，城市地景（city landscape）形塑出的人文空間（human space）、以及對自己「所在」／地方（place）過去人事物的重視，因此就會流轉成為「記憶所繫之處」，而這樣的歷史認同（history identity），又會延伸至人們試圖薪火相傳的文化記憶（cultural memory）。全球化浪潮底下，「文化記憶」也終將是經營具有特色的文化觀光（cultural tourism）、建構及推廣具有獨特性之在地文化（indigenous culture）、地方知識（local knowledge）或地方學，甚至是從事「文化抵抗」之際，不可或缺的堅實文化底蘊。[15]希臘神話中，歷史女神Clio的母親，正是記憶女神Mnemosyne，可見，歷史源自記憶。記憶，是「臺北城的故事」之歷史源頭，更是推動人人都是史家（everyman his own historian）或「大家來寫歷史」的基礎，時至今日，臺灣社會更應該重新思考更高層次的歷史辯證議題；一如英國史家艾克頓爵士（Lord Acton）指出：比起歷史知識（historical knowledge），歷史思維（historical thinking）更重要。

　　學習歷史、解讀記憶。所謂「彩繪自己的所在、書寫自己的地方」，除了重視底層的史觀（history from the bottom up）及少數者／弱勢者（the

---

[15] 張弘毅：〈大家來寫都會史：理論的分析〉，臺灣師範大學歷史系主辦：「2013應用史學理論與實踐學術研討會」「會議資料」（2013年6月22日），頁45。

minority），還要重視「在地參與」和「在地觀點」。文化一致性（unity）濃郁的全球化時代，要保持自己「所在」／地方（place）的文化特色，更應該要連結大家來寫都會史／大家來寫村史，以成就自身的在地文化，甚至一地之共同記憶（collaborative memory）。臺北都會的歷史街區（historic district）動見觀瞻，「再造歷史現場」／making place固然重要，但是仍然必須透過「大家來寫歷史」，才能彰顯具有多樣性（diversity）之「地方知識」，並以此保存自己的「文化記憶」、薪火相傳，如此，有利於文化觀光、休閒產業，甚至，孕育在地生命力。

——張弘毅：臺北市立大學歷史與地理學系副教授、藝文中心主任、圖書館館長

臺灣客家的族群人口的消長分析

程 俊 源

一 緒論

　　臺灣一直是個典型的「墾殖社會」（settlers' society）[1]，社會結構是由多族群所組成的，故而整部「臺灣史」毋寧亦可說是部「族群交融史」。在每個不同的歷史會後、每個歷史轉折點，都不斷地有新的族群屬入，爾後落地生根「在地化」滯留為當地人，繼而再迎接新的一批族群到來。如文字記載前的「南島語族」（Austronesian）[2]；十七世紀末起以閩、客為主體的漢語族系徙入；一八九五至一九四五年間日本人到來，從而也使得不少當時的「灣生」[3]認同了臺灣亦是故鄉[4]；而一九四五至一九四九年間又迎來一批來自中國各省的漢族系軍民；近年來臺灣社會變遷更形快速，不少來自東南亞的新住民也為臺灣社會增添了新的力量。這些先後到來的移居者，原先可能各自使用其族群本身所屬語言，然而不同族（社）群在歷經長時期的交往與接觸後，必會逐漸形成區域性的「通用語言」。而此一共通語言有可能係當地多數族群所使用者，也有可能是透過政治力強行整合。

---

[1] 資料來源：施正鋒：《臺灣客家族群政治與政策》（臺中：新新臺灣文化教育基金會，2004年），頁31。

[2] 學界有一說法是臺灣可能是「南方語族」的發源地，理由是「多樣化」，指的是一個地域若語言分支繁多則很可能該地便是該語言的始源地。詳見李壬癸：《珍惜臺灣南島語言》（臺北市：前衛出版社，2010年）但這是從時間跨度相對較小的時程中立論。若跳高一層，從更長遠的始源點思考的話，例如生物基礎，據DNA的遺傳證據顯示，現代的人類可能都是由源自「非洲夏娃」。詳見鄧曉華、王士元：《中國的語言及方言的分類》（北京市：中華書局，2009年）故上文我們表述當無疑誤。

[3] 所謂「灣生」指的是日治時期間（1895-1946）在臺灣出生的日本人，亦包括日臺通婚者所生下之子女。這些人大多於戰後一九四五至一九四六年間引揚歸國，遂離開了臺灣數十年間毋得復返。

[4] 資料來源：竹中信子：《日治台灣生活史——日本女人在台灣（大正篇1912-1925）》（臺北市：時報出版社，2007年）。竹中信子：《日治台灣生活史——（1-4）套書》（臺北市：時報出版社，2009年）。

現時臺灣呈顯的是多元族群融合的社會生態，歷史上臺灣早期原是南島語系原住民族群遍地散居的天堂，嗣後閩、客等漢語系族群陸續渡海來臺，彼此一同走過荷西，一齊歷經日治。多重的歷史經驗，使臺灣擁有豐富各式的文化樣貌，但多番的族群混合，也使得原住民族成為了多元混裔後代（creoles）。

十七世紀大量閩、客族群入臺移墾，使臺灣的族群生態發生劇烈變化，原是臺灣主人的南島語族逐漸退居為島上的少數族群，閩、客族群駸駸以逆勢，使得清領時期的士人、官員眼中的臺灣族群分布亦多僅見漢系族裔而已，如：

> 按全臺大勢，漳、泉之民居十分之六七，廣民在三四之間。以南北論，則北淡水、南鳳山多廣民，諸、彰二邑多閩戶；以內外論，則近海屬漳、泉之土著，近山多廣東之客莊。[5]

清領時期對上述臺灣閩、客族群人口比例數的6:4或7:3之看法，自是一種印象式的想像推估。臺灣得俟日治時期及洎終戰後，才有比具較科學意義的族群入口調查。「統計調查」（Statistical Investigation）是為了編製統計書，有計劃、有組織地向社會搜集資料的過程，設計者需具備許多專業知識，才能使調查順利進行。日本領臺之後，便開始調查臺灣各個面向，包括自然與人文等面向普查，臺灣各族群之「人口普查」（census）便是其中的一環。（林佩欣，2013:89）

明治三十八年（1905）實施的「第一次臨時臺灣戶口調查」[6]，當是東亞地區首次的官方人口普查，調查結果使臺灣向來不為人知的人口狀態大白於世，堪稱日治時期最具指標性的統計調查。[7]大正九年（1920）以後的「國勢調查」

---

[5] 鄭光策：〈上福節相論臺事書〉，《清經世文編選錄》，文叢229，頁17。

[6] 有關「人口普查」（census）的概念，日治時期常稱「國勢調查」，然則，在這名稱創立之前，日本政府實有過數易之名，例如：「人口取調法」、「人口實查」、「人口大檢查」、「民口調查」，或音譯為「詮查斯」、「仙查斯」，或以假名譯成「センサス」……等。由於日本國會於一九○二年十二月制訂人口調查法案時，即命為「國勢調查法」。故臺灣總督府第三任總務長官後藤新平，原擬於一九○五年與日本本地同步舉辦國勢調查，卻因「日俄戰爭」（1904-1905）爆發，使得日本本地的國勢調查計畫擱置。惟後藤新平仍決心建立全面性的臺灣戶籍資料，故仍如期於臺灣實施了國勢調查，但改了一名目，稱作「臨時臺灣戶口調查」。詳見林佩欣：〈日治時期臨時臺灣戶口調查之開展及其意涵（1905-1915）〉，《成大歷史學報》45期（2013年12月），頁90。

[7] 資料來源：林佩欣：〈日治時期臨時臺灣戶口調查之開展及其意涵（1905-1915）〉，《成大歷史學報》45期（2013年12月），頁90。

亦循此路，其政策實施的目的乃肇因於「國勢調查乃文明國之鏡」之理想[8]。

　　而這百年來臺灣的人口調查大概已歷經了十五次（參附表一）。當然這些調查大多都屬較大範圍整體性的調查，而非較細緻的單族群調查。以客家族群為例子，得等到客委會成立後來，才進行了四次的「全國客家人口基礎資料調查研究」[9]。

　　而「族群」與「語言」總是息息相關，雖然人們對這兩者間的「認同建構」（identity construction）未必一致[10]，但「語言」終究還是一相對上較易判別人我族群相異的標誌。故對於臺灣客家民眾的「語言使用」，客委會也前後進行了八次的「客語使用狀況調查」[11]。

二　「客家人」的定義

　　要科學地界定出甚麼是臺灣的「客家」族群、甚麼是「客家人」，誠非是件容易解決的議題。然則，若不為此下一清楚的定義，則勢必影響後續的族群認定調查，即令在日治時期，「族群」與「祖籍」較為對當的年代，戶籍登記「福」也未必即是「閩南」族群（例如存在詔安的客家人），登記為「廣」也未必即是「客家」族群（例如存在潮州的閩南人）。而至於今日的臺灣族群接觸、族群通婚的情形恐怕比之日治時期更甚，因此族群通婚後的下一代要如何類分族群總是令人頭疼，該從父？抑或從母？抑或者兼具之？凡此總總都可能造成「客家人」認定上出現擺盪。例如「從父」雖是傳統上較明顯的傾向，但據客委會「99-100年全國客家人口調查」，當受訪者的父親是臺灣客家人時，

8　佐藤正広：《国勢調査と日本近代》（東京市：岩波書店，2002年），頁165。

9　這四次的客家人口調查分別為「93年全國客家人口基礎資料調查研究」、「97年度全國客家人口基礎資料調查研究報告」、「99年至100年全國客家人口基礎資料調查研究」與「103年度臺閩地區客家人口推估及客家認同委託研究成果」。

10　認同「族群」，未必能認同「語言」，甚而「認同」語言，也未必能「使用」語言，故「族群認同」（ethic identification）與「語言認同」（language identity）確實可以轉變，並且轉變的速度與進程亦可能不完全一致，因此「族群認同」與「語言認同」便可能發生落差。詳見施正鋒：《臺灣族群政治與政策》（臺中市：新新臺灣文教基金會，2006年）。

11　這八次的客語使用狀況調查分別為「91、92、93、94、95、96、98-99、101-102年度」的「臺灣客家民眾客語使用狀況」。

其認同自己也是客家人的有「90.9%」，易言之，有近「9%」的子代並不願從屬於父親固有的族群類別，而選擇其他的族群類別。[12]

其實當我們不易正向表述時，興許也可以以逆命題來思考，是甚麼原因造成了客家的子代不認同「客家」這樣的族群身分，這反而能令我們更容易去瞭解臺灣的社會民眾是如何掌握「客家」這一族群標誌的特徵為何。

據行政院客家委員會（2011）「99年至100年全國客家人口基礎資料調查研究」報告，事實上客家民眾子女認為自己不是客家人的原因，最主要的是「不會講或聽客語」，這因素占了近半，達「48.5%」，其次才是因為「子女的父親不是客家人」，這因素占了「33.4%」，抑或是沒有接觸過「客家文化」此占「20.2%」。當然還有其他的可能，但這些因素所占的比例相對較低。因此「客家語言」對於客家民眾的客家的「族群身分認同」有相當直接的影響力，或者說對民眾的認知而言「語言」比「血緣」更具當族群識別的標誌。詳參下圖：

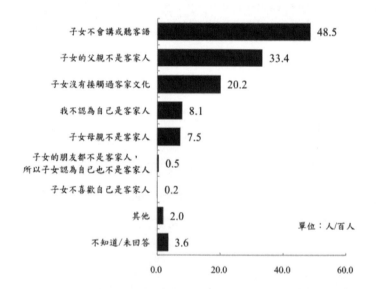

註1：排除未婚、沒有子女及子女太小無法表達者。客家子女認為自己不是客家人的樣本數 1,660 人。
註2：本題為複選題，比例加總大於 100.0%。

圖1　客家民眾子女不認同客家身分的原因[13]

---

[12] 資料來源：張維安：〈臺灣客家人口統計及其重要議題〉，《思索臺灣客家研究》（中壢市：中央大學出版中心，2015年），頁89-103。

[13] 資料來源：行政院客家委員會：《99年至100年全國客家人口基礎資料調查研究》報告（臺北市；行政院客家委員會，2011年），頁69。

　　而「客語」作為「客家族群認定」標誌的趨勢，也在於不同的調查研究中得到類似的反映。比較「92年大臺北都會區客家人口調查」與「93年全國客家人口基礎資料調查研究」：

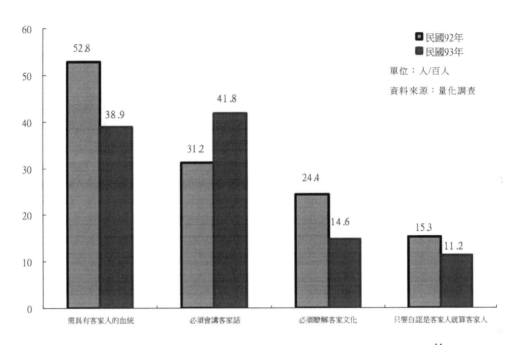

圖 2　92、93 年大臺北都會區客家人之客家族群認定條件比較[14]

　　對社會民眾而言，現實上「語言」確實可能比「血緣」更易形式族群界劃的標誌。祇是「語言」畢竟還是不宜當成族群識別的惟一依據，據行政院客家委員會（2013）「101至102年度臺灣客家民眾客語使用狀況調查研究」報告，客家民眾能「聽懂」客語的，占「65.5%」（含「完全聽懂」及「大部分聽懂」），能流利的「說出」客語的，有「47.3%」（含「很流利」及「流利」），而不會聽的占「27.6%」（含「少部分聽懂」及「完全聽不懂」），說不流利的，則更多占「40.1%」（含「不流利」及「不會說」）。參下圖：

---

[14] 資料來源：行政院客家委員會：《全國客家人口基礎資料調查研究》報告（臺北市；行政院客家委員會，2014年），頁1-6。

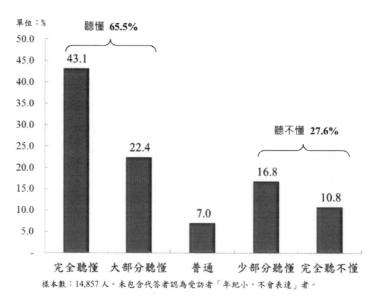

圖 3　客家民眾客語「聽」的能力現況[15]

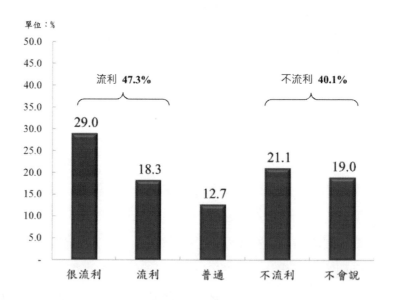

樣本數：14,857 人。未包含代答者認為受訪者「年紀小，不會表達」者。

圖 4　客家民眾客語「說」的能力現況[16]

---

15 資料來源：行政院客家委員會：《101至102年度臺灣客家民眾客語使用狀況調查研究》報告（臺北市；行政院客家委員會，2013年），頁32。

16 資料來源：行政院客家委員會：《101至102年度臺灣客家民眾客語使用狀況調查研究》報告（臺北市；行政院客家委員會，2013年），頁39。

故而，倘若將「客語使用能力」作為識別客家的惟一標誌，那麼「客家」族群的人口則將直接萎縮近半。因此，接受「客家」有「多重定義」的可能，也變成類分客家族群或族群認同上的解決策略。行政院客家委員會以「有客家血緣或客家淵源，且自我認同為客家人」當成「客家人」的定義，故行政院客家委員會「99年至100年全國客家人口基礎資料」的調查報告總結了十二項的客家人定義。如下圖：

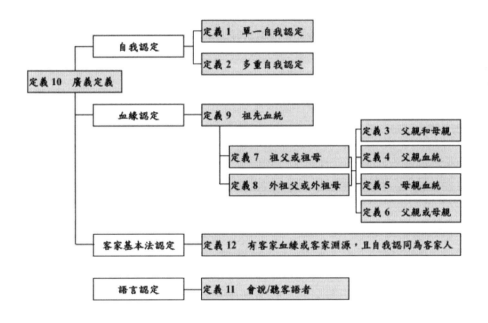

圖 5　「客家」族群的不同定義標準[17]

三　「客家人口」的消長

不同的客家人「定義」可能造成不同的客家人口推估，例如：行政院客家委員會於九十三年的「全國客家人口基礎資料調查研究調查」報告，在臺灣2,261.6萬的民眾中，以「單一認定」推估的臺灣客家人口有「285.9萬」占「12.6%」，以「多重認定」推估的臺灣客家人口有「441.2萬」占「19.5%」，

---

[17] 資料來源：行政院客家委員會：《99年至100年全國客家人口基礎資料調查研究》報告，頁27。

以「在廣義認定」（即至少符合自我族群認定或血緣認定中任一項者）推估的臺灣客家人口有「608.4萬」占「26.9%」。參下圖：

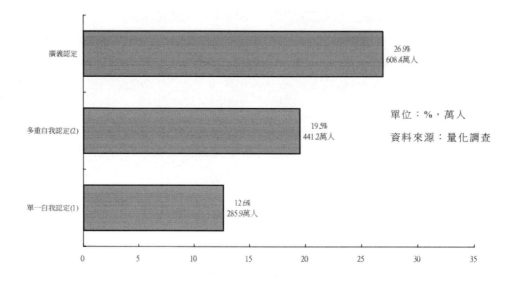

圖6　自我族群認定及廣義定義的臺灣客家人口比例及人口數[18]

　　基於同樣標準的計量，在行政院客家委員會（2008）的「97年度全國客家人口基礎資料調查研究」報告中，在臺灣2,297.4萬民眾當中，「單一自我認定」為臺灣客家人口有「310.8萬」占「13.5%」，「多重自我認定」為臺灣客家人口有「427.6萬」占「18.6%」。此外，在「廣義定義」（至少符合自我族群認定或血緣認定中任一項者）的情況下，臺灣客家人口則有「587.7萬」占「25.6%」。

---

[18] 資料來源：行政院客家委員會：《全國客家人口基礎資料調查研究》報告，頁1-140。

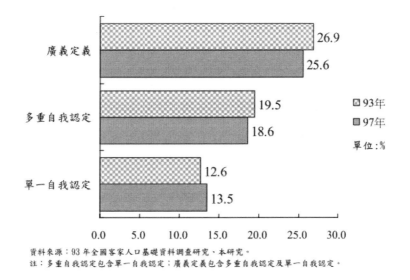

資料來源：93年全國客家人口基礎資料調查研究、本研究。
註：多重自我認定包含單一自我認定；廣義定義包含多重自我認定及單一自我認定。

圖7　單一、多重自我認定及廣義定義的臺灣客家人口比例[19]

　　兩相對比可見，「單一自我認定」者，九十七年較九十三年成長了「0.9個」百分點，人口數則增加了24.9萬人；而「多重自我認定」者，九十七年較九十三年減少「0.9個」百分點，人口數減少13.6萬人；而「廣義定義」為臺灣客家人者九十七年較九十三年調查減少了「1.3個」百分點，人口數減少20.7萬人。

　　對於「單一自我認定」為臺灣客家人的比例增加，而經由客觀認定方式被認定為臺灣客家人者（廣義定義）則下降。據行政院客家委員會[20]的解釋，這說明了自九十三至九十七年以來因為客委會在客家文化的積極作為與各項施政推展下，有更多客家民眾願意「主動」表明自己是客家人的身分，並且增加的都是客家認同程度較高的客家民眾，而過去客家認同較為薄弱的廣義定義客家民眾，比例則是呈現下降。

　　《客家基本法》為民國九十九年公告實施，故「99年至100年全國客家人口基礎資料調查研究」報告，即能據此《客家基本法》的定義，推估各縣市客家人口數及人口比例，在臺灣的2,316.2萬民眾當中，有419.7萬人，占「18.1%」為符合客家基本法定義的客家人口。再從不同縣市客家人口分布的

---

[19] 資料來源：行政院客家委員會：《97年度全國客家人口基礎資料調查研究》報告（臺北市；行政院客家委員會，2008年），頁6。

[20] 資料來源：行政院客家委員會：《97年度全國客家人口基礎資料調查研究》報告，頁5-6。

情況來看，本次調查結果符合《客家基本法》定義的客家人口比例最高的前五個縣市，依序分別為新竹縣占「71.6%」、苗栗縣占「64.6%」、桃園縣占「39.2%」、花蓮縣占「31.7%」及新竹市占「30.1%」，亦即新竹縣有超過三分之二以上客家人口。而其餘客家人口比例較高的縣市為屏東縣占「23.7%」、臺東縣占「19.9%」、臺中縣占「18.5%」、臺北市占「16.4%」、南投縣占「16.0%」。但本次的調查適逢行縣新升格與合併改制，臺北縣升格改制新北市、臺中縣市合併改制臺中市、臺南縣市合併改制臺南市、高雄縣市合併改制高雄市、臺北市則維持直轄市。縣市合併後，新北市與臺北市客家人口比例維持不變；臺中市原有客家人口比例為「13.4%」與臺中縣「18.5%」合併之後為「16.4%」臺南市原有客家人口比例為「5.7%」與臺南縣「5.2%」合併之後為「5.4%」高雄市原有客家人口比例「11.4%」，與高雄縣「11.9%」合併之後為「11.6%」。詳參下圖：

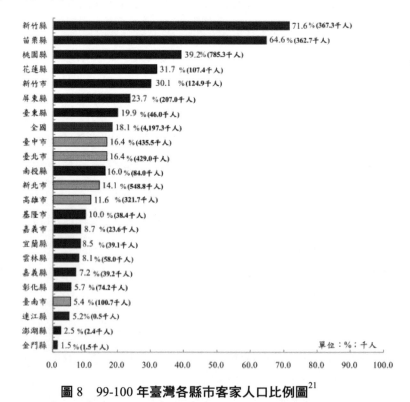

圖 8　99-100 年臺灣各縣市客家人口比例圖[21]

---

[21] 資料來源：行政院客家委員會：《99年至100年全國客家人口基礎資料調查研究》報告，頁33。

　　而在行政院客家委員會（2014）最新的客家人口數調查顯示，推估符合《客家基本法》中客家人定義的民眾約有420.2萬人，占全國2,337.4萬民眾的「18.0%」。若分縣市來看，符合《客家基本法》定義的客家人口比例最高的前五個縣市依序為：新竹縣占「69.5%」、苗栗縣占「62.2%」、桃園縣占「39.1%」、花蓮縣占「31.9%」及新竹市占「30.5%」，其中新竹縣、苗栗縣有六成以上縣民為客家人，其他三個縣市客家人口比例也達三成以上。其餘客家人口比例較高的縣市如屏東縣「23.4%」、臺東縣「19.3%」、臺北市「17.1%」、臺中市「16.3%」、新北市「13.5%」、南投縣「13.5%」。

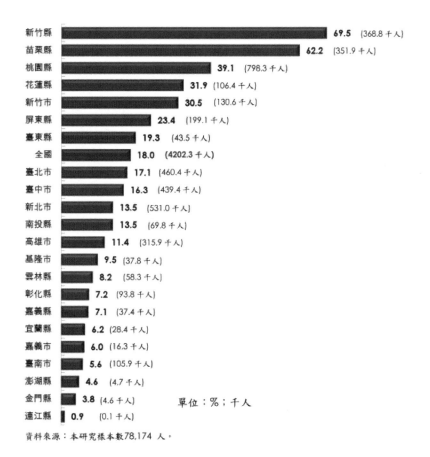

圖9　103年臺灣各縣市客家人口比例圖[22]

---

[22] 資料來源：行政院客家委員會：《103年度臺閩地區客家人口推估及客家認同委託研究成果》報告（臺北市；行政院客家委員會，2014年），頁2。

　　二〇一四年度的調查,「單一自我認定」為客家人的比例推估為「13.5%」,
人口數為315.2萬人,與九十七年及九十九至一〇〇年調查結果相近。但「多重
自我認定」為客家人的比例推估為「19.3%」,人口數為450.9萬人,分別較九十
七年及九十九至一〇〇年調查增加0.7個百分點及0.8個百分點,人口數則增加
23.3萬人及22.3萬人。另一方面,「廣義定義」為客家人的比例為「27.3%」,推
估人口數為638.0萬人,分別較九十七年及九十九至一〇〇年增加1.7個百分點
及2.5個百分點,人口數增加50.3萬人及62.7萬人。再者,從客家血緣來看,「祖
先有客家人」的比例「25.1%」較一〇〇年調查結果顯著增加1.6個百分點。

　　我們可以再把上述的兩圖,合一而觀以觀察臺灣客家人口數的變化,如
下圖:

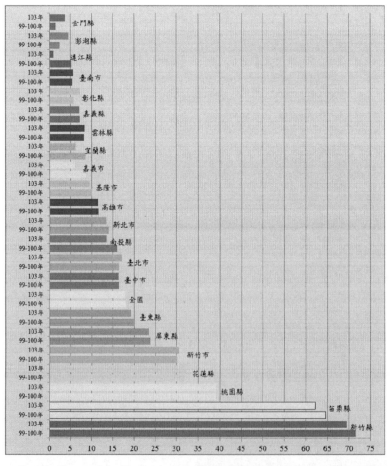

圖 10 　「99 年至 100 年」及「103 年」臺灣各縣市客家人口比例比較圖

四 結論

　　本文旨在觀察戰後臺灣客家族群的人口消長變化。比較歷年調查結果得知，逐年都有新的民眾認知並承認自己當歸屬於「客家」族群，這一「客家認同」的態度，即「單一自我認定」這一調查參項，反映了客家認同程度相對最高的客家人願意自我表態，這也是臺灣具「客家身分」族群的人口數的基本盤點。而客家淵源較弱或同時具有多重身分認定的客家人比例，即「多重自我認定」為客家人或「廣義定義」下的客家人，比較九十三年到九十七年的調查雖呈微度的下滑，但在九十九至一〇〇年與一〇三年的調查則持續攀升。在置入現當代臺灣走向「少子女化」的浪潮中，「客家」族群成長的趨勢，顯得一枝獨秀，瑰麗異凡。此這與許說明了基於政府的政策鼓動與回饋，未來勢必會有更多的社會民眾願意認同客家的族群接受自己的客家身分，當然，這些新認知具客家身分的民眾大多具有多元的身分認同，其客家認同的意識比之單一自我認定者，可能較為薄弱，這亦不可忽視的趨勢。

——程俊源：國立臺中教育大學臺灣語文學系助理教授

附表

表 1　臺灣百年來人口統計資料

	調查年度	名稱	省籍別區分方式、省籍別人口統計資料詳細程度	調查結果（單位：人）
1	1905年（明治38年）	第一次臨時戶口調查[23]	• 普查標準時刻居住在臺灣本島（不包括山地特別區之原住民人口）及澎湖列島之現在人口及軍事機關與住於營舍外之軍人眷屬。	3,039,751
2	1915年（大正4年）	第二次臨時戶口調查[24]	• 分生番、熟番。 • 針對12廳調查語言使用來分族群，這邊有分福建話和廣東話。	3,479,922
3	1920年（大正9年）	第一次國勢調查[25]	• 有分200多庄。 • 可看出日本語的分布。	3,955,308
4	1925年（大正14年）	第二次國勢調查【簡易】[26]	• 分生番、熟番。 • 沒有調查語言使用。	3,993,408
5	1930年（昭和5年）	第三次國勢調查[27]	• 分生番、熟番。 • 有分200多庄。 • 可看出日本語的分布。	4,592,537

[23] 臺灣總督府官房臨時臺灣戶口調查部編：《臨時臺灣戶口調查結果表》（臺北市：臺灣總督官房臨時戶口調查部，1908年）。

[24] 臺灣總督府官房臨時臺灣戶口調查部編：《第二次臨時臺灣戶口調查結果表》（臺北市：臺灣總督官房臨時戶口調查部，1918年）。

[25] 臺灣總督府官房臨時國勢調查部編：《第一次臺灣國勢調查結果表》（臺北市：臺灣總督官房臨時國勢調查部，1924年）。

[26] 臺灣總督府官房臨時國勢調查部編：《第二次臺灣國勢調查結果表》（臺北市：臺灣總督官房臨時國勢調查部，1927年）。

[27] 臺灣總督府官房臨時國勢調查部編：《第三次臺灣國勢調查結果表》（臺北市：臺灣總督官房臨時國勢調查部，1933年）。

	調查年度	名稱	省籍別區分方式、省籍別人口統計資料詳細程度	調查結果（單位：人）
6	1935年（昭和10年）	第四次國勢調查【簡易】[28]	• 分平埔族、高砂族。 • 沒有調查語言使用。	5,212,426
7	1940年（昭和15年）	第五次國勢調查【茲因二戰發生，終至未克整理出版】	• 執行大型普查。 • 美方建議國民政府將之整理出來，但是只有簡略的整理。[29]	5,872,084
8	1956年（普查）	臺閩地區第一次戶口普查[30]	• 按省份分冊報告；每一省中將「本省籍」、「外省籍」人口完全分開統計。 • 臺灣省本省籍人口按「祖籍」（大陸的34行省、12院轄市）、「族系」（泰雅族、賽夏族、布農族、曹族、排灣族、魯凱族、雅美族、阿美族、卑南族）區分，在臺灣359個鄉鎮市區人口分布。【祖籍如果很清楚就直接填入，不清楚的話則是用其在家中所使用的語言來判斷】 • 福建省（金馬地區）本省籍人口按本籍（福建省69縣）在金門縣、連江縣12鄉的分布情況。外省籍人口按「本籍省市」的49單位（大陸的33行省、臺灣省、12院轄市、海南特別行政區、蒙古地方、西藏地方）在金門縣及連江縣12鄉的人口分布。	9,367,661

---

28 臺灣總督府官房臨時國勢調查部編：《第四次臺灣國勢調查結果表》（臺北市：臺灣總督官房臨時國勢調查部，1937年）。

29 臺灣省政府主計處編：《臺灣第七次人口普查結果表》（南投市：臺灣省政府主計處，1953年）。

30 臺灣省戶口普查處編：《中華民國戶口普查報告》（臺北市：臺灣省戶口普查處，1959年）。

	調查年度	名稱	省籍別區分方式、省籍別人口統計資料詳細程度	調查結果（單位：人）
9	1966年（普查）	臺閩地區第二次戶口普查[31]	● 按省份分冊，臺灣省、福建省分別統計。各省有一個總表報告並區分「本省籍」、「他省籍」、「外國籍」，在臺灣省359個鄉鎮市區、及福建省10個鄉鎮的人口數量。 ● 臺灣省本省籍：本省出生者再分「本籍」（臺灣省21縣市）、「祖籍」（福建省、廣東省、其他）、「族系」（泰雅族、賽夏族、布農族、曹族、排灣族、魯凱族、雅美族、阿美族、卑南族），在359個鄉鎮市區的人口數量。他省籍：他省出生者依「本籍」分為49單位（大陸34行省、12院轄市、海南特別行政區、蒙古地方、西藏地方），在臺灣省21縣市的人口分布。 ● 福建省（金馬地區）：本省出生者再按本縣市（金門縣、連江縣）、他縣市（福建其他各縣）、他省市出生，在兩縣10鄉鎮的人口分布。	13,505,463
10	1970年（抽樣）	戶口及住宅普查抽樣調查[32]	● 分為臺閩地區本省（市）籍（包含臺灣省及福建省）、他省（市）籍。 ● 臺灣省及臺北市本省籍人口按	14,769,702

[31] 臺灣省戶口普查處編：《中華民國55年臺閩地區戶口及住宅普查報告》（南投市：臺灣省戶口普查處，1969年）。

[32] 行政院戶口普查處編：《中華民國59年臺閩地區戶口及住宅普查抽樣調查報告》（臺北市：行政院戶口普查處，1972年）。

	調查年度	名稱	省籍別區分方式、省籍別 人口統計資料詳細程度	調查結果 （單位：人）
			本籍分為：臺灣20縣市及臺北市在臺灣21縣市之分布。 • 臺灣省及臺北市本省籍人口按本籍分為：臺灣20縣市及臺北市在臺灣21縣市之分布。 • 沒有分原住民族系	
11	1975年 （抽樣）	戶口及住宅普查抽樣調查[33]	• 分為臺閩地區本省（市）籍（包含臺灣省及福建省）、他省（市）籍。 • 臺閩地區籍，依本籍分為：臺灣省20縣市、臺北市、福建省（金門縣、連江縣）在臺灣21縣市及福建省兩縣的人口分布。 • 臺灣地區他省（市）籍，按本籍分為：大陸34行省、12院轄市、海南特別行政區、蒙古地方、西藏地方，在21縣市的人口分布 • 沒有分原住民族系	16,279,356
12	1980年	臺閩地區第三次戶口普查[34]	• 臺灣省、臺北市、高雄市、福建省分別列冊。 • 臺灣省、臺北市、高雄市部分，全部人口依本籍分為：臺灣省19縣市、臺北市、高雄市、臺灣省以外大陸34行省、12院轄市、海南特別行政區、蒙古地方、西藏地方，在臺灣	18,029,798

[33] 行政院戶口普查處編：《中華民國64年臺閩地區戶口及住宅普查抽樣調查報告》（臺北市：行政院戶口普查處，1976年）。

[34] 行政院戶口普查處編：《中華民國69年臺閩地區戶口及住宅普查報告》（臺北市：行政院戶口普查處，1982年）。

	調查年度	名稱	省籍別區分方式、省籍別人口統計資料詳細程度	調查結果（單位：人）
			359個鄉鎮市區的分布。 • 福建省部分，依本籍區分為臺灣省19縣市、臺北市、高雄市、福建省（金門縣、連江縣、其他各縣）、大陸33行省、12院轄市、海南特別行政區、蒙古地方、西藏地方，在福建省10個鄉鎮市區的分布。 • 沒有分原住民族系。	
13	1990年	臺閩地區第四次戶口普查[35]	• 臺灣省23縣市、臺北市、高雄市、福建省兩縣分別列冊。 • 臺灣省各縣市、臺北市、高雄市部分，全部人口依本籍分為：臺灣省21縣市、臺北市、高雄市、臺灣省以外大陸34行省、12院轄市、海南特別行政區、蒙古地方、西藏地方，在臺灣359個鄉鎮市區的人口分布。 • 福建省部分，人口依本籍區分為臺灣省21縣市、臺北市、高雄市、福建省（金門縣、連江縣、其他各縣）、大陸33行省、12院轄市、海南特別行政區、蒙古地方、西藏地方，在福建省10個鄉鎮的分布。	20,393,628
14	2000年	臺閩地區第五次戶口及住宅普查[36]	• 「本籍」取消。但是在弱勢族群的要求下，全面調查「原住民族」九族的身分認定。	22,300,929

---

[35] 行政院戶口普查處編：《中華民國79年臺閩地區戶口及住宅普查報告》（臺北市：行政院戶口普查處，1992年）。

[36] 行政院主計處編：《中華民國89年臺閩地區戶口及住宅普查報告》（臺北市：行政院主計處，2002年）。

	調查年度	名稱	省籍別區分方式、省籍別 人口統計資料詳細程度	調查結果 （單位：人）
			• 籍別項目消失，只有原住民的特別統計。 • 並沒有執行完整的全面普查，只有執行16%的人口抽查。 • 只有調查會使用的語言，但沒有辦法分辨方言，只用語言別登入。	
15	2010年	臺閩地區第六次人口及住宅普查[37]	• 普查標準時刻在臺灣、澎湖、金門、馬祖地區境內之樣本普查區範圍內之常住人口（包括政府派駐國外工作人員與其眷屬）與外勞及外僑（不包括各國駐華文武公務人員及其眷屬），及其範圍內之所有住宅。	23,123,866

◎資料來源：

1.王甫昌（2005）〈由「中國省籍」到「臺灣族群」：戶口普查籍別類屬轉變之分析〉，《臺灣社會學》第9期，頁59-117。

2.維基百科：臺灣人口普查（https://zh.wikipedia.org/wiki/臺灣人口普查#cite_note-9）。

---

[37] 行政院主計總處編：《中華民國99年人口及住宅普查報告》（臺北市：行政院主計總處，2012年）。

從唐楷法度探討南宋張即之
《金剛般若波羅蜜經》書法基因

廖怡佳、孫劍秋、張清河

一　緒論

（一）研究動機

　　中國楷書濫觴於東漢末年，至魏晉南北朝已達高度成熟，到了唐朝，便呈現一片風華萬種之態。然隨著時代的轉換及審美觀感的嬗變，楷書書跡發展至南宋已不復多見，而張即之的崛起，可說力挽宋代楷書日漸式微之情形，帶來中國書學發展另一新的契機。

　　《金剛般若波羅蜜經》可說是張即之書風發展最為極致的時期，其比例融合唐代著名書家們多樣化之筆法，粗細變化對比鮮明，收放聚散皆隨意為之，然卻又謹守著嚴謹法度，頗富有個人特色。筆者認為《金剛般若波羅蜜經》正是兼合上述特質，其於細筆中可見褚遂良婀娜多姿之韻味，於重筆中可見顏真卿渾厚筆鋒，於整體佈局而言，亦見其融合歐、虞之平正剛健、高雅圓融筆意於一身，再加上其突破唐楷尚法傳統，以略帶行書筆意一氣呵成，實屬佳作。在書法日趨萎靡的晚宋，張即之的崛起，可說是為中國書法史的良性發展注入一強心針。

　　本研究之動機源自筆者於書法學習進程裡，從顏體過度至南宋張即之，在這之間所產生的異同研判，並對於楷書筆法結構美之形成元素深感好奇，故而挑起筆者對張即之受到唐楷尚法影響之研究動機，此外，筆者亦認識多位專研於書法學領域之老師，引起筆者欲師事請教，更堅定筆者試做此份研究之信心。

張即之書法表現等同於他個人心性的體現，在《金剛般若波羅蜜經》裡，張即之所呈現多半為筆意相連之筆法，可以看出許多筆法深受唐楷尚法之影響，然而在相關書法論述之書籍裡，較少著墨於《金剛般若波羅蜜經》與唐代其他重要作品之相關比較，單面以視覺閱讀方式來看待，實無法窺其全貌及精要。此外，吾人該從何處一窺其醞釀在唐楷裡的書法基因與內涵？本文擬從歷代文獻論述及圖版並列方式來做異同性比對分析，探討張即之《金剛般若波羅蜜經》在唐楷法度中，吸收了多少書法能力與精華而實際運用，進而形成其個人獨特的書風。

（二）研究方法與對象

本文試以比較書法的概念，從用筆、結構、章法三部分，進行比勘的策略，採取之步驟為文獻探討、字例分析，並歸納整理出一總結，且以內容、歷史發展與書法風格為主要的研究方法，嘗試以電腦掃描，將文中提及書家作品作圖版影像之處理，加以比對，嘗試理出張即之與四位唐代書家的字型特徵究竟為何。比較方式為使用永字八法，探究筆法上之異同處；至於結構方面，佐以歐陽詢〈三十六法〉為參考依據。在作法上，先從各帖中，抽出相同字並以表格化方式做排列比較，以清楚理出張即之書寫上的筆法特質。

研究對象將以張即之《金剛般若波羅蜜經》為主要對象，佐以唐代四位書家及其代表作：歐陽詢《九成宮醴泉銘》、虞世南《孔子廟堂碑》、褚遂良《雁塔聖教序》、顏真卿《顏勤禮碑》為主。如遇缺漏字，則另外參考該書家之相近期作品，如歐陽詢《皇甫誕碑》、褚遂良《楷書千字文》、顏真卿《多寶塔碑》、《麻姑仙壇記》等，相關敘述皆會以註解方式說明之。

（三）預期成果

有系統整理出張即之的書學特徵，藉由比對上述書家之作品內容，統整出一套有系統的從用筆、結構及章法三大部分來端視張即之《金剛般若波羅蜜經》作品。期望能儘量客觀地呈現成果，提供書法學習者另一面向之學習方法抉擇與研判，進而能節省探索的時間，同時亦培養自我學習的能力，達到自我成長之目的。

二　唐楷法度及其意義

　　中國由隋入唐，自高祖李淵乘隋末之亂，並在其次子李世民之輔佐下，成功地佔據長安而統一天下，及至太宗即位，更是開疆拓土，用人一切唯賢，是為貞觀之治。中國歷史發展至此可說自秦漢以後，又進入另一文化輝煌燦爛時期。無論是在政治、經濟、文學、民族思想等方面，呈現著兼容並蓄、異彩紛呈的美好景象，而書法便是在這樣良善的環境下發展而成。近人馬宗霍《書林藻鑑》：

> 唐代書家之盛，不減於晉，固由接武六朝，家傳世習，自易為工，而考之於史。唐之國學凡六，其五曰書學，置書學博士，學書日紙一幅，是以書為教也。又唐銓選擇人之法有四，其三曰書，楷法遒美者為中程，是以書取士也。[1]

　　中國書學盛世有二，其一為繁華似錦的晉代，書以晉人為最工，歷來皆有「唐詩、晉字、漢文章」之論述，晉代可說是奠定漢字書體演變之基礎石，而唐代盛世光芒之出現，更是站在此基礎石上，將書體發展推入另一高層次之境界。

　　帝王對法書的喜好推廣，從隋朝開始便設置培育書法人才的「書學」，這對當時的社會發展起有相當大的作用，以書法取士之結果，寫字的優美與否便成為能否入仕的重要關鍵[2]，人人寫字開始謹守著一套標準，迥異於魏晉時期提倡飄逸恣意的個人書風性格，唐朝的人們，在書寫時相當注重文字點畫間的筆畫架構，這追尋寫字方法之結果，使得楷書在唐代發展得相當淋漓盡致，書家們也多將其書寫經驗記錄下來，歐陽詢〈八訣〉、〈三十六法〉，虞世南〈筆髓論〉等之流傳，無不做了最好的佐證。

---

[1]　馬宗霍輯：《書林藻鑑》（臺北市：臺灣商務印書館，1982年5月臺二版），卷八，頁110右。

[2]　《新唐書・選舉志》：「凡擇人之法有四，一曰身，體茂豐偉；二曰言，言辭辨正；三曰書，楷法遒美；四曰判，文理優長。」卷四十五，志第三十五，選舉志下，出自《新校本新唐書附索引二》，頁1171。

儒學之倡導與發展，亦是唐代書學興盛的另一關鍵因素。以孔、孟為宗師的儒家，所強調的道德倫理觀念，確立仁、義、禮、智的思想體系，入世的思維，很是能夠深入民心，故自漢代以來，西漢武帝採納董仲舒「罷黜百家，獨尊儒術」，儒家思想在中國千年來的歷史發展歷程裡，絕大多數時期是做為中國的主要思潮，而「書法藝術的運動曲線往往以儒家思想為座標軸，圍繞著它作出演進變化」[3]。在《周禮‧地官司徒‧保氏》：「保氏掌諫王惡，而養國子以道，乃教之六藝：一曰五禮，二曰六樂，三曰五射，四曰五馭，五曰六書，六曰九數。」古代儒家要求學生須具備的這六項技藝，「書」之教即列為其中。

唐代由於儒學經生思想之提倡，信奉《論語》、《中庸》之性格原則，認為不偏不倚即是中，若將之應用於書法上，不也正是一種對法度規範之要求？歐陽詢在〈八訣〉中提及：「四面停勻，八邊具備，短長合度，粗細折中。」[4]豈不為此中庸觀之體現？這也是唐朝楷書產生法度之要素所在。論述心正則筆正之結果，使得唐代在楷書領域達到一種顛峰極致之境界，虞世南〈書旨述〉題及：「心神不正，書則敧斜；志氣不和，字則顛仆。……虛則敧，滿則覆，中則正，正者沖和之謂也。」[5]以及顏真卿、柳公權「用筆在心，心正則筆正」，即能略知一二。

中國書法藝術，與西方藝術相當類似，近人熊秉明以純造型觀之，可分為理性派與感性派兩類以做討論。而自明代以來，學者多將唐代楷書的發展認定為尚「法」，如明代馮班（1602-1671）：「結字，晉人用理，唐人用法，宋人用意。」[6]至於清代梁巘亦曾提及：「晉尚韻，唐尚法，宋尚意，元、明尚態。」[7]然而仔細推敲這些觀點，不難嗅出前述觀點多為概括性論述，亦即，以一種整體角度來總結歸納當代最為主要之書法風格，但各朝代當時社會上所處之環境發展，卻因而被忽略。現以唐代為例，中晚時期曾出現的行草書，已逐漸轉為書家個人心境之轉變，對後世代尚意的影響發展，頗有一席之地。不過，歷

---

3 金開誠、王岳川：《中國書法文化大觀》（北京市：北京大學出版社，1995年），頁336。

4 歐陽詢：〈八訣〉，收入《歷代書法論文選》（臺北市：華正書局，1988年），頁90。

5 虞世南：〈書旨述〉，收入《歷代書法論文選》，頁103。

6 馮班：〈鈍吟書要〉，收入《歷代書法論文選》，頁511。

7 梁巘：〈評書帖〉，收入《歷代書法論文選》，頁537。

史發展是那樣地綿延不絕，總該是以一個朝代當時最足以代表那個朝代的東西作為出發點來述說會較適切，故本研究將著重於唐、宋兩大朝代整個書風發展，以概括性論點來評述之。

自遠古以來，中華漢字歷經多少朝代間之嬗遞，書法藝術之發展，如同江河般那樣地綿延不絕，也無時不刻地在變化，而有現階段燦爛多樣之風貌，成為我國傳統優美藝術之一。蘇軾在〈論書〉云：「凡世之所貴，必貴其難。真書難於飄揚，草書難於嚴重，大字難於結密而無間，小字難於寬綽而有餘。」[8] 在這段文字中，東坡先生透露著中國各書體文字仍依循著一定的「法」而存在。至於中國字體的演變，從商周時期的甲骨文字，至秦朝時「書同文」的篆字，漢代鍾繇《宣質文》的出現，可說是為我國文字發展帶來另一項新契機，隸書的出現，無疑宣告著我中華書法文明邁向另一新據點。然而，隸書對於當時的人們來說並不那麼樣地普及化，蠶頭燕尾的特質及以方筆入筆的書寫模式，似乎趕不上人們的生活模式，於是乎，隋朝時期的書法，一方面承襲魏晉的餘風和六朝之風格，另方面也做了大幅修改動作，隋朝可說是一個承上啟下的時代，對唐朝楷書有著深遠的影響。是故，唐代就是根植於漢魏六朝隋的基準點，許多唐代重要書家皆承襲著隋碑之特色而作發展，將前朝的複雜文字加以整理，而後再統一文字，以使全國人民皆能使用相同文字，在這之中，依循著一定規則來書寫是必要的，因此也就產生了「法」。

隋朝釋智果〈心成頌〉可說是開啟後世楷書法度新契機之先驅，其後初唐歐陽詢、虞世南、褚遂良、顏真卿等也都提出相關法書理論，為後代書學發展樹立一楷模。今人蔡耀慶曾論述對於唐代楷書有個釋義：

> 唐代楷書的定型，是另一次的「書同文」，是昭告對於文字傳播的方式有了一種共通性，人們透過這種共通的文字以及方便的書寫模式，可以較迅速地獲得知識。[9]

---

8 蘇軾：〈論書〉，收入《歷代書法論文選》，頁288。

9 蔡耀慶：《唐代書法形式之研究》（臺北市：國立臺灣師範大學美術學系碩士論文，1998年），頁38。

吾人學習任何事物，皆從最基礎開始紮根，常有個比喻：楷如立，行如走，草如奔，在書法學習的歷程裡，基礎的楷書功夫仍要扎實，才能讓學習延續下去。而法度，也是相同之道理，學習者依循著最初的法則以便展延後續學習進階的可能性，此關係不可輕忽。

三　張即之書學淵源

　　張即之字溫夫，號樗寮、樗翁，參知政事孝伯之子。其書法淵源可追溯至其伯父張孝祥。[10]在《宋史》本傳裡亦提及金人非常喜愛其墨寶[11]，就連吳寬亦曾云：「即之生宋南渡後，書名在當時甚盛，蓋書之變至此已極。當時所以重之，則世變亦可知矣。」[12]楷書在南宋時期之發展並不如唐朝來得那樣興盛，在一切崇尚追求意境之宋代，楷書的蕭條沒落可想而知，所幸在宋高宗趙構力挽狂瀾的號召下，認為正、草書二體應並舉[13]，為楷書發展帶來另一新契機。而後崛起的張即之，以獨具風格的輕重筆法出現，在傳世的作品當中，可以很清楚見其勁健雄肆之筆法，尤以大字榜書最為代表，是故文徵明曾云：「即之安國之後，老筆健勁，大類安國所書，稍變而刻急，遂自名家。」[14]剛健之筆意，粗細對比明顯，可看出其深受顏真卿、米芾之影響。而在中小楷書方面，足見其靈活多變之筆法，以廣採博取，兼容並蓄為其風格，清代王文治曾曰：「人知張師海岳，而不知其出入歐褚。」[15]許多人雖知其深受其伯父張孝祥及北宋大家米芾影響，但對於其另外再受哪些人之影響不太了解，因此筆者認為有必要於此追本溯源，找出其作品間之基因關聯性。

---

[10] 張孝祥（1132-1169），字安國，號于湖居士。一生嗜好書藝，曾以詩、書、策文三絕而被宋高宗擢拔為第一。其書法在當時深受民間鄉里喜愛，影響張即之甚鉅。

[11] 〔元〕脫脫：《新校本宋史并附編三種第十六冊》（臺北市：鼎文書局，1983年）「即之以能書聞天下，金人尤寶其翰墨。」卷四百四十五，頁13145。

[12] 見馬宗霍輯：《書林藻鑑》，卷七，頁245右。

[13] 趙構：〈翰墨志〉：「故知學書者，必知正、草二體，不當闕一。」收入《歷代書法論文選》，頁339。

[14] 同註12。

[15] 同註12。

　　首先，便是來探討唐代重要書家之書學發展背景。本文擬從歐、虞、褚、顏，唐代四大重要書家著手，從其各自的重要書學作品，進行探究。

（一）唐代重要書家及其代表作品

　　唐代書法之發展，在太宗崇尚書風以及社會環境之影響下，呈現出風情萬種之姿。盛唐書家徐浩（703-782）曾經為奠定唐朝書法局面的三豪傑歐、虞、褚，有過如此論述：「虞得其筋，褚得其肉，歐得其骨。」[16]而清代梁巘對於此部《金剛般若波羅蜜經》曾如此評述：

> 張樗寮書《金剛經》五千餘字，本出歐，而參以褚，結體亦緊，特其討巧處多不大方耳。[17]

同時代的董其昌亦曾將吳琚、黃華、張即之同時例舉曾學過米書者[18]，而米芾書學最大根源是從顏真卿，故筆者認為有必要從前述這些書家，以唐楷法度之面向，來做分析論述，期望能從中獲知此四位書家時代相關聯性，以致是如何影響身處南宋時代身為南宋四大家之一的張即之，故筆者將以唐朝四位重要書家出生年代順序作論述。

1　歐陽詢

　　歐陽詢（557-641），生於南朝陳武帝永定元年，字信本，潭州臨湘（今湖南長沙）人，官至太子率更令，弘文館學士，封渤海縣男，世稱歐陽率更。其一生歷經陳隋至唐初，書學淵源遠朔魏晉南北朝，師承二王，在隋代時，歐陽詢與虞世南之書法即已頗負盛名，《唐書》本傳：「詢初倣王羲之書，後險勁過之，因自名其體，尺牘所傳，人以為法。」[19]時至唐朝，其楷書風貌更臻成

---

16 徐浩：〈論書〉，收入《歷代書法論文選》，頁251。
17 梁巘：〈評書帖〉，收入《歷代書法論文選》，頁547。
18 董其昌：〈畫禪室隨筆〉：「學米書者，惟吳琚絕肖。黃華、樗寮，一支半節，雖虎兒亦不似也。」收入《歷代書法論文選》，頁502。
19 見馬宗霍輯：《書林藻鑑》，卷八，頁117左。

熟，不僅參合隋碑法度，亦融合六朝北派書法之餘韻，自成一險峻之體勢，「八體盡能，筆力勁險，篆體尤精。高麗愛其書，遣使請焉。……飛白冠絕，峻於古人。」[20]歐陽詢受篆隸影響而筆力遒勁，將楷書發展至極致，就連臨近的高麗人也慕名而來。

《九成宮醴泉銘》為歐陽詢眾多書法作品的代表作，為後代世人初學楷書的最佳範本之一。九成宮是隋、唐帝王避暑的行宮，在隋時稱作「仁壽宮」，在唐貞觀年間易名為「九成宮」，貞觀二年（628），唐太宗前往九成宮避暑，在宮中西城之陰，高閣之下，見一潮濕之地，因而用手杖敲之，竟有泉水湧現，因其清如鏡，味甘如醴，故名醴泉。此碑刻於貞觀六年，由魏徵撰文，歐陽詢奉詔所作。共二十四行，行五十字。值得注意的一點是，魏徵於此碑中不忘諫言太宗，其於銘末寫道：「黃屋非貴，天下為憂。人玩其華，我取其實。還淳反本，代文以質。居高思墜，持滿戒溢。」頌中有諫，發人深思。此碑法度森嚴，結體嚴整，清和秀潤，既融有北碑遒勁剛健之體勢，亦富有南朝秀麗之韻味。無懈可擊的空間結構安排，成功體現了「四面停勻，八邊具備，短長合度，粗細折中」[21]之完善境界。

歐、虞二人生於陳隋，故書風頗多取法於隋碑，可謂隋唐書法承先啟後的關鍵性人物。

2　虞世南

虞世南（558-638），生於南朝陳武帝永定二年，出身於東南名門望族。字伯施，越州餘姚（今浙江餘姚）人。幼年失怙，因而於七歲時過繼於其叔父虞寄。官至秘書監，封永興縣子，世稱「虞永興」。世南書法師事於智永，筆法外柔內剛，據《舊唐書》本傳載：「（世南）同郡沙門智永善王羲之書，世南師焉，妙得其體，由是聲明籍甚。」[22]得有二王法度之傳承，與當時深愛王羲之書風的唐太宗之倡導理念不謀而合，因此在仕途上，伯施比起同時代的歐陽率

---

20 張懷瓘：〈書斷〉，收入《歷代書法論文選》，頁174。

21 同註4。

22 〔後晉〕劉昫：《新校本舊唐書附索引三》（臺北市：鼎文書局，1985年），卷七十二，列傳第二十二，頁2565。

更，是來的順遂許多。

　　虞世南可說是一位集中庸之道於一身的純儒者，對於自我要求甚高，「心神不正，書則欹斜，志氣不和，字則顛仆。」[23]世人常將虞世南與歐陽詢相較，張懷瓘《書斷》：「然歐之與虞，可謂智均力敵，亦猶韓盧之逐東郭兔也。論其成體，則虞所不逮。歐若猛將深入，時或不利；虞若行人妙選，罕有失辭。虞則內含剛柔，歐則外露筋骨，君子藏器，以虞為優。」[24]歐、虞二人實則各有千秋、不分軒輊，又如李嗣真《書後品》：「虞世南蕭散灑落，真草惟命，如羅綺嬌春，鷦鴻戲沼，故當子雲之上。」[25]虞世南極其一生謹守儒道，內在的心性修養深厚，使其表現在外的氣象自然也能中正和平，這修於內而發於外之至臻境界，使其深受太宗之喜愛，遠勝於同時代的歐陽率更。唐太宗甚至亦曾稱讚伯施有五絕[26]，常向其請教書道，「戈」字故事便由此而來，君臣之間可說形影不離也，也因這層特別關係，使得太宗在伯施辭世時，說出「虞世南死後，無人可與論書。」之惋惜悲痛話語。

　　師承王羲之七世孫智永法師的虞世南，連帶亦受逸少流媚書風影響，但其不若智永書法的露鋒特質，將之與同時代歐陽詢做比較，虞世南缺少了險勁之顯明特色，從其代表作《孔子廟堂碑》作品中，綜觀能予人一種平和、恬靜之韻味，〔南唐〕李後主也曾如此評語：「得右軍之美韻而失其俊邁」[27]，為此可說做了極佳之見解。

3　褚遂良

　　褚遂良（596-658），生於隋文帝開皇十六年，郡望出自陽翟，為當時的名門望族。字登善，杭州錢塘（今浙江杭州）人，貞觀初為中書令，永徽初曾官至尚書右僕射，後封河南縣公，故世稱「褚河南」。其父親褚亮，為隋唐人，

---

[23] 虞世南：〈筆髓論〉，收入《歷代書法論文選》，頁103。

[24] 張懷瓘：〈書斷〉，收入《歷代書法論文選》，頁175。

[25] 李嗣真：〈書後品〉，收入《歷代書法論文選》，頁125。

[26] 《舊唐書・卷七十二・虞世南傳》：「（太宗）嘗稱世南有五絕：一曰德性，二曰忠直，三曰博學，四曰文辭，五曰書翰。」《新校本舊唐書附索引三》，頁2570。

[27] 見馬宗霍輯：《書林藻鑑》，卷八，頁116左。

曾官至東宮學士、太常博士、黃門侍郎，與歐陽詢、虞世南同為王室官僚，在父親褚亮之帶領下，使褚遂良深受歐、虞二人器重，《唐書》本傳曾如此記載：「遂良博涉文史，尤工隸書，父友歐陽詢甚重之。」[28]褚遂良的書學淵源上朔至晉代王羲之、隋朝智永，近至當時代歐、虞二人，而後自成家法，下開後唐書學之盛世，張懷瓘在《書斷》中曰：「（遂良）善書，少則服膺虞監，長則祖述右軍。真書甚得其媚趣，若瑤臺青璅，窅映春林，美人嬋娟，似不任乎羅綺，增華綽約，歐、虞謝之。」[29]少時受伯施影響，成年後祖述右軍，使其楷書呈現溫雅勁逸之姿，張懷瓘將其列為妙品之選，不是沒有道理的。褚遂良可說是繼虞世南之後，另一位能讓唐太宗信任之書學能士，因為魏徵的推舉[30]，使其有機會入宮踏上仕途之旅，而其秉直、剛正不阿、恂恂如之性格，亦使其知無不言、言無不盡，深受太宗之器重，然而卻因高宗欲立昭儀武氏為后而三度貶職[31]，最後於顯慶三年（658）憂憤而與世長辭。

　　《雁塔聖教序》，原名《大唐太宗文皇帝製三藏聖教序》，是為褚遂良晚年最傑出的代表作，唐高宗永徽四年（653）刻，碑分二石，一為序，一為記。《聖教序》為唐太宗李世民所撰，《聖教序記》則為唐高宗李治為太子時所撰，均由褚遂良書丹。兩石分別嵌入陝西長安慈恩雁塔左右，故又稱《慈恩寺聖教序》。序於永徽四年十月十五日刻，共二十一行，每行四十二字，字形稍小，由右而左直書，官銜題「中書令」，是為唐太宗時所封；記於同年十二月十日刻，共二十行，每行四十字，字型稍大，由左而右直行刻，官銜題「尚書右僕射」，為高宗即位後所封。

　　清姜紹書《韻石齋筆談》曾如此記載此碑立碑之背景：

　　　　唐玄奘法師，貞觀三年八月，往五印度取經，至十九年正月復至京師，

---

28 《舊唐書卷八十》，〈列傳第三十・褚遂良〉，頁2729。

29 張懷瓘：〈書斷〉，收入《歷代書法論文選》，頁175。

30 魏徵：「褚遂良下筆遒勁，甚得王逸少體。」同註28。

31 《唐書》卷一百五：「皇后本名家，奉事先帝。先帝疾，執陛下手語臣曰：『我兒與婦今付卿！』且德音在陛下耳，可遽忘之？皇后無它過，不可廢。」《新校本新唐書附索引五》（臺北市：鼎文書局，1979年），頁4028。

> 先翻瑜珈師地論成，進御，太宗製大唐三藏聖教序褒之，皇太子治又製
> 述聖記，有弘福寺沙門懷仁，集王右軍字，勒二文於石。今考序內，自
> 顯揚聖教起，其文乃高宗在青宮時所述，葩藻典雅，可與太宗序頡頏，
> 豈即所謂述聖記耶。[32]

此碑為行法楷書，相較於其前期作品《伊闕佛龕碑》、《孟法師碑》的挺拔瘦勁，《雁塔聖教序》在風格上多的是遒勁婉約、婀娜多姿、雅致幽麗，〔清〕王澍曾云：「雁塔本筆力瘦勁，如百歲古藤而空明飛動，渣滓盡而清虛來，想其格韻超絕，直欲離紙一寸。」[33]以似行書的筆致書成，王澍此番見解可說為褚體字做了最刻劃入微之比喻！

上述三位是為初唐書家三豪傑，可說是為唐代初期之書學發展開了新契機。不過，近人馬宗霍認為初唐時期呈現一怪現象：

> 唐初太宗篤好右軍之書，親為晉書本傳作贊，復重金購求，銳意臨摹，
> 且搨蘭亭序以賜朝貴，故於時士大夫皆宗法右軍。虞世南學於智永，固
> 為右軍嫡系矣；即歐陽詢褚遂良阮氏目為出於北派者，亦不能不旁習右
> 軍，以結主意。及武后當朝，猶向王方慶索右軍遺蹟，是以貞觀永徽以
> 還，右軍之勢，幾奔走天下。世謂唐初猶有晉宋餘風，學晉宜從唐入
> 者，蓋謂此也。黃山谷稱唐初字學勁健，故由初唐人書，並可推知右軍
> 真蹟之妙。昌黎譏義之俗書趁姿媚者，則以真蹟盡入內府，世間所傳，
> 多偽跡耳。惟唐初既胎晉為息，終屬寄人籬下，未能自立。逮顏魯公
> 出，納古法於新意之中，生新法於古意之外。[34]

因為帝王所好，群臣迎合，天下蔚為風靡，上有所好，下必有甚，這上行下效之結果，固然有其可取之處，卻不難看出整個初唐時期仍承襲著二王的遒麗峻

整書風，如此看來並未脫盡二王書風氣息。而中唐顏真卿的崛起，能融古今新意為一體，劉熙載〈藝概‧書概〉曾如此記載：「顏魯公書，自魏、晉及唐初諸家皆歸驪栝。東坡詩有『顏公變法出新意』之句，其實變法得古意也。」[35] 顏氏最大特色即在於其能化瘦勁為渾厚，自成一家，將唐朝書學發展邁入另一新契機。

4　顏真卿

顏真卿（709-785），字清臣，瑯琊臨沂（今山東臨沂）人，出生於世代研究文字訓詁學、文學、歷史學和書法的士大夫家庭。廣德二年（764）三月，被晉封為魯郡開國公，故後世又稱其為「顏魯公」。魯公為平定安史之亂立有不朽功績，然正因其為政清廉，剛正不阿之正直性格，反對宦官亂政主張，使其後來政治仕途並不順遂，於天寶十二年（753），因遭受宰相楊國忠之排擠，而被謫為平原太守，故世稱「顏平原」。其書學淵源初為家學，又從褚遂良學書，米芾〈跋顏書〉：「顏真卿學褚遂良。」[36] 何焯亦云：「顏出於褚，而還勻整，不可謂之不善變也。」[37] 而後親自拜師於當時著名草聖張旭，這段二度拜師學藝之經過，也常為後世所津津樂道，認真的顏真卿便將這段拜師請益之過程以文字敘寫成《述張長史筆法十二意》。

《顏勤禮碑》，全名《唐故秘書省著作郎夔州都督府長史上護軍顏君神道碑》，又稱《夔州都督府長使顏勤禮碑》。大曆十四年（779）顏真卿撰並書，正字大書，四面環刻，存書三面，碑陽十九行，碑陰二十行，行三十八字；左側五行，行三十七字。[38] 此碑為顏真卿為其曾祖父顏勤禮所書之神道碑，記述其曾祖父之生平事蹟，為魯公晚年之代表作，提按頓挫、輕重分明，在筆法上出自篆籀與分隸，強調中鋒用筆，通篇富有質樸古拙之氣息。

---

[35] 劉熙載：〈藝概‧書概〉，收入《歷代書法論文選》，頁656。

[36] 見馬宗霍輯：《書林藻鑑》，卷八，頁151右。

[37] 李伏昆：《中國書論輯要》（南京市：江蘇美術出版社，1988年），頁477。

[38] 李怡：《書藝珍品賞析‧顏真卿》（臺北市：石頭出版社，2004年），頁20。

（二）唐代重要書家對張即之的影響

職是之故，我們得以從上述段落之間發現這四位書家皆彼此相互影響著，今人劉濤曾為歐、虞、褚三家作一小結：

> 歐、虞、褚三家，各具典型；歐于緊結峻整中顯露險勢；虞得虛和道逸，神宇清朗；褚承二家之後，精心別裁，採歐字瘦硬之神為勁健，取虞字虛和之象為華麗。[39]

依前一小節書家們的生平時代順序來看，顏真卿便是站在前述三家的基礎點上，寓新意於古法，靈活變通，獨立自創屬於自己的全新面貌。歐陽詢與虞世南之同儕關係，影響褚遂良，而褚遂良又影響著顏真卿，此後顏真卿又影響後世的米芾、蘇軾甚鉅，因而促成南宋後期張即之展露光芒之書學盛世。

四　張即之書學的時代背景

宋代在平息晚唐五代以來分裂割據之混亂局面，取而代之的是中央集權世之政治統治，在此段期間裡，宋代無論是在文學、繪畫甚至是建築等藝術，皆有長足之發展，然而就翰墨方面，則較略遜於唐代一籌。追究其原因，除了宋人重文輕武、追求自由用以體現個人風格之外，帖學之盛行、尚韻之風氣，恐怕是另一主要因素。

（一）宋代的書學背景概述

歷經晚唐、五代之混亂局面，趙匡胤、趙光義聯手以軍事力量取得全國統一，一改前朝中央政權的旁落，下令全國行中央集權制，是為宋太祖、宋太宗。北宋立都於汴京（今開封），在這一百餘年間，中原未受干戈之亂，農業始發展，社會經濟發展蓬勃，連帶也促成了大都市與工商業之繁榮，然而，三

---

39 劉濤：《書法談叢》（臺北市：中華書局，1999年），頁147-148。

權分立制之施行，皇權至尊的專制主義時代可說是宋代最大的國力特色。國內發展如此，然而在對外政策方面，卻是卑微妥協的，「澶淵之盟」的屈辱求和一事，是一佐證。

宋欽宗靖康二年（1127），發生「靖康之難」，女真族揮軍南下汴京，擄走徽、欽二帝及宗親、大臣三千多人，北至東北北部金國內地，宋朝遺官紛紛擁立趙構為帝，是為宋高宗，遷都臨安，南宋因而建立。南渡之後，仍維持苟延殘存之局面，起初仍維持盛世之局面，以中興四將等為首的文武官員對朝廷的忠心，及廣大軍民極力抵抗外敵等，對於政權重建起有相當大的作用；然而在後期，趙構卻因一己私心，為欲保有己位及背後所帶來的統治利益，而輕忽愛國志士之復室宏觀，「紹興和議」[40]政策之實行，無非為南宋王室帶來隱憂。南宋安逸於享樂之中，國事不若北宋理想，連帶也將影響其文化之發展。

宋代帖學之發展相當盛行，北宋時期汴京，就藏有為數眾多的法書帖本，由於太宗趙光義之推行，使得宋代法書墨蹟得以留傳下來，然而，摹刻終究是摹刻，書工在摹刻書家作品之同時，稍不留心，是很容易將原本真蹟樣貌走樣化，是以，這帖學之盛行容易將書道予以中落化；另一原因，則以君王權臣喜好書體為主來做改變，此種趨炎附勢之情形，在南宋來說是相當嚴重的，《書林藻鑑》有是云：

> 南渡而後，高宗初學黃字，天下翕然學黃字；後作米字，天下翕然學米字；最後作孫過庭字，而孫字又盛……蓋一藝之微，苟倡之自上，其風靡有如此者。[41]

趙構雖然在政治上是位頗具爭議性的帝王，然不可否認的，是其為整個南宋書法上之貢獻，其天資聰穎，廣博多聞，讀書日謂千餘言，挽弓至一石五斗。由

---

40 紹興十一年（1141），南宋朝廷在急於求和之下，接受金國不平等的條件。南宋從紹興十二年（1142），每年需向金國繳納貢銀二十五萬兩、絹二十五萬匹。

41 馬宗霍輯：《書林藻鑑》，卷九。頁1871。

於家族影響[42]及從小的耳濡目染,使其與書法淵源極深,從對二王體系之傳承,到後來的黃庭堅、米芾等等,雖然,趨炎附勢情形很是嚴重,但也不能否認其對中華書法傳承之貢獻。

(二)張即之家世與生平

張即之(1186-1266),字溫夫[43],號樗寮[44]、樗寮道人、樗翁,歷陽人。

出身於名閥世家,父親張孝伯,歷來史書對其評價高,曾官至同知樞密兼參知政事,卒贈太師衛國公。而其同宗張孝祥,即張即之的伯父,為當時享負盛名的書法家,曾以詩、書、策文三絕而被宋高宗擢拔為第一[45],乃一代俊彥,影響樗寮頗深。

對於張即之的故里,陳根民先生曾多方考證與查閱相關史書記載,認定張即之為鄞縣桃源鄉人,相當於今浙江省寧波市鄞州區橫街鎮林村一帶。[46]《宋史》本傳裡有關張即之的記載較著墨在其致仕方面的敘述,而康熙刻本《桃源鄉志》亦有記載,並且也加入其為人處世之敘述,筆者於此將兩本內容作一摘述,茲逐錄如下:

> 張即之,字溫夫,別號樗寮道人,參政孝伯之子也。慶元六年(1200)以父郊祀恩授承務郎。嘉泰四年(1204)銓中兩浙轉運司進士,歷任各

---

[42] 趙構〈翰墨志〉:「一祖八宗,皆喜翰墨,特書大書,飛白、分隸,加賜臣下多矣。」收入《歷代書法論文選》,頁338。

[43] 其名、字均典出《論語・子張第十九》:「君子有三變:望之儼然,即之也溫,聽其言也厲。」

[44] 據教育部國語辭典記載:「樗:落葉喬木,粗皮,葉有臭氣。又叫臭椿。」樗材:自謙用詞,喻平庸沒有才能。〔清〕紀昀:《閱微草堂筆記・卷十七・姑妄聽之三》:「且云或香閨妓女,並已乘龍。或鄙棄樗材,不堪倚玉。」亦作「樗朽之材」。《國語日報字典》(臺北市:國語日報社,1991年10月),頁326。

[45] 《宋史》本傳:「文章過人,尤工翰墨,嘗親書奏劄,高宗見之曰:『必將名世』。」

[46] 有關張即之的故里,以往文獻大多稱其為「烏江」或「歷陽」(今安徽省和縣)人,但據陳根民先生的多方查閱及考證,此二處僅是張即之的族居地而已,並非出生地。陳根民:《書藝珍品賞析・張即之》:「自從其祖父張郯南渡遷徙之後,張氏一族大都衍息於浙江。且事實證明,張郯一脈早與寧波鄞縣結下不解之緣。另外,張郯之子(即張即之之父)孝伯生於鄞,又長於鄞的可能性極大。伯歿後,亦葬於鄞縣桃源鄉(據《桃源鄉志》)。」(臺北市:石頭出版社,2005年),頁1-2。

路監務廳庫官，添差通判揚州，改鎮江，又改嘉興。後以司農寺丞知嘉興，未赴。丐祠主管雲臺觀，引年告老。特授太中大夫、直秘閣學士致仕。素善翰墨，晚年益悟，神動天隨，當世寶之。歷官中外，政績茂著。自嘉興不赴之後，觸目時艱，切齒貪吏，無心仕祿，乞歸里第，三十年自適園林之樂。待人接物，惟謹惟和。恤貧極急，見義必為。獎善懲惡，威愛兼濟。借觀書籍，遇有殘敝，必修整以還之。居家事事有法度，典型文獻，內外嚴肅，士大夫語家法，皆以即之為標準。封歷陽縣開國子，食邑五百戶，賜金魚袋。寶祐四年（1256），余晦誣殺王惟忠[47]。即之雖閒居，移書淮東制使。恤其遺孤，又使從孫士倩娶惟忠孤女。景定元年（1260），惟忠得以禮改葬，及復金壇田，皆即之倡議也。壽八十一。贈正奉大夫。[48]

因不願屈就於宦場，而願告老返鄉，嚴以律己，寬以待人，亦能正義勇為，歲饑賑濟鄰朋，利物利人，照顧鄉里，博施於民，樗寮的體恤民情可見一斑。

依據陳根民先生之深入探究之結果發現，歷來對於張即之的年歲，有兩種說法。其一為〔清〕吳榮光《歷代名人年譜》為首之論派，認為張氏享壽七十八歲；另一為以水賚佑先生〈張即之卒年考〉[49]為首，認為張氏享壽八十一歲，此與《桃源鄉志》記載不謀而合，故於此以之為定。

在南宋時期，書法與禪僧的關係是極為密切相關的，講求心性發揚的禪宗，一改傳統佛教，提倡安心靜慮的修行方法，遂成為中國士大夫的佛教，亦是佛教中國化之明證，影響士大夫的處世態度與人生哲理思維。自隋唐時期起，禪宗與書道相結合，及至宋代，儒、釋、道三者相互融合，使禪宗逐漸世俗化，居士佛教開始悄悄興起，「在理論上與實踐上外儒內釋的表現有相當的

---

47 《宋史‧卷四四五》：「寶祐四年，制置使余晦入蜀，以讒劾閬州守王惟忠。於是削惟忠五官，沒入其資，下詔獄鍛鍊誣伏，坐棄市。惟忠臨刑，謂其友陳大方曰：『吾死當上愬于天。』七揮刃不殊，血逆流。」《新校本宋史并附編三種第十六冊》，頁13145。

48 《桃源鄉志》，卷三，摘自《中國書法全集（40）宋遼金》（北京市：榮寶齋出版社，2000年），頁45。

49 見陳根民：《書藝珍品賞析‧張即之》，頁3。

普遍性」[50]，再加上宋代「尚意」之風氣，開啟另一波禪味書法之風格，而張即之便是繼北宋王安石、蘇軾、米芾之後，另一位主要的禪味書家。

身處於南宋時期的張即之，一生與佛學有很深的淵源，常與禪僧有密切往來接觸，而其中，釋道燦可說是與張即之往來最為密切的方外友人之一，在釋僧的薰染下，張即之亦寫下為數可觀的佛經與匾額[51]，且其所書寫之佛經書法具有深厚的文人化傾向：

> 他在抄書前，必精選善本，註明版本之來源。而且對其中的冷僻字注以反切音譯。甚至還於卷末書以己言，表達內心之虔誠，儼然是遁入空門的佛家弟子。這在寫經史上也是罕有其匹的。[52]

是以，清代何紹基亦曾如此讚賞樗寮：「拔戟蘇黃米蔡外，寫經規矱接唐人」[53]。試想若非是名虔誠的佛教徒，又怎能以畢恭畢敬之靜心與沐手，謹慎研讀佛經內文，並於模糊不清之處另加註釋文，以求審慎，且在經文抄寫後內抒己意，張即之此舉打破一般人抄寫佛經的平庸慣例，與其平生接觸佛法脫不了關係。

因為與佛法的深層關係，使其也影響鄰近的金人以及日本，尤以日本影響甚鉅。據史書記載，日本東京都東福寺開山祖師圓爾弁圓（又稱聖一國師）在南宋理宗寶慶三年（1227）遠赴中國向無準師範習事佛法、精修禪學，而無準師範又是直接師事張即之的，因此圓爾弁圓在這段期間亦能間接學習張氏書法，吸收其書學精華，至於樗寮是如何影響日本書壇？須羽源一氏曾在《書道藝術》裡如此題跋解釋：

> 智積院所藏的《金剛經》，是由張即之手授於無準師範（1179～1249）

---

[50] 同註3，頁347。

[51] 由於地緣關係，張即之為桃源鄉題寫為數不少匾額，然而現今唯一僅存的張書碑碣，是位於現今寧波天一閣，張即之當時為立於鄞縣月湖的賀知章祠堂書寫之《重建逸老堂碑並陰》（碑由吳潛撰文，趙汝梅篆額）。見陳根民：《書藝珍品賞析·張即之》，頁2。

[52] 劉正成主編：《中國書法全集·第40卷》，頁48。

[53] 〔清〕何紹基跋張即之《書華嚴經·第三十六》，轉引自徐邦達：《古書畫過眼要錄》（北京市：紫禁城出版社，2006年），頁913。

的弟子天童寺的西巖了慧（1198～1262）的。由於日本入宋高僧聖一國師也是無準師範的弟子，所以兩人是同門，因此有的日本學者以為：當聖一國師返日之時，其同門西巖了慧以此冊贈行，所以現存智積院的《金剛經》就是聖一國師攜回的這一本，而在文和二年之前由於某種原因流出東福寺普門院而入於智積院的。[54]

從上段文字裡，我們也就不難理解為何張氏書法在日本是這麼受歡迎了，依據相關資料所載，現今東福寺仍存有張氏所書之《方丈》大字題額，便是一例證。至若《知客》、《首座》、《三應》等題額，雖我們無法確切得知其是否為張即之本人書寫的，但從字體風格看來，是足具張氏金剛怒目之書法風格。宋昌裔《跋張樗寮古栢行冊》提及：

> 樗寮翁即之書法高古，名重四夷，上禁止止之，雖千金欲求一字不易得也。觀此帖沉著痛快，如硬弩踏箭，勁鐵屈銀，超越古今，不可悉得而形容者。誠謂希世之寶，子孫當永珍襲而傳之於無窮也耶。[55]

〔明〕張寧曾云：

> 即之作大字，如寫小楷，而筆意兼行轉折。作止之態，如老生作禮，雖骨格強硬而意度調熟，見之者自當歎重。[56]

釋道燦在其七言古詩作〈賦張寺丞樗寮〉裡如此敘述著：

> 樗寮先生千載士，草木有誰同臭味？外無刀斧斫削痕，中有冰霜不老

54　中田勇次郎：《書道藝術》（東京市：中央公論社，1982年），卷七，頁192。

55　陸時化：《吳越所見書畫錄》（上海市：神州國光社，1910年），卷三，頁2右。

56　〔明〕張寧：《方洲集》（臺北市：世界書局，《欽定四庫全書薈要》子部第三八冊雜藝類），頁404。

氣。紅紫紛紛滿上林，我自無心趨桃李。蘇秦張儀自縱橫，寵辱不驚魯連氏。梁棟峨峨入阿閣，我自無心為杞梓。杜喬李固自黨錮，網羅不及徐孺子。故家喬木百世陰，有此孫枝能蔽芾。落去英華植本根，深培不朽聖賢事。犧尊青黃互翻覆，眼看世事如醒醉。願言善保丘壑姿，留取清風在天地。[57]

樗寮以臭味樗木為字號，不受刀斧、冰霜等物之摧殘，可見其清風高節之性格。道燦於此將其與不願與腐敗宦官為伍的徐稚、杜喬、李固做比喻，可見其對張樗寮之推崇，而姚勉也曾稱讚樗寮「今儒之中，清風如樗寮者不可多得。」[58]張即之亦曾於其作品中抒發個人的處世態度，其在《引年得謝帖》一文中，如此記述著：

> 即之引年得謝，不負初心，私竊自幸。寓直中祕，此朝家優老之恩，以華晚節。即之，何者？一旦得之，恍不知其所自，連日驚悸未寧也。慶語首題，非愛念之深，何以有此感激？感激即之，叨承門蔭，一生狷僻。狷僻方始結局，此身得以自由矣！老兄知我者，想亦為慶快也。[59]

張即之雖承父蔭恩而獲有官職，然其並不眷戀於官位，反而請求退位，欲歸隱返鄉，與靖節先生畢生追求「不戚戚於貧賤，不汲汲於富貴」之灑脫人生觀頗有殊途同歸之味，可說是體現了「不患莫己知，求為可知也。」[60]之仁者境界。

　　張即之書學主要得力於顏真卿，然細觀其作品，卻未完全見顏體風格，可推知其只是受顏體的精神骨髓影響。而張即之的書法淵源，正是繼承孝祥衣缽，在《致叔丈知縣中大札》作品裡，不論是從筆法線條至神韻，無不神似其伯父孝祥之韻味。歷來對於張即之的評論頗豐，〔清〕王澍曾云：「樗寮書出河

---

57 〔宋〕釋道燦：〈賦張寺丞樗寮〉，見《柳塘外集・卷一》（臺北市：明文書局，1980年，《禪門逸書》初編第五冊），頁9。

58 〔宋〕姚勉：《雪坡集》，轉引自陳根民：《書藝珍品賞析・張即之》，頁1。

59 見〔清〕卞永譽：《式古堂書畫彙考》（上海市：上海古籍出版社，1991年），卷十五，頁672-673。

60 語出《論語・里仁第四》。

南，參用鍾可大而能自出新意，不受兩公規繩，故卓然克自立家，足為黃、米諸公後勁。」[61]〔清〕王文治則曰：「人知張師海岳，而不知其出入歐、褚。」[62]不管其是受何家影響，張即之總能博采眾長，兼容並蓄地參雜各家特色，站在伯父孝祥之基礎上青出於藍，終而自成一家。

茲將張即之重要楷書經典作品列表如下：

作品名稱	書成時期	收藏單位
行楷書杜詩	1250年	遼寧省博物館
行楷度人經	不詳	故宮博物院
李衎墓誌銘	1245年	日本京都藤井有鄰館
金剛般若波羅蜜經（為張孝伯遠忌書）	1246年	普林斯頓博物館、臺北故宮博物院
金剛般若波羅蜜經（奉為顯妣冥忌）	1253年	日本智積院
佛遺教經	1255年	北京故宮博物院
楷書華嚴經	不詳	安徽省博物館
杜詩斷簡	不詳	京都圓光寺
方丈二字	不詳	京都東福寺

（三）關於張氏書風之評論

前段論述中曾提及張即之擅書寫大字，其雄強奇壯的榜書，不僅散發出強烈的性格表徵，亦讓後世印象極為深刻，亦讓人有著望其字而興思幽古之情。明代陶宗儀曾在《書史會要》裡如此評述張即之：「以能書聞天下，特善大

---

61 〔清〕王澍：《虛舟題跋》，卷十一，頁15左。
62 〔清〕王文治：《快雨堂跋》，轉引自馬宗霍輯：《書林藻鑑》，卷九，頁245右。

字，為世所重。」[63]據《桃源鄉志》的相關記載，張即之為當地題寫為數眾多的匾額，足見其受當地人士之重視，而筆者在翻閱與張即之同為浙江人的作家張岱先生之著作，其在《西湖夢尋》裡，有一小段提及到西湖西路的靈隱寺，曾受祝融肆虐，歷經幾次改革修建，於明正統十一年間，興建直指堂，而「直指堂」三字，正是張即之所題[64]，於此增添一筆張氏特善大字之實際例證。

南宋時期的地理位置淵源較為複雜，故而也連帶影響歷史、文化等方面之發展，而處於同一時期的金及日本，便是明證。張即之的書風在那個時期，也深深影響金，聲名遠播之程度不在話下，《宋史》本傳中如此記載：「即之以能書聞天下，金人尤寶其翰墨。」[65]金人喜愛其翰墨，甚至還有記述到張氏的墨寶能避火：

> 樗寮墨妙，南渡後矜貴特甚，金人重其名，每貢使至，輒金餅購之。
> 其所繕內典道經，世傳能辟火災。[66]

此段文字論述著其字能避火，多少含有神格化意味在裡頭，是否真能避火？或許從宗教的立場來論，是真有其事，然而筆者認為多少仍要保持著客觀態度，以歷史學角度觀之，就金代興亡時間點與張即之身處年代這點而言，是有待考證的，為此，近人翁方綱提出了他的質疑：

> 張樗寮書，相傳金人極愛重之，其書大金國榜用渴筆，觀者謂致火，已而果然。然樗寮生於淳熙十三年丙午，嘗見其七十八歲之書，在景定四年癸亥（1263），至咸淳中（1265～1274）年八十餘矣。金亡於端午元

63　陶宗儀《書史會要・卷六》，收入于玉安編：《中國歷代書法論著匯編》（天津市：天津古籍出版社，1999年），第六冊，頁38。

64　「正統十一年，玹理建直指堂。堂額為張即之所書。」張岱作，周志文導讀：《西湖夢尋》（臺北市：金楓出版有限公司，1987年），頁67。

65　〔元〕脫脫：《新校本宋史并附編三種第十六冊》，頁13145。

66　〔清〕錢陳群：〈跋張氏書度人經〉，收入《石渠寶笈續編秘殿珠林》（臺北市：臺北故宮影印本），頁1075。

年（1234）甲午，金朝文物之盛，在大定（1161～1189）明昌（1190～1195）間。大定時樗寮尚未生，明昌時亦纔數歲，即使在泰和（1201～1208）以後，貞祐（1213～1216）興定（1217～1221）間，樗寮亦甫及少壯時，其書遽能馳譽於金耶？是宜更詳考也……嘉慶乙亥（1815）翁方綱。[67]

然一體兩面之事，無法面面俱到，對於張氏書風，仍是有著不好之評價，元代鄭杓、劉有定是為例。在〈衍極〉中，鄭杓認為張即之的法是「礫裂塗地矣」[68]，其認為書法自張即之以來，書道盡壞，缺乏唐朝時候良好的書理基礎，貶低張氏之書風，其中，劉有定甚至如此作註：

> 今古雖殊，其理則一，故鍾、王雖變新奇，而不失隸古意。庾、謝、蕭、阮，守法而法存；歐、虞、褚、薛，竊法而法分。降而為黃、米諸公之放蕩，持法外之意。周、吳輩則慢法矣。下而至於即之之徒，怪誕百出，書壞極矣。[69]

而明代吳寬也在張即之《待漏院記》卷後，如此題跋著：

> 樗寮在宋書名甚盛，然好用禿筆作大字，遂為後來醜怪惡札之祖。噫！不得其意而強效之，其弊乃至于縛草如帚，以燥為工，是真所謂醜怪也。[70]

是真所謂醜怪耶？李東陽如此反駁著：

---

[67] 〔清〕翁方綱：《復初齋文集》（臺北市：文海出版社，1969年），卷二十八。

[68] 鄭杓：〈衍極〉，收入《歷代書法論文選》，頁429。

[69] 劉有定：〈衍極注〉，收入《歷代書法論文選》，頁445。

[70] 同註49，頁7。

> 匏庵乃操尺寸以繩之，不亦過乎？雖然，效伯高不得，不失為謹厚士，
> 匏之言殊不可少也。[71]

此二人一來一往的針鋒相對，別有一番風味，足具看頭。

　　縱使有上述這樣較為負面之評論，我們也不能全盤接受之，就〈衍極並注〉通篇而論，鄭杓、劉有定二人極盡貶低自米芾以後之書學，然於此筆者要在這裡提出一個質疑，為何說米南宮、黃山谷放蕩之風格就不妥？是因其不再依循著法度來走，超乎法度之外，就將其歸類為下品之疇？仔細回想，米芾在中國書法史上占有足具份量之地位，歷來對其八面具刷之論述亦給予較正面之評價，再怎麼說亦不應全盤皆否認其書學地位。而後張即之崛起，或許真是怪誕百出，但換個角度思索，這正是其打破傳統法度，另外開創出來的新面貌，所以李東陽則以一例子來反駁有關張即之的負面評語，明代安世鳳也以另一種理性角度敘述：

> （樗寮書）昔人斥為惡札，今詳其筆意，亦非有心為怪，惟象其胸懷，
> 元與俗情相違逆，不知有勻圓之可喜，峭挺之可駭耳。目開天以來，千
> 奇萬異，日新不已，何獨字法不得任情哉？[72]

職是之故，整體社會文化是會隨著時空嬗遞而有所變化，故筆者認為不應以太過絕對之方式來看待每一事物，相反地，在為任何事下任何評論時，宜多方擷取觀點，盡量以客觀理性態度來視之，而非一味的落入人云亦云之窠臼中。

五　《金剛般若波羅蜜經》價值與特色

　　此部《金剛般若波羅蜜經》共有兩版本，現有三處收藏，一為日本智積院

71　同註70。

72　〔明〕安世鳳：《墨林快事》（臺北市：國立中央圖書館，1970年），下冊，頁453。

（書於寶祐元年〔1253〕）、美國普林斯頓大學附屬博物館（書於淳祐六年〔1246年〕），另一則為臺北故宮博物院（書於淳祐六年〔1246年〕）等三處。經過筆者詳細對照後發現，臺北故宮版之品質為最佳，故而筆者於此專題研究裡，將以臺北故宮本做分析比較。

　　《金剛般若波羅蜜經》，是屬於大乘佛教之經典，為阿難所錄佛陀與弟子「解空第一」須菩提之間之對答。誠如前述所言，張即之多次抄寫佛家經文，儼然是位虔誠的佛教徒，從其在作品後面之跋文，可見其將孝道、佛事與翰墨三者融為一體，儒家孝道融入於書法作品裡。元代釋從定曾如此題跋：

> 昔人以手作捉筆勢，於空中書諸經法，是人去後，此處自然嚴淨，雨不能濕。樗寮實宋末名士，篤信佛乘。手書金剛經三十二分，一字一劃，端嚴勁麗，非攝心專妙，曷若是耶？與夫空中書經法者，大相遠矣。然而經中有一四句偈，離人我相，離有無相，惜乎筆端不曾點出。受持是經者，宜自著一隻眼，脫或覷破。則世尊如是說，樗寮如是書，皆為剩法耳。至正丙戌開爐日，前吳靈巖從定拜書。[73]

可見張即之與佛教之關係密切，若非虔誠的佛教經生，實在難能以一筆一畫完成中規中矩之佛教大作。〔明〕比丘來復更是如此說道：

> 諸經皆稱贊書寫大乘之功，非言思可喻，蓋欲流通法藏，利益世間，而弘範無窮者也。……可假紙墨文字所詮哉，以是而觀，則知稻麻竹葦，無非巨筆也；江湖泉池，無非巨墨也。凡象之麗乎天、形乎地者，無非妙經也。日用之間，動靜起居，折旋俯仰，無非書寫也。所謂不書而書，是名真書；不說而說，是名真說，於筆舌悉有哉？樗寮居士張公，為其顯嬪恭人楊氏手書金剛般若尊經一卷，以資冥福，流通至今，百有

---

[73] 見徐邦達：《古書畫過眼要錄・晉隋唐五代宋書法　叁》（北京市：紫禁城出版社，2005年），頁908。

餘年矣。兩經世變，卷帙如新，豈非願力所致而天龍鬼神有以陰相之
耶？東山泰藏主持以示余，求題其後，故略陳寫經功德而告之。且俾所
以讀誦受持之者，豁開金剛眼睛，而於諸相非相，得見如來。是知樗寮
居士能於一豪端上放大光明而作佛事者也。[74]

此部《金剛般若波羅蜜經》，屬大乘佛教之經典，上段論述當中，比丘來復將
其與樗寮之墨寶做一比喻，認為張即之這部作品能庇佑眾生，將神聖佛事發揚
之，以收放大光明之效，表面上看來雖有些誇張化，然而在冥冥之中，與佛法
相結合之意味仍存在著，後人喜愛張即之手書的佛教經典，更是不爭的事實。

　　誠如前面所述，張即之受禪學教化影響頗深，因而也連帶影響其作品書寫
之風格呈現，有別於傳統佛教，因為接觸以倡導體現外儒內釋之禪宗，故從傳
統佛教派而言，張即之是一位異端者，神田喜一郎如此敘述：

　　　　就正統派來看，他是一極端的異端者。這可能是，出自張即之高深的禪
　　　　學教養，因為禪，不承認一切權威，只在洞見自己的本來心性，他的書
　　　　法從這種基本思想上出發。唯其如此，正統派當然會把他視為邪惡醜陋
　　　　之徒，相反的，又不能不承認他書法中前此未有的明顯的個性。[75]

〔清〕梁巘亦曾以貶抑方面評價此部作品：

　　　　張樗寮《金剛經》字或瘦或粗，皆提筆書。然不能於中正處求勝古人，
　　　　而只以鬼巧見奇，派頭不正，邪態叢生，較之東坡之道厚，山谷之伸
　　　　拖，元章之雄傑，君謨之秀潤，遜謝多矣。此其不能為大家，而止得為
　　　　名家也。[76]

---

74 同註73，頁909。
75 《書道全集第十一卷・宋II》（臺北市：大陸書局，1989年1月），頁7。
76 同註60，頁547。

不管檯面上是如何爭辯論述，或以邪惡醜陋之徒觀之，或以鬼巧見奇、派頭不正等等論述之，我們不能否認的是，張即之深受南宋整個尚意氛圍影響，因而有如此多樣風貌之作品書寫呈現。

〔清〕梁聞山在《評書帖》中云：「晉尚韻，唐尚法，宋尚意，元、明尚態。」[77]其後又進一步品論：「晉書神韻瀟灑，而流弊則輕散。唐賢矯之以法，整齊嚴謹，而流弊則拘苦。宋人思脫唐習，造意運筆，縱橫有餘，而韻不及晉，法不逮唐。元、明厭宋之放軼，尚慕晉軌，然世代既降，風骨少弱。」[78]道盡各朝代書風之不同處，每個時代皆有其當時的文化背景，故而其所流行的書體亦不盡相同，然此處，從宋代的角度觀點而言，宋代書家有意識地突破唐楷森嚴的法度約束，「尚意」書法特別講求書家本身的意趣與個性，而「意」可視為抒情，亦可視為意態、意境，書家主體精神流露於作品當中是重要的，所以我們能從《金剛般若波羅蜜經》整幅作品裡嗅出張氏精彩的個人風格。

六　字例分析

對於楷書的結構相關論述，從歷代書法發展論文篇目觀之，以隋朝釋智果《心成頌》最為代表，其對於書法字體之間架結構，提出了一套有系統之論述，而於其後，初唐歐陽詢也提出一系列書法理論，諸如：〈八訣〉、〈三十六法〉，尤以〈三十六法〉為代表，其對楷書造型結構詮釋地更為嚴謹，虞世南〈筆髓論〉、顏真卿〈述張長史筆法十二意〉等論述，更能為此篇專題研究帶來數道曙光，茲針對前述提即之相關論述，將此部《金剛般若波羅蜜經》作品作一扼要分析，以現有上述書家之作品（含時代、背景介紹）運用圖版對相同筆法，如橫、豎、挑、撇、捺、……進行比勘對照，映照出張書的特點及突破法度之處，結構亦同法處理。實施方式為以圖版並列方式來做異同性比對，用現代的審美主體觀對照歷史觀之審美意識，使審美對象的特性貼近較實際且具

---

[77] 同註7，頁537。

[78] 同註7，頁542。

有科學依據，並佐以書法學理支撐審美主體的主觀研究，期能盡量客觀地呈現成果，藉此尋找作品間之基因關聯性，探究張氏書法之獨特風格。

（一）以基本筆法論述

以漢字書法之重要基本筆畫，共可分為八種，即：點、橫、豎、撇、捺、提（挑）、鉤、弧。張懷瓘曾提出其對用筆之看法：「夫書之為體，不可專執；用筆之勢，不可一概。雖心法古，而制在當時，遲速之態，資於合宜。大凡筆法，點畫八體，備於『永』字。」[79]因為「永」字具備楷書八種基本筆法在其中，因此歷來初學者無不從「永」字來學習入手。於此筆者欲以此類重要筆畫，從五部作品裡，挑選出最具代表性之字進行分析論述。今筆者試以表格化方式，在每一項目下，皆有五張圖版依序排列：圖一為張即之《金剛波若波羅蜜經》、圖二為歐陽詢《九成宮醴泉銘》、圖三為虞世南《孔子廟堂碑》、圖四為顏真卿《顏勤禮碑》、圖五為褚遂良《雁塔聖教序》。在唐代書家作品裡，有時難免會找尋不到相同字例，於是筆者改以蒐集其他相近作品來做字例分析，難免有疏漏之餘，尚請方家不吝指教是甚！

1　點畫（側）

點，在永字八法裡稱為「側」，意指以側方式來取勢，歐陽詢〈八訣〉提及：「點——如高峰之墜石。[80]」一個字之好壞，便取決於點之品質。

於上圖中，面對同樣為點之筆畫，可以看見書家們各是呈現不同的樣貌。點如高峰之墜石，此五圖版中，皆依循這樣原則，我們可以看到張字的點畫受歐字影響，上下兩點相接連著，其亦受顏字筆意影響。

---

79 張懷瓘：〈玉堂禁經〉，收入《歷代書法論文選》，上冊，頁198。

80 同註4。

2 橫畫（勒）

橫畫，是一種自左而右的筆畫，在「永字八法」中稱為「勒」，由上列所呈現之圖版中可看出，唐代書家們皆以逆鋒落筆之方式來行筆，尤有甚者，歐陽詢在〈八訣〉裡，對於橫畫之看法為：「若千里之陣雲」[81]，橫畫筆法有如陣雲一般整齊地排列，在上述圖版中，便可略知一二。然而，值得一提的是，有別於中間三張圖版，同樣為「一」之橫筆畫，褚遂良以由輕而重之動態筆法取代如陣雲般之單調筆畫，此基因特質，深深影響張氏，於圖一，可明顯看出其採取的是由重而輕之動態筆法，突破法度之意味可說是溢於言表。

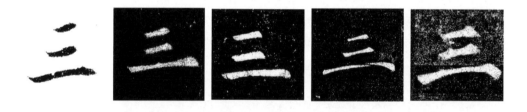

以「三」字而言，張氏是以側鋒來入筆，此方式與圖二頗類似，然在入筆時多了點鋒芒，使整體字看來有露鋒之意味。就字之整體風貌看來，圖一顯然吸收圖三與圖五的飽實韻味於其中。

---

81 同註4。

不同於其他四圖規矩嚴謹遵守一定的法度，在圖一中，可明顯見張氏以行入筆，展現行書快筆之風味，就連點畫也是一氣呵成，再細細觀之，張氏在豎畫處理上，與圖三滿接近，皆有虛鉤樣貌展現，然而就整體而言，張氏一改規矩的橫畫書寫，改以橫撇筆相連書寫，較沒有細筆的呈現。

3　豎畫（努）

豎畫，在永字八法中稱為「努」。顧名思義，其指的是微微弓挺之張勢，歐陽詢〈八法〉認為「丨——如萬歲之枯藤。」[82]而唐太宗李世民在〈筆法訣〉中提到：「努不宜直，直則失力。」[83]一個好的豎筆，是由上而下行筆，能呈現直挺硬拔之態，但又不為呆板姿態。

於「土」字圖版中可發現，張氏以渾厚筆意來書寫豎畫，與圖五顏書風格較為類似，而在字之空間布局上，中間三張圖版皆以一點畫來使空間達到視覺上妥適，使空間不致有唐突之嫌，這在唐朝前期是較為普遍之書寫方式，然而隨著時空嬗遞，至宋朝以後則摒棄了這樣的書寫方式，此情形至少在此部《金剛般若波羅蜜經》巨獻裡都未見到。

82　同註4。

83　李世民：〈筆法訣〉，收入《歷代書法論文選》，頁106。

　　「十」字，亦為標準豎畫代表字，於此可清楚見張氏在豎畫之處理上，同圖三及圖五的處理方式，皆以懸針出鋒收筆，更甚者，其風格與圖五渾厚飽食風格最為接近。

　　現再以懸針為例，可清楚見圖一中的第二筆橫畫，是以米芾獨具的刷字[84]筆法寫成。於此我們可以清楚看見雖同樣是「千」字，然而在空間距離造型上仍有些許不同，比如於圖三與圖五中，第（一）二筆的距離拉得較其他三張來得近些，因此吾人得以如此做一小結：在結構上，張氏受歐體及褚體影響，然而在筆法方面，則受顏體粗礦風格影響。

　　吾人一般在寫「中」字時，最後的豎筆，可以懸針或垂露來作結，但筆者以自身多年習寫練習之過程中發現，以懸針作結可使整篇作品行氣更為流暢，是以在上五圖中，除圖版二以垂露作結外，其餘皆以懸針作結，虞世南曾云：「中則正，正者沖和之謂也。」[85]若以結構方面而言，則明顯見張氏以意書寫，使得左右兩方的空間未能平均。

---

84 米芾曾自云：「善書者只有一筆，我獨有四面。」指的是其在運筆時節奏鮮明而有力，以中鋒筆勢強勁刷過紙面，留下剛勁瀟灑之線條。

85 虞世南：〈筆髓論〉，收入《歷代書法論文選》，頁103。

　　圖版三及圖版五是以古字來書寫，以現在術語而言，是為「帖寫字」。細觀察此五字的每一筆畫，顯見最後一筆皆以懸針作結。上圖中的年字，則更能見張氏突破法度之面貌，亦即，其在第四筆之處是以短橫來取代傳統的點畫態勢，此為最明顯之例證之一；其二，其第（一）二筆以連筆方式帶過，此種方式是在書寫行書時才會出現的；其三，以空間架構而論，圖版二至五皆以最後橫筆為最長，以拉長方式來取視覺空間上之平衡，但在圖版一裡，卻未能見此情形，反倒是以第三筆為稍長。張氏此「年」字突破法度情形溢於言表。

4　挑鈎（趯）

　　鈎，又名「趯」。「趯須存其筆鋒，得勢而出」[86]，其意指豎筆寫到末端時，為要將筆順勢往其左上方寫而將筆頓住後，順勢鈎起的一種筆順，在此筆者以豎鈎、彎鈎、浮鵝鈎、臥鈎、左弧長鈎等試做說明。

（1）豎鈎

　　上圖中可清楚見張氏在處理豎鈎筆劃時，頗受圖版四褚字之影響，可清楚見筆法是由重到輕再由輕到重，顯見那粗細變化；而在挑鈎部分，其承受圖二

---

86 李世民：〈論書〉，收入《歷代書法論文選》，頁106。

及圖三之基因影響，皆成一三角形之樣貌。至若筆法部分，第二筆的搭筆特色，頗含有圖四之婀娜韻味在其中，增添不少靈轉生氣。順帶一提，此部《金剛經》「東」字在捺筆筆法的處理上，多半以點畫取代捺筆，是為另一突破傳統法度之例證。

（2）彎鉤[87]

　　從歐字來看，彎鉤富有彈力，虞字顯飽滿，而褚字的彎鉤力道則不及歐、虞，至若顏字，其彎鉤力道之體現強而有力，我們可以見張氏跳脫了唐代傳統的逆鋒起筆，取而代之的是以尚意的側鋒筆法，而其彎鉤筆畫仍保留歐氏出鋒的生硬精神，是為基因傳承一例。

（3）浮鵝鉤

　　於上圖例中，顯見張氏受歐氏影響，皆融入隸意，燕尾皆呈現飛揚之姿，而在起筆部分，其筆鋒如刀切，倒與虞氏起筆方式頗為接近。

---

87 因《雁塔聖教序》沒有「子」字，故筆者改以同有彎鉤筆畫之「字」來說明。

（4）臥鈎[88]

上圖中，我們可以見歐氏鈎得飽滿，點畫之間距離相當，而虞字則是右緊左鬆，褚字以細畫書寫，距離仍相當，顏字則以第四筆為中心點書寫。於張字中，可見其承襲了褚字之細筆運用，加以尚意法則，使字形仍顯活潑生動。

（5）左弧長鈎

左弧長鈎之筆法與左低右高的斜勢相關，而為使字體呈均勢，在書寫過程裡，書者須以長鈎拉回斜勢，上述字例中，我們可以清楚看到左弧鈎是很明顯地拉長態勢，使字呈穩重狀態，此例尤以圖二之「成」字最為明顯。值得一提的是，張氏「成」字與顏字皆以重撇筆入筆，然而圖一「成」字，其長鈎未如右邊四個圖版那般地伸長，反而予人一種拘束感，像是侷限原本應有的發揮空間，反而顯得較為生硬。

5　撇捺字型

一般說來，在一字中，撇與捺是相同並存的，因此，筆者於此將撇與捺同時列舉數例，並佐以扼要說明，以資參考。

撇又可分為長撇與短撇兩類，在永字八法中，長撇曰「掠」，短撇曰「啄」。

依歐陽詢之觀點認為啄有如「利劍截斷犀象之角牙。」[89]

　　在「分」的字例裡，可以顯見歐氏在結構上是左緊右鬆，且以點取代捺筆，而張氏於此也體現相同之情況。而在筆畫處理上，張氏繼承顏字以重撇方式入筆，筆力遒勁。

　　單單以撇捺兩筆畫觀之，雖在架構上看來是簡單的，但於實際書寫時仍須費一番功夫。在「及」字例中，相較於圖二、三五，張氏在書寫第一筆時，方式與圖四相當，皆以停頓之筆意書寫而成，而向勢意象濃厚的彎撇造型，與圖五顏氏風格較接近。至於最後的捺筆，張氏在筆法處理上較未見完整的起筆動作，直接以露鋒起筆，是與其他四張圖版有所區別。

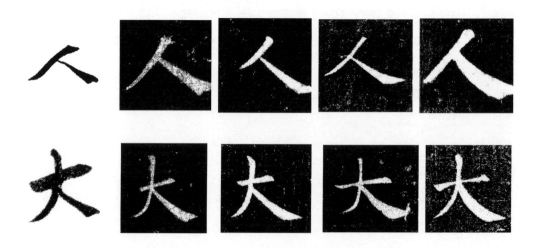

　　「人」、「大」二字，原則上亦使用撇與捺來表現斜勢美感，在後三者字例

中，可明顯看出捺的末端低於撇的末端，然而在「大」之圖一裡，卻見撇筆低於捺筆，且首筆亦多以重筆展現。就捺筆而言，相較於規矩的虞、歐二人，張即之在提按動作可看出深受顏體燕尾影響，我們於捺筆尾端可知它是相當飽滿但又不是平坦無變化的，因此，於此處，可見兩種情形，其一，以重筆出鋒，留有渾厚顏體餘韻；其二，燕尾展現，讓撇筆更加富有變化，於此看出宋代尚意之情形是相當明顯的。

　　五圖中，以歐字的昂頭造型最為顯見。而捺筆之體現，以顏字的燕尾動作做得最完善，且上促下空之造型也使該字顯得較為高大。而張氏站在這樣的基礎上，以力強的橫畫起筆，頗具米芾刷字精神。

　　以「金」字而言，圖一很明顯以筆意相連方式書寫而成，風格頗接近褚遂良婉轉靈媚之筆法，歐陽詢及虞世南在空間布局處置上較為一致，就豎畫而論，顏真卿最粗，歐陽詢居次。張即之在筆法粗細處理上足見其巧妙之運作變換，可以說其主要是以側鋒入筆，然而第一筆的撇筆，較難見其粗細的變化，在第二筆的捺筆裡，與褚字捺筆筆法較相近，對比粗細強烈之例於此再添一筆。

　　張氏明顯是以行書筆意書寫，筆斷意連之點畫是為佐證。而在圖一裡的捺筆，顯然受圖二之影響，皆含有北碑餘韻於其中。五圖版中，筆畫最細者，莫過於圖四，張即之在實際書寫上，顯然受褚遂良影響，然而在筆畫品質方面，倒含有虞字飽實韻味在裡頭。

（二）以結構論述

　　若以十分比例作比方，在漢字方塊文字裡，獨體字所佔之比例約十分之一，剩下的十分之九，大多為合體字。合體字，顧名思義，即是由偏旁部首和其他部分組合而成，可分為左右合體、上下合體、包圍合體等等，依書法家鄭聰明先生之見，合體字共可分為偏、旁、覆、載、遶、垂、圍、柱及疊九大類[90]。而合體字此種依照字之各部位來察覺字之比例，及其在空間上的布局，勢必得涉及到結構原則。「一筆而具八法，形成一字，一字就像一座建築，有棟樑椽柱，有間架結構。」[91]一個字之好壞與否，除了與前述提及以用筆技巧為基礎的獨體字外，合體字之結體架構安排恰當與否，則是另一重點所在。

　　對於字體結構的安排原則，歷來前人多有論述，如晉代王羲之的〈筆勢論〉，前述提及的歐陽詢〈三十六法〉之外，清黃自元在歐陽詢之基礎上，提出〈間架結構九十二法〉，而明代李淳則提出〈大字結構八十四法〉等，均說明歷來對於字之結構是相當重視的，並能從中歸結出一定的法則，以蒙後學。

　　本小節擬從此方向進行字體結構分析，試從基本部首來作字例結構分析。

　　首先，便是左右結構。

1　左右結構

　　以左右結構之字而言，左右兩部的比例關係須相互配合得宜。歐陽詢曾提出「朝揖」之概念，其認為：「凡字之有偏旁者，皆欲相顧，兩文成字者為

---

[90] 鄭聰明：《九成宮醴泉銘部首研究》（臺北市：蕙風堂，1988年）。

[91] 宗白華：〈中國書法裡的美學思想〉，收入《現代書法論文選》（臺北市：華正書局，1984年），頁128。

多。」[92]雖然其並不全然認同左小右大、左高右低之觀念，認為「此二節皆字之病」[93]，但吾人一般在書寫時，還是依循著抑左揚右原則，亦即，左邊結構小於右邊結構，如此字才能顯得勻稱。在此筆者試舉兩個典型以左右結構為部首之字為例來說明之。

（1）彳部：以「德」字為例。

　　歐字結構方正險勁，左緊右鬆；而虞字飽滿，褚字成錯開之姿，而顏字緊結紮實。張氏在此粗細動作對比明顯，並參雜行書筆意於其中，給人一股爽朗俐落之感。

（2）日字部：以「時」字為例。

　　上例中，顯見張氏第一筆即以粗筆書寫，就整體字而言，以第一筆為最重，其他筆畫次之，細筆畫可見是受褚字影響，具婀娜多姿之態。就結構而論，此五字大小相當，然虞字較顯圓密，顏字顯厚重沉穩。以整體字觀之，張氏此字粗細對比甚重，且足具向勢之態。

---

92 歐陽詢：〈三十六法〉，收入《歷代書法論文選》，頁94。
93 同註92，頁95。

（3）水字部：以「法」、「流」為例。

　　歐陽詢曾云：「字之左右，或多或少，須彼此相讓，方為盡善。」[94]此相讓原則，可再次為左右結構作一補充。以三點水而言，張氏呈現一圓弧狀，露鋒筆法與褚字頗為接近，在筆畫架構上，其與虞字較接近，橫筆不致太長，故使整字看來更有精神。

2　上下結構

　　上下結構意指將一字分成上下兩部分或上中下三部分來看，王逸少曾在〈筆勢論十二章（節制章第十）〉裡提及：「字之形勢不得上寬下窄；如是則是頭輕尾重，不相勝任。」[95]說明了上下結構之注意要點。而宗白華先生也提出頂戴之看法，其認為：

> 頂戴者，如人戴物而行，又如人高妝大髻，正看時，欲其上下皆正，使無傾側之形。旁看時，欲其玲瓏鬆秀，而見結構之巧。[96]

以人之外在形象來比喻字之上下結構原則，別具另一番風情，足見其巧妙比喻。
　　在此筆者便分別以宀部、「當」字為例。

94　同註92，頁92。
95　王羲之：〈筆勢論十二章〉，收入《歷代書法論文選》，頁32。
96　同註91，頁131。

（1）宀部[97]

　　以「實」字而言，張氏的寶蓋頭顯然承襲虞字的豎點畫，然而其多的是筆斷意連之寫法，同樣的情形亦可見最後兩筆。歐陽詢云：「相管領-欲其彼此顧盼，不失位置，上欲覆下，下欲承上，左右亦然」[98]。不管是上覆下或下承上，彼此的顧盼是重要的，「點須正，畫須圓明，不宜相著，上長下短」[99]，亦即長短、大小須拿捏得宜，上例中明顯可見張氏的寶蓋頭明顯蓋住下方字，顛覆以往的邊縮原則，又添一例。

（2）「當」字

　　此為典型上中下三部分字例，於上圖版中，足見張氏以顏體渾厚書風書寫而成，在挑點部分，顯然受褚字的靈轉動作影響；在字之架構方面，以歐字之均間原則作得最為徹底；若以上中下比例做區分，五位書家皆以下盤為最大，用以平正整個字。

3　包圍結構

　　包圍結構之字體，歐陽詢理出「包裹」原則：「謂如『園』、『圃』打圈

---

[97] 圖版四因在《雁塔聖教序》未見「實」字，故改以褚遂良《楷書千字文》取代。

[98] 同註92，頁95。

[99] 同註92，頁92。

之類四圍包裹也；『尚』、『向』，上包下；『幽』、『凶』，下包上；『匱』、『匡』，左包右；『旬』、『匈』，右包左之類是也。」[100]因此筆者站在此基礎點上，將包圍結構大致分為半包圍及全包圍兩大類。

（1）半包圍：以「度」、「道」字為例。[101]

就「广」此半包圍結構字而言，張氏在第三筆處理上，已不同於傳統唐楷，而改以向勢之擴大樣貌於其中，故在空間處理上也較三位書家來得較寬些，也因為第四筆是以較重之筆力呈現，使底下撇捺筆畫無法伸展完全，反能予人一種「築鋒下筆，皆令完成，不令其疏」[102]之感。

同樣一個辵部，五位書家書寫出來的風貌不盡相同，五圖中，尤以顏字承襲隸書蠶頭燕尾筆法體現最為明顯；以整體字架構而言，張氏處理最為嚴謹，其將「首」及「辶」兩部分相緊密結合，且其捺筆右上方留有空白，與虞字的處理方式相近。

100　同註92，頁94。

101　筆者翻遍虞世南楷書作品，皆未見「度」字，故於此未能呈現虞字圖版。

102　顏真卿：〈述張長史筆法十二意〉，收入《歷代書法論文選》，頁254。

（2）全包圍：以「國」字為例。

　　歐陽詢曾提出「滿不要虛」[103]，亦即飽滿的字形，雖要使字看來飽滿，但力不得過於鬆散，否則字就會顯得虛散，故我們可見其於圖二之體現裡，以全包圍方式將字整體包圍起來，使架構趨於平穩，又不失渙散。而釋智果亦提出「峻拔一角」[104]之觀點，認為「字方者擡右角」[105]，勿使字架構過於方正，是其用意。上五圖中，可見張氏的豎鉤筆畫受著褚字影響，粗細相傲，展現婀娜的立體美。「覃精一字，功歸自得盈虛──向背、仰覆、垂縮、回互不失也。」[106]從上列圖版中，皆能見書家們依循著這樣的法度進行。

4　烈火點結構

　　在單一字中，不管連或不連之間的布白，應須注意首尾相連之勢，姜夔〈續書譜〉認為：

> 字有藏鋒出鋒之意，燦然盈楮，欲其首尾相應，上下相接為佳。後學之士，隨所記憶，圖寫其形，未能涵容，皆支離而不相貫穿。[107]

依據歐陽詢於〈三十六法〉裡提出的「應接」理論，其認為：「字之點畫，欲其互相應接。」[108]凡字裡有點畫者，皆應使各點之間要有良好連接關係，如

103　同註92，頁93。

104　釋智果：〈心成頌〉，收入《歷代書法論文選》，頁87。

105　同註104。

106　同註104，頁88。

107　姜夔：〈續書譜〉，收入《歷代書法論文選》，頁365。

108　同註92，頁96。

「小」字的左右兩點須顧盼有情，甚或豎心旁的「忄」字皆應如此，至於此處所舉例的烈火點更應如此，「四點如『然』、『無』二字，則兩旁二點相應，中間接又作〝，亦相應接。」[109]於下，筆者以「然」、「無」二字為例說明之。

　　於「然」字五圖中可發現，張氏受褚字的影響，皆以下底盤為大，而在烈火點的筆法處理上，亦受褚字活潑生動的起挑動作影響，利用圓與三角的幾何圖形，使整字看起來更為淋漓生動；以「然」字之右上部分的「犬」字而言，歐字與顏字以捺筆取代點畫，使字在空間布局上較為緊湊，反觀張氏、虞字、歐字在空間處理上則較為協調。再次審視張氏，筆者如此下一小結：以褚字結體為基礎，納入顏體渾厚書風格，並參雜己意而成此「然」字也。

　　隋朝釋智果《心成頌》：「間合間開──『無』字等四點四畫為縱，上心開則下合也。」[110]在烈火點之結字架構裡，可以清楚看到五張圖版中，皆將第三筆橫畫拉長（尤以褚字最為明顯），用以平衡整個字體結構，於此亦可見宋人尚意之風格，亦即在四筆豎畫裡採用連貫筆意完成，而非唐楷規矩的一筆一畫寫法。

同註108。
110 同註104。

（三）以章法論述

　　一幅書法作品的好壞，絕非僅從筆法和結構方面去著墨，作品的章局布白亦形同重要，若文字各自獨立，缺少上下映帶或是前後呼應等布局安排，仍是失去書法藝術的審美價值性，蔣仲和曾如此云：

> 一字八面流通為內氣，一篇章法照應為外氣，內氣言筆畫疏密、輕重、肥瘦；若平板散渙，何氣之有？外氣言一篇虛實、疏密管束，接上遞下，錯綜映帶，第一字不可移至第二字，第二行不可移至第一行。[111]

此處所言之「內氣」與「外氣」，即分別實指筆法結構與章局布白，「因此，作字之前須審紙以定行，酌行而作字必使字行各得其所，乃臻於至善。」[112]字之章法必須使字與字之間、行與行之間，產生氣勢連貫之態，如此整幅作品才顯有價值。王羲之曾云：

> 夫欲書者，先乾研墨，凝神靜思，預想字形大小、偃仰、平直、振動，令筋脈相連，意在筆前，然後作字。若平直相似，狀如算子，上下方整，前後齊平，便不是書，但得其點畫耳。[113]

說明了字與字間的安排布局須作變化，倘若未做改變，便易落入館閣體、臺閣體之窠臼中，而不知變通，是以章法對於一篇書法作品來說是相當重要的，誠如前述提及相管領法則，其就好比「一個樂曲裡的主題，貫穿著和團結著全曲於不散，同時表出作者的基本樂思。」[114]有好的章法表現能為整幅作品加分，是故當吾人在觀賞書法作品時，首重的便是章法，看其行氣是否連貫、遇相同字時是否有所變化。

---

[111] 祝嘉：《書學》（臺北市：正中書局，1969年），頁48。
[112] 蔡崇名：《書法及其教學之研究》（臺北市：華正書局，1990年），頁634。
[113] 王羲之：〈題衛夫人「筆陣圖」後〉，收入《歷代書法論文選》，頁24。
[114] 宗白華：〈中國書法裡的美學思想〉，收入《現代書法論文選》，頁142。

　　此部《金剛般若波羅蜜經》通篇較顯扁正、方正，與隋碑《龍藏寺碑》整體氣勢頗有同工之妙貌。對於此部作品之章法，曹寶麟曾這樣提出其觀點：

> 　　張氏的書法特點或說缺點，可用「拘謹小巧」概括。他的點畫質量很高，起止交待得乾淨俐落。筆觸總體上是短小的，即使鉤捺也是意到便戛然而止。然而其筆短卻未必能收到意長的效果。這主要由幾個方面的原因所造成。第一，他所抄的佛經如《金剛般若波羅蜜經》、《佛遺教經》等和所寫墓誌如《李衎墓誌銘》等，都喜用界格。雖然這是為求整齊莊嚴而不得不如此，但張即之卻真正地被那方框框死，他的結構只是單一的方正，至多只略趨扁形，因此這程式化嚴重地阻斷了意象的消散，使其跡近於經生書胥所為。[115]

　　無可否認的，此部作品確是以扁平造型呈現，與隋《龍藏寺碑》風貌頗為相似；也因中小楷字形，故通篇觀來筆勢靈動飄逸，秀而不弱。雖有界格將其字框架住，造成拘束感，然而換個角度思索，其不也正顯示出張即之的嚴謹，以恭敬態度抄寫佛經，故而使字字看來有法度，一改過去太過於追求尚意的獨特風氣，筆者認為張即之以一種力挽狂瀾方式來挽救南宋頹靡的楷書風氣，以後世觀之，應是喜以樂見的。

（四）張氏突破法度之處

　　前述字例分析時皆提到張氏突破法度，那麼其真正突破法度之處究竟在何處？筆者僅提出最為明顯例證來說明之。

1　草字頭[116]

　　在《金剛般若波羅蜜經》裡，草字頭之行意書寫，是其最大特色之一。不

---

[115] 曹寶麟：《中國書法史・宋金遼卷》（南京市：江蘇教育出版社，1999年），頁46。
[116] 圖五因在顏勤禮碑未見「若」字，故改以姐妹作《麻姑仙壇記》取代。

同於端莊規矩的唐楷書寫方式，在「若」字中，可以清楚看到張即之有別於此四位唐代書家規矩的書寫方式，其是以行書筆意來書寫：

　　基本上，在唐楷法度裡，草部之寫法是沒有連筆形式，然而隨著時空嬗遞，在宋代尚「意」的書寫氛圍裡，為了順勢帶筆方便，張氏便很自然地將草部四筆畫以連筆方式書寫而成，此種筆法，顯然是受行書的帶筆筆意影響，亦可視為張氏突破法度之明顯例證。草字頭之特色，張即之在他處也以不同形式書寫呈現，如在《李衍墓誌銘》裡：

　　事實上，這是深受北宋米芾影響，而有此獨特寫法，筆者再從《苕溪詩卷》裡擷取三字草字頭之例以供參考：

　　由此看來，宋代尚意強調的是追求個人情感，突破傳統束縛而獨熾一格，故同樣一個草部寫法，呈現的卻有多樣風貌。

2　明顯的尚意風格

　　以此字而言，又是另個能看出張氏突破法度之例，仔細觀看後面四圖版，前三筆畫之距離甚近，亦即，呈現左右兩部分：以前三筆為左部分，後兩筆為右部分。仔細觀之，張氏改以筆意相連方式書寫，在結構空間上，已不似唐朝書家將左右兩部分得那樣壁壘分明，反是以等距的方式呈現，其所遵循的不再是傳統法度，多的是尚意元素在其中。

七　結語

　　歐陽修曾云：「書之盛莫盛於唐；書之廢莫廢於今。」這廢於今之結果，使得宋代在楷書發展並未似唐朝那樣有長足的深遠發展，然而，張即之卻能在這樣的書風環境裡跳脫而出，晉身於南宋四大家之列，足見其具一定的影響力。其站在宋代尚意的書風環境裡，卻又未完全摒棄傳統唐楷一定法度，在唐代，「規律被確定了，典範的作品完成了，唐以後的書家一方面學習唐法，一方面擺脫唐法，反叛唐法。」[117]追求法與不法之間的規律性，頗真耐人尋味。

　　張即之一生喜與釋僧結伴為伍，或許正因這樣的一個特殊性，使其流傳相當多華美的佛教經典以供後世欣賞，也確立其在佛教界之特殊地位，此從張即之相關法書作品裡，前後文之提跋文，及多位書家對其相關評語可知一二。而後世臨學張即之書法者也大有人在，從相關文獻記載中，除了日本京都東福寺一帶因歷史淵源因素，部分人士崇尚張氏書風外，清代書家王文治受張氏書風影響亦深，清代錢泳在〈書學〉一文最後部分就曾提及王文治[118]於中年時期受

---

[117] 熊秉明：《中國書法理論體系》（臺北市：雄獅圖書公司，1999年），頁28。

[118] 錢泳〈書學〉：「（王夢樓）中年得張樗寮真迹臨摹，遂入輕佻一路，而姿態自佳，如秋娘傳粉，骨格清纖，終不莊重耳。」收入《歷代書法論文選》，下冊，頁585。

張即之影響而聲名大噪，算是張氏影響後世的一明顯例證。

此部《金剛般若波羅蜜經》整體特色而言，筆者在此歸納有三：其一，粗細對比性甚強烈，點畫之間，純任自然，輕如鴻毛，重如泰山，猶似高峰醉石般；在章法上，提頓分明，節奏快慢有變，骨健而肉潤，融入顏氏書風，又參雜歐、虞、褚體，樣貌多變，氣貫神足，逸趣橫生；其二，趙松雪在《蘭亭十三跋》曾說：「蓋結字因時相傳，而用筆千古不易。」字體雖會隨時代更迭而有所變化，因而有秦篆、漢隸、唐楷、宋行，以至今草等等之多樣風貌，然而在這些字體裡，仍是依循著一致的方法在裡頭，而這方法，千古以來是沒有多大變化的。張即之《金剛般若波羅蜜經》作品，表面上雖鋒骨外露，甚至還有人批為醜惡之怪誕，但經過前面的重點式分析後，筆者歸結此部作品仍是中規中矩，雖筆筆有古法，但仍還是有掙脫古法，散發出屬於自己的一種獨特面貌；其三，張即之一改初唐時以歐、虞為首的縱挺書風貌，繼承中唐褚遂良婀娜多姿之秀麗韻味，並也繼承晚唐顏真卿、徐浩、沈傳師，以方正縱勢為主的大家風格，尤與隋《龍藏寺碑》那樣的方正造型最為相似。此種書風，就似去品評一個人的氣度修為，從字行間裡，我們能感受到其雍容氣度，在在顯示一股方正平和之風格。因此，以晚唐為孳乳，並佐以宋代尚意，因而呈現如此不可一世的華美佛教經典，供後世細細品味，筆者以此如是做結。

——本文為國科會九十七年度大專生專題研究計畫研究成果，
　經修改後正式發表。

——廖怡佳：國立臺北教育大學教育系學士
——孫劍秋：國立臺北教育大學語文與創作學系教授，為本研
　　究計畫論文指導教授
——張清河：國立臺北教育大學語文與創作學系兼任講師，為
　　本研究計畫書法諮詢教師

朗讀教學應用於
閱讀古典文學作品之研究
——以蘇軾〈石鐘山記〉〈教戰守策〉為例

徐　長　安

一　前言

　　人必須兼備耳之聰、目之明，方可謂之「聰明」。我們的眼睛可以依靠眼瞼來開闔，而耳朵卻缺乏「耳瞼」的功能，因此它是分分秒秒對聲音開放的。中國古代文化中存在著對聽覺感知的高度重視，《論語・述而》提及：「子在齊聞韶，三月不知肉味。」孔子聽到韶樂，不但吃肉不知滋味，且對音樂之美能達如此高超的境界讚不絕口。韓愈亦曾以「口不絕吟於六藝之文」[1]的「口到」功夫來形容自己用功之勤。在印刷術發明前，「口耳相傳」是傳遞文化的重要管道；相當長久的時間，韻律、聲調、節奏、口吻等的口語表達，豐富了古人的聽覺想像。

　　但自「讀圖時代」[2]來臨後，視覺文化全面擠壓了聽覺文化，造成「失聰」的失衡現象；故如何藉助「聽覺轉向」以達成對感官文化的整體均衡思考，成為人文科學的一種新趨勢。「朗讀」是口語與聽覺的綜合運用；邱燮友說得明白：「詩文的美讀和朗誦，本身是一種教學的過程，其目的在培養學生的了解和寫作的能力。」[3]國內外的相關研究亦證明「朗讀教學」確實有助於

1　韓愈：《韓昌黎文》（臺北市：華正書局，1974年），頁12。
2　圖像社會或視覺文化，已成為當今一種主導性及全面包覆性的文化景觀。
3　邱燮友：《美讀與朗誦》（臺北市：幼獅文化事業公司，1992年），頁26。

「閱讀理解」。本文即在探討閱讀行為的改變，並以近兩年全國語文競賽的朗讀題目〈石鐘山記〉與〈教戰守策〉為例，探討如何運用朗讀教學以增進對古典文學作品的閱讀理解，期冀有助提升莘莘學子之語文素養。

二　朗讀可以增進閱讀理解

閱讀行為不斷在改變，現代因科技的進步，文化教育的普及，雜誌、電子書等視覺媒體數量激增，結合聲音與圖像的電影、電視、網路視頻更充斥於我們的生活中，因而也將「閱讀」二字擴大了新局面。但大抵而言，仍是以「視覺」為主，連原來只具備「聽」、「說」功能的手機，如今更多是使用於「看」，是故「低頭族」（phubbing）[4]已成為當代最夯詞彙之一。反觀文學敘事，其實就是一種講故事的行為；有人「講」，有人「聽」，因而文學最初應該是一種訴諸聽覺的藝術；但自從故事傳播的管道由聲音變為文字後，「講」的功能，以及它所對應的「聽覺」性質，已迅速被視覺取代，文學閱讀的聽覺之美殆乎盡矣。

「朗讀」與「閱讀」的關聯性為何？綜觀中西學者對「閱讀」的看法，吉布森和利文（Gibson & Levin）兩位學者的定義被認為最具綜合性且被多數人所接受；他們認為：「閱讀乃是從篇章中提取意義的過程。」為了能夠從篇章中提取意義，需要做到：（一）把書寫符號譯碼為聲音；（二）具有相應的心理詞典，因而可以從語義記憶中獲得書寫詞的意義；（三）能夠把這些詞的意義進行整合。[5]由此定義觀之，「把書寫符號譯碼為聲音」是閱讀不可忽視的關鍵要素；而「朗讀」正是以「音聲」來進行「閱讀」。

什麼是「朗讀」？葉鍵得詮釋的清楚：「朗讀的『朗』就是聲音響亮、清楚明晰的意思；『讀』就是抽繹、宣揚文章義蘊的意思。所以朗讀就是用響亮的聲音宣讀作品，把作品的義蘊完全展現出來。」[6]語言是由語音、詞彙、語

4　低頭族（phubbing）其實是phone（手機）和sunbbing（冷落、漢視他人的現象）兩字合成，具有一種社會反思意涵。

5　Gibson, E.J., & Levin, H. The psychology of reading. Cambrige, mass: MIT press, 1975.

6　葉鍵得：〈談朗讀的技巧〉，《國教新知》第45卷第3／4期（1999年3月），頁33。

法三者構成的複雜系統，從形式上看，書面語言條理清楚，可精煉加工，修改潤飾，似是勝過口頭語言的粗糙；但卻缺少了「語音」這項要素，因而無法表現出語氣、語調、語感及抑揚頓挫、輕重緩急。朗讀可以有效的把書面語言系統「內化」在大腦之中，將其建構、完善成一個處理語言的「格式塔」[7]，從而增加閱讀歷程的美感與活力，成為有生命的學習。

　　現代人閱讀之弊在於只憑眼睛囫圇吞棗，而從聽覺渠道閱讀文學作品，則好比以細嚼慢嚥的方式來品味美食。朗讀不但要看書面文字，還要認真領會，準確表達文字作品的語詞涵義和內容精髓。朱熹《訓學齋規》云：

　　　　大抵觀書先須熟讀，使其言皆若出於吾之口。繼以精思，使其意皆若出於吾之心，然後可以有得爾。[8]

又曰：

　　　　須要讀得字字響亮，不可誤一字，不可少一字，不可倒一字，不可牽強暗記，而是要多讀遍數，自然上口，永遠不忘。[9]

朱子為「朗讀」訂出了規準，不可少字，不可誤讀、顛倒，如此心眼專一，精思揣摩、誦讀之後，自然能熟記理解。

　　劉大櫆「神氣說」指出：

　　　　神氣者，文之最精處也；音節者，文之稍粗處也；字句者，文之最粗處也。然論文而至於字句，則文之能事盡矣。蓋音節者，神氣之跡也；字句者，音節之矩也。神氣不可見，於音節見之；音節無可準，以字句準之。[10]

7　「格式塔」是德文「Gestalt」的音譯，它是指一種組織或建構，具有平衡、對稱、和諧、統一、簡化、完美的特質。

8　朱熹：《訓學齋規》（臺北市：新文豐出版公司，1989年，《叢書集成・續篇》第61冊），頁194。

9　同前註。

10　劉大櫆：《論文偶記》（上海市：復旦大學出版社，2007年，《歷代文話》第4冊），頁4109。

劉氏認為神氣是虛的，必須透過音節、字句來體現；求「神氣」最具體的方法，就是「朗讀」。

曾國藩在其《家書》中亦明言：

> 《四書》、《詩》、《易經》、《左傳》諸經，《昭明文選》、李杜韓蘇之詩，韓歐曾王之文，非高聲朗誦則不能得其雄偉之概，非密詠恬吟則不能探其深遠之韻。[11]

曾國藩對體味作品提出更高的要求，反覆的朗讀吟誦確實可以使我們進入作者的心靈世界，把握作品之精隨。

　　觀之近年有些關於朗讀與閱讀關聯性的研究，如：李婉榕《朗讀教學對國小六年級學童閱讀理解能力之影響》，其研究係針對朗讀選手與非朗讀選手（即一般學生）進行朗讀教學，發現後者的閱讀能力有大幅進步，證明「朗讀」有助於提升閱讀理解。[12]依據筆者多年指導朗讀之經驗，推測前者（朗讀選手）所以未能顯著提升的原因，係因其之前已有一定的口語訓練基礎，若非施以密集或長時間的朗讀練習，或因朗讀的相關配套（如：教學策略、施測工具等）不足，自不易看出成效。胡芝妮在《跨版本課程本位朗讀流暢性測驗之信效度研究》中，顯示國小四至六年級學童朗讀流暢性表現與閱讀理解和國語學業成績皆有顯著關聯。[13]陳淑君在《朗讀教學對口語表達與閱讀理解能力之研究》的結論中提出，朗讀教學可以提升閱讀理解能力，但須配以綜合、詮釋、比較、評估等高層次的閱讀理解訓練。[14]綜合以上研究結果，足資證明「朗讀」確實可以增進「閱讀理解」。

---

[11] 曾國藩：《曾國藩家書》（北京市：宗教文化出版社，1999年），上冊，頁154。

[12] 李婉榕：《朗讀教學對國小六年級學童閱讀理解力之影響》（臺中市：國立臺中師範學院語文教育學系碩士論文，2003年）。

[13] 胡芝妮：《跨版本課程本位朗讀流暢性測驗之信效度研究》（臺東市：國立臺東大學特殊教育學系碩士論文，2007年）。

[14] 陳淑君：《朗讀教學對口語表達與閱讀理解能力之研究》（臺南市：國立臺南大學國語文學系碩士論文，2012年）。

三 朗讀學理的建構

中國語言學家徐世榮云：「朗讀必須重視，應當建立一套科學性的知識理論。既然大張旗鼓的講『修辭學』，也就應該同等的講『朗讀學』。」[15]張頌出版了一本《朗讀學》[16]，把「朗讀」視作一門獨立的學科來研究。這對長期以來，僅被當作是一種方法、一種訓練、一種技能，甚至被認為僅是少數人需要，或只有少數人鑽研的「朗讀」而言，無異大大提升了層次與境界。我們今天要重視朗讀教學，就必須知道朗讀並非雕蟲小技，它是有學理依據的，筆者以為西方的「音景理論」與中國的「聽聲類形」，皆屬朗讀的基礎理論。茲分別說明如下：

（一）西方的「音景」（soundscape）理論

閱讀進入電子時代，需要包括視覺、聽覺等的全體文化感知方式，始不至產生「失聰」的現象。二十世紀六〇年代加拿大著名的哲學家及教育家馬歇爾·麥克盧漢（Marshall Mcluhan, 1911-1980）曾說中國人是「聽覺人」，中國文化精緻、感知敏銳的程度是西方文學無法比擬的。他曾尖銳的批評西方文化中視聽失衡的現象，認為要治療這種「視覺被孤立起來的失明症」，就需要建立與「視覺空間」感受相異的「聽覺空間」（acoustic space）概念。[17]在視覺場域常出現「圖景」的概念，漢語中與「景」字相關的詞語，如：景色、景觀、景象等，幾乎指的都是「看」的意思；事實上在聲學領域，同樣也有「音景（soundscape）」的概念。「音景」可說是「聲音的風景」，可定義為一系列聲音事件的集成。[18]二十世紀七〇年代同為加拿大人的作曲家及作家雷蒙德·穆雷謝弗（Raymond Murray schafer, 1933-）首先提出「音景」理論，他回憶起

---

[15] 見張頌：《朗讀學》（北京市：北京廣播學院出版社，1999年），頁3，〈序言〉。

[16] 張頌的《朗讀學》初版發行日期為一九八三年。

[17] 馬歇爾·麥克盧漢彙編，何道寬譯：《麥克盧漢精粹》（南京市：南京大學出版社，2000年），頁162。

[18] 傅修延：《中國敘事學》（北京市：北京大學出版社，2015年），頁252。

自己有一次坐觀光列車穿行於洛基山脈的情景，儘管透過玻璃車窗，外頭的風光一覽無遺，但在全封閉的車廂裡所放出的背景音樂，卻讓他感覺自己根本沒有「真正」來到洛磯山脈，眼前快速掠過的畫面，只像是一部配樂的旅遊風光影片而已。[19]美國聽覺歷史學家艾米莉安・湯普森（Emily Thompson, 1962- ）檢驗了一九○○至一九三三年美國的聲音製造技術與聲音消費文化，她把「音景」定義為「聽覺的地景」（anauditory or aural landscape），她認為音景與地景一樣，同時是物質的環境與理解環境的方式，既是世界，也是文化。音景的物質部分包括聲音本身，音景的文化部分則分別混合了聆聽的科學、美學的方式、聽者和環境的關係等。[20]她的聽覺研究，質疑了那種所謂現代科學和理性都是從視覺表徵思維中成長起來的看法。

（二）中國的「聽聲類形」

西方學者為「聲音」塑造了音景風貌，奠定了理論基礎；中國文獻在聲音的感知上亦有「擬聲詞」和「聽聲類形」的作法。《周易・震卦》以「震來虩虩，笑言啞啞，震驚百里，不喪匕鬯」形容雷聲震動之威，使萬民戒懼，慎行守法而得福；亦能使天下諸侯震驚從命而保有社稷。《詩經》中涉及「音景」的更多達一二○餘處，「三百篇」中至少有五十三篇使用了擬聲詞，它們賦予《詩經》無窮的藝術魅力；例如起首的〈周南・關雎〉：「關關雎鳩，在河之洲。窈窕淑女，君子好逑。」就是用「關關」描述雌雄相和的鳥鳴聲，因而聯想起君子淑女，配為佳偶的美好畫面。此種「聲音圖畫」，即所謂「聽聲類形」，它是文學中的「通感」[21]現象，堪稱為聽覺敘事的最高境界。

《禮記・樂記》有言：「故歌者，上如抗，下如隊，曲如折，止如槁木，倨中矩，句中鉤，纍纍乎端如貫珠。」孔穎達疏：「言聲之狀，纍纍乎感動人

---

19 王敦：〈聲音的風景：國外文化研究的「聽覺轉向」〉，《中國社會科學報》2011年7月12日。

20 Emily Thompson. 2002. The Soundscape of Modernity: Archirectural Acoustics and the Culture of Listening in America, 1900-1933. Cambridge, Mass.: MIT Press.

21 錢鍾書指出「通感」是心理學和語言學的術語。它們是不同的感覺在大腦中互相溝通交錯的現象，必須要全身心的去感知生活或審美對象，才能捕捉到完整的藝術形象。

心，端正其狀，如貫於珠，言聲音感動於人，令人心想形狀如此。」[22]當聲音能夠感動人的時候，讀者自然產生「聽聲類形」，自由表現出聲音所造成的印象與效果。如蔣捷〈虞美人〉云：

> 少年聽雨歌樓上，紅燭昏羅帳。壯年聽雨客舟中，江闊雲低斷雁叫西風。而今聽雨僧廬下，鬢已星星也。悲歡離合總無情，一任階前點滴到天明。[23]

透過「聽雨」的意象，將人生三個不同階段的美麗與哀愁，串聯於縹緲迷濛的煙雨中，使讀者彷彿也參與了那種懵懂尋覓、滄桑無奈、而後頓悟的生命歷程。

　　許多文學作品透過口語表達及對人事時物的體悟感知，自然意象的聽覺感受等，塑造了「聽聲類形」的想像及風貌。

四　朗讀是「對文字理解後的再創作」

　　文字作品是作者的創作；朗讀文字作品，是朗讀者的「再創作」，也可以說是朗讀者和聽者共同完成的「再創作」。創作的題材或有不同，但核心價值皆在追求「善」與「美」，此種價值亦展現在朗讀的特色與技巧中。茲就其要點敘之：

（一）朗讀的特色

　　朗讀的特色可分為「音聲以正德」和「感受以入情」兩個層面。

1　音聲以正德

　　朗讀是將無聲的文字語言轉化成有聲的語言。何謂「音」？何謂「聲」？《毛詩序》云：

---

22 鄭玄注，孔穎達疏：《禮記正義》（臺北市：臺灣古籍出版有限公司，2001年），頁1340。
23 邱鎮京編著：《唐宋詞鑑賞》（臺北市：文津出版社，2002年），頁196。

> 情發於聲，聲成文謂音。治世之音安以樂，其政和；亂世之音怨以怒，
> 其政乖；亡國之音哀以思，其民困。[24]

由是可知，音聲具有敦人倫、美教化、移風俗的功能。音樂如是，朗讀亦如是。
《呂氏春秋・音初》闡釋得更為精闢，其曰：

> 凡音者，產乎人心者也。感於心則蕩乎音，音成於外而化乎內。
> 是故聞其聲而知其風，察其風而知其志，觀其志而知其德。[25]

如果將音樂視為一種觀察的對象，此段話可謂深中肯綮。朗讀雖不同於音樂創
作，但音聲一樣是從人的內心產生出來，表現於外而化育於內，無論是出於朗
讀者之口，或接收於聽聞者之耳，皆須展露出「風」、「志」、「德」的特色，絕
非單純的念字出聲而已；這也是朗讀者應具備的語言素養與造詣。

2　感受以入情

劉勰在《文心雕龍・知音》指出：「綴文者情動而辭發，觀文者披文而入
情。」[26]「朗讀」係以感受入情，與文本互動，因此對正確理解文學作品，可
收事半功倍之效。「朗讀」是一種將訴諸視覺的文字語言轉化為訴諸聽覺的有
聲語言的閱讀活動；也是一種講究咬字吐音、表情達意的語言藝術；更是一種
身體思維、一種體驗認知。朗讀者不是旁觀者，不能只是冷漠地、制約地注釋
詞語、翻譯文章，也不能無動於衷地陷入引經據典，旁徵博引的訓詁中；朗讀
者必須要積極地、熱忱地去分析作品，並且傾注身心的體味作品。一個字、一
個詞，在朗讀者的心目中，不應僅是白紙黑字、抽象的觀念，更應成為有生命
的客體，有活力的形象。[27]因此必須透過我們最豐富、真誠的「感受」去分析

---

24 《十三經古注（上）・毛詩》（臺北市：新文豐出版公司，1976年），頁167。

25 陳奇猷校釋：《呂氏春秋校釋》（臺北市：華正書局，1988年），頁335。

26 劉勰：《文心雕龍》（上海市：上海古籍出版社，2015年），頁99。

27 張頌：《朗讀學》（北京市：北京廣播學院出版社，1999年），頁68-69。

作品，使作品在「再創作」的歷程展露出豐沛的情感與生命力。

　　以蘇軾的〈定風波〉為例，我們在朗讀之時，感受到的是蘇軾在逆境中呈現的灑脫自在與超然自得：

> 莫聽穿林打葉聲，何妨吟嘯且徐行。竹杖芒鞋輕勝馬，誰怕？一蓑煙雨任平生。料峭春風吹酒醒，微冷，山頭斜照卻相迎。回首向來蕭瑟處，歸去，也無風雨也無晴。[28]

蘇軾於「烏臺詩案」後，被貶黃州。在「莫聽」聲中，其實是清楚「聽到」敲打樹葉的雨聲，它是一種苦難的意象；接著「看到」在雨中「吟嘯徐行」，「穿著蓑衣，來去自如」的倔強老翁，透過模擬的「聽覺」與「視覺」，我們感受出一位「誰怕」的勇者形象。「春風吹」、「微冷」是觸覺，在朗讀時，我們也能感受到那股沁心的寒意；但馬上又再度看到了山頭落日取代了煙雨。管他的，我要回家了，在回家的路上則是一幅無風無雨也無晴的景象。「觸覺」與「視覺」的交織，朗讀者跟著作者一起行動，就能深深體會出那種不畏困頓、灑脫自在的情懷，讀出那份超然自得的氣節。

　　朗讀者由作品的文字語言中，可以看到、聽到、觸到、嗅到、嚐到文字符號所代表的客觀世界中的各種事物，也能經由對姿勢、運動等身體經驗的感受，以及對作者喜怒哀樂狀態的感知，進行「聯想與再創造」的歷程；這是朗讀動人心神的關鍵。

（二）朗讀的技巧

　　朗讀的技巧，依據筆者指導朗讀教學多年之經驗，以「自然流暢，感己動人」為最高境界。但具備「和氏之璧，不飾以文采；隋侯之珠，不飾以銀黃」[29]資質者，畢竟為少數；而能自然心領神會、感受入情者，亦可遇而不可

---

[28] 張志烈、馬德富、周裕鍇主編：《蘇軾全集校注・詞集》（石家莊市：河北人民出版社，2010年），頁351。

[29] 賴炎元、傅武光注譯：《韓非子》（臺北市：三民書局，2013年），頁191。

求；多數人是需要「玉琢然後成器」的。因之，技巧的掌握與拿捏分外重要。無論是語音、語法、語調、語氣，還有輕重緩急、抑揚頓挫、停連的節奏，以及「感受」的揣摩與想像等，要達到「不工者，工之極也」[30]的境地，必須要走過技巧學習的階段。

　　朗讀技巧除了一些規範外，也會因性質、場合、對象不同，而有不同的表達方式。本文僅就與「閱讀」相關的部分提出探討，期能透過朗讀教學以增進閱讀理解。

1　正確的讀音

　　正確的發音和聲調有助於閱讀理解及人際互動，它代表的是一個人的語文素養與造詣。即使我們在作會議報告或宣讀學術論文時，朗讀者的語音是否清晰，語氣是否生動，聲調是否悅耳，也會影響聽者的接受度與認同感。茲就以下三項提出正音：

（1）容易誤讀的語音

　　因「發音部位」或「發音方法」的錯誤，往往無法發出正確的語音。常見誤讀的語音有：

　　舌尖後音ㄓ〔tʂ〕、ㄔ〔tʂ'〕、ㄕ〔ʂ〕，誤讀為舌尖前音ㄗ〔ts〕、ㄘ〔ts'〕、ㄙ〔s〕。例：「吃」飯→ㄔ〔tʂ'〕變成ㄘ〔ts'〕。

　　鼻音ㄋ〔n〕，誤讀成邊音ㄌ〔l〕。例：熱「鬧」→ㄋ〔n〕變ㄌ〔l〕；

　　聲隨韻母ㄣ〔ən〕、ㄥ〔əŋ〕混淆。例：熱「忱」→ㄣ〔ne〕變ㄥ〔əŋ〕。

　　介音撮合呼ㄩ〔y〕誤讀為齊齒呼一〔i〕。例：同「學」→ㄩ〔y〕發音成一〔i〕。

　　其他如：臺灣國語把「發現」誤讀「花現」……等，亦時有所聞。

（2）一字多音

　　朗讀時亦須注意「一字多音」的正確讀法。一字多音為國語中常見之現

---

[30] 劉熙載：《藝概·書概》（臺北市：廣文書局，1927年），頁21。

象，造成學習者極大困擾；為解決教學上莫衷一是的問題，教育部訂定了《國語一字多音審訂表》。但隨著時空環境改變，語言亦會產生流變，教育部會進行修改與更新，目前使用的是103年更新版。如：

仔：牛仔ㄗㄞˇ褲　　　　　　　歌仔ㄗㄞˋ戲

便：便ㄆㄧㄢˊ宜　　　　　　　便ㄅㄧㄢˋ宜行事

和：和ㄏㄜˊ　平　　附和ㄏㄜˋ　我和ㄏㄢˋ你

　　攪和ㄏㄨㄛˋ　　　　　　　暖和ㄏㄨㄛ·

（3）聲調的調值

聲調分為「調類」與「調值」。現在標準國語的聲調分為「陰平」、「陽平」、「上聲」、「去聲」。調值則是指聲調在實際語音上的高低、升降、曲直、長短的型式，現在紀錄漢語聲調最實用的方法，當推趙元任的「五度制調值標記法」（圖1），這方法已經為國際語音學界正式採用。[31]國語四聲的調值如下：

陰平（第一聲）：55:

陽平（第二聲）：35:

上聲（第三聲）：214:

去聲（第四聲）：51:

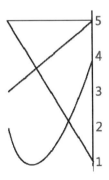

圖1：五度制調值標記法

---

31 臺灣師範大學國音教材編輯委員會編纂：《國音學》（臺北市：正中書局，1995年），頁225-227。

　　通常最易發生誤讀的是「上聲（第三聲）」，到底要念「前半上」還是「全上」？一般而言，上聲字出現在句子中間或在逗號之前，讀前半上21:或211:；上聲字若是出現在句號之前，則要念全上214:。如：

　　　　它是一種獨特的教「養」（前半上），可以改變自己的氣質。

　　　　閱讀是一場永不止息的流動盛宴，會不斷地帶來驚「喜」（全上）。

其次容易出錯的是去聲（第四聲），往往調值未完整的從「5」讀到「1」，即轉彎變調成534:或523:，因此在朗讀之時，整篇文章失去了穩定性，會令聽者有昏昏欲睡之感，達不到美讀效果。

2　統觀的修辭

　　朗讀之前，必先對作品的字、詞、句、段進行分析和理解，提綱挈領的修辭技巧可快速窺得全貌。吾人長期以來談論「修辭」之時，馬上會想到「修辭格」，但我們知道亞里士多德的《修辭學》所涉及的並非修辭格，而是勸服的藝術。傳統上的修辭學可以分為對修辭格（文字藝術）的研究和對話語之說服力（作者如何勸服聽眾或讀者）的研究這兩個分支。[32]二十世紀九〇年代西方後經典主義抬頭，對敘事理論有了不一樣的反思與定義，美國詹姆斯・費倫（James Phelan）在他的著作《作為修辭的敘事》中認為：

　　　　修辭含有一個作者，通過敘事文本，要求讀者進行多維度的（審美的、情感的、觀念的、倫理的、政治的）閱讀；反過來，讀者試圖公正對待這種多維度閱讀的複雜性，然後作出反應。[33]

---

[32] 申丹、王麗亞：《西方敘事學：經典與後經典》（北京市：北京大學出版社，2010年），頁171。

[33] 詹姆斯・費倫著，陳永國譯：《作為修辭的敘事：技巧、讀者、倫理、意識形態》（北京市：北京大學出版社，2003年），頁5。

在此模式中，作者、讀者和文本之間的界限是模糊的，修辭是此三者之間的協同作用。因此我們在討論作者、讀者與文本之間的修辭關係時，指的就是寫作和閱讀這一複雜和多層面的過程，要求我們的認知、情感、欲望、希望、價值和信仰全部與的過程。[34]筆者將其稱之為「統觀的修辭」。

我們在分析作品時，除了要弄懂生字、語詞、句子之含義，更應體悟其文句所呈現之意境，此恐非傳統修辭格所能詮釋。筆者以為傳統修辭格之譬喻、設問、映襯、借代等，或可為基礎，但必須具有統觀的修辭概念，始能化零為整，心領神會，成為有生命力的學習。對相關重點的了解，亦可佐以圖表來增強理解，如蘇軾〈赤壁賦〉可將其字、詞、句分析如下（圖2）：

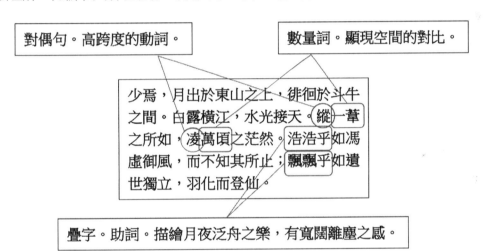

圖2：蘇軾〈赤壁賦〉分析圖

經過字、詞、句的分析後，統觀其段落、文意，浩瀚的江水與灑脫的胸懷，騰躍而出；泛舟而遊之樂，溢於言表；如此自能體會那份情景交融之美。

3　審美的聲情

聲以帶情，情以入聲。聲情可謂是朗讀語句中「神」與「形」的契合；亦是朗讀走向深化，感受及於聽眾的關鍵。聲情要能在思想感情和聲音形式上「神形兼備」，必須要對作品有深刻的理解，對語言、語調、語氣、語法及輕

---

34 同前註，頁23-24。

重緩急、抑揚頓挫、停連的功夫，多所著墨。茲就朗讀時不易掌握的停連、重音及排比句之處理，舉例如下：

（1）停連

文字語言的書寫，多以方便視覺閱讀為主，如不明瞭文意時，可重覆閱讀；但當其轉化為有聲語言時，必須要一聽即清楚明白，故有些語句要經過重新安排，方不致造成聽者的混淆與誤解。「停連」指的是朗讀時聲音的中斷和連續。在詞組、語句、段落、層次之間，隨著思想感情的發展變化，都可能出現聲音的中斷或連續，如：蘇軾〈潮州韓文公廟碑〉：

> 匹夫／[35]而為百世師，一言／而為天下法。是皆有以／參天地之化，關／盛衰之運。其生也／有自來，其逝也／有所為。

經過安排後的句子，朗讀出來，能清楚令人了解韓愈其人和他的言論所產生之影響。有停頓記號之處，須以「字斷氣不斷」的方式朗讀，保持原句一氣呵成的連貫性。「停連」的分析與使用，可充分增加對文意的理解。

（2）重音

重音是要解決作品內容詞語關係的主次。語句中重音的確定，能夠顯示出文章重點所在。以「我今天下午去公園散步」為例：

> 我[36]今天下午去公園散步→強調「主體」。
> 我今天下午去公園散步→強調「時間」。
> 我今天下午去公園散步→強調「空間」。
> 我今天下午去公園散步→強調「動作」。

---

[35] 「／」為停頓（極短時間）記號。字斷氣不斷，朗讀時全句仍須一氣呵成。

[36] 「˙」代表重音。

綜上觀之,語句中不同的重音位置,呈現出不同的意義。若以段落來分,亦可整句重音,如歐陽脩〈醉翁亭記〉:「環滁皆山也。」首句即引人入勝,為重點所在,故可全句重音,以收開宗明義之效。

(3)排比句

　　凡是同一個性質,同一個範圍,句型相類似,而常有相同的字夾在分句當中的一種修辭技巧,稱為排比。[37]排比句因其性質相同,句形類似,故在朗讀之時,常易出現節奏固定的情況;或二字、或三字一拍,不但難聽,甚至不知所云。故朗讀之前,先得將句子加以處理。如蘇軾在〈超然臺記〉描述自己從杭州遷調密州的排比句,可先找出轉折詞:「而」;以及當作連接詞用的動詞:「釋、服、去、蔽、背、適」;並要區分「舒適日子」和「超然生活」的對比感受;朗讀之後,自然對文意了然於胸。分析如下:

　　　　＞＞[38]　　　　　　＜＜[39]　　　　　　　＞＞

　　釋／舟楫之安,而／服／車馬之勞;去／雕墻之美,

　　　　＜＜　　　　　　　　＞＞　　　　　　＜＜

　　而／蔽／采椽之居;背／湖山之觀,而／適／桑麻之野。

朗讀時感受舒適日子已遠離,聲音漸弱;超然生活正開始,聲音漸強;即能分辨重點所在。承接上文「余自錢塘,移守膠西」,採輕讀方式;故此段排比句,可採兩頭重讀,中間輕讀方式,以突顯文意,並不致流於固定節奏。句末「桑麻之野」的「野」字念「全上」,且稍作拉長,即可展現視野開闊,胸襟廣大的超然之貌。

---

37 孫劍秋、何永清:《文法與修辭》(臺北市:五南圖書出版股份有限公司,2014年),頁130。

38 「＞＞」為「漸弱」記號。

39 「＜＜」為「漸強」記號。

五　朗讀教學應用於蘇軾〈石鐘山記〉〈教戰守策〉析探

國語文教育，朗讀的功夫不可忽視；透過朗讀教學，把書面、靜態的文句轉化成立體、動感的聲音，不但可以凝聚學生的注意力，提升語文的趣味性，更能跨越視覺閱讀的障礙，增進「閱讀理解」。另外要注意閱讀的目的在欣賞文學之美，是故朗讀脫離不了美學，必須是一種「美讀」，方能刺激聽者的感官，引起共鳴。朗讀者透過對文本的理解，展現語言技巧及優美節奏，引領聽眾進行美學的追求與實踐，此為朗讀的最高境界。筆者以蘇軾〈石鐘山記〉與〈教戰守策〉兩篇文章說明之：

（一）〈石鐘山記〉

〈石鐘山記〉為二○一六年全國語文競賽指定的朗讀篇目之一，是蘇軾所作的一篇考察性遊記。朗讀之前，必須先分析作品：

1　文本分析

蘇軾透過對石鐘山得名由來的探究，闡明要認識事物的真相，必須目見耳聞，切忌主觀臆斷。本文一開始就提出人們對酈道元說法的懷疑，以及自己對李渤說法的不相信。剛好有一個實地考察的機會，蘇軾先問當地寺僧，寺僧的說法和作法與李渤一樣，於是蘇軾決心在月夜乘小舟去親自察訪。因逢盛夏漲水季節，一葉扁舟是很危險的，所以「士大夫終不肯以小舟夜泊絕壁之下」，故無法一探究竟。蘇軾為弄清石鐘山得名的真相，不畏艱難，他考察的結果是肯定酈道元的觀點，但嘆其太過簡略；否定李渤的看法，笑其太過淺陋。雖然今人深入研究，認為石鐘山是因「形」和「聲」而得名，蘇軾的說法也未必正確；但他實事求是的精神，是值得敬佩的。

對文本的分析，有助聲情的表達與閱讀理解；筆者就結構、時間、視角、意象四個向度進行分析：

（1）時間

本文寫於宋神宗元豐七年（1084）夏天，蘇軾送長子邁赴任汝州的途中。

（2）結構

以「疑－察－結論」三個步驟展開全文，是「議論－記敘－議論」的三段式線性結構。

（3）視角

①下臨深潭→南聲北音→亂石之間→暮夜月明→至絕壁下→大石側立千尺→山上栖鶻→大聲發於水上→山下石穴罅→大石當中流。

②呈現移動性視角，有遠有近，有高有低，有動有靜，使人身歷其境。

（4）意象

蘇軾運用了自然的意象，以對「大石」、「栖鶻」、「鸛鶴」生動的描繪，成功塑造了石鐘山驚險恐怖的奇景。他以「猛獸奇鬼，森然搏人」的動覺意象與「大石側立千尺」的「大」字相呼應，使人深深感受到蘇軾父子身臨絕壁下的恐懼與壓迫感。此篇的意象語言表達靈活暢達，很有特色，例如「窾坎、鏜鞳」之聲，令人想起了莊子的「天籟」可謂無所不在也。即因此番實地考察，連結了此文笑酈道元之簡，笑李勃之陋，還有蘇軾自得之笑的「三笑」意象。

朗讀重視的是「聲情」表達，故再就其語言風格分析之。「語言風格學」是利用語言學的觀念和方法來進行作品的研究；現代的語言風格研究分為音韻、詞彙、句法三個面向[40]，舉例如下：

（1）音韻風格

利用「雙聲」、「疊韻」的語詞，造成語言節奏之美。如：

聲如洪鐘：「洪鐘」是疊韻。

---

[40] 竺家寧：《語言風格與文學韻律》（臺北市：五南圖書出版有限公司，2008年），頁15。

涵澹澎湃：「涵澹」是疊韻；「澎湃」是雙聲。

（2）詞彙風格

①通假字

南聲「函胡」（含糊）

②古今字

至「莫」夜月明（暮）

③重點詞義

◎水石相「搏」：拍、擊。

◎桴止「響騰」：傳播。

◎涵澹澎湃而「為」此也：形成。

（3）句法風格

①判斷句

◎噌吰者，周景王之無射也；窾坎鏜鞳者，魏莊子之歌鐘也。

◎或曰此鸛鶴也。

②走樣句[41]

◎得雙石於潭上。（狀語後移）

◎石之鏗然有聲者。（定語後移）

◎而大聲發於水上。（狀語後移）

◎古之人不余欺也。（賓語前移）

③省略句

◎今之鐘磬置（於）水中。

◎（余）獨與邁乘小舟。

◎磔磔（於）雲霄間。

◎（余）徐而察之。

---

41 「走樣句」是譯自西方語言風格學的術語，意即可以經過復原和理解的句子。

2 朗讀文本

　　茲以文本中關鍵句為例，將其表現方式說明如下：

（1）彭蠡之口，有石鐘山[42]焉。

　　→以重音點出「題目」。

（2）是說也，人常／[43]疑／之。

　　→表示不相信之意。

（3）然是說也，余／尤／疑之。

　　→表達強烈的懷疑。

（4）余／自／齊安／舟行／適／臨汝。

　　→交代主角、地點、交通工具。

　　→「適」指方向。

（5）大石側立／千尺，如／猛獸／奇鬼，森然／欲／搏人。

　　→將大石的高度、樣貌及想要撲人的動作，清楚展露。

（6）而／山上棲鶻，聞人聲／亦驚起[44]，磔磔雲霄間。

　　→動態的張力表現躍然紙上。

（7）而／大聲／發於水上，噌吰／如鐘鼓不絕—[45]，舟人大恐。徐而

察之[46]，則山下／皆／石穴罅，不知—其淺深。

　　→「不絕」拉長，有餘音繚繞之聲。

　　→「不知」拉長，有莫測高深之感。

---

[42] 「．」代表重音。

[43] 「／」為停頓（極短時間）記號。字斷氣不斷，朗讀時全句仍須一氣呵成。

[44] 「※」代表快讀。

[45] 「—」代表拉長

[46] ⊙代表慢讀。

→「大恐」重讀，呈現驚慌恐懼之情。

→「徐」、「察」慢讀，與「大恐」對比，呈現張力美學。

（8）與／向／之／噌吰者／相應一。

→區別過去的時間

→「相應」拉長，有互相應和之感。

（9）而／漁工／水師，雖／知／而／不能／言。

→顯示指定對象及產生效應，藉以點出後句「世所以不傳」的結果。

（10）蓋／歎／酈元之簡，而／笑／李渤之陋／也。

→區別發語詞、轉折連接詞、動詞。

→強調文意「簡」和「陋」的批判。

〈石鐘山記〉是一篇考察性的遊記，除了生花妙筆之外，更讓人見識到蘇軾實事求是的科學精神；他閱歷廣博，生活經驗豐富，並且對事物觀察深刻，使讀者在思維的過程中，獲得聯想的快感與意境的提升。透過「朗讀」全文，更能增進對本篇作品的「閱讀理解」。

（二）〈教戰守策〉

〈教戰守策〉係二○一五年全國語文競賽指定的朗讀篇目之一，同樣是蘇軾的作品。如果說〈石鐘山記〉是文學美感與科學實證的融合，那麼〈教戰守策〉則是蘇軾憂國憂民情懷的展現。

1　文本分析

〈教戰守策〉就是教人們如何臨敵作戰和平時守備的策論。

「策」是一種文體，人臣應詔陳言稱為「對策」，主動獻說稱為「進策」。蘇軾於宋仁宗嘉祐六年（1061）得歐陽脩推薦，參加制科考試，提出「時務策」二十五篇，內容包括政治、經濟、教育、軍事等國家大計，「教戰守」即是其中的一篇，性質接近進策。

　　北宋重文輕武，承五代積弱之局，有遼與西夏隨時犯境之憂，但卻沉迷於
苟安求和，百年太平的好夢。蘇軾洞燭機先，主張國家在承平之時，居上位者
當具憂患意識，教民習武，做好準備，方能應付突發的外患。全篇以「居安思
危」為主線，先提出論點，寫出要「為之計」的原因；再徵引史實，借古鑑
今；作者除考量論證的說服力外，亦顧及論證的親切感，繼之以王公貴族與農
夫小民的「養身之道」推論到「養民之道」；然後提出教民戰守的具體措施；
最後以寓兵於民的好處作結；條理井然。

　　「文本分析」可視學生程度與教學時間自行調整。詳細分析方式可參閱前
段〈石鐘山記〉。

2　朗讀文本

　　茲以文本中關鍵句為例，示範其表現方式：

（1）夫當今生民之患[47]，果─[48]／安在／[49]哉？在於知安／而不知危，
　　　能逸／而不能勞。
　　　→以重音點出禍患之源。
　　　→「果」拉長，加強「設問」的口氣，有憂慮之感。

（2）使其／耳目／習於鐘鼓／旌旗之間而不亂，使其／心志／安於／
　　　※※※※[50]
　　　斬刈殺伐之際／而不懾。
　　　→快讀呈現氣勢之張力。
　　　→重音表達期待之效果。

（3）畏之太甚，而養之太過，小／不如意，則寒暑／入之／矣。
　　　→重音突顯產生之後果。

---

[47] 「‧」代表重音。
[48] 「─」代表拉長。
[49] 「／」為停頓（極短時間）記號。字斷氣不斷，朗讀時全句仍須一氣呵成。
[50] 「※」代表快讀。

（4）今者治平之日╱久，天下之人╱驕惰脆弱。[51]

　　　→重音強調前後兩句之因果關係。

　　　→慢讀呈現對驕惰脆弱現象的擔憂。

（5）愚者╱見╱四方之無事，則以為╱變故無自而有，此亦╱不然╱矣。

　　　→重音表示對愚者之見的不以為然。

（6）奉之者╱有限，而求之者╱無厭，此其勢╱必至於戰。[52]

　　　→強弱對比，指出後句造成「此其勢」的原因。

　　　→重音突顯將發生之結果。

（7）庶人之在官者，教以╱行陣之節；役民之司盜者，授以╱擊刺之術。

　　→以強弱區別對偶句，有層次井然之感。

（8）每歲終╱則聚於郡府；如古╱都試之法，有勝╱負，有賞╱罰。

　　　→區隔語義。

（9）天下╱果╱未能去兵，則其一旦將以╱不教之民╱而驅之戰。

　　　→重音表示對疏失結果之恐懼。

（10）利╱害之際，豈不亦╱甚明╱歟？

　　　→顯示兩種結果昭然若揭。

在〈教戰守策〉提出六十五年後，北宋遭逢靖康之難，印證了蘇軾所言：「此其患不見於今，而將見於他日。今不為之計，其後將有所不可救者。」其真知灼見令人欽佩，也令人不勝唏噓。朗讀全文，若能掌握要點，當可呈現滔滔雄辯，一氣呵成的氣勢；並體會蘇軾居安思危，忠言直諫的情操。

---

51 「⊙」代表慢讀。

52 「＜＜」為「漸強」記號。

六 餘論

在重視口語表達的今日,「朗讀」在許多場合,已成為訊息傳遞、情感交流的橋樑,其功能與價值自不容小覷。所謂「誠於中,形於外」,朗讀者的素養,包括感覺、知覺、思維、想像、情感和意志等,與朗讀效果是否深刻感人,息息相關。如果朗讀的材料是文學作品,作品的時代背景,作者的生活環境,文章的題材、體裁、布局、結構、修辭、詞彙、句法等,都需有充分的認識和理解,才能作出正確的表達。即使朗讀的材料是會議資料、學術論文或應用文之類,也須以語氣、語調提綱挈領,深中肯綮,始能給人清楚的印象。

如何靈活而不刻板的運用表達技巧,詮釋不同風格和樣貌的文學作品;如何能更深刻具體的感受作品內容,以增進美學鑑賞及閱讀理解能力;如何區分面對不同性質(如:教學、比賽、會議)以及不同對象時的表達方式;如何提升朗讀者的情操與素養,而不淪為譁眾取寵或比賽加分的工具;都是朗讀教學應思考及深耕易耨之處。

──本文原收入《致理學報》第38期(2018年11月),頁239-273

──徐長安:臺北市立大學中國語文學系博士,國立臺北科技大學兼任助理教授、致理科技大學兼任助理教授,前新北市江翠國小校長

初探動補式「V完」及
「V好」之異同
——以語料庫為本的研究

洪嘉翃、張瓊安

一　前言

　　在華語的句子中，動詞成份往往需要加上補語成份完成句子的意義，例如：「他第一個吃完晚餐」，若將「完」去除，則會導致句義不完整，聽者無法明確判斷說者欲表達之意；若將該補語成份改為其他近義成份時，則可能導致聽者於句義理解上有所差異。

　　其中補語成分「完」和「好」修飾，因皆帶有結束義，啟發本研究欲探查「V好」及「V完」之使用差異及替換使用情況。

　　考察前人學者的文獻，多針對動補結構探討其語法及語義功能，本研究為以全面及客觀的角度考察動補結構「V好」及「V完」之使用差異，以中央研究院現代漢語平衡語料庫為本，分別搜尋動補式「V好」及「V完」，人工檢視其與動詞成份共現之差異。第二節將探討補語成份之語法和語義功能，第三節說明如何使用語料庫及語料來源，第四節進行資料分析。最後，根據研究結果，試圖找出「V好」及「V完」使用差異，並期許本研究結果有助於華語教學。

二　文獻探討

（一）補語成份之語法與語義功能分類

　　華語的動補結構具精簡靈活的特性，補語成份是位於動詞或形容詞後主要對動詞或形容詞進行補充說明的成份，根據補語成份的意義和結構特點，又有多種不同的劃分方式。

　　呂叔湘（1980）[1]將動補結構列入動詞短語，又分為動趨式及動結式。動趨式是動詞加上表示趨向的動詞，動結式是主要動詞加上表示結果的形容詞或動詞。兩種皆可在前後兩個成份中插入可能態「得、不」，但差別在於，動結式的「了」只放在最後。

　　劉月華、潘文娛、故韡（1996）[2]和何淑貞、王錦慧（2015）[3]劃分補語種類方式相同。將補語分為結果補語、趨向補語、可能補語、情態補語、程度補語、數量補語及介詞短語補語共七種。結果補語表示動作或變化所產生的結果，當敘述通過動作或變化產生某種具體結果時，就應該使用結果補語，但與動詞後的時貌標記「了1」功能不同，結果補語不僅表動作完成，還產生了具體的結果。

　　Li & Thompson（2008）[4]將動補結構列入動詞複合詞之一，其中第二個動詞成分是用以表示動作或過程的結果，可在兩個組成要素中插入「得」或「不」。又將結果補語分為方向補語、階段補語及隱喻補語。方向補語用於表位移及運動的方向；階段補語所包含表結果的動詞以及動作的程度；隱喻補語包含了結果，主要與表察覺、知覺與述說的動詞使用。

　　朱德熙（2012）[5]將動補結構分為黏合式結構及組合式結構，黏合式是指

[1]　呂叔湘：《現代漢語八百詞》，修訂版（北京市：商務印書館，1979年），頁15-17。

[2]　劉月華、潘文娛、故韡：《實用現代漢語語法》（臺北市：師大書苑，1996年），頁533-544。

[3]　何淑貞、王錦慧：《華語教學語法》，修訂版（臺北市：文鶴出版社，2015年）。

[4]　Charles N. Li & Sandra A. Thompson., Mandarin Chinese: A Functional Reference Grammar, translate by 黃宣範（臺北市：文鶴出版社，2008年），頁53-62。

[5]　朱德熙：《語法講義》（北京市：商務印書館，2012年），頁125-126。

補語成份直接黏著附在動詞成份後的格式，又可分為結果補語及趨向補語；組合式結構是可帶「得」的動補結構，又可分為可能式與狀態式。

（二）補語成份之語法與語義功能討論

趙靜雅（2009）[6]從構式的語義表徵角度探討動補結構的動補機制，該研究結果中，賓語的選取和動詞是單純動詞或複合動詞有密切的關係，且在非典型情景中，動詞論元往往違反次類劃分的選擇限制，因此不得不借用別的、有關聯性的表達方法，可見語用因素具一定程度地影響論元的隱現。

動補結構的及物性及指向也是學界所關心的議題，鍾友珊、陳克健（2011）[7]分析動補結構的個別成份，透過成份本身的及物或不及物性以及分別與主語、賓語搭配的可能性，成功預測大多數動補句型的及物性以及補語的修飾對象。

何淑貞、王錦慧（2015）[8]指出，觀察補語成分與句子的哪個成份在語義上有關係，可得知補語成份可指向動作行為本身、施事或動作的受事等成分。馬婷婷（2017）[9]則認為動補結構的語義指向是多維度的，可從語義指向對象為何、指向方向是前指或後指、指向範圍以及指向數量四個層面分析。

（三）動補結構「Ｖ完」與「Ｖ好」之語法與語義功能研究

呂叔湘（1980）[10]指出，動結式的第二個成份的動詞和形容詞中，「完」與「好」屬於最重要的補語成份之一，且「好」作為補語時，具有不同的表達義。例如：「他比我唱得好。」中，「好」表令人滿意的，而「家具做好了，可是還沒有上漆。」的「好」以表達「完成」意。

6　趙靜雅：〈從構式語法看現代漢語動補結構的論元體現〉，《華語文教學研究》第6卷2期（2009年），頁23-43。

7　鍾友珊、陳克健：〈動補結構的及物性及修飾對象〉，《ROCLING論文集》（臺北市：中華民國計算語言學學會），頁139-150。

8　何淑貞、王錦慧：《華語教學語法》。

9　馬婷婷：〈語義雙向選擇視閾下結果補語的語義指向對象〉，《漢語學習》第6卷12期（2017年），頁31-40。

10　呂叔湘：《現代漢語八百詞》，頁17。

　　劉月華等人（1996）[11]認為，「完」和「好」皆可當結果補語使用，其中「完」只用以說明動作是否完結、是否達到目的，不表示動作對人或事物產生什麼結果，不具「使動」意義；「好」作為結果補語時，用以表示動作完成而且達到完善的地步。

　　崔廣華（2007）[12]分析動補結構「V完」的句法和語義表現，該研究發現與「完」共現的動詞都有持續與自主的語義特徵，且動詞多為及物動詞，具施事與受事成份；補語「完」語義指向並不一致，表結束義指向動詞成份，指向受事表消耗盡。

　　Li & Thompson（2008）[13]將「完」及「好」歸類為階段動詞補語，「完」表示動作的完成，「好」作為動詞補語時用以表示「完成第一個動作所代表的工作」，僅註明動詞補語「好」的語義跟「完」類似，但沒有說明兩者的差異。

　　宋鵬（2008）[14]探討動補結構「V好」的特徵，認為補語「好」是對動作或動作結果的評價描述，動詞是具有自主的持續動作動詞，且動詞成份多數是可以帶賓語，但無法與狀態動詞、關係動詞或能願動詞共現。語義色彩中，「好」具有「優點多的、令人滿意的」正向的基本義，因此「好」作為結果補語時，大多也會與褒義的動詞成份搭配，但在特定情境下，能夠與產生動作或說話者心裡期待的結果時也可使用「好」，如例：「管戶籍的民警分明是早已串通好了。」

　　丁萍（2012）[15]從情貌特徵研究動補結構「V好」的句法表現，發現可把「V好」分為活動以及實現兩種情貌特徵。實現類的「V好」結構具有動態和終結特徵，用以表示動作的結束或結果是否出現；活動類僅具動態特徵以表示動作是否達到某一標準，且補語成份「好」無法省略。

---

[11] 劉月華、潘文娛、故韡：《實用現代漢語語法》，頁538。

[12] 崔廣華：〈「V+完」動補結構在現代漢語中的句法和語義表現〉，《文教資料》，第4卷2期（2007年），頁74-75。

[13] Charles N. Li & Sandra A. Thompson., pp.60-61.

[14] 宋鵬：〈淺談動結式「V好」中的V〉，《現代語文》，第21卷7期（2008年），頁54-56。

[15] 丁萍：〈從情貌特徵看動結式「V好」的句法表現〉，《漢語學習》，第6卷12期（2012年），頁45-54。

關於動詞補語結構「V好」與「V完」的比較研究，丁萍（2015）[16]分別考察結果補語「好」與「完」的句法語義。句法方面，該研究認為結果補語「好」不能與表達貶義特徵的動詞共現，且「好」對動作持續過程的要求比「完」嚴格，最後，「好」只能與具自主性的動詞特徵組合，「完」則沒有限制。

過去關於動補結構的研究成果豐富，已確知「V好」與「V完」皆具有完成的語義特徵，但研究結果不一致，且較少使用語料庫比較兩者之異同，故本研究欲以中央研究院平衡語料庫分析兩者內部結構，研究方法及結果於下兩節說明。

三　研究方法

（一）語料庫應用

語料庫是透過大量且根據特定原則進行文本的蒐集，以電腦檔案的方式儲存，可供使用者檢索字、詞、句並觀察其使用頻率（陳浩然等，2017年[17]）。本研究以中央研究院現代漢語平衡語料庫第4.0版[18]為語料來源，探查「V好」及「V完」於臺灣地區書面語的使用。

中央研究院平衡語料庫為一華語書面語語料庫，其蒐集內容廣泛豐富，為求平衡性，語料採多重分類原則，每則語料按照語式、文體、媒體及主題進行標註，所蒐集的文章為一九八一年到二〇〇七年之間的文章。

另外，本研究為探查「V完」和「V完」內部結構，選用中文詞彙網路[19]以了解其基本意義。該語料庫用於提供完整的中文詞義（sense）區分與詞彙語意關係知識庫，其詞義區辨原則完整，每個原則提供取自現代漢語語料庫的實例，有助於本研究觀察動補結構中的語義色彩。

---

16 丁萍：〈論動結式「V好」與「V完」句法語義差異〉，《蘭州大學學報（社會科學版）》，第6卷6期（2015年），頁61-68。

17 陳浩然主編：《語料庫與華語教學》（臺北市：高等教育出版社，2017年）。

18 《中央研究院現代漢語平衡語料庫》，網址：http://asbc.iis.sinica.edu.tw/。

19 《中文詞彙網路》，網址：http://lope.linguistics.ntu.edu.tw/cwn2/。

（二）語料範圍設定及研究步驟

　　本研究使用中央研究院現代漢語平衡語料庫[20]最新4.0版，各別搜尋「好」與「完」的語料。如下圖（1）所示，於搜尋欄位分別輸入「*好」、「*完」，其中星號「*」表示將搜尋所有第二個成份為「好」和「完」的所有詞彙，因將納入許多非動補結構的詞彙，本研究於後方特徵選擇vrr（述補結構的補語）限制，再以人工檢查。最後「*好」及「*完」分別搜尋一〇九筆及一五四筆資料。

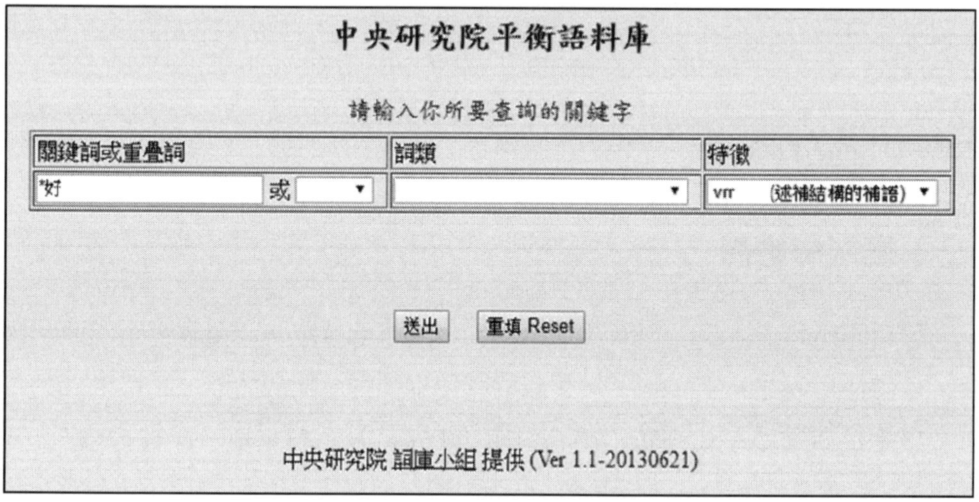

圖1　平衡語料庫搜尋方式

四　研究結果及討論

（一）「完」的語義分析

　　根據中文詞彙網路，「完」具有四種不同的詞義。作為狀態不及物動詞時，形容某成份不欠缺任何組成部分；作為動作不及物動詞時，用以說明事件或狀態到特定時點終止，例如：「前陣子畢業考剛完，現在又還有二十個家教學生，忙得天昏地暗」；作為及物動詞時，表示做完特定事件達到目標，例如：「報名

20　《中央研究院現代漢語平衡語料庫》，網址：http://asbc.iis.sinica.edu.tw/。

資格是需有四小時完跑馬拉松的證明」；最後，作副詞可表動作完成，用於陳述事件，為一中性語義，此時的同義詞為「好」，例如：「攝影師按部就班掌鏡拍攝，順利拍攝完浪漫婚紗照後，兩人卻為了錢財問題吵架而分手」。

崔廣華（2007）[21]認為補語成份「完」因語義指向不一致，而有不同的語義：當語義指向動詞成份時，表結束意，例如：「中午從外地採訪回來的小梁病了，剛去醫務所打完針」；語義指向受事成份時，表達受事消耗盡了，例如：「藥品用完了，他又自費續購」。

綜合以上關於「完」的語義，主要可分為表動作完成，也可進一步區分表示沒有剩餘的意義，此時不僅表動作事件的完成，同時說明搭配的賓語耗盡。

（二）「好」的語義分析

按照中文詞彙網路，「好」分為十五種不同詞義，扣除非動補結構的使用方式，剩下兩種詞義可用於動補結構中。作為副詞時可表動作完成，如：「麵糰揉好後一定要醒，就是要讓麵筋恢復彈性」，此時同義詞為「完」；也可進一步根據語境區分出來，用於表命令聽話者按照標準做事，例句：「學校規定制服上衣釦子要扣好，領子要翻好」。

丁萍（2012）[22]從情貌特徵研究動補結構「V好」的句法表現，該研究認為動補結構「V好」具有兩種語義，一是用以表示動作的結束或結果是否出現，二是表動作是否達到某一標準。

結合以上關於「好」的語義探討，可見補語成份「好」用於表完成義時，還帶有「完善」的屬性義。

（三）「V完」結構之動詞搭配及其事件類型

本文研究統計動補結構「V完」中的動詞及出現次數，如下表（1），並檢視其與補語成份「好」之差異。

---

[21] 崔廣華：〈「V+完」動補結構在現代漢語中的句法和語義表現〉。
[22] 丁萍：〈從情貌特徵看動結式「V好」的句法表現〉。

表一　與「V完」式共現之動詞及次數統計

動詞成份	吃	說	看	寫	數	接+事件		讀	做	花費	談	聊	講	穿
次數	27	17	10	9	8	6		6	5	4	4	4	4	3
動詞成份	拿	賣	演	應付	嚥	吞	嚐	用	彌補	開會	喝	解	辦	
次數	2	2	2	2	1	1	1	1	1	1	1	1	1	
動詞成份	忙	跑	走	吸收	唸	念	包	逛	辨識	研究	輸入	畫	聽	
次數	1	1	1	1	1	1	1	1	1	1	1	1	1	
動詞成份	排	除（數）	修	發覺	整理		介紹		發覺	挖掘	展覽	癢		
次數	1	1	1	1	1		1		1	1	1	1		

　　初步檢視動補結構「V完」中的動詞，具體義或認知抽象義皆有，都具持續與自主的語義特徵，動詞多為及物動詞，與前人研究具一致性，且動詞事件類型具有明確的起始點，帶有[+結束]的特徵。

　　但表一中，與補語成份「完」共現的動詞有一例外，例：「免得過敏和藥物副作用一起上身，那就癢不完啦！」根據中文詞彙網路，「癢」形容皮膚或黏膜受到刺激而產生想抓的感覺，為一不及物狀態動詞，且「癢」不具有明確的事件終點，不應與補語成份「完」使用。推測該句說話者欲表達「癢」的狀態持久無止盡，以誇大的方式表現，於語料庫也僅有一句，本研究將此歸類於少數例外使用。

　　從語料庫的資料呈現，我們發現動補結構「V完」主要陳述事件的完成與否，為一中性意義，因其不帶完善義，補語成份「完」與「好」替換使用時，往往可能造成歧義。例如：「作業那麼多，上次你寫不完無法看電視，怎麼今天能寫完？」，「寫不完」陳述學生沒有將作業一一完成，若補語成份替換成「寫不好」時，該句將有兩種解釋，可能與補語成份「完」一樣，也可能是陳述學生沒有好好寫作業，完成的作業整體品質低劣，由於可能造成歧義，我們不列入可直接替換使用中。

（四）「V好」結構之動詞搭配及其事件類型

　　於平衡語料庫中搜尋動補結構「V好」，總共搜尋一〇四筆，見下表二。語料庫呈現資料與過去研究一致，能與補語成份「好」共現的動詞具有自主的持續動作動詞，且動詞成份多數是可以帶賓語。

　　檢視與補語成份「好」共現之動詞，本研究發現其動詞範圍較「完」來得狹小。補語成份「好」不僅表示動作完成，還具有事件是否「完善」義，此時補語成份「完」與「好」不可替換使用。如例：「水分控制做得好，就已成功大半。」水分控制的工程不僅要完成，還得做得完善，補語成份不可替換；而下例：「如果明天下午合同還做不好，我們就郵寄給你們簽字，怎麼樣？」補語成份「好」僅修飾合同是否完成，不具完善義，此時補語成份可與「完」替換，差異在於受事是否需要動作兩階段的完成，可見於母語者書面語言使用上，多認為補與成份「好」是與具有兩階段動作，動作除了完成還需有完善義。

表二　與「V好」式共現之動詞及次數統計

動詞成份	做	考	治	弄	睡	醫	醫治	洗
次數	23	16	10	6	6	4	2	1
動詞成份	學	過（生活）	唸（唸書）	念（唸書）	吃	辦	長	背
次數	3	3	3	3	2	2	2	2
動詞成份	寫	練	投	接	賣	顧	搞	打理
次數	2	1	1	1	1	1	1	1
動詞成份	教	談	唱	管	幹	想	處理	╱
次數	1	1	1	1	1	1	1	╱

　　至於補語成份「好」是否能與表達貶義語義特徵的動詞搭配，本研究檢視平衡語料庫的結果，未收錄具貶義的動詞成份，由於「好」的基本義帶有變好、完善義，具有正向積極的屬性義，與貶義動詞較少共同使用。

（五）動補結構「Ｖ完」和「Ｖ好」之比較

　　本研究檢視平衡語料庫中補語成份「完」與「好」的特徵，可與補語成份「完」搭配的動詞範圍廣泛，抽象及具體義皆可，搭配多為非貶義的動詞，動補結構「Ｖ完」主要陳述事件的完成與否，為一中性意義，因其不帶完善義，補語成份「完」與「好」替換使用時，可能造成歧義；與補語成份「好」所搭配的動詞以具體動作義為主，搭配的動詞也未出現表貶義的用法，補語成份「好」因其正向屬性義，通常用以修飾動作是否完成且完善，極少可與補語成份「完」替換使用。

　　比較動詞「做」與補語成份「完」、「好」搭配的情形，例：「如果做不好也敬請容忍一下，就當做是個免費的資訊好了。」「好」帶有是否達到表準的完善義，若將補語成份改成「完」則會改變其句義，從「做得不夠完善」變成「無法完成」；例：「每回看到她，她總是有做不完的家事。」中，「完」僅有終止義，若將補語成份改為「好」，句義將從「她有許多家事該完成」變成「她做家事的能力不佳，有未完善的家事行為」。

　　觀察動補結構「Ｖ好」與「Ｖ完」的替換使用，於臺灣書面語的使用中，因補語成份「好」具完成及完善的積極義，與中性的補語成份「完」替換會產生歧義，所以幾乎沒有互換使用的情形；於語用方面，補語成份「Ｖ好」某事之後開啟接下來的話題，如例：「假定大家都過不好，我們本身也會過不好。所以人生的關卡是每個人都要過的。」

五　結論

　　華語的動補結構具精簡靈活的特性，其補語表達的虛化成份成為華語學習者在使用上的混淆。在華語的句子中，動詞成份往往需要加上補語成份完成句子的意義，例如：「他第一個吃完晚餐」，若將「完」去除，則會導致句義不完整，聽者無法明確判斷說者欲表達之意，還可能導致語義理解錯誤。

　　本研究整理前人的研究，補語研究成果多元且豐碩，但較少使用語料庫比較動補結構「Ｖ好」及「Ｖ完」之異同。因語料庫是透過大量且根據特定原則

進行文本的蒐集,更加全面以客觀,因此,本研究以中央研究院現代漢語平衡語料庫[23]4.0版為本,各別搜尋「好」與「完」作為動補結構的補語成份特徵,以人工過濾非動補結構的語料,逐一檢視與其補語成份共現的動詞特徵以及語義色彩,觀察其動補結構的替換使用情形。

初步的研究結果中,能與動補結構「V完」及「V好」使用的動詞特徵皆具有持續與自主的語義特徵,且多可帶賓語。但能與補語成份「完」使用的動詞使用範圍廣泛,且具體義與抽象義動詞皆可使用,大多無法與補語成份「好」交替使用;與補語成份「好」共現之動詞範圍較「完」來得狹小;語義色彩方面,補語成份「完」多與褒義動詞共現,語義色彩較為中性,補語成份「好」的語義多為褒義色彩。接著觀察同時與補語成份「完」和「好」共現的動詞,於平衡語料庫中,動補結構「V好」多表示動作完成後必須進一步達到完善,還可開啟下一句的話題,而「V完」僅表示動作的完成,因此語料多幾乎沒有互換使用的情形。

本研究以中央研究院平衡語料庫蒐集語料,初步分析動補結構「V完」及「V好」之差異,期望日後可拓展研究範圍,進一步了解華語學習者於學習的難點,對華語教學領域提出貢獻。

——本研究感謝科技部「深度整合華語文教與學的應用系統設計:以語料庫為本之數位中文語法庫為基礎」計畫(MOST 107-2410-H-003-053)的支持。

——洪嘉馡:國立臺灣師範大學華語文教學系副教授
——張瓊安:國立臺灣師範大學華語文教學系碩士生

---

[23] 《中央研究院現代漢語平衡語料庫》,網址:http://asbc.iis.sinica.edu.tw。

寫意與流行之間

──文論中的齊均思想（一則劄錄）

蕭　一　凡

道人之所不道，到人之所不到。

──〔唐〕孫　樵

人所到，我不必爭到；人不到，我卻獨到。

──〔清〕李調元

弁言

　　華夏文明之有書法文化，就好像李二曲（1627-1705）說「有天地即有四書」那般自然而然、恰如其分。甚至可以說，書法是人類文明發展的極高成就。然而，自現代性事件（晚期資本主義媒體消費社會及其系譜化思想）席捲全球以來（此亦中國數千年來之大變局也），天雖未變，人心卻亟思求變，大道遂辨矣──就在變與不變抑或辯而又辯之際，道術又為天下裂！此文，介於說理、論事與明道之間，而且未標引注，在文類上當屬劄錄體之作，近似一則在書道之途上行走的沉思筆記，實在是不名為文。以能學思因濟為上也！

一　從寫意到流行

　　直言之，本文原初之思緒乃是為了思索大陸流行書風與臺灣經典書技的對照關係。於是，同此原初思緒一樣源初的前提是，筆者是從一名臺灣本土的書法工作者出發，進而去思考斯二端如何在一名書家主體中得以調節的問題。因

此，余以為，為學首重自知，冀博觀約取之方，而所謂的自知，實重能自明得誠、切己心源，也就是章學誠說的學有天性與至情在焉，而諸般之講書與問學，「須使切己體認」，「且宜多設問以觀其意，然後出數言開導之」（劉熙載）。因此，余宜切己設問以濬導出自身的書學微型史，再嘗試耙梳主體與時代間的問題。

中華經典文化對我的蒙養，以及西方當代思潮對我的震盪，使我不將地緣政治的差異視為兩岸書法文化必定斷然二分的根據，這種排除不證自明之預設的觀念，或許近似一個天真愚鈍的念頭，但是對我來說，卻是一貫而如之的態度（二地本同根同文，何須強調其分殊）。自二十多年前立志學書以來，邱振中針對書法技術之微形式的分析及其巧妙的語言哲學切入視角所接近的神遇之境，令愚大為嘆服！陳振濂之書法美學研究與學院派書法理論及創作的闡發，其折衷古今的方法論趨向，影響後學深遠。韓玉濤將中國書學之寫意論深掘以研機，致令書家們閱後十指下發出郁勃生氣，醒浚靈臺。而啟功、林鵬、金學智、盧輔聖、叢文俊、劉正成、周俊傑、王冬齡、王岳川、沃興華、白謙慎、薛龍春、孫曉雲、崔樹強、甘中流等等賢才大家，亦對書史、書理、書則、書教和書技的研究貢獻良多（名單遠未能盡全）。此外，值得一提的是，柯小剛以古典文教之當代復興為己任，將書法放在儒道經史文集和古典西學道藝的同等高度之上究際而通識之，極具深意。幾近隱逸高人的季惟齋從徵聖宗經之史教視野中提捻出一條道通幽古的書道脈絡，儼然當代之未思！夏可君雖為西方後解構主義大師南希（Nancy）之高足，卻能由西返中，以其「餘淡」哲學開出書法新解。高士明和魯明軍乃當代藝術場域的知名策展人，亦對書法投以必要的關注，豁顯出中西並濟之能。

當然還有現代書法實驗和批評等其他向度（洛奇、邵巖、王南溟、邱志傑），林林總總，蔚然大觀。若以總體之氛圍論，影響臺灣書家之書風及理論思考較顯著者，當屬大陸流行書風（王鏞、石開、曾翔、楊濤）。由此反觀臺灣書壇，其之近代書史脈絡約莫有二：一是自明清以來移墾臺灣的本土書家（郭尚先、林朝英、謝琯樵），二是一九四九年渡海來臺的書法巨擘（于右任、臺靜農、王壯為），這兩條軸線的交織，為臺灣書壇帶來了多元的書法理

念及發展。概略而言，臺灣書法的格局簡約，或許書史書跡之研究和書法教育之研擬是主要的兩大區塊。較具特異性的事件亦可舉三：墨潮會、何創時傳統與實驗書藝雙年展和明宗書法藝術館的多向度活動。如果一言以蔽之，臺灣書風或可用蔡明讚曾剖析的「寫意現象」名之，即不論在體制內的展事還是民間的一般書寫，典雅的文人化風格一直受到重視。既然以寫意名之，那麼詩書畫印文人四絕乃為書家極詣（於是溥心畬、江兆申亦可列書家系譜），而鹿港小鎮之古樸文人書風（如王漢英、施隆民）亦應記上一筆。

上述之描寫，極其簡略。若從近十年書法發展狀況觀之，臺灣的總體步伐呈現遲滯險阻之象（當有多方原因），尤須向大陸書學多加請益。折衷地說，從文人寫意到奧肆流行，且在流行表述間不廢寫意奧典，或衍至文。此亦擴信於均之文思也。

二 從流行到無意

近幾年來，對流行書風醜書現象的批評偶有所聞，或許同中西古典學術的振興風氣有關，致令經典性的書寫技藝日興，表現性的流行書風日褪。又或許是，流行書風以風行草偃之勢風靡書壇，因為過早地成功所以益呈敗象（有點像二十世紀的某些前衛藝術，因為被大眾市場和學院體制收編而成功，所以也失敗了[1]）。余之本意，並非是對流行書風予以批判，而是由此展開一次齊均兩端的思考。

能持平而論者並不在少數，如白謙慎雖對流行書風的理論有所批判，但對於他們的創作才情與表現實力卻持之以肯定的態度。基本上，為文者有保守與激進之分（主要是以「傳統」為分殊之標準），但不論是古典還是前衛文本，

---

[1] 案：據「流行書風」一詞之提出者張寶全先生（於2005年6月訪談）的說法，流行書風實際上並非大眾流俗的東西，「它是當代一部分敏銳的書法篆刻家在新的語境下對藝術所進行的探索，試圖用一種新的視覺審美來看待傳統書法。這是一種新的發展，使書法在堅守傳統的同時，把現代藝術的一些手法，如抽象、構成、解構等融入書法的創作，從而形成具有當代審美面目的書法創作潮流。」美哉斯言！一個事件的走向同其初衷之發想，能始終如一者無疑不多，當然也不一定要始終如一（畢竟可變因素太多），惟「毋自欺」可也。昔章實齋《文史通義・感遇》言之甚允：「風尚豈盡無所取，其開之者常有所為，而趨之者但襲其偽。」

能獨抒生意而有所通變，應該是相通的判準。因此，所有對傳統的思考也都是一次引發自己能否自作經典的省思；艾略特（Eliot）於其名文《傳統與個人才能》說道：

> 現存的不朽作品在自身中形成了一種理想的秩序，通過向其中引入新的（真正新的）藝術作品得到修正。在新作品到來之前，現存的秩序是完整的。因為秩序要在添加新鮮事物之後持續下去，整個現存的秩序就必須加以改變，儘管這種改變可能總是很微小的。因此每一部藝術作品對整體的關係、比例、價值被重新調整，這就是舊的與新的之間的某種協調一致。

為了追求作品的不朽境界，藝術家必須能就現存的理想秩序帶來混亂與威脅，然而在調整的維度上總是微小的。姑且不論必須調整的部分是宜「漸變」還是「頓變」，抑或是艾略特此言同庫恩（Kuhn）論及「典範轉移」時必要的危機張力有所相涉，本文雖為雜錄，仍應約限談論範圍。[2]此錄，權且從某一哲思面起始。

所謂流行的時刻總是先於自身，但從結果來看，離流行總是遲了些，不過趕流行而已。所以開啟流行風氣者，即是那些搶得先機的人，而大眾不過是逐風氣之流也。因此，流行這個動態性且富含生氣的詞彙，在阿甘本（Agamben）看來，一向是處於「尚未」與「不再」之間，是一個極難把捉的界線。那麼，流行只屬於那些極少數的開風氣者嗎？這樣的理解當然不是一般意義上的流行通釋，雖然其之理則頗高，有助於批判性思考；或許，先參之以中國文論的思維。

文之事，有所謂開風氣與逐風氣之別，因為「古有古之時，今有今之時」（袁宏道），後之人難以盡肖於古，文之不得不古而今也，時使之然，故而必

---

[2]　針對（舊）秩序與（新）變化之間的調節與頓漸等問題，必須以文質相復史觀之辨析為參照，而庫恩所提出的典範轉移之結構，又宜參之以伽達默「視域融合」的詮釋，始可綜論出流行書風是否構成了一次在經典書法範式中的範式轉移。是故此錄心與而**文**難與之。當俟他日。

有開風氣之人。風氣既開，時久必顯其弊，當日新其業，洞曉「變則其久，通則不乏」（劉勰）之理。蓋文之事貴變矣：「《易》曰：『虎變文炳，豹變文蔚。』又曰：『物相雜，故曰文。』故文者，變之謂也。一集之中篇篇變，一篇之中段段變，一段之中句句變，神變，氣變，境變，音節變，字句變，惟昌黎能之。」（劉大櫆）流行書風崛起於新變之欲求，尚異求變以萌生意是其勝諦，不宜逐風氣而失其本真。況乎大化流行之書風，於氣變、神變之境未見其止也。或許變而不失自然之真，趨近於道大通久之方──若夫風行水上，自然成文，「文章所貴，在乎自然」，假令「有意求變，則能變亦不足尚矣」（陳澧）。又，就袁宏道之見，惟質至情真者，其文乃傳：「行世者必真，悅俗者必媚，真久必見，媚久必厭，自然之理也。」民間文學作品由於是「無聞無識之真人所作，故多真聲，不效顰於漢、魏，不學步於盛唐，任性而發，尚能通於人之喜怒哀樂嗜好情欲，是可喜也。」[3]

於細微處觀之，如果流行書風與經典技藝之辨可同側鋒、中鋒之爭相喻──「偏鋒正鋒之說，古來無之。無論右軍不廢偏鋒。即旭素草書，時有一二，蘇黃則全用。文待詔、祝京兆亦時借以取態，何損耶？若解大紳、馬應圖輩，縱盡出正鋒，何救惡札？」（朱和羹）流行書風取法民間拙趣，此之土風乃自古已有之物，何須偏廢。畢竟，「古之不能為今者，勢也」（袁宏道），當代文化取法多端，中心與邊緣之理式時易其主，根莖散射之象乃今時之勢，能否善學善用儼然今文之理則，善乎全均大用也夫！千餘年前之書論家張懷瓘即曾云：「善學者乃學之於造化，異類而求之，故不取乎原本，而各逞其自然。」異端邊緣之類與自然造化之理皆吾輩之師，美哉聖人之無常師與廣師乎！夫子曾云：我則異於是也。要之，主體若具一貫之思，則「得可資，失亦可資」（王夫之），優游文本之間左右逢源，而不至淪於走馬看花而喪志耶！

循此，有偏易察，必慎於治偏；「漢儒傳經貴專門，專門則淵源不紊也。

---

[3] 旁注：袁宏道〈敘小修詩〉中云：「大概情至之語，自能感人。是謂真詩，可傳也。而或者猶以太露病之，曾不知情隨境變，字逐情生，但恐不達，何露之有？」若作品是情至所造，遂無太露之病，此語於古時甚為前瞻，有其創發之能動意義，誠何「陋」之有哉！然則，此一判準若施之於當前，遂多病矣！情之至否，無一致標準，若情深而藝淺，究竟達或不達？筆者認為質至情真一詞甚允澈，然亦質待文之維也，故目前所錄之情真語，僅之於此。

其弊專己守殘,而失之陋。」(章學誠)實齋此語,點出了任一學科方術之弊(古典書技與民間書風等等皆然),並非批評專精一曲的態度。重點在於「知己所擅之長,亦有不足以該者焉」(章學誠)。最低限度地說,自我解蔽的治偏之本,在主體之無執,在於回歸主體的無意智慧:毋意,毋必,毋固,毋我。法國漢學家余連(Jullien)曾撰文剖析中國聖人的無意觀念,讀畢煥發神明。概言之,主體的無執之道,令自身成為無體之體,成為「多」。那麼,如何讓自身成為一個向多敞開的「一」呢?明末吳觀我(林兆恩與憨山德清之弟子)以其「無我」觀豁顯出三一圓融之境:「觀其無我,以去其有我者,復性之習,一善之拳拳也……忘其有我,並忘其無我者,合性之習,止善之安安也」。善觀無我者,有我無我俱忘,既能得一善而拳拳,也是安止於至善之方。此境甚高卓啊!蓋聞一秘指,當自深造,忌曼口雄詑。就筆者而言,至少無執而不專己的態度,得以一再重新啟始開端,並延展未思。

　　主體如何折中兩端的問題,實乃人之為此在(Dasein)存有的重要探問。書論中調節二端之言甚夥──徐渭:「草書須簡易流遠,又或華艷飄蕩,斯為得之。……真貴方而通之以圓,草貴圓而參之以方。」傅山:「後世楷法標致,擺列而已。故楷書妙者,亦須悟得隸法,方免俗氣。」其他諸如各體互參、筆法相濟,甚至是兼備陰陽二氣等說法,毋需贅語。由此返回上節之言說,吾人對經典與民間的對立模態不宜止於表象,此為所當然之已知,非真明所以然之衍異性思考。茲擬中西文說之所言,各錄其之一二試詮(性情說與在己差異)。

　　首先,關於創作抒情之態度,焦竑曾說:「性,水也;情,波也。波興則水溷,情熾則性亂。波生於水,而溷水者波也;情生於性,而害性者情也。故曰:君子性其情,小人情其性。」雖然與同時代的袁宏道和湯顯祖相較,焦竑之文論略顯拘謹,但是,若跳脫明末談藝之語境來看,弱侯此言亦具啟發。嘗試論之,經典和流行在書風上的對立,就仿似性與情之間的二元關係──不是以對立面的視角審視,而是由此及彼,所謂性其情者是也。性其情者由正而變、依正以奇,這一性其情之後的情之飽和狀態,或許是不同書風皆宜思慮的觀念。然則,並非將此觀念視為不可移易之圭臬,反倒是得以一再自我調節的

馬刺。其次，就當代西方思維亦錄一則。按德勒茲（Deleuze）的差異哲學，二元式的對立情狀實則是最初級的差異形式，真正的差異應該是自我與自我的差異，一種絕對內在性的在己差異，一種在我看來近似於為己之學的啟蒙式批判。因此，與其琢磨於兩者書風的差異，更應探究兩者之書法理論的內涵，而詮釋者們是否淺薄化了各自取法的理論潛能。自尼采（Nietzsche）展開對古典道德意識的批判進程以來──不是對古典的全盤否定，而是為了主體的生存意志進行辯護，在他的觀念中，醜陋、邪惡、傷痛與美麗、高尚、健康密不可分──一個多世紀過去了，人們對待二元分立問題更具多元性的認識，再加上中國經典儒、釋、道中豐富的一多相即的思考（方以智、劉咸炘集其大成），無疑能給書家在面對當代境遇時提供和合兩端的必要思惟。

當然，人間世之物論多端，必待親手解之，僅舉一例，如「生熟之辨」。董其昌曰：「字須熟後生，畫須熟外熟。」功夫由生後熟、再至熟後生，平易之理也，但何謂熟外熟？待拜觀陳明貴山水畫作後始明。熟外熟者無關乎進境，唯有變境，而在變境中進境自出（無意於求變而自變），是一種高度綜合旋進的博約關係（章學誠：「學貴博而能約，未有不博而能約者也。……然亦未有不約而能博者也」）。博而能約且約中蘊博，此為「真熟」而化生者也，渾厚與平淡兩進，因為流行而真變也夫！試觀《二十四詩品》各品之流動性，不拘執於固定的所在，又洞悉持續的變化或許只是某種深刻地平庸之理（孫寶瑄：「號之曰新，斯有舊矣。新實非新，舊亦非舊。」），故而高卓通透。

三　從華夏到天下

走筆至此，尤當自問：書家從書法的經驗和書論的冥契中體悟了什麼？此亦總體之「人與文」的關係。文貴變，貴乎尚異而不失自然，且得情性之真，至於其極也，文乃經天緯地之文！為文既有次第，也有綜合和分殊的工作，當以先立其大為本根。宋儒石介指出：「《易》曰：『文明以止。觀乎人文，化成天下。』《春秋》傳曰：『經緯天地曰文。』堯則曰：『欽明文思。』禹則曰：『文命敷於四海。』周則曰：『郁郁乎文哉。』漢則曰：『文章爾雅，訓辭深

厚。』今之文何其衰乎？」余不知，當今之文如何定義？

　　書雖小道，亦道通為一之方也；「道欲通方，而業須專一，其說並行而不悖也。」（章學誠）在當下華夏文明逐漸以其天下觀（趙汀陽、許紀霖、陳贇）影響世界格局之際，書家何以能自外於此；華夏文明之承擔亦書道者之則（責）也。在此道上，不會是純然地復古，當有創造性的轉化之權變在焉。當代書法的多元化萌發與非書法的概念性實驗，都應被視為華夏書道走向天下的一種創意式的權衡。然而，走向書文者經天緯地之學，這種說法雖無自大之處，卻難逃宏大敘事之譏。蓋書家把筆行墨於世，將自身定位成精熟一曲的方術家，還是書通大全的道術家，斯二元之途，本就無對錯問題，不過一次抉擇耳！昔陳垣描述司馬光之境遇有謂：「然溫公所值，猶是靖康以前；身之所值，乃在祥興以後。感慨之論，溫公有之……」。心之所值和身之所值之間，總在偶然間湧上心頭（地緣所在之身與牽繫華夏之心），抑或有意為文者之思耶？

　　諸般二端之思，權引方以智（1611-1671）《易餘》之所思試詮：

　　　不因不濟，何用《易》耶？
　　　因二為真一，執一為遁，貞一則二神，離二則一死。

執一、執兩或執中者，皆執也，必因二以真一，必因物以為用，進而濟已得其貫一。畢竟，「一不可言，而因二以濟；二即一、一即二也。自有陰陽、動靜、體用、理事，而因果、善惡、染靜、性相、真妄，皆二也；貫之則一也：謂之超可也，謂之化可也，謂之無可也。」此之真一、化一或貫一者，在劉咸炘（1896-1932）的語境中，就是儒家的性、老莊的天或道，和《中庸》的誠。這是一種超出變或不變的概念。要之，書家體用當下斯文，仍逸離不出「修辭立誠」之涵泳也。若得斯理，首先，經典書寫抑或流行書風之二分批判將被懸置，重點或在於，書家書法，能否是一次辭達而文立、為情而造文的寫意過程。次之，以理學脈絡之文論忖度，經典是未發之流行，流行是已發之經典，只見沖漠無朕，兩相合造，由乎至誠；方以智之祖父方大鎮（1560-1629）說：

> 聖人早知如此，故藏悟於學。巧莫巧於規矩，奇莫奇於至誠。因物制物，即因物用物。陽明鼓舞親切之真機，考亭安頓萬世之井竈，靜敬以入至誠，格致以享神明。通其變……皆吾本願之所貫也。

主體誠而明之而明乎神，於「技」當明兩端奇正之合分，於「道」當曉道藝相即之至理，一貫於通變！此錄，於古典文思部分以方以智學派和劉咸炘之語作結，是因為他們皆為非常典型的讀書人。鑑泉先生是真正的讀書人也，其最重要的為學方法論（亦可以功夫論言之）有三，**執兩用中、秉要御變**和**察勢觀風**，概之，亦甚重一兩之辨在人事學上的意義。此二元性之思辨，不唯中國經典學人特重，當代西方哲人阿蘭‧巴迪歐（A.Badiou）將「一分為二」（確切地說，是一種非辨證性的一二並列情狀）的方法論思維視為一次主體與時代之遭逢的必要探問，而這個探問的過程，是主體通向其真理的必然「事件」。循此，若能將巴迪歐的當代思想同方以智和劉咸炘的哲思予以折衷，必定頗具意義。然，此一會通理則，尤須經受神完氣足的充分思考，權且俟諸他日。

　　文之為事、為理，貴乎通乎時變與主體情性之真，此之為言，肇述於中國古典文言。在本節之終末，擬參照阿甘本的當代文言展開簡略的對話。

　　如果說中國的古典文論傾向於「因時制宜」的通變思考，那麼西方的現代性思維所著墨的則是對「不合時宜」投以更多的關注。按阿甘本對何謂「當代人」的定義，至少有兩個基要的前提：一是必須同當下所觀察到的現象產生斷裂，以進行一種不合時宜的審察，二是在這種審視之中，尤須能感知並洞悉到時代的黑暗，而不是被時代的光芒所蒙蔽。這般將時代之晦暗視為與己相關的人，與中國文道中「憂患意識」的傳統頗為近似。倒不是說他們對時代的光芒與榮耀毫無興趣，應該說他們對時代的斷裂與苦痛更加敏感。因此，成為阿甘本意義上的當代人由於對時代問題具如斯體悟，故而他們的目光總在古今之間游移；阿甘本說：

> 在最近和晚近時代中感知到古老的標誌和印記的人，才可能是當代人。

當代具有一種統攝過去的潛能，這種特殊的時間概念讓古典活潑潑地存在於當下之中。若聯繫到適前段落中阿甘本對流行的定義（流行之無法把捉性），根據「不再」和「尚未」的時間姿態，同理也可以與其他的時間建立特殊的關係：「流行可以『引用』過去的任何時刻，從而再次讓過去的時刻變得相關。」流行書風引用民間書法為其創作元素，當亦無須排斥經典書技，要有勇氣於醜書氛圍中不合時宜。同理，古典書法也應該能從流行書風中看到滋蒙自身的養分，適切地因時制宜。箇中重點應在於，看到各自之晦暗，自我解蔽以治偏乎！[4]

　　總之，此文雖然從兩岸書風的同異思考出發，但其文心亦在從當代視域的高度，以思文之形質來醒惕斯文之既倒，廣哉深渺，卻難掩愚公之痴鈍啊！概書家舉一筆，當明三毫端（筆鋒端、人事端、天道端），冀三端合一。是故於此多端雜陳，因合錄之，以致顛阿風墮、欲吞吐而無吞吐，當時時自省再修錄爾！

戊戌暮春　　逸潛錄於三一齋

附記

葉鍵得老師待人溫煦，其之專業學識寓精於博，晚生甚為嘆服。猶記得讀博期間，老師總是給我極大的寬允，竟容忍我恣性而書，此舉適切地呼應出古人的觀點：仁者必能容物，而善思之仁者能與天地參，因其心無所不容乎！與其說此拙文是為了恭賀葉師榮退而錄，倒不如說這是一個師生論學的平臺，一席相與問道的居所。

　　　　──本文原收入《中華書道》季刊，第九十九期，二○一八年六月。

　　　　──蕭一凡：臺北市立大學中國語文學系博士，臺北市明德國小教師，海硯會會長，中華古董藝術協會藝術總監

4　案：筆者此錄，冀臻齊均，故將多端文語並陳，卻難脫「執均」之蔽，遂有「執二迷一」之病也。方以智《東西均‧生死格》云：「能熟知者，不論一端，皆足畢其生死。熟於暴虎，亦能無悔；熟於溝瀆，亦成优烈」。能熟於醜書之極者，亦能成其大度；能熟入經典之致者，亦能成就英傑。然，余此一自反性思索，亦未臻大全：「偏而精者，小亦自全；然不可睡小之足全，而害大之周於全也。」（《東西均‧全偏》）

「名詞＋們」的衍生新詞及反諷色彩

陳 燕 玲

一 前言

　　詞是一種功能體，在發揮其功能時可顯示出它型態上的變化。利用派生詞綴，在詞上添襯某種型態標誌以顯示其一定的語法特徵，是現代漢語詞的一種型態變化方式。漢語中的派生詞是由詞根和詞綴所合成，它以詞根為核心，再加上不同的詞綴，便可以形成許多不同的詞，具有旺盛的能產性與衍生性，例如加在詞根後面的後綴「～們」便具有這樣的功能[1]。

　　竺家寧在《漢語詞彙學》中指出後綴「～們」非表複數，而是具有「群」的意義，但一般名詞不能使用，除非在文學或兒童讀物，在擬人修辭格下才會出現；另陳俊光在〈漢語詞綴「們」的語義、篇章、語用探索和教學應用〉一文中，對後綴「們」又作了更進一步的分析探討，指出「們」具有定指的功能，即便是指人名詞，也不能與「泛指名詞」或「集體分類詞」共現；且「名詞＋們」在語用上會因發話者主觀的情感或態度，而對語義產生「移情作用」的影響，通常會在整個語境中發生正面或負面的價值意義。[2]

　　然而，語言是會隨著時代與社會不斷變遷的，在時空的新陳代謝之下，舊詞淘汰，新詞出現。此「新詞」之「新」，不僅與時間因素有關，也牽涉到性質的改變。有些詞，可能早就存在，看似不新，但由於社會的變化，它由一個

---

[1] 竺家寧：《漢語詞彙學》（臺北市：五南出版社，1999年），頁250。

[2] 陳俊光：〈漢語詞綴「們」的語義、篇章、語用探索和教學應用〉，《臺灣華語文教學》第5期（2008年12月），頁34。

合用詞漸漸變成了常用語，或是它所指的內涵或範圍有了些調整，這些詞，即屬於新詞。新詞為了適應社會生活的變革或文化發展的需要，利用已有的構詞材料，按照漢語的構成規律，新創出新詞語，這些詞語，或許就外部形似看來，並不新穎，是語言所固有的，但在新的條件下，固有的詞語已產生了新義。[3]

　　檢視當今所被廣泛使用的「名詞＋們」，發現其能產性及衍生性實為可觀，在功能上，似已超出原先的一般規範，且因使用的現象漸普遍，顯然因為合用而漸漸成為一新詞。不但使用在文學與兒童讀物的範疇之外，也已超出正面與負面二極的語意評價，似褒卻貶，或似貶卻褒，隱含著反諷（irony）的意涵，關於這一點，目前未見有相關的討論，相當值得探討。

　　本文即以現今流量最大的奇摩網站之新聞類項所能檢索到的資訊為材料，試以說明「名詞＋們」在目前的時空背景下所展衍出的新詞及其反諷意涵。

二　「名詞＋們」的特指功能與情感色彩

　　後綴「～們」所表示的語法功能，並非一般所宣稱的複數，這在目前許多的研究中都已得到共識，且它的使用範疇也已有了規範，竺家寧（1999）曾明白表示了三項關於「～們」一般的使用原則：

> 「們」：是加在指人名詞和身稱代詞後面表示「群」的意義。一般以為它是表示「複數」的範疇，甚至把它同英語表複數的詞尾「─S」相類比。這是不盡妥當的。
>
> 「們」的使用範疇只限於人名詞。作為特例，只有在「它」這個介系稱物代詞後面可以用，說成「它們」。一般名詞都不能用，除非是作為修辭上的擬人格。
>
> 指人名詞前面有了確定的數量詞就不能加「們」，不能有「三個同學們」、「五位來賓們」這樣的說法。這是強制性的，不是可帶不帶，而是

3　竺家寧：《漢語詞彙學》，頁428。

絕對不能帶。帶了「們」反而是不合語法的。加「們」不是一般地表複數，而是著重在表群體。[4]

在此三項基本的準則下，陳俊光（2008）進一步提出「～們」所指稱的群體是有定指性的，不能與泛指名詞一起出現，例如「人都是會死的」，此處的「人」雖是指人名詞，但卻是泛指，所以不能說成「人們都是會死的」；另外，因為集體分類詞（種、類、型等）若與名詞連用，也會形成泛指名詞，所以「～們」也不能與集體分類詞共現，例如「A型的男人」，不說成「A型的男人們」，否則便會與它的特指功能發生衝突。[5]

除了功能性，陳俊光（2008）同時指出因為漢語名詞「們」，也是表達情態的一種語言形式，它代表了發話者的主觀視角與強烈的情感投入。所以藉由使用「名詞＋們」，可產生發話者對受話者或敘述者對故事主角的「移情作用」（empathy）或「情感的鄰近性」（affective proximity）。[6]也正因此，我們在力求客觀的法條、法律文件中，是不會見到「名詞＋們」的出現，但在文學或兒童讀物中，因作者或敘述者的情感介入，它即被相當頻繁的使用。換言之，我們在一般生活中並不會使用「名詞＋們」的詞語，因為名詞本身已經內含多數的意義；然而，當敘述者注入了情態價值，產生移情作用，它便可使用「名詞＋們」以產生親暱感或情感的鄰近性。

而此所謂的「移情作用」，多半學者認為是表達友善的、同情的、熟悉的、親密的情感，即屬正面的肯定作用，如「同志們」、「同學們」、「同事們」、「同仁們」、「同胞們」、「先生們」、「老師們」、「孩子們」、「朋友們」等，但也有學者指出「名詞＋們」其實亦可表達負面意義，如「那些強盜們」、「混蛋們」。故陳俊光認為「名詞＋們」的正面功能，並非是恆常性的，應該將它的語用功能視為中性，究竟是正面或負面的意涵，端賴語境而定。[7]

也就是說，在敘述者主觀的情感作用下，對於他所認同、所視為情感親近

4　竺家寧：《漢語詞彙學》，頁251。
5　陳俊光：〈漢語詞綴「們」的語義、篇章、語用探索和教學應用〉，頁20。
6　陳俊光：〈漢語詞綴「們」的語義、篇章、語用探索和教學應用〉，頁30。
7　陳俊光：〈漢語詞綴「們」的語義、篇章、語用探索和教學應用〉，頁34。

者來使用的「名詞＋們」是具有肯定的、認同的正面意義的；但對其不認同的、厭惡的對象群所使用的「名詞＋們」即具有否定的、責難的負面意義。讀者可從上下文的語境中做出判別，得以明白敘述者對此「名詞＋們」所欲傳達的正確意義。所以我們不能獨賴語義、句法或其他靜態的結構規則來判讀，而必須進一步以篇章的動因和語用的因素來考慮。[8]

通常詞語所指的對象，人們對它總有一定的評價，或是肯定，或是否定，因而相應地有褒的意向或好感、貶的意向或惡感，這就是評價色彩，評價色彩其實帶有發話者主觀的感情及態度。它通常被分為好感和惡感兩大類，好感如慈愛、祥和、忠貞等等；惡感如粗暴、滑頭、蠢才等等。然而，就本文觀察，「名詞＋們」在語境下卻有一種不直接明言好感或惡感，必須經由上下文判讀，才可得知其意的諷刺或反諷的評價色彩。[9]

三　「名詞＋們」的非特指新詞與反諷之意

據上一節前人相關的研究可知，「名詞＋們」原該使用於指人名詞，且是特指的群體，又在語境下，它多具有敘述者正面或負面的情感意涵。然而，放眼現下社會中、生活中所出現的用語，卻可見「名詞＋們」的名詞，並非指人名詞，也有不少「越權」使用了「名詞＋們」來泛指的現象，因而衍生出了新詞。且從語境判讀下，並非直接正面或負面兩極的情感色彩，而是如修辭中的反語，即嘲諷或反諷的意義，此時發話者的評價作用多於感情的色彩。

本節將所蒐尋到的「名詞＋們」加以分類與解析，特別針對衍生出的新詞，以及它所寓有嘲諷或反諷的評價色彩二項，分別舉例說明如下：

（一）非特指的新詞

類詞綴「～們」若非用在文學範疇時，原不能與一般名詞連用，只能與指人名詞共現，而且是特定的群體，如：

8　陳俊光：〈漢語詞綴「們」的語義、篇章、語用探索和教學應用〉，頁25。
9　劉叔新：《漢語描寫詞彙學》（北京市：商務印書館，2003年10月），頁206-207。

（A）

~~女孩們~~（案：凡例句中的框線為筆者所加註）的21K訓練終於進入尾
聲，距離挑戰Nike女生半程馬拉松只剩最後一個禮拜，在賽前一週的練
習，想必會讓~~女孩們~~把握最後的時間提升訓練強度，進行賽前的最後
衝刺吧！

敘述中的「女孩」是指人名詞，「女孩們」是特指那群挑戰Nike女生半程
馬拉松的女孩，完全符合「名詞＋們」的一般規範。但據本文所檢索到的資
料，卻有不少不在規範下的用法，例如：

（B）

在~~車友們~~的認知當中，古典賽因其賽段當中夾雜的石板賽道得名，騎
在歐陸古早的產業道路上，不僅要求騎乘的效率、~~選手們~~更要力求保
存體力⋯⋯。

（C）

為了本周五松山線通車，譚國光也指出近二萬張新的標誌貼紙都已經準
備好了，即將在通車當日讓臺北捷運改頭換面，從第一條捷運通車十八
年後，終於以原有設計與大家重新相遇，讓~~「捷客」們~~再次享受臺北
捷運的便利與便捷。

（B）敘述中的「車友」及「選手」，皆泛指一般的、所有的車友及選手，
原不可加上「們」，且「車友」的「友」及「選手」的「手」，本身即是後綴，
代表了一種人的身分，其中「車友」的「友」已具有群體性，更不須重複使用
代表群體的「們」。（C）的「捷客」類似於我們所熟知的「公車族」，所以這裡
的「客」和「族」也已是泛指這類的群族，本身已是具有群體性的後綴，亦無
須重複使用「們」，但我們仍能從這份政府的文宣中見到這樣的用詞。

（D）

天蠍們繼續坐擁幸運星座榜首寶座。而這些來自於人際關係的吉利能量，要告訴天蠍們的是，對於近日不斷湧現的飯局或聚會，再忙也要抽空出席，因為貴人盡在其中。

這段敘述中的「天蠍們」即指「天蠍座的人」，類同「A型的男人」，是屬於集體分類詞，本身已是泛指，應不可加「們」，以避免衝突。但現今許多星象命理的用詞，經常出現「雙子們」、「水瓶們」、「魔羯們」等等，來表示各星座的人。

（E）

仍然被有形無形的繩索綑綁的吳家女兒、梁家女兒、馬家女兒和更多的「王謝堂前燕」們，像斯維特拉娜那樣，勇敢地邁出奔向自由的第一步吧。

這是余杰（中國旅美獨立作家）所寫的一篇文章，被轉載於新聞網站中，標題為「與其『為父作倀』 不如擁抱自由」。文章中將一些受到家世束縛的名門千金比喻為「『王謝堂前燕』們」，運用了詩典，其意深遠。然而，而此「王謝堂前燕」非指人名詞，卻刻意使用了後綴「們」，模擬了文學手法，卻也並非擬人化，實屬特殊的「名詞＋們」之新用。

（F）

明年的總統大選結束後，臺灣的政治光譜將會重新洗牌，其中最主要的變動就是國民黨統派勢力的全面潰散。洪秀柱及其支持者（即洪秀柱們）所代表的正是這股統派勢力。

這是一則政治新聞的評論，其中將洪秀柱（名人之名）直接加上後綴「們」，用以指稱其人以及支持她的眾人。這個說法並非這篇評論所獨創，其

實在電視政論節目中，「洪秀柱們」、「王金平們」之詞，也經常被所謂的「名嘴們」拿至檯面上談論。這個「名人之名（專有名詞）＋們」的用法，極為特殊，之前也未見有相關用法，儼然是新衍生出的新詞。

以上各例，並非出現在文學或兒童讀物，而是出現在電子網站的新聞媒體，它的流量極大，足以顯示現在人的常用話語。它已普遍被運用於社會各領域當中，可見現今的「名詞＋們」已超出原先的規範，衍生出了一些新詞新用。

（二）寓有嘲諷或反諷的評價意涵

發話者主觀的情感或態度，即情態，總會作用在其話語當中，而使其話語帶有情感，若此情感色彩涉及褒或貶的態度，便會產生主觀的評價。以往學者即曾提出「名詞＋們」在發話者的移情作用下，會具有正面或負面的意涵。例如從搜尋到的資料中，我們可看到同樣是「校長們」，但因其特定所指的群體不同，以及發話者主觀的表述差異，而使其產生褒貶不同的意義：

（G）

對於獲得校領導卓越獎的校長們，吳思華部長表示，校長們在學校扮領航者角色，他們以柔性的堅持，感動的領導，讓學校多元發展，親師生得以和樂相處，成就優質的學校典範，展現學校辦學績效。

（H）

不明就裡的人們，還以為國家正發生什麼重大的公共事件，讓具備社會清流、公正人士形象的大學校長們，願意集體站出來，為公益發聲。令人很遺憾的是，大學校長們的集體行動，不是為了社會公益、更不是扮演什麼社會清流的角色、為社會弱勢發聲或為國家長遠發展提出建言。相反的，也很荒謬的是，大學校長們的連署，居然是要求行政院責成……。

（G）的敘述在「領導卓越獎」、「領航者角色」、「柔性的堅持，感動的領導」、「和樂相處」、「成就優質的學校典範，展現學校辦學績效」等正面的語境

下，毫無疑問地呈現這群「校長們」的正面價值；而（H）的敘述則完全相反，敘述句裡更直接使用「荒謬」一詞，表達發言者的主觀意識，在這裡，原該清高的「校長們」，為了爭取自校的利益，而被敘述者賦予上了情緒色彩，使這群「校長們」染上了負面的評價色彩。

　　然而，即便所陳述的是同一個特定的群體，亦會因為敘述者或發話者的個人主觀成見，而呈現出褒貶不一的意義，例如：

（I）

「颱風要來，反課綱運動的 孩子們 還在第一線抗爭，令人擔心。」20年前發起「410教育改造運動」的臺大退休教授黃武雄在臉書發文表示，「 孩子們 不肯接受洗腦教育的聲音，已經喚醒社會」……。

（J）

反課綱學生：「是或不是、撤或不撤？」

臉色鐵青，吳思華把新舊課綱搬出檯面談，但 學生們 要聽的答案根本不是這些。

　　（J）和（K）同樣在報導關於反課綱的議題，二句當中出現的「孩子們」與「學生們」指的是同一群人，但從語境上判讀，（J）的「孩子們」是被疼惜的、被肯定的，具有正面的意義；而（K）的「學生們」則是蠻橫的、無禮的，具有負面的意味。經由如此的對照，應可清楚觀察到「名詞＋們」確實可因語境的不同而被賦予正面或反面的評價。

　　但綜觀所得資料，除了具有正面或負面的評價之外，另也出現一些不具直接褒貶的態度，而是帶有嘲諷或反諷的反語式的意涵，這在目前的研究當中，尚未被提出討論。在修辭學上，反諷即是一種「倒語」，指言辭表面的意義和作者內心真意相反的修辭法，或是表面讚賞，實則責罵；或是表面責罵，實則讚賞。[10]而這嘲諷或反諷，在發話者的情感態度上或褒或貶，皆造成語意上的

---

10 黃慶萱：《修辭學》（臺北市：三民書局，1988年），頁321。

曖昧，須由讀者或聽話者從整體語境中心領神會其真正的意涵。我們或可藉由胡亞敏在《敘事學》中對於反諷技法的說明，得到一概論：

> 在分辨敘事者是否可靠時尤其要注意敘事者的反諷傾向。這類敘述者是一個自覺的清醒的講故事的人。他往往口是心非，言此而及彼，似乎在肯定某件事時骨子裡卻在否定它。在對待故事中人物的態度上，這類敘述者保持一種精神上的優越感，十分注意與人物的距離控制，使真情消解在敘述者那曲盡其妙的話語之中。[11]

正由於這「言此及彼」、「似乎肯定卻否定」而使其有別於兩極的正面意義或負面意義。雖然修辭學上所稱的「反語」有「用來責備、嘲諷」及「用來讚美、親暱」兩類，但被使用較多者，多屬前類，後類較少，範例如：

（L）
別再把指望放大企業身上！ 小老闆們 ，該用「網路」做點大事情了

這是新聞網站轉引商業週刊一篇文章的標題。敘述中以「大企業」對比「小老闆」，再以「小老闆」對比「大事情」，其中所含的諷喻，展現出了語言上的趣味性。細讀內文，其中寫到「過去一個中南部小農，可能產品能賣進臺北超市就很高興，但未來更應該探討賣到北京或巴黎的可行性。」當可知道，作者對小企業、小老闆是有期許的，他認為在網路時代，就算是小老闆也可成就大事業，所以這裡的「小老闆們」較傾向於「似貶卻褒」的意義。

另關於「似褒卻貶」之嘲諷者，搜尋到的資料較多：

（M）
近年來，歐美掀起一股學中文的熱潮，許多面向成人的中文補習班紛紛成立，而今英國的 嬰幼兒們 也開始學中文了。

---

11 胡亞敏：《敘事學》（武漢市：華中師範大學出版社），頁214。

　　兒童外語的學習風潮，竟也席捲至嬰幼兒階段，牙牙學語中的孩子，就怕連本國語言都還未學成，就開啟了第二外語的學習。這段敘述中特別提及「學習中文的熱潮」、「成人的中文補習班」，在成人對熱潮的追求和嬰幼兒的無自主性對比下，使得此話語中，也得跟隨成人潮流的這批「嬰幼兒們」，隱含著敘述者微妙的反諷之意。

（N）

　　媽咪們，有沒有發現，當你結婚後，就漸漸地失去了一些未婚的朋友；當你有孩子之後，也漸漸地失去了沒孩子的朋友。如果你發現身邊朋友越來越少，或者都是媽媽們，也許，你也該再次重整自己的人際圈了。

　　此段報導是在勸勉已婚婦女在成為母親之後，仍該擁有屬於自己的人際關係。原本該被傳統價值肯定的犧牲自我的母親，敘述中卻從漸漸地失去未婚朋友到漸漸地失去沒有孩子的朋友，因而透露出被否定的意味。最後，當「媽咪們」發現自己的身邊也都只剩下「媽媽們」時，每況愈下的處境，致使這群「媽咪們」及「媽媽們」，已非客觀的「名詞＋們」，而是發話者口中該好好重整自己的族群了。

（O）

　　欣賞天使們是需要「天價」的！　2015維多利亞的秘密大秀票價出爐

　　這是一則名牌內衣秀的報導標題，所謂「天使們」，即是展示內衣的模特兒，非但標題的「天價」已透顯出反諷，內文報導也直接表達出譏諷之語：「……不過《The Telegraph》則略帶嘲諷的口吻報導說：『他們只希望有錢人來，因為那些人通常很有風度和禮貌。』所以，想看天使們今年如何爭奇鬥艷嗎？還是繼續鎖定VOGUE.com的報導比較實在！或者是於2015年元旦晚上9點鎖定Star World首播的2014維多利亞的秘密時尚秀！」如此主觀的敘述，明顯

傳達出發話者的主觀評價，所以這裡對於被天使化的美麗的內衣模特兒——「天使們」，明顯含有似褒卻貶的評價態度。

（P）

為了鼓勵適婚年紀的 宅男宅女們 走出來認識新朋友，臺南市觀光協會文化觀光活動企劃培訓班特別企劃「晴空下．大宅們，現在開始說 Yes，I do！」活動，結合單車輕旅、文化觀光及生態體驗的未婚 E 世代聯誼活動，訂五月二十四日在安平舉行，歡迎二十五歲至三十五歲的未婚男女踴躍報名。

宅男、宅女在一般人的認知，以及在現今社會上的觀感而言，本身已是被嘲諷的語詞，這段話語不但將那群不愛出門、總窩在家中的青年男女類聚起來，以一個「們」歸成一個特定的族群，更以「大宅」凸顯出其本身的負面之義。雖然此則宣傳應無刻意嘲諷之意，但在全文的脈絡下，因已屆「適婚年齡」，卻仍屬「宅男宅女」，在語境上便隱然透顯出了其中的反差與諷刺色彩。

（Q）

明年的總統大選結束後，臺灣的政治光譜將會重新洗牌，其中最主要的變動就是國民黨統派勢力的全面潰散。洪秀柱及其支持者（即 洪秀柱們）所代表的正是這股統派勢力。在明年總統大選後，洪秀柱「們」的下場會是如何呢？

前文已有提及此文中的「名人之名＋們」的特殊用法，至於它是否具有褒或貶的評價，端看發言者的主觀態度而定。根據這段敘述的上下文觀之，這位發話者的立場，並非洪秀柱本人或其支持者，而是不相關的評論者或是其反對者，雖然以設問句作為結語，但敘述中的「全面潰散」以及「下場」之貶義之詞，已可窺見發話者對該人及其支持者的嘲諷之情了。

四　結語

　　漢語後綴「們」在目前語言學理論中，仍界定在不可使用於一般名詞，除非在文學或兒童讀物，在擬人化修詞格下才使用。它通常使用於指人名詞，且有特指的群體。然而，放眼現下生活中的話語，卻可見不少「名詞＋們」的泛指使用，甚至一般名詞或專有名詞也與「們」共現。可見該詞綴已產生了衍生性，突破了原有的限制，產生了新詞。

　　而「名詞＋們」也會因發話者主觀情感的投入，使其在語境中發生正面或反面的意涵，但我們從本文所探討的範句中，另可見到「名詞＋們」因發話者的主觀作用下，使其在語境脈絡中，除了具有正面與負面的涵意外，也可用來表達嘲諷或反諷之意，反映了發話者的評價態度。

　　經由本文的討論，足以見證類詞綴「們」活力十足的展衍其充沛的生命力，「名詞＋們」不但突破了原本的使用原則，衍生了新詞，也拓展出在情態評價上更多層面的色彩。

　　——本文原收入《國教新知》第63卷第1期（2017年6月），
　　　頁15-23

　　——陳燕玲：臺北市立大學中國語文學系博士，臺南市崇明
　　　國小教師

詩詞曲賦皆可歌

邱 文 惠

一 前言

　　說話是人類的本能，人類藉說話彼此溝通。把說話時每個音拉長，便能出現吟、唱、哼等各式各樣的聲音，這些一方面源自本能，一方面也學自客觀環境。人類天生身上就有一些現象可以讓自身來學習，舉例來說：出生、襁褓期的啼哭就告訴人，自己能發出長音；心跳和四季循環、日出日落一樣，周而復始，形成節奏；萬物質材不同，發出的音色各異。

　　人的吟、唱、哼、唸是聲音，內容卻是文學。文學因心情而有抒發，文體不斷發展，代有不同。雖是如此，但都可歌。本文就依歌謠與《詩經》、《楚辭》與漢賦、唐詩與宋詞、小說與戲曲、新文學，逐一選取代表作品，約略介紹，礙於篇幅所限，詞情相符方面就無法詳加解說了。

二 歌謠與《詩經》

　　如前所述，人不但能發長音，音還能有高低長短強弱，進而可以依著心情來說吟哼唱，把喜怒哀樂憂懼等不同心情表述出來。造成這些心情的因素非常多，其中包括當政者施政的良窳，這種由著生活感受自然哼唱出來歌曲，就稱之為「民歌」。而為政者也體會到民歌中有這方面的資訊，所以早在夏朝就開始有采詩的活動[1]，夏商周歷代為政者會派人或利用告示來蒐集。到了東周，

---

[1] 《左傳‧襄公十四年》引《夏書》云：「遒人以木鐸徇於路，官師相規，工執藝事以諫。」見陳

孔子接觸到的有三千多首，孔子周遊列國回來為了開班授徒，將之精簡為三百十一首，這是一本教科書，書名叫《詩》（《詩經》是漢武帝時才有的稱呼）。《詩》之前還有歌謠，《詩經·國風》都是。

　　《詩經》裡的作品是可以歌唱的，這是中國學術界大家都公認的，無庸置疑。有人說，其音樂旋律集中在《樂》裡頭，可是《樂》亡佚，有關到底有沒有《樂》這部書，書裡的內容又是如何，至今仍眾說紛紜。

　　雖然如此，從作品內容裡我們大略可以看出端倪，在音樂部分：節奏、曲式、押韻、句讀，依稀可見。它們可唸、可頌、可贊、可吟、可唱，張世彬《中國音樂史論述稿》把《詩經·國風》的曲式分析得相當詳細。[2]不過，直至目前，我們能找到的資料，在明以前大部分是一字一音的字譜，一直到南宋前期，朱熹的《儀禮經傳通解》才不是一字一音，而是一個字有好幾個音、有旋律了：

關　　雎

《詩經》佚名 詞

A　4/4

《儀禮經傳通解》佚名 曲

```
|| i 6 5 6 | 1 3 2 1 | 5 6 i·2 3 | i·2 5 6 i |
   關 關 雎 鳩，在 河 之 洲。 窈 窕 淑   女， 君   子 好 逑。

|  i 6 5 6 | 5 6 7·6 i | 4 5 7 6 5 3 | 2 3 2 1 |
   參 差 荇 菜，左 右 流   之。 窈 窕 淑   女， 寤 寐 求 之。

|  i 6 5 6 | 3 4 6 5 | 3 4 3 2 | i 6 7·6 i |
   求 之 不 得， 寤 寐 思 服。 悠 哉 悠 哉， 輾 轉 反   側。
```

節：《詩經漫談》，張善文、馬重奇主編：《十三經漫談叢書3》（新北市：頂淵文化事業有限公司，2005年1月），頁24-25。

2　張世彬：《中國音樂史論述稿》（香港：友聯出版社，1975年11月），頁21-26。

| i 7 6 5 | 2 5 6 i | 3 4 5 6 | 5 3 2 3 |

參差荇菜，　　左右采之。　　窈窕淑女，　　琴瑟友之。

| 2 1·2 3 5 | 5 3 5 6 | i 6 5 2 | 1 6 7·6 i ‖
[3]

參差　荇菜，　左右芼之。　窈窕淑女，　鐘鼓樂　之。

譜中「淑」、「君」、「流」、「反」、「差」、「樂」是一字二音，「寤寐」之前的「淑」是一字三音。

《詩經》可唱，人們選擇適合場面的詞（章節）來唱，古時如此，現代人也如此，夏煥新、郁元英編輯的《禮儀樂曲》[4]就依據詩文內容把它們編入正式場合中，當作儀式配樂。

三　《楚辭》與漢賦

《詩經》之後到《楚辭》，期間相距約二百年，資料顯示仍有一些歌曲的歌詞被記錄下來，如〈越人歌〉（《說苑·善說》）、〈徐人歌〉（《新序·節士》）等，既是「歌」，當然可唱，只是旋律沒留傳下來，只能舉現代人作的旋律聊表補白：

越 人 歌

《說苑·善說》佚名　詞

譚盾　曲

邱文惠譯譜

♭A　散板

‖ 6 6 5 6 7 6·5 3 — | 3 6 3·7 6 6 — |

今夕何夕兮　　　搴舟中流！

| 6 6 — 6 — 5 6 7 2 6·5 3 — | 3 6 1·7 6 6·1

今　日　何　日兮　　　得與王子

3　漆明鏡：《魏氏樂譜解析──凌雲閣六卷本全譯譜》（上海市：上海音樂學院出版社，2011年4月），頁313。

4　夏煥新、郁元英編輯：《禮儀樂曲》（臺北市：中國禮樂學會出版社，1979年8月），目錄。

```
  2   2   — |
  同　舟！
```

```
| 3 5 6 — 7 3 2 2 | 3 5 6 — 7 3 2 2 |
  蒙　羞　被　好兮　不　　　訾　詬恥，
```

```
| 3 5 6 — 6 2 i i · 7 6 2 4 · 3 2 5 1 · 7 6 i 2 2 — |
  心　幾　煩　而　不　絕　兮　　　　　　得　知　王　子。
```

```
| 2 2 i 2 3 2 · 7 6 — | 2 2 i 2 3 2 · 7 6 — |
  山　有　木　　兮　　　木　有　枝　　兮，
```

```
| 6 2 i i · 7 6 2 4 · 3 2 5 1 · 7 6 6 i 2 2 — |
  心　說　君　兮　君　不　　知。君　不　知。
```

```
| i 7 6 6 6 — ‖ 5
  君　不　知。
```

當代人作的〈越人歌〉版本不少[6]，YouTube裡隨意便可以找到三種，都是現代人作的曲子，就以此譜為代表吧！

《楚辭》能歌嗎？答案是肯定的。雖然部分作品篇幅甚長，唱的方式是可以用吟的，調高、旋律不固定。調高依性別、年齡而定。旋律則依字的音、詞的調值、文情內容的抑揚頓挫而變化，由吟唱者自由發揮。試想屈原投江之前、行吟於澤畔的情景，便大略可以臆想出個大概。

漢賦（賦體）可以唱嗎？進入YouTube輸入「王更生　秋聲賦」，點進去可以聽到他老人家吟唱歐陽修的〈秋聲賦〉，這種吟唱方式和李曰剛老師吟的〈將進酒〉一樣，是古代文人的休閒活動，今人若能如此，自娛、不傷眼又省3C費用，既充滿音樂性，又瀰漫著文學氣息，雙重享受，一舉三得。

5　本曲為《夜宴》電影插曲。調號、旋律均依據YouTube播出之實際音響譯出，小節線綜合唱者換氣及文意寫成。參https://www.youtube.com/watch?v=b2c4somJbLg。

6　還有Kaiser曲、阿羅詞、Kaiser唱及吳多才曲等不同旋律的創作曲，歌詞都有部分改寫。

　　《楚辭》裡的內容有許多南方的語言和聲調[7]，句中或句末使用的語氣詞「兮」字，一直沿用到今天。屈原距離漢高祖劉邦大約七十年，劉邦的〈大風歌〉有「兮」字：「大風起兮雲飛揚，威加海內兮歸故鄉，安得猛士兮守四方？」大約又經九十年，到了漢武帝劉徹在祭祀后土時寫下的〈秋風辭〉，辭中也有「兮」字：「秋風起兮白雲飛，草木黃落兮雁南歸。蘭有秀兮菊有芳，懷佳人兮不能忘。泛樓船兮濟汾河，橫中流兮揚素波，簫鼓鳴兮發櫂歌，歡樂極兮哀情多，少壯幾時兮奈老何？」

　　漢武帝寫的這首〈秋風辭〉，今人把它套進西洋聖歌裡：

秋 風 辭

漢武帝　詩

G　3/4

Franz Abt　曲

7　劉大杰：《中國文學發達史》（臺北市：臺灣中華書局，1980年10月），頁71。

　　這首曲子出現在吳恩清等人合編的《高中音樂》課本裡，將漢武帝的〈秋風辭〉安上了Franz Abt的〈Wo die Alpenrosen blühn〉[8]，供高中職學生學唱、欣賞。

　　明末魏雙侯帶去日本的《魏氏樂譜》裡也有這首〈秋風辭〉，旋律如下：

秋　風　辭

漢武帝　詩
《魏氏樂譜》　曲

G　4/4，5/4

```
‖ 6  53 5 6 · 3 | 2 — 1 — | 6 · 5  6 · 5  2 · 1  6 — |
  秋 風 起 兮 白 雲 飛，　　草 木 黃 落 兮

| 2 · 1  6 6 — | 2 · 3  2 · 1  2 · 1  6 · 5 | 6 — 6 — |
  雁 　南 歸。　蘭 有 秀 兮　　菊 有 芳，

| 6 · 1  6 5 · 1 2 | 3 · 2 1 — | 6 · 1 6 5 — | 3 3 3 — |
  懷 佳 人 兮 不　能　忘。　泛 樓 船 兮　濟 汾 河，

| 2 · 3  2 · 1  2 — | 1 6 6 — | 2 · 3  2 1  2 — |
  橫 中 流 兮　揚 素 波，　　鐘 鼓 鳴 兮

| 1 6 6 — | 6 · 5  6 · 5  6 — | 2 2 2 — |
  發 櫂 歌，　歡 樂 極　兮　哀 情 多，

| 1 2 3  2 1 6 — | 6 · 5  6 · 5  6 — ‖
  少 壯　幾 時 兮　奈 老　何？
```

　　本曲的自由度高，因為歌詞與曲之間較不合拍，也因此，這首曲子比較有「吟」的味道。

　　屈原是湖北秭歸人，《楚辭》內容多取材湖南的湘、資、沅、澧等江、淮流域，在當時兩湖都屬南方地區。劉邦是沛郡豐邑中陽里（今江蘇徐州豐縣）

---

[8] 吳恩清、張婉淑、蔡國欽、顧宗鵬、謝雪如合編：《音樂（高中適用）》（臺北市：中央圖書出版社，1978年8月），頁33。

人，在當時也是屬南方地區人士，難怪他們作品中的吟歎方式都一樣。劉大杰在《中國文學發達史》裡認為這個「兮」字是中國古代韻文，不分南北普遍使用的現象。[9]「兮」這個字是語助詞，見《廣韻》。孔廣居《說文疑疑》：「兮，詩歌之餘聲也。」語助與餘聲，其言雖殊，其義一也。[10]其實這個字、這個音，相當於我們說話時拉長音的一種口頭禪。曾德珪的《漢代樂府民歌賞析》一書，整本都沒有這個「兮」字，資料取材應是特別揀選過。

漢武帝承襲采詩，就在朝廷裡設了一個掌管音樂的官署，名叫「樂府」。採集回來的詩歌經整理配樂後，供朝廷典禮、娛樂使用，後來就將其所採集的民間歌謠稱為「樂府詩」或簡稱「樂府」，也因其採自民間，故亦稱為「樂府民歌」。由於樂府詩是採自各地的歌謠，因此內容豐富，多敘事寫實，語言直接、樸實、自然，頗能反映當時人民的生活。整理後的歌謠，有些被製成樂章，在宮中唱誦，作為宮庭娛樂。

之後，朝中文官、樂官開始為這些民歌填新詞，以豐潤朝廷典禮、娛樂，甚至參考其風格創作新的詩歌，樂府詩遂有民間創作的，也有文人創作的。「樂府」漸成一種文學體裁。

漢之後，歷史進入三國、兩晉、南北朝，這是中國歷史上相當紛亂的一個時期，北方長期為外族統治，因為政治、地理、風俗各方面的不同，樂府民歌亦形成各地不同的色彩。南朝樂府大部分形式短小，內容主要是抒情；北朝樂府內容偏重邊地社會生活，風格多爽朗率真。

樂府詩被〔宋〕郭茂倩收錄在他編的《樂府詩集》裡，起於先秦，迄於五代，共一百卷，是中國最完備的樂府詩總集。它多入樂，形式比較自由，句數、平仄、對仗皆不限，字數以雜言為主，也有整齊的五言、七言。用韻自由，有押韻而且可換韻。它可入樂，這裡舉《木蘭詩》為例[11]：

9　劉大杰：《中國文學發達史》，頁74-75。
10　熊鈍生主編：《辭海（上冊）》字條（臺北市：臺灣中華書局，1981年6月），頁556，「兮」。
11　《木蘭詩》又名《木蘭辭》、《木蘭歌》。

木 蘭 詩

《樂府詩集》佚名 詞

♭E 2/4　　　　　　　　　　　　　　古調 曲

```
‖: 66  57 | 6 — | 6i i65 | 3 — | 56 53 | 2  21 | 6· 1 |
   唧唧 復唧 唧，  木蘭 當戶  織。   不聞 機杼 聲，惟聞 女 嘆

   2 — | 66  i5 | 6 — | 6i i65 | 3 — | 56 53 | 2  12 |
   息。   問女 何所  思？ 問女 何所  憶？「女 亦 無所 思，女亦

   32 | 1 — | 33 232 | 1 — | 26 55 | 6· — | 6i 32 |
   無 所 憶。  昨夜 見軍  帖，   可汗 大點 兵。  軍書 十二

   1·2 36 | 3/4 53  2 — | 2/4 23 12 | 3 — | 56 15 | 6· — |
   卷，  卷卷  有爺 名。     阿爺 無大 兒， 木蘭 無長 兄，

   16  532 | 1  12 | 32  17 | 6 — | 56  53 | 2 — |
   願為 市鞍  馬，從此  替  爺征。」    東市 買駿 馬，

   35  232 | 1 — | 23  12 | 3·2 12 | 32 | 3 — |
   西市 買鞍  韉，  南市 買轡  頭，  北市 買長 鞭。

   6i  i6 | 53 | 21  32 | 1 — | 35  i6 | 535 6 |
   朝辭 爺孃 去，  暮宿 黃河  邊； 不聞 爺孃 喚女 聲，

   53  2165 | 32 | 1 — | 35  32 | 1·2 | 35  65 |
   但聞 黃河流水 鳴濺 濺。  旦辭 黃河 去，  暮宿 黑山

   6 — | 35  i6 | 535 6 | 53  2165 | 32 | 1 — |
   頭； 不聞 爺孃 喚女 聲， 但聞 燕山胡騎 聲啾 啾。
```

| 6 6 | 5 1̇ | 6 — | 6̇ 1̇ | 1̇ 5 | 6 5 | 3 | 5̣ 6̣ | 1 3 | 2 — | 5 6̣ | 5 2 |

萬里　赴戎　機，　關山　度若　飛。　　朔氣　傳金　柝，　寒光　照鐵

| 4 3 2 1 | 2 1 7̣ 6̣ | 1 — | 2 3 5 | 3/4 6̣ 1̇ 5 — | 2/4 1̇ 6 5 4 |

衣。　　　將軍　百戰　死，　壯士　十　　年　歸。　　　　歸來　見天

| 3 6̣ 1 | 3 2 | 3 — | 6̣ 1 | 1 5 · 6 | 1 · 2 | 3 5 | 6̣ 1̇ | 5 — |

子，天子　坐明　堂。　策勳　十二　　轉，　　賞賜　百千　強。

| 5̣ 6̣ 1 3 | 2 3 5 | 1 5 6̣ 7̣ | 6̣ — | 5̣ 6̣ 1 2 |

可汗　問所　欲，木蘭　不用　尚書　郎，　　願借　明駝

| 3 2 1 | 1 2 3 2 | 1 7̣ | 6̣ — | 1 6̣ 1 2 | 4 3 2 |

千里　足，　送兒　還　故　　鄉。　　　爺娘　聞女　來，出郭

| 1 7̣ | 6̣ — | 2 1 2 4 | 5 6 5 | 4 3 2 | 4 — | 1 2 4 5 |

相扶　將；　　阿姊　聞妹　來，當戶　理紅　　妝；　小弟　聞姊

| 6 6 5 | 4 2 1 6̣ | 5 — | 7̣ 5̣ 6̣ 7̣ | 6̣ — | 1 2 4 5 | 2 — |

來，磨刀　霍霍　向豬　羊。　　開我　東閣　門，　　坐我　西閣　床；

| 4 2 1 7̣ | 6̣ 1 6̣ | 5 6̣ 7 6̣ | 5 — | 5̣ 6̣ 1 2 | 1 — | 1 2 4 5 |

脫我　戰時　袍，著我　舊時　　裳；　當窗　理雲　鬢，　對鏡　貼花

| 2 — | 6 6 | 5 2 4 | 2 4 5 6 | 5 — | 5 6 5 4 | 2 4 5 |

黃。　出門　看火　伴，火伴　皆驚　惶：「同行　十二　年，不知

| 4 2 1 6̣ | 5 — | 5̣ 6̣ 1 2 | 1 — | 1 2 4 5 | 2 — | 4 5 4 2 |

木蘭　是女　郎。」雄兔　腳撲　朔，　　雌兔　眼迷　離。　兩兔　傍地

| 1 1 2 | 4 5 6 | 5 4 | 4 — ‖[12] |

走，安能　辨我　是　雄　雌？

12　畢心一：《高中音樂》（臺中市：人文出版社，1971年7月），頁32。

　　鈔謄全首曲子，主要在證明《木蘭詩》有歌可唱，同時也就在證明樂府詩有歌可唱。

　　漢代還有另一種文體，就是古體詩。古體詩醞釀、成熟於兩漢時代，代表作為《古詩十九首》。古體詩這個名稱是相對於近體詩[13]（即指唐代的絕句、律詩）而言的，它又簡稱為古詩，在形式上，古體詩句數、平仄、對仗皆不限。在字數方面也不拘，有四言、五言、六言、七言、雜言等體，以五言、七言居多。押韻方面無嚴格限制，可一韻到底，也可換韻。

　　和樂府詩之間，除了字數多了四言、六言體以外，其他幾乎差不多。古體詩也可唱，茲舉〈迢迢牽牛星〉為例譯譜如下：

迢 迢 牽 牛 星
（玉燭寶典）

《古詩十九首》佚名　詞
魏文超　曲
邱文惠譯譜

rit.

| 0 3̲2̲ 1 5̲6̲ | 1 — · — ‖ [14]

脈脈　不　得　　語。

這是一首現代電視連續劇的插曲,這表示漢代古體詩是可以寫成歌曲來唱的。

四　唐詩與宋詞

唐代文人寫詩、鋪駢、歌賦樣樣來。唐詩可唱,這是眾所皆知的,清代的《九宮大成南北詞宮譜》、《碎金詞譜》、《碎金續譜》裡都可以尋著它們的身影。

今人也喜歡為唐詩譜曲,如:白居易的〈花非花〉(黃自曲)、李白的〈下江陵〉(黃自曲)、〈月光曲〉(周書紳曲)、〈峨眉山月歌〉(黃自曲)、〈春夜洛城聞笛〉(劉雪庵曲)、孟郊的〈遊子吟〉(金亮羽曲)等等。

早期的宋詞無疑是可以歌唱的,否則就沒有「凡有井水處,即能歌柳詞」[15]這句話。在沒有錄放音設備的宋代,若歌詞太文,不受一般庶民青睞,再加上文人恥於開口的話,歌曲旋律自然會慢慢失傳。好在中國字一字一音,音韻學從南朝一路傳研,唐詩也格律化,自然地宋代文人縱然不哼宋詞旋律,也還能靠著詞的格律來從事創作。最後就只剩宋詞詞牌格律,音樂旋律被拋諸腦後。文人從事詞作創作時有規則可循即可,能否歌唱就不予考量了。

宋詞從何時丟失音樂旋律的,確切年代史無可考。我們只知道敦煌資料裡已有簡易的工尺譜了,有宋一代也有律呂譜、宮商譜這些載具,但是就是不見宋詞樂譜資料,可能因為工尺譜還沒發展成熟,律呂譜、宮商譜也不普遍的緣故。詩詞文旁注工尺譜,首見於《魏氏樂譜》。《魏氏樂譜》已是明末的東西了,所以,宋詞詞牌旋律到底如何,一直成謎。

---

[14] 本曲旋律譯自〈玉燭寶典〉,《錦繡未央》電視劇(2016)插曲。崔子格唱,魏文超曲。參YouTube https://www.youtube.com/watch?v=wZb1AIxS7Hk。

[15] 〔宋〕葉夢得:《避暑錄話》(臺北市:臺灣商務印書館,1966年8月),頁87。

　　筆者參加崑曲樂坊，從資料上得知，宋、元之交，南、北曲漸漸形成，宋詞詞牌旋律漸次被南北曲吸收，像散曲、北雜劇的〈浪淘沙〉、〈點絳唇〉、〈好事近〉、〈醉花蔭〉、〈漁家傲〉等，都可能來自唐宋詞調。[16]

　　宋詞被今人譜曲的作品也不少，如：柳永的〈雨霖鈴・寒蟬淒切〉（陳厚菴曲）、秦觀的〈江城子・楊柳弄春柔〉（陳田鶴曲）、周邦彥的〈風流子・楓林凋晚葉〉、陸游的〈沁園春・孤鶴歸飛〉（陳厚菴曲）、辛棄疾的〈摸魚兒・更能消幾番風雨〉（陳厚菴曲）、徽宗的〈燕山亭・裁剪冰綃〉（陳厚菴曲）、李清照的〈鳳凰臺上憶吹簫・香冷金猊〉（陳厚菴曲）等，這些歌曲在高中職音樂課本、坊間曲集裡都很容易可以找到。

五　小說與戲曲

　　明、清時期的文學創作，在視覺藝術方面，除了詩、詞照樣有人從事創作之外，重點已經擺向小說方面發展。在聽覺藝術方面，則向戲曲方面邁進。前者是人類利用視覺和腦部想像力來進行欣賞的活動，後者除了利用視覺和想像力之外，還包括了聽覺，而它也是承襲了詩、詞、曲在聽覺方面的欣賞活動。然而眾所皆知，談戲曲是要回溯南宋、元的。

　　只要談到元代的音樂文學，自然地就想到雜劇、散曲、南戲這些專有名詞，早期雜劇、南戲的歌詞是庶民的里巷之歌，由於元朝社會行階級制度，蒙古人、色目人社會地位高於漢人和南人，致使漢人、南人的讀書人轉向社會基層發展，有些讀書人從事劇本創作，直接造成雜劇、南戲劇本的急速增加。短短八十七年的元祚，據統計南戲的劇本至少有一六八本以上，流傳到今的完整劇本有十六種，從文獻中能找到的片段曲文有一一九種。[17]

　　當時一般人傳唱這些歌曲的情形如何？用我們現代的實例來比照，便可以大略地推估出來：大約在一九五○年代到一九八○年代，邵氏兄弟（香港）有限公司推出《梁山伯與祝英臺》、《山歌戀》、《魚美人》、《女秀才》、《江山美

---

[16] 徐達君：《崑音笛技傳承》（北京市：北京燕山出版社，2017年12月），頁16。

[17] 蕭興華：《中國音樂史》（臺北市：文津出版社，1998年1月），頁197。

人》這些黃梅調、地方小調歌唱片時，那段期間掀起了華人社會一股傳唱風潮，喜歡的人可以擇取片中一段來哼唱，例如《梁山伯與祝英臺》的〈遠山含笑〉、《江山美人》的〈戲鳳〉、《山歌戀》的〈山歌對唱〉；至於能將整齣電影的歌曲從頭唱到尾的人，有，但是不多。同樣地，元代的社會對戲曲的傳唱也是如此，能整齣南戲《荊釵記》、《拜月亭》、雜劇《竇娥冤》、《救風塵》從頭唱到尾的也是少數；倒是短小精悍的散曲，只要合個人口味，一口氣唱盡是沒有問題的。茲以《拜月亭》中的一段為例，譯譜如下：

滿 江 紅

《拜月亭》　詞

邱文惠　譯譜

2 / 4

大喊　一聲　過，諕　得我　獐狂　鼠　竄。那裏

失　了　哥哥，　怎生　撇下了　我，此身　無處 安存，

無　門　可　躲。

　　此譜來自《九宮大成南北詞宮譜》，原譜為工尺譜，《拜月亭》的作者施惠[18]用〈滿江紅〉詞牌格律為這段情節鋪寫曲詞。

　　中國戲曲自南戲開始進入成熟階段，凡入迷者無不行走坐臥陶醉其中。這可由一事為證：國民黨撤退來臺，把京戲也帶到臺灣來。外省人[19]有些人不看

---

[18] 另有一說《拜月亭》之作者為施耐庵。

[19] 民國三十八年（1949），國民政府播遷來臺，當時臺灣地區閩、客族稱呼他們為「外省人」。筆者生於斯、長於斯，聽聞結果是：一般稱呼的臺灣人，指的是閩、客族。稱閩北地區的人為「福州仔」，他們說的福州話，閩客族聽不懂。稱從大陳島撤退來臺的，叫「大陳仔」。又，民國三十八年以前就已經來臺的，習慣上也被稱為「外省人」，因為他們講話的語音有鄉音，很容易可以分別出來。我們到大陸旅遊也很容易被認出來，因為我們說的是「臺灣國語」。

京戲，有些人則沉迷其中。大略的分，祖籍偏西、偏南省分的外省人沉迷京戲的較少，因為京戲在中國盛行的地方在偏東、偏北的地區。

從民國三十八年到八十年，臺灣北部地區時常可以聽到外省人哼著京劇唱腔，他們沉醉在戲劇腳色的情節中，尤其是注重「聽戲」的那一群，他們到國軍文藝中心不是去「看戲」，他們是去「聽戲」。他們欣賞的是表演者的「唱功」，偏愛京劇歌曲的部分。

這些人隨著時光漸次凋零，八〇年以後慢慢地再少看到、聽到他們哼唱的身影了。

傳統戲曲之外，電影、電視也是戲曲的一種。電影及電視連續劇一定有主題曲、插曲，一首好的歌曲受到大眾喜愛，那是會傳唱大街小巷的，有一段期間，社會上還用「國歌」來戲稱這種廣受喜愛的歌曲。猶記得臺灣第一部國語連續劇《晶晶》在播映時，大街小巷到處都可以聽到「晶晶～晶晶～孤零零……」的歌聲。

談到戲曲與音樂，就讓筆者又愛又恨。戲曲音樂是中國歌曲音樂的保存者，同時它也是破壞者。宋詞詞牌音樂應該躲在戲曲音樂裡頭，可惜已經支離破碎，欲求其原貌已不可得。

從另一個角度觀之，中國戲曲卻又是不折不扣集文學、音樂、戲劇於一身的一門藝術。中國戲曲──無論何劇種──以搬演故事為主，這部分無庸置疑是戲劇的基本條件。在搬演過程中，用唱的方式來進行劇情的鋪陳，這時就鋪滿了音樂，把唱唸做打四功的「打」去掉，就類似西洋的歌劇了。在唱詞裡充滿著中國文學的意蘊，這部分則是文學。

前面說過，京戲流行時，喜歡的人在日常生活當中就會哼哼唱唱，早在崑曲盛行時就是如此了。

小說作品裡頭縱有涉及音樂相關資訊，也不可能出現曲調旋律，但因其內含故事情節，自然地便成為戲劇（曲）的素材。為了提高戲曲的演出效果，會把作品中適合譜成歌曲的詩詞文以歌曲形態呈現出來。基本上，這些歌曲的原型出自小說，它們因演劇的需要而被譜成歌曲，筆者把它們視為小說傳唱音樂。

《紅樓夢》為中國著名的章回小說作品，據《紅樓夢》改編的影視劇非常

之多，早在一九四四年就有周璇主演的電影版《紅樓夢》，該劇的〈葬花〉擷取自甲戌本《紅樓夢》，原詞共三六八字，編詞者卜萬蒼取前面四句、後面八句，共八十四字為歌詞，由金玉谷（黎錦光）譜曲而成。一九八八年邵氏兄弟（香港）有限公司也拍了一部《紅樓夢》，李翰祥導演、林青霞飾演賈寶玉、張艾嘉飾演林黛玉，作曲者是王福齡，片中的〈葬花詞〉也是採用甲戌本的詞，擷取一一三字，演唱者是劉韻。之後各歌星如鳳飛飛、費玉清在綜藝節目唱的都是這個版本。一九八七年中國大陸中央影視公司製播的《紅樓夢》，作曲家王立平前後花了四年的時間一口氣為該劇寫了十三首歌，計：〈序曲〉、〈引子〉、〈枉凝眉〉、〈葬花吟〉、〈紫菱洲歌〉、〈紅豆曲〉、〈秋窗風雨夕〉、〈晴雯歌〉、〈聰明累〉、〈分骨肉〉、〈嘆香菱〉、〈題帕三絕〉、〈好了歌〉。除了〈序曲〉、〈引子〉的詞另外寫之外，其他十一首的詞都來自《紅樓夢》內文。

這些歌當中，〈好了歌〉、〈葬花吟〉在臺灣也有創作版本。臺灣六〇年代校園民歌風行時期，吳楚楚譜了〈好了歌〉。臺灣音樂學者許常惠寫了〈葬花吟〉，值得一提的是，許常惠譜的〈葬花吟〉相當另類，採佛家梵唱的曲風，全曲都是快板，男聲同聲合唱，只用一個木魚一個磬伴奏。[20]

《三國演義》的卷首語〈臨江仙・滾滾長江〉[21]也被用來寫曲，同《紅樓夢》一樣，是因為演劇而拿它來配曲演唱的。中國大陸中央電視臺一九九四年曾拍了一部《三國演義》，片頭曲就是〈臨江仙・滾滾長江〉，作曲者是谷建芬，男聲唱者是楊洪基。

以上所舉的例子只是百中選一，以《紅樓夢》、《三國演義》為題材拍成的電影、電視連續劇為數甚多，拿著作中的詩詞文作為歌詞來寫曲的，數量也一定不少。

以小說為題材寫成的歌曲，其歌詞有兩種：一為小說裡的文本，一字不差

---

[20] 竹嶺男聲合唱團：〈葬花吟〉，曹雪芹詞，許常惠曲，2007日本之旅音樂會（2007年7月8日周日）新竹市立演藝廳。參YouTube https://www.youtube.com/watch?v=Feu0hMKWA5o。

[21] 〈臨江仙・滾滾長江〉來自明代楊慎的《二十一史彈詞》。並不是羅貫中引用它作為《三國演義》卷首語的。現存《三國演義》最早的版本是明代嘉靖元年（1522）序刊本的《三國志通俗演義》（簡稱「嘉靖本」），之後迭經修訂，清康熙年間，毛綸、毛宗崗父子修訂時才引用楊慎的〈臨江仙・滾滾長江〉作為卷首語。

將之譜曲，如：吳楚楚譜的〈好了歌〉；卜萬蒼編詞、黎錦光譜的〈葬花〉[22]、許常惠譜的〈葬花吟〉；二是依據小說故事情節另行寫詞，再予譜曲，一般電視、電影的主題曲、插曲即是此類，如：敘述張學良前半生的電視連續劇《少帥》，它的片頭主題曲〈在此刻〉就是此類。現謹將吳楚楚的〈好了歌〉、黎錦光譜的〈葬花〉譯出於下：

好了歌

曹雪芹 詞
吳楚楚 曲

G　2/4

‖ 3　2 1｜2　1 7｜1　7 5｜6　—｜6　6 7｜1 2　3｜

世人　都曉　神仙　好，　惟有　功名
世人　都曉　神仙　好，　只有　金銀
世人　都曉　神仙　好，　只有　姣妻
世人　都曉　神仙　好，　只有　兒孫

｜5 6　5 3｜2　—｜6　3 ·｜2　1 7｜1　7 5｜3　—｜

忘不　了！　古今　將相　在何　方？
忘不　了！　終朝　只恨　聚無　多，
忘不　了！　君生　日日　說恩　情，
忘不　了！　癡心　父母　古來　多，

｜6　6 7｜1 2　3｜7　6 7 6 5｜6　—｜6　—‖[23]

荒塚　一　堆草　沒　了。
及到　多　時眼　閉　了。
君死　又　隨人　去　了。
孝順　子孫　誰見　了？

---

22 一九四四年電影《紅樓夢》，上海華影公司出品，周璇演唱插曲〈葬花〉，卜萬蒼編詞，詞擷取自清代曹雪芹〈葬花詞〉（甲戌本），金玉谷（黎錦光）作曲，上海百代唱片灌錄出版發行，唱片編號35611A，模版編號B826。參YouTube https://www.youtube.com/watch?v=5VvIO_q4-v0。

23 〈好了歌〉曹雪芹詞，吳楚楚曲，中國創作民歌系列《我們的歌》第一集；洪建全教育文化基金會（1977）。參YouTube https://www.youtube.com/watch?v=Nn0HU_cXcR4。

葬　花

曹雪芹 原詞、卜萬蒼 編詞

金玉谷 曲

A　2/4

```
‖ 5·3 6 i | 3·2 i — | 5·i 6 3 | 5 — · — |
```
花　謝　花　飛　飛　滿　天，
試　看　春　殘　花　漸　落，

```
| 6·5 i 6 | 2·5 3 — | 5·3 23 i | 2 — · — |
```
紅　消　香　斷　有　誰　憐？
便　是　紅　顏　老　死　時，

```
| 2·5 3 6 | 5·6 i — | 65 6 i· 65 | 6 — · — |
```
游　絲　軟　繫　飄　春　榭，
一　朝　春　盡　紅　顏　老，

```
| i 6·i 65 | 3 — · — | 6·3 23 i 6 | 5 65 — — |
```
落　絮　輕　沾　撲　繡　簾。
花　落　人　亡　兩　不　知。

```
| 35 2 3·5 | 67 6 — — | 2·5 3 2 | i — · — |
```
爾　今　死　去　儂　收　葬，

```
| 6 — 3 — | 23 2i 6 — | 5·6 5 4 | 3 — — · — |
```
未　卜　儂　身　何　日　喪？

```
| 5 53 i7 60 | i 6i 2i 70 | 6 5 — — | 5 — — ˇ 32 |
```
儂　今　葬　花　人　笑　痴，　他　年　　　　葬

```
| i — 0 6i | 5 3 5 6 | 3 — · — | 3 — 0 0 ‖
```
儂　知　是　誰？

　　《三國演義》的卷頭詞是〔明〕楊慎的作品，蘇來也曾為其譜曲，現也將其主旋律譯出如下：

臨 江 仙

（詠三國）

〔明〕楊慎 詞

蘇來 曲

F　4/4

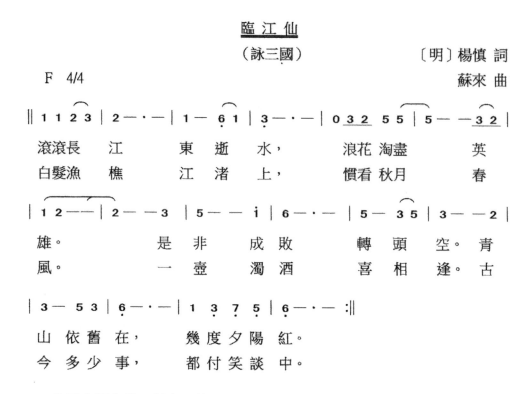

曲子由劉文毅、張方、徐再明、張煒四位男生作男聲四重唱，男聲四重唱的安排是非常高明的，古代征戰靠力氣，打仗是男孩子的事。四個大男生用輕聲唱出三國征戰時那種蒼茫的感覺，可說一絕。曲子第一段四人齊唱；反覆時，第二段是四重唱；第三段再反覆唱第一段歌詞，也是四重唱，然後作煞。[24]

就詞的內容來說，此詞蘊含的人生觀類似《楚辭・離騷》中的漁父，人生應該看淡是非成敗，正所謂「人生百年總是夢，萬里江山一局棋」，一個人是當英雄、還是當漁樵好？本無定論，端賴個人綜合際遇與智慧做取捨。「時勢造英雄，英雄造時勢」，若因時勢而成英雄，成了英雄之後，又如何面對往後後浪取而代之時的自我調適？還是，自始至終看淡一切，縱有機會仍藏之名山？

是英雄，能脫胎成漁樵，那是何等瀟灑！要評斷，能鞭辟入裡，人生閱歷須豐富，否則恐難「古今多少事，都付笑談中」。當然，不要忽略了「一壺濁酒喜相逢」，與老友久別相聚，酩酊是何等的愜意！

---

24 參《金韻獎（十）》（2015），滾石唱片發佈。

六　新文學

　　新文學泛指「新文學運動」之後的文學，主要以白話文和新詩這兩種文體最為突出。[25]白話文和新詩這對攣生兄弟，兩者幾乎同時出生。不過，白話文出生稍前，一批白話文學者開始創作新式歌曲，所謂「新式歌曲」，是相對於京劇等傳統戲曲唱曲而言。

　　這段期間的歌曲創作兵分三路：一類是藝術歌曲，又稱為典雅派，使用的是西歐的聲樂唱法；一類是流行歌曲，又稱為桃花派，使用的是一般本嗓唱法；還有一類是基層勞動歌曲，又稱為吭唷派，歌曲中穿插了勞動者的吭唷聲，套句現在的稱呼，說這類歌曲具有本土味。前者多為學院派，後兩者多為世俗派。

　　創作藝術歌曲的，多為音樂學校的學者，這批學者有：劉半農、趙元任、李叔同、黃自、劉雪庵、賀綠汀、陳田鶴、江定仙、蕭而化、李抱忱、韋翰章、林聲翕、蕭友梅、黃友棣等，其中有人還作詞作曲雙棲，如趙元任。他們的創作以「藝術歌曲」為主，著名的藝術歌曲有：〈踏雪尋梅〉、〈紅豆詞〉、〈農家樂〉、〈追尋〉、〈上山〉、〈採蓮謠〉、〈飄零的落花〉、〈巾幗英雄〉、〈海燕〉等。同時也出現幾首為古詩詞新譜的歌曲，如李之儀的〈卜算子·我住長江頭〉（青主曲）、王維的〈渭城曲〉（林聲翕曲）、蘇軾的〈念奴嬌·大江東去〉（青主曲）、秦觀的〈江城子·楊柳弄春柔〉（陳田鶴曲）、黃庭堅的〈春歸何處〉（陳田鶴曲）、辛棄疾的〈醜奴兒·少年不識愁滋味〉（李抱忱曲）、李白的〈春夜洛城聞笛〉（劉雪庵曲）、白居易的〈花非花〉（黃自曲）、秦觀的〈鵲橋仙·纖雲弄巧〉（林聲翕曲）、蘇軾的〈水調歌頭·明月幾時有〉（林聲翕曲）等。

　　創作流行歌曲的多為本土作家，他們有些也多多少少受過一些音樂教育，多數在影業公司任職，重要的有：黎錦暉、黎錦光兄弟、聶耳、陳歌辛、王福齡、姚敏、嚴華等。

　　流行歌曲膾炙人口的有：〈何日君再來〉、〈岷江夜曲〉、〈夜來香〉、〈鍾山

---

[25] 新文學運動的時代背景、原因及經過情形相當複雜，非本文之重點，就此略過。

春〉、〈少年的我〉、〈香格里拉〉、〈月圓花好〉、〈明月千里寄相思〉、〈玫瑰玫瑰我愛你〉、〈薔薇處處開〉、〈鳳凰于飛〉、〈永遠的微笑〉、〈花外流鶯〉、〈母親你在何方〉、〈未識綺羅香〉等。

這裡頭有些藝術歌曲是可以用聲樂唱法，也可以用一般唱法唱的，如：〈踏雪尋梅〉、〈紅豆詞〉、〈農家樂〉、〈採蓮謠〉、〈飄零的落花〉等。但是流行歌曲就沒聽過有人用聲樂唱法來唱。

這個態勢一直到抗日戰爭，才彙整成一股愛國歌曲的創作風潮，有名的曲子有：〈松花江上〉、〈旗正飄飄〉、〈長城謠〉、〈柳條長〉、〈抗敵歌〉、〈杜鵑花〉、〈熱血歌〉等。

新詩這種出現於清末民初的新體文學，由於其內涵清新脫俗，因此自六○年代校園民歌崛起後，它們就被選為現成的歌詞。到目前為止，這類校園民歌沒有一首是歌詞與歌曲同時誕生的，全部都是作曲者挑選詩意絕佳的、現成的新詩詩作譜成。它們的作者中，有：胡適、余光中、徐志摩、陳幸蕙、席慕蓉等，以余光中的詩作最多。歌曲有：胡適的〈秘摩崖月夜〉、〈蘭花草〉，徐志摩的〈偶然〉、〈雪花的快樂〉、〈再別康橋〉、〈歌〉[26]，陳幸蕙的〈浮生千山路〉，余光中的〈鄉愁四韻〉、席慕蓉的〈出塞曲〉等。

自此之後，港、臺成為流行音樂、通俗歌曲創作發展的搖籃。優美的文學作品，無論是新作還是古詩詞，只要創作者青睞，都有機會被披之管弦、受人傳唱，君不見蘇軾的〈水調歌頭·明月幾時有〉就被梁弘志譜了新曲，鄧麗君甜美的歌聲正在太空中環繞著呢！

七　結語

唱歌是人類天賦本能。從唱歌的過程中，人的心情得以抒發，有益身心健康。現代人喜歡用line互通訊息，筆者就曾接獲一則訊息說，一個人想長壽，養生之道有許多，唱歌是其中重要的一項。唱歌時歌詞是文學作品，唱者一面欣

---

[26] 徐志摩譯自英國女詩人Christina Georgina Rossetti的短詩。

賞著音樂旋律，一面沉浸在歌詞的意境當中，那是日常生活中最愜意的時光。

想一想，臺灣原住民和歐美一些民族載歌載舞的畫面，漢人真的要把心情放開一點，不要一天到晚正經八百的，學學古人雙手十指交扣於腹前「鼓腹而遊」，不要老把雙手背在背後「人生不滿百，常懷千歲憂」！

唱歌吧！我們的音樂文學作品那麼多！

——邱文惠：臺北市立大學中國語文學系博士候選人，新北市立
淡水國中退休校長

漢語多音字分類研究

戴 光 宇

一 前言

　　「多音字」指的是同一字形包含二個（含）以上的多音現象，以往稱「破音字」、「歧音字」等，是漢語習見的語言現象。本師葉鍵得先生曾說：

> 因為一字多音形成原因複雜、使用者背景不同、學習者歷練不同等諸因素，造成教學與學習上的困擾。[1]

對於多音字造成學習困擾的情形，錢威榜曾對國小學童、教師、家長從事一字多音之調查、問卷測驗，而後得出造成一字多音認知錯誤有十個原因，由眾多原因可看出一字多音的認識普遍不足，亦未能落實於實際生活；[2]大陸地區王俊霞、劉云漢也對某師範院校二百多名文理科學生，從《現代漢語詞典》收錄的九五九個多音異讀字選擇四三五個字進行問卷調查，結果是無一全部讀對，讀錯率70%以上的高頻誤讀字一三八個、讀錯率30%至69%的中頻誤讀字二〇九個，顯示誤讀字亦偏高。[3]

---

[1] 葉鍵得：〈《國語一字多音審訂表》與語文教學綜合研究〉，《北市大語文學報》第9期（2012年12月），頁63-84。

[2] 錢威榜：《國小學童對一字多音的認知與學習狀況之研究》（花蓮市：國立東華大學國民教育研究所碩士論文，2010年6月），頁159-178。

[3] 王俊霞、劉云漢：〈多音字讀音情況的調查與思考〉，《漢語學報》2007年第1期（總17期），頁49-57。

目前多音字的讀音標準以教育部編印的《國語一字多音審訂表》為據，[4]其審訂後仍有九五七個多音字，數量不少；說明多音字在實際使用及學習認知上有一定的繁難。而多音字如能做適當的分類，當有助於我們瞭解、歸納、整理、學習多音字，使其在言語交談、日常生活、語文教學上更加便利、更容易溝通，是為本文撰寫之動機。

二　多音字分類文獻探討

對於多音字的分類，林林總總，各家有各家的看法，以下就各學者專家之原文略做整理成條列式，使方便檢視對照，以明各種多音字的分類情形。

（一）主要由歷史變音角度著眼，從異音的形式分類者。

1　日人川口榮一：《破音字研究》，[5]據歧音異義的破音字做了以下分類：

（1）變更聲母的破音字：便（ㄅㄧㄢˋ，ㄆㄧㄢˊ）。

（2）變更韻母的破音字：度（ㄉㄨˋ，ㄉㄨㄛˋ）。

（3）變更聲母、韻母的破音字：暴（ㄅㄠˋ，ㄆㄨˋ）。

（4）變更聲調的破音字：王（陽平，去聲）。

2　齊鐵恨：《同義異讀單字研究》：[6]

（1）變更聲調：多少（ㄕㄠˇ）、老少（ㄕㄠˋ）。

（2）變更聲母：降（ㄐㄧㄤˋ）落、降（ㄒㄧㄤˊ）伏。

（3）變更韻母：著（ㄓㄨˋ）作、附著（ㄓㄨㄛˊ）。

4　教育部國語推行委員會編：《國語一字多音審訂表》（臺北市：教育部，1999年3月）。

5　〔日〕川口榮一：《破音字研究》（臺北市：臺灣大學碩士論文，1970年），頁8-132。

6　齊鐵恨：《同義異讀單字研究》（臺北市：復興書局，1974年4月，再版），頁4-6。另可參看同作者另一著作《破音字講義》（臺北市：橋梁出版社，1963年4月，2版），頁5-22，亦有細分各項。

3　孫強:《現代漢語多音字研究》:[7]

　　(1) 音系變化形成

　　　　A規則變化:

　　　　　　a上古到中古漢語音系變化:番(pān中古滂母,fān中古非母)。

　　　　　　b中古到近現代漢語語音變化:給(gěi,jǐ韻母是中古緝韻分化形成)。

　　　　B不規則變化:

　　　　　　a上古到中古漢語時期:便(biàn,pián)。

　　　　　　b中古到近現代漢語時期:鳥(diǎo,niǎo)。

　　(2) 非音系變化形成

　　　　A破讀形成的多音字:分(fēn,fèn)。

　　　　B語音的語用變化形成的多音字:了(liǎo,le)。

　　　　C用字原因形成的多音字:蠟(là,zhà)。

(二) 主要以多音字的生成原因,不討論語法詞性變因者。

1　季旭昇:〈歧音異義字舉例及練習〉:[8]

　　(1) 音義分化:養(一ㄤˇ,一ㄤˋ)。

　　(2) 古今音變:家(ㄐㄧㄚ,ㄍㄨ)。

　　(3) 方音不同:番(ㄈㄢ,ㄆㄢ:番禺縣)。

　　(4) 外語譯音:冒(ㄇㄠˋ,ㄇㄛˋ:冒頓)。

　　(5) 假借通用:鼙(ㄌㄧˊ,ㄒㄧ)。

　　(6) 異字同形:体(ㄊㄧˇ,ㄅㄣˋ)。

7　孫強:《現代漢語多音字研究》(成都市:四川大學博士論文,2007年),頁164-248。

8　季旭昇:〈歧音異義字舉例及練習〉,收入於吳金娥等:《國音及語言運用》(臺北市:三民書局,1997年8月,增訂再版),第四章第三節,頁257-259。

2　張正男：《實用華語語音學》，[9]將多音字分為：

（1）假借用字之讀破：華（ㄏㄨㄚˊ，ㄏㄨㄚ：借作「花」字的字音，
ㄏㄨㄚˋ：「華山」借作「崋」字用）。

（2）字義引申之讀破：好（ㄏㄠˇ，ㄏㄠˋ）。

（3）譯語用字之讀破：無（ㄨˊ，ㄇㄛˊ）。

（4）口語借字之讀破：吧（ㄅㄚ，ㄅㄚ・）。

（5）口語變音之讀破：蘋（ㄆㄧㄣˊ，ㄆㄧㄥˊ：限於「蘋果」一詞）。

（6）特殊音讀之保留：正（ㄓㄥˋ，ㄓㄥ）。

（7）切語歧音而讀破：匹（ㄆㄧˇ，ㄆㄧ）。

（8）造字重形而歧音：鈷（ㄍㄨˇ，ㄍㄨ：限於「化學元素」）。

（9）隸楷混淆而異讀：暴（ㄅㄠˋ，ㄆㄨˋ）。

（10）其他原因不明者。

3　國立臺灣師範大學國音教材編輯委員會編纂：《國音學》：[10]

（1）讀音與語音不同的多音字：削（ㄒㄩㄝˋ，ㄒㄧㄠ）。

（2）限讀多音字：化（ㄏㄨㄚˋ，ㄏㄨㄚ：限於「化子」一詞）。

（3）通假多音字：不（ㄅㄨˋ，ㄈㄡˇ：通「否」時音）。

（4）歧音異義多音字：仇（ㄔㄡˊ，ㄑㄧㄡˊ）。

（三）主要以語法詞性功能為主，討論多音現象者，其多偏向古籍的研究。

1　周法高：《中國古代語法：構詞篇》，[11]將因義變而音轉的字加以分為：

（1）非去聲或清聲母為名詞，去聲或濁聲母為動詞或名謂式：王（君

9　張正男：《實用華語語音學》（臺北市：新學林出版公司，2009年9月），頁239-249。另其在《國音及說話》（臺北市：三民書局，2004年8月）一書中則分為：限讀歧音異義字、通假歧音異義字、其他歧音異義字，見頁100-101。

10　國立臺灣師範大學國音教材編輯委員會編纂：《國音學》（臺北市：正中書局，2012年5月，新修訂第8版），頁321-325。

11　周法高：《中國古代語法：構詞篇》（臺北市：中央研究院歷史語言研究所，1962年），頁53-87。

也，平聲；君有天下曰王，去聲）。

（2）非去聲或清聲母為動詞，去聲或濁聲母為名詞或名語：數（計之也，上聲；計之有多少曰數，去聲）。

（3）形容詞：

A 去聲為他動式：好（善也，上聲；嚮所善謂之好，去聲）。

B 非去聲為他動式：盛（盛受也，平聲；多也，去聲）。

C 去聲為名詞：難（艱也，平聲；動而有所艱曰難，去聲）。

（4）方位詞：

A 去聲為他動式：左（左手也，上聲；左右助之曰左，通入「佐」，去聲）。

B 非去聲為他動式：上（自下而升曰上，上聲；居高定體曰上，去聲）。

（5）動詞：

A 去聲或濁聲母為使謂式：任（堪也，平聲；堪其事曰任，去聲）。

B 非去聲或清聲母為使謂式：去（除之曰去，上聲；自離曰去，去聲）。

C 非去聲為自動式，去聲為他動式：語（言也，上聲；以言告之謂之語，去聲）。

（6）主動受動關係之轉變：

A 上和下的關係：養（上育下曰養，上聲；下奉上曰養，去聲）。

B 彼此間的關係：假（取於人曰假，上聲；與之曰假，去聲）。

（7）去聲或濁聲母為既事式：解（釋也，清聲母上聲；既釋曰解，濁聲母上聲）。

（8）去聲為副詞或副語：更（因故而改曰更，平聲；捨故而作曰更，去聲）。

2　周祖謨:〈四聲別義釋例〉,[12]認為「夫古人創以聲別義之法,其用有
　　二:一在分辨文法之詞性,一在分辨用字之意義。」依此分類如下:
　（1）因詞性不同而變調者:
　　　　A 區分名詞用為動詞:王（君也,平聲;君有天下曰王,去聲）。
　　　　B 區分動詞用為名詞:宿（止也,入聲;謂日星所止舍曰宿,去
　　　　　聲）。
　　　　C 區分自動詞變為他動詞或他動詞變為自動詞:語（言也,上聲;
　　　　　以言告之,謂之語,去聲）。
　　　　D 區分形容詞用為名詞:長（永也,平聲;揆長曰長,去聲）。
　　　　E 區分形容詞與動詞:好（善也,上聲;嚮所善謂之好,去聲）。
　　　　F 區分名詞之時間詞用為動詞:先（前也,平聲;前之曰先,去
　　　　　聲）。
　　　　G 區分數詞用為量詞:三（奇數也,平聲;審用其數曰三,去聲）。
　（2）因意義不同而變調者:
　　　　A 意義有彼此上下之分,而有異讀:假（借也,取於人曰假,上
　　　　　聲;與之曰假,去聲）。
　　　　B 意義別有引伸變轉,而異其讀:聽（聆也,上聲;聽受謂之聽,
　　　　　去聲）。
　　　　C 意義有特殊限定而音少變:走（趨也,上聲;趨嚮曰走,去聲）。
　　　　D 義類相若,略有分判,音讀亦變:降（下也。下謂之降,去聲;
　　　　　伏謂之降,平聲）。

3　吳傑儒:〈異音別義之源起及其流變〉,[13]綜合周法高、周祖謨之見解,
　　分類如下:
　　　（1）區分名詞用為動詞者:王（君也,平聲;君有天下曰王,去聲）。

12 周祖謨:〈四聲別義釋例〉,收入於《問學集》（北京市:中華書局,1981年3月）,上冊,頁81-
　　119。
13 吳傑儒:〈異音別義之源起及其流變〉,《國立臺灣師範大學國文研究所集刊》第27號（1983年6
　　月）,頁243-361。

（2）區分動詞用為名詞者：數（計之也，上聲；計之有多少曰數，去
　　聲）。

（3）主動被動關係間之轉變者：任（堪也，平聲；堪其事曰任，去
　　聲）。

（4）區分動詞用為形容詞者：別（辨也，清聲；既辨曰別，濁聲）。

（5）區分形容詞用為動詞者：長（永也，平聲；揆長曰長，去聲）。

（6）區分形容詞用為名詞者：難（艱也，平聲；動而有所艱曰難，去
　　聲）。

（7）其他詞類轉為副詞者：三（奇數也，平聲；審用其數曰三，去
　　聲）。

（8）區分副詞用為動詞者：傍（近也，平聲；近之曰傍，去聲）。

（9）引申之義略有變轉或成對等者：養（上育下曰養，上聲；下奉上
　　曰養，去聲）。

（10）轉義為既事式：解（釋也，清聲；既釋曰解，濁聲）。

（四）綜合各種成因、音變、詞性作用分類者。

1　王天昌：《漢語語音學研究》，[14]將異音異義的起因分為：

（1）因字義引申，詞性變更，而產生異讀：樂（本義樂器，ㄩㄝˋ；引
　　申快樂，ㄌㄜˋ）。

（2）因文字的同音假借，而產生異讀：被（ㄅㄟˋ；通假「披」，ㄆㄧ：
　　「被髮左衽」）。

（3）因兩字巧合同形，各有其音義，而使同形異讀：「嬭」原讀
　　「ㄋㄞˇ」，即今「奶」字，從前俗寫作「妳」，「妳」就有了
　　「ㄋㄧˇ」、「ㄋㄞˇ」兩讀。

（4）因外來語譯音字受時間空間的隔閡，而產生異讀：冒頓（ㄇㄛˋ
　　ㄉㄨˊ）。

（5）因吸收方音俗語，使國語字音增加讀法，而產生異讀：瀧（ㄌㄨㄥˊ，江西永豐的瀧岡則讀ㄕㄨㄤ）。

（6）因切語上下字古今讀法不同，所切的音產生異讀：薄（ㄅㄛˊ讀音；ㄅㄠˊ語音；ㄅㄛˋ薄荷特有讀法）。

2　李炳傑：《破音字探源》[15]，綜合各種成因分為：

（1）用本音本義：華（ㄏㄨㄚ）。

（2）出於假借：著（ㄓㄨㄛˊ、ㄓㄠˊ）。

（3）由於通假：參（ㄔㄣ）。

（4）詞性轉化：衣（一ˋ）。

（5）因意義不同：養（一ㄤˋ）。

（6）姓名、國名的特有念法：費（ㄅㄧˋ）。

（7）外來對音：冒頓（ㄇㄛˋ、ㄉㄨˊ）。

3　張德繼、孫宏宇：〈現代漢語多音字的規範問題〉，[16]將多音字分成：

（1）異讀字：誰（shéi，shú）。

（2）古今字：見（jiàn，xiàn）。

（3）由異體造成的多音字：刨（páo，bào：「鏺、鉋」作為刨的異體字被淘汰，使刨成了多音字）。

（4）大家公認的從古漢語繼承下來的假借字：識（shí[17]，zhì）。

（5）同形字：差（chā差別，chāi差遣，cī參差）。

（6）因簡化而形成的多音字：干（乾gān，乾qián）。

（7）被吸收到普通話中的方言詞中的字：拆（chāi，cā：拆爛污）。

（8）由音譯用字形成的多音字：茄（qié，jiā：雪茄）。

（9）聯綿詞中的某些字：委蛇（wēiyí）。

[15] 李炳傑：《破音字探源》（臺北市：文豪出版社，1983年3月），前言，頁3-4。

[16] 張德繼、孫宏宇：〈現代漢語多音字的規範問題〉，《河北師範大學學報（哲學社會科學版）》第25卷第1期（2002年1月），頁63-67。

[17] 臺灣讀做「ㄕˋ」。

（10）三音節或四音節中的某些襯字：騰（téng，tēng：熱騰騰）。

（11）某些嘆詞、語氣詞是多音字：啊（ā，á，ǎ，à，a）。

（12）起區別詞義或詞性作用的輕聲字還有非輕讀法：了（liǎo，le）。

4　錢威榜：《國小學童對一字多音的認知與學習狀況之研究》，[18]歸類各
　　式多音現象分為：

（1）文白異讀：車（ㄔㄜ，ㄐㄩ）。

（2）正讀、又讀：

　　　A 國語借用方言用詞：暖（ㄋㄨㄢˇ，ㄋㄤˇ）。

　　　B 新舊異讀：番（ㄈㄢ，ㄆㄢ）。

　　　C 習慣誤讀：癌（ㄧㄢˊ，ㄞˊ）。

（3）歧聲異義：

　　　A 音隨義轉：重（ㄔㄨㄥˊ，ㄓㄨㄥˋ）。

　　　B 文字通假：螯（ㄌㄧˊ，ㄒㄧ）。

　　　C 同義換讀：石（ㄕˊ，ㄉㄢˋ）。

　　　D 漢字演變：

　　　　　I. 異體字：蜡（ㄓㄚˋ，ㄌㄚˋ「蠟」異體）。

　　　　　II. 同形字：体（ㄊㄧˇ：體的簡寫，ㄅㄣˋ：愚笨的意思）。

　　　　　III. 簡化字形：干（ㄍㄢ，ㄍㄢˋ「幹」簡化字）。

（4）變聲變調：

　　　A 輕聲：子（ㄗˇ妻子，ㄗ˙妻子二者意義不同）。

　　　B 連讀變音：

　　　　　I. 一七八不。

　　　　　II. 詞內變讀：骨（骨頭：ㄍㄨˊ˙ㄊㄡ；骨碌：ㄍㄨ˙ㄌㄨ）。

　　　　　III. 上聲連讀變調。

　　　　　IV. 儿化變音：盤（ㄆㄢˊ，盤兒：ㄆㄚˊ儿）。

---

18 錢威榜：《國小學童對一字多音的認知與學習狀況之研究》，頁12-41。

（5）其他類型：

　　A 譯音：龜茲（ㄑㄧㄡ ㄘˊ）。

　　B 模擬聲音或語氣：夫（ㄈㄨ，ㄈㄨˊ）。

　　以上為近人對多音字的分類，有就音變形式、有就生成原因、有就語法功能、有就綜合功用等不同的觀點來分類，其中有幾點頗值商榷：（一）從發音部位的轉移來看，只解釋了語音的演變規則、或例外規則，對多音字的人為現象沒有說明；（二）生成原因的分類可以看出各類型歧音異義字的由來，但對多音字的整體現象及作用，缺乏系統性的說明；（三）單就語法功能分類，對意義差別甚大，且語法功能沒有關聯的多音字照顧不到，沒有全面性的闡釋；（四）綜合功用分類者，各就其研究，列舉數端，缺少系統性。

　　下文即著眼討論多音字如何做系統性的分類。

三　多音字系統分類法

　　文字是語言的記錄載體，葛本儀《語言學概論》說：

> 文字是記錄語言的書寫符號系統，……語言的語音、詞彙和語法結構經過一個較長的歷史階段就會發生變化。……相對於語言來說，文字往往帶有很大的保守性，人們一旦經過社會約定而創制出書寫語言的文字符號系統來，它就不大輕易發生變化。這樣，就往往出現文字形式和實際語言不相一致的情況。[19]

多音字本身形態是文字，記錄了字音、字義；就語言學的觀點來看，語言的演變先於文字的變化，而文字又是語言的載體，於是語言要素的──語音、詞彙、語法結構變化就會反映到文字對應的不一致，於是多音字出現，可以說：一字多音就是記錄語音、詞彙、語法變異的一種方式。

---

[19] 葛本儀主編：《語言學概論》（臺北市：五南圖書出版公司，2005年10月），頁386。

在語音變異使多音字增生異讀來看，王士元從詞彙擴散理論中曾提及：

> 詞彙擴散是語音演變得以實現的基本途徑之一。……發生變化的詞有些
> 可能是直接變為y的發音，有些可能一開始還有x和y兩種發音，……但
> 是x的發音將會逐漸被y的優勢所壓倒。然後，這些成對的異讀音作為語
> 音演變的起點和終點之間的心理橋樑，輸送這些詞以及那些沒經過異讀
> 階段的單詞走過變化的過程。……在任一時期的任一個活的語言當中，
> 我們都可以預期發現若干組單詞具有雙重發音。……在漢語方言中存在
> 大量具有兩種發音的詞，一種是「文讀」，另一種是「白讀」。[20]

也就是在語音演變過程中，尚未演變完成留下並存的同義異讀多音字。這類的
單純保留音變軌跡或地區性讀法者，屬於讀音、語音之類的來源。

另外，詞義的演變可從字（詞）的本義、引申義、假借義、通假義來做觀
察，能較清晰的區別意義的不同變化；這些因區別意義而增生的語音形式，也
成了一字多音字的由來。

再就語言的語法詞性變化來說，王力指出：

> 漢語構詞法的發展是循著單音詞到複音詞的道路前進的。歷代複音詞都
> 有增加。鴉片戰爭以後，複音詞大量增加。現在漢語複音化的趨勢並未
> 停止。[21]

對於這個特點，竺家寧也提到：

> 在上層社會方面，士大夫階級朗讀古籍，面對的是單音詞居多的古代語
> 言，……為了使這些字念起來更有區別，就把六朝以來已經有的人為殊

---

[20] 王士元著，石鋒、廖榮蓉譯：〈競爭性演變是殘留的原因〉，收入於《王士元語言學論文集》（北京
市：商務印書館，2002年3月），頁88-115。

[21] 王力：《漢語史稿增訂本》（臺北市：泰順書局，1970年10月），頁342。

　　　聲別義，大量運用，並擴充起來。[22]

也就是由於單音詞的關係，為區別不同詞性或語法作用，使用了殊聲別義的方法，雖是人為製造，但這些因詞性不同而變音的功用到今日亦部分進入字、辭典，古籍文獻之中，也成了一字多音現象的來源。

　　根據上述觀點，本文從語言要素的語音、詞彙、語法做多音字分類，如圖1。

　　本系統分類圖原則上以簡明為主，對於細項分類亦以多數常用為分類依據，目的在使多音字的研究、學習能有一簡明宏觀的系統化概念。

四　結語

　　本文試從語言要素的語音、詞彙、語法觀點做多音字的分類，期能對多音字有一系統化的理解，使語文教學及學習有依據、有方法，進而達到學習上事半功倍的效果。

──戴光宇：臺北市立大學中國語文學系博士候選人，

桃園市南門國小教師

---

22 竺家寧：《漢語詞彙學》（臺北市：五南圖書出版公司，1999年10月），頁392。

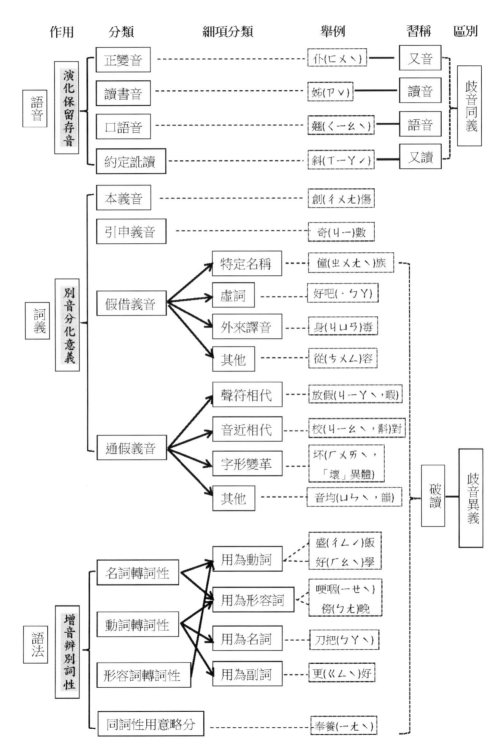

圖 1　多音字系統分類圖

羅屋書院「客家女聲」展演中
客語詩歌文本析論

左 春 香

一 前言

「客家女聲」是歡喜扮戲團導演彭雅玲編導,媒體文化工作者張典婉策劃的客語詩歌展演團體,他們邀集了獲得各類文學獎項的十多位客家女詩人和成名的客語女性歌者,加上劇團的資深演員,二〇一六年十一月第一次在大溪發表,在臺灣各地展演,至今已超過十場。他們的客語詩歌涉及了客語詩作的辭彙特色、文化意涵及主題的連結,同時也強化聽眾對於客家文化的認同。

筆者二〇一七年五月二十六日參與的新竹羅屋書院與同年九月二十二日的臺北主題公園場,彭雅玲導演曾說:

> 我們認為客家話很重要,精緻化後呈現的就是「詩」,所以「客家詩」就很重要。客家女聲,就是要女生演出自己的作品……我想呈現的不是一個演詩者,而是要怎麼樣讓聽這感受詩的形成,詩的感覺……怎麼呈現詩不重要,就像石頭不重要,而是這石頭所激起的漣漪才重要。[1]

說明了「客家女聲」的特質、責任與重要。

本文以二〇一八年五月二十六日在新竹羅屋書院的客語詩歌文本做為依據,探討其客語詩作的「女性主體」的主題意識、客語辭彙特色、客家文化意

---

[1] 張捷明:〈客家女聲四季吟詩劇熨心〉,《客家雜誌》33期(2017年12月)頁28-33。

涵、與客語文藝美學，以及筆者觀察心得和建議，至於劇場其他相關元素，如
演出順序的安排或穿插，道具服裝燈光的搭配等，則不在範疇之內。

二　羅屋書院場客家女聲作品的主體意識與風格

　　客家女聲突顯女性主體意識，除了朗詩者全部都是女性之外，他們所演出
作品的敘述的內容也多與女性書寫主題有關。「主體」是詩人的身分和自我認
同，是主觀的覺識，是用自己的觀點來自我表述的狀態，而「主題」是表達於
外的詩作內容所涉及的議題。張芳慈的〈𠊎等企在這位〉開宗明義述表達「客
家女聲」這個團體以女性的「聲音」為主體，不管對方或誰，你或你們喜歡或
不喜歡，接受或不接受，我們都站在這裡，我們不為誰，就是為守住自己的清
香，守護生我長我的土地：

　　　　毋管你歡喜也毋歡喜
　　　　𠊎等都企在這位
　　　　毋管你有來看也毋來
　　　　𠊎等都企在這位

　　　　恁久以來
　　　　𠊎等無離開過
　　　　時間到了
　　　　開緊靚个花獻分土地
　　　　山林有𠊎等
　　　　毋單淨係為到春天時節
　　　　你愛來也毋來

　　　　恬恬企在這位
　　　　恬恬企在這位

係為了守緊自家个清香

也護緊分𠊎等養份个家園

要義是說長久以來「我們」從來沒離開，每次時間到了我們就開花獻給土地與山林，我們向來「安靜的」佇立在此。文字雖如此書寫，然而客家女聲在朗詩當場，針對「𠊎等都企在這位」重複多次的跌宕與迴旋的技巧，觀眾不必對照紙本用視覺理解方式，[2]單單透過聽覺簡易直接的客家母語表示「我們都站在這裡」，就能完全理解。實際上這是一種吶喊，是客家人在都會區的「被噤聲」到「勇敢發聲」的聲明。[3]而這份聲明，正是女性自主意識的主張，因此不管是二〇〇〇年的歡喜扮戲團的第一齣戲《我們在這裡》[4]和二〇一六年十一月以來各場次的客家女聲的巡迴演出，除了四季各個段落的歌者的不同象徵的歌曲意境之外，[5]《我們在這裡》都擔任了自主的第一聲。除此之外，女聲其他各首詩，包含歌者的歌詞都可以詮釋為以女性視角來完成書寫的詩歌文本，[6]例如葉莎的〈摎阿姆去看油桐花〉講的是一個女兒如何主動和母親討論難以啟齒的不幸福婚姻：

……

阿姆　你看面前白雪共樣个油桐花

風吹落一蕊　　河壩水帶走兩蕊　三蕊

還有千千萬萬蕊　　在樹頂流連

---

[2] 大部分觀眾來賓並沒有拿到演出文字稿紙本，有特別需求的人主辦單位再另行給予。

[3] 李文玫：〈「我說、我演、我在」：論歡喜扮戲團客家現代劇的社會心理意涵〉，《龍華科技大學學報》第30期（2010年12月），頁74。認為幾十年來在臺北都會區客家人不太敢大聲講客家話，客家人幾乎是被噤聲的族群，敢用客家話說出「我們在這裡」是需要勇氣、更需要集體的相互陪伴。

[4] 同上註，頁71。

[5] 例如1070526羅屋書院客家女聲的四段開場歌者都是吉那，而1070922臺北客家主題公園客家女聲的的四段開場歌者都是羅思容。

[6] 詳見本文文末附錄，筆者將本場二十九首詩歌歌詞發表人姓名及詩歌標題和主要意旨整理表列，可以參考。

阿姆恬恬看等花　又看等毋肯回頭个河壩水

佢講　花蕊無錯開　姻緣無錯配

講忒堵堵　　又看著油桐花跌下來

該央時　𠊎个婚姻

親像一皮小葉仔　盲到深秋就變色

溜溜漂漂个老公　日日分人愁

莫怪阿姆个心肝可比豬油煎

啊　莫愁　莫愁

油桐花汝擳五月風講麼个話

溫溫柔柔　恁細聲

分一息息阿姆聽　分一息息𠊎聽

在桐花飄落的樹下，在一去不回頭的河水邊，女兒和母親傾訴自己婚姻像一片提早變色小葉子，透過自我巧思，透過油桐花和母親達成最深層的溝通，話雖溫柔，其實卻是女兒刻意的安排，這就是一種主動性。而夫妻性格不同而產生的趣味或無奈，有時也考驗著做為妻子角色的智慧和判斷，要如何面對，如何選擇，這當然靠的是詩人的自覺自主意識去調整，像陳美燕的這首〈沙鼻嫲堵著暮固狗〉：

人講𠊎好命

妹仔就愛嫁人咧

看起來還嫩習習仔

仰般

有影無

同事安謐講

今晡日這身恁薑頭

著起來像細阿妹樣

仰般

有靚無

這擺焗豬腳

先烊過正來炆酩酩

包你吃著會尋味

仰般

有慶無

若餔娘曉凝家

又會掃手賺錢

妹仔教到知上知下

……

唉喲

仰會恬恬無應一句呢

今你有聽著也無聽著

一個好命達觀常被稱許讚美的妻子叨絮著生活上的點滴成就，說女兒都要嫁人了還這麼年輕、說為妻善廚藝豬腳滷得綿爛有味、善理家理財等等，忽地察覺為夫者靜默不言，問是否有聽見等，標題即寫實的自擬為「當得意洋洋的好老婆對上默默不語的安靜者」，這女性角色主動積極而對方默不作聲的情形，女性主導的生活和敘事，是無奈或是趣味，端賴讀者自由詮釋，書寫者這方，筆者解讀為女性視角的書寫，應無疑義。[7]

　　另外就這場客家女聲詩歌的客觀內容所呈現主題幾乎都以女性書寫為主，

---

[7] 讀者如何解讀這種夫妻相處模式，會各有不同切入的觀點和詮釋角度，不是此處要論述的重點，此處著重在創作者的自豪如何滿足自我經營和家庭美滿的狀態，突然覺醒到對方並未回應的矛盾，這個覺醒便是女性自我反思的一個例證。

提及的主題有單純回憶母親祖母或幾代相傳意象的，如彭歲玲的〈阿姆餵雞仔〉、〈襯頭嬰兒〉、林菊英的〈阿姆个豬欄情〉、葉莎的〈喊妳轉來吃粄圓〉、陳美燕的〈阿婆褲頭个錢〉、羅秀玲的〈大襟衫〉、〈算數簿仔〉、張芳慈的〈揹帶〉；先以彭歲玲的〈阿姆餵雞仔〉回憶母親的主題來觀察：

go~~go go go

go~~go go go

阿姆逐日像練聲胲樣仔

大嫲牯聲嘍雞仔

go~~go go go

go~~go go go

阿姆嘍雞仔聲長長

黏黏个牽聲黏上天

黏著飛過个白雲還過牽絲

這片黏著雞嫲蟲　該片黏著草蜢仔

黏來黏去

黏轉屋前、屋背、山排、山窩

滿哪仔絡食个雞仔

暗微濛个雞寮

麼个都毋驚　就驚臭青嫲

夜風唱起催眠曲

食飽个雞仔目西西　恬恬企好位所

恬肅肅个禾埕暗摸胥疏

阿姆麼个都毋愁　就愁轉夜个人

月光擎起電火

照等轉夜个路

go~~go go go

雞仔煞猛食　食蟲仔、食石頭、食春風

go~~go go go

阿姆煞猛畜　畜雞仔、畜豬仔、畜一群大細

風講　這屋下人

麼个都有

麼个都無驚

說母親扯著嗓門餵雞，又為夜歸的家人提燈照路，雞子們努力吃，吃蟲吃石頭吃春風，而母親努力養雞養豬養一大群孩子長大，這家人因「母愛」而無所畏懼。再看懷念祖母的羅秀玲的〈大襟衫〉：

拖箱肚

該領青色个大襟衫

係阿婆後生時節

行嫁个嫁妝

飄揚過海嫁到臺灣

無熟識个人

無熟識个景

手中捼等故鄉个黃泥

身項著等阿姆做个大襟衫

心肝頭還惆起

爺哀个叮嚀

千萬愛忍耐啊

千萬愛堅強啊

一日一日

一年一年

結婚降子農事做廚

斷烏
起身趴床
點燈盞
攣過幾下針
補過幾下空
笑微微仔緊看
大襟衫還係已靚

故事係無結尾个故事
雨落無停
大襟衫還係
孤栖个眠在該片
在夥房肚

這件「大襟衫」是阿婆的嫁妝，是她原鄉媽媽做的紀念物，是她父母的叮嚀和愛，陪伴著她渡海來臺，忍耐度日，堅強適應，結婚生子做農事家事，即使舊了縫補了幾針，也不減它的美麗，如今孤獨安靜的躺在抽屜裡，在傳統的三合院裡，雖然文字上並沒有想念的字眼，但作者藉著目睹「物」的孤寂，顯出睹物思人的情懷。有描寫回娘家景況的，如王春秋的〈轉妹家〉、林菊英的〈歸冊轉个心情〉，這兩位同為資深歡喜扮戲團團員的詩內容有著同樣的背景：

〈轉妹家〉王春秋
坐啊　坐啊
吾姆喊等咧
正坐啊正
一坯當大磚　雞肉　適碗肚項

碗一下續尖起來

𠊎摎吾老公煞煞講：

自己挾　自己挾

吾姆講：

剁出來就愛挾來傍喔

頭擺使無恁好哦

今　人卡好額

麼該驚肥、驚大箍　不敢吃哇

煞猛吃　煞猛吃啊

𠊎還在正有哦

該片呢　手伸卡長兜仔

炒肉乜益好吃哦

𠊎另外炒　豬肉周儕瘦仔

蘿蔔湯啊　熰到冏冏仔唷

愛轉來　正有哦

等下吃飽　去菜園

雪蔔這下儕堵好拔

慢波麗　割兩紮轉去啊

乜有拗筍菜　拗兜去

車到、人到、東西乜到咧

恁樣都毋使買乜

該時愛𠊎還在正有哦

〈歸毋轉个心情〉林菊英

頭擺爺哀還在時

轉妹家，出入當自由自在

也認為妹家永遠係自家屋下

所以阿姆時常提醒偓
阿菊英，有閒就歸來看看哪
妳斯看一擺就多賺一擺機會喔
偓係無在時，可能就無相同喔

阿姆在時轉妹家當自在
煏鑼鑊蓋，慶慶鏘鏘自家來

摘个屋唇種个青菜
炒到大盤大盤，食到過願正肯放碗筷

今啊下，轉妹家嘎毋知愛行去哪一家
正經呢　無矣　毋見核矣　毋見核矣

前者在回娘家時母親盛情招呼夫婿吃飯，飯後又拔嫩蘿蔔、摘高麗菜、拗筍菜，和母親嘴上唸著「我還在才有喔」的情形，對照後者提到以前父母在，回娘家很自由自在，煮飯炒菜很方便，回一次就賺一次，如今父母已逝，不知要去哪一家那種「回不去」的心情，道出女性嫁夫隨夫的油麻菜籽一樣，娘家父母還健在與否「回娘家」的落差。

當然這場詩歌展演內容有講男女間情愛的詩歌，例如張典婉的〈惜偓个時節〉、〈偓適這位等你〉、葉莎的〈轉來〉、吉那的〈聲聲慢〉，以及對於男人不忠而描述生氣的有王春秋的〈吼〉：

屌其正好仔
別人渡鶴佬嘛
捱譴麼該黎

係因為

心肝窟恁深

埋恁多！藏恁多情事？

係因為

目珠窟恁淺？

裝毋住鹹鰷仔泉水

係麼人講？

時間係良藥

屙膿滑血

花花撩撩

睡仔己阿千過覺目起來

撆到心肝窟肚仔深潭會變淺

崩崗會卡細卡矮

原來撆到詐無知過恁仔　時間

痛肝斷腸仔味緒由完在

原來毋係時間過恁　心肝掌掌就作的

係愛有看到正有　一擺　一擺　痛　痛　痛

有正視看到正有　一擺　一擺　淡　淡　淡

原來這乜係心肝離自家偎近个路

原來又乜係心肝行等轉屋个路哩

這首〈吼〉寫出女性對於男人不忠的痛恨與揮之不去的自我否定的情愫，表面上似乎為別人的外遇怒吼，似乎因為自己小心眼和執著，時間也無法沖淡，最後自覺是要自己勇敢的，毫不閃躲的去「看」「見」，那深層的痛，才會解脫，才會慢慢找回自己。這首詩寫出古今中外「被外遇」女人的共同心聲，是常見的兩性議題。

　　其他像懷想父母親情的有張典婉的〈日頭等一下〉、描寫父親、祖父和男
性鄰居的有張典婉的〈等路〉、葉莎的〈今晡日愛賣細豬〉、陳美燕的〈跈阿公
去看戲〉、〈豬砧个阿伯〉。以葉莎的〈今晡日愛賣細豬〉為例：

　　　該捉豬子个矮牯仔攂等雞啼聲
　　　來个時節，歸條小路仔還吂睡醒
　　　阿姆一盤菜脯卵堵堵煎好
　　　從灶下香到廳下

　　　廳下，阿爸坐等食煙
　　　一陣渺渺茫茫，一陣愁
　　　愁慮細人仔就要繳學費

　　　人講啊，人怕三見面，樹驚彈墨線
　　　該矮牯仔日日天吂光人就到
　　　存个麼个心？
　　　嘴唸阿彌陀佛，手擎尖尾刀
　　　大秤入細秤出
　　　連門前个老黑狗也搖頭

　　　庭院外背苦楝樹吂結仔
　　　豬欄裡肚一條豬嫲十條子
　　　阿爸彈一下煙灰，透一口氣
　　　唉，今晡日無奈何愛賣細豬子

描述一大清早天未亮雞未啼豬販就來到家門，母親如常煮早餐，父親在渺茫和
煙灰中為子女的學費而煩惱憂愁，只能把豬欄裡沒長成的小豬提早出售，這首
詩寫出做父親的人，為繳交子女學費不得不痛下決定的無奈。

　　還有多首描寫女性細膩溫婉堅毅的特質的主題，例如吉那的〈腳脣个細花〉、〈麼个〉、〈天光〉、王春秋的〈攝不到〉、張芳慈的〈燥竹〉等等多篇，以吉那的〈腳脣个細花〉為例：

　　佇吾腳脣　有一蕊花　起風个時節　佢摎𠊎講話
　　講日時暗晡頭　講天曚曚星光　講該泥肉个滋養分佢成長

　　乜識有暴風緊吹个夜　乜識有黏漾斗雨來打
　　佢無講一句話　背跍跍還係愛記得面向日頭

　　腳脣个細花　愛細義莫分你著傷
　　過了日（火剌）天寒　望你平安快樂成長
　　腳脣个這蕊花　就摎根種深吧
　　望這肥地同日頭　分你變做盡靚个花……

濟弱扶傾，關懷小眾，是人表現萬物平等精神的美和善的原型，連「腳邊的小花」都給予陪伴，接受她的「講話」，照顧她，祝福她。筆者認為這種關照是一種文學的哲思，也是一種人生態度的表現。曾昭旭說：「文學創作的基本要義，就是人生的表現。」[8]客家女聲這場展出的二十九首詩是以女性觀點出發，書寫她們的生命經驗以及最親近最感念的人事物，主題相當凸顯。

三　客家女聲詩作的客語詞彙特色及其文藝美學

　　做為一個族群的母語來說，結合「客語詞彙特色」，發揮文藝手法建構詩文的美學，是客家女聲的目標。學者林于弘、羅肇錦及黃恆秋曾就客家文學的討論整理了客語詩的定義，筆者相當認同。而客語散文作家龔萬灶的《客語實

---

[8]　曾昭旭：《文學的哲思》（臺北市：漢光出版社，1984年），頁5。

用手冊》則編列了十四種客語特殊構詞之例；[9]本文二十九首詩作基本上全部都是作者依其「客語」思維運作，符合「客語詩」的定義，[10]而這些客語詩的詞彙有哪些特色？這些詩作又如何呈現客語文藝美學，以下試析論之。

（一）客語詞彙特色

　　「語詞」是一個語言最基本的意義單位，在本文諸多詩文中，作者們運用各如其妙：

1　從標題的客語詞彙來看

　　瀏覽本文討論的各首詩篇的標題1.〈腳脣个細花〉2.〈倕等企在這位〉3.〈摎阿姆去看油桐花〉4.〈沙鼻嫲堵著暮固狗〉5.〈惜倕个時節〉6.〈麼个〉7.〈吼〉8.〈夜合花開个臨暗〉9.〈倕適這位等你〉10.〈阿姆餵雞仔〉11.〈今晡日愛賣細豬仔〉12.〈豬砧个阿伯〉13.〈阿姆个豬欄情〉14.〈聲聲慢〉15.〈轉來〉16.〈揹帶〉17.〈襯頭嬰兒仔〉18.〈大襟衫〉19.〈跈阿公去看戲〉20.〈等路〉、21.〈轉妹家〉22.〈天光〉23.〈燥竹〉24.〈攝不到〉25.〈阿婆褲頭个錢〉26.〈算數簿仔〉27.〈歸毋轉个心情〉28.〈喊妳轉來吃粄圓〉29.〈日頭等一下〉，[11]可以看到各詩人在標題的客語詞義的安排上，大部分雖然一目瞭然較平鋪直敘，如〈腳脣个細花〉指腳邊的小花、〈倕等企在這位〉指我們站

9　龔萬灶：《客話實用手冊》（苗栗，2007年再版），57-83頁。諸如：1.詞序相反：如「間房」（房間）、2.AA式：如「比比」（並排）、3.AA+e式：如「細細仔」（很小）、4.AA+a式：如「捽捽啊」（擦一擦）、5.AAA式：如「香香香」（非常香）、6.AAB式：如「堵堵好」（恰恰好）、7.ABB式：如「冷沁沁」（很冷）、8.ABB+e式：如「笑微微仔」（微笑貌）、9.AA AA式：如「咻咻咻咻」（風聲）、10.AABB式：如「包包攝攝」（包包藏藏）、11.ABAB式：如「紅霞紅霞」（淺紅色）、12.ABAC式：如「緊行緊笑」（邊走邊笑）、13.BACA式：如「大空細空」（大洞小洞）、14.ABCD式：如「橫打直過」（蠻橫不講理）等。

10　林于弘：《臺灣新詩分類學》，（臺北市：鷹漢文化企業公司，2004年），頁247。所謂「客語詩」，單就書寫背景言，指客籍作家部分或完全使用客家話作為溝通、傳達工具的詩作；就內容方面來看，則必須呈現或闡揚客家文化為重點的詩作，方能稱為客語詩。

11　這些篇目的編號筆者參考演出當場的文字稿，事後全部整編，連同詩人朗詩的作品和歌者的歌詞，按照出場順序編碼，一共二十九首，加上詩文要旨整理如後，詳附錄。本節討論省略作者，以編號代替。

在這裡、〈㧡阿姆去看油桐花〉指和母親去看油桐花、〈惜𠊎个時節〉指疼惜我的時候，這些客語的名詞「𠊎」、「細花」、「雞仔」、「豬仔」、「豬砧」、「阿伯」、「豬欄」、「阿公」、「嬰兒仔」、「粄圓」、「日頭」和動詞「企」、「惜」、「跈」、「歸」、「堵著」，以及時間或方位的副詞「這位」、「時節」、「臨暗」、「天光」、「今晡日」等，都是非常生活化而用字語法與華語都不相同的詞彙，能夠勇敢大聲的說出來，能夠用文字符碼明白記載下來，就是與其他族群不同語言特色的所在。

有意思的是「沙鼻嫲」（得意自詡的女人）與「暮固狗」（安靜無聲的男人）產生的對比性，令人有許多想像空間，而「大襟衫」（客家藍衫）、「算數簿仔」（帳本）、「豬砧」（肉舖）、「豬砧」令人回想到傳統時代阿婆的衣裝打扮、記帳事務、傳統肉舖的意象。而一代傳一代的背孩子的用品「揹帶」所呈現傳承的「象徵」意義，和用來「平衡」的工作與家庭的「襯頭」的用法，則含有更深的詮釋層次。

另外筆者發現部分標題用法值得進一步討論，如編號7的〈吼〉、24的〈攝不到〉及28號的〈喊妳轉來吃粄圓〉：〈吼〉的華語釋義是「怒吼」，教育部客語常用辭詞典與客家委員會的認證詞庫並未收錄「吼」這個詞彙，與華語釋義「怒吼」相對應的客語詞彙可能可以用「發癲大喊」、「發譴」或「譴心肝」之類，同樣〈攝不到〉的華語釋義是「拍不到」或「拍不出」，客語描述「拍不到」的建議規範用字是「翕毋著」，那這三個用字每個字和作者的用字「攝」、「不」、「到」就完全不一樣，是否作者有自己的用字習慣或用華語詞彙當作客語詩的標題？筆者建議使用目前通行的客語詞彙，以利推廣。至於〈喊妳轉來吃粄圓〉的「吃」應該是已經通行客語用字「食」的誤植。

2 從內文的客語詞彙來看

依前項客語格式特殊的分類，多篇有AA式的「恬恬」（指安安靜靜的，有作者仍誤用「惦惦」）、編號3〈㧡阿姆去看油桐花〉的「堵堵」、編號26〈算數簿仔〉的「幼幼」、「貴貴」、編號28〈喊妳轉來吃粄圓〉的「日日」、「圓圓」；有ABB式的編號12〈豬砧个阿伯〉的「肉赤赤」、「嘴擘擘」、「鬚白白」，編號

26〈算數簿仔〉的「濃膏膏」、「圓碾碾」等，也有相反的AAB式的，如編號14〈聲聲慢〉的「聲聲慢」、「夜夜嘆」、「夜夜夢」、「漸漸濛」和編號16〈揹帶〉的「恬恬睡」、「快快大」連用的特殊表現；也有AABB式的編號3〈搙阿姆去看油桐花〉的「千千萬萬」、「溜溜漂漂」、「溫溫柔柔」，不過其中「溫溫柔柔」個人認為不太合乎客語的語法；編號7〈吼〉的「花花撩撩」，編號11〈今晡日愛賣細豬仔〉的「渺渺茫茫」編號14〈聲聲慢〉的「對對雙雙」、「歲歲年年」編號14〈聲聲慢〉的「渺渺茫茫」、「歲歲年年」以及編號27〈歸毋轉个心情〉的「慶慶鏘鏘」，還有編號7〈吼〉的「屙膿滑血」[12]和編號27〈歸毋轉个心情〉的「煏鑼鑔蓋」具有特殊ABCD格式，表示四個字都有特殊性，整體說起來並沒有用太深奧的字或太難的字，也沒有強調特殊形式格式。

（二）客語文藝美學

　　女聲詩人在客語詞彙運用上多以淺白直述的客語漢字行文，並不強調特殊形式格式上，而客語詩的發展時間有限，客語文藝的經營手法未臻成熟，[13]加上客家女聲團隊選詩的方向，這次展演的二十九首詩篇中，比較集中在重複排比的安排和聲音協和的韻律等，少數有象徵轉化鑲嵌的修辭技巧，可以觀察到這些詩篇的文藝性：

1　重複排比的修辭技巧

　　例如編號2的〈𠊎等企在這位〉的「毋管你歡喜也毋歡喜／𠊎等都企在這位」重複一次句法「毋管你有來看也毋來／𠊎等都企在這位／／到最後一段重複敘說「恬恬企在這位」，具有餘音迴繞的簡樸有力，編號5的〈惜𠊎个時節〉的「𠊎記得／你在樹下行來／帶著相惜个目神／分𠊎一生人个情愛／／這份「被愛人疼惜的記得」便化作「𠊎聽著」（我聽到）、「鳥仔聽著」[14]（鳥兒聽到）、

---

[12] 「屙膿滑血」个說法和「滑」用字有許多爭議，尚未有規範用字，教育部常用詞辭典「屙膿□血」予以保留，但這個ABCD式的客語詞彙用來形容對方「荒誕虛假，不足以採信」，是相當口語化且深刻貼切的詞彙。

[13] 林于弘：《臺灣新詩分類學》，頁251。

[14] 原稿此處「𠊎聴著」之「聴」應為「聽」的誤植。

「路脣个青草聽著」（路邊的青草也聽到）三者為多，眾多見證者都聽見當時愛人的心跳，所以請對方「記得」當時疼惜我的感覺，讀者想像這份情感的繾綣和靦腆，十分有味。而編號10的〈阿姆餵雞仔〉全文不斷強調而重複的「go~~go go go」，最後結尾的雞仔煞猛食　食蟲仔、食石頭、食春風／阿姆煞猛畜　畜雞仔、畜豬仔、畜一群大細／／這屋下人麼个都有　麼个都無驚的活力充沛和滿滿的愛，使作者全家都有無懼一切的勇氣。技法上也大量使用重複排比的形式。

　　還有編號4的〈沙鼻嫲堵著暮固狗〉、編號12的〈豬砧个阿伯〉、編號19的〈跈阿公去看戲〉和編號25的〈阿婆褲頭个錢〉這四篇段落形式安排有類似的風格，以〈阿婆褲頭个錢〉為例：

　　　阿婆个褲頭
　　　擘一隻當砸个內袋
　　　裡背有櫃頭个鎖匙
　　　撈阿公交分佢个錢
　　　見擺行路叮叮鈴鈴緊響

　　　阿婆褲頭个錢
　　　打二十四隻結
　　　𠊎食飯無愛傍瓜脯
　　　任對就對毋著
　　　隔壁雜貨店个李鹹

　　　阿婆褲頭个錢
　　　愛分阿公食藥仔
　　　愛割豬肉敬伯公
　　　愛納電火料
　　　麼儕就拿厥錢毋著

　　阿婆个錢無儲銀行

　　佢過身个時節

　　褲頭緄等當多

　　大家分佢个私伽

　　通棚變子孫个

　　手尾錢

每篇四個段落，每段的敘事都直接與隱藏著「起」、「承」、「轉」、「合」的鋪陳，像這首〈阿婆褲頭个錢〉第一段交代阿婆的錢怎麼來的是怎樣，第二段阿婆對錢的態度如何節儉，第三段阿婆的錢花費的項目，最後則交代阿婆的錢結果怎麼樣；這種解讀來看〈沙鼻嫲堵著暮固狗〉的重覆與排比，和〈豬砧个阿伯〉第一段豬砧个阿伯肉赤赤／胛心一斤正賣一百⋯⋯（先說這位賣豬肉的鄰居伯伯的）／／第二段豬砧个阿伯鬚白白⋯⋯，第三段豬砧个阿伯當好合⋯⋯，第四段豬砧个阿伯真好額⋯⋯，與四段式的〈跈阿公去看戲〉安排，幾乎已經變成一種格式：

　　阿公兜等矮凳仔

　　渡偓去隔壁莊看戲

　　阿公講

　　做毋得儘採走喔

　　做毋得啄目睡喔

　　跈阿公去看戲

　　戲棚頂，移山倒海樊梨花

　　戲棚下，酸酸甜甜紅仙楂

　　阿公緊看戲棚頂

　　孫女緊望戲棚下

跈阿公去看戲
程咬金做媒人，薛丁山
三步一跪五步一拜
當生趣，𠊎斯想
仙楂仔个味緒

阿公攐等矮凳仔
搝𠊎轉屋下
下二擺，毋分你來
糖仔食忒又愛啄目睡

第一段先說小女生跟阿公去看戲，阿公有規定不能如何如何。第二段、第三段交叉描寫阿公迷著臺上的戲，女孩卻只愛臺下吃的。第四段說結果女孩吃完糖果又打瞌睡，完全不符合阿公的規定，害阿公本來端著的矮板凳，回程得一手拎著板凳，還得要搝著想睡的女娃，生氣的說下次不給她跟等等。文句重複排比中有穿插，有對照，質樸中而顯得趣味橫生。

在如編號29的〈日頭等一下〉有總說、分說再總說的段落安排：

阿爸在隔壁莊頭个田坵挷草
阿姆在山背个茶園摘茶

阿爸轉來
𠊎驚火焰蟲个光
照不著轉屋家个路

阿姆轉來
𠊎驚揹等茶籠个佢
看不著田塍个高低

日頭　等一下

等俚擎一枝火把

同佢兜來照路

日頭　等一下

第一段說父在田裡除草，母親在山上摘茶，都勤奮工作到天黑，作者請「太陽等一下」。第二段說怕螢火蟲不夠亮，照不清楚爸爸回家的路。第三段則說怕揹著茶籠的媽媽看不見高高低低的田間小路。第四段是作者天真的重複呼喊「日頭等一下」，她要去拿火把幫父母照路。孩子純真的孝心，令人莞爾。其他各首詩篇也多有語詞重疊、語句重疊、排比應用的技巧。筆者認為這些方式雖然是屬於比較基礎的修辭方式，但因為客語的語音和文字一般人已經不太熟悉，因而產生距離感，而這些簡單重複排比產生的節奏感、熟悉感，會互相激盪特別的客語文藝美感。

2　聲韻和諧與對比轉化等的修辭技巧

這二十九首詩作中有幾首特別凸顯聲韻的，如編號12的〈豬砧个阿伯〉中題目「伯」的韻是「bag`」，詩作中各段也押「ag`」韻：

豬砧个阿伯肉赤赤（cag`）

胛心一斤正賣一百（bag`）

你一料佢也一料

生理恁好，笑到嘴擘擘（bag`）

豬砧个阿鬚白白（pag）

豆腐伯姆戴隔壁（biag`）

買了豬肉買豆腐

生理恁好，大家會相惜（xiag`）

豬砧个阿伯當好合（gag`）

佢个倈仔盡壞癖（piag`）

透日趴趴走

曬到烏滴嗹（dag）

豬砧个阿伯真好額（ngiag`）

佢个舖娘戴中壢（lag`）

轉外家駛賓士

高速公路飆車 飆當遽（giag`）

經過逐段分析尾字語音的結果，十二個韻腳字「赤（cag`）」、「百（bag`）」、「擘（bag`）」、「白（pag）」、「壁（biag`）」、「惜（xiag`）」、「合（gag`）」、「癖（piag`）」、「嗹（dag）」、「額（ngiag`）」、「壢（lag`）」、「遽（giag`）」，十二字中沒有一個重複，沒有難字，雖有入聲時有高低之別，原來四段都同押一韻，使得朗詩效果特別有韻味。

另外可以再討論編號3號的〈摎阿姆去看油桐花〉的行文技巧：

……

佢行到盡慢

彎彎幹幹个小路　　輒輒回頭等佢

有時節　佢坐在陰涼个樹下

看光陰摎揚蝶仔牽手　恬恬飛過

露水洗過个樹葉　　當青

路脣堵堵睡醒个野花　當紅

河壩水摎石牯冤家　恁大聲

三不二時打斷恩 个講話

天頂个白雲行過　　恁小聲

無人聽到佢个腳步聲

……

本段節選該詩的第一段、第二段討論，詩的一開始就把母親的形象描摹出來，說她走路很慢，而山路是「彎彎斡斡」（彎彎曲曲）作者必須「𫞔𫞔」（頻頻）回頭去等待母親，休息的時候，母親坐在陰涼的樹下，看著時光和蝴蝶招手，靜靜飛過，這個「看著時光和蝴蝶招手」的寫法是一種轉化的擬人法。接下來第二段的「露水洗過的樹葉」、「路邊剛剛睡醒的野花」、「河水和石頭打架很大聲」、「打斷了母女的對話」、「天上白雲走過很小聲」、「沒有人聽見她的腳步聲」，雖然也是用同樣擬人的手法，但「河水和石頭打架」的大聲打斷了母女的對話，和「天上白雲走過很小聲」靜得沒人聽見她的腳步聲是強烈的對比，則是一種映襯的技巧，相當高明，客語現代詩能有如此的發展，十分可喜。

四　羅屋書院場客家女聲作品的客家文化意涵

客家女聲羅屋書院展出的二十九首詩是以當場朗誦詩人自己的客語詩聲音為主，文本為輔，聽眾大部分直接接收詩人的客家語音訊息，並從詩劇場中體會客語的從心「發聲」的感動，而這些詩人所描繪的客家文化也是最重要的載體。美國文化人類學家洛威爾（A. Lawrence Lowel, 856-1942）就曾這樣歎息：

> 在這個世界上，沒有別的東西比文化更難捉摸。我們不能分析它，因為它的成分無窮無盡，我們不能敘述它，因為它沒有固定的形狀。我們想用文字來定義它，這就像要把空氣抓在手裡：除了不在手裡，它無處不在。[15]

文化確實很難捉摸。到底文化是什麼？根據曾經到聯合國對世界各國學者發表有關文化的〈世界報告〉的學者余秋雨的精簡說法：

---

[15] 余秋雨：《何謂文化》（臺北市：遠見天下文化，2012年），頁28。

　　文化，是一種精神價值和生活方式。它通過積累和引導，創建集體人
　　格。[16]

可以用來推論：「客家文化」是客家族群的一種精神價值和生活方式，經過累
積和引導而創建的集體人格；藉由客家語言和文字的傳遞以討論的議題做為
「符碼」，此二十九首詩作以女性的主題，傳遞出對於母親父親祖父母感念懷
想等家庭的議題，也有的談及客家傳承不斷和堅毅忍耐象徵的可以詮釋為「客
家文化」的基本表現文化意涵：

（一）代代相傳的象徵

　　勤儉持家、崇敬祖先是客家祖訓之一，一代傳一代的「揹帶」是客家女聲
巡迴展演的重要象徵客家文化的寶物之一，張芳慈的〈揹帶〉這樣描述：這條
揹帶／揹過當多人／一代傳過一代／細猀嬰貼緊背囊／恬恬睡快快大／揹帶絆
緊阿姆个奶姑／斯毋驚肚屎會枵著／／這揹帶一代傳一代傳了很久，揹過很多
人，這條揹帶長又長／揹緊雨水同清風／揹緊梨園同田洋／乜揹緊日頭同月光
／／這揹帶很長經歷很多，揹著風雨山崗平原日月，這條揹帶軟又軟／揹過山
歌同笑聲／揹過目汁同汗酸／乜揹過人生行四方／／這揹帶很軟能承受很多，
揹著山歌笑聲淚珠汗水人生四方……客家傳承的象徵在其中。

　　又如羅秀玲所書寫的陪阿婆渡海來臺結婚的〈大襟衫〉：拖箱肚／該領青
色个大襟衫／係阿婆後生時節／行嫁个嫁妝／／孫女看到抽屜裡的青色的大襟
衫是阿婆年輕時結婚的嫁妝，飄揚過海嫁到臺灣／無熟識个人／無熟識个景／
手中搭等故鄉个黃泥／身項著等阿姆做个大襟衫／心肝頭還恓起／爺哀个叮嚀
／千萬愛忍耐啊／千萬愛堅強啊／一日一日／一年一年／結婚降子農事做廚／
／阿婆大陸來臺，無親無故，堅忍度日，適應家庭生活……這些象徵祖先渡海
來臺而努力適應新環境，故事還未結尾呢，這不正是客家移民的後代努力開創
美好生活的寫照嗎？這也正是客家文化的意涵。

---

16 同上註，頁29。

再如張典婉的〈日頭　等一下〉說：日頭　等一下／等俚擎一枝火把／同佢兜來照路／日頭　等一下／／說請太陽等一下，等我舉一支火把幫他們把路照亮，這「照路」的文字延伸，讓導演演繹成詩劇結尾時的全體撐著紅色象徵火把的雨傘緩緩登場，是一場火把不滅保持接續的概念，也是一種期待客家永遠流傳的象徵，當場感動了許多觀眾。

（二）情深似海的母愛

本場客家女聲展演的詩作除了前述第三節的女性書寫相關主題之外，在王春秋的〈轉妹家〉、林菊英的〈阿姆个豬欄情〉、彭歲玲的〈襯頭嬰兒仔〉和葉莎的〈喊妳轉來吃粄圓〉等篇也描繪那種情深似海的母愛，有時是歡迎出嫁女兒回娘家的熱情招待，如王春秋平鋪直敘的白描與對話：坐啊　坐啊／吾姆喊等咧／正坐啊正／一坯當大磚　雞肉　適碗肚項／碗一下續尖起來／／這碗一下子尖尖的、滿起來的情景，簡直是所有結過婚的人回娘家吃飯時最難忘的共同記憶。／涯挵吾老公煞煞講：／自己挾自己挾/吾姆講：剩出來就愛挾來傍喔／頭擺使無恁好哦／今人卡好額／麼該驚肥、驚大箍不敢吃哇／煞猛吃煞猛吃啊／涯還在正有哦……／／這丈母娘和女婿女兒間尋常的、熱情的招呼，最讓人記憶深刻的就是這句特別招呼的、強調母親的「我還在才有（母親還在世才有的特別待遇）」，正是這麼日常的畫面和語言才深刻打動人最深層的集體記憶，那記憶中的母親。

林菊英的〈阿姆个豬欄情〉：阿姆个豬欄／舊舊个豬欄肚裡／囥著阿姆深深思念个情／／母親的舊豬欄藏著深情，「佢摎老伴共下撿个大水樵／行過幾多艱難路頭中／時間嘎偷走佢个後生力／／其中有許多艱苦難忘的記憶，然而時間偷走了活力，老了腳嘎毋堪行矣／子要輪食／七日一箍換一房／日出落山一日又一日／人个一日咻就過矣／阿姆心肝過个一日／像該歸年長／／母親年老後，兒子們輪流奉養，七天要換一房，日出日落，但對腳力已經不行的母親來說，一天好像一年哪，這種老人議題正是我們臺灣社會共同要面對的挑戰。

彭歲玲的〈襯頭嬰兒仔〉道出母親的望子成龍心情：……番薯改好／嬰兒仔放入菜籃肚／一頭番薯一頭子／肩頭个擔竿xim啊xim／纖頭攬髻个頭那毛

母知／算來係拿番薯撬嬰兒仔襯頭／也係將嬰兒仔撬番薯襯頭／／番薯鋤好，挑擔時一頭番薯一頭嬰兒找到平衡，就很好施力／／細孲仔一個一個蓄／擔頭一擔一擔挷／阿姆挷起个人生／額頭个皺痕乜母知／算來係歸日个無閒來襯頭青春／也係拿青春來襯頭日夜个無閒／／孩子日漸成長，數不清楚是青春的意義，淨知襯頭个嬰兒仔／愛遽遽生出翼胛飛上天希望孩子快長出翅膀飛上天空，其意是象徵母親不計辛苦勞碌，為的就是子女飛黃騰達，早日達到理想。這也是身為母親的普世的價值觀。

　　而葉莎的〈喊妳轉來吃粄圓〉後三段說母親離世後的冬至：冬節，想愛喊妳轉來吃（食）粄圓／愛去哪位喊呢？間肚無人，眠床頂放等若个舊衫／舊衫脣項係若个梳仔／梳仔肚有兩三條白色个頭那毛／該當也係妳个／／冬至到了，想要叫母親回來吃湯圓，要去那兒找呢？房間沒有人，床上放著舊衣服，舊衣服旁是梳子，而梳子上頭有兩三根白髮，作者從細處著手描寫思念，阿爸坐在廳下發琢愕／一碗粄圓擺在神桌頂／蔥仔豉香炒蝦蜱仔撬豬肉絲／全係妳教妹仔煮个／／爸爸坐在客廳發呆，一碗湯圓擺在神桌上，蔥爆香炒蝦米和豬肉絲，全是母親教的，心肝肚喊妳千百遍／無敢喊出聲／阿姆轉來吃粄圓／阿姆轉來吃粄圓／粄圓圓圓，無妳个屋下無圓，母親沒有回來吃湯圓，沒有母親的家不圓滿，不完整。這敘述母親的呼喚，雖是普通，卻是至情。

（三）細膩的關愛與堅毅的守候

　　客家女子除了勤儉持家，個性溫婉細膩，也有堅毅守候的耐心。

　　張典婉的〈𠊎適這位等你〉描寫：寮个一日／去山頂看遠景／去河壩搞水波／看水花一蕊蕊／風在脣頭飛過／你行一步／𠊎跳一步／牽著𠊎个手／行過山林水圳／天光到暗晡／星斗滿天。描述男女共同遊玩的情形，你問天光日愛在哪位／有青草花香／有風飛過／一頭大樹下／一隻大石牯／像你 像𠊎／𠊎適這位等你／𠊎講，說我在此處等候您，象徵作者沉醉在等候中。而〈等路〉描寫作者吃過午飯後就去車站等候爸爸，客運車行過去咧／沒人下車／𠊎聽到鳥仔在樹頭唱歌，雖然客運車班過去，卻沒人下車，洋葉仔歸群仔飛過／飛過𠊎个頭頂／𠊎講𠊎又母係一蕊花，整群蝴蝶飛過，日頭愛落山咧／遠方个紅色

／就像𠊎等路个心情共樣／阿爸恁般還吂轉到呢？」等候太陽都要下山了，我的心情像遠方的紅色，爸爸為什麼還未歸呢？張典婉在這場詩會中所發表的詩作，〈𠊎適這位等你〉和〈等路〉都是「等待」，「等待」是一個耐心操練的過程，包括忍受得住內心的焦灼和期待，是一種高貴的情操，其妙不可言喻。

　　另外有張芳慈的〈燥竹〉：……硬硬愛死搣个樣／還有力量堅持／係像會死搣个樣，喻快死的竹子，堅持要繼續活下去，元氣差毋多愛用搣了／在風肚弓緊還堅持毋斷搣个樣啊……明明元氣都差不多快用光了，在風中緊繃著還是堅持不斷裂，似乎形容客家族群的堅韌，遭到痛苦衝突，抽牽愛保留，毋分人聽到个痛苦，該毋分人看到个衝突／／在恁烏暗个所在／係麼儕想愛喊／又毋敢出聲／燥黃个葉／／對風肚曳過／像講緊个話停下來／力量在轉斡中進行／就算係在荒地，在黑暗中想喊又不敢出聲，乾黃的葉，風中掃過，就像談話中停頓下來，力量也還在轉彎處進行，就算在荒地也是。客語也是這樣，從噤聲到快要斷裂，但我們還是勇敢的支撐著，儘管土地多麼貧脊，客家會讓她持續有力量。這就是堅毅的客家精神，凡事永不放棄。

五　結論與建議

　　客家女聲團隊之所以團結在一起是想要透過客語詩劇展演的途徑，帶領新一代客家女性從自覺與自省中重新找到對客家文化的信心、重新建構客家的文化符碼和轉化客家婦女新形象。詩劇展演是「文學」的樣貌之一，有許多切面。本文就展演的文本，發現她們的詩文女性主體意識強，而女性書寫的主題相當凸顯，客語詞彙具有特色，但不拘泥形式。詩歌風格文藝技巧大部分以簡單的重複排比，讓觀眾從熟悉感與對客語的陌生感當中激盪出美感，而有的詩作已經發展到較高深的轉化和映襯等技巧，在客語文學的文藝性方面精進，十分可喜。演出的內容深具客家文化意涵，包括代代相傳的象徵如揹帶、大襟衫與回歸母愛本質及客家精神的堅毅，找回了對客家文化的信心，重新建構了文化符碼，女性在客家文學的場域中從被敘述者重新取得了自我發聲的自主地位。

　　關於展演當場所給予觀眾的文本參考，規劃上有「春、夏、秋、冬」分場的四個主題概念，對照演出順序，部分詩作內容似乎並不完全符合這四個季節場次的意境，可能是因為演出的作品都是舊成品來組合的。筆者建議未來可以邀請詩人針對四季的意象新創部分作品，以資圓滿建構詩劇場的四季概念；另外筆者認為客家女聲的展演引起許多迴響和大眾的認同，對於客語詩文的推廣有一定的作用，應請主管單位配置相當客語文字專業人員，就文稿的編輯整理，客語漢字書寫的系統符合公部門的最新規範用字，或請規劃展演單位重視客語文字的各篇的統一性，以同時提升客語詩文書面價值。

　　—— 本文原發表於臺灣客家公共事務協會客家文學研討會
　　　　（2018年11月3日）。

　　—— 左春香：臺北市立大學中國語文學系博士候選人，臺北市
　　　　　　　　長春國小退休教師，臺灣客家筆會創會秘書長

附錄

　　「客家女聲」一〇七年五月二十六日羅屋書院發表之詩歌文本標題與要旨一覽表

編號	主題	形式	發表者	腔調	作品標題	要　　　旨
1	春	歌唱	吉　那	四縣	腳脣个細花	腳邊不起眼小花，得大地滋養支持以成長，不論雲起風落，日曬雨淋，我都持續關愛。
2	春	朗詩	張芳慈	大埔	偓等企在這位	不管你喜歡與否，來或不來，我們安靜的站在這裡，堅持著自己的清香，守護著自己的家園。
3	春	朗詩	葉　莎	海陸	摎阿姆去看油桐花	和母親在彎曲浪漫的欣賞油桐花樹路徑途中，輕聲談及自己遇人不淑的婚姻，應像流水不必留戀。
4	春	朗詩	陳美燕	海陸	沙鼻嫲堵著暮固狗	自顧自叨絮著得意的諸如女兒成材、穿著入時、廚藝精湛等生活事項，無奈，安靜的另一半仍是無言。
5	春	朗詩	張典婉	四縣	惜偓个時節	對方帶著疼惜的眼神和一輩子的愛情，在樹下，風、樹葉、白雲都可以見證，請你記得那份對我的疼惜。
6	夏	歌唱	吉　那	四縣	麼个	一首絕交詩，寫者說一再探索對方卻總不能了解，若再繼續自顧爽快，再這樣使壞，那就真的拜拜囉。
7	夏	朗詩	王春秋	四縣	吼	為別人的外遇怒吼，因為自己小心眼還是執著，時間無法沖淡，要自己去看見那深層的痛，才會解脫。
8	夏	朗詩	張芳慈	大埔	夜合花開个臨暗	夜合花在安靜的夜散發香味，不是故意要吸引人，而是要在黑暗的夜，當照路的星，給人安慰和方向。
9	夏	朗詩	張典婉	四縣	偓適這位等你	過去你我曾在某假日牽手一同遊玩賞

編號	主題	形式	發表者	腔調	作品標題	要　　旨
						景，明天我會在風飛草香的大樹下石頭上，等著你的到來。
10	夏	朗詩	彭歲玲	四縣	阿姆餵雞仔	母親扯著嗓門餵雞，又為夜歸的家人提燈照路，雞子們亂吃而長大，孩子們因愛而無畏懼。
11	夏	朗詩	葉　莎	海陸	今晡日愛賣細豬仔	一大清早豬販來到家門，母親如常煮早餐，父親為子女學費提早出售沒長成的小豬而悲嘆。
12	夏	朗詩	陳美燕	海陸	豬砧个阿伯	豬肉攤阿伯生意好，整天笑哈哈，很有錢就買名車又飆車回娘家，不過他兒子脾氣可壞的哩。
13	夏	山歌	林菊英	南四縣	阿姆个豬欄	母親的舊豬欄充滿各種回憶，撿拾的柴火和逝去的青春，在七日一輪的奉養裡卻度日如年。
14	秋	歌唱	吉　那	四縣	聲聲慢	芬芳的落花和成雙的影子不再，感嘆長夜情長心傷，夢已隨花落，寂寞經年，塵世間漸漸濛。
15	秋	朗詩	葉　莎	海陸	轉來	我在夜晚時分回來，你應當是在恬恬的夢鄉，夢裡雨水、日光、鳥聲夾雜，怕醒後無言以對。
16	秋	朗詩	張芳慈	大埔	揹帶	長長軟軟的揹帶，代代相傳，揹過嬰兒、雨水清風、酸甜苦辣的人生，是做夢都懷想的氣味。
17	秋	朗詩	彭歲玲	四縣	襯頭嬰兒仔	母親的背，是嬰兒搖晃溫暖的床，飽足後的嬰兒，隨著蝴蝶招手，番薯和嬰兒在母親的菜籃裡相襯成長。
18	秋	朗詩	羅秀玲	南四縣	大襟衫	阿婆年輕時的大襟衫，是她的嫁妝，隨她飄揚過海來臺，在艱苦生活中忍耐度過日常，大襟衫依舊安在。
19	秋	朗詩	陳美燕	海陸	跈阿公去看戲	孩子跟阿公去看戲，事前規定不可亂跑買吃打瞌睡，戲臺上精彩的輪番上陣，孩子卻只鍾愛臺下紅仙楂。

編號	主題	形式	發表者	腔調	作品標題	要　　旨
20	秋	朗詩	張典婉	四縣	等路	孩子吃過午飯就去路邊等爸爸回家，叔婆阿伯問緣由，小鳥歌唱蝴蝶飛過，日落黃昏爸爸還沒回到家。
21	秋	朗詩	王春秋	四縣	轉妹家	回娘家時母親盛情招呼夫婿吃飯，飯後又拔嫩蘿蔔、摘高麗菜、拗筍菜，嘴上唸著「我還在才有喔」。
22	冬	歌唱	吉　那	四縣	天光	從哪兒來要去哪，心是滿的又像空的，堅強或軟弱，記憶隨風飛，黑夜之後總有足以振翅飛翔的天光吧！
23	冬	朗詩	張芳慈	大埔	燥竹	堅硬而臨終的竹，撐著痛苦，想喊又不敢出聲，在黑暗中保留，在風中荒地裡繃緊，用盡一切力量，不斷！
24	冬	詩歌	王春秋	四縣	攝不到	割稻機走過後，稻田裡鳥群搶食蟲子的畫面，我拍得到看得見，然而做田人的辛苦心酸，我真的拍不到！
25	冬	朗詩	陳美燕	海陸	阿婆褲頭個錢	節儉的阿婆褲頭裡有很多錢，她用在阿公的藥、拜拜割豬肉等日常，過世時，全部都變成子孫的手尾錢。
26	冬	朗詩	羅秀玲	南四縣	算數簿仔	阿婆用月曆紙當帳本，密密麻麻的載錄當天的日記帳，在厚塵蟎與蜘蛛絲中彷彿看到阿婆牽掛的身影。
27	冬	朗詩	林菊英	南四縣	歸毋轉個心情	以前父母在，回娘家很自由自在，煮飯炒菜很方便，回一次就賺一次，如今父母已逝，不知要去哪一家。
28	冬	朗詩	葉　莎	海陸	喊妳轉來吃粄圓	冬至想請母親回家吃湯圓，去蕃薯園找，卻只剩生鏽的鋤頭，房間也空了，父親發著呆，而湯圓擺在神桌。
29	冬	朗詩	張典婉	四縣	日頭等一下	孩子請太陽晚點下山，在父母辛勤工作夜歸路上，要舉火把讓媽媽看見田路的高低，幫爸爸點亮返家路。

《屈大均詩詞編年校箋》補正

何 淑 蘋

一 前言

　　翁山先生屈大均（1630-1696），清初嶺南三家之一。明祚覆亡後，嘗欲召集同志圖謀匡復，及見大業無望，乃歸隱鄉里，不仕異族，以遺民氣節為世推重。翁山硯田勤耕，經、史專著之外，又有詩歌六千餘首、詞作三百餘闋，數量相當可觀。其書稿因文字獄案，屢遭清廷查禁銷燬，幸能保存流傳，不致湮滅。民國以來，迭經學者肆力蒐羅裒輯，文獻庶免散佚。迨至《屈大均全集》[1]面世，標點整理，勒成一編，皇皇巨著，亟便省覽。其後《屈大均詩詞編年箋校》[2]接踵而出，編次繫年，箋註校訂，用者稱譽。二書俱成今日研究翁山之基石，嘉惠學林，居功厥偉。惟體制既宏，微疵難免。如《屈大均詩詞編年箋校》之「箋釋」稱「未詳」、「待考」者逾百，實緣翁山交遊甚廣，而古人習以字行，致令生平難窺。筆者不揣淺陋，嘗略事補苴，撰成〈《屈大均詩詞編年箋校》補正〉。[3]此後每翻覽爬梳，又續有所得。去歲（2017），中山大學古文獻研究所陳永正教授重加補葺之《屈大均詩詞編年校箋》[4]出版，「對箋釋及編年部分做了相當數量的補充與訂正」（第5冊，〈修訂後記〉，頁2113），精益求

[1] 歐初、王貴忱主編：《屈大均全集》（北京市：人民文學出版社，1996年12月），共八冊。

[2] 陳永正主編，呂永光、蘇展鴻副主編：《屈大均詩詞編年箋校》（廣州市：中山大學出版社，2000年12月），共兩冊。為免繁瑣，以下援引是書俱省稱「《箋校》」，並隨文標示頁碼，不另出註。

[3] 何淑蘋：〈《屈大均詩詞編年箋校》補正〉，《東方人文學誌》第8卷第3期（2009年9月），頁211-224。

[4] 〔清〕屈大均著，陳永正等校箋：《屈大均詩詞編年校箋》（上海市：上海古籍出版社，2017年8月），共五冊。為免繁瑣，以下援引是書俱省稱「《校箋》」，並隨文標示頁碼，不另出註。

精，更上層樓，洵見用心。筆者**翻檢**修訂本，見尚有可增補處。今復賡續前作，掇拾其餘。惟囿於識見，綆短汲深，尚祈方家賜正。

二　補正

（一）張子

〈贈張子歸西泠〉三首，《校箋》云：「西泠，在杭州西湖邊。張子，待考。此詩當順治十五年作於北京。」（冊1，頁141）[5]

按：翁山贈詩三首，第一首「新聲樂府推君妙」，自注云：「張有《白燕》、《紫丁香》、《玉河柳》、《揚州竹枝》諸詞。」蓋將張子所作化入詩句。第三首「梅花若向西溪問，曲曲漁舟共陸郎」，自注云：「謂藎思兄弟。」知張子與陸藎思時相唱和，交誼頗深。陸藎思即陸進，仁和人，所著《巢青閣集》內有〈寄粵東屈翁山〉、〈贈翁山上人〉，是翁山友朋。檢陸進詩文集之「張」姓友人數見，即張祖望也，如〈別余體崖張祖望〉、〈坐雨寄張祖望〉、〈三子詠‧張祖望〉等是；又〈送張祖望同令壻薛麟友之燕〉「與君二十載，推誠相交結」、〈寶嫠寄張祖望〉「握手與君別，心悲不可言。臨岐悲白髮，相憶坐黃昏」[6]，顯見交誼深切。觀張祖望《張秦亭詩集》，亦多有與陸進相關之作，如〈春日同余體崖陸藎思由若耶溪訪古雲門寺〉、〈秋日仝陸藎思再過餘杭〉、〈秋日陸藎思高仲過訪從野堂〉、〈同陸藎思吉人高仲坐談〉、〈與陸藎思〉、〈予平生良友相別淚涕被面者惟高子嫩陸藎思二子慨然有懷〉、〈仝余體崖陸藎思尋寶掌禪院〉、〈病中與陸藎思兼示祖定〉、〈喜陸大藎思書至〉等，二君時相過從，交誼可見。故推知翁山酬贈之「張子」當即張祖望，張氏亦有〈贈一靈上人遊雁山〉、〈屈翁山〉二首，詩云：「吾愛屈翁山，詩詞擬李白。發興自羅浮，渺然

---

5 補正部分，新、舊本箋釋內容相同時，僅標示《校箋》冊數頁碼；如有差異，則先列《箋校》、後列《校箋》，以利比較。

6 〔清〕陸進：《巢青閣集》（北京市：北京出版社，2000年1月，《四庫未收書輯刊》第8輯第20冊），卷3，頁164；卷5，頁188。

雲霞客。攜妻走關塞，太華為窟宅。昨歲寄我詩，快意味甘液。」[7]是為相知之詩友。

　　張祖望，初名綱孫，一名丹，祖望其字，號秦亭，別號竹隱君，浙江錢塘人。生於明神宗萬曆四十七年（1619），卒於清聖祖康熙二十六年（1687），年六十九。[8]工詩，性好山水。著有《秦亭集》。王嗣槐《桂山堂文選》卷七有〈張秦亭先生傳〉一文，備述家世生平。張氏與沈謙、毛先舒並稱「南樓三子」，又與沈、毛等別有「西泠十子」之名。《清史列傳》云：「與毛先舒、陸圻等，所稱西泠十子者也。丹性淡泊，喜遊覽深溪邃谷，不避險阻。為詩悲涼沉遠，七律義兼比興，擅杜甫之長。朱彝尊尤賞其五言古體，波瀾老成，蓋諸子中之傑特者。」[9]《郎潛紀聞》云：「康熙間，陸圻景宣、毛先舒稚黃、吳百朋錦雯、陳廷會際叔、張綱孫祖望、孫治宇臺、沈謙去矜、丁澎飛濤、虞黃昊景明、柴紹炳虎臣，稱西泠十子。所作詩文，淹通藻密，符采爛然，世謂之西泠派。」[10]又謂：「張祖望如酈生謁軍門，外取唐突見奇，而中具簡練。」[11]姜定庵評曰：「秦亭七律雄深雅健，百鍊而出，無一字無來歷，要是不經人道語，直可駿追少陵，風雅鉅工也。」[12]知張氏以詩名世，七律、五古尤受諸家讚譽。

（二）李咸若

　　〈題李咸若哺園〉二首，《校箋》云：「順治十六年作。李咸若，其人不詳。」（冊1，頁150）

7　〔清〕張丹：《張秦亭詩集》（臺南市：莊嚴文化事業公司，1997年6月，《四庫全書存目叢書》集部別集類第210冊），卷3，頁511。

8　張氏卒年有異說，例如《全清詞·順康卷》（北京市：中華書局，2002年5月）之作者小傳謂「清康熙三十九年（1700）尚在世。」（第3冊，頁1583）今據胡小林：〈清初詞人張丹卒年考〉，《文學遺產》2008年第6期（2008年12月），頁144。朱則杰：〈《清人詩文集總目提要》訂補——以五位杭州作家為中心〉，《浙江外國語學院學報》2014年第1期（2014年1月），頁107-108，考訂亦同。

9　王鍾翰點校：《清史列傳》（北京市：中華書局，1987年11月），第18冊，卷70，頁5689。

10　見〔清〕陳康祺著，晉石點校：《郎潛紀聞初筆、二筆、三筆》（北京市：中華書局，1984年3月），上冊，卷14，頁293-294，「西泠十子」。

11　同前註，頁294。

12　〔清〕張丹：《張秦亭詩集》，頁493。

按：梁佩蘭《六瑩堂二集》卷二亦見〈李東山築園以養其母名之曰哺賦詩贈之〉三首，是李氏興建哺園以侍奉高堂，此事共為翁山、藥亭所記，且藉詩題可知李氏字號曰「東山」。至其緣由，梁詩第三首略述始末，略可窺之，詩云：「觀察昔遘亂，羅陽提孤軍。委身致社稷，九逝存忠魂。夫人撫藐孤，淚洒七尺墳。蓼荼四十年，今始安其身。子為彥方賢，母誠敬姜仁。芳草坐北堂，進食何紛綸。炰鼈膾鯉魚，可當猩猩脣。」[13]李家遭亂，幼子失祜，寡母含莘撫育，萱堂恩深，李氏感念無已，築園奉養，用申孝思。

（三）高博羅

〈寄贈高博羅〉，《校箋》云：「據『使君昔宰羅浮西』、『使君今宰羅浮東』，高氏當為縣令。然查《廣東通志・職官表》，順治、康熙朝，博羅、增城知縣無高姓者。」（冊2，頁394）

按：「博羅」，縣名，治屬廣東省，東鄰惠州，南鄰東莞，西臨增城，縣內羅浮山，有「嶺南第一山」、「蓬萊仙境」之譽。此蓋以宦遊之地代稱其人。翁山詩云「昔宰羅浮西」、「今宰羅浮東」，知曾任羅浮東、西兩地縣令。檢陳恭尹《獨漉堂詩集》卷五〈同梁藥亭屈翁山凌天杓林叔吾泛舟東湖承高西厓邑侯垂訪談讌逮夜赴湖主人尹瀾柱銓部之招即事賦贈〉，紀嶺南三家偕友出遊，泛舟東莞東湖之上，縣令高西厓聞聲到訪；卷七〈賀高郡丞攝番禺〉，詩云：「葭管動飛灰，梅花處處開。寒輕滄海上，春自一陽迴。霽色明雄郡，懽聲滿越臺。雙鳧新令地，五馬使君來。涖政乖三綬，兼人備四才。剖符雖疊疊，遊刃更恢恢。好尚從寬猛，風雲待化裁。看公經緯畧，計日列三臺。」[14]又程可則〈送高西厓令東莞〉，中云：「君臥漳南閱幾春，著書日探群經藪。學優則仕非等閒，朅來謁帝承明間。」[15]適與翁山〈寄贈高博羅〉「為政風流近若何，著書應比葛洪多」詩句相應。此外，翁山別有〈東湖篇贈高明府〉、〈壽東莞令〉

---

13 〔清〕梁佩蘭：《六瑩堂二集》，卷2，頁250。

14 〔清〕陳恭尹：《獨漉堂詩集》，卷7，頁109。

15 〔清〕程可則：《海日堂詩集》（上海市：上海古籍出版社，2010年，《清代詩文集彙編》第90冊），頁312。

兩詩，《校箋》明言酬贈對象即高維檜西厓，〈東湖篇贈高明府〉謂「著書卻笑葛稚川，虛無但道神仙事」（冊2，頁543），事可互參。

高維檜，字融生，號西厓。福建海澄縣人。清順治八年（1651）舉人，康熙七年（1668）任東莞知縣。《漳州府志》云：「高維檜，海澄人。克正孫。龍溪學。東莞知縣，臥而治，莞民安之。告歸，日賣文以給薪水。」[16]著有《東籬存艸》、《閩漳先賢列傳》、《稗乘新語》、《全史紀要》、《南圃行業》、《北塘漫錄》、《廣惠草堂集》、《經史書文四部序》等，著述甚豐。

（四）劉吏部

〈將從潞河南還賦別劉吏部〉，《校箋》云：「潞河，一作潞水，即北京市通縣以下之白河。劉吏部，待考。康熙七年作，時將南歸。」（冊2，頁456）

按：《校箋》於前〈贈別潁川劉子〉及〈贈潁川劉子〉二首，俱以翁山所贈對象為劉體仁，注其里籍「河南潁川」，謂三詩「當為康熙七年夏離京時贈別劉體仁之作」，卻視〈將從潞河南還賦別劉吏部〉之「劉吏部」為不可考，或因翁山一呼劉子、一稱官銜，身分迥異。然觀詩句，〈贈潁川劉子〉「還如山吏部，幽賞竹林風」與〈將從潞河南還賦別劉吏部〉「欲共山公醉，竹林無處求」，旨趣相同，均比擬優游酣飲如晉代名士、曾任吏部尚書的山簡，其事見《晉書》卷四十三〈山濤列傳·山簡〉、《世說新語·任誕》。緣此推測劉吏部當是劉體仁。

劉體仁，字公㘒（古勇字），號蒲庵，河南潁川人。生於明神宗萬曆四十五年（1617），卒於清聖祖康熙十五年（1676），年六十。[17]順治十二年

---

16 〔清〕李維鈺原本，〔清〕沈定均續修，〔清〕吳聯薰增纂：《光緒漳州府志》（上海市：上海書店，2000年10月，《中國地方志集成·福建府縣志輯》第29冊），卷19，〈選舉四〉，頁362。

17 學界對劉氏生卒年說法不一。例如江慶柏編著：《清代人物生卒年表》（北京市：人民文學出版社，2005年12月），頁184，據《文獻徵存錄》著錄生於「萬四六（1618）」，卒於「康十六（1677）」（頁184）；金陵生（蔣寅）：〈清初詩人劉體仁卒年考辨〉，《文學遺產》1997年第1期（1997年1月），頁108，訂為康熙十四年（1675）。王秋生據《潁川劉氏族譜》，認為生卒應是「萬曆丁巳」、「康熙十五年丙辰」，即「1617-1676」。本文從王說。見〔清〕劉體仁著，王秋生校點：《七頌堂集》（合肥市：黃山書社，2014年9月），〈前言〉，頁1。

（1655）舉進士，官吏部郎中。工詩文，喜書畫，善鼓琴。著有《七頌堂集》、《識小錄》。事蹟見《清史稿・文苑傳》、《安徽通志・人物志》、《潁州府志・人物志》等。劉氏任職吏部雖僅三年即遭罷，惟得共名士讌集唱和，以為快意。其與顧炎武、黃宗羲、王士禎、龔鼎孳、汪琬、施愚山、程可則、計東、李天馥、陳維崧、施閏章等交遊，名重一時。諸如李天馥《榮齋詩集》有〈長松歌為劉公勗吏部初度作〉、〈九日公勗招遊祖家園同芝麓年伯阮亭玉隨玉虯賦〉、〈寄懷劉公勗吏部〉、〈寄劉公勗考功〉，程可則《海日堂詩集》有〈劉公勇至彈琴〉、〈題劉公勇畫即送之歸蘇門〉，計東《改亭詩集》有〈答寄公勇考功〉，陳維崧《迦陵詞》有〈定風波・懷潁川劉公勗記與茂之公勗小飲紅橋幾一年矣故有此作〉、〈念奴嬌・十二月夜對月戲柬劉公勗吏部時吏部新納姬〉等，俱可見往來。[18]翁山此詩作於康熙七年（1668），康熙六年（1667）劉體仁補刑部員外郎，又遷吏部郎中，故稱之劉吏部。

（五）李太史

〈贈李太史〉，《校箋》云：「李太史，觀詩中『冶父』、『巢湖』之語，當為安徽人。疑作於康熙八年南歸途中。」（冊2，頁493）

按：「冶父」、「巢湖」俱地屬安徽，故《箋》據以推知乃皖籍人士。檢梁佩蘭《六瑩堂集》卷四亦見寄「李太史」詩，其〈柬李湘北太史〉末云：「海內多詩人，作者亦無幾。請君捧玉盤，請君執牛耳。齊桓晉文在一時，不敷江黃小邾子。」[19]固知李氏與屈、梁俱有交。李湘北即李天馥，號容齋，湘北其字，安徽合肥人。生於明思宗崇禎十年（1637），卒於清聖祖康熙三十八年（1699），年六十三。[20]順治十五年（1658）舉進士，後擢內閣學士，充經筵

---

18 〔清〕劉體仁著，王秋生校點：《七頌堂集》，書末附錄收集諸家相與往來詩詞，可資參考。

19 〔清〕梁佩蘭：《六瑩堂集》（臺南市：莊嚴文化事業公司，1997年6月，《四庫全書存目叢書》集部別集類第255冊），卷4，頁205。

20 李氏生卒年有多種說法，例如〔清〕吳修編：《續疑年錄》（北京市：北京圖書館出版社，2002年9月，《疑年錄集成》第1冊），卷4，頁213，記「明崇禎八年乙亥生」、「康熙三十八年己卯卒」，即「1635-1699」。網路查檢所見，多從此生卒時間。〔清〕韓菼：《有懷堂文藁》（臺南市：莊嚴文化事業公司，1997年6月，《四庫全書存目叢書》集部別集類第245冊），卷16，頁547，〈誥授光祿大夫

講官，又歷任戶部侍郎、工部尚書、武英殿大學士等職。卒諡文定。著有《容齋新舊稾》。《清史稿》卷兩百六十七有傳。翁山詩「西清自可留」，西清指南書房，李天馥曾任侍講、侍讀學士，充日講起居住官、經筵講官等，故云。蓋李氏乃清初名宦，當時碩彥鴻儒多與結交，如陳維崧《迦陵詞》有〈念奴嬌・八月初七夜對月呈李湘北太史〉、施閏章《學餘堂詩集》有〈李容齋學士見示近年詩感贈〉與〈贈李湘北檢討〉等，皆見往來之跡。

（六）詹明府

〈東湖走筆寄詹明府〉，《校箋》云：「作於康熙九年至十一年間居東莞時。詹明府，其人未詳。據『鏡湖』一語，當為浙江紹興人。」（冊2，頁544）

按：「長嘯一聲遠寄君，君在浮丘聞不聞」，「浮丘」乃廣州一石，因傳浮丘公在羅浮得道，嘗往來廣州西門外，其地遂以名焉。審詩意，詹氏時在廣州，翁山自東莞以詩寄之。梁佩蘭《六瑩堂集》卷八有〈贈詹竹也明府〉，云：「旅宦十年長閉戶，同時少見一人曾。俸錢貯足供慈母，藥物收多饋老僧。注易每研花上露，閒吟時望閣中燈。秋來更欲看山去，新斸猢猻五尺藤。」[21]陳恭尹《獨漉堂詩集》卷十三有〈詹侯竹也招集竹窺園即事〉，所寫詹氏當是一人。

（七）陳明敬

〈與陳明敬采方竹作〉，《校箋》云：「康熙十一作於東莞。陳明敬，其人未詳。」（冊2，頁555）

按：翁山詩集言及陳氏之作，尚有〈送陳明敬游吳因訪秀州諸子〉二首。詩言：「人間五岳好游嬉，莫教尚平婚嫁遲。」知陳氏天性灑脫，喜好游歷，不拘禮俗。鄔慶時《屈大均年譜》繫〈送陳明敬游吳因訪秀州諸子〉二首於康熙

武英殿大學士兼吏部尚書李文定公墓誌銘〉，記生於「明崇禎十年正月二十四日」，卒於「康熙三十八年十月十五日」，即「1637-1699」；江慶柏《清代人物生卒年表》（頁270）據韓說著錄。

21 〔清〕梁佩蘭：《六瑩堂集》，卷8，頁235。

十一年（1672），並云：「陳明敬，名籍無考。……想亦遺民而逃于禪者。」[22]
陳子升《中洲草堂集》有〈與家明敬〉、〈送陳明敬遊西湖〉，陳恭尹《獨漉堂
詩集》亦見〈送家明敬〉，當皆一人。陳恭尹〈送家明敬〉云：「不成麟閣寫朱
顏，仙佛門中見一斑。少學齋心求大藥，老思行世禮名山。元猿共戲當清夜，
白鳥隨舟下碧灣。莫到天臺便長往，匣中猶有大刀環。」[23]洵見陳氏以參禪修
道為好。

（八）丁子

　　〈送丁子同兄觀察之贛南任〉，《箋校》云：「丁子同，其人未詳。康熙十
八年作。」（上冊，頁468）《校箋》云：「丁子，其人未詳。康熙十八年作。」
（冊2，頁734）

　　按：梁佩蘭《六瑩堂二集》有〈贈丁鴈水觀察〉[24]、袁佑《霽軒詩鈔》有
〈送丁雁水僉憲贛南〉[25]，當即翁山所言赴贛南任之「觀察」。丁氏名煒，字
澹汝，號雁水，又號問山。福建晉江陳埭鄉回族人。生於明天啟七年
（1627），卒於清康熙三十六年（1697），年七十一。[26]順治十二年（1655）授
漳平教諭，歷官直隸獻縣知縣、戶部主事，由郎中出任贛南分巡道，遷湖北按
察使。[27]工詩，頗有聲，所交多名士，如王士禎、錢澄之、魏禧、汪琬、朱彝

22 鄔慶時：《屈大均年譜》（廣州市：廣東人民出版社，2006年2月），頁134。

23 〔清〕陳恭尹：《獨漉堂詩集》（上海市：上海古籍出版社，2002年4月，《續修四庫全書》第1413
　　冊），卷3，頁51。

24 〔清〕梁佩蘭：《六瑩堂二集》，卷7，頁356。

25 〔清〕袁佑：《霽軒詩鈔》（北京市：北京出版社，2000年1月，《四庫全書存目叢書》第7輯第27
　　冊），卷2，頁30。

26 丁氏生卒頗見異說，柯愈春：《清人詩文集總目提要》（北京市：北京古籍出版社，2002年2月）
　　云：「煒生年不詳，卒於康熙三十五年（1696）。」（上冊，頁260）白壽彝主編《回族人物志・清
　　代》（銀川市：寧夏人民出版社，1992年1月），卷43，〈丁煒〉，頁145-152，記「約1631-1701」；仿
　　古鉛印本《紫雲詞》（蘭州市：甘肅文化出版社、銀川：寧夏人民出版社，2008年8月，《回族典藏
　　全書》第189冊）於書首作者簡介謂：「約生於明崇禎五年（1632），卒於康熙三十五年（1696）。」
　　（頁265）江慶柏：《清代人物生卒年表》定為「崇七——康三五（1634-1696）」（頁1）。

27 丁氏生平經歷，參福建省地方志編纂委員會編：《福建省志・人物志》（北京市：中國社會科學出版
　　社，2003年10月），上冊，頁468-469。

尊、龔鼎孳、計東、吳綺等。王士禎以之與宋犖、田雯、曹貞吉、汪懋麟、曹禾、王又旦、葉封、謝重輝、顏光敏，合稱「金臺十子」。著《問山集》、《紫雲詞》。事蹟見《清史稿・文苑傳》。故知「丁子同」非人名，翁山所送隨兄赴任之「丁子」，即雁水弟焊。丁焊，字韜汝，福建晉江陳埭鄉回族人，生卒不詳，副貢生，官理藩院知事。工詩詞。著《滄霞詩集》、《滄霞詞》。[28]

　　丁氏昆仲詩詞齊名，兄弟友愛，唱和無間，甚為時人所慕，並稱「雙丁」。吳綺〈章江歌贈別丁雁水觀察〉云：「眾步不趨趨獨步，人無弗有有所無。棣華有客能相和，揮毫競落珍珠顆。軾轍連鑣出錦江，機雲對屋俱參佐。……旗亭列拜有雙鬟，兄弟能如晏小山。淮海屯田迭謳唱，南唐北宋如等閒。」[29]陳維岳序《紫雲詞》謂：「雁水先生閩地發源，溫陵振跡，三葉則上卿延譽，雙丁則才子名家，各體俱工，填詞兼擅。」[30]吳綺〈丁鴈水觀察暨令弟韜汝棣華集序〉云：「爾乃既逢康樂，復見惠連。已識伯仁，還交仲智。偕工協律，香浮十樣之箋；並善倚聲，艷發五花之管。兄如淮海，何殊山抹微雲；弟擬小山，更愛岸停殘月。因為擊節，更羨同車。至若宗臣、寶臣，並獲名于景祐；敬禮、正禮，亦齊譽于建安。皆號雙丁，同稱二妙。斯乃鍾靈晉水，復見拔萃濟陽。以古視今，後來居上矣。」[31]借東漢末年丁儀（正禮）、丁廙（敬禮），及北宋丁宗臣（元宰）、丁寶臣（元珍）兩對兄弟並俱才名之「二丁」以為讚揚。《賭棋山莊詞話》記云：「二丁競爽（滄汝煒、韜汝焊），時有詞兄詞弟之稱，滄汝尤以小調見長，……滄汝由漳平教授，官湖北廉訪，治甓園，延賓客。竹垞、園次、緯雲、蘅圃諸公，朝夕唱和其中。酒酣以往，豔歌一曲，引商刻羽，寵柳眠花，其風流真難數數覯也。」[32]董蒼水評丁焊詩謂：「高深澹遠，冶秀空靈，未可測以一意，限以一格。藻采而運以慧心，奇

---

28 白壽彝主編：《回族人物志・清代》，頁152，誤「滄霞」為「滄露」。

29 〔清〕吳綺：《林蕙堂全集》（北京市：商務印書館，2005年1月，《文津閣四庫全書》集部別集類第438冊），卷14，頁24。

30 〔清〕丁焊：《紫雲詞》（南京市：鳳凰出版社，2007年12月，《清詞珍本叢刊》第6冊），頁755。

31 〔清〕吳綺：《林蕙堂全集》，卷3，頁802。

32 〔清〕謝章鋌：《賭棋山莊詞話》（上海市：上海古籍出版社，2002年4月，《續修四庫全書》集部詞類第1735冊），卷1，頁54。

氣而潤以幽思。」[33]故翁山稱：「花萼才名起八閩，文章最易動星辰。」丁煒授官贛南，友朋賦詩贈別，如施閏章亦有〈送丁雁水分巡贛南〉。兄長陞調他處，弟隨同赴任，故詩題之「同」蓋指偕往，《箋校》誤作人名，《校箋》已訂正為「丁子」。

（九）吳太守

〈題吳太守江山清嘯樓〉，《校箋》云：「吳太守，其人未詳。康熙十八年作。」（冊3，頁767）

按：翁山注云：「在真州。」詩又有「吳興太守真州客」句，知此公嘗宦遊吳興，後客居真州（今江蘇儀徵）。太守，漢職官名，即清之知府。吳興屬浙江，檢《浙江通志》卷一百二十二〈職官〉，康熙年間吳姓知府即湖州府吳綺。[34]又，吳綺撰有〈夏日清嘯樓晚望〉，詩云：「偶寄閑身不當歸，憑欄嘗對水煙微。鳥追斜日穿虹去，龍鬥驚雷挾甫飛。近海潮聲秋隱隱，過江山色晚依依。蘆中鼓枻無人在，憔悴乾坤一釣磯。」[35]所寫「清嘯樓」與翁山詩題一致，可知吳太守即是吳綺。

吳綺，字薗次[36]，號綺園、聽翁，別號紅豆詞人。江南江都（今江蘇儀徵）人。生於明神宗萬曆四十七年（1619），卒於清聖祖康熙三十三年（1694），年七十六。[37]順治九年（1652）拔貢，授中書舍人。長於詩詞、駢文。著《林蕙堂集》、《嶺南風物記》等。事蹟見《清史列傳》卷七十一。吳氏於康熙五年（1666）出知湖州府，康熙八年（1669）罷官，時人以湖州、吳

33　〔清〕田茂遇、董俞輯：《十五國風高言集》（濟南市：齊魯書社，2001年9月，《四庫全書存目叢書補編》第41冊），卷2，頁303。

34　〔清〕嵇曾筠等監修，〔清〕沈翼機等編纂：《浙江通志》（臺北市：臺灣商務印書館，1983年8月，《景印文淵閣四庫全書》第519冊），卷122，〈職官十二〉，頁253。下注云：「字園次。江南江都人。貢生。康熙五年任。」

35　徐世昌輯：《晚晴簃詩匯》（上海市：上海古籍出版社，2002年4月，《續修四庫全書》集部總集類第1629冊），卷27，頁479。

36　「園」一作「薗」，二者異體字，通用。

37　王方岐〈吳園次後傳〉記：「甲戌夏杪，先生年七十有六。微有腹疾，精采如常，不數日而歸道山矣。」甲戌為康熙三十三年（1694），可知生於明萬曆四十七年（1619）。文見〔清〕焦循輯，許衛南點校：《揚州足徵錄》（揚州市：廣陵書社，2004年9月），卷1，頁6。

興、太守、郡守等稱之。[38]吳綺喜讌集酬唱，一時名士如龔鼎孳、杜濬、冒襄、陸進、丁煒、卓爾堪、陳維崧、施閏章等均有交。例如龔鼎孳《定山堂詩集》中多唱和之作，如〈送友沂讀禮返湘江和園次韻〉、〈重九前二日聖秋園次攜具過春帆招同陳宗劉玉少飲中疊前韻〉、〈九日同聖秋與可綺園次宗來玉少登毘盧閣復飲松下仍疊前韻〉、〈中林堂聽雨同孝威園次作〉二首、〈再送園次和于皇韻〉、〈再送又韓和園次韻〉、〈前歲人日客廣陵友沂仲調園次玉少定九諸子過飲三用杜韻寄懷〉、〈園次三十初度和伯紫韻〉四首、〈飲園次齋中同疇五孝威得花字〉、〈又依年字韻贈園次〉二首等。冒襄《巢民詩集》有〈次杜于皇韻題園次半草亭〉，又以〈五君咏〉記五友，其一「吳園次水部」即吳綺。陳維崧《湖海樓詩薹》有〈懷吳薗次〉二首，又《迦陵詞》有〈怨王孫‧立春戲柬園次時夜有柳校書在寓〉、〈浪淘沙‧題園次收編濯足園〉。《郎潛紀聞二筆》卷三記：「吳薗次守吳興日，崇尚風雅，延致海內名士，山水游讌，極一時之盛。」[39]卷八述：「顧聞吳薗次慷慨義烈，敦尚友誼。長沙趙洞門總憲當柄用時，車馬輻輳，及罷歸出國門，送者三數人，薗次與焉。其召還也，賓客復集，薗次獨落落然蹤跡闊疏。合肥龔芝麓尚書提倡風雅，門生故吏遍九州，歿於客邸，兩孫惸惸孤露，無過存者。薗次則哀而振之，撫其幼者如子，而字以愛女，至於成立，使名家子孫，無西華葛帔之嘆。風義如是，文章餘技已。」[40]可知甚負名望。梁佩蘭《六瑩堂二集》有〈韓觀察席上贈吳薗次太守〉，陳恭尹《獨漉堂詩集》有〈雯光讌集用吳刺史園次扇頭原韻即席賦〉，知吳氏與嶺南三家皆有交。

（十）程葛川

〈贈程葛川〉二首，《校箋》云：「康熙十八年作於揚州。程葛川，其人未詳。」（冊3，頁776）

---

[38] 如：徐釚《南州草堂集》，卷10，〈次韻奉贈吳湖州園次〉；王昊《碩園詩稿》，卷26，〈上吳興郡守園次吳公〉；王士祿《十笏草堂上浮集》，卷4，〈寄吳吳興園次〉；陸進《巢青閣集》，〈吳興郡署四咏為吳薗次太守賦〉。

[39] 〔清〕陳康祺著，晉石點校：《郎潛紀聞初筆、二筆、三筆》，下冊，頁367。

[40] 同前註，上冊，頁171。

　　按：顏光敏《南游日曆》記載於康熙十八年（1679）至揚州之交遊：「二十日，寒。穆倩、吳棱香（苑）、汪扶晨（徵遠微）、程山尊（謙）、江穎上（湘右）、李□□（世棟）、程象六（之韺）、黃自光（元治）來。至秋岳寓，同園次、穆倩輩，步至問花期酒亭，釀金歡飲。凡四十三人：嘉興曹秋岳（溶）、贛州魯青藜（燦）、遼東席允叔（居中）、河南崔兔床（千城）、山西高森萬（肇奎）、湖州茅天石（麐）、閩湘人（南仲）、吳江吳聞偉（鏘）、吳小修（之紀）、顧樵水（樵）、顧起東（正陽）、休寧查二瞻（士標）、王叔定（耀麟）、蔣前民（易，係瓜州人）、太倉鄒乾一（震謙）、塗子山（西，係江西人）、山陰金遠水（灝）、江寧宗鶴問（觀）、山陽黃大宗（之翰）、黟縣黃自先（元治）、江都蕭靈曦（晨）、宗定九（元鼎）、淩又蕙（畹）、吳園次（綺）、程穆倩（邃）、程未能（必大）、江梁雪（澄）、曹子石（雲）、吳鹿園（苑）、吳石葉（參成）、孫汲山（繼登）、王仔園（賓）、畢右萬（三復）、閔賓連（麟嗣）、閔義行（弈仕）、江郢上（湘）、程葛川（洪）、汪上諾（若）、江右李□□（世棟）、吳叔子（度）、汪蕭然（起敬）。補詩未到席，凡八人：吳縣鄧孝威（漢儀）、四川余生生（嘉）、番禺屈翁山（大均）、金壇周東會（而衍）、于方曼（倩）、竟陵黃大木（楚樟）、陝西孫豹人（枝蔚）、晉江林天一（貞）。」[41] 由是可知：第一，程葛川，名「洪」；第二，翁山於揚州旅次，與當地詩友多有往來唱和，葛川其一也。

　　程洪，字丹問，葛川或其號。岑山人。[42] 母鄭氏，兄瑤天。[43] 善詩詞，與當時文士多有交遊。和吳綺、茅麐合編《記紅集》。

[41] 顏光敏《南游日曆》稿本庋藏於南開大學圖書館，此段文字轉引自孫書平：〈顏光敏年譜與詩文繫年〉，《山東師範大學學報（人文社會科學版）》第62卷第6期（2017年12月），頁145。（原作於諸人之名皆以小字標示，本文改用括號。）

[42] 程洪撰《記紅集》之〈序〉末自署「岑山程洪丹問氏題於衍源堂」；卷首亦題「豐南吳綺蘭次、岑山程洪丹問同選定。吳興茅麐天石較」。據哈佛燕京圖書館藏《記紅集》，掃描檔見「中國哲學書電子化計劃」網站（https://ctext.org/library.pl?if=gb&res=93895）。

[43] 見吳綺：《林蕙堂全集》，卷6，〈程丹問母鄭太君七袠壽序〉，頁840。

（十一）祝子堅

〈寄祝子堅丈〉二首，《箋校》云：「祝子堅，其人未詳。據詩中『歲將逢甲子』語，當為康熙二十二年癸亥之作。」（上冊，頁606）《校箋》云：「祝子堅，浙江蘭溪人。天主教徒，利瑪竇之友。方以智有〈客中聞賊信作示祝子堅〉詩，錢謙益有〈應筆贈祝子堅兼訂中秋煉藥之約〉詩。據詩中『歲將逢甲子』語，當為康熙二十二年癸亥之作。」（冊3，頁952）

按：《箋校》未詳祝子堅之身分，《校箋》已然增補，惟所述簡略。詩中「八十多神智，先求萬曆臣」，指出祝氏乃明末遺老。陳恭尹《獨漉堂詩集》卷十〈訊祝子堅因其壻邵重曦寄之〉，云：「蘭溪遺老近何如，兩載天南信漸疏。箬笠定知隨野艇，羊裘何處釣江魚。百年熱血匡時計，中夜寒燈細字書。白首相期還落落，因君遙為訊離居。」[44]《獨漉堂文集》又有〈復八十老人祝石書〉，知祝子堅即祝石。**翻檢**清初諸家詩文，頗可見其名。錢謙益〈走筆贈祝子堅兼訂中秋煉藥之約〉：「相期八九月，訪我紅豆居。白月正中秋，玉盤承方諸。我家虞山側，藥草多於蔬。自從虞仲來，采藥皆仙儒。我掃烏目雲，候子雙飛鳬。庶彼淳于尌，於焉逢慧車。」[45]陳維崧〈送蘭溪祝子堅之梁溪兼呈伯成先生〉：「蘭溪老翁今華佗，軀幹削若青銅柯。酒酣肺腑露芒角，興到紙墨盤姣鼉。作人豁達妙颯爽，論史擺落窮根科。袖中一卷口字哦，青紅崩剝字不多。雕鏤真宰費鬼斧，鑱鑿險絕煩夸娥。其中義理本平實，稍取阡陌從坡陀。嗚呼此書誰肯讀，世人有口徒喎哦。即翁刀匕寓大道，百藥鍛煉無偏頗。耳聞眼見尚疑沮，何況奧理追羲娥。……」〈又贈祝子堅〉：「天下爭傳浙奇士，馮翁祝叟兩人是。翁也任俠傾諸侯，叟也賣藥游都市。……叟藥一撮盡療惡……」[46]描寫祝氏煉藥及傳道形象。

祝石，字子堅，浙江蘭谿人。明遺民。生於明神宗萬曆三十年（1602），

---

[44] 〔清〕陳恭尹：《獨漉堂詩集》，卷10，頁147。

[45] 〔清〕錢謙益著，〔清〕錢曾校注，錢仲聯標校：《錢牧齋全集》（上海市：上海古籍出版社，2003年8月），第5冊，《有學集》，頁535。

[46] 〔清〕陳維崧：《湖海樓全集》（上海市：上海古籍出版社，2010年12月，《清代詩文集彙編》第96冊），頁207。

卒年不詳。[47]著有《知好好學錄》、《希燕說》等。生平據《蘭谿縣志》載：「曾從金華朱大典游。不屑屑於章句，好讀《韓非子》書，所作多聱牙屈曲之文。其論經濟，識地高卓，黜浮崇實，濟時碩畫，有可見諸施行者。……著書不一種，所存惟《希燕說》。性本倜儻，又擅醫術，浪游江湖閒，所交多知名士，與陳檢討其年尤洽，數有詩持贈。」[48]祝氏又係天主教徒。義大利籍天主教士衛匡國（Martinus Martini）抵華後，曾在蘭谿傳教，所著《述友篇》采輯西方名賢交友論，祝氏為之撰序。[49]

（十二）陳君疇

〈陳君疇見贈畫扇〉，《校箋》云：「陳君疇，其人未詳。詩疑作於康熙二十三年。」（冊3，頁1001）

按：詩云：「詩筆珊瑚樹，書堂翡翠林。風流多繪事，幽獨少知音。」當是工書畫者也。檢陳恭尹《獨漉堂詩集》有〈題君疇行樂〉，應是同一人，詩云：「山衣自饒古製，俠骨亦異塵寰。筆墨猶勤，卷裏詩篇，先後人閒。」[50]適證陳氏乃擅丹青之士。

（十三）靜公

〈送靜公別駕之南寧〉，《校箋》云：「靜公，其人未詳，似為東粵人而游宦於西粵者。」（冊3，頁1138）

按：《校箋》未定詩作時間，惟編入卷九「五羊什」（康熙十九年至二十五年間）。「別駕」，職官名，舊通判之習稱。「南寧」，古稱邕州，在今廣西省境內。翁山詩云：「孝友人知花蕚好，精誠自使瘴煙開。休嫌事業多邕管，天愛

---

[47] 據柯愈春：《清人詩文集總目提要》，頁38-39，「知好好學錄」條；《清代人物生卒年表》，頁588，「祝石」條亦從之。

[48] 〔清〕秦簧修，唐壬森纂：《光緒蘭谿縣志》（臺北市：成文出版社，1974年12月，《中國方志叢書》華中地方第178號），第4冊，卷5，〈文學〉，頁1300-1301。

[49] 關於祝石與清初天主教之關係，方豪：《中國天主教史人物傳清代篇》（臺北市：明文書局，1985年5月，《清代傳記叢刊》第65冊），頁130-135，特立〈祝石〉一篇，可資參考。

[50] 〔清〕陳恭尹：《獨漉堂詩集》，卷3，頁166。

文淵此用才。」「邕管」今屬廣西。唐代劃分全國行政區域為十道，嶺南道（今廣東、廣西）下設嶺南、桂管、容管、邕管、安南等五府經略使，後世沿用唐稱，如宋人范旻《邕管雜記》是。「文淵」即東漢名將馬援，翁山借以稱譽才幹。檢陳恭尹《獨漉堂詩集》卷九有〈柬佟靜公〉，云：「時來常善病，幾月掩柴扉。聞發西江棹，新從象郡歸。遠知鴻鵠志，秋及鴈行飛。千里塤篪合，新詩定不稀。」[51]「象郡」為古稱，秦始皇收嶺南百越各族，設嶺南三大郡：南海郡、象郡、桂林郡；漢武帝改立南海十郡，象郡其一也。象郡之轄屬，包括今廣西、越南部分。則陳恭尹寄書對象當與翁山贈別者相同，由是知靜公姓佟。

佟靜公即佟寧年，靜公其字也，號千山。遼東人。父養鉅，曾任廣東巡撫。隸鑲紅旗漢軍。例監。康熙二十年（1681）任廣西柳州府通判，康熙三十六年（1697）任湖北武昌府蒲圻縣知縣。事蹟見《蒲圻縣志》卷八〈名宦〉。《校箋》所謂「似為東粵人而游宦於西粵者」，非是。

（十四）徐明府

〈贈徐明府〉，《校箋》云：「徐明府，名籍待考。康熙三十一年作於韶州。」（冊4，頁1518）

按：翁山詩作題「徐明府」者，尚見〈為順德徐明府壽〉，《校箋》云：「康熙三十年作於廣州。徐明府即徐勃，浙江鄞縣人。進士，康熙二十九年任順德縣知縣。」（冊4，頁1450）而於〈贈徐明府〉則謂名籍待考，判為二人。明府，知縣，或稱邑侯。陳恭尹《獨漉堂詩集》屢見提及徐氏縣令，如卷三〈雨中歸鳳城柬徐侯戩齋〉二首、卷四〈上元日邑侯徐戩齋招同佘齊樞進士游允陵梁殿一殿張佘兼五盧聞仲嚴孚長燕集青雲山閣即事賦謝〉二首及〈鳳山驪歌十章送徐侯戩齋赴召入都〉、卷五〈春日同吳又札梁蓋符郭公鷺游東郊倪公堤觀徐邑侯新修石橋松路〉、卷十一〈徐戩齋君侯壽日未能躬祝追憶昨月扁舟

---

51 同前註，卷9，頁136。

奉晤于雙塔松橋之間作詩奉寄〉等。[52]

　　徐勍，號戥齋。浙江鄞縣人。康熙三年（1664）進士。康熙二十九年（1690）出任順德知縣。《順德縣志》載：「初任三原，有聲。告養服闋。以二十九年至，逾四年，即奉行取。在任胸有經濟，功績可紀者多。時民疲吏猾，未期而民俗整飭，奸胥不敢肆。尤長於折獄，判決如神，不畏強禦。」[53]翁山是詩：「自君來乳哺，人爹始興王。水火從今免，慈威正未央。芳華山縣滿，碧草訟庭長。已有徐公美，還多荀令香。」稱譽徐氏為官有道，長於判案，正與志書所記相合。詩中頗引典故，借前賢以比美。前四句用《南史・始興忠武王憺傳》：「是冬，詔徵以本號還朝。人歌曰：『始興王，人之爹，赴人急，如水火，何時復來哺乳我。』」[54]後兩句則舉齊國徐公[55]及漢代荀彧[56]，以讚譽其風采。

三　結語

　　古代文人士夫往來或稱字號，或言官銜。發為詩詞，酬贈唱和，名既不詳，又乏作者自注，已而時移世異，後人遂難乎辨識，終莫明其所指。翁山行跡遍歷南北，師友繁夥，相與贈答者不可勝計，欲考察交遊，又豈易哉！今幸見學者戮力從事，纂成《屈大均詩詞編年箋校》，閱數年，復推出修訂之《屈大均詩詞編年校箋》，考辨細繹，抉發翔實，夙為學界稱道。惟其中尚見不

---

[52] 〔清〕林述訓等修，〔清〕單興詩、歐櫆華等纂：《韶州府志》（臺北市：成文出版社，1966年10月，《中國方志叢書》華南地方第2號），卷5，頁82-83。

[53] 〔清〕郭汝誠修，馮奉初等纂：《順德縣志》（臺北市：成文出版社，1974年12月，《中國方志叢書》華南地方第187號），第7冊，卷21，〈列傳一〉，頁1957-1958。

[54] 〔唐〕李延壽：《南史》（北京市：中華書局，1997年11月），卷52，〈始興忠武王憺傳〉，頁1302。

[55] 〔漢〕劉向集錄：《戰國策》（臺北市：里仁書局，1982年1月），上冊，卷8，頁324，「城北徐公，齊國之美麗者也。」

[56] 荀彧為尚書令，好薰香，身懷香氣，經久不散。習鑿齒《襄陽記》云：「荀令君至人家，坐處三日香。」見〔宋〕李昉等奉敕撰：《太平御覽》（臺北市：臺灣商務印書館，1967年11月），第4冊，卷703，頁3269，〈服用部五・香爐〉引。後世遂用「荀令香」、「令君香」、「三日香」以稱人風采俊逸。

詳、存疑處逾百，固知考訂之難也。本文蒐羅文獻，稍事訂補。淺人寡識，方家見笑，冀稍裨於讀者云爾。

　　──本文原收入《書目季刊》第52卷第3期（2018年12月），
　　　頁87-102

　　──何淑蘋：臺北市立大學中國語文學系博士候選人，一貫道天皇學院一貫道學研究中心副研究員

略論經學中的語言學問題

邱建綸

一　何謂「經學視角」

何謂「經學視角」？這個問題本身就不是單一篇短文能夠解決的問題，不過既然要談經學視角下的語言學問題，那麼還是必須先試著定義。我們姑且先直覺地找到一個範圍，即四部分類中的經部典籍，被歸類於其中的典籍才有資格稱之為經學視角的提供者，而在這些典籍之中，扣除單純的工具書與後代有其他政治目的的著作，如《爾雅》與《孝經》，大概不出《詩》、《書》、《周禮》、《儀禮》、《禮記》、《易》、《春秋》（包括三傳）、《論語》，基本上就等於《漢書・藝文志》中「六藝略」的範圍。

就以往所知的經學研究，往往是將上述的典籍拿來當作客體對象，跟著再對其施以不同的研究工具，如治政治學者，即以近代政治學理論去談《春秋》裡蘊藏的先民政治觀；而治法律者，便以近代法律學理論去談《三禮》中展現出哪些法律思想的端倪。這些研究方式，便稱為「某某學之經學」，或者「經學中的某某學」。

這麼說並不表示這些研究就不算經學，只是感覺上我們光是拿了一個現代的學科，然後看看上面的經部典籍中是不是有可以符合的材料，將之裁剪下來後，便宣稱這是古人所言「經學」的一部分。這個做法和古人做學問的方法是正好相反的，他們並不是先掌握一門學術工具，然後在遇到現實中的問題時，回頭去經書中找尋有哪些符合學術工具的材料，再依照某個學術工具來回答現實問題。應該比較像是在遇到問題時，從經書的所有資源中找尋能夠解決的說法，再拆解出一部分相對應的經書內容去解決問題。

換而言之，就算經書中蘊含了一種類似現今某種學科的學術工具，理論上也應該是一種接近普遍性的思維方式，如此才方便讓人們在遇到問題的時候，能夠依照一定的步驟去找尋解決方法。關於這種思維方式與西方學術是如何對接，一直以來沒有過多的著墨，因為近代的學術訓練已經將西方的學術工具內化成學者的一部分，我們能夠自在操控，甚至開發新的工具，卻尠有思索、關注於傳統經學本身的視角。

本篇文章便是試著從「語言」這件事上，來看經學可能怎麼談，並且進一步將範圍定於經學文獻中的嘗試。

二　語言學問題的歷史材料

關於經學，現今學界觀看經典的方式已經預設其字句的解讀系統為官話，即我們常說的「國語」或「普通話」。這種認知可以上推自《論語》中的「子所雅言：詩、書、執禮」，或者所謂的「正韻」。大家可以很自然地將方言、雅言區分成白話、文言，好像千百年來的讀書人只要讀了四書五經，就自然而然地學習了「通語」，之後才能進入官僚體系跟其他人共事。在筆記中有幾則有趣的記載：

> 劉昌言，泉州人。先仕陳洪進為幕客，歸朝，願補校官。舉進士，三上始中第，後判審官院，未百日，為樞密副使。時有言其太驟者，太宗不聽。言者不已，乃謂：「昌言，閩人，語頗獠，恐奏對間陛下難會。太宗怒曰：「我自會得。」[1]
>
> 劉昌言，太宗時為起居郎，善揣閤以迎主意。未幾，以諫議知樞密院。君臣之會，隆替有限，聖眷忽解，曰：「昌言奏對皆操南音，朕理會一字不得。」遂罷。[2]

---

[1] 〔宋〕吳處厚：《青箱雜記》（臺北市：新興書局，1977年8月，《筆記小說大觀二十一編》），卷六，頁2905。

[2] 〔宋〕祝穆：《古今事文類聚》（臺北市：臺灣商務印書館，1986年3月，《景印文淵閣四庫全書》第925冊），前集卷三十九，頁660。

《青箱雜記》是北宋時人吳處厚所著，《歸田錄》則為歐陽脩寫成，都算是北宋時的筆記雜聞，可以看出宋朝時對唐代朝廷運作的記憶與想像，假如宋朝沒有類似的方言問題，他們就不會特別在意唐代的類似情形，並且先後在兩個不同的地方出現，成為對照。另一個有名的例子是蘇東坡觀賢己圖，「李龍眠天下士，顧乃效閩人語耶？」，很清楚地提出了「四海語音，言六皆合口，惟閩音則張口」的語言觀察。近人陳新雄先生便提出了語音上的考釋：

> 從語音上說，所謂合口，是指有-u-介音或主要元音為u，以及近於u的圓脣音，總之口腔與脣狀要稍閉些。蘇軾所謂的張口，應該是張口度特別大，相當於語音上具有低元音a一類的元音音節。關於「六」字的語音，現在的方言雖不全同於古代，但也可以作為參考。北平、濟南、西安、太原皆讀liou，漢口、長沙讀nou，南昌、梅縣讀liuk，成都讀niəu，雙峰讀nəu，蘇州讀loʔ，溫州讀liu，廣州讀luk，廈門、潮州皆讀lak。以上十五種方言，只有代表閩語的廈門與潮州音，讀「六」的元音是a，正合於東坡所謂的張口；至於其他各地的方言，不是有-u韻尾，就是主要元音為u，要不然主要元音就是圓脣的o，無論是那一種音，都合於東坡所謂的合口。[3]

在宋朝的記載至少反應兩件事：首先是蘇東坡對閩南語略有涉獵，再者，蘇東坡清楚知道各地的語音是有差異的，並且可以根據一個字的讀音反推其各地的發音有何異同。而近代方言的語音現象，可以在一定程度上驗證古人所言虛實。

文人筆記提供我們，中國傳統士人或者說民間生活中的情況，將眼光放到史書中，也有幾則記載可供玩味：

> 諧之，豫章南昌人也……上方欲獎以貴族盛姻，以諧之家人語僯音不正，乃遣宮內四五人往諧之家教子女語。二年後帝問曰：「卿家人語音

---

3 陳新雄：《聲韻學》（臺北市：文史哲出版社，2005年9月），頁1081-1082。

正未？」諧之答曰：「宮人少，臣家人多，非唯不能得正音，遂使宮人頓成傒語。」帝大笑。[4]

這則記載頗符合前面提到的想像，當地方的讀書人進入到中央去任職時，應該要學會「普通話」，以跟整個中央朝廷的官話系統接軌。在這個故事裡，「一傅眾咻」[5]的效應使得講普通話的中央來人反而沾染了方言的氣息，帶有一絲喜劇色彩。

　　但我們反過來思考，可以得知胡諧之這種講話帶有地方特色的官員，可能並不是特例，雖然皇帝不知出於什麼考量，想要幫胡諧之的家庭「正音」，但應該不是因為語音隔閡這樣的理由。如果是因為「聽不懂」的話，上面舉的唐太宗與劉昌言之間的例子，即使已經到「理會一字不得」的程度，唐太宗也沒有一怒之下叫劉昌言去學普通話，或者使得劉昌言在官場上有所止步。

　　另外一個值得思考的例子是：

欲斷今諸北語，一從正音。年三十以上，習性已久，容或不可卒革；三十以下，見在朝廷之上，語音不聽仍舊，若有故為，當降爵黜官。高祖曰：「朕嘗與李沖論此，沖言：『四方之語，竟知誰是？帝者言之，即為正矣，何必改舊從新。』沖之此言，應合死罪。」乃謂沖曰：「卿實負社稷，合令御史牽下。」沖免冠陳謝。[6]

持「帝者言之，即為正矣」論點的臣子，反而被皇帝評為「實負社稷」，並且「應合死罪」。這個記載跟「語言就是擁有軍隊的方言（A language is a dialect with an army and navy.）」這個語言學長期以來習以為常的觀點，正好相反。所謂「官方語言」的制定，並不直接決定於皇帝的籍貫與首都位置的方言，雖然

---

[4] 楊家駱主編：《新校本南史附索引》（臺北市：鼎文書局，1985年3月），頁1176。

[5] 孟子的這個故事也反應了齊、楚就是兩個不一樣的方言區，並且是當時每個人都知道的情況，因此能夠不加解釋地拿來當作比喻。

[6] 楊家駱主編：《新校本魏書附西魏書》（臺北市：鼎文書局，1987年5月），頁536。

上述例子是力推行漢化的北魏孝文帝，然而觀諸其他朝代，也沒有「帝王鄉音定為官語」的現象，足可證古人的「雅言」並不直接等於「王語」。

除了民國初年的推行國語運動外，並不是沒有政府試著推行統一語音，例如雍正年間就曾經設立正音書院，其諭內容有：

> 朕每引見大小臣工，凡陳奏履歷之時，惟有閩廣兩省之人，仍系鄉音，不可通曉。夫伊等以現登仕籍之人，經赴部演禮之後，敷奏對揚，仍有不可通曉之語。則赴任他省，又安能宣讀訓諭，審斷詞訟，皆歷歷清楚，使小民共曉乎？[7]

可以看出直到清朝，閩、廣一帶的方言依然有著強烈特色，以至於有「閩式國語」、「廣式國語」讓人聽不懂的問題。這種痕跡也殘留在不諳華語的臺灣人身上，耆老們的「臺灣國語」曾經帶來一些話題。清朝大力推行的正音書院後來在各地官員的並不十分關心下無疾而終，民國以來的國語運動則是借助了發達的大眾傳播媒體以及交通，幾乎沒有哪個年輕人是不會講國語的。

關於經學文獻中的語音，也有幾個例子可以提出作為討論，例如在《易經》〈大有〉卦裡，九四：匪其彭，無咎。孔穎達《正義》曰：「彭，旁也。」此爻意思是指六五爻明辨是非，不盲目採信較親近的九四爻的意見，而是體察民意地使用九三爻。匪其彭即非其旁，彭為旁之義明顯。至今國語辭典中仍收「彭排」一詞，別作「旁排」、「旁牌」，意為手持於旁側的盾牌，可為輔證。在華語中，彭與旁是庚韻與唐韻，並不相押，但觀察閩、客、粵各語發音，「旁」字的發音很一致地為「pong」，與華語中的「peng」相近，客語中的「彭」甚至與華語的「旁」是雙聲疊韻，只有聲調上略有出入。假如從客語使用者的眼光來看，彭、旁兩字的音讀正好和華語是相反相成的。而閩語使用者則能從閩語「旁」的讀音聯繫到華語的「彭」字，由聲音線索反推回旁側之義。粵語使用者則有兩個思考可能性，一個如同客語一樣，由paang/pong與華

7　〔清〕李岳瑞：《春冰室野乘》（臺北市：獨立作家出版社，2016年2月，《清朝官場祕聞──《春冰室野乘》、《諫書稀庵筆記》合刊》），頁37-38。

語peng/pang兩組相對換的字音思考，或者更為直觀，將「彭」與「旁」字都藉由pong統攝在一音之下，成為真正的聲訓。以上所述可成表如下：

表一[8]：

	客	閩	華	粵
彭	pang11	phênn/phînn/phîng	Péng	paang4/pong4
旁	pong11	pông	Pang	pong4

另一個例子為《易經》〈漸〉上九：鴻漸于陸，其羽可用為儀，吉。孔穎達疏曰：「……則其羽可用為物之儀表，可貴可法也。故曰『其羽可用為儀，吉』也。必言羽者，既以鴻明漸，故用羽表儀也。」在閩、粵、華語中，羽字都帶有-u元音，與儀字之-i元音截然不相混淆，是以對孔穎達的這段話，只能用會意的方式理解，即鴻鳥的羽毛紋理顯明高貴，可為事物之典範，使人心生嚮往而效法之。這種理解角度沒有什麼問題，但假如以客語來看的話，羽字仍為-i元音，羽便和儀押韻，從聲音的線索上，可以自然而然地從羽毛過渡到儀表上，除了意義外，聲音的相近加深了這兩個字之間的連繫性，能夠更緊密地理解「其羽可用為儀」的意思。

表二：

	客	閩	華	粵
羽	i31	ú	Yǔ	jyu5
儀	ngi11	gî	Yí	ji4

再進一步討論《易》傳中的文字，〈序卦傳〉：「物畜然後有禮，故受之以履。」孔穎達《正義》：「履者禮也。」〈履〉象正義：「此履卦名合二義，若以

8　本表中出現之閩南語音標採自教育部《臺灣閩南語常用詞辭典》，華語音標出自教育部《重編國語辭典修訂本》，而粵語則為香港中文大學人文電算研究中心之《漢語多功能字庫》中所載音標。臺灣客家語內部具有複雜的表現，官方認可的腔調已有四縣、海陸、大埔、饒平、詔安及南四縣等六種，本文中用來舉例說明的，為臺灣客家語中的四縣腔，並且依教育部《臺灣客家語常用詞辭典》標音。為求整齊，所有標音本應全轉換成國際音標（IPA），惟語素比較非本文主要目的，故仍保留其於各典之原貌。

爻言之，則在上履踐於下，六三履九二也。若以二卦上下之象言之，則履，禮也，在下以禮承事於上。」

履卦在帛書寫作「禮」卦，足見至少在帛書作者的思考中，履和禮的聲音應該不會相差太遠。用華語來看，履的-u元音和禮的-i元音並不相通，因此《說文》雖然講「禮，履也」，一般學者也少依此理路來看待「禮」與「履」的關係。在客、閩、粵中，履都表現為li／lei的非帶-u性質，因此是可以和華語的「禮」產生聯繫的，但回歸到各自的語音中，閩語為li／le；粵語為lei／lai，韻母還是有所出入，和華語的問題類似。在客語使用者的口中，履和禮本就是一音，自然對《說文》和〈序卦〉的說法產生親切感，並且可以依此建立起「禮須履之」的思想脈絡。

附帶一提，在中國傳統的思考中，禮儀的身體實踐性非常之高，《釋名》：「禮，體也，得其事體也」。因此禮和體的聲音關係不管在哪個方言中都是一致的，但可能都偏向儀式性的「禮」，而少提及實踐性的「禮」（即「履」），這點也是客語使用者比較有可能產生的新視角。

表三：

	客	閩	華	粵
履	li24	lí	lǔ	lei5
禮	li24	lé	lǐ	lai5
體	ti31	thé/thái	tǐ	tai2

以上三例是《易經》用方言觀看時，產生的詮釋空間，除了六經文本，官方文書對於方言的接受度可能也不比想像中低。以下姑且取《苗栗縣志》〈物產攷〉中的數個例子作為佐證。

蔬屬下有「大菜」條，其記曰：「有包心、缺葉二種，十月種，十二月盛，居民用鹽漬以供日用，故俗呼為長年菜」[9]。從「長年菜」一詞可以看得出來，「大菜」一詞是從客語而來的，因為學老話中的芥菜多稱為「芥菜」

9　沈茂蔭纂：《苗栗物產攷》（臺灣總督府圖書館藏本，約1938年），頁11。

（kuà-tshài）或是「菜心」（tshài-sim），而且臺灣某些地方的長年菜也未必是芥菜，而是菠菜。這可以順帶提到另一個詞條「角菜」。角菜條曰：「葉有三角，色青，味冷，八、九月種，冬、春食」[10]，這是客家語中保留常用的詞，在華語裡的菠菜並沒有這樣的異名，而學老話中稱為「菠薐仔」、「菠薐」、「菠薐仔菜」，甚至在潮汕地區還有訛成「飛龍菜」的說法。

　　「甕菜」一條亦可觀之，其記載：「有大、小二種，莖有孔，一葉一節，《淡水廳志》云：「種出東彝古倫，番船以甕盛之，譯不能通，因以甕名」[11]。在現代華語中，空心菜才是常見的名字，雖然《國語辭典》詞條說「也稱為蕹菜」，但用華語在市場裡講「ㄩㄥ ㄘㄞˋ」，商家大概也會稍微想一下吧。甕在客語裡也是vung55，所以寫甕菜或者蕹菜，唸起來都是「vung55 coi55」並無差別。但在學老話裡，甕讀為「àng」，而蕹菜讀為「ìng-tshài」，所以會有人訛寫成「應菜」。從語音的角度而言，甕菜單從字面來看，客語的發音會更接近現實中的空心菜。

　　花屬內的「見笑花」一條，其條目下記載為：「即含羞草，花黃，葉似槐，爪之下垂」[12]。見笑花在閩客語各自的常用詞辭典中都有收錄，在此記載為條目，而華語慣用之含羞草反而列為說明，側面說明了《苗栗縣志》的編纂者並沒有把含羞草擺在比較前面的位置。爪當動詞的用法也保留在客語中，即華語中的抓。

　　從方志的編寫中也可以窺見書寫時的語音、詞彙，並不總是以國語為主，而從北魏孝文帝的相關記載（卿實負社稷）來看，帝王本身所持方言也不是官話的必要條件。既然知道朝廷的語音並不一統於帝王身上，其背後的運行原理為何，就要談到另一個重要的標音方式：切語。

　　切語是中國獨有的注音方式，其形成的年代大約在東漢佛教傳入時，其上字取聲、下字取韻的聲韻結構，是受到佛教拼音系統子、母音的影響，殆無可疑，但由於中國文字一字一音的影響，又呈現出與西方拼音不同的面貌。而從

---

[10] 沈茂蔭纂：《苗栗物產攷》（臺灣總督府圖書館藏本，約1938年），頁11。
[11] 沈茂蔭纂：《苗栗物產攷》（臺灣總督府圖書館藏本，約1938年），頁12。
[12] 沈茂蔭纂：《苗栗物產攷》（臺灣總督府圖書館藏本，約1938年），頁30。

《切韻》的創作過程中，又可以窺見切語運作的跨地域性。即使乍聽之下完全不同的各地方言，只要能朗讀漢字，便能夠釐析出其聲母與韻母系統，並且橫向比對出各地方言的差異，例如蘇東坡對「六」的看法，數字是各地方言都不可能缺席的字，是以蘇東坡才能藉由與不同地方人們交談得到的印象，去比較得出「四海語音，言六皆合口，惟閩音則張口」的結論。

切韻系統雖說是「統一」了注音方式，但其運行方式卻是相對的寬鬆，只要在使用者的口音中，上字與被切字雙聲，下字與被切字疊韻，就可以算是合格的切語，然而隨著時代嬗遞，陰陽平仄又使得切語的使用產生了一些變化。

切語的性質，實際上就反應了閱讀經典的語言現象。只要聲韻母組合在切韻範圍內不產生衝突，那麼具體採用哪地的語音系統，並不會影響對字句的理解。〈切韻序〉中所言「江東取韻與河北復殊，因論南北是非、古今通塞，欲更捃選精切，除削疏緩」，即表示「南北」的空間因素與「古今」的時間因素，陸法言這位作者皆有所覺，並試圖包容在自己的韻書之中的。

用《易經》自己的話來形容，切語系統是「掛一以象萬」的，雖然所書的文字為一，但隨著各地方言的變化，不管是聲母或韻母都可能有所不同，因此組合也變得多元起來。而採用音標的話，有一定的聲音限制，是「掛一以象一」，一種拼音只適用於一種方言，其他方言的人雖然也能據此發音，但卻並不能保證了解其義。

三　經學視角的語言學問題

本文從筆記記載出發，試圖說明官方語言的運作並不取決於皇帝一人之口語，而士人們也對各地語音不同有一定的認識，有些人可以歸納互通，例如蘇東坡；而有些人並沒有辦法，例如唐太宗與劉昌言。這點應是語言接觸的差別造成的問題，如陸法言等人有南北是非、古今通塞概念者，自然可以音、義相結合以定字，而不會限於對答之間的語音隔閡。

再者是運用切語系統的經史典籍，其語音的詮釋權亦可在不同方言之間切換，有時在此方言中不得之義，或者以彼方言解之可通。而史志之書，也可見

方言保留的痕跡，並不像近代所想像的，官方文書必以官話通篇寫譯而成。方言在經學裡不止可起輔佐旁證的功用，在符合切語的原則下，甚至能夠直接面對經史文本進行解讀與書寫。這是經學中揭示的語言學問題之一，後續希望能發掘出更多不同的面向與材料。

　　　　　　　　——邱建綸：臺北市立大學中國語文學系博士候選人

鄭板橋詩歌常用修辭研究

楊 雁 婷

一 前言

　　鄭板橋，名燮，字克柔，號板橋，江蘇興化人。生於清康熙三十二年（1693），卒於清乾隆三十年（1765），享年七十三。[1]二十歲後，師從陸震學習，二十三歲，成家生子坐館營生。然而經濟窘困，遂棄館至揚州賣畫，緣此結識眾多志同道合的文人畫友，日後更成「揚州八怪」之一。

　　本文以鄭板橋詩歌為研究對象，以修辭學的角度審視其詩作運用到的各種技巧，經筆者爬梳整理如下表：

感嘆－15例	示現－31例	類疊－63例
設問－48例	譬喻－67例	對偶－170例
摹況－159例	借代－49例	回文－1例
仿擬－7例	轉化－68例	排比－28例
引用－58例	映襯－42例	層遞－27例
析字－1例	雙關－2例	頂真－10例
轉品－39例	倒反－2例	鑲嵌－7例
婉曲－29例	象徵－16例	錯綜－14例
夸飾－12例	呼告－2例	倒裝－20例

　　可知板橋詩出現最頻繁的修辭法是「摹況」、「對偶」與「轉化」三種。

　　修辭技巧乃後人所歸納，諸家對數量、界義、用法等主張或有紛歧。本文

1　黨明放：《鄭板橋年譜》（北京市：首都師範大學出版社，2009年）。

則以黃慶萱《修辭學》[2]為主要參考依據，以其梳理板橋詩歌常用修辭所展現出的具體特徵與藝術成就。此外，黃慶萱亦說道：「由於分析角度、注意重點等等的不同，有些句子的修辭方式，既屬甲辭格，又為乙辭格，種種交集現象就出現了。」[3]必須特別註明的是，「一詩一詞格」的例子甚為罕見，有時同一詩句中亦可能出現多種辭格，故本文「以詩為單位」逐一細檢板橋詩歌，希冀透過詩歌檢視語言所發揮的最大功效，更能驅使語言展現出作品深刻細膩的情感思想。文本方面，以目前最晚出之黨明放《鄭板橋全集》[4]所收三百五十五首詩為研究底本；至於題畫詩因來源較雜，故暫不納入討論。

二　鄭板橋詩歌中對偶修辭之運用

根據黃慶萱《修辭學》中對偶的定義，是把字數相等，語法相似，意義相關的兩個句組、單句或語詞，一前一後，成雙成對地排列在一起。[5]對偶修辭依句型大抵可分「句中對」、「單句對、「隔句對」、「長對」、「排對」等五種。《文心雕龍・麗辭》亦指出：「造化賦形，支體必雙；神理為用，事不孤立。夫心生文辭，運裁百慮，高下相須，自然成對。」[6]劉勰認為，自然萬物應成雙成對，就算是藻飾華美的文采，也不過語出天成。因此，對偶修辭不僅增添語詞的強度、掌握文句的節奏，更能感受和諧的韻律之美。

（一）分類與析例

1　句中對

同一句中，上下兩個短語，自為對偶，是為「當句對」，又名「句中對」，

2　黃慶萱：《修辭學》（臺北市：三民書局，2015年）。

3　黃慶萱：〈辭格的區分與交集〉，收錄於《修辭論叢（第一輯）》（臺北市：洪葉文化事業有限公司，1999年），頁8。

4　黨明放：《鄭板橋全集》（臺北市：蘭臺出版社，2015年），以下援引板橋詩歌皆採用此版本，逕於詩末標明頁碼，不另出注。

5　黃慶萱：《修辭學》，頁591。

6　〔梁〕劉勰著，王更生注譯：《文心雕龍》（臺北市：文史哲出版社，1997年），下冊，頁132。

這是最短的對偶。[7]由於「當句對」與「單句對」發音易為混淆,故筆者選用黃慶萱《修辭學》一書中的「句中對」。然鄭板橋詩歌中有數例運用「句中對」的修辭手段,例如〈觀潮行〉:

> 銀龍翻江截江入,萬水爭飛一江急。雲雷風霆為先驅,潮頭聳並青山立。百里之外光熒熒,若斷若續最有情。崩轟喧豗倏已過,萬馬飛渡蕭山城。錢江岸高石五丈,古松大櫟盤森爽。翠樓朱檻沖波翻,羽旗金甲雲濤上。伍胥文種兩將軍,指揮鯤鱷鯨鼉蟒。杭州小民不敢射,蕩豬擊彘來相享。我輩平生多鬱塞,豪情義氣新搔癢。風定月高潮漸平,老魚夜哭蛟宮蕩。(頁46)

此詩為作者抒發錢塘江觀潮感想。錢塘江是浙江省流域面積最大的河流,每到觀潮之日,便有眾多百姓特意至此。板橋從遠景寫至近處,從上游的江水粼粼至錢塘江潮入海之壯闊,在種種生動寫實的摹寫下,其中「翠樓朱檻沖波翻,羽旗金甲雲濤上」此句運用「句中對」修辭法,「翠樓」對上「朱檻」,「翠」與「朱」代表顏色,用以形容後面的建築「樓」與「檻」,下句「羽旗」對「金甲」,意為用羽毛裝飾的旗幟對比金黃色的盔甲。雖然此二句皆為鄭板橋觀潮中想像而成的畫面,但巧妙地運用句中對修辭,予讀者身歷其境之感。

2 單句對

單句對為上下兩句字數相同、詞性相同,是對偶修辭最常見的一種。例如〈再和盧雅雨四首之二〉:

> 莫以青年笑老年,老懷豪宕倍從前。張筵賭酒還通夕,策馬登山直到顛。落日澄霞江外樹,鮮魚晚飯越中船。風光可樂需行樂,梅豆青青漸已圓。(頁106-107)

---

7 沈謙:《修辭學》(臺北市:五南圖書出版公司,2010年),頁322。

此詩中使用單句對修辭的亦有兩句，首二句，「張筵賭酒」對上「策馬登山」，「張筵賭酒」為張羅宴席並於酒席中下酒令，「策馬登山」為以馬鞭驅之馳騁山頭；然「還通夕」對比「直到顛」，皆為副詞加上動詞補語的句式，而下句亦是如此，「落日澄霞」與「鮮魚晚飯」同是性質相關的語詞，「江外樹」及「越中船」，越為一地域名，加上後者的方位詞，便構成了單句對。

3　隔句對

在詩文中，第一句與第三句相對，第二句與第四句相互對應的，即為「隔句對」，例如〈范縣詩之七〉：

> 黍稷翼翼，以蔥以鬱，黍稷栗栗，以實以積。九月霜花，雇役還家；腰鐮背穀，腳露肩霞。遙指我屋，思見我婦，一縷晨煙，隔於深樹。牽衣獻果，幼兒識父。（頁76）

此詩為鄭板橋描述農家莊稼結束後，雇工身上所攜帶的農具，以及回到家中的情景。首二句使用隔句對修辭，「翼翼」與「栗栗」都係形容繁盛、積聚眾多的樣子，「以蔥以鬱」即為草木蒼翠茂盛，對上「以實以積」意為將收穫回來的作物裝好入倉，作者此一詩句，清楚地展現了隔句對之特色。

4　長對

沈謙《修辭學》表示長對意為：奇句對奇句，偶句對偶句，至少三組，多則數十組的對偶，是為「長偶對」，又稱「長對」。[8]然長對與隔句對其實格式相同，僅差別在隔句對限定在兩組四句，但長對則無此限制。例如〈止足〉：

> 年過五十，得免孩埋；情怡慮淡，歲月方來。彈丸小邑，稱是非才。日高猶臥，夜戶長開。年豐日永，波淡雲回。鳥鳶聲樂，牛馬群諧。訟庭

8　沈謙：《修辭學》，頁333。

花落,掃積成堆。時時作畫,亂石秋苔;時時作字,古與媚皆;時時作詩,寫樂鳴哀。(頁86)

此詩描寫了作者看淡世俗,怡然自得的情懷,其中使用長對修辭的是末句連續三個相同結構的對偶句,「時時作畫」、「時時作字」、「時時作詩」道出板橋恬淡的生活情景,而「亂石秋苔」意為作者所畫之物、「古與媚皆」即是形容書藝作品兼具古樸與媚麗、「寫樂鳴哀」則是抒發哀樂情感。在此鄭板橋連用了三個意象,巧妙地堆疊出其初任范縣縣令的愜意生活,雖〈止足〉並非使用結構嚴謹的對偶修辭,但其亦符合長對修辭的格式,相較於句中對與單句對,長對在詩作中甚是罕見。

5 排對

黃慶萱針對其結構說明,排對意為由兩個以上的對偶句排列而成。亦稱為排偶句或排比句。例如〈贈甕山無方上人二首之一〉:

山裏都城北,僧居御苑西。雨晴天嶂碧,雲起萬松低。天樂飄還細,宮莎剪欲齊。菜人驅豆馬,歷歷俯長堤。(頁34)

甕山位於北京頤和園內,此詩為描寫鄭板橋於京城參加會試時,在甕山所見之景,首句「山裏都城北,僧居御苑西」的對偶結構皆是名詞、動詞、方位補語;次句「雨晴天嶂碧,雲起萬松低」中「雨晴」、「雲起」都係為動賓短語,加上後面的形容詞補語,亦是完整的對偶句式;然末句「天樂飄還細,宮莎剪欲齊」,「天樂」和「宮莎」皆為宮中御苑之物,後接動詞與副詞,修飾前面主語的動作行為,故由上述詩文可觀察出,作者連用了三個對偶句,組成了一個排對,使整體詩句流暢且具有層次感。

(二)對偶修辭的特色

大抵而言,古典詩詞出現的對偶修辭亦為多數,詩人利用自身浩瀚的學術涵養,在有限的格式中,用精練的文字表達其欲想傳遞的訊息,抑或是想要營

造出的意象，給予作品一種勻稱和諧的美感。然鄭板橋詩歌中共計有一百七十例使用對偶修辭的作品，此為僅次於摹況修辭中，佔第二多數的修辭法。對偶貴在用兩個有限的句子概括盡可能深廣的內容，用人們熟悉的前後對稱的形式取得出人意外的效果。[9]鄭板橋掌握對偶修辭的精義，疏落有序且具節奏感，將平鋪直敘的詩文幻化成靈動巧妙的作品。

三　鄭板橋詩歌中摹況修辭之運用

在陳望道《修辭學發凡》中，將摹寫稱呼為「摹狀」，是摹寫對於事物情狀的感覺的詞格。[10]而黃慶萱認為此種修辭是指，對自己感受到的各種境況和情況，特別是其中的聲音、色彩、形狀、氣味、觸感等，恰如其實地加以形容描述，叫作「摹況」。摹寫的對象不僅為視覺印象，同時也包括了聽覺、嗅覺、味覺、觸覺等等的感受，也是文學作品對自然及人生各種現象的摹擬，為了避免誤會將之改為「摹況」。[11]而摹況對於自然萬物中的各種模擬可區分為視覺、聽覺、觸覺、嗅覺、味覺與綜合摹寫等。

（一）分類與析例

鄭板橋詩歌作品中，關於觸覺與味覺的描述並不多見，故以下分為視覺、聽覺、嗅覺與綜合摹寫等四類。

1　視覺摹寫

例如〈山色〉：

山色清晨望，虛無杳靄間；直愁和霧散，多分遣雲攀，流水澹然去，孤舟隨意還；漁家破簑衣，天肯令之閒！（頁26）

9　古遠清、孫光萱：《詩歌修辭學》（臺北市：五南圖書出版公司，1997年），頁207。

10　陳望道：《修辭學發凡》（臺北市：文史哲出版社，1989年），頁98。

11　黃慶萱：《修辭學》，頁67。

作者對於山色的變化，進行了詳盡的描摹，令讀者猶如親身目睹現況一般，同時也從詩中流露出對於貧苦漁民的同情，使得全詩更為情景交融。

2 聽覺摹寫

聽覺摹寫包含了利用狀聲詞直寫事物所發出的聲響，或對於事物所傳達的感覺和氣氛進行一連串敘述，促使讀者如同身歷其境一般，例如〈邊維祺〉：

> 畫雁分明見雁鳴，縑緗颯颯荻蘆聲；筆頭何限秋風冷，盡是關山離別情。（頁79）

此詩使用狀聲詞「颯颯」來形容風聲拍打在蘆葦上的聲音，深刻地描摹出自然界的動態，同時也呼應了首句的「雁鳴」，兩種不同的聲音摹寫，都能夠添加詩的靈動性。

3 嗅覺摹寫

嗅覺摹寫是運用對於氣味的形容語詞來摹寫對於周遭人事物的感覺，而在鄭板橋詩歌中，便有數例，例如〈長干女兒〉：

> 長干女兒年十四，春遊偶過南朝寺。鬢髮纖鬆拜佛遲，低頭墮下金釵翠。寺裡遊人最少年，閒行拾得翠花鈿。送還不識誰家物，幾嗅香風立悵然。（頁67）

雖作者在上述詩歌中，對於氣味並無顯著直接的描寫，但是透過長干女子的形象，散發出一種妙齡女子身上會有的獨特香氣，末兩句提到「送還不識誰家物，幾嗅香風立悵然」，更將整個氣味情景具體化，還未知曉這是誰的手環，便聞得一股淡然清香瀰漫於空氣之中了。

4　綜合摹寫

　　綜合摹寫則是在同一作品中，同時運用多種摹寫修辭，鄭板橋詩歌風格多自然寫實，然以〈逃荒行〉為例，便能窺探出其詩多樣的綜合摹寫，如下：

> ……賣儘自家兒，反為他人撫。路有婦同伴，憐而與之乳。咽咽懷中聲，咿咿口中語；似欲呼爹娘，言笑令人楚；千里山海關，萬里遼陽戍。嚴城醫夜星，村燈照秋滸……。（頁93）

　　上述詩歌中，一個小段落就使用了視覺、聽覺等兩種綜合摹寫，作者將對聲音的感受與情景相互堆疊，在視覺的想象中亦能展現出動態的聲情之感，這種繪聲繪影的修辭法，強烈直切地表達作者想要傳達的感受，也使讀者容易理解。

（二）摹況修辭的特色

　　關於摹況，黃永武指出：「化抽象為具體、變理論成圖畫，或將靜態的平面圖像，表現成動態的動作顯示；或盡量加強色、香、味觸覺等的輔助描寫，使圖畫形象變為立體生動，能引人去親身經歷詩中所寫聲光色澤逼真的世界。」[12]在摹情狀物的過程中，為使讀者能夠身歷其境，詩人透過細膩的觀察與豐富的想像力，將感官知能發揮到淋漓盡致，然就鄭板橋詩歌中，關於摹況修辭的運用共計一百五十九例，其中以視覺摹寫最為多數，聽覺次之。筆者推敲，可能係因鄭板橋詩文多為揭露社會弊端，或遊歷山水之作，故視覺摹寫佔其多數。詩人通過多種的摹寫，在感官切換的來回交疊中，並結合其他修辭，給予讀者多重豐富的感受。

四　鄭板橋詩歌中轉化修辭之運用

　　在修辭學上，描述一件事物時，轉變其原來性質，化成另一種本質截然不

---

[12] 黃永武：《中國詩學：設計篇》（臺北市：巨流圖書公司，1992年），頁4。

同的事物，予以形容敘述的修辭方法，是為「轉化」。[13] 各家對於轉化的分類
大致擬物為人、擬人為物兩種，與此之外，黃慶萱更添加了擬虛為實，使其內
容趨於完整。轉化的形式分為三種：人性化、物性化、形象化，而黃慶萱對此
有了更詳細的解釋：「『人性化』是擬物為人；『物性化』是擬人為物。形象化
則是『擬虛為實』，使抽象的觀念具體化了。」[14] 故本文採用黃慶萱之分類方
法，將鄭板橋詩歌分為三類析論。

（一）分類與析例

1　人性化──擬物為人

　　所謂「人性化」就是把人類的心情投射於外物，把外物都看成人類一樣[15]，
例如〈細君〉：

> 為折桃花屋角枝，紅裙飄惹綠楊絲。無端又坐青莎上，遠遠張機捕雀
> 兒。（頁59）

板橋三十九歲喪妻，四十歲後另娶，細君為妻子的代稱，此詩係以疼惜憐憫的
筆調，敘寫年輕妻子在外玩耍的情景。其中「紅裙飄惹綠楊絲」，紅色與綠色
的鮮明對比，給予讀者視覺上一個強烈逗趣的畫面，風吹紅裙飄動，而作者使
用「惹」，將紅裙人性化，以人的形象「招惹」綠揚絲，這樣化靜為動，不僅
賦予紅裙新的生命力，也能從詩中觀察出作者的情思。

2　物性化──擬人為物

　　物性化則是將人轉化成動物、植物抑或是無生物來做描述，透過詩人描述
寄託情感，例如〈四皓〉：

---

[13] 沈謙：《修辭學》，頁196。
[14] 黃慶萱：《修辭學》，頁378。
[15] 同上註，頁378。

雲掩商於萬仞山，漢庭一到即回還。靈芝不是凡夫採，荷得乾坤養得閒。（頁112）

四皓為秦末隱居商山的四位老人東園公、綺里季夏、黃公、用里先生，因他們鬚髮皆皓白，故稱。[16]漢高祖劉邦曾邀請他們出山，但他們不肯。而此詩為鄭板橋講述了整個故事，說明四皓在呂后的邀請下出山解決儲位之事，事畢便歸返商山，不眷戀權位。末兩句「靈芝不是凡夫採」，靈芝物象化後意為四位老人，將四皓轉化為靈芝，讚頌他們不貪圖功名利祿的胸襟。

3　形象化──擬虛為實

所謂形象化即是將抽象不易理解的觀念，透過詩人的描述具體呈現，而鄭板橋詩歌中亦有數例，例如〈懷程羽宸之二〉：

世人開口易千金，畢竟千金結客心。自遇西江程子駿。掃開寒霧到如今。（頁64）

此詩為鄭板橋感謝程羽宸當初對他伸出援手之作，末兩句指出，自從在江西與程氏見面後，便一掃先前的哀愁。「寒霧」意為窮愁，當時板橋需有一筆資金為納妻所用，是程氏出手相助才得以成功的，故作者在此使用「掃開」，將抽象的窮苦憂愁之意，透過「掃開」這個動作具體化，不僅使讀者更清晰地感受到當時程氏的幫助對作者而言有多大，更將這份「寒霧」描摹得彷彿觸手可及。

（二）轉化修辭的特色

轉化修辭法係建立在移情作用，透過移情作用，在文學作品中大可以創造出無數親切生動的世界。[17]鄭板橋詩歌中運用轉化修辭共計有六十八例，其中

---

[16] 王錫榮：《名家講解鄭板橋詩文》（長春市：長春出版社，2009年），頁121。

[17] 沈謙：《修辭學》，頁218。

「擬人化」的修辭法最為大宗,「形象化」次之。筆者推敲鄭板橋的作品風格自然真摯,雖有針貶時事之作,但多借用典故或物件來比擬,此外,更透過遊歷山水、走訪古蹟,將個人情感寄託在自然萬物之中。轉化修辭雖有奇妙的功效,透過詩人的想像與描述,可以拓展不同層面的精神領域,開創出多樣繽紛的文學內容,無論係擬人、擬物或是以虛為實,都必須捕捉到比擬者與被擬者的微妙關聯,這樣的轉化修辭才會更加合乎情意。

五　結論

板橋道人詩文真摯自然,本文透過修辭格爬梳其三百五十五首詩作中,常用修辭的特色,其中對偶修辭共計有一百七十例、摹況修辭共有一百五十九例、轉化修辭共有六十八例,以此三種修辭手段來呼應其詩風格極具「真意、真氣、真趣」。對偶修辭本就在古典詩詞中運用較多,而在板橋詩文中亦是最為常用的修辭,我們可以推敲,詩人受時代背景、環境所影響,其寫作方式亦容易受到改變。對偶係使用有限的文字表現豐富的意涵,這樣疏落有致、自然成趣的詩文,講究的無非是一種韻律和諧的美感。然摹況為次要多數的修辭手段,其中視覺與聽覺摹寫為使用大宗,運用摹況修辭,能使讀者彷彿身歷其境,通過多種摹寫的應用,感官來回交疊,投射出作者心裡豐富的意境。最後是轉化修辭,板橋大多擅以擬人為物或擬虛為實的筆法,將詩歌賦予靈動精妙的活潑意象,更將無生命力之物,比擬地如生命體一般,透過詩人的想像與描述,將個人情感寄託在自然萬物中,為作品拓展不同層面的精神領域,亦開創出多樣繽紛的文學內容。

——本文原發表於福建師範大學「第一屆海峽兩岸研究生人文論壇」(2018年11月29日)。

——楊雁婷:臺北市立大學中國語文學系博士生,東吳大學兼任講師

漢語「了」字初探

張 婉 玲

一 前言

　　動作是一種過程，而過程意味著和時間有關連性，換言之它存在於時間。但這並不表示，動詞的語句都是必須具有時間性的句式，中文就是一種表現時貌而非時制的語言。時制所傳遞的是，事件發生的時間相對於我們現在時間的關係，時貌所展現的並不是事件發生和說話時的時間關係，而是從內在結構了解情況。指的是事件、事情或動作的狀態。鄧守信指出：「漢語是一種表現態度而不表現時的語言，時與態在自然語言中都出現，而中文只是表現態的語言。如英文得說，he goes, …… yesterday he went時間與英文的時一定得配合，中文則沒這種規律。……可是這並代表說中文時說話者沒有時間觀念。」[1]

　　中文表現時貌的方式，主要有：完成貌、繼續貌和經驗貌三種形式，分別有不同的記號，一般稱作「動態助詞」。如下表：

時貌	標記	意義
完成貌（態、體）	了	動作完成
繼續貌（態、體）	著	事件持續或進行的狀態
經驗貌（態、體）	過	事件相對於某個時間點已經經驗過

　　鄧守信認為完成態（體），即「了」，包括現在、將來、過去完成。[2]從這裡可以看出，「了」不表示時間，和時間沒有關係。繼續體用「著」，是一種持

1 鄧守信：〈語言學與語言教學〉，《華文世界》第28期（1982年10月），頁28。

2 同上。

續的狀態，比方說「小美穿著紅外套」。經驗體也是在其他語言中很難找到的，中文用「過」字，例如「你喝過烏龍茶沒有？」「你學過芭蕾舞沒有？」[3]經驗體只表明在說話以前發生過這件事情，並不交代發生的次數和時間等。

　　由劉月華，潘文娛，故韓著作的《實用現代漢語語法》[4]則將「了」分別放於動詞後的「了1」表示動作行為完成的完成貌，及放在句末的語氣詞「了2」，表示情況發生變化，有成句及表達語氣的作用。「著」主要表示動作和狀態的持續，即繼續貌。過是動態助詞，表示曾經有過的經歷，只用在說明過去事件的經驗貌。僅「過」有過去的意涵，卻不表明確切的時間。

　　「了1」用於表示結束的動詞後表示完成，例如：1. 我又回到了我的母校。

　　2. 留學的這兩年，我學會了自己做飯。「了1」用於表示持續的動詞之後，表示實現，例如：我吃了飯就回家。「了2」表示事情發生了變化，具有表達句子語氣的作用，例如：這兩年，智慧型手機越來越普遍了。「了1」「了2」也可以出現在同一個句子中，這個時候既可以表示動作的完成也可以表示成句，例如：我學了兩年瑜珈了。「著」為用在動詞或形容詞的後面，表示行為或動作持續的意義；有時用在動詞的後面，表示一種進行的意義。例如：學生們正在寫著作業。（持續狀態）老師看著學生們。（動作正在進行）另外，「著」還可以做疊字，表示動作進行中出現了另一個動作，例如：她說著說著就哭了。「過」用在動詞之後表示動作完成，或者表示曾經發生過的事情，例如：媽媽打掃過房間，就出門了。用在動詞之後，表示發生過的動作，例如：他曾經去過美國大峽谷。

　　這裡對「了」「著」「過」用法做一比較：

　　（一）結束性動詞後面，只能表示時間點上的動態，不能表示時間段上的動態，因此只能用「了」和「過」，不能用「著」，例如：

　　1　葉老師到了首爾。

　　2　葉老師到過首爾。

[3] 鄧守信：〈語言學與語言教學〉，《華文世界》第28期，頁28。此兩個「過」不一樣否定答法：前者為「我還沒有」，後者「我沒學過」（而不說我還沒有），一個「過」消失一個則保留。
[4] 劉月華、潘文娛、故韓：《實用現代漢語語法》（臺北市：師大書苑有限公司，2002年8月）。

3*　葉老師到著首爾。（誤）

（二）「著」可以與「在」共現，「了1」可以與「已經」用於同一個句子中，「過」可以與「曾經」用於同一個句子中，例如：

4　我在看著店裡的登山背包。

5　喬治已經學完了第二本書。

6　小真曾經對政府失望過。

三種形式的作用各異，「了」敘述了連續性的事件，提供新的參照點，推動敘事向前；「著」沿用已有的參照點，使敘事在原地停留，也就是持續貌；「過」使情景時間跳出敘事之外，標記其發生在此段序列事件之前。

那麼，兩個先後出現的動作，應該有時間關聯性吧，然而即使在兩個動作先後發生而產生時間關係，在中文的語法中也未必注意其時間點。在呂叔湘的《中國文法要略》說：「我們現在要討論一類句子，這裡面有兩個動作，或同時或先後，但第一個動作的作用是表示第二個動作的情景（或手段等等）。在白話裡，這個關係表示得很明顯，多數在第一個動詞的後面用『著』，也有用『了』……。例如：忽一回身，只見林黛玉坐在寶釵身後抿著嘴笑，用手指頭在臉上畫著羞他。（《紅樓夢・第二八回》）。」[5]「抿著嘴笑」是這個句子的次要動作，但是放在前面作為第二個動作的情景；「在臉上畫著羞他」才是這個句子的主要動作。次要動作都在主要動作之先，用「著」字表示第二個動作發生時，第一個動作還在持續的狀態（持續貌）。如果用「了」字就表示第二個動作發生時，第一個動作已經完成（完成貌）。

在文言裡的兩個動詞之間常用「而」字，或「以」字，如果用白話來說往往要在第一動詞後加「著」字或「了」字。請看例句：

例一：（文言）鳴鼓而攻之。（《論語・先進》）
　　　（語體）敲著鼓去聲討他。（持續貌）

5　呂叔湘：《中國文法要略》（臺北市：文史哲出版社，1992年9月），〈同時、先後的動作和情景〉，頁389。

例二：（文言）棄甲曳兵而走。（《孟子・梁惠王上》）

（語體）扔了盔甲丟了兵器逃跑。（完成貌）

例三：（文言）攀援而登，箕踞而遨。（柳宗元〈始得西山宴遊記〉）

（語體）攀援著登上山去，伸著兩腿坐下，觀賞風景。（持續貌）

例四：（文言）予與四人擁火而入。（王安石〈遊褒禪山記〉）

（語體）我和四個人拿著火把走進去。（持續貌）

這些實例都可看出，從古文到現代語法話的漢語，動作只表示狀態而沒有時間的意涵。這種表「態」而不表「時」的語法結構，讓學習華語為第二語文者相當困擾，因此引發探究、釐清的動機。本文以探討「了」字為主。

二　「了」字探源

「了」字在現代漢語中使用頻繁，但在古文當中卻極難查見，那麼古文使用哪些文字表達「了」字的作用？什麼時候開始使用「了」字，「了」字在現代漢語中的意涵與使用方式如何？

呂叔湘的《中國文法要略》指出，「文言和白話語氣詞不是一一相當的。文言和白話的詞彙本來不同，但實義詞還可以勉強找到對偶，虛助詞則往往有很大的出入，這個情形在語氣詞方面尤為明顯：文言最常用的語氣詞是「也」和『矣』，『矣』字和白話的『了』大致相合。」[6]

（一）在《文言虛字用法》[7]一書中，看到相當於「了」字的虛字。

1　「已」字的用法相當於語體的「哪」或「了」，這個「已」字的位置，是放在句尾的。

例句：（文言）其德弗可及已。[8]

（語體）他的德行不可以趕上了。

---

[6] 呂叔湘：《中國文法要略》，頁262。

[7] 文史哲出版社編輯部：《文言虛字用法》（臺北市：文史哲出版社，1981年3月）。

[8] 張家山漢簡《奏讞書》（字詞札記之一）。

2　「矣」相當於語體的「了」，這個矣字，必須放在句尾。

　　例一：（文言）東蟻敗，西蟻乘勝蹴之，將傅壘矣。[9]

　　　　　（語體）東面的螞蟻失敗，西面的螞蟻趁著勝利在後面追上去，
　　　　　　　　　快要逼近營牆了。

　　例二：（文言）予每隆冬讀書，至四鼓，體極寒，不能寢，則起舞劍；
　　　　　　　　　一再行，體熱如火，然後就臥，枕席俱溫矣。[10]

　　　　　（語體）我常常在很冷的冬天讀書，到四更時候，身體很冷，不
　　　　　　　　　能夠睡著，就起來舞劍，舞了一二次，身體熱的像火一般，纔去
　　　　　　　　　睡覺，枕頭、褥子全都溫暖了。

這兩個字發音相同，也都必須放在句末。

3　「焉」相當於語體的「呢」「哩」或「了」

　　例句：（文言）某市於某年之夏，傳染病盛行，究其原，由於蠅之傳布
　　　　　　　　　病菌，乃大捕蠅，殺蠅千萬。明年之夏，遂絕少傳染病焉。

　　　　　（語體）某市在某年的夏天，傳染病大大的發生，推究他的原
　　　　　　　　　因，因為蒼蠅的傳佈病菌就大大的捉蒼蠅，殺死蒼蠅一千萬，到
　　　　　　　　　了明年的夏天，就很少傳染病了。

　　這個「焉」字的位置，放在語句的末尾或中間。如果放在語句的中間，要
和下面的自可以讀斷。這個「焉」字，有幫助說話停頓一下的作用，和「也」
「矣」等字相近。

4　「耳」相當於語體的「就是了」「罷了」或「了」，這個「耳」字的位
　　置，必須放在末尾。

　　例句：（文言）人當飢餓時，雖粗糲亦覺適口；否則珍饈滿案，未必能
　　　　　　　　　下咽。可是適口之食物，本無一定，惟飢餓時之食物，乃覺津津
　　　　　　　　　有味耳。

　　　　　（語體）人在肚子餓的時候，即使粗飯也覺得合口味；不是這
　　　　　　　　　樣，那麼好吃的東西擺滿在桌子上，不一定能夠吃下去。可見合

9　薛福成：〈雜記二首〉（清代散文）。
10　〔清〕陸世儀撰，張伯行編：《思辨錄輯要》。

口味的食物，本來沒有一定，只有肚子餓的時候的食物，纔覺得很有滋味了。

小結：這些有「了」字意涵的虛字：「已」、「矣」、「焉」、「耳」都是放在句尾作為語氣詞，語尾助詞。

（二）在《康熙字典》[11]上「了」的釋義有：《增韻》決也。《廣韻》慧也，曉解也。《後漢書·孔融傳》融年十二聰慧。陳煒曰：小而了了，大未必奇。

又：訖也，畢也。

例一：天下大器，非可稍了，而相觀每事欲了，生子癡了官事，官事未易了也。（《晉書·傅毅傳》）

例二：岱宗夫如何。齊魯青未了。（《杜甫·望嶽》）

小結：訖也，畢也，是完結、結束的意思，在這裡產生了「動作完成」的意義。但是沒有句尾語氣詞的用法。

（三）根據康瑞琮《古代漢語語法》[12]分析「矣」字相當於現代的「了」字。

1　「矣」字用於陳述句尾，表示事情已經發生或即將發生。例如：

（1）（文言）今日病矣，予助苗長矣。（《孟子·公孫丑上》）

　　　（語體）今天累壞了，我幫助禾苗生長了。

（2）（文言）其子趨而往視之，苗則槁矣。（《孟子·公孫丑上》）

　　　（語體）他的兒子跑去看禾苗，禾苗已經枯萎了。

（3）（文言）平原君曰：「勝以泄之矣。」（《戰國策·趙策》）

　　　（語體）平原君說：「我已經把辛垣衍到趙國這件事泄露了。」

（4）（文言）故令人持璧歸，間至趙矣。（《史記·廉頗藺相如列傳》）

　　　（語體）因此派人拿了和氏璧回去，（已經）從小路回到趙國了。

這四個句子中的語氣詞「矣」，表示事情已經發生，都可以譯為「了」。

2　有時預料、推斷某種情況將來一定會實現，也可以用「矣」字來表示。例如：

---

[11] 《康熙字典》（臺北市：世界書局，1972年11月）。

[12] 康瑞琮：《古代漢語語法》（上海市：上海古籍出版社，2009年10月）。

（1）（文言）大王必欲急臣，臣頭今與璧俱碎於柱矣。（《史記・廉頗藺相如列傳》）

（語體）大王一定要逼迫我，今天我的頭和和氏璧就在這個柱子上一起撞碎了。

（2）（文言）奪相王天下者必沛公也，吾屬今為之擄矣。（《史記・項羽本紀》）

（語體）奪項羽天下的必定是劉邦，我們這些人將要被他們俘虜了。

這兩句中的語氣詞「矣」表示在某種條件下，一種尚未發生的情況，將來一定會實現。句末的「矣」字相當於現代的「了」字。

3　語氣詞「矣」用在句末，可表示禁止和疑問，一般譯做「了」，例如：

（1）（文言）拘理之人，不足與言事；制法之人，不足與論變。君無疑矣。（《商君書・更法》）

（語體）被舊禮束縛的人，不值得和他們討論大事；被舊法束縛的人不值得和他們商量變革。您不要懷疑了。（表禁止語氣）

（2）（文言）女何夢矣？（《禮記・文王世子》）

（語體）你夢見什麼了？（表示疑問或反問語氣）

小結：文言「矣」字相當於現代的「了」字，多置於句末，可表示事情已經發生、即將發生，預料、推斷，尚未發生但將來一定會實現，還有禁止及疑問等多重意義。除了已經發生相當於現代的動作完成但沒有表示明確的時間點之外，其他各項用法都屬於未來式。

（四）高名凱在《漢語語法論》，對《廣韻》中「了」的意義做了更進一步的解釋。[13]《廣韻》訓為慧也，訖也。「了」是知道的意思，既然知道一件事，就能了結一件事，因而引申出「訖」也，完成一件事的意義。例如：「眼見得又沒箇了事的人送去」。（《水滸傳・第十六回》）

---

13 高名凱：《漢語語法論》（臺北市：臺灣開明書店，1985年7月）。

（五）趙元任的《中國話的文法》[14]認為，放在動詞後面的詞尾「了」是動詞「了」leau的弱話語式，應該和放在句尾作為語助詞（即語氣詞）的「了」做出區別。他由方言的寧波話、廣州話的發音為依據，推測語氣詞的「了」可能是由「來」字弱化來的。

（六）呂叔湘在《中國文法要略》[15]中直指，文言裡頭沒有類似「著」、「了」等可以加在動詞之後的詞，往往就第一動詞（及其止詞）和第二動詞直接，但主從之別仍極明顯。

　　例一：宋將軍屏息觀之，股栗欲墮。（〔明〕魏禧《大鐵椎傳》）

　　例二：兒童相見不相識，笑問客從何處來。（賀知章〈回鄉偶書二首〉）

　　例三：天階夜色涼如水，臥看牽牛織女星。（杜牧〈秋夕〉）

　　小結：「已」「矣」「耳」「焉」的位置都在句尾，作為語氣詞，語尾助詞用，僅「焉」字可以放在句中，但是卻沒有實例。因此，沒有產生「動作完成」的作用。而從康熙字典的釋義中可看出，晉唐時，不但出現「了」字而且產生了語氣詞以外的「動作完成」的意涵。「了」字根據其所在位置，分支成兩組不同功能性的時貌，在動詞後或句尾有不同的作用，在語法化後分別作記為「了1」和「了2」。

三　「了」字的功能

　　「了」字在語法書中有的被歸類為「虛字」，或放在助詞、語氣詞的單元，這是根據它的意義或在語句中的位置，大多稱做「動態助詞」、「語氣詞」。

（一）在教育部重編國語辭典修訂本[16]則以發音不同（le；liǎo）來區別用法

　　1　漢語拼音le時，又因位置不同而產生不同意義，作記為「了1」和「了2」。

---

[14] 趙元任：《中國話的文法》（臺北市：臺北學生書局，1994年9月）。

[15] 呂叔湘：〈同時、先後的動作和情景〉，《中國文法要略》，頁389。

[16] 《教育部重編國語辭典修訂本》，網址：http://dict.revised.moe.edu.tw/index.html。

位置	置於動詞後
意義	表示動作的結束
例句	到了。
	天黑了。
	吃了再走。
	遙想公瑾當年，小喬初嫁了，雄姿英發。（蘇軾〈赤壁懷古〉）

位置	置於句末或句中停頓處
意義	表示不耐煩、勸止等意思
例句	走了，還談這些幹什麼？
	別哭了，事情會好轉的。
	好了，吵了一天還不夠！

2漢語拼音liǎo

位置	置於句末或句中
意義	有完畢、結束的意思
例句	不了了之。
	責任未了。
	今日大案已了，我明日一早進城銷差去了。（《老殘遊記‧第十九回》）

（二）許菱祥在《中文文法》[17]對助詞做了各種分類，包括「傳信」、「傳疑」、「商榷」、「驚嘆」、「決定」、「祈使」等各種方法，但最容易尋找、檢索，也最易辨識的分類方式是放在「句首、句中、句末」。「了」在句中和句尾各有作用：

---

17 許菱祥：《中文文法》（臺北市：大中國圖書公司，1982年8月）。

位置	意義	例句
句中	接決	不幸，我剛比一次多了一次。（王藍《藍與黑》）
句尾	完結	秦兵未出而天下諸侯已自困矣。（蘇轍〈六國論〉）
	判斷、決定	小喬初嫁了。（蘇軾〈赤壁懷古〉）
	限止	好了，別提這一段啦，快請他們兩位客人屋裡坐吧！（王藍《藍與黑》）

　　許菱祥所舉的範例，位於句中的「了」並不在動作動詞的後面，而在形容動詞「多」的後面；放在句尾的助詞則有各種功能，如，「矣」字有「完結」的作用；「小喬初嫁了」，「了」的發音是liǎo有「決定」的意思。

（三）Li&Thompson的《漢語語法》將「了1」和「了2」做較明確的區分。
　　　一是作為動態助詞的「完成貌」，一是句尾的語氣詞「跟目前有相關的狀態」。可以表達「完成貌」的語法不止有「了」字，比方說「這是去年完成的房子」[18]，「完成」這個詞本身是「完成化詞語」；又如：「他關好窗子就去睡覺」，「好」字也有完成的作用。因此Li & Thompson提出運用「了」字做動態助詞的規律，也就是「有界」。[19]

1　「了」字做動態助詞的規律是「有界」。有界的意義是受到限制，無論在時間、空間或概念上受到限制都被視作一個整體，這樣的事件就是使用「了1」的地方。基本上分為四種限制[20]：
　　（1）因本身是受數量限制的事件。
　　（2）因本身是特定事件。
　　（3）因動詞本身之語義而受限制。
　　（4）因本身是連續事件中的第一個事件。
　　另外，警告或緊迫式的命令句也是用「了1」的時機。以下試舉數例：
　　（1）因本身是受數量限制的事件。

---

[18] 趙元任：《中國話的文法》（臺北市：臺北學生書局1994年9月）。

[19] Charles N.Li & Sandra A Thompson 著，黃宣範譯：《漢語語法》（臺北市：文鶴出版有限公司，2010年3月）。

[20] Charles N.Li & Sandra A Thompson著，黃宣範譯：《漢語語法》（臺北市：文鶴出版有限公司，2010年3月）。

　　　　A 他跑了兩個鐘頭。（時間的量）

　　　　B 爺爺把哥哥罵了一頓。（次數限制）

　　　　C 壞人往後退了幾步。（範圍限制）

　　　　D 這個房子不錯，就是遠了一點。（數量限制的是一種狀態）

　　　　E 葉老師早上買了5本書。（動詞後有指定數量的賓語）

　　（2）因本身是特定事件。

　　　　A 我在校園裡遇到了葉老師。（重要的信息是遇到「誰」）

　　（3）語意本身含有「界限」的動詞。

　　　　例如，「死」、「忘」都是含有終點語意的動詞。

　　　　A 他畢業了兩年了。（畢業是結束性動詞）

　　（4）連續事件中的第一個事件。

　　前面敘述過呂叔湘說「第一個動作的作用是表示第二個動作的情景」；Li & Thompson 的解釋是，第一個事件的出現是受到繼起事件的「限制」。

　　　　A 爸爸看完了電視，就喝茶。

　　　　B 哥哥吃完了，弟弟吃。

　　第二個句子的兩個動作可能都發生在未來，這說明了時貌是獨立性的，不必然一定和時制發生關聯，也不必然是過去式，這是重要的證明觀點。

　　（5）特別的命令用法，只發生在即將發生的動作帶有急迫性

　　　　A 吞了那顆藥！

　　　　B 別踩了狗！

　　既然是對未發生事件前的警語，自然不是過去式。

　　　小結：「了」可以出現在簡單未來式中，例：我穿了外套就走。也可以
　　　　　　用命令句出現在非過去的完成式，例：別撞了頭！而表示過去的
　　　　　　事件，可以用「完成化詞語」表達，例：小李把披薩切成八塊。
　　　　　　不受限的事件也不用「了」，例：昨天夜裡流浪狗嗚咽不停。所
　　　　　　以「了」不表示過去式而是「完成貌」。然而含有「了」字的句
　　　　　　子，話中傳達的事件往往在說話前已經發生，所以被誤用為「過
　　　　　　去式」，或有過去時制的誤解。

2 「了」還有一個「跟目前有相關的狀態」句尾語氣助詞的用法，一般
多以「了2」辨別。如果句中沒有提到特定狀況，那麼交談的時刻常
常指現在、此刻。這種表示「時況相關事態」的情況有五種：

（1）句中事態發生改變代表新狀態。

例句：我會說中文了。（以前不會說）

（2）句中事態否定聽者的臆測。

例句：我吃過了。（回答朋友詢問想不想吃東西）

（3）表達到目前為止的狀態。

例句：我學中文學了三個月了。（第一個了是受時間限制的「完成
貌」「了1」，第二個是表示「時況相關狀態」的「了2」）

（4）句中事態決定下面可以進行的事情。

例句：我寫完了功課了。（既表達工作到現在為止進行的狀況，也
意味著可以進行別的事了。）

（5）結束陳述。

例句：我睡得太晚了。（作用類似句號，表示話說完了，告一個段
落。）

小結：這五種用法都表達動詞的「態」與說話當前的情況有關，而未指
涉過去時間的必然關聯性，不代表過去式。

（四）趙元任在《中國話的文法》中，將動詞時貌記號稱做動詞的體貌詞
尾，簡稱「動詞詞尾」，就像「來」、「去」這類的詞尾一樣，當作補
語，但是又和名詞的補語不一樣，可以無限制的跟動詞連用[21]，而且
大部分都沒有詞彙性的意思。而「了」字有幾個作用：

---

[21] 趙元任：《中國話的文法》（臺北市：臺北學生書局1994年9月），頁133。

功能	作用		例句
動詞詞尾	動作完成了		辭了行再動身。
語助詞	1.表示開始	新的情況	糟了，下雨了。
		達到的數量或程度	唉呀，十一點半了！
		用在形容詞的過份程度	這鞋小了。
	2.新情況引起的命令		吃飯了。
	3.故事裡的進展		後來天就晴了。
	4.過去一件單獨的事		那天我也去聽了。
	5.現在完成的動作		我回來了[22]。
	6.用在說明情況的結果分句裡		你一摁門鈴，他就來開門了
	7.顯然的情形		這個你當然懂了。

其中第五點揭示的「現在」完成的動作功能，顯然不是過去式。

（五）劉月華、潘文娛、故韡著作的《實用現代漢語語法》[23]把「了1」和「了2」一起放在動態助詞。「了1」的句型多有表示具體時間的詞語，出現在動詞後表示動作完成。例如：大學畢業後他找到了很好的工作。如果動作完成後有新的情況發生，第一個動詞後要放「了」，例如：贏了這場比賽，大明心情非常激動。或是藉由某種方式取得結果，那麼表示結果的分句動詞要用「了」，例如：經過投票，我們選出了班長。應該注意的是[24]：

「了1」只與動作完成有關，與發生動作的時間無關，因此它既可以用於過去，也可以用於將來。

試舉兩個例子：1.昨天晚上我讀了一本小說。（過去式）

2.明天我下了班就去聽演講。（未來式）

「了2」主要用在事情發生變化，例如：我們不是學生了。這個改變可以是在即將發生的未來，例如：火車快要來了。

---

[22] 趙元任說，這個句子的與助詞「了」，跟作詞尾的「了」不同，翻成英文時要用完成式；而作完成詞尾的「了」，（表示過去事情而有數量賓語時一定要「了」），就只能翻成簡單過去式。

[23] 劉月華、潘文娛、故韡：《實用現代漢語語法》（臺北市：師大書苑有限公司，2002年8月）。

[24] 劉月華、潘文娛、故韡：《實用現代漢語語法》（臺北市：師大書苑有限公司，2002年8月）。

小結：「了1」和「了2」不論是作為動作完成或情況改變的功能，既可用於過去，也可以用於未來。所以「了」字是時貌的作用而非時制。它表現的是狀態而非時間。

（六）王力在《中國現代語法》[25]中把語氣詞大致分為12類，其中的「決定語氣」用「了」做標記，置於句末。

1　「了」用堅定的語氣陳述一種覺察、決意或判斷。

語氣	例句
覺察，覺察情況和境地 多數是描寫性或能願句	算起來，學生比我年長的又不止一個了。（描寫性）
	你們這些老同學，我都不記得了。（能願式）
決意，表示決意或 現在就要做的事	我從今天起要認真學習了。（決意）
	老陳，把信交給你了，我打掃去了。（現在要做的事）
推斷，設想必然的事實 多為條件式	再亂說，我就生氣了。

2　決定語氣可以用來表示已完成的事實，理由是，事情完成已成為定局所以可以用決定的語氣表示。

語氣	例句
完成的事實	新的執行長上任了。
	小美已經昏倒過兩次了。

3　決定語氣和完成貌有四個辨別的方式：

（1）完成貌常用在時間修飾或條件式的句子形式裡，決定語氣沒有這個用法。

	作用	例句
例一	完成	等他走了，你再來吧。
	決定語氣	他還沒走，你就來了。

---

[25] 王力：《中國現代語法》（香港：中華書局（香港）有限公司，2002年2月）。

	作用	例句
例二	完成	如果他走了，你來不來？
	決定語氣	如果你不來，我就生氣了。

如果完成貌和決定語氣同在一個條件式或時間修飾裡，則完成貌屬於從屬子句，決定語氣則是主要子句。

	完成貌（從屬子句）	決定語氣（主要子句）
例一	這一開了，	見我在這裡他們豈不燥了。（《紅樓夢・第二十七回》）
例二	若有了金剛丸，	自然有菩薩散了。（《紅樓夢・第二十八回》）

（2）完成貌只用於敘述句，決定語氣則可兼用於描寫句和判斷句。

（3）完成貌的「了」字放在目的位或數量詞的前面，決定語氣則放在後面。有時兩者並用，前後需用兩個「了」字。

	作用	例句
例一	完成貌	他來了三次。
例二	決定語氣	他來三次了。
例三	完成和決定並用	昨天已把書給了人了。
例四	完成和決定並用	如果燈光太亮，就破壞了浪漫的氣氛了。
例五	完成和決定並用	牆上掛了畫了。

（4）決定語氣的「了」除了唸成「勒」之外，還可以唸成「啦」或「咯」，完成貌則不行。例：若有了金剛丸，自然有菩薩散啦！（《紅樓夢・第二十八回》）

4 決定語氣因為口氣堅決自然表現出重音，而產生感嘆語氣。例：咳嗽才好了些，又不吃藥了。這種「了」字往往可以和感嘆語氣詞「啊」字結合而發「啦」的音。

5 決定和反詰語氣，反詰是疑問，其實說的人不但沒有疑問反而是藉反問表達堅決的否定。因此也可以和決定語氣並用。例：我怎麼糊塗了。

小結：根據王力的邏輯，完成貌的「了1」是因為已完成的事實已成為
定局所以可以用決定的語氣表示。也就是由語氣詞「了2」引伸
出「了1」動作完成的用法。有別於高名凱的因為知道一件事而
了結一件事的解釋。

（七）現代語法把「了」字分別為「了1」和「了2」多採用呂叔湘在《現代
漢語八百詞》的分類法。[26]直接將「了1」放在動詞後表示動作完成；
「了2」放在句末，表示事態出現或即將出現變化，有成句作用。兩者
的差異是，有賓語的時候，「了1」放在賓語前，「了2」放在賓語後。

1　「了1」的用法：

句型結構	例句	標記
動＋「了1」＋賓	小琪買了兩張江蕙演唱會的黃牛票。	動作完成
前一動作完成再發生後一動作	才洗了澡，你又滿頭大汗了。	前句為假設條件
句中有時量詞（動量或物量）	這份資料老闆看了兩個鐘頭。	表示動作從開始到完成的時間長短
動詞前加「剛」、「才」	我剛看了五分鐘書手機又響了。	前動作經歷若干時間後開始後一動作
「了1」放在後一動詞後	我去市立圖書館借了兩本金庸小說。	連動句或兼語句
某些動詞後的了和掉相似	扔了舊的買新的。	動作有了結果

2　「了2」的用法：

句型結構	例句	標記
動＋賓＋「了2」	查理也開始學華語了。	事態出現變化
前面常有副詞「快」或助動詞	快放寒假了。	事態將有變化

---

[26] 呂叔湘：《現代漢語八百詞》（北京市：商務印書館，2009年8月），頁351。

3 其他用法

動＋「了1」＋賓＋「了2」	我已經買了智慧型手機了。	動作完成且事態有變化
有時量詞	這片MP3我聽了三天了。	不表示動作完成
動＋「了2」	休息了。	事態有變化，不表動作完成
動＋「了1＋2」	他把車子開走了。	動作完成且事態已經變化
動＋「了1」	外婆聽了很高興。	動作完成後出現某一狀態

根據上述分析，「了」字用法明確，指動詞的完成態，然而外籍生往往將「了」字作為「過去式」的標記，問題是怎麼發生的？

四　外籍生對「了」字運用的偏誤

前文已指出，「了」不是一個時間標誌，然而「了」字句由於話中傳達的事件往往在說話前已經發生，所以常被誤以為「過去式」。加上「了」字句和表達過去的時間詞語共現的頻率很高，因此誘發「了」即過去時制的誤解。

姜正周《外國人學漢語語法偏誤研究》指出時間詞誘發的誤解，由於中文的語法排序一般句首是主詞加時間副詞，然後才是「了」字句代表的動作已經完成，也就是學生會先收到表示過去的時間副詞的訊息，強化了事情已經發生同是過去式的印象，而在後面使用「了」字。換句話說，過去時間詞誘發「了」字的使用與出現。[27]

下面我們就以外籍學生語料為例來對這種誘發現象進行分析。筆者由自身教學經驗中找出例句篩選由時間詞誘發的偏誤進行分析。

（一）被誘發的是「了1」

1. 上個週末我幫他打掃房間了，他不但不謝謝我，反而罵了我打掃不好。

2. 在大學的時候，我每天上了三個小時的英語課。

3. 昨天我去超級市場了買了各種各樣的水果。

27　姜正周：《外國人學漢語語法偏誤研究》（北京市：北京語言大學出版社，2007年7月），頁276。

正確的句子應是：

1' 上個週末我幫他打掃房間，他不但不謝謝我，反而罵我打掃不好。

2' 在大學的時候，我每天上三個小時的英語課。

3' 昨天我去超級市場買了各種各樣的水果。

在這三個例句中，下面畫線的是誘發因素，分別是：「上個週末」、「在大學的時候」、「昨天」。三個例子都是表示過去時間的名詞，被誘發的就是「了1」。

上述三個句子「了」不能在句中使用，跟以下規則相關：第1個句子的「打掃」和「罵」並未加以限定，不是當作一個整體，而只是提到這個事件，因此不可以接「了」。「了1」表示動作的完成，不能與表示頻率的副詞「經常、有時……」一起使用。因此第二個句子要刪除動詞「上」後的「了1」。

第三個例句有兩個動詞，後面都加了動作完成的「了1」。對這種句式的結構有兩種意見：一種認為是連動句；另一種則認為是以連動短語作主語。先按照連動句分析。「了1」一般用於動詞之後，去超級市場買水果是兩個動詞的連動句，連動句的第一個動詞後一般不能用「了」，所以可以說成「去超級市場買了水果」，「了1」應該用在最後一個動詞「買」之後。再按連動短語作主語分析。「去超級市場」是連動短語，當主語用。一般來說，連動短語作為主詞時，動詞後不加「了1」，因此作為完成貌標記的「了1」應該放在句子謂語「買」的後面。

（二）被誘發項目是「了2」

4. 在韓國的時候，我是設計師了。

5. 運動比賽的時候，隊友要互相支持才會贏了。

6. 以前我在中國學了大概八個月了。

正確的句子應是：

4' 在韓國的時候，我是設計師。

5' 運動比賽的時候，隊友要互相支持才會贏。

6' 以前我在中國學了大概八個月。

　　以上三個例子誘發因素分別是：「在韓國的時候」、「運動比賽的時候」、「以前」，被誘發的是「了2」。「了2」表示情況改變，或有新的狀況出現，如果只是對過去事件的敘述，而事件並沒有延續到說話的當時，就不需要「了2」，所以第4個句子句末的「了2」要刪除。例句5是陳述一個普遍的事實，並沒有發生狀態的改變，所以句末不需要用「了2」。第6個例句是「了1」和「了2」並用，表示動作發生在過去，並一定持續到現在，即說話時，也就是「到目前為止」。而例6有一個過去時間詞「以前」，明確表示行為發生在過去並在說話前已經結束，所以例6不應該用「了2」。

　　分析：以上所舉六個例句都包含時間詞，其中第1、2、3、4、6句都是過去的時間詞。可看出外籍生常誤將句中有過去時間副詞的語句加入「了」字。

　　小結：「了」字的偏誤以誤加最多，因此在教學上建議教師一開始講授「了1」時可先從容易理解的「有界限制」讓學生從時量、動量、物量詞開始做搭配練習，並強調，「了」並不是時態的標誌，只是它的語法意義中含有「完成」之意。

　　另外，還可以用「要……了」、「就要……了」、「快要……了」、「快……了」的句型，強化學生「了」可用在「動作即將發生」句子中「未來式」的印象。以避免外籍生將「了」字作為「過去」標記的偏誤，掌握正確語法。

五　「了」表現的是「時貌」而非「時制」

　　高名凱的《漢語語法論》說：「現代語言學家關於動詞的「時間」（tense）和動詞的「態」（aspect）兩個觀念分別得非常清楚。時間的觀念，如上面之所言，必函有現在，過去和將來三階段，也只包函這三階段。「態」則著重於動作歷程在綿延的段落中是如何的狀態，不論這綿延的段落是在現在，過去或將來；動作或歷程的綿延是已完成抑或正在進行，方為開始或已有結果等等。」[28]

---

[28] 高名凱：《漢語語法論》，頁375。

　　華語的動作是一種表示「態」也就是「時貌」而不表示「時間」即（時制）的語言。「態」的標記方式主要有三種：完成態（貌）、持續態（貌）、經驗態（貌）。

　　完成態用「了」字表示動作或歷程的完成，可以用不同的時間點上。例如：一、昨天晚上我讀了一本小說。（過去式）二、明天我下了班就去聽演講。（未來式）三、你吃了，弟弟再吃。（兩個動作都可能發生在未來）持續態用「著」表示動作或歷程仍在進行，尚未完結，無論在什麼時間。例如：小美穿著紅外套。經驗態用「過」字標記曾經有過的經歷，例如：我學過法文。換言之，中文的動詞不論在過去現在或未來都不需要改變，也就是在時間方面沒有任何語法形式的變化。

　　本文主要探討的「了」字是完成態的虛字，比方說，「客人走了」意思是客人走的動作已經完成，並不是開始也不是進行，到底是在過去完成，是在過去完成還是將來完成則不過問。綜合以上漢語歷史演化，分析「了」字的作用如下：

（一）在文言具有「了」字意涵的虛字「已」、「矣」、「焉」、「耳」幾乎都是放在句末，有幾種用法：

1. 放在句尾作為語氣詞，語尾助詞。

2. 或有訖也，畢也，是完結、結束的意思，因此產生了「動作完成」的意義。

3. 用於陳述句尾，表示事情已經發生或即將發生。

4. 也在某種條件下表示，一種尚未發生的情況，但將來一定會實現。

5. 「了」是知道的意思，既然知道一件事，就能了結一件事，因而引申出「訖」也，完成一件事的意義。

（二）語法化的漢語更清楚地釐清「了」的作用：

1. 呂叔湘直接將「了」字區分為「了1」放在動詞後表示動作完成；「了2」放在句末，表示事態出現或即將出現變化，有成句作用。

2. 劉月華、潘文娛、故韡認為，「了1」只與動作完成有關，與發生動作的時間無關，因此它既可以用於過去，也可以用於將來。

3. 趙元任指出有「現在」完成的動作功能，顯然不是過去式。

4. 「了 2」句中事態發生改變代表新狀態。

5. 句尾語氣助詞的用法，表示「跟目前有相關的狀態」，一般多以「了 2」辨別。如果句中沒有提到特定狀況，那麼交談的時刻常常指現在、此刻。

6. 王力提出反詰的用法，表示堅決的否定。

7. 一個句中的兩個動作可能都發生在未來，這說明了時貌是獨立性的。

8. 特別的命令用法，只發生在即將發生的動作帶有急迫性。既然是對未發生事件前的警語，自然不是過去式。

　　我們可以看出，自文言至今，「了」字只標記了時態，是完整事件的完結或達成，並不表示時間。從篇章上來看，「了」字出現的位置有兩種：序列的動作行為後或序列行為的結尾，強調動作或敘事的結果。「了」字還可以用在未來，例如：明天先把房租繳了再去上課。高名凱還認為「了」可以表示現在，例如：「我每天都在園子裡走了一圈。」[29]這樣的用法尚未獲得學者們的普遍認同。但可以肯定的是，說過去的事情並不一定要用「了」，比方說，「昨天妹妹來」。可見「了」未必是「時制」的概念，也不標記時間，所以歸類在「時貌」較適合。

附記

本文為筆者修習葉鍵得老師「漢語研究」課程習作，修改後，賀恩師榮退之喜。

——張婉玲：臺北市立大學中國語文學系在職進修班碩士，
國立臺北科技大學華語教師、中國文化大學華語
教師、景文科技大學講師

---

[29] 高名凱：《漢語語法論》，頁374。

漢語語法及其發展初探

張 雅 文

一 前言

語言是表情達意的工具，其主要目的是讓人可以互相溝通、瞭解。許世瑛定義語言的三要素為：「構成語言要素有三：語音就是一個民族用來表達思想或情感的那一套聲音；詞彙就是把某一定的聲音去表示某一家的概念；語法就是把許多概念聯結起來用某一定的方式，去表示事物關係。」[1]經由許世瑛對語言構成要素的定義可知，語音、詞彙、與語法三者，是構成語言的重要維他命，缺一不可。因為經由聲音，人們才能聯絡、傳達；有了詞彙，我們才能知道何聲代表何意；最後，經由語法，我們才知說寫詞句、文章的規則。三者息息相關，相輔相成。

語法既是語言三要素之一，有了語法的約定成俗及不成文規定，我們才不會辭不達意，才不至於雞同鴨講。尤其，當今現代人標榜著全球化、國際化的地球村。無論何種語言，都必須有一定的語法規則，大家才有遵循的準則。例如漢語，自五四運動以來，經由陳獨秀、胡適等學者的鼓吹而迅速發展，成為華人的統一語言。如果有許多人都不瞭解現代漢語的結構和法則，就會有語言障礙、行文不通的問題發生。因此，無論學習何種語言，我們都要透過對其語法的瞭解、分析，才能深入學得此語言的中心價值、性質。

---

[1] 許世瑛：《中國文法講話》（臺北市：臺灣開明書店，1976年3月修訂十二版），頁1。

二　語法名稱由來

　　許世瑛認為：「文法跟語法這兩個名稱都是西文『葛郎瑪』（Grammar）的譯語，是外來的意念……我國成系統的文法或語法從《馬氏文通》[2]開始。……作者馬建忠借鏡拉丁文的間架建築起我國的文法（語法）來……直到王力先生著中國現代語法，才有『語法』這個名稱。『文法』跟『語法』所代表的意義是相同的，都是成系統的研究詞跟句的形成規律的一門學問。」[3]

　　由許世瑛的說明得知，語法的形成是漸進式的。從無到有，是經由歷史時間、人民體驗、學者研究……等一步一腳印，才有現今的語法成就。

三　語法意義諸說

　　何謂語法呢？在此先搜集各家說法，聽其解說，再統整出語法的意義。

　　《現代漢語》（1981）認為，傳統語法一般指自十八世紀直到今天語法教科書中沿襲使用的某些術語、概念、規則和理論。

　　高名凱[4]用語法的性質來定義語法。他認為，語言主要是人與人間溝通的一種符號工具，它的性質就是符號。符號是自由的，我們可選用任何的符號去代表。但因為以溝通為重，必須是社會分子所共同認可的。所以，有其共同認可遵守的法規，才可謂語法。

---

[2]　何容：《中國文法論》（臺北市：臺灣開明書店，1978年10月臺六版），也說明「中國人自己編著的文法書，出版最早而流行最廣的，是馬建忠的《馬氏文通》。……許多文法書繼續出版，大體上都是因襲馬氏的系統，……馬氏對歐洲語言所知較多，講法不單依照英文法的，有些地方又想和中國舊有的說法扣合起來……」。另外，蔡佳君：《國語發音和語法》（臺北市：臺灣學生書局，1978年8月修訂再版），頁83也說「馬建忠著『《馬氏文通》』曾用西洋打丁文語法方式來研究中國文法，在詞性的研究方面已進入新階段，成為研究中國文法的創始人。」而徐芹庭：《高級國文法》（臺北市：臺灣中華書局，1979年5月二版），頁3-4. 也指出「馬建忠始傲做照英文文法之規模，作《馬氏文通》，其自序曰：『斯書也，因西文已有之規矩，於經籍中求其所同，所不同者曲證繁引，以確知華文義例之所在。』……從此中國有文法之學。」

[3]　許世瑛：《中國文法講話》，頁4. 認為「『文法』是文語的結構方式。『語法』則包括口語和文語。」徐芹庭對「文法」定義為「乃研究語文詞句之構告組織，與夫字句語詞之配置分類者也。」。

[4]　高名凱：《漢語語法論》（臺北市：臺灣開明書店，1985年7月）。

另外在《語法與修辭》這本書中，將語法定義為：「語法是語言的組織規則。要使語言起到傳遞信息、交流思想的作用，必須把具體的、備用的語言單位逐層組織起來，成為一個表達一定思想的句子。……這種把語言單位組織起來使之成為表達思想的工具的規則，就是語法。」[5]

黃六平的定義則為：「語法是研究語言結構方式的一門學問。……語法本身就是語言的結構方式或規則。」[6]

根據葛本儀定義：「語言符號是語音和語義結合體。最小音義結合體是詞素，其次是詞，再組成詞組或句子，成為交際中最基本的單位。這些音義結合體的組合，需依一定規則進行，這些規則就是語法。只有在法規則的支配下，語言符號基本單位－詞語，才能組織成合乎語言習慣的句子。」[7]

由上各家所述可知，語法就是將我們所說、所寫的語言，有條理的組織結合起來，大家共同遵行，如此則可以暢行無阻的溝通而沒有障礙。

四 語法主要內容

在此參照葛本儀主編的《語言學概論》，我們可先由認識詞法和句法的規則，開始深一層接觸語法。葛本儀認為：「詞的構成和變化規則與句子的組織規則，是語法規則的中心內容。……詞法和句法又呈現互補關係。」分述如下：

（一）詞法：詞的構成和變化的規律謂之詞法

1.詞的構成規則：指詞素組合成詞的規則。例如：漢語的「車廂」一詞由「車」和「廂」兩個詞素構成兩者按照偏正式的規則次序組合而成。

2.詞的變化規則：指某些語言，詞通過不同形式表示不同語法意義的規則，又稱做形態變化。例如英語中的dog表示單數，dogs表示複數就是形態變化的規則。

---

[5] 劉蘭英、孫全洲主編：《語法與修辭》（臺北市：新學識文教出版中心，1990年1月），上冊，頁13。

[6] 黃六平：《漢語文言語法綱要》（臺北市：華正書局，1993年3月）。

[7] 葛本儀主編：《語言學概論》（臺北市：五南圖書公司，2002年5月）。

（二）句法：句子或詞組的構成規則謂之句法

　　例如漢語中，「學校的房子」是一個詞組，由「學校、的、房子」三個詞組成，「學校」是限定成分，必須放在「房子」被限定成分之前，否則不成話。

　　經由葛本儀解說語法中的詞法和句法規則，我們對語法的內容也就有相見歡的感覺，原來語法早已融入在我們生活中，它就是這麼自然、簡單、平常的一回事。

五　漢語語法發展綜述

　　語法也是有歷史的，它是經由時間累積，慢慢形成的，在此參照張靜《漢語語法疑難探解》，將漢語語法學的歷史，分為四個時期：一、前科學時期（西元前475年至西元1897年），二、創始時期（1897年至1919年），三、發展時期（1919年至1949年），四、普及和提高時期（1949年至今）。[8]並列出漢語在不同時段，語法的發展重點如下：

時代	語法紀事	發展重點
戰國時代	哲學家墨翟、荀況、公孫龍、尹文等人，都在其著作中對漢語語法現象作過一些闡述。以荀況較突出，在《荀子·正名》裡論述了詞、詞組、句子性質：名聞而實喻，名之用也。累而成文，名之麗也。用麗俱得，謂之知名。名也者，所以期累實也。辭也者，兼異實之名以論一意也。……彼正其名，當其辭，以務白其志義者也。足以相通則舍之矣；苟之，奸也。故名足以指實，辭足以見極，則舍之矣。	• 論述了詞、語句的定義和功能，也提出了運用詞和語句的要求。

8　張靜：《漢語語法疑難探解》（臺北市：文史哲出版社，1994年4月），因此本書在一九九四年出版，故其一九九四年後的語法簡史就無記載，一九九四年後的資料是經由搜尋語法網站而將其補齊。

時代	語法紀事	發展重點
兩漢時代	對於位於句首、句末的沒有實在意義的虛詞，說明其在句中的語法作用。漢初《爾雅》前三篇（釋詁、釋言、釋訓）裡，有不少解釋虛詞。《詩毛傳》對一些表示感情的詞，直接解釋成「嘆辭」。東漢許慎《說文解字》進一步明確實詞和虛詞的概念。	• 進一步明確了實詞和虛詞的概念，把意義實在的實詞叫「字」，把沒有實在意義的虛詞叫「××詞或語」，有時也拿作用相同或相近的虛詞互相訓解。
南北朝	南朝劉勰《文心雕龍・章句》把虛詞分為發端、札句、送末三類。	• 對虛詞研究已由對單個字解釋方法發展到成分類總括說明的方法，而且擔出不少有關句法的問題。
唐代	柳宗元的〈復杜溫夫書〉把語氣詞分成了疑問語氣詞和陳述語氣詞兩小類。孔穎達《春秋左傳正義》提出了「語法」這個名稱。	• 語氣詞分成疑問語氣詞和陳述語氣詞兩小類。 • 提出「語法」名稱。
宋代	張炎《詞源》把字明確地分為「實字」和「虛字」兩大類。	• 把字明確地分為「實字」和「虛字」兩大類。
清代	袁仁林《虛字說》，劉淇《助字辨略》，王引之《經傳釋詞》，都對漢語虛詞進行比較系統研究。朱駿聲《說文通訓定聲》、俞樾《古書疑義舉例》等提出了「動字」、「靜字」等實詞的分類。	• 出現大量研究虛詞專書。 • 對漢語虛詞進行系統研究。 • 提出「動字」、「靜字」等實詞的分類。
1898	馬建忠的《馬氏文通》，仿拉丁語法著作通則而成。為集傳統語法研究大成。	• 我國第一部系統研究古代漢語著作。廣泛比較中西語法異同，匯中西語法學說為一體。
1920年代	自1920年起，出版了大量以「國語」為對象的語法著作，其中以黎錦熙《新著國語文法》影響最大。	• 提出較符合漢語語法特點的「句本位」語法體系。 • 把語法研究成果用於教學。
1936年代	1936年1月，王力[9]發表〈中國文法學初探〉一文，對之前的漢語語法研究	• 認為拿西洋語法來比較研究是可以的，但反對模仿西洋語

9　參見王力：《中國語言學史》（臺北市：駱駝出版社，1987年7月），頁206-221。

時代	語法紀事	發展重點
	方法進行批判。 1937年1月，發表了〈中國文法中的系詞〉，也表現了他的歷史觀點。	法。主張從客觀材料中概括出語言的結構規律，而非某些先驗的語法規則中審查漢語。
1938年代	由陳望道發表於《語文周刊》第15期的一篇〈談動詞和形容詞的分別〉的文章，引起探索漢語語法特點和語法學的方法論，促進漢語語法作用。	• 對漢語語法特點和語法學的方法論，建立新體系。 • 從具體詞的歸納到方法論問題。
1940年代	呂淑湘在語法上的著作有1941年出版的《中國文法要略》，最大特色是在書後半部提出「表達論」。 高名凱在1948年出版《漢語語法論》，是一本專講理論的著作。	• 「表達論」從十個角度來分句子的種類。例如：正反與虛實、行動與感情、假設與推論等。 • 高氏提出「句法論」、「範疇論」、「句型論」等三編。
1950年代	《人民日報》於1950年5月21日發表〈請大家注意文法〉的短評、1951年6月6日發表〈正確地使用祖國語言，為語言的純潔和健康而鬥爭〉社論、呂叔湘與朱德熙合寫的《語法修辭講話》。全國掀起學習語法知識的高潮。語法著作也如雨後春筍的發展開來，其中影響較大的有：《語法修辭講話》、《語法學習》、《漢語語法常識》、《現代漢語語法講話》、《暫擬漢語教學語法系統簡述》、初中《漢語》和《漢語語法教材》。 另外許世瑛[10]於1954年發表《中國文法講話》，認為研究一個族語的文法，要特別注意它的結構特徵。	• 掀起全國學習語法知識的高潮。 • 劃分詞類，不能單憑意義與形態。 • 由中華書局出版《漢語的主語、賓語問題》，幫助建立全新漢語語法體系。 • 主張用比較的方法來研究語法。並教導分析文言文的詞句結構把它的文法組織和白話文的不同點記清楚，再讀文言文。
1961年代	此時期的中心問題在於語法學的方法論問題。陸志韋先生在《中國語文》1961年6月號上發表一篇〈試談漢語	• 討論集中於採用意義和形式相結合之分析法或採用描寫語言學結構主義分析法。

---

10 參見許世瑛：《中國文法講話》之〈自序〉。

時代	語法紀事	發展重點
	語法學上的「形式與意義相結合」文章，認為應從形式出發，然後歸結到意義上來。朱德熙在《中國語文》1961年12月發表〈說「的」〉一文，提出詞法分析的文法應是描寫語言學裡的分布分析法，又在《中國語文》1962年8-9月號上發表了〈句法結構〉一文，提出句法分析方法應是描寫語言學裡的層次分析法、分布分析法、轉換分析法等。	• 確定了幾種基本的句法結構，進而描寫了與結構對應的種種語義關係。 • 語法教學界普遍對語法結構的層次觀點取得共識。
1966-1976	「文化大革命」使漢語語法研究陷於停滯狀態。 許世瑛於1968年修訂《中國文法講話》並出版修訂本。	• 停滯 • 增加「帶詞頭衍聲複詞」、發現「於」字為動詞等，突破許多新的語法觀。
1978	由鄭州大學等十一所高等學校發起的，「現代漢語」教材協作會議，共開兩次關於教學語法體系問題的會議。	• 總結「現代漢語」課的經驗教訓、製定教材編寫計劃、《暫擬漢語教學語法系統簡述》討論教學語法體系問題。
1979	呂叔湘《漢語語法分析問題》對漢語語法存在問題做一番檢討。	• 客觀提出漢語語法中有爭議問題，並提出解決意見和設想。
1980年代	八十年代初期漢語語法學界關於析句方法的討論使大家明確了「層次性是語言的本質屬性之一」。並在語法教學中嘗試了在結構層次分析的基礎上或輔以語義特徵分析，或簡化切分層次，或兼顧成分關係等多方面的探索，使語法分析從單線分析走向層次分析，進而走向立體分析。	• 促使語法個案描寫進一步精細化。 • 在靜態分析基礎上輔以大量的用法分析。使外國學生準確合理地使用漢語。 • 揭示漢語與學習者母語的異同。
1990年代	學者們試圖通過研究動詞的不同語義角色跟句法成分的配位關係，說明這些語義成分在句法位置上共現或製約的條件。代表論著是沈陽《現代漢語空語類研究》（1994）和袁毓林《漢	• 動詞語義支配能力的研究 • 建立了一個反映基本配位關係的抽象句法結構形式『句位』，用空語類的概念辨析各種異常配位現象。

時代	語法紀事	發展重點
	語動詞的配價研究》（1998）。	• 為配位關係本身分出四個層級，給出了從基礎句到派生句的推導過程。
2000至今	2000年10月9日至11日，第十一次「現代漢語語法學術討論會」在安徽蕪湖安徽師範大學舉行。本次會議由中國社會科學院語言研究所現代漢語研究室和《中國語文》雜誌社、商務印書館、北京語言文化大學對外漢語研究中心、安徽師範大學文學院聯合主辦。來自全國各研究機構和高等院校的五十餘位學者和數十名研究生參加了討論會。有四十三位學者在會上宣讀了論文，並由中國語文雜誌社選編成《語法研究和探索》第十一輯由商務印書館出版。2002年，開第十二次會議。	• 語言類型學的研究視角是語言所句法語義學科各個研究方向普遍採用的基本理論出發點。 • 劉丹青結合漢語方言及少數民族語言的類型學語法探討引人矚目。其專著：《語序類型學和漢語介詞理論》（商務印書館，2002年）是國內從類型學角度探討漢語語法現象的唯一系統論著。

經由以上簡易的語法簡史，我們得知。說話與寫字雖是正常人輕而易舉的行為，但其所包含的語法學，卻並非光靠想像即可獲得。它是經由眾多學者不斷的研討、改進與努力，才能獲有現今的成果。

六　漢語語法特性

漢語語法的特性有些什麼？參考高明凱在《漢語語法論》中所述，筆者歸納如下：

（一）漢語為孤立語：語言學家都以為中國語的特性是在於每一個語詞都是獨立的，中國語並沒有屈折去表達語法上的變化，也沒有黏著的附加成分去表達語法的功能。

（二）漢語為不屈折：古代中國語中縱使有用清濁或吐氣不吐氣去分別語詞，那也只是就語詞的意義方面來分別的，而不是一種語法的屈折。

但並不是認為中國語絕對沒有屈折的情形，只是極有限。大體來說，中國語是不屈折的。

（三）漢語為不黏著：中國語有一些前加成分（例如：「我在寫字」、「我在看書」……的「在」字）和後加成分（例如：「科學家」、「政治家」……的「家」字），但都不是純粹的。我們只能叫他做準附成分。因此，我們也不能說中國語是黏著語，雖然他有一部分黏著成分。

（四）漢語之具體性：中國語往往是把一切的事素具體的排布出來，讓人去看出其中的關係。中國語是表象主義（中國人的說話是要把整個具體所要描寫事體表象出來）的，是原子主義（把許多事物一件一件的單獨排列出來，不用抽象的關係觀念，而用原子的安排讓人看出其中所生的關係）的。結果中國語言在表現具體的事實方面是非常活潑的。

漢語絕對是一種有自己語法規則的語言，不能以它為孤立語，就視其為無機、無法的語言。正因為漢語自古即有自身之語法規則，故古今語法一脈相承，變化不大。

七　漢語語法單位

葛本儀主編的《語言學概論》認為：「語法是各種音義結合體的結構規律，它的單位就是按語法規律進行組合的語言中的各種音義結合體。」所以，其將語法單位分為詞素、詞、詞組、句子四級。而劉蘭英、孫全洲主編的《語法與修辭》則將語法的單位劃分成語素、詞、詞組、句子、句組五級。究竟語法的單位應如何劃分才清楚，在此先分析、瞭解詞意再探討語法單位的劃分問題：

（一）語素＝詞素

劉蘭英與孫全洲主編的《語法與修辭》一書，將語素定義為：「語素是最小的語音和語義的結合體，是最小的語法單位。所有的詞都由語素構成的。」

而錢乃榮主編的《現代漢語概論》中也指出：「語素是語音、語相結合的最小語法單位。在語法備用單位元中，語素是基本單位。」

另外，郭銳在《漢語語法單位及其相互關係》中也指出：「中國最早提出語素組概念的是史有為（1983）和吳葆棠（1982）。其後董任（1987）、李作南（1987）高更生（1990）、周殿龍（1992）、劉丹青（1995）也討論了語素組。提出語素組主要是出於語法單位完備性的考慮。有一些話語片段既不是詞，也不是一個語素，如「機關槍」中的「機關」、「日光燈」中的「日光」，因此必須增加語素組這個單位來標示這些片段語素。」

葛本儀則認為：「詞素是語言中最小的音義結合體，是可以獨立運用的詞的結構單位。……例如漢語中「人民」一詞，由「人」和「民」兩個詞素組成……詞素是最小一級語法單位，它的語法作用在於用來構詞，表示詞彙意義或語法意義。……」

《中國教育報》中，對詞素下其定義，認為：「語言中最小的不可再分割的意義單位是詞素。詞素是抽象的，它是通過詞素形式morph表現出來的。詞素還具有變體形式，在語言學中稱為詞素變體allomorph。有的詞素可單獨作為詞使用，而有的只能依附其他詞素才可使用，前者稱為自由詞素（free morpheme），後者稱為附詞素（bound morpheme）。一般來說，自由詞素表現意義，黏附詞素只表現附加意義或語法上的詞類特徵。[11]

由各家對語素或詞素所下的定義可知，語素即等於詞素，其名稱不同，意義一致。它是我們行文說話最小的語法單位，每一句話或每一詞語必包含數個語素在內。例如：「朋友」就是由「朋」和「友」這兩個語素所構成。

（二）詞

在此搜集了劉蘭英與孫全洲、董長志[12]、徐芹庭、及葛本儀各家對詞的定義如下：

---

[11] 《中國教育報》2002年8月5日第1版。
[12] 董長志：《實用國語文法》（學生出版社，1927年4月再版），頁1。

編者	書名	定義
董長志	《實用國語文法》（1972）	語言是我們表達思想的工具，我們說一句話，自然要表達一個思想，在這表達思想的一句話之中，又可以把它來分析開，成為若干部分，每個部分在我們心中能成為一個印象，我們把它叫作觀念，這觀念表示出來，叫作「語詞」，簡稱為「詞」。
徐芹庭	《高級國文法》（1979）	凡一字，或數字，能代表一完整之意義與觀念者，謂之詞。
劉蘭英孫全洲	《語法與修辭》（1990）	詞是由語素構成的，它是最小的能夠自由運用的語言單位。
葛本儀	《語言學概論》（2002）	詞是音義結合、能夠獨立運用的最小的造句單位。……語法作用在於構成詞組和句子……。

詞是最小的能自由運用的語法單位，其標準有二，其一是看語法單位能不能自由運用。語素雖是語法單位，但不能自由運用，只是備用，一經使用，就成為詞或構詞的附件。而詞能自由運用，是說詞可以不依靠其他語言成份幫助，單獨及組成短語。而其二是要看是不是最小的，所謂最小的就是能不能再切分，有的詞看起來是能切合的，但切分後意義改變。所以詞可作為一個能自由運用，且是最小而不能再切分的語法單位。

（三）詞組

在此搜集了黃六平、許菱祥、劉蘭英與孫全洲、葛本儀、葉蜚聲與徐通鏘各家對詞組的定義如下：

編者	書名	定義
許菱祥	《中文文法》（1965）	短語亦稱片語、肋語、擴詞等；簡稱語。是兩個以上的詞連在一起，或當作一個詞用，或構成一個複合的意思。
劉蘭英孫全洲	《語法與修辭》（1990）	詞組是由兩個或兩個以上的詞結合而成的比詞大的語法單位。
葉蜚聲徐通鏘	《語言學綱要》（1993）	詞組是詞的組合，它是句子裏面作用相當於詞而本身又是由詞組成的大於詞的單位。

編者	書名	定義
黃六平	《漢語文言語法綱要》（1993）	短語又稱為「詞組」，它是由兩個或以上的詞組合而成的，且未能成為句子的一種結構。
葛本儀	《語言學概論》（2002）	詞組是詞與詞構成的組合，也有人叫做「短語」。例如「我們／學校」、「學習／語法」……。

　　另外《中國教育報》也說明：「詞組（phrase）是按一定語法規則，圍繞一定中心詞結合起來的一組詞，中心詞所屬的詞類決定詞組的類別及其組合方式。」（《中國教育報》2002年8月5日，第1版）

　　一個句子內的詞組必須屬於句子當中的一分段，跨段的詞不能組成詞組。我們說一句話，因為臨時表達的需要而做出組合，故必然是在一段落內組合完成的。

（四）句子

　　在此搜集了趙元任、許世瑛、劉蘭英與孫全洲、葛本儀、董長志、徐芹庭、許菱祥各家對句子的定義說明如下：

編者	書名	定義
許菱祥	《中文文法》（1965）	句也叫句子，從語言進步的次序研究，句是由簡單漸漸變成複雜的。……最簡單的完全句子，要有主語（用人、事、物作句中主體），和述語（說明主語之動作、性狀、變化等）；沒有這兩部份，……不能稱為完全句子……。
董長志	《實用國語文法》（1972）	結合兩個或兩個以上的詞，能夠表示我們一個思想的，便叫作「句子」。
許世瑛	《中國文法講話》（1976）	句子是通常獨立的表現單位，因為我們說話是一句一句說的！
徐芹庭	《高級國文法》（1979）	凡二字以上，至少含有主詞與述詞，能表現一完整之意義，而能獨立表現者，謂之句。

編者	書名	定義
趙元任	《國語語法》（1981）	句子是最大的語法分析上重要的語言單位。一個句子是兩頭被停頓限定的一截話語。這種停頓應理解為說話的人有意作出來的。
劉蘭英孫全洲	《語法與修辭》（1990）	句子是由詞和詞組按照一定的規則組成的能夠表達一個相對完整意思的語言單位。
葛本儀	《語言學概論》（2002）	句子是表達一個相對完整的意義，並具有一定語音特徵的基本交際單位。句子是語言交際的最小單位，日常的語言交際都是一句話一句話進行的。

語言中最大的語意單位是句子。在中文的句子中，字義是靠它在句子中的字序來決定的。例如：「他好說話。」「他說好話」作句子，作子句。句子的組織靠每一種詞類本身在句子中的功用。最基本與常看到的中文句子組織的形式是：主語（Subject）－謂語（Predicate）（或：主語－動詞－賓語）。

（五）句組

劉蘭英與孫全洲主編的《語法與修辭》定義句組為：「句組又叫句群或語段，是由兩個或兩個以上前後銜接連貫的一組句子組成，圍成著一個明晰的中心意思進行表述。句組是比句子大一級的語法單位。有以下幾個特點：第一，句組是由兩個或兩個以上的一組句子緊密結合而成的一個比句子大一級的語法單位。……第二，組成句組的幾個句子在意義上必須銜接連貫，有密切聯繫；在組合形式上要依靠一定的關聯手段表示句與句之間的各種關係。……第三，句組的各個句子是一個有機的整體。各句之間密切相關，緊緊圍繞著一個明晰的中心意思，或中心話題展開。……第四，句組是由兩個或兩個以上各具完整語調，各自相對獨立的句子組成。……」

錢乃榮主編的《現代漢語概論》亦有複句、句群之說。「兩個或兩個以上在意義上密切相關的單句形式構成語法單位，稱為複句。」複句即在有時說話時，無法只單用一句話將心中所欲明確表達而出，必須用兩句或兩句以上句子，叫做複句。另外，錢乃榮認為句群是最大的語法單位。「它是由兩個或兩個以上的句子（單句或複句）組成。一個句群在意義上必須具有獨立性和完整性。句群由一個相對的意義中心統攝，句子的安排、句群的構架，都受這個意

義中心的攝製。」可見錢乃榮是將句群視為語法最大單位。也就是將心中明確所要表達的意思，用數句話結合起來，組成獨立的表達概念。

　　無論是將語法單位分成詞素、詞、詞組、句子，或者再加入句組，個人認為與語法的基本性質和規則並無衝突。先以「語素」和「詞素」之分別來說，其解釋都為「最小的音義結合體」。可見，意義一致，只是名稱不同罷了。其次「句子」與「句組」，誰才是真正最大的語法單位，各家說法並不一致。以郭銳在《漢語語法單位及其相互關係》中指出：「句子是最大的語法單位、最小的表達單位。句子相互組合，構成句組（句群）。句組只是表達單位，不是語法單位。句子和句組可形成段落，段落可組合成段組，段落和段組形成篇章。段落、段組、篇章都是表達單位。」其提出，句子才是最大語法單位，而大於句子的段落、段組、篇章都只能算是表達單位。可是劉蘭英與孫全洲主編的《語法與修辭》及錢乃榮主編的《現代漢語概論》則認為句組是比句子大的語法單位。可見語法在此觀點上，各家有不同的分歧意見。筆者則支持將句組也視為語法單位之說，主要是句組的連接，亦是一門學問，需有語法的規範，才會使說、寫意義得到確實的連貫，也才能修飾我們說話與行文更加順暢流利。

八　結論

　　如前言所說，語言是人們彼此表達、溝通的工具。當人們使用它時，就必須使用共同承認和瞭解的方式。這方式最初是約定俗成，之後經由時間不斷的累積與沿襲，最後變成不成文規定與認同的語法。

　　我們自小熟悉的漢語，原來也有其複雜、深奧的語法存在。只因我們出世即耳濡目染、潛移默化於漢語浩翰氛圍中，漢語語法早已不知不覺深根蒂固；也讓我確信，語法的存在是必須的。尤其在現今地球村的時代，我們需要透過語法，使新學習者在使用語言時可以有法可循，不至無所依歸。因此，語法絕對需要我們持續的關心與研究。

　　最後，雖然漢語語法，早在二千多年前的春秋戰國時代即有相關研究；但至今漢語語法仍是個不斷發展、成長的學科，需要我們持續的重視與努力！

　　　　──張雅文：臺北市立大學中國語文學系碩士，臺北市民族國小
　　　　　　教師

自選文錄

記報考博班歷程

葉 鍵 得

楔子

我從民國七十二年在銘傳商專擔任教職（民國72-76年）以來，歷經政戰學校（民國76-82年）及本校（民國82年迄今），一晃間，已邁入第三十一個年頭，思及時光荏苒，歲月匆匆，不禁感慨係之！最近在一次上課時，話題突然提到我報考博士班的經驗，由於應試機會難得，受人幫忙，刻骨銘心，不勝感念之至！適逢《學燈》正在邀稿，希望系上師長們投稿，而且徵稿項目也有「求學過程」一項，於是我就將這篇拙文投稿了。

愉悅的軍旅生活

話說民國六十八年我念完中國文化大學碩士班，畢業去服預官役，先是在訓練中心成功嶺受訓三個月，再到國防行政管理學校（位於故宮博物院附近，已併入國防管理學院），接受分科訓練，在那兒了念三個月的書，最後抽籤分發到聯勤軍種的最基層單位——財勤隊，配屬在陸軍一個師的師部，役地在高雄九曲堂。

碩士班兩年，我們有部分課程與師大研究生合上，需至景美師大分部上課，通勤時，常遇到正在念博士班的龔顯宗學長，因而熟識，後來才知道他在臺南師範學院語教系執教，並兼任系主任。也許他對我印象還不錯，問我退伍後的出路，由於還在服役，一時沒頭緒，我並沒具體回應，倒是他跟我說：「我介紹你去臺南善化高中教書好了！」「好啊！」我說。就這樣，如同吃了

定心丸一樣，有恃無恐，安心在部隊服役。

　　說起我們財勤隊，主要任務是發放官兵薪餉及儲蓄，被匿稱為「財神爺」，編制及任務很像一般的郵局，我是唯一的行政官。我自己戲稱是「褓姆」，舉凡本單位的薪餉、裝備、營房油漆、晚間宵夜等等大小事，一手包辦，倒不是凡事須躬親，而是我們有三個大專兵，部分事務只要督導他們去做就可以了。不過，有時我也需陪財務官到銀行領款或到各縣市所轄單位發放薪餉。部隊的事有些事務是例行公事，所以我自己製作了一個「月份行事曆」，該做什麼事？該呈報什麼表格，按表操課，有條不紊，加上同袍相處愉快，也因此軍旅生活堪稱平淡而愉悅。

長官親人鼓勵報考博班

　　在財勤隊服役中，我先後遇到張、董兩位隊長，兩位都十分盡職，不過後者長相斯文，身為軍人卻有股書卷味，常鼓勵同袍公務之餘，要多讀書，並常以我為例，要他們學習我，多讀點書以增加內涵。

　　在我念大學部、碩士班期間，姐夫陳峻昇先生雖然是位商人，卻很重視讀書。在我碩士班畢業後，他鼓勵我繼續升學，報考博士班。我衡量家境狀況，念到碩士班畢業，余願已足，豈敢奢想念博士班。姐夫先後提了好幾次，都被我婉拒。

　　有次我休假回嘉義老家，姐夫又再次要我報考博士班，我還是說不要，大概拗不過我多次婉拒，姐夫脫口說出：「你就考考看，考上不讀也可以呀！」「喔！考上不讀也可以。」這時，我似乎內心也有點鬆動了。

　　另一方面，部隊的日子，安然平靜，一天天過。有一天隊長突然問我：「葉少尉，如果你去報考博士班，大概有幾成把握？」

　　「大概有六、七成吧！」我未加思索就回答。

　　「喔！如果是這樣，你把工作交給你的徒弟（部隊裡對即將來接任的人的稱呼），從明天起開始準備考博士班考試。」隊長面帶笑容，興奮的說。

　　在姐夫一句「考上不讀也可以」的念頭下，我決定試試看。我先向我的碩

士論文指導教授陳新雄先生報告，先生說可以試試，並囑咐說：「博士班考試只有口試，口試要得高分，就要應對如流，要應對如流，就要充分準備。」於是，匆匆忙忙報名師大國文研究所及中國文化大學中文研究所兩所博士班。其實，師大我已經沒時間準備，但心想不妨應考，獲取臨場經驗。我擬了一個博士論文研究計畫——「鄭夾漈學術研究」，接下來就是準備，也就是讀書。可是問題來了，在部隊，尤其在南部，到哪裡找書呢？我拜託在臺北的廖宏昌學弟（廖君數年前於中山大學中文系主任任上仙逝），從臺北郵寄書籍及論文給我，我把工作交給徒弟，整日讀書。由於時間不夠，所以部分採抄書方法，也就是將內容重點抄錄下來，後來集結成冊，竟然厚厚兩大本。

到師大應考，主考官是臺靜農先生，我排在最後一位，臺先生問我：「你要研究鄭樵的甚麼？」我說：「《通志》裡有『二十略』，我要針對它們來研究。」先生又問：「你準備幾年完成？」我說：「五年。」言畢，聽到幾位委員的笑聲。口試時間很短，當然我沒被錄取。後來知道，我擬訂的題目，範圍太大了。

難得的應試機會

文化大學考試時間較為充裕，我仍努力準備著。隊上同仁，默許我的準備，還說：「阿德仔（我在部隊的綽號），要考上，如果沒考上，要打屁股喔！」這是同袍關心兼開玩笑的話語。不久，傳來一個訊息，配屬的這個師，要移防到金門去，而文化大學考期正好就在移防的次日，我無法上臺北應試。隊長跟我說：「你在工作上這麼盡職，你辦事，我放心，雖然你只是預官，我也要考慮你退伍後的前途，你先別急，我來想辦法。」我說：「謝謝隊長，不用了，我本來就不準備報考。」他說要上臺北向直屬長官報告，幫我請假。

後來，隊長果真上臺北向直屬長官報告，說我如何如何優秀，結果，長官一句：「移防如同作戰，任何人不得請假。」不准請假。隊長回來告訴我，我再次謝謝他，並說不用麻煩隊長了。後來，隊長向配屬師部長官幫我請假，依舊不獲准許。我再次表示感謝，一再敦請隊長不用麻煩。隊長說：「不慌，我

再想辦法。」

　　隔了幾天，隊長跟我說：「葉少尉，你可以去臺北考試了。」「上面准了？」我疑惑問著。「沒有，隊長拎著腦袋，准你的假去考試。你穿軍服出去，考完試馬上回來。不能出錯，否則我軍中前途會有影響。」隊長安排我當留守軍官，任務是與友軍交接營舍等事務。

　　移防當天，隊上同袍，除了我之外，全部搭船前往金門去了。次日，我上臺北，到陽明山文化大學應試。記得那是下午時分，到了考場，原來還充滿信心的我，看到其他考生個個信心滿滿的樣子，著實讓我有點慌。輪到我口試，調整心情，進入考場。委員之一的潘重規教授問我許多碩士論文《通志七音略研究》相關的問題，我都能一一回答，潘先生突然問道：「你說說看，宋朝人對經書的態度為何？」還好，我以前在圖書館看書，曾在《大陸雜誌》上看過一篇題目就叫〈宋朝人對經書的態度〉的文章，加上自己的理解，我敘述宋代學術潮流，並將重點說出：「宋朝流行理學，談心、談性、談命，並不重視經學。……」我自忖幸好還可以回答，否則就無望了。考完試，我依照隊長囑咐，立刻返回九曲堂營地，當搭客運回到駐地時，突然天空下起大豪雨，從營門到師部百公尺道路兩旁的凹地，平常空空的，一下子雨水就暴漲起來，軍人不能打傘，我全身濕淋淋，跑去師部向留守指揮官報告：「報告指揮官，我去臺北考試回來了。」他看我全身濕淋淋的模樣，好是感動，說：「好！好！你趕快回營房換衣服。」從此，我便得到這位配屬部隊長官的信任。當我與友軍辦理交接業務，完成所有工作，離留守人員前往金門還有幾天時間，有位配屬部隊預官友人主動幫我向留守軍指揮官請休假，竟然獲得他的同意，所以我可以回嘉義老家渡假幾天。

僥倖上榜

　　休假期間，正好會遇到放榜日，我不敢告訴家父，受過日本教育的家父並不看好我的考試，他認為我與所長不熟，怎麼會錄取呢？我向家父表示，社會形形色色，是比較複雜，但是教育界還是比較單純，我對教育界有信心，就等

看看吧！

當時文大博士班放榜，會將榜單登錄在《中央日報》第一版的下半版。這天，我一大早起床，騎摩托車準備到街上買份《中央日報》，結果太早，報社還沒開門，於是騎著摩托車在街上晃了兩圈，再度折回報社，終於開門了，快步走進去，掏出五塊錢，買了一份《中央日報》，打開一看，映入眼簾，榜單裡中國文學研究所博士班第一位就是我的名字，我考上了，心裡好高興，騎著摩托車回家，雙手還會顫抖呢！「我要趕快回去告訴爸爸這個好消息！」我內心想著。當我把上榜的消息告訴家父，沒想到，家父面無表情，一點兒也沒有欣喜的樣子。我的心陷入平靜，我想家父一定是這樣想：這個小孩也真是的，已經念完碩士，當兵回來，就要找工作了，還念什麼博士班呢！

趁著短短假期，幾次與家父溝通，家父始終不表示態度，這讓我有點為難。後來我向家父說別人應試，輕而易舉，我的應試機會是長官拎著腦袋給的，而且我對中文一向有興趣，是不是讓我去就讀？終於等到家父開口，說了一句：「你自己決定吧！」幾經思考，我才做了就讀的決定。由於人在金門，不能親自前往文大報到，還勞煩住在嘉義的峻昇姐夫，上臺北幫我完成報到。

感恩的心

民國七十年八月一日我成為文大博士班研究生。由於當時政府鼓勵學生留在國內攻讀研究所，免收學費，只需繳交雜費，另一方面我利用服役儲蓄所存伍萬元以及在中華學術院當特種工讀生薪資，完成修習博士班學業，在民國七十六年十二月獲得文學博士學位。修習博士班學業期間，我沒花家裡一毛錢。

感謝姐夫、董隊長的鼓勵及幫忙；家父的諒解；同袍的愛護，大恩大德，衷心銘記。

《十韻彙編研究》研撰記事

葉 鍵 得

就讀博士班是陰錯陽差或老天厚愛

　　一九八一年八月，也就是我服兵役退伍的那年，因緣際會就讀中國文化大學中國文學研究所博士班，但這不是我原本的規劃，反倒可說是陰錯陽差，或者說是老天厚愛。怎麼說呢？衡量家境狀況，當年有機會念到碩士班畢業，已謝天謝地，那敢奢想念博士班。後來在退伍前夕，由於姐夫陳峻昇先生及服役時長官董濟民隊長不斷的鼓勵下報考博士班，報名後更在董隊長「拎著腦袋准假」的情況之下，才有應試機會，後來僥倖錄取，這叫做「陰錯陽差」。再者，我自念初中以來，喜歡國文，表現也不錯，常蒙國文老師嘉許，徜徉在浩瀚文學世界裡，備感幸福，有機會進入博士班研讀，這不是「老天厚愛」嗎！

博士論文指導教授陳新雄先生由高明所長指定

　　記得念碩士班，我兩年就畢業，除了撰寫碩士論文後端的忙碌及壓力外，我自己形容是「如魚得水」，論其原因有二：一、這是自己立下的志願；二、這是自己濃厚的興趣，就是這兩個原因讓我十分投入，也十分用功。然而到了進入博士班，卻覺得壓力很大，完全不同於碩士班的輕鬆，就舉撰寫期末報告為例，想到博士班層次較高，報告應更具水準，所以往往研撰起來，備感壓力。

　　升上博二，我一方面繼續修習學分，另一方面在碩士班主任潘重規先生的安排下在文化大學中文系兼課；又在陳光憲校長的幫忙下在德明商專兼課。日子就在忙碌中渡過，一晃間，博士班學分已修畢，資格考也順利通過。

　　才升博三，有一天，所長高明先生要當時擔任所助理的王三慶老師（曾任中國文化大學中文系系主任；國立成功大學中文系教授、系主任、院長）轉告我找一天去拜訪他。我與高所長約好日期，依約準時到木柵政大教授宿舍拜訪。才進門坐了下來，老師便開口問道：「你論文題目訂了沒？」

　　「我還在思考，老師這兒是不是有題目？」因為高老師個性開朗，親和力強，同時我與他也較熟，便直接請教高所長。

　　「學生書局出版的《十韻彙編》，裡頭有許多錯字，光校一校，份量就夠了！你去找陳新雄指導。」高老師很明確的指定題目及論文指導教授。與老師寒暄之後，我就告辭了。

　　離開高所長家，我直趨伯元師府上。我向伯元師轉達高老師的指示，他聽了，停頓了一下，說：「光校一校，不夠，還要每一本都做研究。」聽到這話，我的心著實涼了半截，心想：十種韻書，高老師說光校一校份量就夠了，伯元師說不夠，還要每一本都做研究。

　　就在這一年，我很慶幸，應徵到位於士林的銘傳商專擔任專任教職，生活可以穩定下來。

尋訪論文資料記事

　　教書之餘，我的博士論文也得展開。現在題目定好了，接下來，就是資料的尋訪，然而難題隨之而來。《十韻彙編》，顧名思義，就是由十種韻書組成，尤其大部分是敦煌韻書殘卷，我論文的重點有校勘及研究兩項：先要做校勘，再做研究。校勘需要以原卷做為依據，原卷去哪裡找呢？原卷早已被英國、法國買回去，英國典藏在大英博物館，法國則典藏在巴黎國家圖書館，我不可能看到原卷。我在尋訪《切韻》殘卷時，英國已製成微卷，並且有販售；法國則還沒有。所謂「微卷」就是用攝影機將殘卷拍攝起來，也就是類似攝影機的底片。微卷有一個缺點，毛筆書寫的筆畫，因為是攝影而成，加上時間久遠，常有污損模糊情形，造成「判字」的困難。原卷既然不可得，也只好以微卷代替了。

底下列舉幾則筆者尋訪資料的經過：

（一）周祖謨《唐五代韻書集存》

當我知道周祖謨有出版《唐五代韻書集存》一書的訊息，它是我夢寐以求的材料，據說出版時印了一千本。早先我委託朋友幫我訪購，包括到大陸、美國，結果音訊全無。後來聽說林慶勳老師有一本，我立刻前往高雄拜訪，由博士班同學盧瑩通兄（目前已自國立高雄師範大學國文系教職退休）陪同，記得當天到林老師公館已夜晚凌晨時分。原來林老師的書是影印本，管它是不是影本，先到影印店影印再說，等影印好再回到盧兄的住處，已經是翌日兩點了。回到臺北家裡，仔細檢視，才發現有些字跡模糊不清，不堪使用，原因在於影印再影印後，效果頓減。隔了一陣子，姚榮松老師說清華大學張光宇教授有一本，他借到之後，交我影印，我影印了三本，一本送給陳新雄老師，一本送給姚榮松老師，一本自用，這次影印的效果好多了。

博士班畢業後，有一年中華民國聲韻學學會在清華大學舉辦聲韻學學術研討會，會場外面設有圖書販售攤位，我赫然發現在架子上擺放《唐五代韻書集存》這一書，讓我感慨萬千，所謂「踏破鐵鞋無覓處，得來全不費工夫」，趕緊買了一本。

二〇一四年十月承曾榮汾學長贈送我一套影本，雖是影本，卻較印出版清晰許多，感恩之至！

（二）新文豐出版社《敦煌寶藏》

這本書由黃永武教授主編，裡頭收有P2011殘卷，也就是王一。我這麼想：既然新文豐有收錄，那應該有微卷才對。而且書內所錄這個卷子非常模糊，難於判讀，所以我想借微卷使用。於是打電話給新文豐出版社，表明用意，對方回答說微卷在黃教授處。於是又打電話給黃教授，黃教授回答說微卷在新文豐出版社，我心想應該是借不到了。後來黃教授轉來臺北市立師範學院語文教育系任教，筆者有幸與他共事。

（三）《唐韻》殘卷

　　蔣一安教授是收藏《唐韻》殘卷蔣斧的姪兒，出版了一本《蔣本唐韻刊謬補闕》，我猜想他一定有原卷，由於想一睹《唐韻》殘卷的原本面貌，我應該去拜訪蔣先生。當時蔣先生擔任國大代表，並在文化大學講授「國父思想」課程，我查好他的課表，前往文大大仁館「國父思想教室」，在教室門外候著，中午12：00下課鐘響了，蔣教授走出來，我趨前向他自我介紹，並說明來意，沒想到，他說：「這個原卷在我弟弟那兒，我們一起去吃飯。」我心想：這恐怕又是推託之詞，肯定借不到了。既然借不到，吃飯也沒什麼意思，所以我就告辭下山了。《唐韻》殘卷是冊子裝，《唐韻刊謬補闕》所登錄的，十分清晰，所以，後來我就依據此處資料做為校勘的原卷。

（四）《故宮本王仁煦刊謬補缺切韻》殘卷

　　《故宮本王仁煦刊謬補缺切韻》殘卷，即王二，周祖謨《唐五代韻書集存》有收錄。有一天，我前往中央研究院傅斯年圖書館（當時要進傅斯年圖書館，必須有就讀研究所所長的推薦函才能進入）查尋資料，無意間發現另一個版本的《故宮本王仁煦刊謬補缺切韻》殘卷，喜出望外，令我非常興奮。乍看之下，這兩種版本似乎無別，然而仔細檢視，發現字體不同。立刻向櫃檯提借影印，承辦小姐說按規定只能影印三分之一，我向她表示我是研撰博士論文的需要，承蒙她的同意，讓我全本影印。大恩大德，感激不盡。

（五）「國立政治大學國關中心」

　　除了上文所提圖書館外，我也前往中國文化學院圖書館、國立政治大學社會科學資料中心、國關中心、故宮博物院圖書館⋯⋯等查訪，其中最讓筆者刻骨銘心的經驗是政大國關中心。當時，大陸圖書不准進來臺灣，寄進來的圖書，通常沒收後，會被送進國關中心圖書室，我心想也許可以去看看裡面有沒有可以參考的資料。

　　一天，搭公車前往，大門駐警不讓我進去，我只好與他閒聊，套套交情，

表明寫論文找尋資料的需要。第二天再去，駐警同意讓我進去，但問題來了，要進去圖書室，需要閱覽證。我需先辦理閱讀證，承辦人是一位中年女士，好像是工友的樣子，百般阻擾，不讓我辦理，儘管我苦苦哀求，好說歹說，她就是無動於衷，耗了好久，好不容易才讓我辦理。求人之難，只差沒下跪而已，讓平時熱心腸，樂於助人的我，感慨萬千！

才走進去，有一位年輕的職員小姐，也許目睹整個過程，一再跟我說「抱歉！」我心想這位職員或許想幫忙我，卻又幫不上吧！不過我也感謝她！

刻骨銘心的「泛白」

在做校勘的時候，由於微卷文字判讀的需要，我買了一支大型的放大鏡，每個字總是來回幾次閱讀，判斷字體，斟酌筆畫。有一天上午，一個人在書房做校勘，印象中好像是那最難校的P2011卷子，正聚精會神的校勘，校著校著，突然間眼前的白紙黑字一片空白，我嚇了一大跳，心想是不是要變瞎子了。趕快把眼睛閉起來，再眨眨眼，然後睜開眼，哦！還好，看的到，真是謝天謝地啊！我曾經向摯友古國順教授說起此事，他說這叫做「泛白」。真是刻骨銘心的經驗！

感恩的心

一九八七年初我將撰寫的論文初稿送到伯元師府上，每單元用一個卷夾裝置，厚厚一大疊擺在桌上，伯元師說：「這麼多的稿件，我一下子看不完，你辦休學！」於是，我回學校辦理休學手續。

過了一個學期之後，老師來電：「鍵得，你可以復學了！」老師批閱過後，便開始進行謄寫工作，我找了幾位好友——吳炳煌、邱世明、尹景清，學生李文豪，加上自己，分配謄寫。本來我只想自印五十套，沒想到伯元師說：「多印一點，你的論文有人要。」後來自印了一百五十套，除了繳交、送親人師長、自留之外，其餘委由臺灣學生書局販售，結果很快的就售完了。我也向

國科會申請補助，獲得通過，有了這筆補助，再加上學生書局寄售所得，支付全部印刷費用剛好打平。

其實要感謝的人除了上文提到的之外，還有幫我翻譯日文的堂兄葉伯勳教授，以及所有關懷我的師長、親友、同學，都要致上十二萬分的謝忱！

我的學位論文出版記事

葉 鍵 得

　　民國七十六年我完成我的博士論文《十韻彙編研究》，原來只想印製五十套，足夠依規定交給學校及自己留存一些即可，但奉指導教授——當代聲韻學泰斗、先師陳新雄（伯元）先生指示：有人會要你的書，多印一點。於是自費印製一百五十套，分上、下兩冊，計一三七五頁，印製費壹拾多萬元。論文口試通過後，扣除交給學校、致贈他人及自留之冊數外，餘一百二十套交臺灣學生書局寄售，不意很快就售畢，但之後，學生書局卻無意願再出版。這本論文曾申請國科會補助，獲得通過，加上學生書局寄售所得款額，正好與我支付的印製費打平，感恩啊！

　　我撰寫博士論文，允稱辛苦，主要原因有三：一、研究題材份量重：所謂「十韻」，就是包括十種韻書，既需每種進行校勘，又得都做研究[1]，份量極重，備嚐壓力；二、據以校勘的微卷，取得不易：敦煌殘卷被英法等國擄奪，挾以為它們的國寶，吾人欲閱讀原卷何等困難，而所製成的微卷[2]，或者國家圖書館尚未購得，或者自個兒取得都相當不易；三則訪求資料，頗多曲折：我為尋找資料，拜訪學術機構或教授，或本位主義，或藉口推託，只得委曲求全[3]。至於

---

[1] 當時擔任所長的高明先生訓示：「學生書局出版的《十韻彙編》，裡頭錯字很多，你把它校一校，光校一校份量就很多了。」然而指導教授陳新雄先生卻訓示：「光校一校，不夠，還需每一本韻書做研究。」

[2] 所謂「微卷」，就是用攝影機將殘卷拍攝，拍攝的底片，就叫做「微卷」。當年位於南海學園的中央圖書館漢學資料中心，購有英國倫敦圖書館的微卷。借閱時，將微卷安置在微卷閱讀機上，它就像早期電視機，按鈕一按，可以向前，也可以倒退，在螢幕上閱讀，若不會操作，熱心的工讀生會幫忙。若你要影印，按鈕一按即可，當時一張是新臺幣八元，在民國六〇年代，算是很昂貴的。

[3] 例如我到一個公家機關，欲申請圖書閱覽證，起初受到警衛的刁難，不讓我進去，經過兩次溝通之後，才讓我進去，誰知進去之後，又為了辦理閱覽證，受到工友層級的人員，百般刁難，周旋至

家庭因素，如全心致力於論文，無暇顧及購屋乙事，也備受壓力[4]，堪稱「寒天飲雪水，點滴在心頭」啊！口試通過的次日，本應高興才對，當日上午沒課，我一個人在家，坐在書桌旁，腦海浮現以上種種，長期以來的壓力，頓時情緒崩潰，竟放聲大哭，然後擦乾眼淚，心情才又恢復平靜。

正因為撰寫論文的不易，付印又需花費一大筆錢，我曾意想天開地想尋求文化單位的幫忙，看看是否能獲得經費將論文出版，於是斗膽寄信給一位與文化事業有關的官員，不意，他回信要我自行尋找坊間書局接洽，讓我非常失望，自歎一名書生的無助與無奈！

民國九十八年我奉陪陳伯元先生去河南省南陽市的南陽師範學院，參加該校主辦的「陳新雄教授文字聲韻訓詁國際學術研討會」。在一場討論會上，與會的一位北京大學教授提到我的《十韻彙編研究》這本論文，表示若臺灣不再出版，我們北大願意出版，讓我感動萬分。因為考慮到與書局是否有版權問題，我回應時表示不敢應允。拖延一大段時間之後，於民國一○四年承臺灣萬卷樓圖書公司願意出版，所以我就交由萬卷樓公司出版了，我內心充滿感恩！

有時候有些事很難表達，我的碩士論文到現在才出版就是一例。民國六十八年我的碩士論文《通志七音略研究》完稿，承陳新雄先生指導。民國六○年代中文研究所的碩博士論文幾乎都是手寫影印，當時印製最多的書局應該就是臺灣學生書局及與文史哲出版社這兩家了，當你選擇要給哪家付印後，就去該家索取特製的稿紙，上面印有格子，書寫完畢後，照相製印，格子會自然消

久，才讓我辦理；又例如我想親自看看某原卷，極可能擁有的教授卻推說不在他身上；再如我要親自看看某微卷，教授與出版社互相推諉，諸如此類，令人遺憾。相反地，尋找資料中，也有溫馨的一面，例如我到中央研究院傅斯年圖書館，偶然發現裡頭藏有唐蘭仿寫的《內府藏唐寫本刊謬補缺切韻》，它與周祖謨《唐五代韻書集存》收錄的項子京跋《刊謬補缺切韻》是不同的版本，喜出望外，因此向承辦小姐申請影印，她說規定只能影印三分之一，經過我跟她說明是為了撰寫論文的需要，她同意我全本影印，感謝之至！又如我去臺北廣文書局購買《全本王仁昫刊謬補缺切韻》及姜亮夫《敦煌瀛涯韻輯》，老闆知道我是撰寫博士論文的需要，兩本都以最低價賣給我，讓我至今都非常感激。

4　民國七十六年以前，當時的房價，內湖、板橋一帶一棟公寓約新臺幣一百七十萬元左右，可貸款一百至一百二十萬元，購屋可說輕鬆自在，我的幾位學長就是這樣買房，我原以為比照學長就可以了，所以一點也不著急，因此內人幾次邀我去建地看房，我都以論文壓力推辭，沒想到人算不如天算，民國七十六、七十七年房價已經漲了第一波，我在民國七十八年購屋時已多花費八十萬元。

失，出版社則依頁數、本數多寡取費。當時坊間仍是鉛字打字，電腦是奢侈品，記得還是Apple2呢！這是後來的學生無法想像、理解的事。當年我選臺灣學生書局，印製了一百本，付了新臺幣壹萬元整。論文口試通過後，我向承辦人盧先生詢問我的論文是否可以出版？他問我有沒有開設「聲韻學」課程？我說還沒有，我還需要當兵。他說你還沒教聲韻學，我們就不出版，所以我的碩士論文就沒出版。倒是低我一屆的孔仲溫教授——東吳大學教授，因為他不需要當兵，在大學專任，教授聲韻學，所以他的碩士論文《韻鏡研究》，臺灣學生書局就幫他出版了[5]。

經過這麼多年，我考慮到《七音略》這本書，在臺灣只有高明老師的〈通志七音略研究〉、在大陸有羅常培的〈通志七音略研究〉這兩篇單篇論文，並無專書，所以讓我有將這本碩論出版的念頭[6]，但因為多年行政工作的牽累，一直不很積極。遲至民國一〇五年才又重燃念頭，於是與萬卷樓圖書公司接洽，獲得同意。這就是拙著《通志七音略研究》於民國一〇七年出版的緣起與過程，感謝萬卷樓的付印。

萬卷樓圖書股份有限公司，是由一群中文學者所組成的公司，致力於學術好書的出版，在學術界、出版界占有舉足輕重的地位，目前積極推廣海外市場，為學術的開發與推展做出了極大的貢獻。我的碩、博士論文均承萬卷樓圖書公司出版，謹致十二萬分之謝忱！並請大家多予指教！

---

[5] 孔教授撰寫論文時，曾向我索求論文參考。為什麼要提到《韻鏡研究》呢？因為這兩本都是屬於較早期的韻圖，有學者認為《韻鏡》為最早，也有學者認為《七音略》為最早。

[6] 出書除了正式出版，可以永久保存之外，還有一個重要的理由，就是如果有人要引用你的論文會比較方便。

葉鍵得教授簡介

葉鍵得，字碧盧。嘉義縣人，民國四十三年（1954）生。

一　學歷

嘉義縣中埔鄉中山國民小學

嘉義縣中埔初級中學（現已改為中埔國民中學）

省立後壁高級中學（現已改為國立後壁高級中學）

中國文化大學中文系文學士

中國文化大學中文研究所文學碩士、文學博士

二　經歷

曾專任教職學校：

銘傳商專、政戰學校中文系、臺北市立師範學院語文教育學系、臺北市立教育大學中國語文學系、臺北市立大學中國語文學系。

曾兼任教職學校：

德明商專、中國文化大學、淡江大學、國立臺北教育大學、東吳大學、輔仁大學進修部、中央警察大學、國立空中大學。

曾兼任學校行政工作：

臺北市立師範學院國語文教學及研究中心組長、主任；臺北市立大學中國

語文學系系主任、華語文教學碩士學位學程主任、人文藝術學院院長。

曾參與社會服務工作:

臺北市教育局鄉土語言輔導團指導教授;

教育部國語文輔導諮詢團隊北區委員、副召集人;

中華民國聲韻學學會秘書長、理事、理事長;

世界華語文教育學會理事、常務監事;

中華文化教育學會副理事長、榮譽副理事長;

中國語文月刊社編輯委員;

參與教育部《重編國語詞典》、《異體字典》、《成語典》審查工作;

參與中華文化總會「中華知識庫」《兩岸常用詞典》審訂委員。

擔任教育部國語推行委員會「常用國字標準字體筆順學習網」審查委員、「注音符號」審音委員;

多次擔任臺北市中小學校務評鑑委員;

擔任教育部國民教育署一〇二年度「師鐸獎」評審委員;

擔任臺北市教育局一〇二年國民小學專業社群訪視委員;

多次擔任GreaTeach－KDP全國創意教學KDP國際認證獎國文科審查委員暨評審委員、召集人;

擔任臺北市一〇〇、一〇一學年度學校課程計畫觀摩暨審閱委員〈第六群組〉;

擔任臺北市一〇二學年度學校課程計畫觀摩暨審閱委員〈第四群組〉;

擔任國家教育研究院國語辭典諮詢委員(102年5月28日至104年1月31日);

擔任縣市語文、全國語文競賽評審委員;

國家考試命題、閱卷委員;

教育部華語文認證考試閱卷委員……等。

曾獲榮譽:

教育部「語文獎章」,編號62號。

九十九年七月三十一日獲教育部頒發「胸懷萬卷　作育功高」獎牌乙座，由吳清基部長親自頒發。

現任教職：

臺北市立大學中國語文學系專任教授。

目前參與社會服務工作：

中華民國聲韻學學會監事、中華文化教育學會副理事長、中國語文學會理事、《中國語文》月刊主編、《國文天地雜誌》編輯顧問、輔仁大學《輔仁中文學報》編輯委員會委員。擔任高中國文、中華文化基本教材副主編（中華文化教育學會、福建師範大學文學院及兩岸文化發展中心協作成果）。

三　近年講授課程

語言學概論、聲韻學、文字學、訓詁學、漢語研究、國音及說話、語言風格學專題研究、中國文字綜合研究、聲韻學專題研究、漢語語言學研究、漢語語言學史專題研究等課程。

葉鍵得教授著作

專書

1　《語文論集》　臺北市　中國語文月刊社　一〇八年十月。

2　《通志七音略研究》　臺北市　萬卷樓圖書公司　一〇七年十月。

3　《十韻彙編研究》　臺北市　萬卷樓圖書公司　一〇四年十一月。

4　《華語文標音符號與發音教學》　臺北市　美安華文化公司　九十七年十二月（多人合著）。

5　《教師甄試百分百》　臺北市　洪葉出版社　九十四年四月（多人合著）。

6　《古漢語字義反訓探微》　臺北市　臺灣學生書局　九十二年五月。

7　《〈文昌帝君陰騭文〉譯注》　臺北市　宸暘公司　九十一年七月。

單篇論文

1　〈《七音略》與《韻鏡》之比較〉　《復興崗學報》第四十三期　一九九〇年。

2　〈論《故宮本王仁昫刊謬補缺切韻》一書拼湊的真象〉　《第二屆國際第十屆全國聲韻學學術研討會論文集》　一九九二年五月。

3　〈《內府藏唐寫本刊謬補缺切韻》一書特色及其在音韻學上的價值〉　第十一屆全國聲韻學學術研討會宣讀論文　一九九三年四月。

4　〈論郭璞的反訓觀念及其舉例——兼論反訓是否存在〉　《慶祝陳伯元先生六秩壽慶論文集》　臺北市　文史哲出版社　一九九四年三月。

5　〈徐世榮《古漢語反訓集釋》述評〉　《北市師院語文學刊》第二期　一九九五年六月。

6 〈論詞義變遷的分類與原因〉　《北市師院語文學刊》第三期　一九九六年六月。

7 〈陳澧系聯《廣韻》切語上下字條例析論〉　《臺北市　市立師院學報》第二十八期　一九九七年六月。

8 〈常用標準國字書寫原則─師院生板書能力抽測參考資料〉　《國教月刊》第四十四卷第一、二期　一九九七年九月。

9 〈談詩詞吟唱競賽的準備與吟唱技巧〉　《校內詩詞吟唱競賽專論及參考資料》　臺北市　市立師院國語文教學及研究中心　一九九八年一月。

10 〈詞義變遷例釋〉　臺北市　《臺北市立師院學報》第二十九期　一九九八年五月。

11 〈談朗讀的技巧〉　《國教新知》第四十五卷第三、四期　臺北市　臺北市立師院實習輔導處　一九九九年三月。

12 〈巴黎所藏P2901敦煌卷子反切問題再探〉　臺北市《臺北市立師範學報》第三十期　一九九九年三月。

13 〈關於「切韻序」的幾個問題〉　《應用語文學報》創刊號　一九九九年六月。

14 〈如何填等韻圖〉　《應用語文學報》第二號　二〇〇〇年六月。

15 〈論反訓之名稱與界說〉　《紀念陳伯元教授榮譽退休學術研討會論文集》臺北市　洪葉出版社　二〇〇〇年七月。

16 〈聲韻學在語文教學上的運用〉　《語言文學之應用在國際學術研討會論文集》　臺北市　市立師院應用語言文學研究所　二〇〇一年十月。

17 〈如何準備國語文競賽〉　《九十年度校內國語文競賽專輯》　臺北市　臺北市立師院國語文中心　二〇〇〇年十一月。

18 〈正中版《國音學》述評與國音教學經驗〉　《北市師院語文學刊》第五期　二〇〇一年六月。

19 〈顧炎武離析「唐韻」以求古音分合析論〉　《應用語文學報》第三號　二〇〇一年六月。

20 〈論形訓〉　《北市師院語文學刊》第六期　二〇〇二年六月。

21 〈由黃季剛先生從音以求本字論通假字〉 《應用語文學報》第四號 二〇〇二年六月。

22 〈詞義引申類型析論〉 《北市師院語文學刊》第七期 二〇〇三年六月。

23 〈上古「韻部」析論〉 《應用語文學報》第五號 二〇〇三年六月。

24 〈段玉裁「反訓」觀念析論〉 《慶祝陳伯元教授七秩華誕壽慶論文集》 臺北市 洪葉出版社 二〇〇四年二月。

25 〈上古聲紐研究的教學設計與相關問題討論〉 《北市師院語文學刊》第八期 二〇〇四年六月。

26 〈陳澧系聯《廣韻》切語上下字條例的教學設計與問題討論〉 《應用語文學報》第六號 二〇〇四年六月。

27 〈如何提升字音字形能力〉 《語文之鑰——提升語文能力的途徑與方法》 臺北市 臺北市立教育大學輔導中心・進修暨推廣部 二〇〇四年九月 頁127～142。

28 〈國語文科目的準備〉 《教師甄試百分百》 臺北市 洪葉出版社 二〇〇五年四月 頁62～76。

29 〈孔廣森古韻分部述評〉 《北市師院語文學刊》第九期 二〇〇五年六月。

30 〈關於聲韻學的幾個問題〉 《應用語文學報》第七號 二〇〇五年六月。

31 〈敦煌韻書校勘心得舉隅〉 《多元語言、文學與思想國際學術研討會論文集》 臺北市 臺北市立教育大學 二〇〇五年十一月十八、十九日。

32 〈《切韻序》「支脂魚虞 共為不／一韻」再探〉 《潘重規教授百年誕辰學術研討會論文集》 臺北市 國立臺灣師範大學 二〇〇六年三月。

33 〈論聲韻與文字的關係〉 《北市師院語文學刊》第十期 二〇〇六年六月。

34 〈《經史正音切韻指南》「門法玉鑰匙」析論〉 《應用語文學報》第八號 二〇〇六年六月。

35 〈聲韻學含「轉」字術語考〉 《語言與思想學術研討會論文集》 臺北市 臺北市立教育大學 二〇〇七年十月。

36 〈以語言風格學賞析杜甫〈詠懷古跡五首〉——兼談撰寫語言風格學論文的步驟及相關問題討論〉　《儒學研究論叢》第四輯　二〇一一年十二月。

37 〈陳伯元先生《廣韻》學之成就與貢獻〉　《南陽師範學院學報》二〇一一年第一期　二〇一一年。

38 〈為國語朗讀比賽進一言〉　《國教新知》第五十九卷第四期　二〇一二年十二月。

39 〈《國語一字多音審訂表》與語文教學綜合研究〉　《北市大語文學報》第九期　二〇一二年十二月。

40 〈先師林景伊先生「莫為之先　人莫之知；莫為之後　人莫之傳」淺釋〉　《國文天地》第二十八卷第九期　二〇一三年二月。

41 〈曲莫《父母規》述評〉　《北市大語文學報》第十一期　二〇一三年十二月。

42 〈許慎假借舉「令、長」為例的一種想法〉　《國教新知》第六十一卷第一期　二〇一四年三月。

43 〈談「牙」字與「牙音」〉　《書韻》第二十二期　二〇一四年八月。

44 〈章太炎先生「轉注」說及其在閱讀古籍上的運用〉　「儒學與語文學術研討會」宣讀論文　臺北市　臺北市立大學　二〇一四年十月。

45 〈說「男」、「女」〉　《國文天地》第三十卷第六期　二〇一四年十一月。

46 〈古音與通假字〉　《陳伯元教授八秩誕辰紀念論文集》　臺北市　萬卷樓圖書公司　二〇一五年三月。

47 〈也談廢文〉　《國教新知》第六十三卷第一期　二〇一七年六月。

48 〈賣耳光的故事〉　《中國語文》第七一八期　二〇一七年四月。

49 〈談一個應景話題——「自自冉冉幸福身　歡歡喜喜過新春」〉　《國教新知》六十四卷第二期　二〇一七年六月。

50 〈介紹教育部五本電子詞典〉　《北市大語文學報》特稿　二〇一七年六月。

51 〈「解鈴還須／是繫鈴人」試析〉　《中國語文》第七一九期　二〇一七年五月。

52 〈校園圖騰故事——孔子問禮於老子〉　《臺北市立大學校訊》第一六二期第三版　二〇一七年六月。

53 〈我的教學話語〉　臺北市立大學〈人文藝術學院電子報〉第二十二期　二〇一七年六月。

54 〈有效又有趣的揮別錯別字〉　陳正治教授《揮別錯別字》推薦序　臺北市國語日報社　二〇一七年六月。

55 〈景伊先生授課二三事〉　《中國語文》第七二四期　二〇一七年十月。

56 〈「比喻」在聲韻學教學上的運用〉　《北市大語文學報》第十六期　二〇一七年六月。

57 〈國音教學經驗〉　《中國語文》第七三三期　二〇一八年七月。

58 〈建議將正體字申請聯合國教科文組織非物質文化遺產〉　《中國語文》第七三四期　二〇一八年八月。

59 〈談「豐」與「豊」〉　《中國語文》第七三八期　二〇一八年十二月。

60 〈觀課芻議〉　《中國語文》第七四六期　二〇一九年八月。

61 〈聶隱娘概述〉　《中國語文》第七四六期　二〇一九年八月。

62 〈談語文教學的工具〉　《中國語文》第七四七期　二〇一九年九月。

葉鍵得教授指導研究生論文目錄

	姓名	論文題目	學位	口考通過	備註
1	徐長安	閱讀理論應用於蘇軾文學作品之研究	博士	1060114	與孫劍秋教授共同指導
2	蕭一凡	書家「書-道」錄——以新雜家視域為研究	博士	1070614	與高震峰教授共同指導
3	陳燕玲	紀弦及其詩學研究	博士	1080618	
4	葉淑宜	從語言風格學賞析三國演義中所引的詩詞——以有題目的作品為範疇	碩士	920614	
5	金朱慶	廣雅研究	碩士	920614	
6	張嘉玲	杜牧七言律詩語言風格研究——以音韻和詞彙為範圍	碩士	930110	
7	張雅文	臺灣現代民歌研究——以1975～1985年為例	碩士	931202	
8	杜珮宜	臺灣當代漢語外來詞研究	碩士	941222	
9	徐敏綺	陳子昂〈感遇詩〉語言風格研究	碩士	941222	
10	林雅惠	王昌齡七言絕句語言風格研究——以音韻和詞彙為範圍	碩士	950103	
11	邱盛煌	《增廣賢文》研究	碩士	950105	
12	王素嬌	《莊子》通假字研究	碩士	950623	
13	莊美琪	《釋名》研究	碩士	960629	
14	林正芬	孟浩然五言古詩語言風格研究——以音韻和詞彙為範圍	碩士	970104	

	姓名	論文題目	學位	口考通過	備註
15	陳應祥	楊喚詩語言風格研究	碩士	970619	
16	蘇雅棻	漢英熟語國俗語義比較研究	碩士	970619	
17	林芳如	《正字通》俗字資料及其學理研究	碩士	970619	
18	鄭雅玲	《元聲韻學大成》研究	碩士	971211	
19	黃俐文	國小國語朗讀指導研究	碩士	980605	
20	王湘茹	黃生《字詁》、《義府》研究	碩士	980615	
21	陳怡蘋	「陳三五娘」歌仔冊語言研究 ——以音韻和詞彙為範圍	碩士	980616	
22	陳冠佑	黃侃手批《爾雅義疏》通、轉術語研究	碩士	990608	
23	陳秋萍	《莊子》聯綿詞研究	碩士	990614	
24	王美心	劉禹錫七言絕句詩之語言風格研究 ——以音韻和詞彙為研究範疇	碩士	1000107	
25	陳威遠	韋應物五言絕句詩之語言風格研究 ——以音韻和詞彙為研究範疇	碩士	1000628	
26	劉文芳	李商隱七言愛情詩語言風格研究 ——以音韻和詞彙為研究範圍	碩士	1000628	
27	劉士瑜	《漢語拼音方案》對外及華語學習者語音偏物之影響及教學策略 ——以「字母字音制訂」及「音節拼寫規則」為例	碩士	1020111	
28	吳彥融	王建宮詞及其語言風格研究 ——以音韻和詞彙為範圍	碩士	1020215	
29	林育旻	吳潛詞用韻研究	碩士	1020614	

	姓名	論文題目	學位	口考通過	備註
30	蕭禎億	對外零起點漢語拼音教材編寫設計研究	碩士	1030626	
31	呂玉廷	林鍾隆童詩觀及其《我要給風加上顏色》語言風格研究	碩士	1030627	
32	陳尚郁	林煥彰兒童詩觀及其動物詩語言風格研究	碩士	1040626	
33	張婉玲	瓊瑤電影自創之歌詞研究	碩士	1050624	
34	白宏欣	臺灣閩南語諺語探析及其在國小教學的應用	碩士	1060112	
35	林牧欣	魚玄機詩之語言風格研究	碩士	1060703	
36	張曉蕙	國民小學高年級國語教科書之重疊詞研究——以翰林版、康軒版、南一版為研究範圍	碩士	1070104	
37	官志皇	全球化下我國招收僑生來臺升學政策面臨之挑戰與因應策略之研究——以菲律賓馬尼拉為例	碩士	1070111	
38	楊雁婷	鄭板橋詩歌修辭研究	碩士	1080111	

本書出版時，論文指導尚未畢業博、碩士生：

博士班：邱文惠（與王偉勇教授共同指導）、戴光宇、邱建綸、左春香（與古國順教授共同指導）、蕭開元（與林慶彰教授共同指導）、何淑蘋（與孫劍秋教授共同指導）

碩士班：廖淑玟、林子琪、羅紫瑄

在職班：張君怡、王璟瑞、宋玉珍、高素玉、陳建良、林采璇

學術論文集叢書 1500013

鍵聲玉振　餘韻得傳——葉鍵得教授榮退紀念文集

主　　編　徐長安
校　　對　何淑蘋、官廷森
責任編輯　張晏瑞、林以邠

發 行 人　林慶彰
總 經 理　梁錦興
總 編 輯　張晏瑞
編 輯 所　萬卷樓圖書股份有限公司
排　　版　林曉敏
印　　刷　維中科技有限公司
封面設計　菩薩蠻數位文化有限公司

發　　行　萬卷樓圖書股份有限公司
　　　　　臺北市羅斯福路二段 41 號 6 樓之 3
　　　　　電話 (02)23216565
　　　　　傳真 (02)23218698
　　　　　電郵 SERVICE@WANJUAN.COM.TW
香港經銷　香港聯合書刊物流有限公司
　　　　　電話 (852)21502100
　　　　　傳真 (852)23560735

ISBN 978-986-478-328-1
2020年3月 初版一刷
定價：新臺幣980元

如何購買本書：
1. 劃撥購書，請透過以下郵政劃撥帳號：
　 帳號：15624015
　 戶名：萬卷樓圖書股份有限公司
2. 轉帳購書，請透過以下帳戶
　 合作金庫銀行 古亭分行
　 戶名：萬卷樓圖書股份有限公司
　 帳號：0877717092596
3. 網路購書，請透過萬卷樓網站
　 網址 WWW.WANJUAN.COM.TW
大量購書，請直接聯繫我們，將有專人為您
服務。客服：(02)23216565 分機 610

如有缺頁、破損或裝訂錯誤，請寄回更換
版權所有·翻印必究
Copyright©2020 by WanJuanLou Books CO.,
Ltd.
All Right Reserved　　　Printed in Taiwan

國家圖書館出版品預行編目資料

鍵聲玉振　餘韻得傳——葉鍵得教授榮退
紀念文集 / 徐長安主編. -- 初版. -- 臺北
市 ：萬卷樓, 2020.03
　面 ；　公分. -- (學術論文集叢書 ；
1500013)
ISBN 978-986-478-328-1(平裝)
1.漢語　2.中國文學　3.文集

802.07　　　　　　　　　　　　108021976